承繼與創新

中國文學研究的再反思青年學者會議論文集

香港浸會大學孫少文伉儷人文中國研究叢書

余佳韻 編

鳳凰出版社

圖書在版編目（CIP）數據

承繼與創新 ： 中國文學研究的再反思青年學者會議論文集 / 余佳韻編. -- 南京 ： 鳳凰出版社，2018.6
（香港浸會大學孫少文伉儷人文中國研究叢書）
ISBN 978-7-5506-2782-6

Ⅰ. ①承… Ⅱ. ①余… Ⅲ. ①中國文學－文學研究－文集 Ⅳ. ①I206-53

中國版本圖書館CIP數據核字(2018)第116103號

書　　　名	承繼與創新——中國文學研究的再反思青年學者會議論文集
編　　　者	余佳韻
責任編輯	樊　昕　朱　堯
出版發行	鳳凰出版傳媒股份有限公司 鳳凰出版社(原江蘇古籍出版社) 發行部電話025-83223462
出版社地址	南京市中央路165號，郵編:210009
出版社網址	http://www.fhcbs.com
照　　　排	南京凱建圖文製作有限公司
印　　　刷	江蘇省句容市排印廠 句容市春城鎮南，郵編:212404
開　　　本	880×1230毫米　1/32
印　　　張	12.5
字　　　數	360千字
版　　　次	2018年6月第1版　2018年6月第1次印刷
標準書號	ISBN 978-7-5506-2782-6
定　　　價	78.00圓

(本書凡印裝錯誤可向承印廠調换，電話:0511-87871135)

緣 起

香港浸會大學孫少文伉儷人文中國研究所的設立宗旨即是提倡中國文學與文化研究。爲提供青年學者交流平臺,特於 2015 與 2016 年分別舉辦了第一屆與第二屆青年學者國際學術研討會。會中廣邀中國、中國香港、中國臺灣以及日本與美國各地的青年學者來港發表近年研究成果,會後並以"承繼與創新"爲名編纂論文集。爲保障論文集質量,本書所收錄之十四篇論文皆經過二位以上相關領域之學者專家匿名審查,始予收錄。

所謂"承繼",係從傳統文獻材料或論說的框架下,援用近年的出土文獻或域外材料,甚至是新的研究徑路,重新梳理既有的論說,體現出青年學者對第一手材料的掌握程度以及詮釋路徑。在此以"傳統的再探"欄目概括。金方廷《兩周之際諸侯國的通婚狀況——以齊、晉、鄭爲典型案例》,藉助傳世文獻、青銅銘文及新出簡帛材料,探討春秋時期諸侯矛盾日益激化之際,貴族通婚作爲當時諸侯國的外交手段,其所帶來的政治效益與影響。何維剛《從子學質變論六朝子書的著錄空缺》,文中察覺了魏晉以降子書著錄呈現空缺,但集部著作卻在此時蓬勃發展的現象,認爲此一現象的形成,係傳統子學的質變與泛化,致使子書與文集合流、子部範疇擴張,造成了傳統子書著作著錄在六朝時期的空缺。蕭振豪《〈秦王破陣樂〉與元白詩——讀〈元白詩箋證稿〉》係從陳寅恪以琵琶證明法曲屬胡樂的論點出發,考察《秦王破陣樂》各種版本的流傳與變化以及元稹、白居易二人對《破陣樂》的相關討論。指出白居易巧妙地通過處於華夷之間的"諸夏"之聲,並改稱《破陣樂》爲《七德舞》,既解決《破陣樂》屬性問題,亦確立了《破陣樂》的地位。通過詮釋作爲史料的文學作品,開啟了學界研究元白"新樂府"的另一可能徑路。陳鴻圖《洪遵〈泉志〉"舊譜"的性質及來源探析》一文,通過歸納《泉志》

引用“舊譜”條目，再比對現存相關文獻材料，指出《泉志》“舊譜”乃洪遵抄自唐、宋人泉譜的彙整作品，並非自撰的專書。廓清了歷來視“舊譜”爲個人之作的誤讀。范旭艷《太極函三元：劉沅天道觀中的儒道融合》，梳理了清人劉沅“太極函三元”之天道觀的形成，以及他如何於具體的天道論中，綰合儒、道，成就調和三教的思想體系。趙家琦《摩登之外：重探橫光利一與穆時英的現實論與“新感覺”敘述》，以民國當時上海文學場域的“新感覺”派爲聚焦核心，析理出橫光利一與穆時英兩者在小説認知論的建構、取材對象以及藝術本質的主客觀辯證等基本主張的差異。藉此破除西方審美現代主義對日、中新感覺派的單一比附框架，並重構新感覺派與20世紀初社會先鋒思潮的連結。

所謂“創新”則體現於對當代研究思潮與取向的認識以及相關論題的開拓。明清士人文化的考索，包括對前代以及面對世變之際的各種對應出處，即成爲另一個學者多所聚焦，並亟欲開拓的領域。這裏的“士人文化與世變心曲”，即是對明清文化研究的註腳。陳健成《明清之際的朱子學經解——以清初孫承澤〈尚書集解〉之〈洪範〉解釋爲中心》，考察孫承澤在當時多以陸王或朱陸調和論的學術風氣之中，通過整理《尚書》的經義集解以重振經學的努力。李忠達從萬曆年間的“蒲桃社”講會爲例，闡述從成員受到陽明學講會影響，並融入佛學義理，逐步構築出講會思想獨特性的過程。反映出晚明三教合一思潮的流變之餘，亦提供了觀察晚明學術與政治互動的案例。胡琦《遺民講學的“公”與“私”——以康熙十年李顒的江南之行爲例》，關注“遺民”身份與講學行爲在異代之際所衍生的出處進退。當書院講學本身潛藏的官方性質與遺民身份產生衝突之際，儒學的經世性格讓學者終究無法全然忘懷“世務”與“倡道”，進而產生了學政、道勢等種種爭議與矛盾。揭示了向來明清研究較少觸及的士人出處進退背後的驅動緣由與心理轉折。許明德《烈士的形塑：略論尤侗祭悼湯卿謀之詩文》，論述尤侗作爲世變之際的倖存者，如何將好友湯卿謀的生平才學及夭亡不幸置放於一更大的歷史脈絡之中進行詮釋，以成就“烈士形象”。文中同時提到異代之際身爲倖存者的特殊敘事視角以及敘事語言因政治因素所不得不爲的刪減與更動，其中涉及個人記憶與歷史紀錄的表述不一之處，亦是當代文化記憶理論所關注的核心。邱怡瑄《文統與政統的雙重建構——〈四庫全書總目·集部類〉“國朝提要”對清代文壇的勾勒》,在《四庫全書》對於國朝集部類著錄書的揀擇,以及其於《四庫全書總目》中的理論鋪陳,是爲官方文學批評立場的具體展演的前提下,考察了 42 種國朝著錄書提要,得出《四庫總目》企圖抹除清初江左詩學的影響,建立盛世文運發展脈絡的歷史詮釋。即便其文學品味主張兼容並蓄,但實際上仍是以“學問根柢”重於“文才艷發”。李碧《觀劇詩之品花文化的建構——以〈清代燕都梨園史料〉爲中心》,以爲品評伶人的觀劇詩係承襲了“詩品”傳統,並結合古典美學的“品文化”之特殊評點型態。文中追溯文人“以詩品花”的評點來源、美學標準與價值。以及此一評點的美學標準及價值。是一結合了戲曲文獻、詩學批評以及美學文化的新嘗試。林傳濱《論王闓運文學思想中的“爲己爲人”之辨》,分析王闓運當時批判士人治學爲人的緣由,並提出文學爲己的價值觀。肯定文學的抒情價值與獨立性之餘,一方面回應歷代文人對漢魏六朝文學的批評,另一方面強調了魏晉文學詩教傳統以外追求抒寫個人情志的價值意義。拙著《民初廣東遺民文人汪兆鏞的自我書寫》則將視角置於辛亥鼎革之後傳統文人所面對的時代困境。歷來遺民研究主要圍繞文人的生平與遺民氣節,但較少論及往返原鄉與寓居地的遷徙型態對學術事業的影響。通過汪兆鏞的個案研究,體察遺民文人於世變之際避居殖民地的自我敘述,呈現處於新舊時代交替下的另一種遺民樣態。涉及世亂之際的文人的抒情意識與自我詮解,以及文化地理對文學傳播的影響。

以上所論,概略地闡述了本書所收錄的論文要旨,以見青年學者選題的敏銳度以及文獻詮釋的新意。最後,這本書之所以能夠順利面世,除感謝與會學者、會議協辦人員與鳳凰出版社的編輯群以外,尤須感謝香港浸會大學孫少文伉儷人文中國研究所的資助以及所長張宏生教授的大力支持。如果這本論文集的出版對學界能產生任何參考價值,即是身爲編者最大的榮幸。

余佳韻　記於京都

2017.10.25

目　次

傳統的再探

士人文化與世變心曲

兩周之際諸侯國的通婚狀況

——以齊、晉、鄭爲典型案例

金方廷

摘　要

兩周之際是一個政局動蕩的歷史時期,宗周的覆滅使得居住於關中平原一帶的周人貴族社會瀕臨崩潰。但是,宗周之覆滅對於被分封在王畿之外的諸侯國,到底有著何種程度的影響,而諸侯國各自又是如何應對這一變局的,卻仍有一些值得深入討論的空間。藉助傳世文獻、青銅銘文及新出簡帛材料,文章試以貴族婚姻爲切入點,探討兩周之際的封國政治與封國文化。通過觀察和比較一些諸侯國在族際通婚方面的選擇,文章認爲在兩周之際主要存在著三種不同的諸侯國通婚形態:一大部分諸侯國在一段時期内仍延續了西周之通婚慣例的"傳統型通婚";另一些諸侯國則因内政或時局的變化,逐漸離心於周人之舊傳統,從而在通婚上多有違例或"革新"之舉;最後一種是隨周室東遷而來的貴族宗族,其通婚則幾乎完全受制於國際局勢的影響。以上三種形態分别以齊國、晉國和鄭國爲代表,隨著春秋時期諸侯之間的矛盾日益激化、兼併活動的發生日益頻繁,貴族婚姻逐漸呈現爲與外交活動相捆綁的政治婚姻,而較少受到傳統禮法的約束,已成爲不可扭轉的趨勢。

關鍵詞:通婚　諸侯國　兩周之際　先秦史

西周時代侯國級别的婚事是一種介於宗族之間締結的"正式婚姻"①,故而在禮儀上顯得更爲隆重、嚴肅,也時常是耗資不菲的②。在這種婚姻中,雙方的血統是否純正、出身是否相匹(同時包括了婚嫁雙方的父母兩系)是十分重要的③。西周時代諸侯國的婚姻形態,已經具備了不少《左傳》中所記載的諸侯婚姻的常見細節,諸如諸侯親迎、姪娣作媵、同姓主婚等④,並且這類侯國級别的"正式婚姻"在春秋時期的文獻中更成爲最常見的貴族婚姻形態。由於此種婚姻往往與宗族、邦國政治有著脱不開的關聯,它們總是兩個宗族之間建構的正式姻親往來的"憑證",到了烽火不斷的春秋時期,這類婚姻對現實政治的反映和影響,在文獻中也表現得更爲直接和顯著。這種演變的趨勢和跡象,分别可以從傳世文獻及出土材料中得到證實,下文將結合多種材料,以齊國、鄭國和晉國的婚姻爲典型案例,對兩周之際貴族婚姻之嬗變的諸種

① 這一概念來自布迪厄,與所謂"正式婚姻"(official marriage)構成對立是"平常婚姻"(ordinary marriage)。二者的區分可參 Pierre Bourdieu, trans. Richard Rice, *The Logic of Practice* (Cambridge: Polity Press, 1990), pp.180.

② 以《詩經》中所載的幾例王侯級别的婚禮狀況言之,不難注意到這類婚禮中,往往用到"百兩"車馬迎送女子出嫁,其典型爲《大雅·韓奕》所載的婚禮場面:"韓侯取妻,汾王之甥,蹶父之子。韓侯迎止,于蹶之里。百兩彭彭,八鸞鏘鏘,不顯其光?諸娣從之,祁祁如雲。韓侯顧之,爛其盈門!"(清)阮元校刻:《十三經註疏·毛詩正義》(北京:中華書局,1980年),頁572。顧炎武就此批評"宣王中興"時代的詩歌,認爲其之所以爲"變雅",與其"侈於前人"有關,而又稱"《韓奕》一篇尤侈",參見(清)顧炎武著,陳垣校注:《日知錄校注》(合肥:安徽大學出版社,2007年),頁134。

③ 亦可參考《韓奕》中的説法,詩中"汾王之甥,蹶父之子"均爲描述新娘身世之辭。馬瑞辰云:"《詩》中凡疊句言爲某之某者,皆指一人言,未有分指兩人者。"(清)馬瑞辰撰,陳金生點校:《毛詩傳箋通釋》(北京:中華書局,1989年),頁101。因而詩中不厭其煩地羅列新婚夫婦之出身背景。由此可知侯國聯姻尤其重視婚娶雙方的族屬、身世、嫡庶等背景。

④ 同姓主婚一事常見於王室通婚,事多見於《左傳》,猶以魯國周王娶妻爲典型。此處依馬瑞辰言,《韓奕》一詩言及"燕師",當爲姞姓南燕,與詩中出嫁女子爲同姓,符合同姓相與主婚的情況。可參(清)馬瑞辰撰,陳金生點校:《毛詩傳箋通釋》,頁1015。

狀況加以闡述。

一、以齊國爲核心的“侯國通婚網”

西周時期,周王室出於“以藩屏周”的政治考慮,在位於華北平原到山東半島一帶建立起了一個個同姓或異姓諸侯國。到西周末年時,這些地處東方的諸侯國之間,已經構成了一個相對穩固的互通婚姻往來的“網絡”,其中又以姜姓齊國爲這一網絡的核心。這一東方諸侯國之通婚狀況,至晚在周宣王時期已經形成。宣王的王后“王姜”爲齊莊公之女,同時還有多位齊女嫁到各個諸侯國,根據《左傳》及《詩經》(主要依據的是《衛風·碩人》一詩)中的相關記載,兩周之際齊國的通婚關係可詳參下圖所示。

表 1:兩周之際齊國對外通婚示意圖

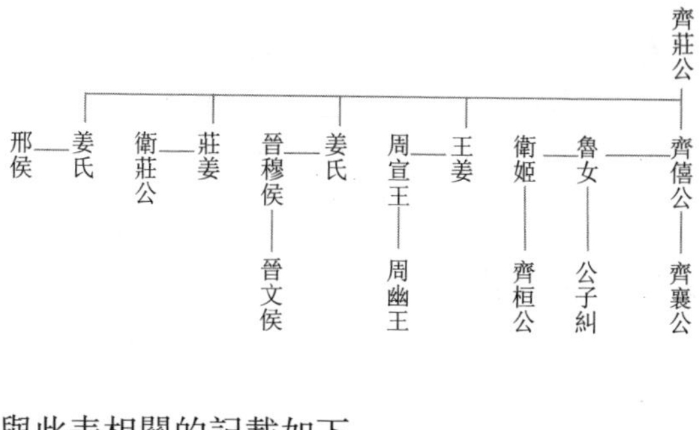

文獻中與此表相關的記載如下:

《左傳·隱公三年》:衛莊公娶于齊東宮得臣之妹,曰莊姜。美而無子,衛人所爲賦《碩人》也。

《詩經·衛風·碩人》:碩人其頎,衣錦褧衣。齊侯之子,衛侯之妻。東宮之妹,邢侯之姨,譚公維私。

《史記·晉世家》:穆侯四年,取齊女爲夫人。

《左傳·桓公二年》:初,晉穆侯夫人姜氏以條之役生大子,命之曰仇。其弟以千畝之戰生，命之曰成師。

通過《衛風·碩人》中所描述的莊姜身世，可知衛之莊姜、邢侯之室及晉穆之妻皆爲姐妹，詩人以此表明“莊姜容貌既美，兄弟皆正大”①。鑒於宣王亦娶于齊，則衛莊公、邢侯、晉穆侯與周王室通過與齊國的婚姻往來，彼此互爲連襟關係。齊國本爲周王室的傳統聯姻對象，但考慮到此前周室烹齊哀侯于鼎，這兩個彼此有世婚之誼的宗族之間也曾有過非常不愉快的交往②，宣王一世的這種通婚關係就顯得比較耐人尋味了。因而這一層婚姻關係的重要意義，在於揭示出經歷了“厲王奔彘”之後，宣王之所以能夠順利繼位，實現周王室的“中興”，非但有賴於諸公卿在周室內部的扶植③，並且應當同樣獲得了畿外諸侯國的支持，尤其重要的是來自齊國的支持。周王室在這一時期對齊國的倚重，伴隨著周王室的樂歌編纂而被記錄了下來。今《詩經·召南·何彼襛矣》一詩載：

何彼襛矣？唐棣之華。曷不肅雝，王姬之車！
何彼襛矣？華如桃李。平王之孫，齊侯之子！
其釣維何？維絲伊緡。齊侯之子，平王之孫！

《毛詩》認爲：“《何彼襛矣》，美王姬也。雖則王姬，亦下嫁於諸侯，車服不繫其夫，下王后一等，猶執婦道以成肅雝之德也。”然而馬瑞辰依

① 《毛詩正義》，頁 322。

② 《史記·齊太公世家》載“哀公時，紀侯譖之周，周烹哀公而立其弟靜，是爲胡公”。又《竹書紀年》記錄了周夷王三年，“王致諸侯，烹齊哀公于鼎”。此外西周晚期的《五年師旋簋》銘文載“隹（唯）王五年九月既生霸壬午，王曰：師旋，令女（汝）羞追于齊”，記載了一場發生于齊國的戰爭。這些均表明西周後期齊國無論是內政還是與王室的關係，恐怕都是不那麼平穩的。

③ 關於“宣王中興”的情形，最好的材料莫過於《詩經·大雅》諸篇，其中對宣王一朝的諸多重臣多有溢美之辭，例如召穆公虎、仲山甫、尹氏皇父等。這些重臣無疑是造就“宣王中興”的重要人物。

據《儀禮疏》中所引鄭玄《箴膏肓》言，指出"齊侯嫁女，以其母王姬始嫁之車送之"，進而認爲：

> 詩所云"齊侯之子"謂齊侯之女子，猶《碩人》詩"齊侯之子"、《韓奕》詩"蹶父之子"皆謂女子也。詩所云"平王之孫"，乃平王之外孫。言"平王之外孫"則於詩句不類，故省而言之曰"孫"①。

之後馬瑞辰更提出，"詩二句皆指齊侯女子言，於經文正合，惟齊侯嫁女之詩，不應附於《召南》"②。此事頗爲疑難。有學者從《詩經》之編訂入手，認爲這首歌頌齊侯嫁女之詩被編入周之王室樂歌，是周王室"在政治上倚重齊國的一種表現"③，可以作爲《詩經》這一編排的一種解釋。確實在很長一段時期內，齊國在諸侯國通婚網絡中始終扮演著難以忽視的重要角色。在傳世文獻中，對齊國婚姻往來記載甚繁，是《左傳》中除去姬姓之外記載最多的邦國④，只怕很難說是偶然。齊自太公時便"通商工之業，便魚鹽之利"，其作爲區域性的大國，又是周之異姓，齊國在很長時間內一直是東方姬姓諸侯國樂於聯姻的對象。因而在兩周之際的重要歷史階段，齊國理所應當地承擔起了聯結王室及其他諸侯國的任務。周室東遷的過程中，正所謂"晉、鄭是依"，所依靠的是晉、鄭這兩支同姓的援助，除此之外異姓諸侯亦有助焉，而齊國顯然是其中最爲重要的異姓諸侯國。

但就齊國本身而言，與姬姓諸侯國通婚，長久以來已形成一種婚姻的"慣例"，但這種慣例之中是否存在著一些穩定的"婚姻原則"呢？眾所周知，齊、魯兩國有著世婚之誼，春秋時期的魯國"自桓以下娶於齊"⑤，可這種世婚關係卻可能並不是"雙向"的。張光直先生曾經以齊

①② （清）馬瑞辰撰，陳金生點校：《毛詩傳箋通釋》，頁 101。

③ 馬銀琴：《兩周詩史》（北京：社會科學文獻出版社，2006 年），頁 272—273。

④ （日）小寺敦：《先秦家族關係史料の新研究》（東京：汲古書院，2008 年），頁 185。

⑤ 《左傳·哀公二十四年》，楊伯峻：《春秋左傳注》（北京：中華書局，1990 年），頁 1723。

魯兩國爲例探討周人貴族的婚姻禮俗,進而提出:

> 兩個分屬不同氏族的不同宗族相互通婚,明顯具有單行而不是互惠的趨向……魯公娶姜姓氏族中的齊氏宗族之女爲妻,卻很少把姐妹、女兒嫁給齊國公室。①

也就是説,齊魯世婚更多情況下是魯君迎娶齊女,參考《左傳》中的記載,確實不難得到相同的印象。此外,如果考察魯女出嫁的情況,則會注意到,魯女更多時候嫁往毗鄰魯國、同在山東半島區域附近的小國,諸如杞、郳、莒和紀等帶有東夷背景的小邦②。就這種介於齊、魯、東夷諸國之間的"嫁娶階梯",張光直認爲,可能與"娶妻之國的政治和(或)儀式地位,似乎要高於嫁女之國"的原則有關③。這一觀點雖可稱得上言之有據,卻招致了不少後來學者的批評,其中 Malvin P. Thatcher 的批評是尤爲有力的,他認爲這一婚姻現象並不能證明嫁娶雙方在禮儀等級的差别,而恰恰表明嫁女之國的地位要遠高於迎娶之國,正如周王室一再地嫁女於齊那樣,至於地位相當的國家則可以相互交换女性④。日本學者齋藤(安倍)道子則指出,不同國家的"國力"也是決定春秋時期諸侯國婚姻往來的重要因素,由於貴族總是希望從有著婚姻往來的國家那裏獲得政治上的扶持,這使得"弱國"更傾向於從

---

① 張光直著,郭淨譯:《美術、神話與祭祀》(北京:三聯書店,2013 年),頁 21—22。

② 這類婚姻非但見諸載籍,亦可從青銅器銘文中得到印證。春秋時期有一組魯伯愈父器,爲魯伯愈父爲其女所作之媵器,其女稱之爲"郳姬仁",可知所適夫家爲曹姓郳國。這一組器包含盤、鬲和匜,屬於周代媵器中類型比較豐富和齊全的一組器。

③ 張光直著,郭淨譯:《美術、神話與祭祀》,頁 21—22。

④ Malvin P. Thatcher, "Marriage of the Ruling Elite in the Spring and Autumn Period", in Rubie S. Watson & Patricia B. Ebrey edt., *Marriage and Inequality in Chinese Society* (Oxford: University of California Press, 1991), pp.41.

“強國”處迎娶女性①。

張光直先生所揭示出來的介乎齊魯世婚關係中的“女性單向流動”現象無疑是頗具慧眼的。然而對於這一問題的解釋,恐怕 Thatcher 和齋藤的觀點更貼合史料的記載,很明顯可以看到,春秋婚姻當中接受女性的一方,在政治地位總是稍遜於嫁女方。梳理魯國與夷人的婚姻往來,會看到魯國與毗鄰東夷的婚姻往來,恰可算得上是嫁娶往還的關係②,但東夷卻很少成爲齊國聯姻的對象③。陳昭容先生曾經系統整理過魯國與東夷通婚的案例④,值得注意的是,儘管魯國國君的好幾代“夫人”都是“齊姜”,但魯的後宮同時又充斥了大量來自東夷的女性,並且往往是這些出身於東夷的女性,在春秋魯國内部的幾次亂局中扮演了不容忽視的角色⑤。就春秋前期的記載來看,魯國與東夷之間的婚姻往來相當頻繁,並且可以想見的是,魯國通過與這類東夷土著通婚,構建起了一個帶有強烈地域色彩的“婚姻—政治同盟”。相對於齊國得以在宇内各諸侯國之間廣泛地聯姻,魯國通婚時所凸顯的明確的地域性色彩,恰恰體現了兩國國力和婚姻地位的懸殊關係。

齊國在兩周交際前後,其婚姻並沒有出現劇烈的變革,作爲傳統大

① (日)齋藤(安倍)道子:《春秋時代の婚姻——その時代的特質を求めて——》,《東海大學文明研究所紀要》12,1992 年,頁 86—87。

② 儘管在這類婚姻中,嫁往魯國公室的夷女,從不見其充當魯國夫人的例子,而往往僅位居妾室。故這種“嫁娶往還”看來也並不是全然“對等”的關係。詳見下文論述。

③ 這一情況甚或取決於齊國與東夷部族的特殊關係。白川靜認爲,西周末年之所以周室與齊國存在多次衝突,與齊人經營東方、南方夷狄部族之事有關,這種經營到了西周中後期,恰與周王室東南方面的擴張產生了不可調和的矛盾。具體可參白川靜撰,袁林譯、徐喜辰校:《西周史略》(西安:三秦出版社,1992 年),頁 103—104。

④ 陳昭容:《從青銅器銘文看兩周夷狄華夏的融合》,載於李宗焜主編:《古文字與古代史》第二輯(臺北:“中央研究院”歷史語言研究所,2009 年),頁 344。

⑤ 日本學者小寺敦便據此認爲,春秋時代魯國的婚姻史,實際上可看做一些出身較爲不利的女性,通過計謀將齊姜一系的血緣“排除”出魯國世系的過程。可參(日)小寺敦:《先秦家族關係史料の新研究》,頁 180。

國，齊國始終位於傳統中原諸侯通婚網絡的核心。由於齊國在春秋前期的通婚狀態帶有一定的“保守性”，在此可以將齊國視爲兩周之際諸侯國婚姻形態中的“傳統型”代表，這裏所謂的“傳統”，指的是從西周時代延續而來的通婚慣例。除了齊國之外，魯、宋、陳、衛等長期分封于東土且互通婚姻的諸侯國，都可看成是同一類在通婚往來上保持著“傳統”的國家。同時，由於在西周時已逐漸形成了一系列國與國之間通婚的習俗和慣例，於是想要從春秋史料中觀察周人貴族的婚姻規範，這類“傳統型通婚國”也會是比較適宜的對象——它們在西周時代就已經彼此通過婚姻形成了穩定的同盟，且這種通婚慣例至少在春秋前期尚未顯著地受到政治局勢的波及和影響。

二、不拘禮法、廣聯戎狄的晉國

延續前文對“傳統型”諸侯通婚狀況的觀察，不難注意到，晉國作爲春秋時期表現活躍的諸侯國，卻並不常出現在齊國的通婚網絡中。甚至在進入春秋以後，晉國的婚姻關係在所有諸侯國中顯得獨樹一幟，因而可以作爲一個特殊的案例加以單獨討論。在過往的婚姻史研究中，學者歷來注意到晉國在以婚姻融合夷夏方面的突出“貢獻”①。但是這一不拘夷夏之辨的聯姻形式，也使得晉國在很長一段時間內被“孤立”在中原諸侯的傳統通婚網之外。同時，晉國違背周人“同姓不婚”之禮、積極與戎人通婚的做法，在很長時間內亦成爲飽受詬病的對象②。

造成晉國這一特殊婚姻形態的原因是比較複雜的。一方面，這種脫離於中原諸侯的聯姻取向，與晉國在一段時期內不履行對周王室之義務相表裏，均昭示著晉國脫離於周道、進而拒絕認同周禮及周天子權

① 如崔明德在研究先秦政治婚姻中，特別指出晉國婚姻中民族融合的特點，參見崔明德：《先秦政治婚姻》（濟南：山東大學出版社，2004 年），頁 21。

② 具體春秋時期同姓相婚的統計，可參 Malvin P. Thatcher, “Marriage of the Ruling Elite in the Spring and Autumn Period”, in Rubie S. Watson & Patricia B. Ebrey edt., *Marriage and Inequality in Chinese Society* (Oxford: University of California Press, 1991), pp.38.除了魯、吳通婚外，其他幾乎均與晉國有關。

威的態度。正如《左傳》所載晉荀躒與周景王的對話：

> 王曰："伯氏，諸侯皆有以鎮撫王室，晉獨無有，何也？"
>
> 文伯揖籍談。對曰："諸侯之封也，皆受明器於王室，以鎮撫其社稷，故能薦彝器於王。晉居深山，戎狄之與鄰，而遠於王室，王靈不及，拜戎不暇，其何以獻器？"①

此事雖發生在春秋後半葉周景王時期，然而"晉居深山，戎狄之與鄰，而遠於王室，王靈不及，拜戎不暇"卻是晉國不得不長期面對的地緣狀況。這種地理現實在一定程度上決定了晉必須周邊戎狄建立密切往來，否則便難以在這片封地立足，而建立族際往來的方式便包括了婚姻這種形式。有證據表明，西周時代晉室的婚姻中就已經出現了周邊戎狄部族的身影②。另一方面，從晉室内部來看，則會看到自晉穆侯迎娶齊女之後，晉國便陷入了長達半個多世紀的曲沃之亂。這一亂局所導致的結果是，來自曲沃的桓叔一脈取代了晉室從而得以自立，事件終以曲沃武公受封而告終。這裏需要考察的問題是：曲沃一脈代晉室而立，是否全盤繼承了過去晉室的傳統，尤其是通婚的傳統或慣例呢？答案恐怕是否定的。武公一代據記載曾于齊國通婚③，並且武公之子獻公還曾"烝"齊姜，即《左傳》載"晉獻公娶于賈，無子。烝於齊姜，生秦穆夫

---

① 楊伯峻：《春秋左傳注》，頁 1371。

② 雍穎：《晉侯墓地性別、地位、禮制和葬儀分析》，載於林嘉琳(Katheryn M. Linduff)、孫岩主編：《性別研究與中國考古學》(北京：科學出版社，2006 年)，頁 170。

③ 齊國實際是西周以來晉國的傳統聯姻對象，這似乎表明，西周時期晉國也曾是東方地區諸侯國通婚網絡中的一員。至於這位"齊姜"究竟爲哪位齊君之女，已不可考。顧棟高嘗撰《衛夷姜晉齊姜辨》，認爲齊姜爲獻公未即位時所娶之嫡夫人，似言無所據；章太炎以爲齊姜乃小子侯之妾，則獻公所烝者，爲居絳都之晉室女眷，雖然不能說完全沒有這種可能性，卻仍嫌缺乏實據。具體討論可參顧棟高輯、吳樹平、李解民點校：《春秋大事表》(北京：中華書局，1993 年)，頁 2630—2632。楊伯峻：《春秋左傳注》，頁 238。

人及太子申生"①。獻公婚配狀況詳參下表②。

表 2:晉獻公婚配關係表

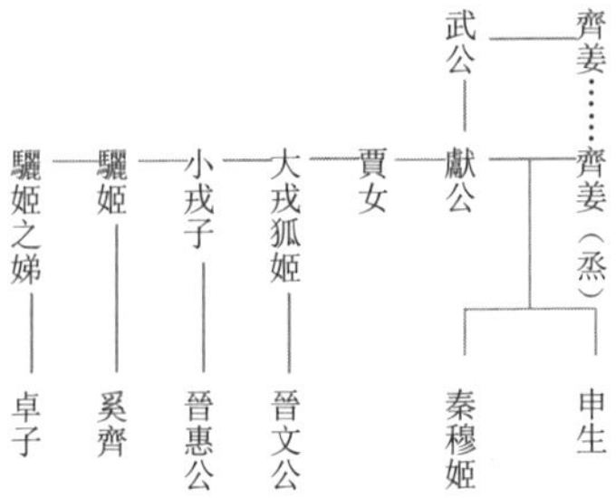

參考獻公所納諸女的族姓,其中絕大多數都是姬姓之女,也即晉室之同姓:賈女爲獻公元妃,無子,依據《左傳》楊伯峻注,"賈,姬姓國,《元和姓纂》三十五'馬頭韻'謂周康王封唐叔虞少子公明於此"③。筆者此前在位於安陽市的中國文字博物館中,有幸見到一則作器人爲"賈伯"的青銅媵器,其銘文言及出嫁女子名"孟姬",可證傳世史料所言賈國爲姬姓的說法④。次言戎之二女,《左傳》載"又娶二女於戎,大戎狐姬生重耳,小戎子生夷吾"⑤,小戎子爲大戎狐姬之女弟,可能爲後者之媵,二女同爲姬姓無疑。復又納驪戎之女,驪姬用讒言使"群公子皆鄙",

① 楊伯峻:《春秋左傳注》,頁 238。

② 此表參考了小寺敦的研究,參見(日)小寺敦:《先秦家族關係史料の新研究》,頁 183。

③ 楊伯峻:《春秋左傳注》,頁 126。

④ 中國文字博物館所藏一對《賈伯壺》購買自香港御雅居,其銘曰:"唯王二月既死霸丁亥,賈伯乍(作)𢀛孟姬隮壺,用享用孝,用祈萬壽,子子孫孫永寶用享。"雖然銘文中未著明"媵"字,但是從行文內容來看,這件器曾用作媵器的可能性非常大。此外銘文中提到的孟姬所適之國"𢀛",當爲西周晚期重器《多友鼎》所提到的地名"世",從《多友鼎》所載行軍路線看,"世"很可能位於荀國與楊國中間的位置,地點離賈相去不遠。其族姓情況現不知。

⑤ 楊伯峻:《春秋左傳注》,頁 238。

《左傳》書之曰"唯二姬之子在絳"①,則驪戎二女亦爲姬姓女。晉獻公不拘於周禮,廣納同姓女充於後宮的做法,非但成爲學者討論同姓相婚的重要史料,即便在春秋時期,也是引人側目的談資。最典型之論,莫過於《左傳》僖公二十三年傳所載《鄭文公亦不禮重耳》的故事:

> 及鄭,鄭文公亦不禮焉。叔詹諫曰:"臣聞天之所啟,人弗及也。晉公子有三焉,天其或者將建諸,君其禮焉!男女同姓,其生不蕃。晉公子,姬出也,而至于今,一也。離外之患,而天下不靖晉國,殆將啟之,二也。有三士,足以上人,而從之,三也。晉、鄭同儕,其過子弟固將禮焉,況天之所啟乎!"弗聽。②

叔詹諫言中談及男女同姓不婚的言論,無疑是研究"同姓不婚"一事最爲重要的史料之一,許多學者亦根據這一段話,認爲古人是基於優生學原理而採取了"同姓不婚"的原則③。實則依據這句話的上下文,叔詹此言恰恰是爲了證明,作爲違背男女同姓不婚這一原則而誕下的後代,即後來成爲晉文公的公子重耳竟能存活於今,顯然不符合"男女同姓,其生不蕃"的説法,叔詹視之爲"天其或者將建諸"的先兆,以此勸誡鄭文公收納重耳。固然,身爲"同姓婚姻"之後的重耳事實上有著"駢脅"的殘疾④,並非如有些學者所以爲的那樣"健康"⑤。不過依據《左傳》和《國語》中的一系列關於重耳流寓諸邦的記載,可知當時人無論是

---

① 楊伯峻:《春秋左傳注》,頁 238。

② 同上,頁 408。

③ 此言亦載於《國語·晉語·鄭文公不禮重耳》,唯《國語》中作"同姓不婚,惡不殖也",義實相近。這一句話又時常與《左傳》昭公元年傳中"內官不及同姓,其生不殖"並提,作爲古人依據優生學之常理制定"同姓不婚"的理據。筆者認爲,此事尚有辯論的空間,畢竟以生殖不祥作爲婚姻禁忌之不良後果,更像是古人以生育恐懼杜絕"違禮"婚姻的一種手段。事見徐元誥撰,王樹民、沈長雲點校:《國語集解》(北京:中華書局,2002 年),頁 330。

④ 楊伯峻:《春秋左傳注》,頁 407。

⑤ Creel, *The Birth of China: A Study of the Formative Period of Chinese Civilization* (London: Peter Owen Limited, 1958), 289.

否禮遇重耳，其身爲同姓婚姻的後代這一事實始終是其招人非議的重要誘因。

前文已經提到，廣泛接納戎狄之女、不恪守“同姓不婚”的周人禮俗，雖不能盡數視之爲公然的“叛周”之舉，卻可不妨視作晉在曲沃代立之後逐漸“離心”於中原禮俗的表現①。曲沃一支代立的過程中，周室曾多次主導軍事干預，以維護絳都晉室的正統地位。實則遲至西周末年，絳都晉室一直是周室極爲忠心的支持者，好幾代晉侯曾與周王共同抗擊北方戎狄部落。著名的青銅重器《晉侯穌鐘》銘文，就記載了晉獻侯穌與周厲王一同糾合部隊連續兩次擊退東夷的戰爭全過程②，而獻侯之子穆侯，也即初封曲沃的桓公與晉文侯之父，亦在周宣王一朝兩次參與王室伐戎的戰役，《左傳》在記錄晉穆侯爲子命名一事時，特別談及了戰爭與命名的關係：

> 初，晉穆侯之夫人姜氏以條之役生太子，命之曰仇。其弟以千畝之戰生，命之曰成師。③

這兩次戰爭均爲晉侯追隨王室而戰，事亦見於《古本竹書紀年》，而內容稍有不同：

> 三十八年，王師及晉穆侯伐條戎、奔戎，王師敗逋。三十九年，王師伐姜戎，戰于千畝，王師敗逋。四十年，料民于太原。戎人滅

① 據陳致的研究，西周到春秋時代，所謂的“夷夏”之別可以分爲多個層面，其中“是否尊奉周天子，是否縱合夏盟”也是一種從政治層面區分夷夏的標準。參見陳致：《夷夏新辨》，《詩書禮樂中的傳統——陳致自選集》（上海：上海古籍出版社，2012年），頁351。因此，如此廣泛地與戎狄聯姻，在政治上完全可以認爲是一種離心之舉。

② 厲王與晉侯共同作戰之後，值得注意的是，厲王晚年奔彘之所在亦在晉國附近。二者關聯尚待考。

③ 楊伯峻：《春秋左傳注》，頁92。另，《史記·晉世家》載：“七年，伐條。生太子仇。十年，伐千畝，有功。生少子，名曰成師。”

姜邑。晉人敗北戎于汾隰。

晉獻侯、晉穆侯兩代均效忠於周王室，多番與周王聯合抗擊戎狄。此後，穆侯之子晉文侯親自護送周平王東遷，躲避獫狁之難，依照《竹書紀年》的記載，鄭人滅虢之後，"二十一年，攜王爲晉文公（當作"文侯"）所殺"①。在西周末年的周室亂局當中，晉室一直維護著宗周嫡系正統，故稱之爲"周之東遷，晉、鄭是依"，此言亦出自鄭文公之卿叔詹：

> 晉、鄭，兄弟也，吾先君武公與晉文侯戮力一心，股肱周室，夾輔平王，平王勞而德之，而賜之盟質，曰："世相起也。"

這一歷史背景正是周室力阻曲沃伐絳的動機所在。因而可以想像，即便"釐王命曲沃武公爲晉君，列爲諸侯"②，此時代立的曲沃晉公是否能被中原其他諸侯所接納，恐怕仍是未知。據《詩序》所言，《詩經・唐風・無衣》正是"美晉武公"之作，所謂"武公始并晉國，其大夫爲之請命乎天子之使，而作是詩也"③，鄭箋指出，"武公初並晉國，心未自安，故以得命服爲安"④，正揭露出武公在兼併絳都晉室之後渴望得到周室認可的心情。基於上述歷史背景，回頭來看到獻公這一代的婚娶狀況，筆者以爲，其廣納戎狄之女的婚姻取向，一方面表現了晉人向戎人領土征服擴張的史實⑤；另一方面也映襯出當時的晉國缺乏來自中原諸侯國的聯姻請求，在傳統的通婚關係被"切斷"的同時，唯有從周邊

---

① 范祥雍：《古本竹書紀年輯校訂補》（上海：上海古籍出版社，2011年），頁41。

② 《史記・晉世家》。

③ 《毛詩正義》，頁356。

④ 同上。

⑤ 此事亦可從《毛詩序》中得到印證。《唐風・葛生》詩序作"《葛生》、刺晉獻公也。好攻戰，則國人多喪矣"。詩云"予美亡此"，馬瑞辰云："'亡此'猶云去此，又如俗云不在此耳。"方玉潤引"可憐河邊無定骨，猶是春閨夢裏人"一句加以闡發，可謂得詩旨。其他討論亦可參考馬銀琴：《兩周詩史》，頁378。

小國乃至戎狄部族中娶女的窘境①。

MalvinP. Thatcher 曾依據晉國在春秋時代的婚姻記載指出,與齊魯等國不同,晉國似乎缺乏固定的婚姻往來對象。據此 Thatcher 認爲,其中體現了一種純粹視婚姻爲政治工具的行事風格,而晉國之所以能在短時間内樹立起區域性霸權,同這一獨特的通婚形式有著莫大關聯②。通過晉國的案例,Thatcher 更提出了一種與張光直先生完全不同的觀點,他認爲春秋時期的諸侯國婚姻,更接近於一種純粹的外交工具(diplomatic tool),因而在諸侯國婚姻中,政治因素實際起到了主導性的作用③。

春秋時代的貴族婚姻固然無法完全脱離政治因素加以分析,不過 Thatcher 的這一觀點甚或仍有進一步討論的空間。筆者懷疑 Thatcher 這一結論很可能與其過於關注晉國有關。根據前文的論述,晉國在進入春秋階段之後,其婚姻取向便已經表現出極强的"個性",因而是否適於作爲討論春秋諸侯國普遍的"婚姻模板",筆者對此有所質疑。但如果把視野放置在西周向春秋這一過渡階段來看,將晉國視作諸侯國應對時代變局所採取多種通婚策略中的一種"取向",想來還是合乎情理的。

總之,上文試圖揭示的是,在春秋時期,晉國聯姻形態所體現的這種强烈的政治主導性,連同其諸多違背舊禮的情況,均有著相當深刻且複雜的歷史淵源。正是因爲兩周之際晉國内部及中原地區日益頻繁的政治亂局,致使晉國在很長一段時間内被孤立於中原諸侯的"通婚網絡"之外。這樣的歷史情境,迫使晉國廣泛與周邊戎狄部族

---

① 日本學者田中柚美子曾就晉國這一時期與戎狄部族通婚的情況進行研究,認爲這一階段晉國甚或通過通婚同化周邊的戎狄,亦可作爲一種觀察這一問題的看法。可參(日)田中柚美子:《晋と戎・狄——献公の婚姻関係を中心として》,《国学院雑誌》76(3),1975 年 3 月,頁 23—37。

② Malvin P. Thatcher, "Marriage of the Ruling Elite in the Spring and Autumn Period", in Rubie S. Watson & Patricia B. Ebrey edt., *Marriage and Inequality in Chinese Society* (Oxford: University of California Press, 1991), pp.43.

③ 同上,頁 46—47。

交好,一直到春秋中後期最終尋找到了一個穩固的通婚對象秦國——可無論是秦,還是晉,最初都曾是春秋早期中原諸侯國不欲與之通婚的國家,於是這二者的結合在一定程度上也可視作一種"歷史的必然"。

三、作爲東遷貴族之典型的鄭國

除了晉國,另一個在春秋早期不被納入中原諸侯通婚網絡的是鄭國。這一點似乎與人們通常的印象相違背,畢竟鄭國在春秋伊始曾一度掌控中原地區的政治局勢。但是作爲一個典型的東遷諸侯國,鄭國最初幾任君主的婚姻往來,卻與傳統諸侯國的情況很不相同。於是在此以鄭國爲東遷諸侯的典型,闡述其在春秋早期的聯姻狀況。

鄭國初封的時間很晚[①],第一任"鄭公"桓公爲周厲王之子、宣王之弟,所以《鄭伯克段于鄢》故事的主人公鄭莊公,其父鄭武公稱得上是名正言順的"王孫"。由於要闡述"鄭伯克段"的前因後果,《左傳》向讀者透露了鄭武公的正妻爲來自姜姓申國的申姜[②]。這一信息很關鍵。因爲與鄭武公同輩的周幽王,其嫡妃申后同樣來自姜姓申國。此申蓋位於隴西,又稱"西申"[③]。西周末年有兩個申國[④],一在西,即此處周幽王及鄭武公之配所出之母國;另一個申國又稱"南申",爲周滅鄂侯之亂後

① 鄭最初位於王畿之内,從分封的時代及輩分來看,鄭屬於西周末期的"新貴"。顧炎武在討論《詩經·國風》的邦國座次時,特別談及"鄭",他認爲自邶、鄘、衛而次之以"王",是依據殷之故都到周東都的先後次序,而邶、鄘、唐的皆爲西周之舊,而鄭列次靠後,只因其封於宣王中興之後。見(清)顧炎武著,陳垣校注:《日知録校注》(合肥:安徽大學出版社,2007年),頁128。

② 楊伯峻:《春秋左傳注》,頁10。注釋當中,楊伯峻指申姜所出之申國位於南陽。案:此說誤,詳見下文論述。

③ 關於西申的地望,因史載不足,具體可參李峰著,徐峰、汤惠生譯:《西周的滅亡——中国早期国家的地理和政治危机》(上海:上海古籍出版社,2007年),頁253—257。

④ 亦有學者指出西周春秋時期至少有三個不同的申國,分別爲西申、南申和東申。可參何浩:《西申、東申與南申》,《史學月刊》1988年第5期,頁5—6。

在鄂地新建的封國①,位於今日南陽盆地。《詩經・大雅・崧高》所歌頌的對象正是宣王時期的第一代南申國邦君②。西周末年位於南陽盆地的南申國,同位於隴西的西申絕非一個國家,但從它們當同爲姜姓國來看,這兩個申國很可能源出一族③,鄭武公之妻恰恰來自於這個重要的宗族④。爲了論述的便利,現在將鄭國在西周晚期到春秋初年的婚配狀況通過列表形式予以表示。

① 鄂國的情況,不少西周時期的青銅重器均有記載,特別是平定鄂侯馭方叛亂的事件。然而根據2014年的考古發現,已知鄂侯叛亂平定之後,鄂侯後人仍在南陽盆地留有宗廟血食。

② 《詩》云:"亹亹申伯!王纘之事。于邑于謝,南國是式。王命召伯:定申伯之宅。登是南邦,世執其功。王命申伯:式是南邦。因是謝人,以作爾庸。王命召伯:徹申伯土田。王命傅御:遷其私人。……王遣申伯,路車乘馬:我圖爾居,莫如南土。錫爾介圭,以作爾寶。往近王舅!南土是保。"詩中反復言及"南邦"、"南國"和"南土",均可證詩中所讚美的"申伯"封地在南申國。關於南申國存在的年代,可參西周晚期的仲爯父簋銘文:"仲爯父大宰南申氒司,作其皇祖考夷王、監伯隮簋"。仲爯父爲南申國之太宰,其祖爲周夷王,父親稱之爲"監伯",很可能是南申初封時,周王室派遣一同前往擔任"監"這一職位的宗親。由此可知南申國初封時代較晚。關於此事亦可參邵炳軍:《兩周之際諸申地望及其稱謂辨析》,《社會科學戰線》2002年第3期,頁139。

③ 南申國應當亦是姜姓。《詩經・大雅・崧高》言"崧高維嶽,駿極于天。維嶽降神!生甫及申。維申及甫!維周之翰",詩言送申伯,而申、甫並稱,只因申及甫(又作呂)均爲姜姓的緣故,孔氏《正義》云"掌天子巡守之事,堯之時,姜姓爲之",並引《周語》云"齊、許、呂、申,由大姜",則知此四國皆爲姜姓之裔。見《毛詩正義》,頁565—566。

④ 這一情況近年亦爲新出《清華大學藏戰國竹簡・繫年》一篇所證實,不少學者圍繞這一文體進行考辨,大體上均依據《繫年》的記載,認爲幽王之妻申姜來自於宗周以西的西申國。

表 3:西周末年鄭國通婚示意表

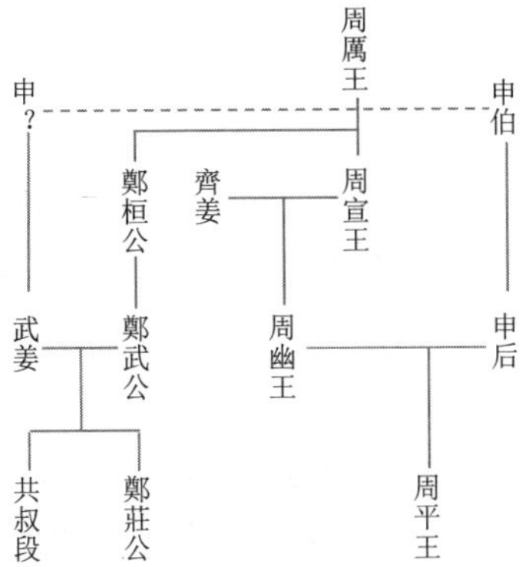

周王室同位於西陲的姜姓申國聯姻,表明周王室極爲重視與西申國的關係,這應當與西周末年周室日益受到來自西方獫狁的威脅有關。但這種基於保衛宗周之考慮而建立起來的具有地緣性聯姻,在經歷西周末年的一系列喪亂之後,放置在新的歷史環境中就顯得比較特殊了。首先,鄭原本在宗周王畿之地,因而無論是鄭還是姜姓之申,本身均非東方諸侯所熟悉的通婚對象。其次是考慮到兩周之際"邦君諸侯"曾另立攜王於虢的背景,則這段婚姻就更加耐人尋味了。關於這段歷史,可參考《清華簡・繫年》第二章中的相關記載:

> ……周乃亡。邦君者(諸)正乃立幽王之弟舍(余)臣于虢(虢),是巂(攜)惠王。立廿又一年,晉文侯戟(仇)乃殺惠王于虢(虢)。周亡王九年,邦君者(諸)侯女(焉)訇(始)不朝于周。晉文侯乃逆坪(平)王于少鄂,立之于京𠂤(師)。三年,乃東遷(徙),止于成周,晉人女(焉)訇(始)啟于京𠂤(師),奠(鄭)武公亦政東方之者(諸)侯。①

這意味著在宗周陷落之後,原先西周時代的貴族群體内部出現了

① 李學勤主編:《清華大學藏戰國竹簡(貳)》(上海:中西書局,2011年),頁138。

分裂：一方是擁立攜王的虢國及“邦君者(諸)正”；另一方支持的是引發了宗周之亂的平王宜臼，這一方的支持者主要是鄭、晉兩國，還有與平王母家同族且同情於平王遭遇的姜姓諸國，據《竹書紀年》載，支持平王的除了在東遷過程中出力甚多的晉之外，主要還有“申侯、魯侯、許男、鄭子”①。前者主要是以虢國爲首的宗周舊貴族和分封在外的大批諸侯邦君。這群人在晉文侯殺攜王之後的第九年便“不朝于周”，這種消極的態度表明這一貴族群體並不認同晉、鄭所擁立的平王②。

由於宗周覆滅發生得極爲突然，周人貴族在幽王及伯盤被殺之後分别各自匆忙擁立新王，從而導致了兩周之際出現了“二王並立”，並且這一“並立”格局之終結，則是以晉侯殺攜王、“晉人啟于京師”和“鄭武公政東方諸侯”等一系列事件促成的。但周人貴族內部的矛盾並未隨著攜王之死而告終。從深層次看，分立二王正是周室內部兩方貴族相爭的體現，但事實上這種爭鬥並不會隨著平王東遷而終結，甚至，即便最終平王在爭奪王室正統的鬥爭中獲勝，也無法彌合周人貴族群體之間的尖鋭矛盾。《詩經・王風・葛藟》的《詩序》言：“《葛藟》，王族刺平王也。周室道衰，棄其九族焉。”③則從另一側面表現了進入東周之後，周室內部的紛爭依舊不曾休止，以致王室宗親流離失所、無所依憑。

鄭武公登基十年後迎娶武姜，此時鄭武公已經與晉文侯一同迎接平王至東都，且得以“政東方諸侯”。鄭國在東遷之後仍選擇與姜姓之申聯姻，最直接的原因便是西申是平王之母的母國，與平王關係密切④。

---

① 范祥雍：《古本竹書紀年輯校訂補》，頁 40。

② 關於此事，顧炎武對《尚書・周書・文侯之命》的評論可作參考：“然則《文侯之命》，報其立己之功，而望之殺攜王之效也。……今平王既立於申，自申遷於雒邑，而復使周人爲之戍申，則申侯之伐，幽王之弒，不可謂非出於平王之志者矣。當日諸侯，但知其冢嗣爲當立，而不察其與聞乎弒爲可誅，虢公之立王子余臣，或有見乎此也。”見(清)顧炎武著、陳垣校注：《日知錄校注》，頁 100—101。

③ 《毛詩正義》，頁 333。

④ 李學勤：《有關春秋史事的清華簡五種綜述》，《文物》2016 年第 3 期。值得注意的是，虢公立攜王時，平王實際所居的少鄂，有可能是申之內邑。當然關於申之所在，有眾多猜測。具體討論可參程平山：《兩周之際“二王並立”歷史再解讀》，《歷史研究》2015 年第 6 期，頁 7。

且考之於《竹書紀年》所錄的幾個擁立平王的邦國,除了鄭之外,申、許均爲姜姓國,或者這一聯盟當中還包含了姜姓之呂國。《詩經·王風·揚之水》就以戍邊者的口吻,特別提到了三個邦國:申、甫、許,其中"甫"即"呂"①,《詩序》認爲此詩爲"刺平王"之作,因其"不撫其民,而遠屯戍于母家"②。這也表明,平王之所以得立,除了鄭、晉外,還與一系列姜姓國有著脫不開的關聯。從這個意義上講,武公在周室經歷如此喪亂之後仍自姜姓申國娶婦,這一婚娶本身就昭示著鄭武公的政治立場。《清華簡》(六)中載申姜言,"老婦亦不敢以兄弟婚姻言,以亂大夫之政",就是基於這一時期歷史狀況所作的回顧。與之相對,姬姓鄭國在東方也缺乏傳統的通婚對象③。鄭作爲東遷之國,卻因扶植平王而"政東方諸侯",這一敘述所表明鄭權傾一時的背後恰有其反常之處,畢竟考慮到鄭之所以能有這番地位,實則純粹有賴於晉之武裝和周天子的禮儀權威,於是所謂的"政東方諸侯",便恰恰暗示了鄭在東遷之後,極可能與舊諸侯保持著一種相當緊張的關係。

這一系列複雜的歷史境況,使得鄭勢必難以在東方諸侯中尋得適宜的通婚對象,這恐怕是鄭在春秋初年被排除在中原諸侯通婚網絡之外的根本原因。關於這一點只消注意鄭莊公的婚姻情況,便能比較明顯地看出鄭國在春秋初年通婚狀況之不尋常(詳見下圖)。

---

① (清)馬瑞辰撰,陳金生點校:《毛詩傳箋通釋》,頁233—234。

② 孔氏《正義》卻認爲:"言甫、許者,以其俱爲姜姓。既重章以變文,因借甫、許以言申,其實不戍甫、許也。"顧炎武亦持此論。分見《毛詩正義》,頁565—566。(清)顧炎武著,陳垣校注:《日知錄校注》,頁1269。

③ 當然鄭國作爲東遷國,在春秋初年還面臨著許多的挑戰。李峰先生曾有一個觀察,認爲鄭國在進入春秋之後急需實現"貴族封地的封國化",即"春秋時期的歷史正是在以鄭國爲代表的新來國爲鞏固其在東部新的根基而不斷進行鬥爭中開始的"。詳參李峰:《論"五等爵"的起源》,李宗焜主編:《古文字與古代史》第三輯(臺北:"中央研究院"歷史語言研究所,2012年),頁173。謀求新的聯姻關係亦是鄭國在這一鬥爭過程中不得不加以考慮的問題。

表 4:鄭莊公配偶情況表

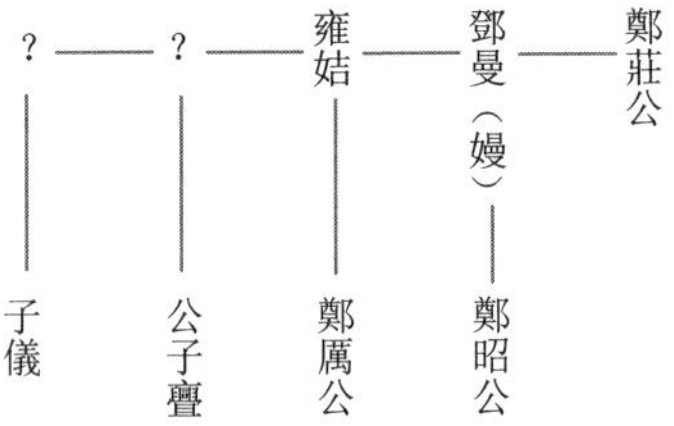

鄭莊公的長子"太子忽"之母爲嫚姓(亦寫作"曼")鄧女。也就是說,緊接著鄭武公之後,鄭莊公又迎娶了一位其母邦遠離周文化核心地帶的夫人。根據《左傳》記載,鄭莊公的這一與鄧國的聯姻,由莊公之寵臣祭仲"爲公娶鄧曼"①。仔細考察鄧國的情況,很容易注意到這場聯姻存在諸多疑點。從地理距離上看,鄧同東遷之後的鄭國恐怕算不得鄰國。鄧地處南方且臨近楚國,根據鄧國之器出土的地點,可以判定古鄧國大約在今湖北襄樊一帶,《國語・鄭語》中史伯曾爲鄭桓公列舉四方邦國以論天下興衰,其中鄧與陳、蔡、應、楚等國同列於"南國"之屬②。此外,即便從通婚關係來看,嫚姓鄧國的通婚也時常局限於其周邊的邦邑,鄧國保留下來了不少記載婚姻往來的媵器,考之彝銘,與鄧國有婚姻往來的國家大致有這幾個:西周時期有姬姓應國③、媿姓復國④,這兩國均與鄧國相近,因而屬於地理位置相鄰的小邦間通婚⑤。

① 《左傳・桓公十一年》,楊伯峻:《春秋左傳注》,頁 131—132。

② 《國語》:"南有荆蠻、申、吕、應、鄧、陳、蔡、隨、唐。"徐元誥撰,王樹民、沈長雲點校:《國語集解》,頁 461。

③ 西周時代的《鄧公簋》(3775、3776)銘文作:"鄧公作應嫚? 媵簋,其永寶用。"一組媵器出土于平頂山應國墓地。

④ 見《復公子簋》(4011—4013),銘作:"復公子伯舍曰:䟽新作我姑鄧孟媿媵簋,永壽用之。"是復國嫁女前往鄧國。徐少華曾就復國有過詳細考證,可參徐少華:《古復國復縣考》,《中國歷史地理論叢》1996 年第 1 期,頁 113—120。

⑤ 另一件與鄧國有關的媵器,記載了"薄姑女夫人"嫁往鄧國的情況,根據郭沫若的研究,認爲婚姻的女方來自血食于山東一帶的薄姑一族。徐少華先生認爲此說無法確證。可參徐少華:《鄧國銅器總考》,《考古》2013 年第 5 期,頁 67。

此外在春秋後期，鄧國還曾嫁女至楚國，據傳正因這次婚姻導致了鄧國的滅亡[①]。無論是與應國、復國，還是最終與楚國通婚，都不曾超出《國語・鄭語》中所列出的南國範圍。進而從鄧國的諸多器銘來看，鄧國自春秋早期便已不奉周曆而改用鄧國自己的曆法及正朔系統[②]。

基於以上這些觀察，就有必要追問：何以在春秋早期蜚聲中原且身居周王卿士的鄭莊公，其嫡配卻來自南方較爲偏遠的鄧國？這其中可能有這幾方面的因素。徐少華先生在考察鄧國銅器及鄧國歷史時曾指出，鄧在春秋初年之所以得以自行正朔，表明鄧國在這一時期在諸國中具有較高的經濟、文化水平[③]，或許藉助南土鄧國的力量以維護東遷之後尚不穩固的鄭國，是這場婚姻背後相當重要的政治考慮。縱使鄧國另立曆法，相對其他南方邦邑，鄧國在青銅器製作方面，卻始終與周文化保持了較大的統一性[④]，這意味著在文化上，鄧國亦不能算是典型的"南蠻"。鄧國這種文化上與姬周若即若離的態度，對於當時正與周王室陷於"交質"狀態的鄭國而言，不失爲一個能夠接受的"外援"國。

從鄭武公到鄭莊公，鄭國東遷後的兩代君主在擇取妃偶時的選擇，可以講都是基於一定理性考慮的結果。這兩代之中的重要轉變莫過於"周鄭交惡"，《清華大學藏戰國竹簡(叁)》中有《良臣》一篇，其中言及這段史事：

> 奠(鄭)桓(桓)公與周之遺老史全、宦中(仲)、虢(虢)叔、土(杜)白(伯)，後(後)出邦。

"出邦"意爲鄭桓公及這些追隨周王東遷的"遺老"，最終其後裔均

---

① 此事見於《國語・周語》，富辰諫周襄王有言："昔隱之亡也由仲任，密須由伯姞，鄶由叔妘，聃由鄭姬，息由陳嬀，鄧由楚曼，羅由季姬，盧由荆嬀，是皆外利離親者也。"其中"鄧由楚曼"指的正是嫚姓鄧女嫁往楚國，故稱之爲"楚曼(嫚)"。鄧滅國之事，亦見於《左傳・莊公六年》，楊伯峻：《春秋左傳注》，頁 169—170。

② 此事可參徐少華：《鄧國銅器總考》，頁 72。

③④ 徐少華：《鄧國銅器總考》，頁 72。

未能繼續留在周室中①,這表明追隨周室東遷的貴族,最終又背棄或見黜於周室的,不只是鄭氏這一支。本來以捍衛周王室面目東遷並最終得以在東土立足的鄭國,因王朝政治鬥爭中落敗,從而失去了周王室的支持;在這一情況下,鄭國不得不轉而從相對遙遠的南國尋求婚配,以爭取來自南方的支持。結合其他文獻中的記載來看,這種婚姻狀況所反映的是一種典型的"移民"心態。在《左傳》中,鄭國常被稱之爲"小國"②,甚至鄭國人在外交場合也時常以"小國"一詞自謙。被質于周的鄭莊公的太子忽,就以"人各有耦,齊大,非吾耦也"的理由拒絕了來自齊國的求婚③,言下之意仍是以本國爲小、以齊國爲大④。但正如前文論及的那樣,事實上齊國一直位居中原諸侯通婚網絡的核心位置,如果能順利與齊國聯姻,則鄭很有可能趁此機會被納入這一傳統通婚網之中。因此太子忽的這番言論,儘管得到了《左傳》中的"君子"評論爲"善自爲謀",但這番拒絕無論是在權臣祭仲還是其他當時人看來⑤,都非明智之舉。此事亦可參《鄭風·有女同車》,《詩序》曰:"《有女同車》、刺忽也。鄭人刺忽之不昏于齊。太子忽嘗有功于齊,齊侯請妻之。齊女賢而不取,卒以無大國之助,至於見逐。故國人刺之。"錢澄之謂:

> 上四句言忽所娶陳女徒有顏色之美,服飾之盛,下二句言齊女之美且賢,以刺忽之不昏於齊。⑥

---

① 李學勤主編:《清華大學藏戰國竹簡(叁)》,頁 161。

② 如著名的鄭相子產就被譽爲"子產善相小國"。《左傳·襄公八年》記載了"鄭子國、子耳侵蔡,獲蔡司馬公子燮"一事。鄭人皆喜,而子產斥之曰:"小國無文德,而有武功,禍莫大焉。楚人來討,能勿從乎?從之,晉師必至。晉、楚伐鄭,自今鄭國不四、五年弗得寧矣。"見楊伯峻:《春秋左傳注》,頁 956。

③ 《左傳·桓公六年》,楊伯峻:《春秋左傳注》,頁 113—114。

④ 鄭國的這種外交表現,甚或與鄭國在春秋時代爲"男爵"有關,晉國主持平丘之會時,鄭子產曾云:"及盟,子產爭承,曰:昔天子班貢,輕重以列。列尊貢重,周之制也。卑而貢重者,甸服也。鄭伯、男也,而使從公侯之貢,懼弗給也,敢以爲請。"可知鄭國的爵位較低。楊伯峻:《春秋左傳注》,頁 1358。

⑤ 祭仲之諫言見《左傳·桓公十一年》,楊伯峻:《春秋左傳注》,頁 131—132。

⑥ (清)馬瑞辰撰、陳金生點校:《毛詩傳箋通釋》,頁 271。

馬瑞辰以爲此説得詩旨。齊人最初欲將文姜嫁予忽,然而從後來的表現看,似乎也很難稱文姜爲"賢"。《有女同車》所詠的主要是婚禮親迎之事,意在刺忽親迎陳女時"先配而後祖"的非禮舉動,因而讚美文姜無非也是想用對比的手法諷刺太子忽在婚姻上的"失策"。除此之外,相比齊之爲大國,與陳聯姻顯然無助於太子忽日後爲政。後來宋雍氏唆使宋人脅迫權臣祭仲擁立厲公①,亦凸顯出昭公在國内國外"無大援"的困境。

因此,鄭國在東遷之後,其宗室婚姻始終隨著國際局勢而搖擺,致使鄭國同樣缺乏穩定婚娶的對象。假如説晉室被排除在中原諸侯通婚網絡之外,是由於其内部發生了曲沃代立之亂,那么鄭國的情況則更加受制於外部環境的影響。身爲小邦,又是新遷國,如若從政治婚姻的角度來看,或許最佳的選擇應當是逐漸培養一到兩個可以作爲外援的穩定通婚國。但現實卻並非如此,這恐怕也是鄭人如此惋惜於昭公未能迎娶齊女的緣由。

結　論

以上的考察以國際聯姻一事作爲切入點,試圖觀察兩周之際的政治混亂對於各諸侯國究竟產生了何種程度的影響。諸侯國的政治文化正如《詩序》所言:"一國之事,繫一人之本。"國君的妃匹選擇往往能夠左右一國之國運。前文分别以齊、晉和鄭爲典型案例,結合兩周之際的政治局勢,闡述了這一變動時期諸侯國所採取的幾種通婚取向。筆者將兩周之際的諸侯國通婚形態概括爲三種基本的類型:"傳統型"、"革新型"及"東遷型"。

我把齊國視爲"傳統型通婚"的代表,作爲地域性大國,齊國與周初分封在東方的諸多侯國久已形成了互通婚姻的聯盟,在這一"傳統諸侯通婚網"中的國家,相對而言,其婚姻關係的締結較少受到兩周交替這一歷史轉折的影響,而更多地維持著西周以來的通婚格局。

① 《左傳·桓公十一年》,楊伯峻:《春秋左傳注》,頁 131—132。

與上述這類“傳統型通婚國”相比，晉國和鄭國是在這一歷史時期婚姻取向變化較大的兩個代表，晉、鄭雖同爲周室東遷一事的主導者，但這兩個國家的情況卻又各不相同。晉在其封地已延續十代以上，卻在春秋初年迎來曲沃代立的內亂，從而晉室此前的通婚往來亦隨之被打斷。取代舊室的曲沃一係，則在婚姻關係的締結上表現出強烈的政治功利性，由此成爲春秋前期最具革新性、最敢於“破壞”周人婚姻慣例諸侯國。晉國在婚姻取向上的“革新”體現在兩個方面：廣泛與戎人通婚，以及對同姓婚姻的毫無忌諱的態度。同樣正是依靠著這一時期與戎人部落的親密往來，晉國得以迅速地拓展其勢力範圍。可以說，晉的這種革新的、帶有強烈政治功利意味的通婚取向，是日後造就文公稱霸的重要前提。

鄭國則是所有諸侯國中，通婚最缺乏穩定性、也最容易受到政治局勢的波及的國家，這主要同其身爲東遷國的“移民”特性有關。觀察鄭國東遷之後的兩代君主的婚姻，均不得不與鄭國所面臨的政治局勢結合起來加以觀察，從中非常突出地體現了東遷國受制於外部政治環境的艱難情境。儘管平王東遷極大地仰仗了鄭武公之力，鄭國在春秋初年的“強勢”卻極爲脆弱，在日後的發展中，鄭國也日益暴露出其缺乏強大政治外援的劣勢。

值得注意的是周天子在這一時期的諸侯聯姻當中始終是缺席的，對比《大雅・韓奕》描繪婚姻場景時宣王所佔據的核心地位，這其中的反差是極爲明顯的。這一變化預示著到了春秋時期，諸侯國級別的婚事已經同周王室沒有太直接的聯繫，甚至也不需要獲得周天子的首肯。從這三個諸侯國的事例當中，可以看到，影響諸侯國擇取婚姻配偶的最大變量，正是日益變化多端的國際時局。周天子在諸侯國婚姻事務中的“缺席”，在一定程度上象徵著，此時婚姻逐漸淪爲了貴族之家直接獲取政治利益的工具，在“婚姻”與“政治”之間恰恰缺乏了一個堪當“緩衝”的“中介”。這也反映出在西周的政治框架下，周天子在諸侯國婚姻事務中所起到的作用，很難簡單將其看成是一種純粹儀式性的身份擔當，反而在調配諸侯國之關係方面，周天子的影響力向來無法忽視。因而到了春秋時期，既然以天子爲象徵的秩序框架業已瓦解，諸侯國的聯姻關係越發以政治利益爲驅動,同時越發背離於西周所留下的政治傳統,在這樣的大背景下也就顯得不難理解了。

(作者爲香港浸會大學中文系博士生)

從子學質變論六朝子書的著録空缺*

何維剛

摘　要

子學與文學的互涉,是六朝學術中較少論及的問題。整理《隋書·經籍志》所載六朝子部目録,不難發現魏晉以降子書著録呈現空缺,集部著作則在此時蓬勃發展。子部著録空缺與集部發展,並非僅是單純表面的此消彼長,而是有其背後動態的學術脈絡。東漢魏晉子與集的混淆與辨析,牽涉著述型態由專著轉向篇章集録的過渡,而從七略到四部的圖書分類方式,"集部"的形成與奠定,也間接影響了經部、子部範圍之縮窄。另一方面,六朝子學不復限於先秦的子學範疇,諸子學的質變與泛化,皆影響了史家對於子書之認識與選録。

關鍵詞:子學　文學　六朝　著録

一、前言

自《左傳》以來,立德、立功、立言便被視爲聲名得以傳世的三不朽,而在立言以求不朽之中,又可細分爲撰寫史書、子書與詩賦文章。朱曉海便已指出:在魏晉之時,立言之位階不但無法與立德、立功相提並論,便

* 本文之撰就,承蒙特約討論人、二位匿名審查委員惠賜修訂意見,謹致謝忱。

在立言之中,撰寫子書、史書的地位又較詩賦爲高[①]。是以《中論·序》:

> 見辭人美麗之文並時而作,曾無闡弘大義、敷散道教、上求聖人之中、下救流俗之昏者,故廢詩賦頌銘贊之文,著《中論》之書二十篇。

曹植《與楊德祖書》:

> 若吾志未果,吾道不行,則將采庶官之實録,辯時俗之得失,定仁義之衷,成一家之言。雖未能藏之於名山,將以傳之於同好。[②]

《中論·序》以爲詩賦等美麗之文無益於政教風俗,不若子書能有徵聖救俗之效用。《與楊德祖書》則提出立言當在立德、立功不可行之抉擇,且所與撰寫之"一家之言",亦是實録之"史"、或是能辨時俗得失之"子",而非無益教化的詩文。及至西晉,陸機雖"文章已足垂不朽",但其所念兹在兹的,仍是"欲定《吴書》,雲昔嘗已商之,兄此真不朽事"、"吾所作子書未成,以此爲恨耳"[③]等子史著作,而非詩賦文章。認爲撰寫子書、史書,其立言之位階高於詩賦創作,當可視爲魏晉以前之普遍看法。

魏晉時期對於子書之重視,在東晉南朝卻産生劇變。整理《隋書·經籍志》子部類的存録狀況,不難發現南朝以降傳統子學逐步式微,而在士人魚雁往返之中,也不復存如曹丕、陸機,視撰寫子書爲畢生願望

① 朱曉海:《魏晉時期文學自覺説的省思》,《淡江中文學報》2003 年第 9 期,頁 14—19。

② 分見(魏)徐幹撰,孫啟治解詁:《中論解詁》(北京:中華書局,2014 年)附録一《徐幹中論序》,頁 395。(梁)蕭統編,(唐)李善注:《文選》(臺北:藝文印書館,1967 年)卷四二《書中》所録曹植《與楊德祖書》,頁 605—606。

③ 分見(清)嚴可均:《全上古三代秦漢三國六朝文》(北京:中華書局,1999 年),《全晉文》卷一〇二所録陸雲《與兄平原書》,頁 2041。(宋)李昉等編:《太平御覽》(北京:中華書局,1995 年)卷六〇二《文部十八·著書下》引《抱朴子》,頁 2709。

之言論。清季以降,諸子學的整理與省察,主要集中在先秦諸子,如章太炎:"所謂諸子學者,非專限於周秦,後代諸家,亦得列入,而必以周秦爲主。"①然相關研究亦已涉及六朝與後代子學,如譚獻《復堂日記》、劉咸炘《舊書別錄》、羅焌《諸子學述》等著作,對於六朝諸子之評判、其時子學發展概況之敘述,亦多公允。唯諸家篇什零散,難成體系。近年學界涉及的面向,主要仍關注在漢晉諸子或東晉南朝的個別子書,對於東晉南朝子學的發展質變,卻較少有所論述②。余嘉錫《目錄學發微》、徐有富《目錄學與學術史》等著作,則以目錄學、文獻學的眼光就《漢志》、《七錄》、《隋志》等目錄流變,間接涉及六朝子學的種種問題。可見六朝諸子學的衰落及其相關證據,實牽涉學術史、目錄學、子學、文學等範疇,若欲全面觀照此一命題,尚須根基於前人之研究成果。

子學如何涉獵與評價文學,是前人探討六朝學術時較少論及之問題。實際上六朝子學與士族文化、文學關係相當密切,士族不但需博覽諸子以彰顯博學,在六朝子書之中,亦頻見子與集地位高低的探討。子學研究無疑是六朝歷史文化一塊重要的拼圖,本文試圖從六朝傳統子學之質變著手,探究六朝子書著錄的空缺問題。

二、魏晉南朝傳統子學之質變

在強調博學風尚的六朝,實不難發現子書仍爲士人的必讀書目。

---

① 章太炎:《諸子學略說》(桂林:廣西師範大學出版社,2010 年),頁 1。

② 就筆者淺略所見,論及東晉南朝子學衰微者,僅見田曉菲《諸子的黄昏:中國中古時代的子書》、陳宏怡《六朝子學之變質:以〈金樓子〉爲探討主軸》有較爲詳盡之論述。張蓓蓓《略論中古子輯的整理》、《從中國子學傳統重探〈文心雕龍〉》諸文,雖非以東晉南朝子學發展停滯爲探討主軸,但其中以學術史論及六朝子學傳統處,亦頗有參照之資。分見田曉菲:《諸子的黄昏:中國中古時代的子書》,《中國文化》2008 年第 27 期,頁 64—75。陳宏怡:《六朝子學之變質:以〈金樓子〉爲探討主軸》(臺北:臺灣大學中國文學研究所碩士論文,2007 年)。張蓓蓓:《略論中古子籍的整理》,《漢學研究》2014 年第 1 期,頁 39—72。張蓓蓓:《從中國子學傳統重探〈文心雕龍〉》,收入臺灣大學中國文學系主編:《林文月先生學術成就與薪傳國際學術研討會論文集》(臺北:臺灣大學中國文學系,2014 年),頁 83—116。

曹丕"博貫古今經傳諸子百家之書"、西晉皇甫謐"博綜典籍、百家之言"、梁朝庾詵"經史百家無不該綜"、沈洙"精識強記,五經章句,諸子史書,問無不答"。北朝亦然,如宋繇"博通經史,諸子群言,靡不覽綜"、李文博"本爲經學,後讀史書,於諸子及論尤所該洽。"①延及諸子百家與史傳,僅是博學風尚之基本,多者更遍及四部與諸雜學技藝。如杜夷"博覽經籍百家之書,算曆圖緯,靡不畢究。"王融自謂"竊習戰陣攻守之術,農桑牧藝之書,申商韓墨之權,伊周孔孟之道。"其例甚多,茲不贅述。史稱當時學人"博覽群書,學無不綜"②,庾仲容、沈約皆撰有《子抄》,或當將子書之事分類抄錄以便於記頌,可見在六朝博學之風下,子書仍保有一定的讀者群。

然而整理《隋書・經籍志》所載錄的六朝子部目錄,不難發現魏晉以降傳統子書的著錄,相較於經、史、子明顯呈現短缺狀態③。究其原因,田曉菲曾舉出魏晉以降詩文總集的出現,逐漸取代了子書作爲著書、立言的重要手段,謂五世紀以降"開始把詩文寫作是爲代表了個人

① 分見(晉)陳壽:《三國志・魏書・文帝本紀》(北京:中華書局,1971 年),頁 57。(唐)房玄齡等:《晉書・皇甫謐傳》(北京:中華書局,1974 年),頁 1409。(唐)姚思廉:《梁書・處士・庾詵傳》(北京:中華書局,1972 年),頁 750。(唐)姚思廉:《陳書・儒林・沈洙傳》(北京:中華書局,1972 年),頁 436。(北齊)魏收:《魏書・宋繇傳》(北京:中華書局,1974 年),頁 1152。(唐)魏徵等:《隋書・李文博傳》(北京:中華書局,1973 年),頁 1432。

② 分見《晉書・儒林・杜夷傳》,頁 2353。(梁)蕭子顯:《南齊書・王融傳》(北京:中華書局,1972 年),頁 820。(唐)令狐德棻等:《周書・蕭督傳》(北京:中華書局,1971 年),頁 868。

③ 若單從"量"比較《漢志》至《隋志》之發展,經部方面,《漢志・六藝略》收錄 103 家 3123 篇,至《隋志》成長爲 627 部 5371 卷。史部方面,本僅屬於《漢志・六藝略》中《春秋類》,至《隋志》成長爲 817 部 13264 卷。集部方面,《漢志・詩賦略》收錄 106 家 1318 篇,至《隋志》成長爲 554 部 6622 卷。而子部部分,若只論傳統子學而不論後來涵括之兵學、醫學等新興子學,《漢志・諸子略》有 189 家 4324 篇,至《隋志》成長爲 283 部 4051 卷。姑且不論篇幅長短,而僅以部數來論,則經部成長 524 部、史部成長 806 部、集部成長 348 部,而子部傳統子學的部分僅成長 94 部。由此不難看出傳統子學的成長率遠遠不如經部、史部與集部。其數據統計詳參陳宏怡:《六朝子學之變質:以〈金樓子〉爲探討主軸》,頁 45—50。

聲音、個體生命的最佳揚名後世之手段。不能夠'吟詠性情'的子書不再能夠滿足人們留存自傳記錄的需要。至此'集'取代了'子',成爲表達自我的唯一方式"①。田氏之論證在於將子學與後世純文學之概念二分,以此消彼長解釋《隋志》中集部的大量著錄、子書空缺。然而田氏之說猶可商榷,《隋志》中子部著作的缺席可能僅是表面現象,中古時期子、集之觀念可否如此明確分野,"吟詠性情"以求表達自我是否合適解釋子集之消長,皆有商榷的空間。下文將以此爲出發點,探究子學著作與文集之互涉、傳統子學之質變,並試圖從中説明《隋志》傳統子書著錄短缺之原因。

(一) 子與集的混淆與辨析

"文學"一詞在先秦兩漢時期指涉範圍寬泛,先秦的文學概念幾乎等同於學術思想,舉凡一切文章學術都可涵括於"文學"。兩漢時期,文學一詞則轉爲指涉經學及傳授經學之官職②,針對辭賦、頌銘等後世歸類於純文學之作品、以及史傳、奏議等散文,則以"文"或"文章"來指稱③。因此若沿用先秦傳統之文學觀念,視一切典章學術皆爲"文學",則後世分類之子學實亦包含於此一範疇。本文對於文學之定義,偏重於五四以後純文學觀點所認識之文學,爲避免觀念上產生混淆,本文暫以"文章"一詞指涉詩賦等純文學作品,以別於傳統涵括一切經典學術

① 田曉菲:《諸子的黄昏:中國中古時代的子書》,頁 69。

② 王利器:《文學古義今案》,《傳統文化與現代化》1995 年第 2 期,頁 26—33。

③ 前者如桓譚:"吾少時見楊子雲之麗文高論。"班固《兩都賦序》:"故孝成之世,論而錄之,蓋奏御者千有餘篇,而後大漢之文章炳焉與三代同風。"皆以文、文章指涉賦。後者如《漢書·賈誼傳》:"以能誦詩書、屬文稱於郡中。"又《公孫弘傳贊》:"文章則司馬遷、相如……劉向、王褒以文章顯。"則涵括史傳章表,不專以辭賦爲文。分見(唐)歐陽詢:《藝文類聚》(上海:上海古籍出版社,1985 年)卷七五《方術部·疾》所錄桓譚《新論》,頁 1289。《文選》卷一《賦甲》所錄班固《兩都賦序》,頁 22。(漢)班固:《漢書·賈誼傳》(北京:中華書局,1962 年),頁 2221;《漢書·公孫弘傳贊》,頁 2634。

之"文學"概念①。

傳統看法以爲,子、史濫觴於先秦,文章則待於兩漢,故《金樓子·立言》:"諸子興於戰國,文集盛於兩漢。"②《隋書·經籍志》則以文章之興要待於東漢以後:

> 別集之名,蓋漢東京之所創也。自靈均已降,屬文之士衆矣,然其志尚不同,風流殊別。後之君子,欲觀其體式,而見其心靈,故別聚焉,名之爲集。③

章學誠則持説略異,以爲文集之實始於東漢,文集之名則待於西晉。章學誠《文史通義·文集》:

> 自東京以降,訖乎建安黄初之間,文章繁矣,然范陳二史所次文士諸傳,識其文筆,皆云所著詩賦碑箴頌誄若干篇,而不云文集若干卷,則文集之實已具,而文集之名猶未立也。自摯虞創爲《文章流別》,學者便之,於是別聚古人之作,標爲"別集",則文集之名,時仿於晉代。④

考諸陳、范二史,"集"多當動詞使用,乃集合、編纂義。《後漢書·賈逵傳》:"詔令撰歐陽、大小夏侯尚書古文同異。逵集爲三卷,帝善之。"《三

① "文章"一詞亦隨著時代不同而定界有異。如魏晉時期"文章"一詞,與泛稱典章學術的"文學"一詞相互混淆,指稱經、子等著述,亦非今日純文學之範疇。詳參朱曉海:《魏晉時期文學自覺説的省思》,頁5—6。但到了蕭綱《戒當陽公書》"文章且須放蕩",則明確將"文章"切割於經史子之外,指涉抒發性情的文學創作。見《藝文類聚》卷二三《人部七·鑒戒》所録蕭綱《戒當陽公書》,頁424。

② (梁)蕭繹撰,許逸民校箋:《金樓子校箋》(北京:中華書局,2011年),頁852。

③ 《隋書·經籍志》,頁1081。

④ 章學誠:《文史通義·内篇六·文集》(臺北:華世出版社,1980年),頁181。

國志・楊俊傳》裴注《魏略》:"象從延康元年始撰集,數歲成,藏於秘府,合四十餘部。"①然集亦或當名詞。《三國志・荀攸傳》:

> 公達前後凡畫奇策十二,唯繇知之。繇撰集未就,會薨,故世不得盡聞也。

曹丕《與吳質書》:

> 頃撰其遺文,都爲一集。②

若説前例尚有動、名詞之爭議,則後例應當明確指涉文章總合之總稱。又裴注時稱"在粲集中"、"並在融集",知文人有集,不必待於西晉以後,只是初期未必以"集"名,此即章氏所謂"則文集之實已具,而文集之名猶未立也"③。然初期之"集"爲學術、文藝之總匯,非文藝創作之"文集"義,朱曉海便曾提出:"别集蓋起自東京,但直到西晉,集仍舊不是近代意義文學作品匯整之意。"④傳記成體系而爲史、論辨成體系而爲子,"集"的著述形態出現,撼動了傳統的子、史概念,自此傳世文字不復限於成體系之著作,雜纂、零散之篇什亦可達到垂名之目的。章學誠《文史通義・詩教上》:

> 子史衰而文集之體盛,著作衰而詞章之學興。……經學不專家,而文集有經義;史學不專家,而文集有傳記;子學不專家,而文

---

① 分見(劉宋)范曄:《後漢書・賈逵傳》(北京:中華書局,1965年),頁1239。《三國志・魏書・楊俊傳》裴松之注引《魏略》,頁664。

② 分見《三國志・魏書・荀攸傳》,頁325。《文選》卷四二《書中》所錄曹丕《與吳質書》,頁603。

③ 如趙翼便以爲:"然據此則古所謂集,乃後人聚前人所作而名之,非作者之自稱爲集也。"見(清)趙翼撰,曹光甫點校:《陔餘叢考》(上海:上海古籍出版社,2011年)卷二二"詩文以集名"條,頁384。

④ 朱曉海:《魏晉時其文學自覺說的省思》,頁13。

集有論辯。①

羅焌《諸子學述》亦提出:"文集者,起於專門學述之衰,而後萃聚文墨,以附於著作之林也。"②"集"出入於經、史、子之間,東漢之"集"尚未專指"文集",而是更貼近於章氏所謂"不專家"的集合。

子既先興、集爲後起,但從先秦文學觀念來看,二者實皆爲"文學"之範疇。是以子與集的關係,並非單純地此消彼長,而應當有一段混合過渡的時間。若從此一角度來看,中古子書、文集多佚,恐怕無法單從書名爲某"子"、某"集"以評斷歸類,更遑論內容混淆、介乎子集的些許著作③。在"集"的概念尚未興起之前,"子書之體"可能便涵括了所有私人著作,因此就編纂成書這一點而言,子與集可能僅爲一體兩面,未必有明確之分野。故余嘉錫謂"秦漢諸子即後世之文集"④,此蓋亦羅

① 章學誠:《文史通義·內篇一·詩教上》,頁17。

② 羅焌:《諸子學述》(臺北:河洛圖書出版社,1974年),頁103。

③ 子與集混淆的另一個問題,在於後人別集的概念確立後,可能以今律古地改動六朝子集界線不明的子書,遂使些許論著由子部更爲集部。章學誠《文史通義·文集》亦曾指出:"陳壽定《諸葛亮集》二十四篇,本云《諸葛亮故事》,其篇目載《三國志》,亦子書之體。而《晉書·陳壽傳》云定《諸葛集》,壽於目録標題亦稱《諸葛氏集》,蓋俗誤云。"參見《華陽國志·陳壽傳》:"(張)華又表令次定諸葛亮故事集爲二十四篇,時壽、良亦集,故頗不同。"可知張華所撰者亦稱《諸葛亮故事集》。

然而,"集"概念的興起是否會影響到子書目錄的更動,畢竟只是一種假設,除了《諸葛亮集》的案例外,很難找出其他的實例論證。最主要的問題在於:《隋志》所載之書目今多已不存,單從書名此一線索,實難判斷倒底應屬"子"或"集"。華譚《尚書二曹論》,《北堂書鈔》與《通典》皆認爲應當出於《華譚集》,馬國翰《玉函山房輯佚書》則有不同看法:"篇以論稱,蓋本《新論》之一,後人收入全集耳。"從馬氏的懷疑來看,子書論辨之文被後人更動成爲別集一案,但同樣缺乏證據證實其說。因而此一說法僅供讀者參看,下文不復贅述。引文分見章學誠:《文史通義·內篇六·文集》,頁181—182。《三國志》附《華陽國志·陳壽傳》,頁1475。(清)馬國翰輯:《玉函山房輯佚書》,收入《山東文獻集成·第一輯》(濟南:山東大學出版社,2006年),冊49錄(晉)華譚《華氏新論》,頁237。

④ 余嘉錫:《古書通例》(北京:商務印書館,2011年),頁231。

焌所謂"則秦以前之子書,與漢以後之文集,其將判若天淵乎,殆不然也。"①若順著此一脈絡來看,南朝撰寫子書的風尚,可能未必如同《隋書·經籍志》著録空缺,只是更多地與集部合流,遂淹沒了本身子書之面貌。

從目録學的分類來看,魏晉南朝正是四部七略互競的時期,"集部"的成形、發展與奠定,間接影響了經部、子部範圍之縮窄。其中一項影響因素,可能便在於文體概念的細分。劉師培《論文雜記》曾指出:"觀班《志》之敘藝文也,僅序詩賦爲五種,而未及雜文;誠以古人不立文名,偶有撰者,皆出入六經、諸子之中,非六經、諸子而外,別有古文一體也。"劉師培並指出論說之體出於儒家、書說之體出於縱橫家、敕令之體附列於儒家、箴體附於儒家、銘體附於道家②。從目録分類來看,"集部"的定義在七略、四部中亦有所差異。後人對於"集部"之界定,並非單單源於荀勗《中經新簿》的四部分類與劉歆《七略》系統,而是兼含了七略四部的優點。换言之,漢魏六朝從劉歆《七略》到《隋志》四部,"集部"同樣處於由混淆到辨析的過度。此亦見於南朝"集部"類名與内涵之流變。四部之分始於鄭默、荀勗,以"丁部"含括詩賦圖贊,在後來之變動不大。倒是在七略系統中,劉歆《七略》《詩賦略》,主要收録賦、雜賦、歌詩。王儉《七志》《文翰志》延承《詩賦略》,阮孝緒《七録序》謂王儉"次詩賦爲文翰"③,亦以詩賦著録爲主。至阮孝緒《七録》《文集録》則分楚辭、別集、總集、雜文四部,以別集 768 種 6497 卷居首、雜文 273 種 3587 卷居次。而雜文一部,正可視爲劉師培所謂"今人之所謂文者,皆探源於六經、諸子者也。"④阮孝緒《七録》對於後世目録學影響很大,不僅《隋志》史集二目多循阮説,亦奠定了"集部"的内涵。此亦可見不僅是子部,集部同樣處於由混淆步向辨析的過程。

---

① 羅焌:《諸子學述》,頁 103。

② 劉師培:《論文雜記》,王水照主編:《歷代文話》(上海:復旦大學出版社,2007 年),頁 9488—9489。

③ 《全上古三代秦漢三國六朝文》,《全梁文》卷六六所録阮孝緒《七録序》,頁 3346。

④ 劉師培:《論文雜記》,王水照主編:《歷代文話》,頁 9489。

以上乃是就目録學鳥瞰之眼光而言，落實到實際創作，亦可從當時的習慣用語中略窺作家對於子、集態度之差異。子與集的分界，隨著魏晉以降文章觀念的釐清而逐漸確立，及至南朝語境，"集"已獨立於苦思著述的子、史，而專指文章創作。其中一個表現層面在於："書"與"集"概念之辨析。考察六朝篇什，著書多是指涉撰寫子、史等有體系之著作，並不關涉一般文章創作。袁準撰《袁子正論》"著書十餘萬言，論治世之務。"王沈謂傅玄"省足下所著書，言富理濟，經綸政體。"此皆爲子書之作。臧榮緒"沉深典素，追古著書，撰晉史十袠。"何之元撰《梁典》，始於"流寓齊都，窮愁著書。"①此則爲史書之作。南朝提及"著書"，經常聯想到辛勞。《梁書・南平王蕭偉附子恭傳》：

> 下官歷觀世人，多有不好歡樂，乃仰眠床上，看屋梁而著書，千秋萬歲，誰傳此者。勞神苦思，竟不成名。②

蕭恭此言並非無的放矢，史載蕭恭之父蕭偉"少好學"、"晚年崇信佛理，尤精玄學，著二旨義，別爲新通。又製性情、幾神等論。"可見出身書香之家。所以有此言論，主要還是針對湘東王蕭繹："時世祖居藩，頗事聲譽，勤心著述，卮酒未嘗妄進。"③蕭恭未必是反對"著書"成名一事，此處語帶貶抑，更多可能是蕭恭、蕭繹皆爲藩邸，彼此互別苗頭，而批判蕭繹"卮酒未嘗妄進"的造作舉止。

"書"與"集"的指涉不同，南朝士人在使用上亦有區別。江淹《自序傳》：

> 淹嘗云人生當適性爲樂，安能精意苦力，求身後之名哉。故自

---

① 分見《三國志・魏書・袁渙傳》裴松之注引《袁氏世紀》，頁 335；《晉書・傅玄傳》，頁 1323；《南齊書・高逸・臧榮緒傳》，頁 936；（宋）李昉等編：《文苑英華》（北京：中華書局，1982 年）卷七五四《論十四・興亡中》所録何之元《梁典高祖事論》，頁 3951。

②③ 《梁書・南平王蕭偉傳附子恭傳》，頁 349。

少及長，未嘗著書。惟集十卷，謂如此足矣。①

“適性爲樂”猶如蕭恭所言“不好歡樂”，“精意苦力”則近於“勞神苦思”，更重要的是，這兩筆材料都强調著書的目的在於“成名”。陳宏怡以爲此時：“傳統子家‘不得已’而著書立說的寫作動機與興治理想則不斷地消退。”②實爲確論。“精意苦力”成體系的子、史之作，不但是江淹認爲“自少及長”應當所爲之事，亦爲當代“求身後之名”的關鍵。江淹捨棄了子、史著作，以爲有集十卷存留“如此足矣”，此雖僅爲推拖之詞，在江淹心目中未必認爲撰寫文集的地位低於子、史，但仍然側映了當時代認爲好的作家應當以子、史爲務，而非崇尚“適性爲樂”的文集。著書與文藝創作二分的概念，一直到南朝末年皆無混淆。《梁書・謝朏傳》：“朏所著書及文章，並行於世。”③乃是明確分離系統著作與文藝創作。庾信《哀江南賦序》：

昔桓君山之志事，杜元凱之平生。竝有著書，咸能自序。潘岳之文彩，始述家風。陸機之詞賦，先陳世德。④

桓譚撰《新論》、杜預注《左傳》，二人因撰寫子、史而名不朽，庾信以“著書”稱之，並刻意切割潘陸詞賦，可知詞賦之文藝創作已獨立於子、史之學術著作，二者並不相互混淆。子與集於東漢魏晉時分界尚未清晰，後世觀念中文學作品的“集”，與强調思論體系的“子”，其分野之關鍵在於

① 《全上古三代秦漢三國六朝文》，《全梁文》卷三九所錄江淹《自序傳》，頁3178。

② 陳宏怡：《六朝子學之變質：以〈金樓子〉爲探討主軸》，頁58。

③ 《梁書・謝朏傳》，頁264。

④ （北周）庾信撰，（清）倪璠注：《庾子山集注》（北京：中華書局，2006年）卷二，《哀江南賦并序》，頁94。

文章意義"文集"的確立①。田曉菲以爲六朝子書著錄之短缺,可能與文集的興盛有所關聯,然而書目的興衰更迭可能僅是表面線索,文章觀念的轉變或許才是關鍵所在。

(二) 從"一家之言"的轉變看子學質變

"家言"較早見於《荀子·大略》:"此家言邪學之所以惡儒者也。"注:"家言,謂偏見自成一家之言也,如宋墨者。"②既謂偏見,可知非通達諸説,猶如執器以相攻伐,皆未能進入道之領域。司馬遷曾二次提及"一家之言",一次在《史記·太史公自序》:"序略,以拾遺補藝,成一家之言。"一次則在司馬遷《報任安書》:

> 僕竊不遜,近自托於無能之辭,網羅天下放失舊聞,考之行事,稽其成敗興壞之理,凡百三十篇,亦欲以究天人之際,通古今之變,成一家之言。③

《太史公自序》乃是承繼其父司馬談之遺志:"孔子卒後至於今五百歲,有能紹明世,正《易傳》、繼《春秋》,本《詩》《書》《禮》《樂》之際。"④對於先秦學術典籍以及前人所知舊聞一次系統性的總整理,對於百家之説兼容並蓄、鎔鑄貫通。在這基礎之上,方能邁進《報任安書》所謂之"一

---

① 需附帶指出的是:上文雖分別以目錄學與史料探討子、集之辨析,但子、集觀念的區別,在目錄學(編纂者)與實際撰寫(寫作者)可能仍有落差。目錄分類是以後設角度規範前代作品,逐漸建立子、集分野之觀念,但落實到實際創作,除非如陸機自道欲撰子書以求不朽,囿於文獻材料之缺乏,實難論證南朝作者自身對於子、集二者之看法。書目爲後設觀點、史料文獻則多爲作者當下之看法,文中同時參照二者用以説明子書著錄空缺之問題,望讀者在閲讀時,仍須注意二類文獻在層次上的差異。

② (清)王先謙:《荀子集解》(北京:中華書局,1988年)卷一九《大略》,頁516。

③ 上引文分見(漢)司馬遷:《史記·太史公自序》(北京:中華書局,1959年),頁3319;《漢書·司馬遷傳》,頁2735。

④ 《史記·太史公自序》,頁3296。

家之言"①。以司馬遷"成一家之言"爲題以申論者，相關研究已斐然可觀，此不贅述。張大可以爲："所以從傳統學術的觀點分類，司馬遷的'一家之言'不屬於陰陽、儒、墨、名、法、道中的任何一家，也不是雜家，而是一個嶄新的思想體系。"②由此觀來"一家之言"通常具備著兩個層次：一者在於整理前人典籍、諸家是非，"拾遺補藝"而成一系統。一者則是作爲私家著述，在前人基礎上能於思想、歷史的眼界上有所超越，開創出新的思想體系，進而能使自身聲名以垂不朽。六朝時期對於"一家之言"的認識，更多地偏向後者。

魏晉時期提及"一家之言"，主要仍局限在子、史等領域。曹丕謂徐幹"著《中論》二十餘篇，成一家之言"。曹植自謂："吾道不行，則將采庶官之實錄，辯時俗之得失，定仁義之衷，成一家之言。"徐幹更認爲"一家"乃是承襲自聖人："予以荀卿子、孟軻懷亞聖之才，著一家之法，繼明聖人之業。"③直至南朝，以"一家"指涉子、史等學術論著，似乎仍爲主流用法。任昉《王文憲集序》："所撰《古今集記》、《今書七志》，爲一家言，不列於集，集錄如左。"④前文曾述及書、集乃是不同領域，《古今集記》、《今書七志》既爲目錄，當屬史部著作，時人不但有意區分子史與創作，從此則材料已可推斷在著錄上也是刻意有所區分。蕭繹《金樓子序》謂"由是年在志學，躬自搜纂，以爲一家之言"。裴子野《宋略總論》亦謂所撰《宋略》"豈以勒成一家，貽之好事"。蕭繹乃是針對"常笑淮南之假手，每嗤不韋之託人"，無疑在於專指子學。而裴子野《宋略總論》

---

① 逯耀東：《論司馬遷"成一家之言"的兩個層次—〈太史公自序〉的"拾遺捕藝"》，施丁、廉敏編：《史記研究》（北京：中國大百科全書出版社，2009年），頁411。

② 張大可：《試論司馬遷的一家之言》，《史記研究》（北京：華文出版社，2002年），頁504。

③ 分見曹丕：《與吳質書》，《文選》卷四二，頁603；曹植：《與楊德祖書》，頁605—606。無名氏：《徐幹中論序》，《中論解詁》附錄一，頁395。

④ 《文選》卷四六《序下》所錄任昉《王文憲集序》，頁670。

“一家”之說，實脫胎自裴駰《史記集解序》：“雖時有紕繆，實勒成一家。”①乃是繼承了司馬遷“拾遺補藝”之史學精神。

既有主流必有例外，自西晉以來“一家”之指稱，已有指涉相對於主流、刻意求新立說的意味。陸雲便曾批評時人“多不祖宗原意，而自作一家說。”②更多偏重於私家著述的層面。及至南朝，“一家”也不再如同魏晉侷限於子、史之範疇，可能更貼近《漢志》舊說③。醫藥可爲一家，如陶宏景《本草序》：

> 并此序錄合爲七卷，雖未足追踵前良，蓋亦一家撰製。

畫品可爲一家，如姚最《續畫品》：

> 今之所載，並謝赫所遺，猶若文章止於兩卷，其中道有可采，使成一家之集。

文字可爲一家，如顧野王《玉篇序》：

> 總會衆篇，校讎群集，以成一家之製，文字之訓備矣。④

---

① 分見許逸民：《金樓子校箋》，《金樓子序》，頁 1。裴子野：《宋略總論》，《文苑英華》卷七五四，頁 3949。裴駰：《史記集解序》，《全上古三代秦漢三國六朝文》卷一七，頁 2527。

② 陸雲：《與兄平原書》，《全上古三代秦漢三國六朝文》卷一〇二，頁 2044。

③ 值得注意的是：“家”之用法在不同時代中具有各異的學術語境。若從目錄學的角度來看，《漢書・藝文志》中除諸子略外，稱及六藝略、詩賦略、兵書略、數術略、方技略，亦用“家”作爲分類之標準。及至《隋志》，《漢志》中“家”的分類則由“部”取代。或可推測兩漢時期“家”並未侷限於子、史範疇，凡能獨立成說者皆可歸於一家。

④ 分見（梁）陶宏景：《本草序》，《全上古三代秦漢三國六朝文》卷四七，頁 3219；（南朝）姚最：《續畫品》，《全陳文》卷一二，頁 3470；（梁）顧野王：《玉篇序》，《全陳文》卷一三，頁 3475。

此時所謂之“一家”，雖仍保存了司馬遷“拾遺補藝”、整理故籍之本質，但已跳脱出魏晉“一家”侷限於傳統子、史之範疇。若“一家之言”意謂著單一技藝上有所專精，而非真正精意苦力的體系著作，表面上看似傳統子學的地位將會受到震撼而衰微，成系統的一家之論不復是子學主流，但若從另外一個角度來看，未嘗不可視爲子學傳統之質變與泛化。

以上乃是就單一作者之實際創作狀況而論，若回到目錄學的角度，興膳宏曾舉出《隋書・經籍志》所收錄之子學著作，除了儒、道、雜三家之外，先秦諸子及其沿承之相關著作甚少：

> 相對地，兵、天文、曆數、五行、醫方等廣義的自然科學或技術性書籍相當多。……約爲子部實際收錄部數的百分之七十九，卷數則爲百分之六十一。部類名稱雖然是“諸子”，實際上屬於《七錄・術技類》的書籍占大多數。這或許可以說是諸子內容(諸子觀)的改變。①

而此一諸子內容的質變，實在阮孝緒撰《七錄》時已成其形、荀勗《中經》已肇其端。章學誠《文史通義・文集》：

> 至阮孝緒撰《七錄》，惟技術佛道分三類，而經典紀傳子兵文集之四錄，已全爲唐人經史子集之權輿。是集部著錄實仿於蕭梁，而古學源流，至此爲一變，亦其時勢爲之也。②

若如同章氏與興膳氏所言，傳統諸子內容在六朝之後有所轉變，呈現出實用技藝亦歸類於子部的“新興子學”，最主要的原因，可能在於漢晉以前傳統諸子多已不傳。余嘉錫《目錄學發微》：

---

① 興膳宏撰，連清吉譯：《〈隋書・經籍志〉解說(下)》，《書目季刊》1999年第2期，頁11。

② 章學誠：《文史通義・內篇六・文集》，頁182。

> (荀勗《中經》)其乙部則合《漢志》之諸子、兵書、數術爲一部,四部中皆無方技,蓋已統於術數之中。爲後世子部之祖。……當前漢時諸子之學,已在若存若亡之間。由漢至晉,中更王莽董卓之亂,其存焉者蓋寡矣。《中經》著錄之古諸子凡若干家,今無可考。……以此推之,晉時子部之書,當亦無幾。此所以合《漢志》四略之書歸於一部也。①

比較《漢志》與《隋志》,不難發現先秦諸子失散頗多。是以自荀勗《中經》以來,諸子散亂,目錄學家對於子部的定義已與傳統諸子不同,術數、兵家、技藝、醫方之學,皆漸涵括於子部範疇②。因爲戰亂而書籍亡佚,子學傳承的斷裂,遂成爲六朝子學產生質變的關鍵,前述醫藥、畫品自視爲"一家",或許便側映了此一子學質變。南朝的諸子觀,恐怕已非如同司馬遷"一家之言"般強調整理故籍、有嶄新的思想體系,而是回歸到荀子所謂執於一端的"家言"。

若說經、史尚可成爲文藝創作之資助,從輯古精思到偏向專業技藝,子書的內涵在六朝逐漸產生質變與泛化,間接阻隔偏向技藝的新興子學與文章互涉之可能。試想:經書、史書、甚至是經學之附庸讖緯,都能提供文章創作靈感,但是兵書、醫書、天文數術等新興子學,除非學有專攻,一般作者甚難從中攫取創作資源。前人論及《隋志》子部、集部之消長,論調往往在於傳統子學之衰退與停滯,但若考量到子學、文章初

① 余嘉錫:《目錄學發微》(北京:商務印書館,2011年),頁151。

② 新興子學如兵、天文、五行、醫方,別於傳統子學之"入道見志"而趨向實際應用。藉由技術以干利祿,進而於家學相傳而造就世族門第,其中最著名的例子,莫過於以醫學著稱的東海徐氏與會稽姚氏。徐氏步入仕途正取資醫術,而其政治地位的衰落,亦在於投身政治後不再專心於醫術、後世子孫未有天資繼承醫術。《隋志》所載東海徐氏之醫學著作十分豐富,其中徐叔向、徐文伯、徐嗣伯、徐之才皆有醫書傳世。從嚴格意義上來說,醫方並非傳統子學之範疇,其被劃入子部甚至有可能是出於維持各部數量上的均衡狀態。但若從上述"一家"之質變與子學泛化的角度來看,《隋志》以爲:"兵及醫方,聖人之政也,所施各異。"進而"原脉以知政,推疾以及國",將屬於術層面之醫方,推及到了道層面的聖人之業,未嘗不可視爲《隋志》爲新興子學風潮之正名。見《隋書·經籍志》,頁1051、1050。

皆涵括于"文學"之範疇,二者於六朝時期方逐漸從混淆轉向辨析,便不能排除《隋志》中子部、集部之消長,可能與文章觀念之辨析、傳統子學之質變有所關聯。在二者觀念尚未明確分野之前,些許章學誠所謂的"不專家"作品,可能便由子部歸類到集部,導致《隋志》所載傳統子學有所停滯的表面現象。余嘉錫以爲兩漢諸子之衰,乃在於"學問之道,亦正賴於功名爲之驅使,漢人經術之盛,因其能發策決科,而諸子不立博士,故其學日以益微"①。然利益驅使學術,何獨兩漢,六朝子學內涵之質變恐亦繫於此。

三、結論

據《隋志》與史書所載:經部,會稽賀氏"六世以三禮名家,爲南土儒宗"。弘農袁氏"儒雅世襲"②。史部,則有河東裴氏數代撰修。子部,有陳郡謝氏、吳郡張氏世以清談爲名,前人論及吳興沈氏亦常評價"由玄入儒"③。集部,瑯琊王氏與陳郡謝氏代有文集。此四部皆可見明顯的家學傳承,並留有不少經、史、集部著作,但在傳統諸子分類:儒、道、法、名、墨、縱横、雜、農諸家,卻鮮見一個家族前後撰寫內容相近之子書。如陳郡謝氏、吳郡張氏雖以清談爲名,但在《隋志》子部著錄中,卻僅存張融《少子》一部,這和集部大量載錄謝氏、張氏的文集狀況全然相反。子學的實際應用與學術撰寫是兩個層面的問題,謝氏、張氏家傳老莊玄理,目的仍在於與士族交流應答時"清談"的應用,吳郡張氏更是藉

---

① 余嘉錫:《古書通例》(北京:商務印書館,2011年),頁249。

② 分見(清)李慈銘:《越縵堂讀書記》(北京:中華書局,2006年),頁264。(梁)沈約:《宋書·袁顗傳》(北京:中華書局,1974年),頁2151。

③ 吳正嵐:《六朝江東士族的家學門風》(南京:南京大學出版社,2003年),頁284—292。

由清談玄理,以取得可與僑姓比拼的文化優勢①。但專業的學術思辨、系統論述,恐怕並非以清談傳家的士族們興趣所在。另一方面,取士標準的轉移可能也影響了子書的撰寫風氣,《梁書》江淹等傳論:“觀夫二漢求賢,率先經術,近世取人,多由文史。”②雖然對於儒、道等各家思想之論辯,仍於六朝各代未曾中斷,但以撰寫子書達到經世濟民的目的已經衰微。察舉標準的改變,促使文、史書寫之盛行,撰寫子書未能幫助作者攫取利益,可能間接影響了《隋志》傳統子書撰寫與著錄之空缺③。

余嘉錫以爲魏晉以降諸子書,“由漢至晉,中更王莽董卓之亂,其存焉者蓋寡矣”、“晉時子部之書,當亦無幾”④。子書傳承的斷裂,迫使目錄學著作如荀勗《中經》,必須在《漢志》的基礎上作更動補充,使子學傳承産生了本質上的改變。從内在因素來看,南朝對於“一家之言”的界定,也逐漸從司馬遷“拾遺補藝”的整理與創發,轉化爲單一技藝的指稱,亦符合《隋志》子學範疇逐漸涵括醫方、棋藝等技藝的傾向。子書閱讀並未隨著傳承斷裂而滅絕,博覽子書實爲六朝士族彰顯博學之一環。但傳統子學並不如經學、史學、文學能成爲世族傳家之學,能爲家族帶來實質利益,反倒是具有實際價值的新興子學—醫方,鑄就了東海徐氏與會稽姚氏的興起。若說子書之傳承斷裂與後人更動,爲南朝子書著錄空缺與質變的關鍵所在,那么子學未能爲世族帶來實質利益、不受國

① 如《世說新語・言語》載張玄之善玄理,與謝玄並稱“南北二玄”。又如王僧虔《戒子書》:“設令袁令命汝言《易》,謝中書挑汝言《莊》,張吳興叩汝〔言〕《老》,端可復言未嘗看邪?”以張緒之玄理造詣並列於僑姓士族之袁粲、謝莊。分見余嘉錫:《世說新語箋疏》(北京:中華書局,1983年),卷上之上,《言語》,頁110。《南齊書・王僧虔傳》,頁605。

② 《梁書・江淹任昉傳論》,頁258。

③ 魏晉時期論及立言,子、史地位都高於文學,但子、史何者爲高,則難以考察。荀勗編纂《中經新簿》,以經、子、史、集的四部分類。到了東晉李充爲著作郎時,則重編四部,“五經爲甲部,史記爲乙部,諸子爲丙部,詩賦爲丁部”。而後阮孝緒《七録》及《隋志》,皆承襲李充四部未再更動,或許說明史部逐漸凌駕於子部之上。《文選》卷四六《序下》所録任昉《王文憲集序》,李善注引臧榮緒《晉書》,頁666。

④ 余嘉錫:《目録學發微》,頁151。

家重視等客觀環境，或可視爲子書著錄空缺的催化劑。

余英時曾援引雅斯培“軸心突破”的分析概念，認爲諸子百家出現於歷史舞台，“相當程度上撼動了‘巫’在上古禮樂傳統中的獨霸地位”①，不但奠定了中華文明的精神特色，並對文明發展起著長期的引導作用②。然而兩漢以後，子學的開創性逐漸減弱，劉勰《文心雕龍·諸子》已觀察到此點：

> 夫自六國以前，去聖未遠，故能越世高談，自開户牖。兩漢以後，體勢浸弱，雖明乎坦途，而類多依採。此遠近之漸變也。嗟夫！身與時舛，志共道申，標心於萬古之上，而送懷於千載之下，金石靡矣，聲其銷乎！③

彦和指出“身”與“時”的乖背，因去聖已遠，後世子學隨波逐流，終究未能達到聖賢經典的高度。六朝子學式微，已無法達到“軸心突破”的創發性，前輩學者論及六朝子書著錄之空缺，往往以子學衰微或是集部取代子部作爲解釋。然而若細部考察子學與文學的互涉，或可看出除了子學衰微一說外，傳統子學的質變與泛化，致使子書與文集合流、子部範疇擴張，皆可能影響了傳統子書著作著錄的空缺。六朝子學的衰微與質變可能僅是一體二面，文獻與著錄多寡可能僅是表面上的數字，傳統子學如何過渡到新興子學，並且與集部之間有何關連，其內部動態的學術脈絡，可能更值得進一步深入思索。

（作者爲臺灣大學中國文學系博士候選人）

---

① 余英時：《論天人之際：中國古代思想起源試探》（臺北：聯經出版社，2015年），頁148。

② 同上，頁1—17。

③ （梁）劉勰撰，范文瀾注：《文心雕龍注》（臺北：學海出版社，1991年），頁310。

《秦王破陣樂》與元白詩

——讀《元白詩箋證稿》*

蕭振豪

摘　要

《秦王破陣樂》與唐太宗創業定國相關，在文學史、音樂史乃至文化史上均有重要的地位，其流傳與變化可視爲六朝隋唐時代文化藝術從南亞到東亞的雙向流播與融合。元稹《和李校書新題樂府十二首》與白居易《新樂府》五十首都提及《破陣樂》，後者更將相關的《七德舞》一首置於《新樂府》之首，足見其重要性。

本文針對《破陣樂》的各種版本，認爲元白能見聞的《破陣樂》，應當屬於燕樂系統乃至法曲的《破陣樂》；但元白是否真的看到《破陣樂》舞，其樂舞是否開天以前的舊貌，卻不無疑問。《破陣樂》與坐部伎、立部伎、法曲都有密切的關係，而特別與龜茲樂有關，導致元稹藉立部伎和法曲討論華音、胡音以至華夷的對立時，造成了難以自圓其說的尷尬處境。白居易巧妙地通過處於華夷之間的“諸夏”之聲，解決了《破陣樂》屬性的問題，並透過改稱《破陣樂》爲《七德舞》，又使其與後面的《法曲》和《立部伎》內容相異，隱去一切令人聯想到《破陣樂》與俗樂、胡樂相關的線索，以造就《破陣樂》神聖莊嚴的地位，從此可見白居易對於《新樂府》的苦心經營。本文在指出《元白詩箋證稿》的卓見與不足的同時，又指出陳寅恪以琵琶證明法曲屬胡樂的論點，引起了丘瓊蓀和任半塘的批評，這些批評除了涉及對音樂史實的考證，更重要的是爲如何詮釋作

---

* 本文撰寫期間，先後蒙陳健成先生及匿名評審惠賜修改意見，謹此致謝！

爲史料的文學作品帶來反思的空間。

關鍵詞:《秦王破陣樂》 白居易 《元白詩箋證稿》 陳寅恪 《新樂府》

元稹《和李校書新題樂府十二首》與白居易《新樂府》五十首,均極重視樂舞,並藉此寄託諷諭。元稹詩雖然只有十二首,但涉及音樂者即有《華原磬》《五絃彈》《西涼伎》《立部伎》《驃國樂》《胡旋女》六首;白居易增事踵華,除上述六首外,新增了《七德舞》,更將其中五首移至五十首中較前位置,足見其於諷諭詩中自成一系。當中《七德舞》不但居於《新樂府》之首,又與唐太宗創業定國相關,奠定五十首之主調,實爲白居易苦心經營之作。

樂舞《七德舞》即《秦王破陣樂》(下簡稱"《破陣樂》"),創於武德三年(620),貞觀七年(633)更名爲《七德舞》。創作不足二十年,即已名震西域,《大唐西域記》載羯若鞠闍國(Kānyakubja,即今印度卡瑙傑)戒日王(Ś ilāditya)及迦摩縷波國(Kāmarūpa,即今印度阿薩姆邦西部)拘摩羅王(Kumāra)均曾聽聞"摩訶至那國"(Mahācīna)《秦王破陣樂》曲[①]。其後《破陣樂》更傳入日本,《三五要錄》引《南宮横笛譜》:

> 昔尾張濱主(引案:OWARI no Hamanushi,733 -?)傳云。此儛序初卌拍子也,而遣唐時儛生還本國時,忘八拍子也。仍除弃十拍子,今遺半帖只十拍子。[②]

① (唐)玄奘著,(日)水谷真成譯:《大唐西域記》(東京:平凡社,1971年),頁166—167,316。事又見《大唐大慈恩寺三藏法師傳》、《續高僧傳》、《開元釋教錄》、《貞元新定釋教目錄》、《唐會要》。王溥:《唐會要》(上海:上海古籍出版社,2006年),頁2122。案陳寅恪認爲印度得聞《破陣樂》"當在貞觀十四年(640)平定高昌以後"。陳寅恪:《元白詩箋證稿》(北京:生活·讀書·新知三聯書店,2001年),頁147。

② 劉崇德主編:《現存日本唐樂古譜十種》(合肥:黄山書社,2013年),冊一,頁158下。

《破陣樂》傳入日本，化爲三種不同的簡本，《類箏治要》提到"《破陣樂》渡本朝曲三簡也，當曲(引案：即《皇帝破陣樂》)、《散手》(引案：《散手破陣樂》)、《秦皇》(引案：《秦王破陣樂》)等是也，冣爲重"①，至今仍各自流傳五絃琵琶、琵琶、箏、笛、笙、篳篥等樂譜，《掌中要錄》更保留了這三種樂曲的舞譜②。摹繪唐代樂舞情形的《信西古樂圖》更畫有"皇帝破陣樂"和"秦王破陣樂"兩種樂舞③。諸本雖爲略本，仍有"序"、"破"、"换頭"等段落，甚至可以對舞，仍能想見昔日全曲之盛大④。任半塘更稱之爲唐帝國的"國歌"、"國舞"：

① 《現存日本唐樂古譜十種》，冊四，頁 1744。

② 即：

	秦王破陣樂	皇帝破陣樂	散手破陣樂
《五弦譜》(五絃琵琶譜)	不記調名 (葉棟記爲大食調)	—	—
《三五要錄》(琵琶譜)	乞食調	壹越調	大食調
《仁智要錄》(箏譜)	乞食調	壹越調	大食調
《類箏治要》(箏譜)	器食調	壹越調 (附《類聚箏譜》校異)	大食調
《懷中譜》(横笛譜)	大食調	壹越調	—
《掌中要錄》(舞譜)	乞食調 《秦王》	不記調名 《皇陣樂》?	大食調 《散手》
《鳳笙譜》(笙譜)	—	不記調名	—
《龍笛要錄》(笛譜)	乞食調	壹越調	大食調
《三五中錄》(琵琶譜)	乞食調	壹越調	大食調

以上諸譜多已收錄於《現存日本唐樂古譜十種》。《蘆聲抄》(篳篥譜)有〈秦皇[王]〉，未見原書。另可參《教訓抄》對這三種樂曲的記載。

③ (日)正宗敦夫編：《日本古典全集信西古樂圖》(東京：日本古典全集刊行會，1927 年)。

④ 《三五要錄》引《南宮(横笛)譜》："嵯峨帝王(引案：809—823 在位)善儛此曲，仍有勅爲童親王源氏對面儛。"《現存日本唐樂古譜十種》，冊一，頁 231 下。

> ……再則堪認爲有唐一代之國歌、國樂、國舞者，乃赫赫三百年久之《破陣樂》是！當時不但國內推尊，即在國際，亦稱典重。東迄日本，西抵天竺，俱有演奏。①

從宏觀的角度來看《破陣樂》，其流傳與變化可視爲六朝隋唐時代文化藝術從南亞到東亞的雙向流播與融合。

《破陣樂》雖然在文學史、音樂史乃至文化史上都有重要的地位，但有關《破陣樂》的研究尚有不少未足之處。當中沈冬《〈破陣樂〉考——兼論雅俗樂的交涉與轉化》以《破陣樂》爲專題，嘗試勾勒《破陣樂》演進的五個階段：創作、燕樂化、雅樂化、法曲化、餘波②，雖然此文對五階段的敘述似乎有簡化爲直線發展之嫌，但仍是相關研究中最爲詳盡的文獻。前人研究多從音樂角度出發，考索《破陣樂》及唐樂的樂制，而鮮少從文學角度出發來理解元白《新樂府》中《破陣樂》的引申意涵。本文即嘗試結合陳寅恪《元白詩箋證稿》，重新探討《破陣樂》的文學意義，以及二人在創作時所遇到的問題。

一、《破陣樂》源流小考：兼論元白所聞《破陣樂》

白居易《七德舞》提到自己親見《七德舞》：

> 七德舞，七德歌，傳自武德至元和。元和小臣白居易，觀舞聽歌知樂意，樂終稽首陳其事。……爾來一百九十載，天下至今歌舞之。歌七德，舞七德，聖人有作垂無極。③

---

① （唐）崔令欽撰，任半塘箋訂：《教坊記箋訂》（北京：中華書局，2012年），頁146。

② 沈冬：《〈破陣樂〉考——兼論雅俗樂的交涉與轉化》，中興大學中國文學系主編：《第三屆通俗文學與雅正文學研討會論文集》（臺北：新文豐出版股份有限公司，2002年），頁164—210。

③ （唐）白居易著，朱金城箋注：《白居易集箋校》（上海：上海古籍出版社，1988年），册一，頁140—141。

《破陣樂》自武德三年(620)草創至元和四年(809)白居易作《新樂府》,相隔一百八十九年,正合詩中"爾來一百九十載"之數,可見白居易所述皆有所本,而且認真地計算《破陣樂》流傳的時間。陳寅恪認爲:

> "元和小臣白居易,觀舞聽歌知樂意"之句,非泛語也。……樂天即未見之於祭祀郊廟之上,亦可見之於享宴軍賓之間。其爲親身經歷,因而有所感觸啓發無疑也。①

不過如果仔細推敲,便會發現這個說法不無含糊之處:白居易似乎把《七德舞》視爲《破陣樂》的同義詞,因此即使武德年間的原作名爲《秦王破陣樂》,白居易爲了突顯唐太宗的功業,將詩題定爲《七德舞》。然而白居易聽到或看到的,到底是哪一個版本的《七德舞》或《破陣樂》?

先看看《七德舞》的命運。唐太宗改名爲《七德舞》的版本,在創製之初已經與《九功》並奏:

> (貞觀)七年(633),太宗制《破陣舞圖》:左圓右方,先偏後伍,魚麗鵝貫,箕張翼舒,交錯屈伸,首尾迴互,以象戰陣之形。令呂才依圖教樂工百二十人,被甲執戟而習之。凡爲三變,每變爲四陣,有來往疾徐擊刺之象,以應歌節,數日而就,更名《七德》之舞。癸巳(引案:指正月十五日),奏《七德》、《九功》之舞,觀者見其抑揚蹈厲,莫不扼腕踴躍,凜然震竦。②

所謂《九功》即《功成慶善》舞,又稱《慶善樂》③,兩曲在太宗朝"自是元

① 《元白詩箋證稿》,頁 145—146。

② (五代)劉昫等:《舊唐書》(北京:中華書局,1975 年),頁 1046。

③ 《新唐書》:《九功舞》者,本名《功成慶善樂》。太宗生於慶善宮,貞觀六年幸之,宴從臣,賞賜閭里,同漢沛、宛。帝歡甚,賦詩,起居郎呂才被之管絃,名曰《功成慶善樂》。以童兒六十四人,冠進德冠,紫袴褶,長袖,漆髻,屣履而舞,號《九功舞》。進蹈安徐,以象文德。見(宋)歐陽修、宋祁:《新唐書》(北京:中華書局,1975 年),頁 468。

日、冬至朝會、慶賀"同奏①。不得不注意的是，太宗時的《七德舞》專指配以《破陣樂》的舞蹈，因此《七德舞》並非完全與《破陣樂》相等。

高宗年間《破陣樂》和《慶善樂》仍然合奏，但《破陣樂》的內容卻已改變。首先是《破陣樂》改爲《神功破陣樂》②，與《慶善樂》合奏：

> 麟德二年(665)七(引案：疑當作十月)月二十四日詔："國家平定天下，革命創制，紀功旌德，久被樂章。今郊祀四懸，猶用干戚之舞，先朝作樂，韞而未申。其郊廟享宴等所奏宮懸，文舞宜用《功成慶善》之樂，皆著履執緋，依舊服袴褶、童子冠。其武舞宜用《神功破陣》之樂，皆被甲持戟，其執纛之人，亦著金甲。人數並依八佾，仍量加簫、笛、歌鼓等，于懸南列坐，若舞，即與宮懸合奏。其宴樂內二色舞者，仍依舊別設。"③

《七德舞》"樂工百二十人，被甲執戟而習之"，而《神功破陣樂》則"人數並依八佾"，可以看出高宗將《破陣樂》雅化以合郊廟的意圖④。《慶善》、《神功破陣樂》加上高宗自製的《上元舞》⑤，成爲高宗時期重要的三大舞。不過高宗的意圖並沒有實現，《神功破陣樂》畢竟屬於燕樂的範疇，雖然郊廟亦間用燕樂，但《神功破陣樂》一直無法取代雅樂的位

---

① 《新唐書》，頁467。

② 《唐會要》卷三三《破陳樂》："至顯慶元年(656)正月十五日，詔改《破陳樂》舞爲《神功破陳樂》。"《舊唐書》卷二十八同，卷四作"二月庚寅"，考顯慶元年二月無庚寅，當爲正月二十五日之誤。《唐會要》，頁715。《舊唐書》，頁75，1046。

③ 《舊唐書》同。《唐會要》，頁692。《舊唐書》，頁1047。

④ 沈冬認爲這反映高宗"在父權陰影、閹割焦慮之下的無奈"，雅化《神功破陣樂》是"走出父權陰影之努力"，其說尚可斟酌；但無論如何，高宗致力雅化《神功破陣樂》以至《七德舞》，冷淡對待太宗朝《破陣樂》則可以無疑。沈說見《〈破陣樂〉考——兼論雅俗樂的交涉與轉化》，《第三屆通俗文學與雅正文學研討會論文集》，頁200。

⑤ 《唐會要》：咸亨四年(673)十一月十五日，上自製樂十四首，有《上元》《二儀》《三才》《四時》《五行》《六律》《七政》《八風》《九宮》《十州》《得一》《慶雲》之曲。詔有司，諸大祀享並奏之。《唐會要》，頁692。

置。如儀鳳二年(677)十一月六日太常少卿韋萬石奏：

> 麟德三年(引案：當作二年)十月敕，文舞改用《功成慶善樂》，武舞改用《神功破陣樂》，并改器服。但以《慶善》不可降神，《神功破陣樂》又未入雅樂，雖改用器服，其舞曲依舊，迄今不改，事既不安，恐須別有處分。①

明確指出《神功破陣樂》未入雅樂，而且"舞曲依舊"爲燕樂的尷尬處境。高宗意識到"舊文舞、武舞既不可廢"，到了二十二日批准韋萬石等人提出的解決方法：

> 謹按《凱安舞》是貞觀年中所造，武舞準《貞觀禮》及今禮，但郊廟祭享奏武舞之樂即用之。凡有六變。……望請應用二舞日，先奏《神功破陣樂》，次奏《功成善慶樂》。先奉敕于圜丘、方澤、太廟祀享日，則用《上元舞》。臣據見行禮，欲于天皇酌獻降復位已後，即作《凱安》，六變樂止。其《神功破陣樂》《功成慶善樂》《上元》之舞三曲，待改修訖，以次通融作之，即新舊並行，前後有序。②

對於這次的討論，《新唐書》說得更爲直接，謂"又曰：'《神功破陣樂》不入雅樂，《功成慶善樂》不可降神，亦皆罷。'而郊廟用《治康》《凱安》如故。"③

實際上當時另有一種雅樂版的《破陣樂》，稱爲《七德》，韋萬石所奏也提到這種雅樂版的問題所在：

> 立部伎內《破陣樂》五十二遍，修入雅樂，衹有兩遍，名曰《七德》。立部伎內《慶善樂》七遍，修入雅樂，衹有一遍，名曰《九功》。

---

① 《舊唐書》同。《唐會要》，頁693。

② 《唐會要》，頁693—694。《通典》同。

③ 《新唐書》，頁468。

《上元舞》二十九遍，今入雅樂，一無所減。每見祭享日三獻已終，《上元》舞猶自未畢，今更加《破陣樂》《慶善樂》，兼恐酌獻已後，歌舞更長。其雅樂內《破陣樂》《慶善樂》及《上元舞》三曲，並望修改通融，令長短與禮相稱，冀望久長安穩。①

立部伎（詳見下文）的《破陣樂》太長，雅樂本《七德》卻太短，都不適合祭享之時使用。高宗雖然希望提高《破陣樂》的地位，但顯然對雅樂本《七德》沒有興趣，他念茲在茲的仍然是《神功破陣樂》。永淳二年（683）裴守貞建議奏《神功破陣樂》時天子不必站立，但諸書記載這件事時將之置入高宗封禪嵩山一事之間，顯然是同時之事，反映《神功破陣樂》晉身爲正式郊廟音樂的可能性：

永淳二年七月庚申，詔以今年十月有事於嵩岳。……用《神功破陣樂》及《功臣慶善樂》，二舞每奏，上皆立對。守眞又議曰："……詳覽傳記，未有皇王立觀之禮。況升中大禮，華夷畢集，九服仰垂拱之安，百蠻懷率舞之慶。陶甄化育，莫匪神功。豈於樂舞，別申嚴敬？臣等詳議，二舞時天皇不合起立。"詔並從之。尋以帝不豫，改用來年正月行封禪之禮。②

後來因"河南、河北尚有十餘州旱澇，加以朔方寇盛"，最終中止了封禪的計畫，高宗進一步提高《神功破陣樂》地位的計畫，也因此無法實現。

至於原來的《破陣樂》亦命途多舛。首先是永徽二年（651）祀南郊，宇文節請奏九部樂，高宗謂"《破陳[陣]》樂舞者，情不忍觀，所司更不宜設"，"言訖，慘愴久之"③。到了儀鳳三年（678）七月八日，韋萬石才上奏請復奏《破陣樂》：

① 《舊唐書》，頁 1048。《通典》《唐會要》同。

② 《唐會要》，頁 121—122。

③ 《舊唐書》同。《唐會要》，頁 715。《舊唐書》，頁 1046。

> 至儀鳳三年七月八日，上在九成宫咸亨殿宴韓王元嘉、霍王元軌及南北軍將軍等。樂作，太常少卿韋萬石奏言："《破陳樂》舞者，是皇祚發跡所由，宣揚祖宗盛烈，傳之於後，永永無窮。自太皇臨御四海，寢而不作，既緣聖情感愴，群臣不敢開言。……今《破陣樂》久廢，群下無所稱述，將何以發孝思之情？臣望每大宴會，先奏此舞，以光祖宗之功烈。"上瞿然改容，俯遂所請。樂闋，上獻欷久之，顧謂韓王等曰："不見此樂，垂三十年，乍此觀聽，實深哀感。……"①

高宗朝自顯慶元年(656)開始一直使用《神功破陣樂》，因此可以確認這裏提到的《破陣樂》，並不是指《神功破陣樂》，而是指太宗朝的《破陣樂》。自永徽二年至儀鳳三年已歷二十七年，合於高宗所謂"不見此樂，垂三十年"之數，可見高宗朝已經長期沒有演奏《破陣樂》。韋萬石似乎是對《神功破陣樂》以至《破陣樂》雅化不持正面評價的保守人物，這裏甚至說"將何以發孝思之情"，似乎暗指高宗以《神功破陣樂》代替太宗朝《破陣樂》的舉動是不念太宗的不孝行爲。前文提到他指出《神功破陣樂》的種種問題，以至主張新舊文、武舞並行，現在又看到他提議在宴會演奏舊版《破陣樂》，猶如把《破陣樂》從雅樂拉回燕樂的層面，《破陣樂》雅樂化的失敗，似乎與高宗朝樂官的意識形態乃至政治鬥爭有一定關係。韋萬石雖然奏請"每大宴會，先奏此舞"，但史書中並沒有看到高宗朝再奏太宗朝《破陣樂》的記載，不得不說高宗對太宗朝《破陣樂》態度冷淡。結合高宗一直致力於《神功破陣樂》演奏與雅化的背景，似乎不能只按字面來理解"不見此樂，垂三十年，乍此觀聽，實深哀感"：久未重聽父親一朝舊樂的哀感與揮別舊樂的决心，並非不能並存，何況高宗實在無法公然駁斥"將何以發孝思之情"的質問。

到了武后時期，《神功破陣樂》步向衰亡，《唐會要》卷三三：

> 其《破陳[陣]》《上元》《慶善》三舞，皆易其衣冠，合之鐘磬，以

① 《唐會要》，頁715—716。

> 享郊廟。自天后臨朝，此禮遂廢。①

值得注意的是《唐會要》將此條列於“讌樂”之下，與立部伎的《破陣樂》一同説明，此曲即二遍雅樂《七德》的前身。此處三舞並舉，且“以享郊廟”，分明又指《神功破陣樂》。因此可以猜想，王溥認爲所謂雅樂化的《破陣樂》和《神功破陣樂》，其本質仍然是燕樂。《舊唐書》謂：

> 以《破陣》爲武舞，謂之《七德》；《慶善》爲文舞，謂之《九功》。自武后稱制，毀唐太廟，此禮遂有名而亡實。②

《新唐書》所記略異：

> 武后毀唐太廟，《七德》、《九功》之舞皆亡，唯其名存。自後復用隋文舞、武舞而已。③

所謂《七德》當指立部伎的二遍雅樂《七德》；《新唐書》承襲並删略《舊唐書》的字句，反而容易引起誤會。不過隨着《神功破陣樂》的消亡，而且其後復用隋文、武舞，可見歐陽修認爲唐初的重要樂舞都被武則天消滅殆盡。

太宗朝的《七德舞》在高宗朝本來就不使用，二遍雅樂本《七德舞》又未受高宗的青睞，和《神功破陣樂》又一同於武后時毀廢。白居易所聽到的，不可能是這幾種版本。那么，玄宗以後的情況又是如何？坐部伎另有《破陣樂》，玄宗又自製《小破陣樂》（詳見下文），已非太宗時百二十人“被甲執戟”的舊貌。安史之亂以後，開天禮樂舊制難以恢復，直到元、白在元和年間創作新樂府的一百五十年間，幾乎沒有任何關於《破陣樂》的紀錄。《舊唐書》記貞元十四年（798）“上御麟德殿，宴文武百

---

① 《唐會要》，頁 711。

② 《舊唐書》，頁 1060。

③ 《新唐書》，頁 469。

僚，初奏《破陣樂》，遍奏九部樂"①，考十部伎中首部即讌樂，其中有《破陣樂》，因此這裏指先奏讌樂中的《破陣樂》，再奏餘下九部；可知這裏的《破陣樂》仍屬燕樂系統，但是否確爲張文收所造的讌樂卻不得而知（詳見下文）②。

值得注意的是這裏提到"奏"《破陣樂》，元、白以後有關《破陣樂》的記載依舊寥寥，而且都是和"奏"有關的材料，沒有提到舞。如長慶二年（822）與吐蕃盟，奏《秦王破陣曲》；太和三年（829）製凱樂《破陣樂》詞，凱樂"樂工等乘馬執樂器，次第陳列，如鹵簿之式"③，並無舞蹈。到了咸通（860—874）年間：

> 是時，藩鎮稍復舞《破陣樂》，然舞者衣畫甲，執旗旆，纔十人而已。蓋唐之盛時，樂曲所傳，至其末年，往往亡缺。④

藩鎮舞《破陣樂》，固然有向中央炫耀的意味；但從"復"舞《破陣樂》看來，《破陣樂》舞的舊貌似乎已經亡缺。如果再考慮元稹對《破陣樂》"作之宗廟見艱難，作之軍旅傳糟粕""如今節將一掉頭，電卷風收盡摧挫"的描述⑤，早在元稹的時候，軍旅已不復存《破陣樂》之舊，更何況軍隊中的《破陣樂》，很可能不帶舞蹈。而白居易所能見聞的《破陣樂》，應當

① 《舊唐書》，頁 387。《唐會要》卷三三僅及"奏九部樂及禁中歌舞"，並未提及《破陣樂》。《唐會要》，頁 721。

② 沈冬把"初奏《破陣樂》"理解爲"盛唐喪亂之後，試圖恢復國威的一種嘗試"，並不正確。"初奏"指在宴會的最初演奏，非指第一次演奏。如《新唐書・南蠻傳》："初奏樂，有贊者一人先導樂意，其舞容隨曲。"《新唐書》，頁 6314。

③ 《唐會要》，頁 709。案唐代"凡鼓吹五部：一鼓吹，二羽葆，三鐃吹，四大橫吹，五小橫吹"，羽葆及鐃吹各有《破陣樂》。《新唐書》，頁 508—509。

④ 《新唐書》，頁 478。唐末段安節《樂府雜錄・龜茲部》提到："《破陣樂》曲亦屬此部，秦王所制，舞人皆衣畫甲，執旗旆。外藩鎮春冬犒軍亦舞此曲，兼馬軍引入場，尤甚壯觀也。"則《破陣樂》此時雖然亡缺，但其遺制仍然十分壯觀。（唐）段安節撰，亓娟莉校注：《樂府雜錄校注》（上海：上海古籍出版社，2015 年），頁 40。

⑤ （唐）元稹撰，冀勤點校：《元稹集》（北京：中華書局，1982 年），上冊，頁 282，284。

屬於燕樂系統乃至法曲的《破陣樂》,已不可能是太宗時的《七德舞》,嚴格而言只能說是《破陣樂》舞,而不是《七德舞》。退一步說,即使不求《破陣樂》的原貌,白居易是否真的能"觀舞聽歌知樂意",其樂舞又是否真的是開天以前的舊貌,也不無疑問。陳寅恪所謂"其爲親身經歷,因而有所感觸啓發無疑也",恐怕並非絕對。

二、白居易的苦心:《破陣樂》、立部伎與法曲

既然白居易所親聞的並非原本的《七德舞》,甚至有可能沒有看到《七德舞》的舞蹈,爲什麼白居易不把詩題定爲《破陣樂》,並在詩中用"破陣樂"一詞,而反而要用《七德舞》? 李紳的原作《樂府新題》二十首已不可見,元稹《和李校書新題樂府十二首》則取秦王破陣的意象入詩:

> 漢祖過沛亦有歌,秦王破陣非無作。(《法曲》)①
> 太宗廟樂傳子孫,取類群凶陣初破。(《立部伎》)②

白居易《新樂府》繼元稹而作,題目使用"七德舞"而非沿用"秦王破陣"一詞,應是出於白居易的刻意選擇。初看之下,白居易既然要著重太宗"三十有五致太平"的偉業,採用象徵大定的曲名《七德舞》是自然不過的事情。陳寅恪極爲敏銳地發現"功成理定何神速"實暗用《禮記·樂記》"王者功成作樂,治定制禮"("治定"因避高宗諱,改用"理定"),隱含"三十有五致太平"即"作樂制禮"之意,緊扣《破陣樂》更名《七德舞》的背景③,因此用《七德舞》一名的確符合詩旨。不過,如果結合《新樂府》中白居易對於《破陣樂》屬性的態度,可以看到白居易的選擇還包含更複雜的因素。

首先回顧《破陣樂》的屬性問題。自高宗時已有坐部伎和立部伎之

---

① 《元稹集》,頁 282。
② 《元稹集》,頁 284。
③ 《元白詩箋證稿》,頁 139—140。

分,《破陣樂》的三個版本,其中一種屬立部伎,兩種屬坐部伎。《唐會要·卷三十三·讌樂》:

> 立部伎有八部:一《安樂》,周平齊所作,周代謂之《城舞》;二《太平樂》,亦謂之《五方師子舞》;三《破陳[陣]樂》;四《慶善樂》;五《大定樂》,亦謂之《八紘同軌樂》,太宗平遼時作也;六《上元樂》,高宗所作也;七《聖壽樂》,武太后所作……八《光聖樂》,玄宗所造。……坐部伎有六部,一《讌樂》,張文收所作也,又分爲四部,有《景雲》、《慶善》、《破陳[陣]》、《承天》等樂;二《長壽樂》,武太后長壽年所作;三《天授樂》,武太后天授年所作;四《鳥歌萬歲樂》,武太后所作……五《龍池樂》,玄宗所作……六《小破陳[陣]樂》,玄宗所作,生於立部伎,舞用四人,被之金甲。①

可知貞觀年間張文收所作讌樂中的《破陣樂》屬坐部伎,高宗年間與二遍雅樂本《七德》和《神功破陣樂》有關《破陣樂》的屬立部伎,而玄宗所作的《小破陣樂》則屬坐部伎,由立部伎化出。考玄宗所作《小破陣樂》"舞用四人,被之金甲",但讌樂的《破陣樂》則"舞四人,緋綾袍,錦衿褾,緋綾褲"②,兩者均與太宗朝百二十人"被甲執戟"毫不相符。《信西古樂圖》所描繪的《皇帝破陣樂》和《秦王破陣樂》均用四人(後者舞者執劍),或許就是坐部伎的遺制③。

《破陣樂》又爲法曲中的代表作。陳暘《樂書》卷一百八十八:

> 法曲興自於唐,其聲始出清商部,比正律差四,鄭衛之間,有鐃鈸鐘磬之音。太宗《破陣樂》、高宗《一戎大定樂》、武后《長生樂》、明皇《赤白桃李花》,皆法曲尤妙者。

---

① 《唐會要》,頁 711。《小破陣樂》《舊唐書》僅作《破陣樂》,諸書皆有"小"字。

② 《舊唐書》,頁 1061。

③ 《秦王破陣樂》與前一舞《蘇合香》中間有一女性,服飾道具與兩舞均不相似,不知何屬,恐現存諸圖已有殘缺。

陳暘指出《破陣樂》屬於法曲時，直接以帝王順序附上太宗的名字，但太宗朝《破陣樂》是否屬於法曲，似乎難以確認。《新唐書》又載"玄宗既知音律，又酷愛法曲，選坐部伎子弟三百教於梨園，聲有誤者，帝必覺而正之，號皇帝梨園弟子"①，則知法曲"梨園弟子"來自坐部伎。

因此，無論從燕樂還是法曲的角度著眼，《破陣樂》都與坐、立兩部有密切的關係。如上文引及法曲在"鄭衛之間"，坐、立部伎同樣與俗樂尤其是胡樂有關。段安節《樂府雜錄・龜茲部》也提及《破陣樂》"亦屬此部"，但沒有提及是哪一種《破陣樂》②。先看立部伎的情況，諸書所收立部伎樂曲的次序相同（參看上文），但就其屬性則有不同的意見：

《通典》	自《安樂》以後，皆雷大鼓，雜以龜茲樂，聲振百里，並立奏之。
《唐會要》	自《安樂》已下，每奏皆擂大鼓，同用龜茲樂，並立奏之。其《大定樂》加以金鉦。唯《慶善樂》獨用西涼樂，最爲閑雅。
《舊唐書》	自《破陣舞》以下，皆雷大鼓，雜以龜茲之樂，聲振百里，動蕩山谷。〈大定樂〉加金鉦，惟《慶善舞》獨用西涼樂，最爲閑雅。③
《新唐書》	《破陣樂》以下皆用大鼓，雜以龜茲樂，其聲震厲。《大定樂》又加金鉦。《慶善舞》顓用西涼樂，聲頗閑雅。④

《通典》和《唐會要》等略早的文獻以《安樂》以下爲龜茲樂，兩《唐書》則作《破陣樂》以下；"《安樂》以下"、"《破陣樂》以下"是否包括《安樂》、《破陣樂》本身，不無含糊之處。

坐部樂的情況則較爲簡單，《唐會要》作"自《長壽》已下皆用龜茲

① 《新唐書》，頁476。
② 《樂府雜錄校注》，頁40。
③ 《舊唐書》，頁1060。
④ 《新唐書》，頁475。

樂,……唯《龍池》用雅樂"[1],諸書並無異議。換言之坐部伎的《小破陣樂》用龜茲樂,《小破陣樂》既然出自立部伎《破陣樂》,可證立部伎的《破陣樂》也是龜茲樂。至於坐部伎中張文收讌樂的《破陣樂》則不是龜茲樂。

元稹在《法曲》和《立部伎》兩首詩中都提到《破陣樂》,可見元稹非常清楚《破陣樂》的屬性。那麼元稹是否知道《破陣樂》與胡樂有關呢?《法曲》提到"雅弄雖云已變亂,夷音未得相參錯。自從胡騎起煙塵,毛毳腥羶滿咸洛",又云"胡音胡騎與胡妝,五十年來競紛泊"[2];《立部伎》一開始便提到"胡部新聲錦筵坐"[3],"坐"即指坐部伎,足以說明元稹也知道法曲與胡樂的關係。於是新的問題出現了:《法曲》和《立部伎》皆借法曲滲透夷音導致安史之亂一事,"申明夷夏之大防"(陳寅恪《論韓愈》語),但早於天寶年間的其他法曲,尤其是象徵唐帝國的《破陣樂》,不也是與胡樂尤其是龜茲樂有關嗎?元稹顯然也意識到這個問題,於是他以天寶十三載(754)"道調法曲與胡部新聲合作"一事爲分水嶺,認爲之前的法曲"雅弄雖云已變亂,夷音未得相參錯",把天寶十三載前的法曲說成是"已變亂"的俗樂,也就是《樂書》所說的"鄭衛之間",而未與胡樂合作交雜;自從法曲與胡部新聲合作之後,"夷音相參錯",馬上發生了安史之亂。《立部伎》把這一觀點說得更爲清楚:

> ……工師盡取聾昧人,豈是先王作之過?宋沇嘗傳天寶季,法曲胡音忽相和。明年十月燕寇來,九廟千門虜塵涴。(太常丞宋沇傳漢中王舊說云:明皇雖雅好度曲,然而未嘗使蕃漢雜奏。天寶十三載,始詔道調法曲與胡部新聲合作,識者異之。明年祿山叛。)我聞此語歎復泣,古來邪正將誰奈。奸聲入耳佞入心,侏儒飽飯夷齊餓。[4]

---

① 《唐會要》,頁711。

② 《元稹集》,上冊,頁282。

③④ 同上,頁284。

詩中不但重申了上述的觀點，還提出責任在於“工師盡取聾昧人”而不在於作法曲的先王①。因此即使天寶前的法曲“已變亂”，乃至玄宗容許“夷音相參錯”，仍無損先王作樂之德，這裏當然不無爲帝王開脱的嫌疑，也似乎可以緩解《破陣樂》屬性所帶來的問題。元稹雖然明示其説法來自“宋沇傳漢中王舊説”，但現存文獻中的相關説法最早即見於《元氏長慶集》，後世如《新唐書》、《碧雞漫志》、陳暘《樂書》均沿襲其説，尤其是這些文獻敘述音樂史的時候，並沒有説明胡部新聲合作與安史之亂關聯的必要，可見元稹此説的影響力。

如果仔細檢驗的話，元稹似乎無法自圓其説。元稹要以天寶末“胡音忽相和”爲界，自然要把早於天寶的《破陣樂》排除於“胡音忽相和”以外，於是在《立部伎》起首強調“胡部新聲錦筵坐，中庭漢振高音播”。陳寅恪已指出後句謂立部伎②，元稹試圖將坐、立部伎説成是胡部和漢音的區别，但如上文所證，立部伎也和胡樂有關，何況坐部伎中也有《破陣樂》，而且還是貞觀年間張文收所作的讌樂。元稹把《破陣樂》亡缺的原因説成是“如今節將一掉頭，電卷風收盡摧挫”，含糊地指向節度使，但其實仍然指向安史之亂。又如《法曲》最後提到“《火鳳》聲沈多咽絕，《春鶯》囀罷長蕭索”，元稹感慨於《火鳳》和《春鶯》在安史之亂後銷聲匿跡，但據向達考證，這兩首都是胡人所創的胡樂③。因此可以説，元稹雖然力圖表現天寶之前“夷音未得相參錯”，但元稹所舉天寶以前的歌曲（尤其法曲），卻難以説是純粹的“漢音”。

白居易如果要在《七德舞》、《法曲》、《立部伎》藉音樂帶出華夷之别，自然也要面對同樣的挑戰。首先看《法曲》，這裏保留了華音與胡音

① 元稹引李紳原詩小序：李傳云：太常選坐部伎無性識（引案：陳寅恪據《樂府雜錄》校作“性靈”，於義爲長，然元稹集各本、《樂府詩集》、紹興本《白氏文集》、馬元調刊本《白氏長慶集》、汪立名《白香山詩集》等皆作“性識”，闕疑。下同）者退入立部伎。又選立部伎，無性識者退入雅樂部，則雅樂可知矣。《元稹集》上册，頁284。

② 《元白詩箋證稿》，頁163。

③ 向達：《唐代長安與西域文明》（上海：生活·讀書·新知三聯書店，1957年），頁61—62。

的對立(爲方便閲讀,刪去白居易自注):

> 法曲法曲歌《大定》,積德重熙有餘慶,永徽之人舞而詠。法曲法曲舞《霓裳》,政和世理音洋洋,開元之人樂且康。法曲法曲歌《堂堂》,堂堂之慶垂無疆。中宗肅宗復鴻業,唐祚中興萬萬葉。法曲法曲合夷歌,夷聲邪亂華聲和。以亂干和天寶末,明年胡塵犯宫闕。乃知法曲本華風,苟能審音與政通。一從胡曲相參錯,不辨興衰與哀樂。願求牙曠正華音,不令夷夏相交侵。①

詩的後半指出法曲"合夷歌","夷聲邪亂"導致安史之亂,最後明確提出"不令夷夏相交侵"的主張,這些都與元稹《法曲》相合。白居易的自注提到:

> 法曲雖似失雅音,蓋諸夏之聲也,故歷朝行焉。明皇雖雅好度曲,然未嘗使蕃漢雜奏。天寶十三載,始詔諸道調法曲與胡部新聲合作,識者深異之。明年冬而安祿山反也。②

後半部分沿用元稹的説法,但前半卻説法曲雖與胡樂相近,令人感覺"似失雅音",實際上是"諸夏之聲"。白居易故意選用了"諸夏"這個帶有模糊色彩的用語,《春秋公羊傳·成公十五年》:"《春秋》:内其國而外諸夏,内諸夏而外夷狄"③,諸夏介乎"(中)國"與"夷狄"中間,成爲了華夷音樂問題的一個緩衝地帶。"諸夏"一方面與"夷"不同,使白居易得以保留對夷的批判,同時"諸夏"與"華"又並非不能相容,使並非純乎華音的法曲得以確保其合法的地位。詩中最後提到"願求牙曠正華音",指出諸夏之聲的法曲仍有向"華"靠攏歸化的可能性,既符合白居易重華音的觀點,又不違背對夷音亂華的批判。

白居易爲法曲的屬性作出非常巧妙的演繹和解圍。如果從法曲的

---

①② 《白居易集箋校》,頁145。

③ (清)阮元校刻:《十三經注疏》(北京:中華書局,1980年),頁2297a。

源流來説，白居易的説法可以説利用了法曲屬性的灰色地帶。上文提到陳暘《樂書》“（法曲）其聲始出清商部”的説法，隋七部伎中有清商部，源於清商三調。《魏書·樂志》：

> 初，高祖討淮、漢，世宗定壽春，收其聲伎。江左所傳中原舊曲，《明君》、《聖主》、《公莫》、《白鳩》之屬，及江南吴歌、荊楚西（引案：“西”原作“四”，誤）聲，總謂清商。①

《隋書》記載清商樂與北方和中原皆有關係：

> 清樂，其始即清商三調是也，並漢來舊曲。樂器形制，並歌章古辭，與魏三祖所作者，皆被於史籍。屬晉朝遷播，夷羯竊據，其音分散。苻永固（引案：苻堅）平張氏，始於涼州得之。宋武平關中，因而入南，不復存於内地。及平陳後獲之。高祖聽之，善其節奏，曰：“此華夏正聲也。昔因永嘉，流於江外，我受天明命，今復會同。雖賞逐時遷，而古致猶在。可以此爲本，微更損益，去其哀怨，考而補之。以新定律吕，更造樂器。”②

《舊唐書》也説清商樂是“南朝舊樂”：

> 清樂者，南朝舊樂也。永嘉之亂，五都淪覆，遺聲舊制，散落江左。宋、梁之間，南朝文物，號爲最盛；人謠國俗，亦世有新聲。後魏孝文、宣武，用師淮、漢，收其所獲南音，謂之清商樂。③

本來屬於“華夏正聲”的音樂，傳入北方後經由苻堅（氐族）、北魏拓跋氏（鮮卑族）等重新輸入南朝，這一特質被白居易賦予“諸夏”一詞。實際

① （北齊）魏收編：《魏書》（北京：中華書局，1974年），頁2843。
② （唐）魏徵、令狐德棻撰：《隋書》（北京：中華書局，1982年），頁377。
③ 《舊唐書》，頁1062。

上《破陣樂》作爲法曲之一，天寶十三載七月十日太樂署供奉曲名中，《破陳[陣]樂》即有太蔟商(時號大食調)、林鐘商(時號小食調)、黃鐘商(時號越調)、中呂商(時號雙調)、南呂商(時號水調)等五種商調版本①，和清商樂中的清調同屬商調②。至於與法曲關係密切的龜茲樂，以至用龜茲樂的坐部伎《小破陣樂》用龜茲樂和立部伎《破陣樂》，由於龜茲樂"起自呂光滅龜茲，因得其聲。呂氏亡，其樂分散，後魏平中原，復獲之。……開皇中，其器大盛於閭閈"③，屬於已經中國化的北方音樂，稱爲"諸夏之聲"也並非完全歪離史實。白居易通過重新詮釋法曲和龜茲樂的屬性，解決了元稹詩中的矛盾。

現在再從另外一個角度分析。將樂舞與帝王並稱的說法，實際上早有其例，見《舊唐書》載景龍二年(708)迦葉志忠上表：

景龍二年(708)春，宮中希旨，妄稱后衣箱中有五色雲出，帝使畫工圖之，出示於朝，乃大赦天下，百僚母妻各加邑號。右驍衛將軍、知太史事迦葉志忠上表曰："昔高祖未受命時，天下歌《桃李子》。太宗未受命時，天下歌《秦王破陣樂》。高宗未受命時，天下歌"側堂堂"。天后未受命時，天下歌《武媚娘》。伏惟應天皇帝未受命時，天下歌《英王石州》；順天皇后未受命時，天下歌《桑條韋》也，《女時韋》也。六合之內，齊首蹀足，應四時八節之會，歌舞同歡。豈與夫簫韶九成、百獸率舞同年而語哉！伏惟皇后降帝女之精，合爲國母，主蠶桑以安天下，后妃之德，於斯爲盛。謹進《桑條歌》十二篇，伏請宣布中外，進入樂府，皇后先蠶之時，以享宗廟。"④

白居易沒有言及武后和韋后的相關樂曲，這一點不難理解；肅宗或許沒

① 《唐會要》，頁 718—719。

② 有關清商三調的討論，可參閱丘瓊蓀著，槐芾輯補：《燕樂探微》(上海：上海古籍出版社，2007 年)，頁 37—42。

③ 《隋書》，頁 378。

④ 《新唐書》、《資治通鑑》同。《舊唐書》，頁 2172。

有相配的歌曲，於是借高宗年間《堂堂》代表唐室中興的故事①，配上與中興有關的中宗和肅宗，高宗另外配上與《破陣樂》有關的《大定樂》。問題是爲什麽白居易沒有提及高祖和太宗，更沒有提到重要的法曲《破陣樂》？誠然太宗時的《破陣樂》不一定是法曲，但元稹《法曲》不但提到《破陣樂》，還遠從黄帝說起；上文又提到白居易提出"諸夏"的概念，解決了法曲屬性的問題，那麽以《破陣樂》配太宗，正如以《霓裳羽衣曲》配玄宗一樣，已經不是問題。爲什麽白居易卻偏偏不提最重要的太宗呢？

這個問題固然可以用最直接簡單的方法回答，即白居易"不複"的優點。《法曲》之前已有專詠太宗的《七德舞》，《法曲》接着高宗開始，於是《新樂府》的五十首便非常順暢地藉音樂開展到歷代君主的盛世和事蹟。不獨《法曲》，白居易在《立部伎》也同樣沒有提到《破陣樂》。陳寅恪在評價元白詩作優劣的時候，曾以《立部伎》來說明"不複"，即"此篇所詠之旨，所持之旨，又不復雜入他篇"②：

> 他若唐代之立部伎，其包括之範圍極廣，舉凡《破陣樂》、《太平樂》皆在其內，而樂天則以《破陣樂》既已詠之於《七德舞》一篇，《太平樂》又有《西涼伎》一篇專言其事，故《立部伎》中所述者，唯限於散樂，即自昔相傳之百戲一類。此皆足徵其經營結構，實具苦心也。③
>
> 樂天此篇（引案：《立部伎》）……而其所述內容，實與微之以立部伎中之《破陣樂》、《慶善樂》爲言者不同。蓋白氏《新樂府》中既專有《七德舞》一篇以陳王業之艱難，於此自不必重複。④

---

① 《新唐書・五行志》：調露（679—680）初，京城民謠有"側堂堂，橈堂堂"之言。太常丞李嗣真曰："側者，不正；橈者，不安。自隋以來，樂府有《堂堂》曲，再言《堂堂》者，唐再受命之象。"白居易自注"永隆元年（680），太常丞李嗣真"云云，紀年稍異。《新唐書》，頁 918。《白居易集箋校》，頁 145。

② 《元白詩箋證稿》，頁 128。

③ 同上，頁 130。

④ 同上，頁 157。

"不複"的優點雖然屢見於《新樂府》,這一點沒有疑問,但與《立部伎》這個例子似乎無關。白居易在《立部伎》起首便提到"立部伎,鼓笛諠。舞雙劍,跳七丸。嫋巨索,掉長竿"等散樂的內容[①],陳寅恪於是認爲白居易是爲了不和《七德舞》重複,因而在《立部伎》只描寫立部伎的散樂。但如果翻查散樂的源流:

> 散樂,歷代有之,其名不一,非部伍之聲。俳優歌舞雜奏,總謂之百戲:跳鈴、擲劍、透梯、戲繩、緣竿、弄枕珠、大面、撥頭、窟礧子,及幻伎:激水化魚龍、秦王捲衣、筊鼠、夏育扛鼎、巨象行乳、神龜負岳、桂樹白雪、畫地成川之類,至于斷手足、剔腸胃之術。[②]

明確地提到散樂"非部伍之聲",當然也不屬於立部伎。《唐會要》又提到:

> 若尋常饗會,……會日先奏坐部伎,次奏立部伎,次奏蹀馬,次奏散樂。(然後奏部次第,並取當時進止。)[③]

可見散樂並不在坐、立部伎的範疇以內,有時只在坐、立部伎以後才演奏。白居易在詩中又説"坐部退爲立部伎,擊鼓吹笙和雜戲",立部伎成爲了雜戲的背景音樂,並不是説立部伎就包含雜戲。敬宗時曾有幽州人石火胡"於百尺竿上張弓弦五條,令舞女各居一條之上,衣五色衣,執戟持戈,舞《破陣樂》曲"[④],把《破陣樂》用爲雜戲的背景音樂,但這首《破陣樂》是不是立部伎的音樂,已無從得知。無論如何,雜戲並不是立部伎的主要特徵,也不在立部伎的體制之內,陳寅恪所謂不複"故《立部伎》中所述者,唯限於散樂",好像是説去掉《七德舞》的內容後,立部伎

① 《白居易集箋校》,頁150。

② 《唐會要》,頁713。

③ 同上,頁714。

④ (唐)蘇鶚:《杜陽雜編》,《松窗雜録　杜陽雜編　桂苑叢談》(北京:中華書局,1958年),頁40—41。

就只剩下散樂可寫,這種説法於史無據,也誤解了白居易的原意。相對於元稹列出立部伎的樂曲,白居易在《立部伎》中大量鋪寫雜戲的場面,突顯立部伎淪爲雜戲伴奏的荒謬處境(元稹則在《西涼伎》裏描述百戲)。因此,《立部伎》不提及立部伎歌曲以至《破陣樂》,並不能以"不複"作解釋。

《法曲》不提《破陣樂》,固然可以"不複"解釋,即《七德舞》與《法曲》兩首作品分工合作。結合《立部伎》中不提《破陣樂》的安排,不妨思考這種做法的客觀效果,即把《破陣樂》從法曲及立部伎中抽離,不再强調其音樂屬性。法曲和立部伎都與俗樂、胡樂有關,白居易是否要隱藏《破陣樂》的龜茲樂背景? 回到本節起首提到的問題,白居易所親聞的並非原本的《七德舞》,爲什么白居易不把詩題定爲《破陣樂》,反而要用《七德舞》?《破陣樂》一名在唐代容易令人聯想到龜茲樂等胡樂因素,雖然白居易已用"諸夏之聲"來自圓其説,然而有特殊意義的《破陣樂》和其他普通的歌曲並不相同。如果説代表唐帝國及其開國盛世的《破陣樂》並非"華音"的正統音樂,似乎有違一般的正統觀,甚至隱然指向李唐的血統及正統性。白居易把有關《破陣樂》的内容獨立成詩,改稱《七德舞》,使其與後面的《法曲》和《立部伎》内容相異,隱去一切令人聯想到《破陣樂》與俗樂、胡樂相關的線索。在新的編排之下,《七德舞》和《法曲》儼然是以樂曲開展敘述歷代君主的盛世,並凸顯了《破陣樂》的特殊地位;《法曲》對夷音的指責也不致影響到《七德舞》的地位;《立部伎》的主旨則回歸到太常三卿用人不當("工師愚賤安足云,太常三卿爾何人"),把元稹以爲樂工參雜夷音的指責轉化爲輕視雅樂的雅賤問題。白居易可謂同時解決了三大問題:(1)《破陣樂》屬性所帶來的意識形態問題;(2) 元稹内容"複"沓的問題;(3) 元稹"夷音相參錯"説的矛盾。由此可見白居易對於《新樂府》尤其是置於首位的《七德舞》的編排,實在是苦心經營,誠如陳寅恪所論,"洵唐代詩中之鉅製,吾國文學史上之盛業也"①。

① 《元白詩箋證稿》,頁121。

三、重讀《元白詩箋證稿》:唐樂屬性論爭的文學意義

如何判斷唐樂屬性,不但是元白不得不面對的問題,到了二十世紀仍然是音樂史以至文學史上的重大論爭。陳寅恪從以詩證史、以史證詩的角度閱讀元白詩,自然對元白華音、夷音的分類不盡贊同,更對元白以音樂"申明夷夏之大防"的做法不以爲然。他以琵琶爲胡樂爲由,判斷《霓裳羽衣曲》等法曲屬於胡樂:

> 夫琵琶之爲胡樂而非華聲,不待辨證。而法曲有其器,則法曲之與胡聲有關可知也。然則元白之所謂華夷之分,實不過今古之别,但認輸入較早之舶來品,或以外國材料之改裝品,爲真正之國產土貨耳。今世侈談國醫者,其無文化學術史之常識,適與相類,可慨也。①
>
> 至二公所謂雅樂,即法曲之類,其中既不免雜有琵琶等胡器,是亦更早輸入之胡樂也。然則二公直以後來居上者,爲胡部新聲,積薪最下者,爲先王雅樂耳。②

陳寅恪同樣不滿白居易"法曲雖似失雅音,蓋諸夏之聲也"的解釋:

> 其不合事實真相,自極明顯。特古文運動家尊古卑今,崇雅賤俗,乃其門面語,本不足深論也。③

陳寅恪把問題連結到古文運動的脈絡來看,透視古文運動家持論的邏輯。實際上陳寅恪意有所指,借音樂的問題說到國醫,《隋唐制度淵源略論稿》中也有類似的說法(1940 年初稿)④,因此並不能完全看成是音

① 《元白詩箋證稿》,頁 149。

② 同上,頁 163。

③ 同上,頁 164。

④ 陳寅恪:《隋唐制度淵源略論稿》(北京:中華書局,1963 年),頁 120。

樂史的考證。

元白錯認法曲本屬華音,白居易又以諸夏之聲加以解釋,本文的考論已可否定其看法。至於陳寅恪的立論根據,即琵琶爲胡樂樂器,卻遭到任半塘的責難。任半塘在《唐聲詩》(1957—1959 年初稿,1980 年定稿,1982 年出版)裏提到:

> 至於法曲樂器雖用琵琶,仍不失爲華聲,非胡樂。近人陳寅恪《元白詩箋證稿》因其樂用琵琶,遂否認元、白新樂府內《法曲》篇所訂,謂"若以史實言之,則殊不正確"。"不正確"者實在陳,不在唐之元、白諸家。①

在《教坊記箋訂》(1955 年初稿,1961 年重訂,1962 年出版)的弁言中,除了指責陳寅恪,還連帶批評王國維,彷彿王國維是始作俑者:

> 王國維未詳西涼樂自始即華裔兼容、調和甚美之樂,(見王氏《唐宋大曲考》)陳寅恪不信盛唐法曲爲清胡合滲、鎔鑄入妙之樂,(見陳氏《元白詩箋證稿》)均足使國人於此之意識流於偏頗。甚至不提唐代音樂則已,若經提及,即認爲無非胡樂之天下而已,胡樂之外更不必考慮。……陳氏且認琵琶所到之處莫非胡樂,指白居易"新樂府"內,以《霓裳》爲法曲,乃白氏之誤,則未免自信太過,而信唐人之識唐樂者太輕。白氏有家樂,調習《霓裳》甚精,於此事豈得爲門外漢!在"新樂府"內,白氏之說明法曲,頗爲具體,其可信程度,顧猶不及今人之對法曲視聽已毫無所及,但憑一種偏向之臆想而已者乎?②

任半塘提出了兩大問題:(1) 以法曲用琵琶而判爲胡樂之説有誤;(2) 陳寅恪的意見,導致時人誤以爲唐樂以胡樂爲主。前一點的邏輯

---

① 任半塘:《唐聲詩》(上海:上海古籍出版社,2006 年),下册,頁 7。

② 《教坊記箋訂》,頁 19—20。

謬誤頗爲易見，丘瓊蓀《法曲》（1964 年，後收入《燕樂探微》）指出法曲所用的琵琶不是龜茲琵琶，“乃直項之秦漢子”，“即漢魏晉六朝所稱之琵琶”；“即使用曲項琵琶，亦未可因而認爲胡樂”①。

至於第二點，從某種程度而言，可以反證陳寅恪以詩證史的影響力。不過，《通典》提到“自周隋以來，管絃雜曲將數百曲，多用西涼樂；鼓舞曲多用龜茲樂，其曲度皆時俗所知也”，可見唐人也認爲唐樂受胡樂不少的影響。陳寅恪的觀點也並非憑空想像，任半塘不但批判王國維和陳寅恪，還連帶批判了夏敬觀、陰法魯、孫楷第②，可見認爲華音已爲胡樂所取代者，在當時不在少數。《元白詩箋證稿》於 1950 年初版，1955 年修改，1958 年重新修訂出版，其中觀點或受向達《龜茲蘇祇婆琵琶七調考原》（1926 年發表，1956 年收入《唐代長安與西域文明》）及林謙三（HAYASHI Kenzō）《隋唐燕樂調研究》（郭沫若 1936 年翻譯）的影響③。向達以龜茲樂史料鈎沉印度北宗音樂，林謙三則試圖擬構從南亞、中亞到東亞之間的音樂交流史，特別注重印度和龜茲的影響。認爲唐樂主要爲胡樂的觀點，與當時學術界重視西域文明乃至“文明西來說”的思潮不無關係。

丘瓊蓀對於陳寅恪的批評同樣不太客氣，尤其關於上述的的二點：

> 不知法曲中的樂曲很多，《霓裳》僅爲其中之一，……雖本胡樂，既經楊敬述與唐玄宗之增修，則《霓裳》中含有胡樂的成分，不知尚存幾分之幾？在整個法曲中含有胡樂的成分，又剩幾分之幾？這是正確的史實，陳氏何以不察？旨哉，任氏之言曰：“不正確者實

---

① 《燕樂探微》，頁 79—80。

② 《教坊記箋訂》，頁 148。

③ 林謙三於書中一開首即提到“龜茲樂對於中國樂調給了最深的感化”，之後便考證蘇祇婆七調“即龜茲調乃唐代燕樂調之源”；在燕樂一章，又提到《破陣樂》等法曲“蓋乃利用清樂器以演奏新聲，實清樂之胡俗樂化”。林謙三撰，郭沫若譯：《隋唐燕樂調研究》，收入任中杰、王延齡校：《燕樂三書》（哈爾濱：黑龍江人民出版社，1986 年），頁 128，158。

在陳,不在唐之元、白諸家也。"①

丘瓊蓀則認爲"龜茲樂與法曲,未嘗如水火之不相容,法曲中即已含有龜茲樂成分,惟不多耳"②,但任半塘對於法曲的立場最爲堅定,認爲"玄宗之世,法曲與胡樂始終對立"③。立場雖然不同,卻同樣指向如何界定"華音"與"夷音",以及兩者相混的比例的問題。因此,他們對於陳寅恪的不滿,除了若干史實問題(如琵琶問題)外,還涉及對史料的演繹。

隨著唐樂研究的發展,陳寅恪等人的説法對二十一世紀的中國音樂研究或許意義不大。然而陳寅恪與任半塘、丘瓊蓀的意見相左,牽涉到研究方法,即如何看待作爲史料的文學作品的問題。任半塘自稱其"分判清、胡之意,並不同於白氏'新樂府'所主張,……而衹在著明歷史事實,示與風行之胡樂同時,固有所謂'華夏正聲'者"④,説明任半塘所關注的只是音樂史上的對錯,從元白新樂府中只須提取相關史料以作考證之用;直到楊蔭瀏《中國古代音樂史稿》考證元白的音樂思想,也只把元白詩當成史料⑤。陳寅恪以詩證史,以史證詩,同樣以史爲中心,卻不免把"詩"置於從屬的地位,忽略了詩作爲文學作品的詮釋空間。諸家在討論唐樂的華、胡問題時,卻忽略了元白的《新樂府》也同樣面對這種兩難。這種兩難並非純如任半塘所想的"歷史事實"與"(思想)主張"的分歧,而是牽涉到本文所提及,如何在立論邏輯上自圓其説,以至如何編排詩篇的問題;換言之,即詩人如何通過作品主觀並重新詮釋歷史事件的可能性。白居易《新樂府》對史實的處理雖然賅博詳贍,但其本質究竟是文學作品,諸如對"諸夏之聲"所透露的微旨、在《破陣樂》問題上的苦心思慮,與所謂"衹在著明歷史事實"及"以詩證史,以史證

① 《燕樂探微》,頁 80。

② 同上,頁 79。

③ 《教坊記箋訂》,頁 144。

④ 同上,頁 20。

⑤ 楊蔭瀏:《中國古代音樂史稿》(北京:人民音樂出版社,1981 年),頁 267—273。

詩”，本非同一層面上的問題。

結　語

本文針對《破陣樂》的各種版本，認爲元白能見聞的《破陣樂》，應當屬於燕樂系統乃至法曲的《破陣樂》；但元白是否真的看到《破陣樂》舞，其樂舞是否開天以前的舊貌，卻不無疑問。《破陣樂》與坐部伎、立部伎、法曲都有密切的關係，而特別與龜茲樂有關，導致元積藉立部伎和法曲討論華音、胡音以至華夷的對立時，造成了難以自圓其說的尷尬處境。白居易巧妙地通過處於華夷之間的“諸夏”之聲，解決了《破陣樂》屬性的問題，並透過改稱《破陣樂》爲《七德舞》，又使其與後面的《法曲》和《立部伎》內容相異，隱去一切令人聯想到《破陣樂》與俗樂、胡樂相關的線索，以造就《破陣樂》神聖莊嚴的地位，從此可見白居易對於《新樂府》的苦心經營。本文在指出《元白詩箋證稿》的卓見與不足的同時，又指出陳寅恪以琵琶證明法曲屬胡樂的論點，引起了丘瓊蓀和任半塘的批評，這些批評除了涉及對音樂史實的考證，更重要的是爲如何詮釋作爲史料的文學作品帶來反思的空間。

論者或許會認爲本文有過分高估白居易政治智慧之嫌。然而考慮到白居易工於起草公文，其格式、用典成爲一時典範，“禁中號曰白樸”[①]，又編《策林》、《白氏六帖事類集》[②]，又在《新樂府》尤其是《七德舞》一首中極爲準確地運用太宗朝故實，“其爲竭意經營之作”[③]。以白居易創作之苦思與認真，以及其仿照“《詩》三百之義”來創作的規模與

① 元稹《酬樂天餘思不盡加爲六韻之作》自注。《元稹集》，頁 247。

② 《策林》見《白氏長慶集》。《舊唐書·白居易傳》：“有文集七十五卷，經史事類三十卷，並行於世。”《新唐書·藝文志》：“《白氏經史事類》三十卷（白居易。一名《六帖》）”《舊唐書》，頁 4356。《新唐書》，頁 1564。

③ 陳寅恪認爲《七德舞》參考了《貞觀政要》乃至已經失傳的《太宗實錄》，“尋撦材料以修改其詞句”。《元白詩箋證稿》，頁 136—145。

自信①,苦心處理《新樂府》第一首作品的編排與屬性問題,實爲題中應有之義,也符合白居易的創作態度。

本文尚有若干問題並未處理,諸如《破陣樂》的眾多樂辭,其句式與格律的差異與演變,乃至於其與聲詩、六言詩、唐五代宋詞格律之間的關係,都是文學史上的重大議題。因篇幅所限,只能另文探討。

《秦王破陣樂》相關事件年表

- 諸書所記年月互有詳略,除特別說明外,皆以《唐會要》爲準。
- 干支轉換,以"中央研究院""兩千年中西曆轉換"電子資料庫爲準。
- 《唐會要》簡稱"會要",《舊唐書》簡稱"舊",《新唐書》簡稱"新",《太平御覽》簡稱"御覽"。

時間		事件	出處
武德三年(620)	四月②	秦王李世民破劉武周,軍中相與作《秦王破陣樂》曲	舊、新、隋唐嘉話、御覽
貞觀元年(627)	正月三日	始奏《秦王破陣樂》之曲,"發揚蹈厲"	會要、舊
貞觀七年(633)	正月七日③	上製《破陣樂舞圖》,以象戰陣之形 呂才依圖教樂工,增至百二十人④ 令魏徵、虞世南、褚亮、李百藥改制歌詞,更名《七德》之舞	通典、會要、舊、新
	正月十五日	奏《七德》、《九功》之舞⑤	會要、舊

① 陳寅恪甚至指爲"乃一部唐代《詩經》"、"陳義甚高"。《元白詩箋證稿》,頁124。

② 年月據《新唐書・高祖本紀》:"(武德三年四月)壬戌(引案:二十九日),秦王世民反劉武周,戰于洺州,敗之。武周亡,入于突厥。"

③ 《舊唐書》作戊子(十日)。

④ 《新唐書》作"百二十八人",茲從《舊唐書》及《唐會要》。

⑤ 此條依《舊唐書》。

續表

時間		事件	出處
貞觀十三年(639)	正月庚戌[六日]?①	朝於太極殿,奏《功成慶善》及《破陣之樂》	舊
貞觀十四年(640)		張文收造讌樂,其三爲《破陣樂》②	通典、會要、舊、新、唐六典
貞觀十四年後③		玄奘赴西域,論及《秦王破陣樂》	大唐西域記、大唐大慈恩寺三藏法師傳、續高僧傳、開元釋教録、貞元新定釋教目録、會要
貞觀十六年(642)		新興公主嫁薛延陀,召突利失大享,奏《慶善》、《破陣》盛樂及十部伎	新
貞觀中		魏徵聞《破陣武德》舞,則俛首不顧	新、隋唐嘉話、御覽
高宗時		造《大定樂》,出自《破陣樂》舞,象平遼東而邊隅大定	通典、舊
永徽二年(651)	十一月二日	宇文節請奏九部樂,上因曰《破陣樂》舞者,情不忍觀,所司更不宜設	會要、舊、新
顯慶元年(656)	正月[二]十五日(?)④	詔改《神功破陣樂》	會要、舊
麟德二年(665)	十(?)月二十四日⑤	詔文舞改用《功成慶善樂》,武舞用《神功破陣樂》	通典、會要、舊、新、唐大詔令集

① 《舊唐書》作庚子,考貞觀十三年正月無庚子,前文提及丁未、己酉等事,似當作庚戌爲是。

② 張文收造讌樂年份,據《舊唐書》。

③ 依陳寅恪說。

④ 《唐會要》作"正月十五日"。《舊唐書·高宗本紀上》作二月庚寅,考顯慶元年二月無庚寅,當爲正月二十五日之誤。《舊唐書·音樂志》但作正月。

⑤ 《唐會要》《舊唐書》俱作七月,《通典》《冊府元龜》俱作十月。案韋萬石奏曰"奉麟德三年十月敕",當作十月爲是。後者所謂"麟德三年",《唐會要》《舊唐書》同,考麟德三年正月已改元乾德,麟德三年十月當爲麟德二年十月之誤。

續表

時　間		事　件	出　處
儀鳳二年(677)	十一月六日	韋萬石奏言《神功破陣樂》未入雅樂,雖改用器服,其舞曲依舊,須別有處分	通典、會要、新
	十一月二十二日	韋萬石與刊正樂官奏,《破陣樂》修入雅樂只有兩遍,名《七德》;請改《破陣》、《上元》、《慶善》三曲令長短相稱;先奏《神功破陣樂》,次奏《慶善樂》;舊曲《凱安六變》與新三曲並行①	通典、會要、新
儀鳳三年(678)	七月八日	韋萬石奏言復奏《破陣樂》,上瞿然改容,俯遂所請,聞畢曰"不見此樂,垂三十年"	會要、舊、新
永淳二年(683)	二月	裴守真議,每奏《功成慶善樂》及《破陣樂》二舞時天皇不合起立	通典、會要、舊、新
武后臨朝		《破陣》、《上元》、《慶善》三舞之禮廢	通典、會要、舊、新
景龍二年(708)	春	迦葉志忠上表進《桑條歌》十二篇,言及"太宗未受命時,天下歌《秦王破陣樂》"	舊、新、資治通鑑
高宗、玄宗間		張說《破陣樂》	樂府詩集
開元間(713—741)		杜佑論樂,謂開元中"又造三和樂,又制文舞、武舞","武舞朝廷謂之《七德舞》"	會要
天寶十三載(754)	七月十日	太樂署供奉曲名及改諸樂名	會要
玄宗時		玄宗作《小破陣樂》,爲坐部伎,生於立部伎,四人金甲胄②	通典、會要、舊、新

① 《新唐書》另有"至上元三年,詔:'惟圜丘、方澤、太廟乃用,餘皆罷。'又曰:'神功破陣樂不入雅樂,功成慶善樂不可降神,亦皆罷。'而郊廟用治康、凱安如故。""亦皆罷"未知是否確指上元三年(696)詔。

② 《新唐書·禮樂志》載"帝又作《文成曲》,與《小破陣樂》更奏之。其後,河西節度使楊敬忠(引案:當作述)獻《霓裳羽衣曲》十二遍。"似以《小破陣樂》早於《霓裳羽衣曲》。考白居易《霓裳羽衣舞歌》自注"開元中,西涼府節度使楊敬述造",則《小破陣樂》之作,似亦在開元年間。

續表

時間		事件	出處
		令宫女數百人擊雷鼓爲《破陣樂》、《小破陣樂》	舊、新、御覽、明皇雜録
		元德秀以詞章不稱，作《破陣樂辭》以訂商、周①	新
貞元十四年(798)	二月戊午(七日)	上御麟德殿，初奏《破陣樂》，遍奏九部樂	舊
八世紀至九世紀初?		尾張濱主傳，此儛序初卌拍子，遣唐儛生還本國時忘八拍子，仍除棄十拍子，今遺半帖只十拍子	三五要録引南宫横笛譜
嵯峨天皇弘仁年間		嵯峨帝王儛此曲，勑爲童親王源氏對面儛	三五要録引南宫横笛譜
元和三年(808)	十二月以後	元稹作《和李校書新題樂府十二首》	元氏長慶集
元和四年(809)		白居易作《新樂府》五十首	白氏文集
文宗間		文宗惡百戲太險傷神，不復作	杜陽雜編
長慶二年(822)		與吐蕃盟，樂奏《秦王破陣曲》等	新
太和三年(829)	八月	太常禮院奏凱樂之禮，《破陣樂》詞曰"受律辭元首，相將討叛臣。咸歌《破陣樂》，共賞太平人"。	會要、舊、新
咸通間(860—873)		藩鎮稍舞《破陣樂》，然舞者纔十人而已	新

(作者爲香港中文大學中國語言及文學系助理教授)

① 《新唐書》未載元德秀撰辭年月，姑按其生平訂於玄宗年間。

洪遵《泉志》"舊譜"的性質及來源探析*

陳鴻圖

摘　要

考錢譜之撰，其來已久，南宋洪遵《泉志・序》謂梁代顧烜始爲之書。顧烜《錢譜》最早見於《隋志》，乃目前所知最早的錢譜之一。唐、宋兩代以後，泉譜之作雖代有所出，惜均已佚亡無存。洪遵《泉志》成書於南宋，收錄歷代錢幣，共分作九品，其中徵引錢譜次數最多的是稱作"舊譜"的條目。惟"舊譜"不見於歷代簿錄及其他文獻，洪遵《泉志》引"舊譜"七十多次，亦沒有說明何人何時所撰，令人懷疑"舊譜"是否真實存在。自清代以來，學者或以爲"舊譜"爲唐人所撰，或因其不避唐諱而歸於五代時人所作，都視"舊譜"爲一部錢幣專書。本文通過歸納《泉志》引用"舊譜"條目，再比對現存相關文獻材料，指出《泉志》"舊譜"乃洪遵抄自封演、董逌、李孝美等唐、宋人泉譜，並非某人自撰之專書。"舊譜"是泉譜通名，而非專書之名，後人視"舊譜"爲個人之作，乃至將其置於錢幣學史上來討論，顯然都是對《泉志》的誤讀。

關鍵詞: 洪遵　《泉志》　舊譜　《歷代泉譜》　李孝美

* 荷蒙兩位匿名評審惠賜寶貴意見，謹致謝忱！

一、引言

考錢譜之撰,其來已久,南宋洪遵《泉志・序》謂:"梁顧烜始爲之書。凡歷代造立之原,若大小、輕重之度,皆有倫序,使後乎此者可以概見。"①顧烜字信威,南朝梁人,曾任建安令等職,以儒術知名於世②,所著《錢譜》最早見於《隋書・經籍志》③,爲目前所知最早的錢譜之一。顧烜對歷代錢幣分門別類,注意錢幣大小、重量和文字等特徵,爲後世的錢譜樹立了典範,後來唐、宋兩代泉譜之作相沿以承,出現諸如唐封演、宋金光襲、李孝美、董逌等諸家譜錄,對促進歷代錢幣的研究起着十分重要的作用。以上各家泉譜今已不存,幸賴《泉志》引用前代錢譜豐富,所存泉譜佚文皆具載其中,其保存文獻之功自不待言。

洪遵字景嚴,宋紹興十二年(1142)中博學宏詞科,與其兄洪适、弟洪邁皆以文學見稱。洪遵著有《訂正〈史記〉真本凡例》、《翰苑群書》、《譜雙》等書,當中以《泉志》一書最爲有名。《泉志》成書於南宋紹興十九年(1149),收錄先秦至五代三百二十種錢幣,共分九品,即正用品、僞品、不知年代品、天品、刀布品、外國品、奇品、神品和壓勝品④。《泉志》一書取材廣泛,考證審慎,《四庫全書總目提要》稱之:"匯輯歷代錢圖,分爲九品,自皇王偏霸以及荒外之國,凡有文字可紀,形象可繪者,莫不畢載,頗爲詳博。"⑤書中百餘品錢幣是洪遵搜集到的實物,均經過目

---

① (宋)洪遵撰,杜斌校注:《泉志・序》(濟南:山東畫報出版社,2013年),頁1。本文所引《泉志》除特別指明外,均出自此書。

② 王貴忱:《〈顧烜錢譜輯佚〉題記》,收入馬飛海、王貴忱主編:《中國錢幣文獻叢書》(第一輯),(上海:上海古籍出版社,1994年),頁1。

③ (唐)魏徵等撰:《隋書・經籍志》(北京:中華書局,1973年),卷三三,頁990。

④ 有關《泉志》之學術價值可參王貴忱:《洪遵〈泉志〉的學術價值—兼談古代錢幣的文獻存佚情況》,《中國錢幣》,2000年第3期(總第70期),頁9—12。

⑤ (清)紀昀等纂:《四庫全書總目》(石家莊:河北人民出版社,2000年),卷一〇六,頁3001。

驗,同時根據歷代錢譜、史書和筆記等文獻考證,堪稱宋代錢幣學的集大成者,爲後世窺探泉譜的發展提供極爲寶貴的文獻資料。有關《泉志》引用前代泉譜著作,洪遵在書中的序言已有初步説明:

> 梁顧烜始爲之書……唐封演輩從而廣之。國朝金光襲、李孝美、董逌之徒,纂録蜂出,然述事援據,頗有疏略。余嘗得古泉百有餘品,則又旁考傳記,下逮稗官所紀,捃摭大備,分匯推移,釐爲十五卷,號曰《泉志》。①

據學者統計,洪遵徵引顧烜三十四次、封演四次、張台二十九次、金光襲三次、李孝美五十餘次、董逌十三次②,而其中引用最多的是佔七十多次稱作"舊譜"的條目③。《泉志》主要利用"舊譜"考證歷代錢幣大小、重量、起源以及品類,是以自清代以來錢幣學家倪模和丁福保在編纂歷代錢譜時,都將"舊譜"列入目録中④。現代學者則將"舊譜"視作某一時代的錢幣專書,譬如有學者就指出《泉志》"引用著者無可考的《舊譜》六十則"⑤,所引"舊譜"皆貫以書名號,更有將"舊譜"看作錢幣學萌芽期的作品,置於錢幣學史上加以申論⑥,這都顯示出學界對"舊譜"爲前代佚亡泉譜之説深信不疑。不過,"舊譜"一名既不見於目録書志,宋代以前文獻更未見徵引,乃至洪遵亦未有片言隻語説明,令人懷疑"舊譜"是否真實存在。如清人翁樹培曾質疑:"顧烜、封演諸譜孰非舊譜,而特

---

① (宋)洪遵撰,杜斌校注:《泉志・序》,頁1。

② (宋)洪遵撰,汪聖鐸編著:《泉志》(北京:中華書局,2013年),頁1—3、22。

③ 同上,頁20。

④ (清)倪模:《古今錢略》,收入《四庫未收書輯刊》(北京:北京出版社,2000年),第11冊,卷二八,頁685。(清)丁福保:《古錢學綱要・歷代錢譜目録》(天津:天津古籍出版社,1989年),頁29。

⑤ 王貴忱:《洪遵〈泉志〉的學術價值—兼談古代錢幣的文獻存佚情況》,頁10。

⑥ 馬新華:《歷代錢幣著録綜論—兼論錢幣學的演變特徵》,收入吳浩坤、陳克倫主編:《文博研究論集》(上海:上海古籍出版社,1992年),頁230。

以此書爲舊譜,何也?"[1]近人汪聖鐸也提出:"(《泉志》)未説明'舊譜'是一部書,還是多部書的總稱。如果是一部書,則也未説明其時代、作者,這使後人作出種種猜測,迄無定論。"[2]惟以上所論未有提出任何證據,亦未見深入辨明其性質和來源,以致"舊譜"爲專書之説仍爲當今學者相沿不廢。有見及此,兹篇之撰,乃以《泉志》所載"舊譜"條目,比對現存相關文獻材料,以期釐清"舊譜"的性質和來源。

二、前人論《泉志》"舊譜"的作者和時代

關於"舊譜"的作者,清人翁元培據董逌泉譜於布泉下引"石氏曰"一條與《泉志》"舊譜"文字相近,得出"豈'舊譜'即石氏所作耶"之説[3]。所謂石氏之説,見於《説郛》本題董逌編錢譜,今迻錄如下:

> 董逌(案:"逌"原誤作"適")《錢譜》云:"藏曰泉,流曰布。"又引石　氏曰:"錢徑一寸,重四銖。懸針書者,自梁武帝以來有之,文曰'布泉',世謂之男錢。"[4]

此段文字同樣載於《泉志》卷十五厭勝錢"男錢"引"舊譜"曰:

> 徑寸,重四銖半,懸針書,文曰"布泉"。世人謂之"男錢",言佩之則生男也。[5]

---

① (清)倪模:《古今錢略》卷二八,頁685。

② (宋)洪遵撰,汪聖鐸編著:《泉志》,頁20。

③ (清)倪模:《古今錢略》卷二八,頁685。

④ (明)陶宗儀等編:《説郛》(上海:上海古籍出版社,1988年)卷八四,頁1166。案:宛委山堂本《説郛》收入卷九七,題宋董逌,然書中竟出現董逌錢説,可知非宋董逌所撰,見王貴忱:《〈貨泉沿革〉題記》,收入馬飛海、王貴忱主編:《中國錢幣文獻叢書》(第一輯),頁2。

⑤ (宋)洪遵撰,杜斌校注:《泉志》卷一五,頁239。

上引董譜之來源實有可疑，如張端木《錢錄》早已指出："董譜有大中通寶，僞也。董氏譜所紀自宋初至元末諸錢，係明代一庸妄所續。"①今人考出《說郛》本董譜乃抄自《貨泉沿革》一書②，因文中多引董逌錢譜之語，而被人冒以董逌所作。翁氏援引董譜但未察此本自明代以來被疑爲僞托之作，今比對兩書引文，翁氏所本董譜"石氏"，《貨泉沿革》一書別作"顧氏"③，蓋造僞者抄錄時誤將"顧"字訛作"石"字④。此"顧氏"大抵是梁代撰寫《錢譜》的"顧烜"，其論述錢幣之說多見於《泉志》，反之"石氏"則名不見經傳，來源甚爲可疑，由是可證"石氏"爲"舊譜"作者之說並不足據。

此外，丁福保《古錢學綱要》從《泉志》"舊譜"有"景龍中，荊山公主出降事"，指出"玩其詞義，當是唐人所撰"⑤。唐中宗景龍(707—710)中爲睿宗之女荊山公主出嫁鑄造撒帳錢，此事新、舊《唐書》均未有載錄，似別有所出。檢"舊譜"記載唐代泉幣之史事，除上舉之外，另有天寶元年(742)，西河郡别駕李幼奇於長平溪澗得長平小刀、武宗會昌年(841—846)鑄新開元錢，以及咸通八年(867)兗海觀察鄭漢章奏百姓於野内掘得古銅片四千九百五十五片等事⑥。以上諸事大多爲史傳闕錄，但不排除後人轉自唐人著作之可能，丁氏只憑"詞義"就論定"舊譜"的作者必然是唐人，實屬臆測之詞，自不足以採信。

丁氏所舉唐人之前，翁樹培已提出五代人之說。翁氏發現《泉志》藕心錢、蟻鼻、男錢、富錢四種下的"舊譜"有"世"字不避唐諱的現象，從

① 轉引自《錢譜·敘錄》，馬飛海、王貴忱主編：《中國錢幣文獻叢書》(第一輯)，頁823。

② 姚朔民：《現存最早的錢譜〈貨泉沿革〉—兼說"董逌"〈錢譜〉》，《文物》1989年第6期，頁84—91。又見中國錢幣學會編：《中國錢幣論文集》(第二輯)(北京：中國金融出版社，1992年)，頁260—268。

③ 佚名撰，姚朔民整理：《貨泉沿革》，《中國錢幣文獻叢書》(第一輯)，頁23。

④ 姚朔民認爲唐宋之際，俗字流行，"顧"字如右邊印刷漫漶的話，以訛傳訛，難免不成"石"字。見姚朔民：《現存最早的錢譜〈貨泉沿革〉—兼說"董逌"〈錢譜〉》，頁90。

⑤ (清)丁福保：《古錢學綱要·歷代錢譜目錄》，頁29。

⑥ (宋)洪遵撰，杜斌校注：《泉志》卷九，頁146；卷三，頁65；卷九，頁152。

而推斷"舊譜"蓋"五代時人"所作①。考現殘存《永樂大典》本《泉志》校文卷十五"世人謂之男錢"一段,"世"字正作"代"字②,可證翁氏引用的"舊譜"或屬回改之文。而且"舊譜"是否規避唐諱,最多只能用於證明"舊譜"的抄寫時代,並不足以推斷成書時代。由是可見,在沒有其他文獻材料的支撑下,對"舊譜"作者和時代作出的各種推測,都難以得出確實的答案。

三、從《貨泉沿革》看《泉志》"舊譜"的性質

考《泉志》徵引"舊譜"七十多次,部分内容重見於《貨泉沿革》一書,過去卻未爲學者注意。《貨泉沿革》現存最早的刊本見於元至順(1330—1333)年間的《新編纂圖增類群書類要事林廣記》(下簡稱《事林廣記》)。《事林廣記》屬民間日用類書,主要記錄天文、曆法、節候、農桑等日常應用知識,學者推斷其成書年代大約在北宋年間③,較現存南宋洪遵《泉志》還要早,乃目前最早的刻本錢譜之一。《貨泉沿革》一書分八目,共收錢幣凡一百二十餘條,可考的前代錢譜作者計有顧烜、封演、張台、敦素、徐氏和董逌等人④,當中不少内容重見於《泉志》,正好能夠比對異同,以見兩者之關係。

檢《泉志》與《貨泉沿革》對應的條目共有五條(見附表),各條除第三條永通萬國錢未注出處外,餘下分別出自《錢譜》、董逌《錢譜》和封演,惟《錢譜》一書未明所出。考《貨泉沿革》引《錢譜》四次,皆謂出董逌《錢譜》,且《泉志》中只有董逌稱引《錢譜》,推斷亦當抄自董逌之書。董逌乃宋徽宗時人,曾任書學博士,撰有《續錢譜》十卷。《郡齋讀書志》提到:"逌之祖嘗得古錢百,令逌考次其文譜之,以前世帝王世次爲序。且

① (清)倪模:《古今錢略》卷二八,頁685。

② 艾俊川:《〈泉志〉的〈永樂大典〉本校文及整理札記》(下),《中國錢幣》,2000年第3期,頁20。

③ 姚朔民:《現存最早的錢譜〈貨泉沿革〉—兼説"董逌"〈錢譜〉》,頁84、87。

④ 同上,頁84。

言梁顧烜、唐封演之譜，漫汗蔽固，不可用。”①董逌《續錢譜》一書今已散佚，《貨泉沿革》所引《錢譜》之佚文正可補現存文獻的闕載。至於封演生於唐代，《全唐文・封演小傳》云：“演，天寶中爲太學生，大歷中，官刑州刺史。貞元中，歷檢校尚書史部郎中兼御史中丞。”②《新唐書・藝文志》著錄封演《續錢譜》一卷③，《貨泉沿革》引用封氏之說亦未見載於其他文獻，大抵也是封氏書的孑遺。

從上文所考，可知《泉志》“舊譜”輯自封演和董逌等人前代泉譜而成，並非某人自撰之專書。封演和董逌等人的錢譜成書在前，對《泉志》這部“新譜”來說，固然屬於“舊譜”。《泉志》引用封演和董逌等人之泉譜時不注明各人名字，而以“舊譜”標示，一方面或因引書簡省之故，貫以“舊譜”之名，以示分別。另一方面，如下文所指出，《泉志》部分“舊譜”乃鈔自李孝美的《歷代錢譜》，由於李書逕以“舊譜”稱引前代錢譜，洪遵轉引時便沒有指出作者姓名，此種引書不一的情況亦正好反映出《泉志》稱引歷代泉譜的隨意。

四、從李孝美的《歷代錢譜》看《泉志》“舊譜”的來源

“舊譜”一名除洪遵《泉志》稱引外，最早在李孝美的《歷代錢譜》中已有提及。李孝美字伯陽，宋紹聖間（1094—1098）人，生平事跡未詳，其著作有《墨譜》、《歷代錢譜》等書行世。據晁公武《郡齋讀書志》所載：“《錢譜》十卷。右梁顧烜撰《錢譜》一卷，唐張台亦有《錢錄》二卷。皇朝紹聖間李孝美以兩人所纂舛錯，增廣成十卷，分八品云。”④周輝《清波

---

① （宋）晁公武撰，孫猛校證：《郡齋讀書志校證》（上海：上海古籍出版社，1990年）卷一四，頁667。

② （清）董浩等編：《全唐文》，（北京：中華書局，1983年）卷四四〇，頁4492。有關封演生平等資料可參岑仲勉：《跋〈封氏聞見記〉（校證本）》，《岑仲勉史學論文集》（北京：中華書局，1990年），頁652—680。

③ （宋）歐陽修、宋祁：《新唐書・藝文志》（北京：中華書局，1975年）卷五九，頁1543。

④ （宋）晁公武撰，孫猛校證：《郡齋讀書志》卷一四，頁666。

雜志》同樣提到："輝家舊藏《歷代錢譜》十卷，乃紹興間李孝美所著。蓋唐人顧烜、張台先有纂説，孝美重修也。周秦後錢之品樣，具著於帙。是特見於形似爾。"①據此可知李孝美編撰《歷代錢譜》是因不滿前代泉譜多有舛錯，乃增廣顧烜和張台舊譜而成。《歷代錢譜》成於北宋紹聖間，洪遵則在南宋紹興十九年編成《泉志》，《泉志》在書中已提及李孝美《錢譜》，故其書雖已不存，但部分佚文散見於《泉志》中，仍可見其梗概，如《泉志》卷七不知年代品下"一文錢"：

> 敦素曰："徑寸五分，重七銖，中穿正圓，內外並無輪郭，有如半兩之狀，一面有字，點畫甚纖利。"李孝美曰："此錢銅色純赤，今世甚多，流俗號爲'鏁子錢'，豈非以錢文類鏁形耶？舊譜謂之一文，審求其義，了不可得，然未知何所稽也。"董逌曰："考古文，此字爲'巨泉'，蓋圜錢也。"②

比對《泉志》直接引用"舊譜"，如上條李書引"舊譜""謂之一文"與《泉志》卷一正用品"四出文錢"引"舊譜""俗謂之角錢"③，可見兩者記載的形式十分相近。又如《泉志》卷二正用品中"常平五銖錢"：

> 《北史·齊文宣帝紀》曰："天保四年，春正月己丑，鑄新錢，文曰'常平五銖'。"《隋書·食貨志》曰："文宣受禪，除永安之錢，改鑄常平五銖，重如其文。其錢甚貴，且制造甚精。"舊譜曰："徑八分。"李孝美曰："此錢徑寸。舊譜列在僞品。"④

李書"舊譜"將常平五銖錢列入僞品，不同於《泉志》歸入正用品的做法，然而值得注意的是《泉志》直接轉錄李孝美的"舊譜"，還附上辯駁之辭，

---

① (宋)周輝撰，劉永翔校注：《清波雜志》(北京：中華書局，1994年)卷七，頁315。

② (宋)洪遵撰，杜斌校注：《泉志》卷七，頁124。

③ 同上，卷一，頁22。

④ 同上，卷二，頁49。

那么爲何洪遵不直接引錄“舊譜”，反而曲折地轉引自李書？先看卷九刀布品的例子：

> 右異布。舊譜曰：“長四寸一分，上廣寸二分，下廣寸五分，首長六分，廣寸，好徑五分，足枝長寸二分，間廣四分，重十二銖，狀如貨布，面文四字，背文兩字，不可識。”李孝美曰：“按所見古布多矣，唯此一品極大而形製特與大黄布刀相似，舊譜以謂狀如貨布，有所未盡。”①

上引兩條“舊譜”都提到“狀如貨布”，後一條還附載李孝美對“舊譜”的評論，由此可證明前面的“舊譜”必然先載於李書中，李孝美才能於後面回應“有所未盡”。以下統計《泉志》稱引“舊譜”與“李孝美”的出現次數，從中也可以看出兩者的相承之跡：

	品類	舊譜	李孝美
1	正用品	25	17
2	僞品	4	7
3	不知年代品	4	9
4	天品	0	0
5	刀布品	16	8
6	外國品	1	2
7	奇品	11	6
8	神品	1	8
9	厭勝品	12	8

如上表所示，除次數不同外，“舊譜”的品類與李孝美的《歷代錢譜》完全相同，乃至“天品”一類李孝美不取，“舊譜”亦同樣闕載，可見《泉志》部分的“舊譜”除了引自他書外，還來自李孝美的《歷代錢譜》。

① (宋)洪遵撰，杜斌校注：《泉志》，卷七，頁 147—148。

此外,宋人《重修宣和博古圖》稱引李孝美《歷代錢譜》時也將"舊譜"歸於李書,亦可證明《泉志》部分的"舊譜"輯自《歷代錢譜》。《重修宣和博古圖》在藕心錢條下引李孝美《歷代錢譜》:

> 右四者大小雖殊,皆若破藕狀。按:李孝美《錢譜》稱世有"藕心錢",不著出於何時。及觀其畫像,與此雖異,然其說以謂上下通缺,若藕挺中破狀,與此乃正相合,但未知其何世物耳。①

此段重見於《泉志》卷九刀布品"藕心錢":

> 舊譜曰:"世有此錢,其形四方,狀如博棋。長一寸,面闊三分,當四稜,皆上下通闕,若藕挺中破狀。其上有首,形如秤槌。鼻有孔,號爲'藕心錢'。"②

《重修宣和博古圖》直接稱作"李孝美《錢譜》",但卻將"舊譜"之名隱去,到了《泉志》此段已改作"舊譜",說明洪遵不但抄錄李孝美的"舊譜",甚至連其考證之辭也看作"舊譜"。綜上所述,洪遵對前代泉譜或稱作"舊譜",或直稱其書,並沒有固定的規律,後人不解《泉志》的引書體例,再加上受到後代泉譜學家將"舊譜"納入"專書目錄"的影響,才使"舊譜"這個泉譜通名成爲一部泉譜專書。

五、結語

宋代錢譜之作大爲盛行,其中又以洪遵《泉志》一書最具代表。《泉志》廣泛採集歷代錢譜,保存上自南朝,下至宋代的泉譜,讓後人得以利

① (宋)王黼:《東書堂重修宣和博古圖》,明萬曆三十一年(1603)刊,卷二七,頁19。案:明代胡我琨《錢通》卷八"不著出於何時"以下作"洪遵曰",與此異。今各本《泉志》均引作"舊譜",疑胡氏抄錄有誤。(明)胡我琨:《錢通》,《文淵閣四庫全書》(臺北:臺灣商務印書館,1971年)卷八,頁497。

② (宋)洪遵撰,杜斌校注:《泉志》卷九,頁151—152。

用散見的佚文窺探歷代錢幣的發展源流，其功甚鉅。《泉志》引用大量唐宋兩代錢譜佚作，其中徵引次數最多的是稱作“舊譜”的條目，然而過去限於文獻資料不足，未能確知《泉志》七十多條“舊譜”的來源和性質，本文通過《泉志》引用“舊譜”，比對不同文獻材料，梳理前人對“舊譜”的時代和作者的說法，指出《泉志》“舊譜”包含封演、董逌、李孝美等唐、宋人泉譜之作，並非前人自撰之書。“舊譜”既非專書，亦非一人所編，後人卻視“舊譜”爲個人之作，乃至將其置於錢幣學史上來討論，顯然都是對《泉志》的一大誤讀。

附表：《泉志》與《貨泉沿革》對照表

	《泉志》	《貨泉沿革》
1	右四出文錢。《後漢・靈帝紀》曰：“中平三年，鑄四出文錢。”《獻帝春秋》曰：“靈帝作角錢，錢猶五銖錢，而有四道連於邊輪，識者以爲妖徵。竊言錢有四道，京師將破壞。此錢四出散於四方乎！遂如其言。”舊譜曰：“徑寸一分，重四銖，文曰‘五銖’，背文四出，俗謂之角錢。”余按：“此錢今世尚有，字畫明澈，背文四出，徑寸，重三銖一參。”①(《泉志》卷一正用品上)	四道五銖，後漢靈帝鑄。錢背內廓四角有路抵于外輪。《漢書》云：靈帝中平三年，帝鑄四出文錢，流布四海。《錢譜》曰：五銖錢有四出道連於邊緣，俗謂之角錢。或謂豈非此錢既成，京師將壞而四出流布四海乎。至董卓焚宮，乃劫鑾輿西幸長安，悉壞五銖錢矣。②（《貨泉沿革》）
2	右傳形五銖錢。顧烜曰：“劉備鑄直百錢傳形五銖。今所謂蜀錢卽傳形五銖也。時有勒爲直百者，亦有勒爲五銖者，大小稱兩如一，並徑七分，重四銖。三吳諸屬縣行之，其文爲“五銖”者，京師亦頗用焉。”舊譜曰：“劉備與直百同時鑄，文字、輕重、大小，與漢五銖無異，但‘五’字居左，‘銖’字居右，謂之傳形。”③(《泉志》卷二正用品中)	傳形五銖錢，封演曰：傳形五銖劉備所鑄，文字、輕重、大小與五銖無別，但以五字在左，銖字在右，謂之傳形。今考于古，蜀嘗鑄五銖矣，但不言傳形耳。④（《貨泉沿革》）

① （宋）洪遵撰，杜斌校注：《泉志》卷一，頁 22。

② 佚名撰，姚朔民整理：《貨泉沿革》，頁 20。

③ （宋）洪遵撰，杜斌校注：《泉志》卷二，頁 30—31。

④ 佚名撰，姚朔民整理：《貨泉沿革》，頁 21。

續表

	《泉志》	《貨泉沿革》
3	右永通萬國錢。《後周書·宣帝紀》曰:"大象元年十一月丁巳,初鑄永通萬國錢,以一當十,與五行大布並行。"舊譜曰:"徑寸三分,重十二銖,背面肉好皆有周郭。又有徑寸二分半、重八銖已下者。"張台曰:"此錢輪郭與布泉相似,其小省至徑七分,亦有輪郭闊厚及對文者。"李孝美曰:"此錢今世所見亦多。又有徑寸五分,重十八銖,背面皆有此四字者,銅色青白,製作尤佳。"①(《泉志》卷二正用品中)	永通萬國,後周《宣帝紀》曰:大象元年十一月初鑄,文曰永通萬國。徑一寸三分,重十二銖。背面肉好,皆有周廓。又有徑寸二分半,重八銖,一當十。②(《貨泉沿革》)
4	右新開元錢背文。《唐書·食貨志》曰:"武帝廢浮屠法。永平監官李郁彥請以銅像、鐘、磬、鑪、鐸皆歸巡院,州縣銅益多矣。鹽鐵使以工有常力,不足以加鑄,許諸道觀察使皆得置錢坊。淮南節度使李紳請天下以州名鑄錢,京師爲京錢,大小徑寸,如開元通寶。"蘇冕《唐會要》曰:"會昌六年二月敕:緣諸道鼓鑄佛像、鐘、磬等新錢,已有次第,須令舊錢流布。起今年十月以後,公私行用,並取新錢,其舊錢權停。"舊譜曰:"武宗會昌年鑄。時初廢天下佛寺,宰相李德裕奏請,以廢寺銅鐘、佛像、僧尼瓶碗等,所在本道鑄錢,揚州節度使李紳乃于新錢背加'昌'字,以表年號而進之。有敇遂勅鑄錢之所,各以本州郡名爲背文。於是京兆府以'京'字,在穿上;洛陽以'洛'字在穿上;揚州改以'揚'字在穿上;西川以'益'字在穿上;藍田縣以'藍'字在穿	封演曰:武宗會昌五年鑄。時初廢天下佛寺,宰相李德裕奏請以廢寺銅鐘、佛像、僧尼瓶碗等所在鑄錢,揚州節度使李紳乃以所鑄錢背加"昌"字,以表年號。有勑今鑄錢所,各加以本州郡名爲背文。京:京兆;洛:河南;興:秦鳳;梁:汴州;荊:江陵;桂:廣西;廣:廣東;潭:湖南;福:福州;越:浙東;洪:江西;潤:浙西;昌:成都;鄂:湖廣;兗:兗州;梓:東川;襄:襄州;丹:河北;益:西川;宣:宣州;平:燕山;揚:揚州;藍:藍田縣,共二十二監。③(《貨泉沿革》)

① (宋)洪遵撰,杜斌校注:《泉志》卷二,頁51—52。

② 佚名撰,姚朔民整理:《貨泉沿革》,頁25。

③ 同上,頁28—29。

續表

	《泉志》	《貨泉沿革》
	右；襄州以‘襄’字在穿上；江陵府以‘荆’字在穿右；越州以‘越’字，在穿下；宣州以‘宣’字在穿左；江西以‘洪’字在穿上；湖南以‘潭’字在穿左；兖州以‘兖’字在穿上；浙西以‘潤’字在穿上；鄂州以‘鄂’字在穿上；平州以‘平’字在穿上；興元府以‘興’字在穿上；梁州以‘梁’字在穿右；廣州以‘廣’字在穿右；東川以‘梓’字在穿上；福州以‘福’字在穿上；丹州以‘丹’字在穿上；桂陽監以‘桂’字在穿右。”李孝美曰：“此錢背文復有‘襄’字，或在穿右、‘梁’字或在穿上者。但‘楊’字錢終莫之見，疑當時已行‘昌’字，而未嘗改耳。①”(《泉志》卷三正用品下)	
5	右男錢。舊譜曰：“徑寸，重四銖，懸針書，文曰‘布泉’，世人謂之‘男錢’，言佩之則生男也。”②(《泉志》卷十五厭勝品)	董逌《錢譜》云：藏曰泉，流曰布。又引顧氏曰：錢徑寸，重四銖，懸鍼書，自梁以來有之。文曰‘布泉’，世謂之男錢。《梁書》曰：布泉徑一寸，重四銖半，婦人佩之即生男也。天子頻下詔，非勑鑄之錢並不許用。敦素疑王莽時鑄，亦無所據。後周布泉字皆玉筯篆，與此甚異。③ (《貨泉沿革》)

(作者爲恒生管理學院中文系助理教授)

① (宋)洪遵撰，杜斌校注：《泉志》卷三，頁65—66。
② 同上，頁239。
③ 佚名撰，姚朔民整理：《貨泉沿革》，頁23。

太極函三元：劉沅天道觀中的儒道融合*

范旭艷

摘　要

天道觀是思想史研究中的重要議題，儒家與道家對此有不同的看法。儒家之《易》學系統由二而四、六、八，呈偶數遞進；道家《老子》由一而二而三而萬物，是"三極結構"。三教論者如何融合儒道兩家的天道觀，是一個值得深入探討的問題。本文以清代三教論者劉沅(1768—1855)爲研究對象，探討儒道兩種天道觀如何融合而成爲新的體系。劉沅的天道觀，概而言之，爲太極函三元。其中，太極爲儒家經典中的概念，三元來自道教，函所呈現的一種渾涵一體的結構，亦與儒家"太極生兩儀"之"生"不同。本文漸次分析太極函三元中，每個關鍵概念的來源及其在三教交會體系中的地位。從中，不僅可看出劉沅的儒道融合思想，亦可看出儒道因素如何融合在劉沅的思想體系之中。

關鍵詞：太極　三元　函　天道觀　劉沅

一、引言

對天道的討論，是思想家關注的重要問題。天地形成之初，是人類宇宙觀的最終極的追問。儒、道兩派都對天地源頭加以解釋。《周易》：

---

* 感謝兩位匿名評審專家，提出很中肯的修改意見，然文中一切疏誤，皆由本人承擔。

“大哉乾元！萬物資始，乃統天。”①認爲乾元是萬物生成之源頭。《老子》曰：“無名，天地之始；有名，萬物之母。”②認爲天地的源頭無名，萬物生成時才加以命名。《莊子·應帝王》：“南海之帝爲儵，北海之帝爲忽，中央之帝爲混沌。”③莊子認爲天地形成之初的形象是南北爲儵、忽二帝，中央是混沌。後代思想家對天地起源的建構，很少有超出先秦儒、道兩家的概念範疇。

儒、道兩家對天地生成的過程的界定不同。朱一新（1846—1894）分析楊雄（前53—前18）《太玄》自一而三，三而九，以逮於八十一這一結構時，曾總結儒道兩家對此的不同：

> 《易》數自一而二，二而四，四而八，以逮於六十四，皆偶數。……老子謂一生二，二生三，三生萬物。……《易》明陰陽，陰陽一奇一耦，故以二起數，與老氏不同也。④

《易》之數由一而二，二而四，四而八，皆爲偶數。太極而生兩儀，兩儀生四象，四象生八卦，八卦生六十四爻。而《老子》一而二，二而三，三生萬物，一爲一氣，二爲陰陽，三爲陰陽交通之和也⑤，數積至三而生萬物，《老子》之數是非偶數的三極結構。這是《易》與《老子》的不同，儒家與道家對天地生成的過程的不同也如是。在此區分基礎上，朱一新認爲理學家的宇宙觀都是在《易》基礎上推衍而來：

> 程子謂先天是加一倍法，蓋兩儀生四象，四象生八卦。康節本此爲推，非有他異。其於天地人物皆以四事分配，亦此意也，但頗近割湊，非盡出於自然。⑥

---

① （魏）王弼（晉）韓康伯注，（唐）孔穎達疏：《周易注疏》（臺北：學生書局，1967年），頁59。

② 朱謙之：《老子校釋》（北京：中華書局，1984年），頁5。

③ 郭慶藩：《莊子集釋》（北京：中華書局，1961年），頁309。

④⑥ 朱一新：《無邪堂問答》（臺北：文海出版社，1968年）卷一，頁33。

⑤ 朱謙之：《老子校釋》，頁174。

程子的先天學說，邵雍的《易》象都是從太極生兩儀，兩儀生四象，四象生八卦的系統中推衍而來的。兩儀、四象、八卦皆爲偶數，天地生成亦爲偶數式的演變。宋明理學家對天地生成的解釋是在《易》學範疇中衍生而來的。

日本學者山田慶兒（1932— ）亦總結了儒道兩家對天地生發過程的描述的不同，認爲以《易》爲代表，儒家的是"兩極結構"，由一而二，二而四，四而八；道家以《老子》爲代表，是"三極結構"，由一而二，二而三，三而無窮[①]。並用圖畫表示如下：

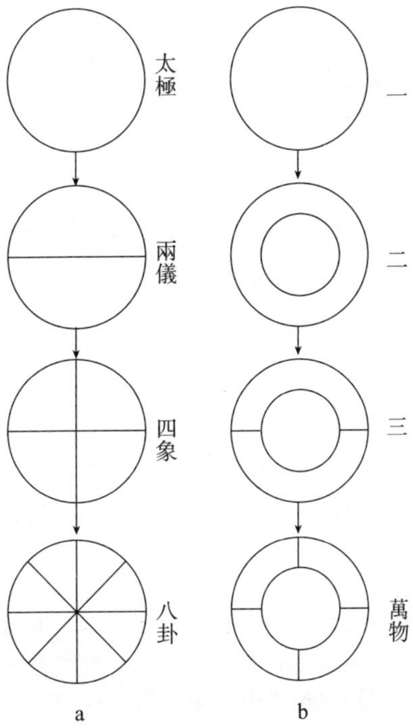

宇宙論的圖式
a: 易　b: 老子

① （日）山田慶兒：《空間、分類、範疇》，辛冠潔等編：《日本學者論中國哲學史》（北京：中華書局，1986 年），頁 45。

對於天道生發萬物的過程,儒道兩家有如此明顯的分別。雖説亦有學者認爲這樣的劃分過於單一①,但如若儒家的"兩極結構"與道家的"三極結構"的區别,成爲中國古代的一種觀念,以此爲背景來討論古代特定的思想家對儒道思想的綜合,亦未嘗不可。

本文以清代三教論者劉沅(1768—1855)爲研究對象,審視在儒道天道觀歧義的知識背景之下,三教論者如何建構儒道融合的天道觀。劉沅,字止唐,號槐軒,是清代中晚期四川思想家②。其思想的最重要特徵是三教和會。對此,劉咸炘(1896—1932)總結乃祖的學術,曰:"先祖之和會三教,有身心實功。"③學界普遍認同劉沅學術思想的特色是"和會三教"。2006年,《槐軒全書》出版時,蕭萐父(1924—2008)、周元邠(1915—　)題詞,都稱劉沅"闡三教之精微"。李學勤(1933—　)題詞,認爲劉沅"一本儒宗,兼通二氏"。王澤枋(1936—　)題詞曰:"發孔孟之微言,正先儒之謬,闡佛老之真諦。"④可見,劉沅會通三教,已是學界的共識。其和會三教之三教中,儒、道、釋三者並不均等,其中,以儒道間的和會爲主,因而,本文的論述亦僅聚焦於儒道間的和會。

在儒、道兩家對天道生成的看法的差異的基礎之上,分析劉沅太極

---

① 楊儒賓認爲山田的解釋"極具理趣",但是他認爲《易傳》所展開的思維模式是"同時的符象性",不管在空間上如何呈佈,内部總有一貫穿性的道體(乾元、神)爲其支柱。這樣一來,《易傳》也成了"三極結構"。見楊儒賓:《從氣之感應到貞一之道》,楊儒賓、黄俊傑編:《中國古代思維方式探索》(臺北:正中書局,1996年),頁172。

② 劉沅受到學界的關注,始於台灣"中央研究院""晚清經學之研究"中四川經學家部分,於2006年相繼召開兩次"四川學者的經學研究"學術研討會。相關研究成果參考盧鳴東師:《劉沅禮學中的儒道關係》,《經學研究集刊》第二期,頁57—79。蔣秋華:《劉沅〈書經恒解〉研究》,《經學研究集刊》第二期,頁109—123。黄忠天:《劉沅〈周易恒解〉述要》,《經學研究集刊》第二期,頁1—17。劉德明:《劉沅〈春秋恒解〉初探》,《經學研究集刊》第二期,頁81—107。

③ (清)劉咸炘:《經今文學論》,《推十書》(成都:成都古籍書店,1996年),頁2208。

④ (清)劉沅:《槐軒全書》卷首。本文所引用的劉沅原文,皆來自《槐軒全書》(成都:巴蜀書社,2006年),以下不再詳注。

函三元的天道思想,並認爲從中可看出他融合儒道兩家思想的具體做法。不僅關注儒道思想融合而成的結果,同時探析儒道思想融合的過程。劉沅認爲天道最爲精微難言:"天地之始,最難言也!"①他的天道論核心是"太極函三元"。在具體論述之中,他把儒、道兩家的概念融爲一體,創作出獨特的天道思想。本文將逐次分析劉沅"太極函三元"的概念,及其思想淵源。其中"太極"、"三元"、"函"三個概念均有儒道兩家的思想淵源,而"太極函三元"的結構亦是兩家思想融合而成。

二、"太極函三元"之概念

關於天道生成之結構,劉沅在《性命微言》中曾明確指明"太極函三元":

> 《河》、《圖》之理,不外生尅,而採玉於鑛,必有指歸,要祗一陰一陽,散殊合一之道而已。卦圖由兩儀而四象,以四相乘,由是而八卦,而六十四卦,三百八十四爻。生生不窮,其數莫可紀極。其在天地,則八卦分鎮方隅,萬方各有太極,似乎漫無統稽。然太極函三,三元分而後有兩儀,則散爲萬理,祗此三分之中,分而愈多者,不能復合。②

《易》之卦圖由兩儀而四象,四象而八卦,而六十四卦,而三百八十爻。生生不息,愈演愈繁。劉沅認爲究其根源,卻只在於"太極函三元"。太極函三,三元分而後有兩儀,而有天地萬物。天地萬物的根源在於"太極函三元"的渾然一體的結構之中。

(一) 太極

"太極"是儒家思想中的常用概念,《易·繫辭》:"是故,《易》有太極,是生兩儀。"王弼注曰:"太極者,無稱之稱,不可得而名,取有之所

① (清)劉沅:《正譌》,頁 3537。

② (清)劉沅:《性命微言》,頁 4065。

極,況之太極者也。”[1]太極本無可名狀,只是用“有之所極”來比擬之。劉沅對太極的解釋是太極即無極,是天地生成之初,無聲無臭的狀態。在《槐軒約言》的開篇,即附有《無極太極圖》[2]。

無極太極圖

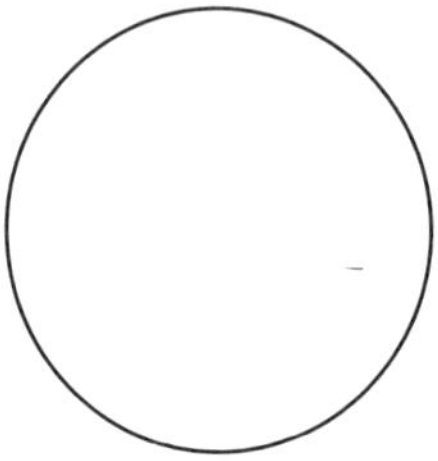

太極即無極,無極即太極,兩者是同一物的不同名字:“以其至無而實有曰太極,以其至有而實無曰無極。”[3]太極至有而實無,至無而實有:有而不滯於形體,所以似無;無而確實存在,並非虛無,所以有。此“太極”即天地本身:

> 第天地即太極,太極即天地。自其未分未形言之,則祇可言太極,不可言天地;自其已奠已形言之,則可以言天地,亦可言太極。[4]

天地即是太極,但在天地未生之前,尚無天地,所以命名爲太極。有天地以後,則太極與天地是一而二,二而一的。

在劉沅看來,“太極”、“無極”這兩個概念,分別來自孔子與老子:

> “太極”二字,始於夫子。……“太極”者,理極致而無加之名。上天之載,無聲無臭,無可名而名之曰“太極”,亦老子“不知其名,強名之”之意,究竟“太極”何物,無可名也。又可曰“無極”。“無極”二字,見於《老子》。然老子言知雄守雌,知白守黑,教人以脩身養身,復先天受中之本,然非以“無極”名“太極”。[5]

“太極”是《易》中的概念,劉沅認爲來自孔子。而以“太極”命名天

① (魏)王弼(晉)韓康伯注:《周易注疏》,頁636。
② (清)劉沅:《槐軒約言》,頁3696。
③ 同上。
④ (清)劉沅:《中庸恒解》,頁55。
⑤ (清)劉沅:《正譌》,頁3503。

地之始無聲無臭這一狀態的方法來自老子。《老子》:"吾不知其名,字之曰道,吾強爲之名曰大。"[①]"無極"一詞見於《老子》,《老子·二十八章》:"知其白,守其黑,爲天下式。常德不忒,復歸於無極。"[②]但劉沅認爲老子所謂知白守黑,指修身養身的方法,因此,所歸之無極,並非太極。《孟子恒解》:

> (老子)又言知其雄,守其黑,雄雌喻陰陽也。先天得乾性以爲心,雄也。後天陷於坎宮爲陰,雌也。知陰中之陽,本先天之性而退藏於密,定靜不遷,爲知雄守雌。白者金,黑者水。乾金入於坎宮,故習坎而心始亨,知乾爲天命之性,而於坎宮求之,知白守黑也。[③]

他認爲老子所說"知雄守雌"與"知白守黑"中,"雄"與"白"指先天之"乾","雌"與"黑"指後天之"坎"。乾卦六爻皆是陽,而坎卦上下皆是陽爻困於陰爻之中,表示先天之陽性,爲陰所困。因而,要以後天之坎,修養先天之乾,而達到"復歸於無極"的效果。他認爲老子"復歸於無極"之"無極",蘊含了後世道教修煉中知白守黑的修養過程,則無極而太極,非僅爲本體的論述,亦包含修養之功夫。而此修養功夫的引入,使得儒學所言之"無極而太極",具有了道教層面的內涵。

劉沅"太極即無極"的思想,從儒家中來,周敦頤《太極圖說》:"周子曰:'無極而太極。'"朱熹附解曰:"上天之載,無聲無臭,而實造化之樞紐,品彙之根底也。故曰'無極而太極',非太極之外,復有無極也。"[④]周敦頤《太極圖說》在宋明理學中有重要的位置,二程、朱子之學多從此圖中衍生而來。劉沅關於"太極"與"無極"的描述與周敦頤的相似,其不同在於:

① 朱謙之:《老子校釋》,頁101。
② 同上,頁112。
③ (清)劉沅:《孟子恒解》,頁589。
④ (宋)周敦頤:《周元公集》卷一,宋刻本,頁7。

> 舊周濂溪《太極圖》,內圖白黑二氣以象陰陽,由中一點運化,蓋取生陰生陽之意。然太極者,理氣之總匯,陰陽含於其中,本難名象,故曰"無極"。無極者,狀太極也,非太極之外別有一無極,太極既無極矣,有可圖耶?故茲但列一空圈以象渾然粹然之意。①

周子《太極圖》,用一圓圈來表示無極,中有黑白兩色的圓表示太極生陰陽。但回顧劉沅之無極太極圖,他用一空空圓圈來表示無極即太極,非太極之外別有一無極也。並且,在劉沅看來,太極無極是一種渾然粹然的狀態,本來並沒辦法畫出來。用圓圈來表示,是仿效老子"強名之"而強畫之,用一混淪的狀態來表示。在其中用黑白來表示陰陽,似乎陰陽也遵循一定的規律在其中運轉,是劉沅無法認同的。

事實上,周子《太極圖》中表示陰陽動靜的部分,是從《參同契》水火匡廓圖而來,他只是把《參同契》中間表示虛空的部分,變成陰陽相合的黑白圈而已②。《太極圖》本身與道教有一定的關係③。劉沅反對周敦頤對道教水火匡廓圖的修改,而強調中間太極無極的部分不應以黑白兩色平分來表示,顯示了他的太極思想中,對道教思想資源的認可。

---

① (清)劉沅:《周易恒解》,頁1063。

② 黃宗炎《太極圖辯》:"周子《太極圖》創自河上公,乃方士修煉之術。河上公本圖爲《無極圖》,魏伯陽得之以著《參同契》……(穆)修以《無極圖》授周子,周子又得先天地之偈於壽涯。其圖自下而上,周子得此圖而顛倒其序,更易其名,附於《大易》。"錢穆先生認爲黃氏說法是"無據之臆想",但認爲"今濂溪《太極》第二圖陰靜陽動,或謂其有資於《參同契》之《水火匡廓圖》,此或可信"。《論太極圖與先天圖之傳授》,《中國學術思想史論叢(五)》(臺北:聯經出版公司,1994年),頁173。

③ 錢穆《濂溪百源橫渠之理學》:"濂溪《太極圖說》,乃把先秦儒、道、陰陽三派融合,而始完成其自創的宇宙論。"見氏著《中國學術思想史論叢(五)》(臺北:東大出版社1976年),頁141。日本學者吾妻重二卻認爲太極圖是周敦頤所作,太極圖"表明了儒教漸漸從其他兩教獨立出來的事實"。《〈太極圖〉之形成——圍繞儒、佛、道三教的再檢討》,見吳震、吾妻重二主編:《思想與文獻:日本學者宋明儒學研究》(上海:華東師範大學出版社,2010年),頁193。

（太極圖）

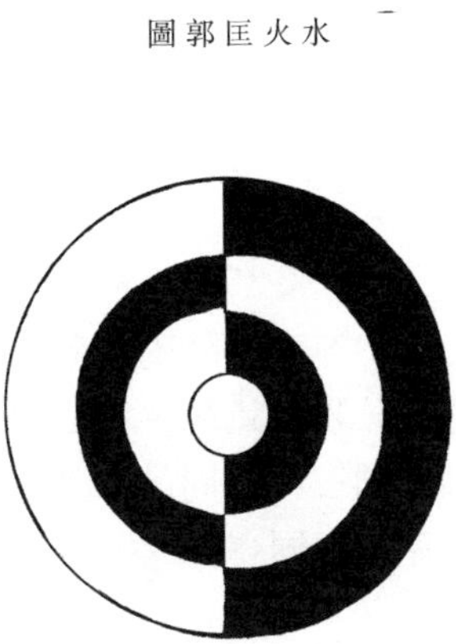

（水火匡郭圖）

（二）三元

三元，在劉沅的思想體系中是一個相當重要的概念。劉沅《正譌》："元者，幽深之意。"①元者，幽深也。所謂"三元"，即元精、元氣、元神，是在天地生成之前，無極而太極的狀態的具體表現。《槐軒約言》中有《三元圖》②。

所謂三元，即精、氣、神。三元看似不同，實則一也。氣是組成天地之無聲無臭之氣。神，是氣的主宰："神宰氣，氣藏神……神氣合爲一元，凡氣之所在，即神之所在。"③精，是神氣凝結之義：

① （清）劉沅：《正譌》，頁 3488。

② （清）劉沅：《槐軒約言》，頁 3696。

③ （清）劉沅：《正譌》，頁 3538。

> 太極,性也。性無質,以神氣爲質,精則其凝結之意。①

太極無質,以神氣爲質,神氣凝結成性曰精。

> 陰陽五氣,渾然在中,不可測也。言其主宰曰神,運行曰氣,凝聚曰精。②

太極無極中充滿了陰陽五氣,卻渾然不可測。因此以精氣神來描述這種狀態。陰陽五氣之主宰是神,運行爲氣,凝聚曰精。精氣神三者表示陰陽五氣的三種不同的狀態,實則一也。精氣神三者的差別還在於產生的順序的不同:

> 三元,一元也。由精而氣而神,生之理則然。由神而氣而精,復性之功有序。③

天地化生,由陰陽五氣之凝聚(精),而至陰陽五氣之運行(氣),最後方是陰陽五氣之主宰(神)。而復性之功是由陰陽五氣之主宰(神),回復到陰陽五氣之流行(氣),最後回復到五氣凝聚的狀態(精)。

在《三元圖》中,氣居中,是天地之中、乾坤之門,爲五行之中央土。神居上,爲先天乾性、後天離命。離屬火,屬日,因此,神是陽性的,是五行中之火木。精居下,爲先天坤命,後天坎性,坎爲水,爲金,因此精爲五行中之水火。在丹道中,日月分屬龍虎。精氣神三者交感,如同煉丹中龍虎交匯,能迴歸太極一元的境界。對道教丹道知識的熟悉,使得劉沅對"三元"的理解有極濃厚的道教思想傾向。

① (清)劉沅:《恒言》,頁 3653。

② (清)劉沅:《性命微言》,頁 4035。

③ (清)劉沅:《賸言》,頁 3672。

劉沅本人對“三元”的解釋如是。事實上，“三元”這一概念取自道教[①]，劉沅“無極太極圖”後所附的案語曰：

> 天之精、氣、神，道流謂之元。元，始。人之精氣神，道流謂之水火土。[②]

所謂“道流”，是劉沅對於道教徒的稱呼，借用道教術語表達了他的“三元”說與道教的關係。陳虛白《規中指南·藥物》：“古歌曰：‘借問因何是吾身？不離精炁與元神。’”[③]精氣神三者本是道教修煉内丹的基本概念。道教對精氣神的定義可參考紫陽真人張平叔《總論金丹之要》：

> 夫金丹之道，貴乎藥物，藥物在乎精氣神。神始用神光，精始用精華，氣即用元氣。精非神不盈，神非氣不充，精因氣融，氣憑精用，氣因神見，神憑氣用。[④]

道教鍊外丹，以鉛汞爲藥。内丹沿用外丹的名詞，卻表示不同的意思。用“藥物”指精氣神，認爲人身之中本來即有丹鼎爐火，因此，不必煉鉛汞，以精、氣、神三者爲修煉内丹之藥物。

在道教徒看來，精、氣、神三者並非是並列的關係：“修丹之要，在乎玄牝。欲立玄牝，先固本根。本根之本，元精是也。精即元氣所化，故精炁一也。以元神居之，則三者聚於一矣。”[⑤]陳虛白認爲元精是修丹

---

① 道教經典《三元妙經》把“天地水三官”稱作“三元”，與本文“精氣神”之三元不同。但由於精氣神的說法與劉沅的三元說較爲接近，因此本文主要分析精氣神三元，而不分析天地水三元。《道教十三經》（北京：國際文化出版公司，1993年），頁751—754。

② （清）劉沅：《槐軒約言》，頁3696。

③ 明正統《道藏》（臺北：新文豐出版公司，1985年）第七册，頁42。

④ 同上，頁21。

⑤ 同上，頁42—43。

的根本,是由元炁所化生,而元神是居於兩者之上,是組成人身的最重要因素。紫陽真人張平叔《玉清金笥青華秘文金寶內鍊丹訣》一書中《總論金丹之要》篇曰:

> 精、氣、神三者,孰爲重? 曰:"神爲重。"金丹之道,始然以神而用精、氣也。故曰:"神爲重。"神者,性之別名也。至靜之餘,元氣方產生之際,神亦欲出。①

認爲神是精氣神三者之中最重要的,神是性的別名,能統轄精氣二者。在元氣產生的時候可產生。陳虛白與張平叔認爲精、氣、神三者中最重要的元素並不相同,但兩者都以精氣爲一體,神是居於兩者之上的。陳氏從本根立說,故以最基礎的要素——精爲重,張氏從反認爲要以神來統攝精氣,故以最高明的因素——神爲重。

劉沅《三元圖》雖然沿用精氣神這三個概念,但他強調這三者都是道之元,並非修煉長生術的人所謂的精、氣、神。在道教徒看來,精氣神是人身之"藥物",是三種具體存在的物體。但是劉沅的精氣神是陰陽五氣的三種不同狀態的呈現。《三元圖》後案語曰:"二五之精,非男女交感之精;一元之氣,非口鼻呼吸之氣;不二之神,非氣質思慮之神也。"②可見三元中之"精"、"氣"、"神"分別是二五之精、一元之氣、不二之神。其實他所說的"一元之氣"即孟子"浩然之氣":"道流則曰虛無元氣,浩然言之用,虛無言其體,一而已也。"③他使用道教徒的概念,但是始終在儒家的知識範疇內對這些概念加以解釋。再者,在劉沅看來,"氣"居天地之中,乾坤之門,應是三者之中最爲重要的,與道教徒重神或重精說不一樣。復次,與道教徒強調精氣一體不同,劉沅強調的是神氣一體,如上文所引,"性無質,以神氣爲質,精則其凝結之意"④。神氣爲性之質,精指神氣之凝結。神氣之組合,是劉沅的義理結構中最基

① 明正統《道藏》,頁 21。

② (清)劉沅:《性命微言》,頁 4035。

③ (清)劉沅:《子問》,頁 3847。

④ (清)劉沅:《恒言》,頁 3653。

礎,亦是最精微的部份。因此,他感慨道:“神氣二字,其義最不易明!”①陰陽五氣主宰之神,陰陽五氣流行之氣,二者的關係是最爲難言的。

如上所述,劉沅的三元說與道教徒煉丹之“三元”雖用同樣的概念,但概念的內涵并不相同。可是,“元”的概念與道教的關係卻毋庸諱言。《老子》:“玄之又玄,衆妙之門。”②“玄牝之門,是謂天地根。”河上公注云:“根,元也。言鼻口之門,是乃通天地之元氣所從往來。”③後世道教由此而衍發出元氣的概念。劉沅沿用道教的概念,並用《中庸》來解釋“元”之義:

> 元者,幽深之意。觀竅觀妙,至虛至靜,心静而性來復,未發之中既純,外著之和亦易闔闢,通乎造化,當觀竅觀妙時果能一念不生,太極同體,則妙趣有難言者,所謂元也。再內外交脩,仁義同熟。《中庸》云“天下之大本”,文王穆穆之德,元之又元,通乎帝謂皆由是基,故曰“元之又元,衆妙之門”。而夫子謂“成性存存,道義之門”,亦斯意也。④

元者,是通過觀妙觀竅等方法,而達到的太極同體時的妙趣,“元”即是《中庸》所言竅妙之所,而《老子》“元之又元,衆妙之門”與《周易》“成性存存,道義之門”,所表達的意思相同。在對“元”的解釋中,融合了儒道兩家的思想。

“元”並不僅是道家的概念。《春秋》曰:“元年春,王正月。”從漢儒開始,“元”亦是儒家的一個重要概念。董仲舒《春秋繁露》:

> 惟聖人能屬萬物於一,而繫之元也。終不及本所從來而承之,

① (清)劉沅:《正譌》,頁3517。
② 朱謙之:《老子校釋》,頁7。
③ 《老子河上公注》,《四部叢刊》景宋本,頁19。
④ (清)劉沅:《正譌》,頁3488。

> 不能遂其功。是以《春秋》變一謂之元。元，猶原也，其義以隨天地終始也。故人惟有終始也，而生不必應四時之變，(蘇輿按："不"疑當作"死")故元者爲萬物之本。而人之元在焉。安在乎？乃在乎天地之前。故人雖生天氣及奉天氣者，不得與天元本、天元命而共違其所爲也。故春正月者，承天地之所爲也，繼天之所爲而終之也，其道相與共功持業，安容言乃天地之元？天地之元奚爲於此惡施於人，大其貫承意之理矣。①

《春秋》首"元年春"，董仲舒在此即解釋"元"與"春"。元者，一也。但"元"比"一"更有"原"之意。董氏認爲人隨天地之終始而生，人之元在天地之前。因此《春秋》強調元年春正月，是爲了使人能乘天地之所爲，能順應天地四時的變化而做事。

對董仲舒"元"的思想，蘇輿義證曰：

> 宋周子無極而太極之說，亦本於此。《易》"太極而生兩儀"，聖人之道，運本於元，以統天地，爲萬物根。人之性命，由天道變化而來，其神氣則根極於元。溯厥胚胎，固在天地先矣。《說文》列"元"字于"天"字前，亦即斯旨。《鶡冠子》"有一而有氣"，宋佃注云："一者，元氣之始。"由是言之，人本于天，天本于元，元生于一，是故數始于一，萬物之本也。②

認爲周子無極太極說，即淵源於此。人本於天，天本於元，人的性命，由天道變化而來，性命根於有生之初的元。元在天之先，是以元生天地，天地生人，周子無極生太極，太極生陰陽，而運化萬物的思想即淵源於此。而劉沅"無極太極"、"太極函三元"之說又是在對周子學說加以辨析而承繼而來。

---

① (清)蘇輿撰，鍾哲點校:《春秋繁露義證》(北京:中華書局，1992年)，頁68—70。

② 同上，頁69。

(三)“函”

太極與三元間的連接詞是“函”,“函”所表示的是包函渾融的狀態。“三元,一元之所分也,聚而爲太極,分而爲三元”①。一元聚而爲太極,一元分而爲三元,太極與三元並非截然分開的兩者,而是三元即在太極之中,太極即三元的關係：

> 混三而一之曰太極,故曰太極含三,此受中之本體則然。由一而之三曰精氣神,此既生之性情則然。②

根據上下文語義,受中之本體與既生之性情相對,分别指先天與後天的狀態。由受中之本體而言,精氣神三者混而爲一太極;由既生之性情而言,則太極一而分精氣神三元。太極與三元之間的關係是“函”,如上所述,“三元”表示陰陽五氣的三種不同狀態,則太極與三元之本體——陰陽五氣之間的關係也是“函”,而非周敦頤所説的“太極生陰陽,陰陽生五行”。

周子《太極圖説》:“太極動而生陽,動極而静,静而生陰,静極復動。一動一静,互爲其根,分陰分陽,兩極立焉。陽變陰合而生水火木金土,五氣順布,四時行焉。”③認爲太極生陰陽,陰陽生五行,三者之間是由本而末的生發關係。

朱子解曰：

> 蓋太極者,本然之妙也;動静者,所乘之機也。太極,形而上之道也;陰陽,形而下之器也。……五行者,質具於地,而氣形於天者也。……蓋五行之變,至於不可窮,然無適而非陰陽之道。至其所以爲陰陽者,則又無適而非太極之本然也。夫豈有所虧欠間隔哉?④

---

① (清)劉沅:《性命微言》,頁 4035。

② (清)劉沅:《孟子恒解》,頁 542。

③④ (宋)周敦頤:《周元公集》卷一,頁 7。

在朱子看來，僅太極是形而上之道，陰陽已是形而下之器，更不用說由陰陽而化生之水火木金土五氣。太極與五氣之間的關係是本源與表現的關係，太極是五行之氣運行的根源，即太極是道，五行是道所表現的氣。

然而，劉沅並不認同周敦頤與朱熹的看法。在《正譌・周子・〈太極圖説〉之僞也》篇中，劉沅認爲從太極生陰陽的源頭上來説，周子的説法已經是錯誤的。太極動而靜，靜而動，動靜二字不可強分。進而，陰陽生五行的説法也不正確："五行止是陰陽之用，水火木金土，天生地成，地生天成，天地互爲生成，何得以爲陰陽變合而生水火木金土也。夫子言'闔戶爲坤，闢戶爲乾，一闔一闢謂之變，往來不窮謂之通。見乃云象，形乃云氣。'變通二字，甚妙。相提而論，可見周子此言得失。"① 可見，劉沅所反對的是強分天地，強分動靜，強分生成。在他看來，萬物並不能作如此截然的分開。乾坤並非分別是天地，而是天地之闢闔之狀態，五行並不是由陰陽變合而生的，而是天地互爲生成的。並且認爲《周易》中之"變""通"二字所表示的往來不窮的往復的結構，比周子天地生陰陽，陰陽生五行之關注"生"的線性結構更準確地描述了太極與陰陽五行間的關係。

另外，與朱子認爲陰陽五行是形而下之器的看法不同。在劉沅"太極函三元"的結構之中已經提及，三元分別是陰陽五氣的三種不同狀態，陰陽五氣之凝聚、運行、主宰的三種形態都函於太極之中。先天不可名相之陰陽與五氣都是在先天與太極共存的，亦是太極的表現，即是形而上之道。因此劉沅用"函"字，認爲太極函三元，而非太極生三元。

三、"太極函三元"之思想淵源

劉沅"太極函三元"的思想，并非憑空而來，道教經典《道教三洞宗元》中"妙一分爲三元"，儒家史書《漢書》中"太極元氣，函三爲一"等論述與劉沅"太極函三元"的思想相似，但劉沅並不是對兩者加以簡單拼

① （清）劉沅：《正譌》，頁 3504。

合，而是對兩家思想都加以創作性闡釋，形成了自己的理論體系。

道教中"妙一"與"三元"之說，見於《道教三洞宗元》：

> 原夫道家由肇，起自無先。垂跡感應，生乎妙一。從乎妙一，分爲三元，又從三元，變成三氣。又從三氣，變生三才。三才既滋，萬物斯備。其三元者，第一混洞太無元，第二赤混太無元，第三冥寂玄通元。從混洞太無元化生天寶君，從赤混太無元化生靈寶君，從冥寂玄通元化生神寶君。[①]

道教關於萬物生成的結構是妙一生三元，與劉沅太極函三元，有相似之處。但兩者對於萬物之源"妙一"或"太極"的定義不同。道教之妙一生三元，此三元將化生三氣，然後生成天地人三才。妙一、三元都是在天地生成之前存在的。而劉沅之太極是天地未分化的狀態，天地即一太極也。對於劉沅來說，天地自然生化萬物，天地本來就是生長萬物的源頭，在天地之上並沒有神仙。同時，兩者所定義的"三元"。道家之三元，對應與天寶、靈寶、神寶三君，亦與玉清、上清、太清三者相對應，是道教的神仙。劉沅之"三元"指元精、元氣、元神，是天地未分化是即存在的三種元素。三者將化生世間萬物，並無神仙色彩。

儒家思想中，亦有太極函三的結構。朱彝尊在考究《太極圖授受考》時，引用陳感遇詩》中"太極生天地，三元更廢興"，解釋曰"三元本律曆志，乾坤至精之數"[②]。今考《漢書・律曆志》："太極元氣，函三爲一。極，中也。元，始也。"[③]孟康曰："元氣始起於子未分之時，天地人混合爲一，故自數獨一也。"師古曰："函讀如含同，後解類此也。"根據《漢書・律曆志》的下文"此陰陽合德，氣鍾於子，化生萬物者也，故孳萌於子……"，描述陰陽之氣，運行於十二時辰，進而觀"陰陽之施化萬物之終始"，可知孟康的解釋是符合班固原意的。《漢書・律曆志》中"太極

---

① 張君房編，李永晟點校：《雲笈七籤》（北京：中華書局，2003 年），頁 34。

② （清）朱彝尊：《曝書亭集》卷五八，《四部叢刊》景清康熙版。

③ （漢）班固：《漢書・律曆志》（北京：中華書局，2007 年）卷二一上，頁 112。

元氣”，所指是子時的陰陽之氣，函三爲一之“三”指天地人三才。“太極”是形容“元氣”的形容詞，是中和之意，函三，是指太極元氣之中包含天地人三才。

《漢書》對天道的關注，是爲了替人事建立標準：

> 太極運三辰五星於上，而元氣轉三統五行於下。其於人皇，極統三德五事，故三辰之合於三統也。日合於天統，月合於地統，斗合於人統。[①]

太極與元氣分屬天道與人道，日月星三辰，要符合天地人三統。《漢書》之三統，關鍵點在於人統，強調人的行爲要符合天地之統。《漢書》中“太極元氣，函三爲一”，太極與元氣屬於不同的範疇，兩者之間有明顯的區別，與劉沅“太極函三元”所表示的太極與元氣渾然一體的狀態不同。

道教中之“妙一”是天地神仙都存在之前的一種狀態，與“無極”、“太極”與天地並存的狀態不同。道教中有“三元”這一概念，卻並不以之表示“精、氣、神”三者。《漢書・律曆志》之太極是天道之太極，元氣是人道之元氣，兩者間有明顯的分界，與劉沅太極函三之“函”的狀態截然不同。《漢書》之天、地、人三才亦與精、氣、神不同。概念總有重合，但本質卻難以契合。僅從“妙一分爲三元”，“函三爲一”來說，看似難以分析“太極函三元”的思想源頭。但是，思想的傳承難以有明確的相似，在思想演變的體系之中，經學家往往對已有文本加以創造式闡釋，而形成了新的思想。這種把近似的概念加以重新整合的過程，正是劉沅本人的貢獻。

四、結語

從以上的分析可知，儒家《周易》中由一而二、四、八的偶數結構，道

① （漢）班固：《漢書・律曆志》卷二一上，頁119。

家《老子》由一而二,二而三的三極結構,在劉沅的天道觀中被融合在一起。"太極函三"中,太極爲儒家概念,而"三"之精氣神爲道教概念,兩者融合在一起。同時,由太極之"一"而至於精氣神之"三",看似道家一而至於三的結構,但其所展示的"兩儀未分"的狀態,"兩儀"即陰陽二氣。"兩儀既分",萬物間的生化又回到《周易》的偶數結構之中。

本文之所以不厭其煩地辨析劉沅太極函三元中的每一個概念與結構的來源,是爲了在天道的基本結構中,展現在劉沅的思想體系中,儒道知識是如何融會而構成新的體系的。從中,可以看到不僅是"太極""三元""函"等概念由儒道思想雜糅而成,而且太極與三元間的一三結構本身亦兼受到儒道兩家思想的影響。在這樣的融合之中,可以得出結論:第一,劉沅的和會三教的思想體系並非是簡單地把三教因素(儒、道爲主)並列、齊同或者部分化地組合,而是從概念、結構上重新熔鑄成爲一個新的思想體系。第二,在劉沅建構的新思想體系中,儒家、道教本身的思想都經過相應的創造性詮釋,如此方可融合在新的體系之中。第三,劉沅所謂"道",模糊了道家、道教的界限,因而,在論證的過程中,他時而引用《老子》原典,時而引用道教的修養方法,這與他的思想本身濃厚的實踐性與宗教性面相有密切關係。其中不同層面思想纏繞所呈現出來的的複雜面相,還有待更深入的研究。

另外,還需要指出的是,劉沅以圖來解經的方法,本身即可能是其儒道融合思想的一種表徵。周敦頤之《太極圖》,以及《易圖》在清代思想界中受到了質疑[1]。黃宗羲《易學象數論》、黃宗炎《圖書辨惑》、胡渭《易圖明辨》即是典型作品。在這樣的思想背景之下,劉沅不但相信《易圖》所言,本人還採用圖像的形式來說明義理。這種方法本身即是其融合儒道的一種表現。

(作者爲香港浸會大學中文系博士)

① 王汎森:"在清初,批評易圖,成爲一股重要的思想潮流。"見《程延祚與程雲莊——清代中期思想史的一個研究》,《文化與歷史的追索:余英時教授八秩壽慶論文集》(臺北:聯經出版事業公司),頁 253。

摩登之外：
重探横光利一與穆時英的現實論與“新感覺”敘述

趙家琦

摘　要

通過分析日本横光利一和中國穆時英這兩位日、中新感覺派代表作家的“現實”論篇目，並參照兩人以上海爲主題的小説，可以發現兩者的“新感覺”寫作並非僅對生理感官或主觀心理的摩登都會文學與形式審美創作。横光利一以科學意識爲思想核心建構了一套以物理學爲取法的文字唯物論的認知觀和現實觀論述體系，穆時英通過了電影爲對象而提出探及藝術本質和主客觀交涉關係的文藝論，並在其上海敘述中發揮了融合現代技法與左翼題材的多元辯證現實觀。透過對横光利一與穆時英的分析，能讓我們跳脱西方審美現代主義對日、中新感覺派的單一比附框架，重構出日、中新感覺派與20世紀初社會先鋒思潮具緊密關係的多元現代性。

關鍵詞：新感覺派　横光利一　穆時英　現實論　上海敘述

一、摩登・審美・形式："新感覺"的文學史定位

“新感覺”在中國現代文學史上最爲人熟知的，爲這個詞彙用以指稱20世紀早期一群聚集於上海，以書寫都會文學而知名的現代派作

家，主要包括了施蟄存（1905—2003）、穆時英（1912—1940）和劉吶鷗（1905—1940）等，其作品在現代文學史上多被認爲是西方審美現代主義的代表移植範例，以善寫主觀心理、摩登消費都會和感官體驗知名。

然而，以"新感覺"作爲概括這批作家的冠稱，並非來自這些作家本人的聲明或主張，而主要出自當代學者嚴家炎的文學史觀與論述。1985年，嚴家炎在論文引用了"新感覺"一詞來論析20世紀早期一群聚集上海的青年作家的創作特徵，並爲"新感覺"勾勒出一條域內外互文傳播的系譜①。嚴教授在論文中指出，"新感覺"隸屬"二十世紀西方現代派文學的範疇"，它具有"法國的超現實派、以義大利爲中心的未來派、以英美爲中心的意識流文學"的特徵，其實踐者以法國作家保羅·穆杭（1888—1976）爲首，之後跨國傳播至日本而造就了日本新感覺派的誕生，而中國新感覺派便是在這條跨國脈絡下展開的中文現代主義文學實驗——其特徵在於以佛洛依德（Sigmund Freud，1856—1939）的精神學說爲核心，迥異於寫實主義對現實的精刻描摹和順時邏輯結構，而轉以關注並探索人物內在主觀意識，並透過反叛傳統的書寫來突出這種力圖挖掘內在、再現主觀世界的形式創新。順此觀點，嚴家炎在不同層面將中國新感覺派劃歸爲隸屬形式審美現代性的文學流派。如其表示，施蟄存的作品展示了對佛洛依德學說的小說化，其特徵體現了"潛意識、隱意識的開掘與心理分析小說的建立"；穆時英和劉吶鷗則是在其特殊的都會寫作中透過形式審美變異突出了主觀"通感"和心理"意識流"，作品充斥著"異常快速的節奏，電影鏡頭般跳躍的結構"，"眼光撩亂的場面"，"顯示人物的半瘋狂的精神狀態"②。

嚴家炎對於中國新感覺派的挖掘和梳理，對於中國新感覺派在文學史上的地位建構起了關鍵影響。自嚴作一出，中國新感覺派進一步

---

① 嚴家炎：《論三十年代的新感覺》，原載《中國社會科學》1985年第1期。該文後作爲《前言》，收入《新感覺派小說選》（北京：人民文學出版社，1985年）。並且以《新感覺派與心理分析小說》的標題，收入《中國現代小說流派史》第四章（北京：人民文學出版社，1989年）。

② 嚴家炎：《新感覺派與心理分析小說》，《中國現代小說流派史》，頁125—166。

被納入中國現代文學史冊，不僅“新感覺派”被定義爲主觀感性和生理感官傾向的代表文類，更被視作“現代主義在中國”①的代表流派——其既是跨境衍繹日本新感覺派的孿生文學團體，亦是體現中國 20 世紀早期移植西方審美現代主義的代表案例。而拜 1990 年代以降城市文化研究興起之賜，中國新感覺派更被視爲上海摩登都會文學的代表範示。

二、震後文學：日本新感覺派的科學意識與文學觀

然而，如嘗試追蹤“新感覺”作爲文學指稱的來源脈絡，無論是嚴家炎提到的法國作家保羅・穆杭，或是英美現代主義文學，這些文學作家皆不曾提出過“新感覺”一詞。事實上，作爲文學上的特定概念，“新感覺”的確切來源爲日本，它出自於 20 世紀早期日本文學論者千葉龜雄（1878—1935）《新感覺派的誕生》一文。千葉在文中首創“新感覺”一詞來形容日本在 1923 年關東大地震後創辦《文藝時代》文學刊物的一群新進作家。他表示，該群體以橫光利一（1898—1947）爲代表，其作品特徵展現了一股“新感覺”氣象，其作品特色在於挑戰了傳統“人生的純現實派”，而“彷彿從小小的洞穴來窺視內部人生全面的存在和意義”，書寫技巧爲善於通過“暗示與象徵”，“沉浸於新的語彙、詩和節奏”，表現出強烈的“心情、情調、神經和情緒”等“感受性”與 “心理機能”②。

由上可見，千葉龜雄以“新”來修飾“感覺”，顯示其所謂“新感覺”概念並非指向“感覺”表示的純粹生理感官髮膚受覺，而是突出了“新”“感覺”在“感覺”基礎上卻具有的精神性超越。換言之，“新”“感覺”是一種深層的文學感性與創作技藝，其指向了創作者主觀創造和技巧經營對現實的藝術化再製/現。事實上，千葉這種對文學感性和主觀觀察的強調，有其時代關懷與反思：一方面，其“新感覺”概念既是突出一種不同

① 錢理群、溫儒敏、吳福輝：《中國現代文學三十年》（北京：北京大學出版社，1998 年），頁 250。

② （日）千葉龜雄：《新感覺派の誕生》，載《世紀・文藝時評》（1924 年 11 月）。見伊藤整編：《新感覺派文學集》（東京：講談社，1980 年），頁 358—359。

傳統寫實寫法而對西方現實主義文學(realism literature)之長期獨霸主流地位的檢視，其切身關懷亦可說是針對當時日本自然主義發展至末期而流於個人瑣事暴露、視角狹窄局限的不滿①。因此對千葉而言，“新感覺”概念的提出，既是突出對於藝術真諦的重新發掘，亦是彰顯這種文學創新在回應世界趨勢的現代脈動下能重新運用主觀能力來敏鋭地觀照出現代社會，從而擺脱對傳統僵化之正面直觀的突破寫法。

然而，千葉《新感覺派的誕生》一文發表後，引發了日本文壇不同層面的回應，有的批判“新感覺”僅注重感覺，有的肯定“新感覺”發掘主觀的力量，有的則就“新感覺”加以延伸詮釋，形成多元紛雜的論點②。但是，對於被稱作“新感覺派”的《文藝時代》作家群而言，他們則挪用“新感覺”一詞，再加以轉化發揮其立足於日本震後語境的文藝觀。在此，可先參考横光利一 1941 年的文章，其在該文中憶及日本新感覺派的産生，便清楚表明關東大地震就是促使其“新感覺”文藝觀産生的關鍵原因：

> 1923 年的大地震，我遭遇震災。我歷來對美的信仰，因此不幸事件而立刻破滅。人們稱呼我爲新感覺派是從此時開始的。眼前所見的大都會成爲無法令人置信的田野燼餘廢墟。周圍展開的復興建設，稱爲汽車的速力變化物開始在世上行駛；緊接著放送聲音之奇形物“收音機”出現；而稱爲“飛機”的鳥類模型成爲實用物開始在空中飛翔。這一切都是在大地震後於日本出現的近代科學具象物。在地震災後的灰燼廢墟上，近代科學的尖端陸續成形與出現，這對於一個青年人來説，在感覺上不得不有所變化。……我對於懷古情緒纏綿的自然主義，那種冗長乏味的舊文體早已無法

① 孟慶樞：《日本自然主義、私小説再探討——近代東西文化交融中的一個值得深思的問題》，《南京師範大學文學院學報》2003 年第 1 期，頁 98—108。

② （日）千葉宣一著、葉渭渠編選：《新感覺派論爭的歷史意義》，《日本現代主義的比較文學研究》（北京：中國社會科學出版社，1997 年），頁 138—151。

忍受,故起而反抗。①

横光文中提及的關東大地震發生於1923年9月,爲日本戰前最嚴重的地震災害,其震度高達里氏7.9級,造成東京市區死傷高達14萬人,市容巨大毁劫,房屋倒塌約12萬棟。故可想見,横光以上自述既有感而發道出這場巨大災難造成的文明毁劫,也表示這場災難對於作爲促使其文藝觀轉變的重要轉折:一方面,地震讓眼前現實轉瞬付之消亡,直觀現實不再可靠,取而代之的則是主觀上的震撼成爲認知現實的切身途徑;另一方面,隨著震後重建的大規模工業化②,"感覺"接收在環境鉅變刺激下,受到機械重力與科學速力而與傳統產生截然不同的趨向,以往的安詳、平易、"纏綿"與"懷古",一變爲力動、急迫和瞬息萬變,成爲了"新""感覺"的根源。

由上來看,横光這份"地震宣言",可說傳達了"新感覺"的產生爲萌芽自地震帶來的現實鉅變和震後的工業化語境,突出了"新感覺"不但不是感官享樂或虛幻的内造臆想,而是受到外在現實劇變和對於科學大規模發展的密切回/反應,透露了其强烈現實感受與時代意識。這種對於當下現實和科學的敏鋭感受,便成爲震後聚集於《文藝時代》之青年作家建構詩學理念的核心要素。如片岡鐵兵(1894—1944)發表於1924年《文藝時代》的《告青年讀者》一文③,即以横光利一不久前的小説新作——《頭與腹》開頭首句就火車急行的描寫"白天,特快列車滿載

① (日)横光利一:《解說に代へて(一)》,初刊《三代名作全集——横光利一集》(東京:河出書房,1941年)。(日)横光利一著,保昌正夫校訂:《定本横光利一全集》(東京:河出書房新社,1983年)第13卷,頁584。中文爲筆者自譯。

② Tessa Morris-Suzuki, 'Systems-building and Science-based Industry, 1912—1937', *The Technological Transformation of Japan: From the Seventeenth to the Twenty-First Century*, UK: Cambridge University Press, 1994, pp. 105 - 142.

③ (日)片岡鐵兵:《若き讀者に訴ふ》,載《文藝時代》(1924年12月)。伊藤整編:《新感覺派文學集》,頁360—364。

著乘客全速賓士。沿線的小站像一塊塊石頭被抹殺了”①爲分析對象,而通過了電磁學觀念來分析這段描寫在不同層面上展現“新感覺”的科學意識:一方面,此句式在邏輯上擺脫了通常的客觀描寫,而透過了主觀的獨特想像突出了動力速度的“心的暴力”感;其敘述內容更體現一有如物質間之電流傳導的作用,即主體(作者)被客體(物件、火車)觸發感覺,主體在回應客體動能,兩者因而激蕩出如電流衝擊般的火光電擊:“作家的生命產生於物質,作者在與物質交涉中的生命力從狀態得到展現,而最能直接與現實連接的電源就是感覺。”在此,抽象的“感覺”不僅具象化成爲物質世界裏的電流,“感覺”更非絕緣於現實,而是作爲現實世界的物質運作關係而存在。

《告青年讀者》以電流爲譬喻而對横光利一作品所具科學“感覺”的闡釋,表現了作爲“新感覺”派的一員,片岡鐵兵利用跨界物理學説來詮釋震後新時代下的詩學觀變革。事實上,片岡這種引入科學意識到文學觀的思維邏輯並非個案,而是呼應於大正末年日本震後在大規模的工業化進程下,社會整體趨勢和新一代作家自覺引入科學觀來重新詮釋文學而符合時代進化的方向②。在此時代脈絡下,“現實”對於《文藝時代》作家而言因而成爲新、舊對比的一組概念:舊的直觀式現實主義在其看來遠非“現實”,而是罔顧主體認知的能動性而固化、冥頑、陳腐與過時,而依循主觀而密切回應現實變動所產生的“新”“感覺”,才是真正符合物理速率的科學現實主義(scientific realism)③。换言之,“新感覺”超越了對客觀表象的依樣畫葫蘆,而是講求主、客體交涉活動,並借鑒科學意識爲核心的知性觀察,從而能讓現實被感性理性之交互作用被透析出其背後運作的一套的無形物質原理,達到觸及現實本質而具

① (日)横光利一著,唐月眉譯:《頭與腹》(《頭ならびに腹》),(日)川端康成等著,葉渭渠等譯:《日本新感覺派作品選》(北京:作家出版社,1988年),頁61。

② (日)千葉宣一著,葉渭渠編選:《大正·昭和期的詩論發展和流派展開》,《日本現代主義的比較文學研究》,頁53—90。

③ Jonathan Zwicker, “Book Review: When Our Eyes No Longer See: Realism, Science, And Ecology in Japanese Literary Modernism”, *The Journal Of Asian Studies*, 68: 3 (2009. 08), p. 981.

備真正深入現實肌理的科學性。

除了片鋼鐵兵以科學意識爲主軸的認知論與現實觀闡述外，“新感覺”論的代表篇目，可謂横光利一的《感覺活動（對感覺活動和批判感覺的作品的反論）》①一文莫屬。文中，横光極富創造性地轉化德國哲學家康得（Immanuel Kant，1724—1804）的“現象”、“物自身”與“範疇”等認識論概念②，將“新感覺”論述爲人類感性與悟性之綜合能力，而這種能力是能觸及事物最根本本質的認識活動。如横光在文中申論到，“新感覺”與官能感覺不同，因它具備了科學要素，是“悟性與感性的綜合體”，其在認識對象的過程中“採取強烈的感覺觸發的力學形式”，而能“剝奪掉自然的外相”，躍進成爲“客體的物自體”以及“主觀的直感的觸發物”的“物自身”，達到最深層的認識③。透過繁複的論述，横光在該文中表明，其文章目的就在“先分析客觀形式的範疇和主觀形式的範疇”，“再藉由對以上兩者之分析的結果而進一步論究形式與內容間的

① （日）横光利一：《感覚活動（感覚活動と感覚的作物に対する避難への逆說）》，載《文藝時代》1925年第2卷第3號。此文後改名《新感覺論》，收入1931年11月白水社刊行的《書方草紙》。安藤宏編：《編年體・大正文學集》（东京：ゆまに書房，2003年）第14卷，頁449—455。

② 康得說法中，“現象”（Erscheinung）可被人類的感性與悟性能力認知，但“物自體（身）”（Ding as sich，英譯 thing-in-itself）無法被認知與定義，因其爲事物最根本本質，而“範疇”（Kategorie）則是人類判斷的形式。參見黃振華：《論康得哲學》（臺北：時英出版，2005年）；彭小妍：《〈新感覺論〉與物自體》，《浪蕩子美學與跨文化現代性——1930年代上海、東京及巴黎的浪蕩子、漫遊者與譯者》（臺北：聯經出版社，2012年），頁187。

③ 本文的《感覺活動》中譯，來自筆者與林姿瑩（現爲日本大阪大學文學研究科博士生）的討論，並同時參考彭小妍與葉渭渠的譯文。彭小妍：《〈新感覺論〉與物自體》，《浪蕩子美學與文化現代性——1930年代上海、東京及巴黎的浪蕩子、漫遊者與譯者》，頁185—186；葉渭渠：《日本文學史・現代卷》（北京：經濟日報出版社，1999年），頁143。由於此段原文長且艱澀，故本文不徵引。如需參考，可參閱拙作：《東京/上海：自日本“新興文學”視域重探日、中新感覺派的多重現代性交涉（1920s—1930s）》，臺灣清華大學中國文學系博士論文，2015年，頁59—63。此外，有關本文的日文中譯，如已有出版的中譯版本，本文將引出中文譯本來源；如未有相關中譯，則採筆者與林姿瑩女士討論後之中譯。

交涉作用",最終提出"藝術上的根本性誕生報告"——而此,便是他對"新感覺"進行主、客觀科學活動所進行的科學化、理論化的終極闡釋。

三、唯物現實的小説演/衍繹:橫光利一《唯物論的文學論》與《上海》

新感覺派將科學引爲建構新文學觀的核心理念,除了呼應20世紀初全球與日本在震後的工業化浪潮語境,亦是對當時馬克思主義掀起世界思想革命的深切回應。工業革命後,機械大大改變了人類的生産模式,並促發階級意識的興起,而隨著20世紀初新式工業和科學快速發展,強烈的物質趨向和階級現象尖鋭化,使得物質與現實成爲20世紀初全球最爲關注的時代課題。在此時代處境下,馬克思主義以其標榜唯物意識與科學假説的論點,一躍爲各國熱烈響應的思潮方案,不僅爲人類之歷史觀、現實觀與世界觀帶來思想劇變,亦造成相當政治實踐的反響。如20世紀初,"第二國際"(1898—1916)帶動馬克思政治思潮的世界傳播,並隨著1917年俄國布爾什維克黨十月革命後建立世界第一個無産階級政權,加速推展馬克思思潮和階級革命浪潮的傳播與全球化①。

日本便在20世紀初這波全球赤色浪潮下展開左翼思潮運動②,並因關東大地震後社會動盪③,圍繞階級矛盾與物質現實等議題快速傳

① (英)喬治·李察波特(George Richard Potter)等編、中國社會科學院世界歷史研究所組譯:《新編劍橋世界近代史》(北京:中國社會科學出版社,1999年)第11卷,頁128—154。

② 有關日本19世紀末以來的左翼思潮運動與傳播,參見王志松:《緒論:日本馬克思主義文藝理論發展史概述》,《20世紀日本馬克思主義文藝理論研究》(北京:北京大學出版社,2012年),頁8—12。

③ 日本政府在震後以維持治安爲名,對左翼份子與社會主義者進行了大規模逮捕與鎮壓,震後在日韓國人亦因叛亂傳言被殺害。葉渭渠、唐月梅:《日本文學史·現代卷》,頁24—32。

播蔓延，引發知識份子就左翼思潮、唯物論與現實觀投入思想辯論①。如由青野季吉(1890—1961)作爲理論指導員的震後左翼團體“無產階級文藝聯盟”(簡稱“普羅聯”)及其機關雜誌《文藝戰線》，便與新感覺派的《文藝時代》同時成立，開啟了左翼思潮進軍日本文壇的道路。在1925年的《調查了的藝術》與《再論“經過調查”的藝術》，青野季吉便將馬克思主義導入左翼文學觀，主張理性是尚，認爲創作者應對創作本質與動機從事理性的自覺“調查”，即強調以現實觀察與普羅群眾意識爲現實觀的核心，由此否定直覺的、感性的、想像的與個人性的創作。而從1926到27年，青野陸續寫作《自然生長與目的意識》與《再論自然生長與目的意識》，進一步強調以無產階級革命觀植入文學創作，主張文藝批評應擺脫文本分析或任其自然生長的觀點，而表示文藝創作必是訴諸無產階級的現實觀和感情來從事“目的意識”論的改造②。青野從無產階級觀點申說文學爲根據階級現實的理性傾向與客觀性，不僅爲日本左翼文藝理論的初步奠基③，亦掀起日本文學界的思潮撼動，使客觀、現實與唯物等話題成爲大正末年作家在思考和論辯時代文學方向的關注熱點。

值得注意的是，在左翼思潮風起雲湧的環境下，新感覺派雖然同樣與左翼論者著重現實課題，但其“現實”觀乃以科學現實、而非階級現實爲核心，因而其雖與左翼團體同尊唯物論，但卻發展出與左翼文學各具特色與辯論的唯物觀文學論。如1925年7月，片岡鐵兵發表《新感覺派如是主張》一文④，其在文中便質疑了左翼文學寫實主義論調中的認識觀問題：他認爲左翼文學團體所聲稱的寫實不過是以直觀表淺的“常

---

① 丸山真男：《近代日本の知識人》，《丸山真男集》(東京：岩波書店，1996年)第10卷，頁229。

② 丁瑞媛：《日本無產階級文學思潮的理論建構與歷史演進》，《馬克思主義美學研究》2008年第2期，頁234—235。葉渭渠、唐月眉：《日本文學史・現代卷》，頁33—36。

③ 王志松：《緒論：日本馬克思主義文藝理論發展史概述》，頁13—14。

④ (日)片岡鐵兵：《新感覚は斯く主張す》，載《文藝時代》(1925年7月)。安藤宏編：《編年體・大正文學集》第14卷，頁505—511。

識"來迎合大眾印象，是對現實從事僵化呈現，並批評左翼文學最大問題便是在以階級意識爲唯一標準而偏離了客觀唯物，因此不過是"自我中心"(エゴイスチック，即英文 "egoistical")者。兩年後，片岡再從主觀認知與客體對象之交涉脈絡視角，於《不再反復的論爭》對左翼文學現實觀提出質疑/問[1]。他表示，左翼文學充其量不過是"在既定的人性觀念範圍内描寫人物"而不合乎現實充滿變化的實情；相較之下，"新感覺"不僅主張現實具變動性，亦肯定現實的變化正反映在人類主觀認知的相應與反響，如其所謂："（筆者按：我）毫不懷疑物質文明效果使人類的感覺發生進化的同時，也產生全新的知性感情。"對片岡而言，這種知性感情亦非單純的抒情，而是突出了人類認知主體在新時代語境下對科學物質世界的敏鋭感應，爲"對於機械文明、sensation、在這些渦流之中存在的生活意識之上所建立的價值"，而此便是成就"新感覺"的最根本基礎。

承續片岡鐵兵以科學意識的認知觀來反駁左翼論者的階級現實觀，橫光利一 1928 年的《唯物論的文學論》一文[2]，進一步將新感覺派的現實觀加以闡釋爲科學唯物主義文學論。其在文中直指，新感覺派乃是真正將"個性透過文字表現物質的運動"的唯物文學，而其所謂"物質的運動"，便是根據物理速率的現實狀態。循此，新感覺派認爲的"現實"爲資本主義現實，此便是符合物理當下時空的真正現實。相較之下，橫光就加以批判青野季吉等左翼論者聲稱的共產"現實"爲理想化的假設空想，顯示了左翼論者"現實"觀之流於唯心幻想而爲"架空的理論"。

橫光接著分析，既然真正的"現實"是根據物理原則所運行，爲"被

---

① （日）片岡鐵兵：《止めのルフレエン》，載《文藝時代》(1927 年 4 月)。伊藤整編：《新感覺派文學集》，頁 400—401。此文中譯，參考宿久高：《片岡鐵兵的"新感覺派"文學理論》，《吉林大學社會科學學報》2003 年第 3 期，頁 115。

② （日）橫光利一：《新感覺派とコンミニズム文學》、《唯物論的文學論について》，分載《新潮》1928 年第 25 卷第 1 號、《創作月刊》1928 年第 1 卷第 1 號。兩文分見橫光利一著、保昌正夫校訂：《定本橫光利一全集》第 13 卷，頁 93—97、98—107。

時間所支配的現實的物象”,因此真正認識現實者,便是能夠依據現實物象的變化而產生相應的主觀“個性”觸發(包括知性與感性的“個性”體)。職是之故,對新感覺派而言,所謂“唯物文學”絕非如共產主義者所稱爲排除感性而侷限於階級理性駕馭的統一化、制式化的文學牢籠,而是各個體主觀之感性與知性綜合認識能力在現實唯物世界觸發下所產生獨一無二且多元的“個性”回應。

通過有意模仿左翼論者的辯證論法,横光的《唯物論的文學論》申說了新感覺派根據科學物理原則和主、客觀交涉論的唯物論文學觀。由此可見,在横光的論述脈絡中,新感覺派的唯物論文學觀不但不是反馬克思主義,反是力證其現實觀比無產階級文學更切合唯物主義的本質,顯示了横光利一爲“新感覺”著力提出具高度科學意識、“現實”思維的雄辯企圖。然而,横光文章發表不久後,1928 年 3 月,以藏原惟人(1902—1991)爲首而日本首度最具規模的左翼文學團體“全日本無產階級者藝術聯盟”(簡稱“納普”)成立,不僅加速左翼文學理論的系統化建設,亦推動左翼文學的發展,迎來日本左翼文學的高峰期。相較下,新感覺派則因作家成員彼此的發展而展開不同的發展面向。

在 1928 年 4 月,横光利一赴笈上海進行爲期一個月的旅行,返國後,他將這次旅行經驗結合其新感覺理論,創作長篇小說《上海》①,成爲其“新感覺”論小說化的名篇。如通過横光提出的現實論來看,《上海》的創作動機可說便有意彰顯上海在 20 世紀早期的資本主義唯物“現實”。如横光利一曾表明,上海之行予他最初與最深的印象,那便是此城市強烈的資本主義與唯物特徵:都會內一切的人、事、物皆有如銀錢與貨幣之資本流動而呈現物質交換的複雜關係②。然而,面對上海爲當時中國最大的公共租界區與遠東國際大城,横光在《上海》裏不僅藉由故事脈絡而關注經濟資本的流動,並透過人物角色的設定和利益

① 《上海》以五部份分批連載:《風呂と銀行》《足と正義》《掃溜の疑問》《持病と弾丸》《婦人》《春婦》,載《改造》1928 年 11 月;1929 年 3 月、6 月、9 月與 12 月;1931 年 1 月、11 月號。

② (日)横光利一:《静安寺的碑文》,載《改造》1937 年第 19 卷第 11 號。見(日)横光利一著、保昌正夫校訂:《定本横光利一全集》第 13 卷,頁 414。

關係網絡的經營，凸顯了小說人物在廣大的資本主義場域中有如物體而受制於經濟、種族、政治與國籍而繁複交錯的力學交換關係，而此正呼應著横光在其新感覺論所強調根據物理規律與唯物關係的"現實"邏輯。

具體來看，《上海》以男主角"參木"爲核心展開，帶出小說透過人物關係爲隱喻而繁複辯證的唯物現實觀。小說開頭爲參木不滿於爲公司盜用公款，其憤而辭職。長年久居上海的他，理想未伸、鬱悶不已，遊蕩至黄浦江邊，遇到流浪的白俄妓女，氣氛一片慘澹。參木的朋友"甲谷"任職上海日廠，個性外放，單戀著擁有多國情人的摩登舞女"宫子"。參木的另一日本友人"山口"則以販賣戰爭死屍獲利，包養著不同國籍的情婦，其中一名情婦爲患有癲癇症的白俄流亡女人"奥珈"。日本女人"阿杉"爲洗浴場女工，她暗戀著參木，卻遭老闆娘嫉妒逼退。在上海情勢越加混亂下，避居甲谷與參木處的阿杉，卻遭甲谷夜間強暴，阿杉因而流落街頭，淪爲妓女。參木則輾轉任職於日廠，遇到化身女工的中國女共產黨員"芳秋蘭"，爲其美貌聰慧吸引。此時卻發生五卅事件，暴動蔓延，芳秋蘭與參木躲避一處，兩人相處中辯論著共產革命和日本大東亞主義的前途。二人分道揚鑣後，參木偶遇阿杉，躲藏其家，兩人發生關係。隔日，日本軍團前來恢復秩序，參木離開，阿杉繼續其妓女宿命。小說終了時，參木在躲避暴民中，掉落進排水溝的污泥糞便池。

由小說故事概梗可見，《上海》裏的人物角色被賦予著其所屬國族身份的象徵，如"奥珈"等白俄妓女象徵著十月革命後俄國貴族政體的流亡。參木的獨白並鮮明表達其將將自身肉體作爲國體化身的存在[①]。除個體人物作爲國體之象徵，《上海》中的人物角色並被凸顯著作爲被動存在物而處於物質條件界定下的相對關係，身體因而不僅是

① 參見小說中參木獨白："而他留在上海，他的肉體所佔用的那個空間便會變成日本的領土。"（日）横光利一著、卞鐵堅譯：《寢園》（北京：作家出版社，2001年），頁 36。

國族隱喻,也被化約爲物質條件下的容受物而受到行動制約①。如小說不斷突出參木面對外在時勢與内心拉扯的糾結,但其總無法得償所願:既無力在上海商場求生,也無法衝破身份的枷鎖,他消極地認定自我身體爲國體的苟存,與阿杉之間的關係與其說是愛情,倒不如說是最後處境淪落的同病相憐。小說中女性角色也透露横光這種物質關係的隱喻,如奥珈的癲癇症象徵著國族破敗衰亡而無法療癒的病體,並體現其因受限身份和經濟制約而被迫轉換於不同買主間的物化本質;阿杉則因條件的弱勢(性别、種族、經濟)而不斷被驅趕、被邊緣化,弱勢的身體最終成爲其賴以活口的僅剩條件,但最終也被蹂躪吞噬,成爲資本主義的奠祭品。與阿杉與奥珈相對的是山口,其以販賣死屍大發利市,其手中經營死屍對照著貪婪的金錢獲利,詭異地象徵著資本主義的剝削。這些人物角色的肉身恰有如一個個物體容積佔據著上海的一方空間,卻隨時受到物質環境的變動而改變位置與方向,彼此間的關係與命運有如物質交換而極不穩固。由此來看,小說中不斷出現的"垃圾堆"場景(與汙水道、糞水池),正是以廢棄的物體象徵著上海資本主義空間無情的人肉市場運作,也道出了在横光看來上海作爲資本主義社會場所充斥之物質運作、各物質間相對相生而又不得不面臨淘汰的世界渣滓"垃圾場"②。

值得注意的是,《上海》雖以再現唯物現實爲旨,但其並反映、並回應了横光透過象徵隱喻技巧而融合知性與感性認知的"個性"寫作。如小說開篇的江邊描寫,即以頹敗的船桅、迷茫的霧氣、生銹的鐵網和浮動的海波,在象徵"上海"同時,亦隱喻著小說當中各人物之間浮沉不定

---

① Gregory Golley, 'A Dark Ecology: Yokomitsu Riichi's Universe', *When Our Eyes No Longer See: Realism, Science and Ecology in Japanese Literary Modernism*, Cambridge, Mass.: Harvard University Asia Center, 2008, pp. 121—154.

② (日)横光利一:《致山本實彥》(1928年6月15日),轉引自王中忱:《日本新感覺派文學:在殖民地都市里的轉向——論横光利一的〈上海〉》,王中忱、林少陽編:《重審現代主義:東亞視角或漢字圈的提問》(北京:清華大學出版社,2013年),頁350。

的生命動向，讓此段開場成爲多重隱喻的象徵性畫面。此外就女工暴動一節，橫光不僅採取人體物化的譬喻（魚、棋子、火、水），並通過將暴動過程再現以人體如物體運動的力學沖盪，凸出群體運動的韻律，既可說響應了新感覺派科學的現實觀，亦展現作者特殊詩學表現中獨特的主觀想像。因此，儘管《上海》可視作橫光“新感覺”理論的實踐化，但其中觸及的上海半殖民空間課題，以及橫光在小說中以議論形制對於當時政治思想政策的辯證，使這篇小說在“新感覺”理論脈絡架構外而更顯複雜，因而可說是橫光就“新感覺”論而延伸發展化、小說實踐化的代表作①。

四、上海新感覺：穆時英的都會與左翼題材小說的“新感覺”敘述

1927 年 5 月，《文藝時代》終刊，之後刊物成員各自發展，新感覺派逐漸走向解散。當日本新感覺派解散之時，來自臺灣的劉吶鷗（本名劉燦波）則在上海選譯了日本新感覺派小說爲《色情文化》（1928 年 9 月由上海水沫書店出版），成爲中文界首位將日本新感覺派選譯成集的譯者。然而，誠如學者謝惠貞指出的，《色情文化》選譯的日本新感覺派小說既不多（只有四篇），所選篇目也非新感覺以科學意識爲文藝論核心的代表作，卻倒是反映了劉吶鷗以對現代都會的偏愛而擇選日本新感覺派作品中尤以城市摩登男女爲主題、偏向日本“新興藝術派”的作品②。在謝惠貞看來，劉吶鷗的選譯行爲一方面可視爲其透過翻譯域外作品，再透過跨語際的創作改寫，從而確立自身在文學譯作上的權威性；然而從結果論來看，《色情文化》的選譯也導致了日本新感覺派在中

① 迄今就《上海》的討論已累積相當成果，本文不及備載，故僅集中探討《上海》的現實觀與橫光《唯物論的文學論》之連繫。

② “新興藝術派”在日本文學史上被視爲 20 世紀早期“現代主義”（modernism）代表流派，以善寫浮華的現代都會生活和摩登男女關係爲特徵。參見（日）小田切進：《昭和文學の成立》（東京：勁草書房，1977[1954]年）。

文語境接受脈絡產生偏移①。換言之,日本新感覺派以科學意識爲核心的文藝論述在 20 世紀早期的中國並未被引介,而作爲一個特殊文類或寫作風格,“新感覺”則在中文語境裏發展成爲以現代都會體驗和兩性風俗爲主要內容的文類,其特徵在於輕薄短巧、充滿外來語彙和摩登味十足,而這不可不說是拜劉吶鷗譯作《色情文化》與之後的中文小說集《都市風景線》(上海水沫書店,1930 年)之賜:後者以都會風景的速寫、輕快的節奏和情節的片段化組織,以對都會現代男女關係的短暫交集爲最主要特徵,形塑了大多數讀者對於“新感覺”的主要印象。

在這條以都會文學爲特徵的“新感覺”脈絡中,穆時英因創作不少都會題材小說,亦被劃爲是中國新感覺派的一員。但是,無論是劉吶鷗或穆時英,事實上他們在都會文學家頭銜下,亦創作過左翼相關題材小說。學者柳書琴曾比對劉吶鷗與穆時英左翼題材的小說《流》與《南北極》而指出,前者運用了尤物女體爲道德價值和社會行動的隱喻符碼,並藉由著男性第一人稱敘述視角來構建城市階級啟蒙敘事,小說中不同場景空間再現了城市的階級落差,從電影院、百貨大街、富家大宅再到紡織廠,鋪展出男主角鏡秋結合性愛經驗和階級經驗的啟蒙歷程;至於穆時英的《南北極》則是在劉吶鷗《流》的互文基礎上的延伸演繹:小說以來自鄉下的小獅子到上海的冒險歷程,透過城/鄉、貧/富與新/舊的對比,再現小獅子將階級革命衝動合理化的過程,誇大了《流》對上海魔性的探索,亦在彰顯資產階級墮落、尤物魅惑和無產階級氣力剽悍的對比情節結構中,表現出《南北極》之有別《流》的知識份子覺醒而反都市、反現代話語的都會階級敘事。在柳教授看來,此兩篇小說皆體現了“新感覺”作家以其融合社會觀察視野和文字再現技術,創造出與左翼文學迴異的都會啟蒙敘事——即“新感覺”不採取左翼陣營將城市視爲敵對的立場,而力圖挖掘上海半殖民空間的社會分化、風俗民情與道德

① 谢惠貞:《中國新感覺派の誕生——劉吶鴎による横光利一作品の翻譯と模仿創造》,《東方学》2011 年第 121 卷,頁 120—139。中文版見《中國“新感覺派”的誕生——劉吶鷗對横光利一作品的翻譯及模仿創作”》,王中忱、林少陽編:《重審現代主義——東亞視角或漢字圈的提問》,頁 402—427。

心態等議題，展現了除了對階級現象的關注外，他們力圖挖掘、檢視、再現城市現代性的多元視角①。

然而，相較劉吶鷗僅創作過一篇左翼題材小說，穆時英創作了爲數更多以無產階級爲題材的作品②，使其被認爲的"新感覺"身分更顯曖昧和充滿探索空間。大致而言，穆時英的左翼題材小說特徵在於以無產階級男性爲第一人稱視角，情節往往透過主角由鄉進城後所遭遇的階級歧視經驗，強調階級不公、衝突、對立以及隨之而來的無產人民暴動。事實上，穆時英這類左翼題材小說在一定程度上與當時日、中左翼語境有著互文性。一方面，穆時英的左翼題材小說彰顯勞工口語的書寫語言表現，正可說呼應了當時中國左翼文藝理論界企圖以語言的普羅化來追求更徹底的階級革命運動③；另一方面，穆時英集中於無產階級爲主體對象所再現的苦難—反抗敘事，也與日本 1920 年代早期左翼文學經典——葉山嘉樹(1894—1945)的《生活在海上的人們》與小林多喜二(1903—1933)的《蟹工船》有可比性。

儘管穆時英的左翼題材小說看似回應左翼文學的階級敘事，但其卻透過了特殊的寫作操作策略，展現與左翼文學不同傾向的現實觀。大體來看，穆時英的左翼題材小說採取大多爲主角的內聚焦(internal focalization)敘述，這種寫作方式造成的傳達訊息表現了作者就社會現實與主觀現實相互辯證的探索，並突出了個人小我的本能欲望掙扎。除此之外，穆時英左翼題材小說不講求完整結局，而多以主角的獨白來作爲結束，其造成的突兀效果，因而有別於正統左翼文學以講求社會集體視野、線性敘事和歷史辯證法所傳達鮮明的階級革命意識。由此可言，穆時英的左翼題材小說與其說回應了左翼文學的普羅化訴求，倒不如說其借重第一人稱的寫作策略和對於口語化書寫的誇張化處理而突

① 柳書琴：《摩登尤物：上海新感覺派與殖民都市啟蒙敘事》，《山東社會科學》2014 年第 2 期，頁 38—49。

② 穆時英第一篇正式發表的小說《咱們的世界》與第一部出版的小說集《南北極》皆爲左翼題材。

③ 參見當時瞿秋白的語言主張。(日)鈴木將久：《瞿秋白言語理論小考——コミュニケーション論の視角から》，《China》1996 年第 11 期，頁 259—277。

出了對文學創作技藝的大膽嘗試,顯示其並非是依循左翼文學爲唯一標準與依歸。事實上,穆時英這種著眼文學實驗與詩學技巧的探索,而非以政治文宣爲目的的創作表現,爲其本身自覺。如在《南北極》發表後,遭受左翼論者批評的穆時英曾做出以下自白[①]:"到現在爲止,我還理智地在探討各種學説,和躲在學説下面一些不能見人的東西,所以我不會有一種向生活、向主義的努力。"[②]"當時寫的時候是抱著一種試驗及鍛煉自己的技巧的目的寫的,……我所關心的只是'應該怎麼寫'的問題。"[③]從中清楚可見,對穆時英而言,其現實觀並無根植特定學説思想,而是强調透過實際觀察經驗和思想探尋來理解各種社會現象、學説、主義,並更重要的是,爲如何透過語言詩學的經營來就對象進行有效再現,才是穆時英認爲一名作家的核心本質。當然我們亦可從上引述段落看到,穆時英頗意有所指地批評了左翼文學論者挾帶的單一特定意識形態權威,因而與他側重文字技藝來再現現實的多元審美立場,有相當分歧。

如由以上穆時英的陳述來重觀其歷來被視爲"新感覺"代表小説的《上海的狐步舞(一個斷片)》[④],這篇小説透過文字技藝所表露的現實觀,就有了重估空間。一般來説,《上海的狐步舞》咸被認爲是感知敘述的即景印象對上海資產階級現實的主觀式描寫。但如從穆時英對於多元寫作技巧的寫作理念來看,這篇小説以鏡頭般的横向敘事爲架構[⑤],顯得别爲耐人尋味:小説開頭場景以如動態般節奏的横向描寫,不僅帶

① 這些批評大多圍繞在穆時英的左翼書寫不符合"正確"的無產階級革命意識,而是流於錯誤的"流氓無產階級"或舊式綠林好漢。參見嚴家炎、李今編:《對穆時英的評論與回憶》,《穆時英全集》(北京:十月文藝出版社,2008年)第3卷,頁363—398。

② 穆時英:《關於自己的話》,載《現代出版界》1932年第4期,嚴家炎、李今編:《穆時英全集》第3卷,頁6。

③ 穆時英:《改定本題記》(寫於1933年1月13日),《南北極》(上海:現代書局,1933年)。嚴家炎、李今編:《穆時英全集》第1卷,頁97。

④ 載《現代》1932年第2卷第1期。

⑤ 傑拉德·普林斯(Gerald Prince)著,喬國强、李孝悌譯:《敘述學詞典》(上海:上海譯文出版社,2011年),頁25。

出上海城市空間裡充斥多元價值型態和階級分化的矛盾紛雜現象；而穆時英更透過不統一、碎片化的而具有異質原素的段落紛陳，再現出城市空間裡不同身份、性別、階層人物的錯綜處境，讓其差異性被凸出，從而構成一幅緊湊的社會現實動態畫面。小說敘述空間一路從滬西討債兇殺案、經由火車行進畫面爲過渡隱喻、再到資產富家亂倫畸情、市中心街景、舞廳、工人墜樓、撿煤渣窮苦母子、飯店内景、街頭賣淫婆媳與落魄黃包車夫等——這些各別影像有意被剪裁爲意象性的象徵畫面，再透過織接與參差排組，再現上海在“天堂”與“地獄”的辯證[①]。值得注意的是，穆時英這種處理分化現實的詩學手法，具有與蘇維埃前衛電影理論“蒙太奇”(montage)與“電影眼”(camera eye)的相似特徵。“蒙太奇”以拼接技術來再現畫面的隱喻與聯想意義，與《上海的狐步舞》之場景拼貼結構堪爲比擬，而“電影眼”強調以不帶感情的鏡頭較肉眼更能記錄現實的真實狀態，亦與《上海的狐步舞》採取如鏡頭攝取的文字敘述來捕捉“都市的團聚生活”[②]有相似性。就此來說，穆時英不僅向左翼理論借鑒了形式上的資源，更轉化了左翼以對普羅階層爲唯一關注的階級寫實性，而是將觀看現實的視域放寬到整個城市内部各身份、種族、職業與價值型態的紛雜共存，因而讓其筆下的社會現實較左翼的階級現實觀更具複雜性，亦凸出了其文字經營對都會現代性不涉入，卻具力度的檢視態度。

五、電影爲中心的現實/藝術論：穆時英《電影藝術防禦戰》

對穆時英而言，電影不僅是創作小說的跨藝術形式資源，他更以此展開了文藝論闡述。1930 年代中期開始，響應蘇、日左翼主張及中國愈趨嚴峻的社會情勢，中國左翼團體擴大宣傳範圍，論調亦趨向政治革

① 穆時英：《上海的狐步舞(一個斷片)》，嚴家炎、李今編：《穆時英全集》第 1 卷，頁 331。

② 康來新、許秦蓁合編，劉吶鷗著：《影片藝術論》(原載《電影週報》1932 年第 2、3、6、7、9、10、15 期)，《劉吶鷗全集》電影集(臺南：臺灣文學館，2010 年)，頁 269。

命的極左路線①。影評小組的建立,即爲中國左翼團體向電影界的進軍,力圖在影界建設無產階級革命論的宣傳系統。而左翼陣營益趨強勢的話語論調,也因此和劉吶鷗以探索純電影論的刊物《現代電影》產生衝突,進而引發了文學史上所謂的"軟、硬性電影論戰"。這場論爭中,劉吶鷗秉持著藝術美學角度,著力探討電影形式的詩學意義,不認同左翼電影以政治意識優先的主張;而左翼陣營則頻繁發表圍繞內容、形式、社會、真實等話題的"現實"文藝論來試圖主掌文藝創作方向話語權,也因此讓論爭進一步波及穆時英創辦的《文藝畫報》,使得穆時英參與進這場論戰②。

1935年初,穆時英發表《電影批評底基礎問題》③,在"軟、硬性電影論戰"的餘波盪漾上,展開了對左翼團體的論述攻防。穆時英全篇以質疑左翼論者的政治意識邏輯爲出發,但更著意闡發以電影爲中心的藝術論。全文第三小節"論理的魔術",穆時英首在批評左翼論者魯思論述裡對"形式邏輯"套用的公式化問題,接下便導引至藝術本質的論述。如就主、客觀議題,穆時英反駁了左翼論者的文藝反映客觀現實論,而主張人類主觀意識(即創作主體)因思維、情感與思想等影響而在詮釋現實中產生的獨特個性,而此個性所流露的主觀感性,便是藝術作品引發觀者情感共鳴的核心本質:"情緒感應發生在意識中,那便是感興,是電影及一切藝術底起源。"再如針對內容與形式,穆時英亦批評左翼論調的內容決定形式論之過於簡化,而細緻分述內容與形式所牽涉主觀、客觀、現實等多重因素的定義。如其表示,形式是"一切客觀存在的現

① 徐秀慧:《無產階級文學的理論旅行(1925—1937)——以日本、中國大陸與臺灣的"文藝大眾化"的論述爲例》,《現代中文學刊》2014年第23期,頁34—46。

② 關於這場事件始末:1934年底,穆時英與葉靈鳳在合辦的《文藝畫報》創刊號刊登江兼霞《關於影評人》一文,江兼霞站在《現代電影》一方,批評左翼電影強調內容之政治宣傳而對電影形式藝術的忽略。文章發表後,左翼論者魯思撰《站在影評人的立場駁斥江兼霞的〈關於影評人〉》(載《現代演劇》1934年第1期)予以回擊,引發後續的穆時英撰文回復。

③ 載《晨報》1935年2月27—3月3日。見嚴家炎、李今編:《穆時英全集》第3卷,頁163—174。

實給予人格的印象，通過了全人格底精神儲蓄，被人格所清濾，所蒸製，和人格底情緒化合在一起的，不可分離的化合物。"而形式如以電影爲載體而言，則涵蓋了"腳本，光線，攝影角度，演員底動作與表情，導演底演出方法，以及 Montage"，絕非左翼論者將"形式"僅視爲外部裝飾和炫技表現。

此外，穆時英亦對"內容"定義進行申說，由此反駁左翼論者以"階級現實"對於"內容"的單一比附。其指出，"內容"具有本質定義上的兩面向：一爲作爲藝術"素材"的客觀現實；一則是通過"人類意識底三棱鏡"的"主觀現實"，而"主觀現實"所造就的作品的"傾向性"，才是藝術的真正"內容"。通過以上澄清，穆時英表示，藝術的價值因而不在於如左翼論者所言的對內容與形式的偏向擇選，而是應兼備"社會價值"和"藝術價值"的二重性。換言之，"社會價值"取決於"藝術價值"感染觀者之程度，"藝術價值"亦有賴於藝術整體審美價值對社會的影響效果，兩者相依相存、共存共生，才能造就真正的藝術與藝術性。

穆時英《電影批評底基礎問題》發表後，左翼論者紛紛撰文回復，但大抵仍重申左翼觀點脈絡下的內容決定形式論，主張物質決定一切及階級意識的現實論[①]。半年後，穆時英因而再撰四萬餘字的長文《電影藝術防禦戰——斥掮著"社會主義的現實主義"的招牌者》[②]，企圖以更長的篇幅、更完整的架構與更詳細的申論，展現回擊左翼論者而就藝術本質申論的決心。

事實上，《電影藝術防禦戰》的題名已透露穆時英此文針對的已非左翼影評小組，而是將視野投向當時主掌整個左翼文化策略的組織"中國左翼文化界總同盟"及當時將左傾路線徹底普羅化與政治化的左翼

① 魯思：《論電影批評底基準問題》，《民報》"影譚"專欄，1935 年 3 月 1—9 日，王塵無：《論穆時英的電影批評底基礎》與唐納《答客問——關於電影批評的基準問題及其他》，分載《中華日報》"電影藝術"專欄，1935 年 3 月 16—23 日、1935 年 3 月 19—23 日。

② 《晨報》1935 年 8 月 11 日—9 月 10 日。見嚴家炎、李今編：《穆時英全集》第 3 卷，頁 192—239。

文藝潮流"社會主義現實主義"①。因此在《電影藝術防禦戰》裡,穆時英不僅質疑1930年代中國對境外"社會主義現實主義"的挪用、偏頗接收和誤導問題,更針對當時"第三種人"論爭之引發胡風(1902—1985)的文藝階級論調②,就左翼思潮自1920年代始在中國文壇引發有關真實、客觀、歷史等議題,進行論辯的反詰。

《電影藝術防禦戰》第三小節"思維與存在"可視爲全文論述基石,穆時英以"思維"與"存在"爲申論其主、客觀交涉之現實論的重點概念。他表示,"思維"與"存在"爲"客觀現實"的"抽象化",前者爲認識後者的媒介,後者爲前者的對象。職是之故,"現實"必與"現象"區分,因前者爲實際發生事實,爲客觀普遍的;但"現象"則是因人類主觀角度的不同而對現實有差異性的理解。據此,穆時英再而申論其根據現實與現象區分原則的歷史觀。其透過創造性運用康得哲學的"物自體"概念,將"物自體"詮釋爲歷史文明發展進程的終點,而表示"現象"則爲"我們的物","歷史"即是從"我們的物"接近"物自體"(即"事物本體")的演化過程。而在人類接近"物自體"的過程中,思維(知識增長)與客

① 張大明:《社會主義現實主義與中國革命文學(下)》,《新文學史料》1998年第4期,頁144—165。

② 1931年底,胡秋原在《文化評論》批評左翼文藝將文學變質爲政治的"留聲機",引發文壇論爭。參見竇康:《從"第三種人"到"第三種人"集團——中國現代文學史上的"第三種人"之演變》,《二十一世紀》2003年總第11期。1932年,胡風撰《粉飾,歪曲,鐵一般的事實——用〈現代〉第一卷的創作做例子,評第三種人論爭中的中心問題之一》(載《文學月報》1932年第5、6號合刊),批評杜衡《"第三種人"的出路》(署名"蘇汶",載《現代》1932年第1卷第6期),聲稱"現實"爲無產階級掌握歷史發展動向而具必然性,因此"現實"與無系統的"現象"不同,"現象"爲"現實"的素材,因而對"現象"有正確認識,才能明白"現實"的客觀性,而"客觀"則取決人類主觀對歷史必然性的掌握程度。胡風並據此批評穆時英發表於《現代》的數篇小說《公墓》、《偷麵包的麵包師》與《斷了條胳膊的人》。其後,胡風再撰《現階段的文藝批評之幾個緊要問題》(載《現代文化》1933年第1卷第1期),進一步主張藝術爲建立在階級意識的心理表現,文藝爲創作者依據客觀階級現實所產生之思想與情感,並將其形象化的社會化手段,故藝術具有組織生活的功能與使命。以上胡風所撰文章,參見吉明學、孫露茜編:《三十年代"文藝自由論辯"資料》(上海:上海文藝出版社,1988年),頁258—280。

觀實存(物質環境)相互交涉,合構爲人類文明的發展。在此觀點上,穆時英反駁了左翼的客觀現實論,如他申明,既然人類主觀受限於物理時空,無法究竟“物自體”代表的歷史終點與事物本質,因此左翼聲稱的共產現實不過與不但是空談,更是非唯物性而爲理想化的主觀唯心主義。

以認知論而擴及現實論,《電影藝術防禦戰》其餘部份大抵順延穆時英不久前《電影批評底基礎問題》對藝術本質的探論,故在文章後半部,穆時英進一不補充了對於藝術要義的闡釋。他指出,人類主觀情感爲決定藝術與其它學科根本不同處,爲在於:後者爲智的活動,前者則依憑“情感的系統化”爲感性活動,而正因每個個體主觀情感獨一無二,“形式”作爲抽象情感的具體化,也因此是獨一無二的,並非左翼論者所謂“形式”爲耽美虛華的技巧。此外,“內容”與“形式”在穆時英看來亦無分孰爲優先或孰爲決定條件,而是彼此相互交涉——即“形式”依電影所牽涉的“中間形式”(包括故事、構造、環境、角色、動作、畫面與“Montage”等)而包含諸多細節,並非僅爲單單的技巧外在表現,而是涵蓋了“主題”(創作主體情思透過形式所表達的內容)與“斷片的畫面”(形式的組構成份)的整合。在此論述脈絡上,穆時英於文章末節“批評底路”歸結檢討左翼文藝觀因意識形態制約的簡化問題,他表示:“藝術底價值並不決定在它底客觀現實底正確程度,而被決定於用怎樣的手段表現了什麼主觀這一點上。”於此,穆時英表明了其著重藝術自主性的主觀表達和審美體驗,但他亦強調,這種美學自主的價值絕非封閉的個人體驗或對形式的耽溺,而是建立在創作主體敏鋭覺察人類社會生活普世共通的“世界觀和人生觀”——而這,才是穆時英認爲藝術價值爲“美學價值與社會價值底統一法則”。

六、小結:穆時英《中國行進》與“新感覺”的多元現代性

發表於 1935 年的《電影藝術防禦戰》堪爲穆時英的文藝理論代表作。一方面,此文以系統化的論述,細致提出對藝術本質和電影性質要素的分析,具思辨深度;另一方面,穆時英試圖透過邏輯論述與左翼團體對話,不僅與日本新感覺派文藝論可比對而觀,其對文藝原理的探

掘,亦爲 1930 年代少數透過論理方式而與左翼觀點辯詰的論述。在與日本新感覺派的對應關係上,穆時英此文引用了西方哲學的"物自體"概念,並提出根據物理速率和個體主觀性的現實觀,具跨學科引用脈絡。因此,儘管穆時英此文論述不及日本新感覺派以科學爲軸心所建設大範圍跨學科的詩學理論系統,但其觀點所觸及的主、客觀交涉和主觀感性等論題,實與横光利一的現實論和"個性"説有一定程度的呼應與共鳴。而在與左翼論述對話的脈絡上,穆時英著力探討思維、存在、表像、主觀、再現與現實等命題,展現了對藝術性質定義的多層次探索與思考,顯示其針對焦點並非左翼集團的政治立場,而毋寧説是與左翼論者就表像與現實、語言與再現等創作課題上的藝術觀歧異①。

值得注意的是,當穆時英寫作《電影藝術防禦戰》時,其在 1932 到 1936 年亦陸續撰寫小説《中國行進》②,而這篇小説在文學特徵所再現的多元審美現實觀,恰可與《電影藝術防禦戰》參看。《中國行進》總體架構以上海城市/鄉鎮爲對照空間,試圖廣覽 1930 年代中國社會的變遷風貌③。但特殊的是,《中國行進》迥異於當時興起之左翼長篇小説以統一線性爲結構的敘述形制,而透過了異質段落的敘述模式和文體

① 參見林少陽從語言層面對日、中新感覺派詩學意義的細致分析。林少陽:《"文"與"現實"——由東京新感覺派、上海新感覺派至當代香港小説的一個探索譜系》,《現代中文文學學報》2005 年第 7 卷第 2 期,頁 63—80。

② 據嚴家炎的考察與推論,《中國行進》包括四篇中篇小説:《中國一九三一》,原載《大陸雜誌》1932、1933 年第 1 卷第 5—7 期;《田舍風景》,原載《文藝畫報》1935 年第 1 卷第 3 期;《上海的季節夢》,原載《十日雜誌》旬刊 1935、1936 年第 7、8、11、13—15 期;《我們這一代》,原載《時代日報》1936 年 2 月 16 日至 4 月 23 日。以上小説後收入《穆時英全集》第 2 卷,頁 358—534。參見嚴家炎:《穆時英長篇追蹤記》,寫於 1997 年 3 月 18 日,增補修訂於 2006 年 8 月 15 日,嚴家炎、李今編:《穆時英全集》第 3 卷,頁 573—577。

③ 參見 1936 年《良友》113 期 "良友文學叢書"欄目對《中國行進》的預告:"這一部預告了三年的長篇,現在已經全部脱稿了。寫一九三一年大水災的前夕中國農村的破落,城市裡民族資本主義和國際資本主義的鬥爭。"轉引自嚴家炎:《穆時英長篇追蹤記》,頁 573—574。此外,小説亦透過人物設定,觸及 1930 年代中國政經危機,包括抵制外貨運動、國際資本勢力、政商勾結和秘密間諜組織等。

拼貼,構成獨立式章節的組合小説。這些個别敘述組塊包括了人物速寫、議論對話、影像化感知敘述、蒙太奇編輯與廣告文宣引用等。這種異質拼貼方式不僅造成整部小説的現實觀被分解爲不同主體、不同空間和不同事件而呈多樣性,穆時英更以内聚焦和不同敘述視角的穿插和錯迭,讓其筆下現實更顯流動與紛雜。尤可注意的爲,《中國行進》使用了具有現代意味的電影影像敘述來處理原屬於左翼範疇的農人抗暴題材。最具代表性的可見《中國一九三一》“吃著蠶豆的人們(四)”一節,穆時英捨棄了以特定敘述者爲單一視角的直觀敘述,而如分鏡劇本般將敘事分爲“鏡頭”、“小曲”等文段拼接:内容上並以場景描寫、人物表情和動作的特寫而組成具豐富意義指涉的影像故事;文字畫面彼此間的織接,凸顯了事件行進的高度臨場感,亦彰顯出人物内心的焦急與情勢之緊危。

通過這些書寫實驗,穆時英呼應了其在《電影藝術防禦戰》所論及之現象、中間形式、感性認知,甚或“社會價值”與“藝術價值”交涉等論點——它們反映出,穆時英透過詩學技術而對社會各現象、生活型態、道德邏輯與價值風俗的捕捉,其意義不在以特定標準意識來再現一真理現實,而是飽覽對社會各層面的關注;但其也絕非客觀的外在描摹勾勒,而是透過了描寫人物内心景狀和情思反應,凸顯人物心理變化與社會機制的緊密連動,讓主觀現實和社會現實彼此相互滲透、難分難解。

可惜的是,《中國行進》在穆時英有生之年並未完成。然而,作爲一部形式創新的小説,《中國行進》的碎片化結構已顯示穆時英不欲以語言構建完整或統一“現實”,因而讓其小説特徵有别於左翼團體的語言反映論觀。具體而言,如果説後者主張語言可如實反映現實,並力圖透過語言傳達一己意識;穆時英則是玩轉語言和現象與現實間的吊詭,著力探索現象如何透過主觀而存在,現實又如何被語言化,從而來實行、體現其多元辯證的現實觀。正因此,在穆時英的小説中,我們看到的並非城/鄉被賦予政治意識形態的對立,而是在現代技法與左翼題材的交融穿透下,那些原被賦予或認爲是對立的詩學典律被跨越與模糊化,從而使小説傳達訊息打破了左、右意識對壘的界線。舉例來論,如在描寫城市主題上,《中國行進》以感知的影像化敘述彰顯都會之物質流動、時間虛擲和人際浮沉;而當此手法運用在小說的農村暴動題材時,則凸顯了無產人民的求生欲望和掙扎——兩者再現的並非意識形態的對立,而是反映兩者共通對生存危機的無解。

透過以上對穆時英文藝論述的探討,本文試圖從摩登都會文學脈絡外重探穆時英的現實觀與"新感覺"寫作。"新感覺"在穆時英詮釋下因而不僅止於摩登虛耗或耽溺審美的內在敘事,而是交融著現代技法與左翼題材的辯證寫作,並因對電影的思考而擴及內容與形式、主觀與客觀、現實與現象等藝術論命題,展現穆時英抗詰左翼話語霸權而對文學本質的多重關懷。在對日本新感覺派的重審上,本文透過橫光利一爲例,釐清日本新感覺派以科學爲思想核心的現實觀,發掘出日本新感覺派與左翼思潮共享同一時代語境而在認知觀與現實觀的文學跨界科學的思辨主張。總體上,本文藉由對橫光利一與穆時英的舉例討論,重新檢視"新感覺"在日、中現代文學史的詩學界定和文學史定位,而重探與重構出"新感覺"與左翼文學緊密對話、甚至具交集性的文學思想脈絡和詩學實踐,從而還原這兩個文學流派之各具獨立性,卻又身處20世紀早期東京/上海場域而具備多元現代性的互動交涉與文學意義。

(作者爲臺灣清華大學中國文學系博士)

明清之際的朱子學經解
——以清初孫承澤《尚書集解》之《洪範》解釋爲中心

陳健成

摘　要

孫承澤活躍於崇禎末至康熙初年,歷仕明清兩朝。與其仕途比較,學者更注意其作爲書畫古董收藏家和明代史料《春明夢餘錄》作者的身分。以故孫氏中晚年後致力完成的經學著作,似未受重視。學術上孫氏以恪守朱子矩矱見稱,然《四庫提要》僅指此乃其以理學正宗爲兩朝臣子的身分遮醜,一如對所有"貳臣"作者,盡嘲諷之能事而少仔細評價。本文以孫氏《尚書集解》中的經書注解爲例,探討在陽明學淪入末流而漢學方興未艾的明末清初,遵信程朱之學的學者爲弘揚朱子學說而作的努力。

關鍵詞: 孫承澤　洪範　明末清初　朱子學　經學

一、前言

若以地域而論明清之際的儒學思想,劉宗周(1578—1645)在江浙一帶所倡導的陽明學,與客居河南的孫奇逢(1585—1675)折衷朱子學和陽明學的主張，堪爲當時南北學術代表①。至於卓然自立的名儒，則不論哪一種意涵下的"清初三大儒"②，當中亦未有一位純以朱子學稱。雖然如此，自元代(1271—1368)延祐復科(1314)以來被指定爲科舉考試標準、以致朝廷意識型態的朱子學說，不論在朝在野，在清朝初年仍受推崇③。山井湧(YAMANOI Yū，1920—1990)提到順治(1644—1661)、康熙(1661—1722)年間的朱子學者，實涵括遺民、在清廷中樞和任地方官的三種人④。

本文介紹的孫承澤(1592—1676)即其中在清廷中央任官的朱子學者。孫氏在儒學思想上以恪守朱子學說、掊擊陽明而聞名。特別的是，孫氏不似明朝(1368—1644)學者喜歡標舉一項"宗旨"而公開講學(實

① 孫氏與劉氏雖生平未曾見面，但孫氏在劉氏去世後透過其後學讀到《劉子節要》等著作，對後者轉生景仰之情；而孫氏的《理學宗傳》的稿件亦流入蕺山門人圈中，對蕺山弟子黄宗羲(1610—1695)《明儒學案》的編撰，多有啟示。見陳祖武：《蕺山南學與夏峰北學》，《清儒學術拾零》(長沙：湖南人民出版社，1999年)，頁1—16。

② "清初三大儒"原指孫奇逢、李顒(1627—1705)和黄宗羲，後來在光緒三十四年(1908)九月，清廷以黄宗羲、顧炎武和王夫之(1619—1692)三人入祠文廟，學者遂改稱黄、顧、王三人爲"清初三大儒"。此名稱涵義之轉變，請參何冠彪：《黄宗羲、顧炎武、王夫之合稱"清初三大儒"考》，《明清人物與著述》(臺北：臺灣商務印書館，1996)，頁49—56。

③ 清初，特别是康熙帝個人對朱子學的尊崇，可見於《性理精義》一書的編纂。此書由以明代官修《性理大全》爲本加以取捨。其内容與當時學術之關係，請參陳榮捷：《性理精義與十七世紀之程朱學派》，《朱學論集》(臺北：臺灣學生書局，1982)，頁385—420。另外，在康熙、雍正(1723—1735)兩朝一些尊崇朱學的具體措施和背後借尊朱而樹立自身道統的動機，學者所論已多，不暇枚舉，可參鄭宗義：《心學系統外的救正——明末清初朱子學的三種型態及其消長》，《明清儒學轉型探析：從劉蕺山到戴東原》(香港：中文大學出版社，2009年)，頁113—151。

④ (日)山井湧：《清代の朱子学》，載(日)有田和夫、大島晃編：《朱子学的思惟：中国思想史における伝統と革新》(東京：汲古書院，1990年)，頁537—556，特别是頁540—546。

際上孫氏並不公開講學)[1],而是透過注釋經書和整理程朱學派論說,以表達其恪守朱子學說的門戶之見,其本人亦以經生自詡[2]。

孫氏在當時得到同以朱學名世的名宦如魏裔介(1616—1686)、李光地(1642—1718)等的讚賞和敬仰,但在後世、特别是被《四庫全書總目提要》的作者們[3],指爲以理學正宗爲兩朝臣子的身分遮醜;後者對孫氏一如對所有歷仕明清兩朝的"貳臣"作者,盡嘲諷之能事。本文考證孫氏生平,自其交遊以見其人之節操,不必如《四庫》館臣所言,另一方面則以其晚年所編《尚書集解》中有關《洪範》篇的論述爲例,説明孫氏經解的特色。孫氏的經學水平容或不高,然其透過著重經學、重新透過經典注解而弘揚朱學的努力,在明末以來衆多重述朱子言説的學者即顯得别樹一幟。

二、孫承澤的生平、學術主張及經學著作

孫氏在《清史列傳》中被列入《貳臣傳》,内容只記其仕宦並舉其《五經翼》、《春明夢餘錄》、《庚子銷夏錄》三書之名[4];在《清史稿》(不論關内外本)、《清儒學案》則無傳。在 Arthur W. Hummel(恒慕義,1884—1975)所編 *Eminent Chinese of the Ch'ing Period* 中[5],Dean R.

① 有關明代學者論學標舉宗旨的問題,可參王汎森:《明末清初思想中之"宗旨"》,《晚明清初思想十論》(上海:復旦大學出版社,2004 年),頁 108—116。

② "孫北海先生……年八十三而没。易簀時嘗自言曰:'少爲書生,老爲經生,亦無憾矣。'然先生非徒經生也。平居直言敢諫,矢口論事,一根本於經術。所著書多至三十餘種,考正經傳之微文……"《五經翼序》,見汪士鋐(1658—1723)《秋泉居士集》卷二,《四庫未收書輯刊》(北京:北京出版社,2000 年)第 8 輯第 19 册,頁 554。

③ 本文所引《四庫全書總目提要》據永瑢等編:《四庫全書總目提要》(北京:中華書局,1983 年)。下文簡稱"《四庫提要》"。

④ 《清史列傳》卷七九,頁 47a、b,見周駿富輯:《清代傳記叢刊》(臺北:明文書局,1985)第 105 册,頁 761—762。

⑤ Taipei: Ch'eng Wen Publishing Co., 1970.1103pp.

Wickes(1883—?)據王崇簡(1602—1678)爲孫氏所作的行狀①及方志等史料爲孫氏作傳②,略述其學術成就。*Eminent Chinese of the Ch'ing Period* 一書後有中譯本(《清代名人傳略》),兹錄其傳如下③,再按論述需要補充孫氏生平:

> 孫承澤(字耳伯,號北海、退谷),學者,明清兩朝官吏。順天大興人,其六代祖由山東益都移居北京。明崇禎四年進士,初任河南陳留縣令,後任河南祥符縣令。李自成攻佔北京,孫三次自殺未遂,後曾接受李自成官職,1644 年接受清朝官職,累官吏部左侍郎,1654 年辭官。引退後,致力於經、史、地理、哲學、藝術研究與著述,他有二十三種著作爲《四庫總目提要》所著錄。其中《春明夢餘錄》七十卷,記述明末北京及其近郊概況,後來編寫京師地方志的作者多有引用。他的《元朝典故編年考》按年代記述元代大事,所引用之史料,有些現在很難見到,並且在某些方面與正史不同。又有《庚子銷夏記》八卷,是其收藏與鑑賞過歷代書畫之評論,此書受到書畫大師們的推崇,以手寫本形式流傳了百餘年。1761 年才在《知不足齋叢書》發起人鮑廷博主持下校勘付印。其書齋名"硯山齋",他的許多著作都題以此名。

上傳介紹了孫氏在史學和書畫鑑賞方面的成就,然對其學術思想之大要仍付闕如。孫氏的師承現似不可考。據《四庫提要》中有關其著《益智錄》的考證提到,孫氏乃"崇禎庚午(引按:1630)鄉試,出姚希孟(引按:1579—1636)之門。辛未(引按:1631)會試,出何如寵(引按:1569—1641)之門",而得出"故其附東林也甚力"的結論④。唯考姚、何

① 《光祿大夫太子太保都察院右都御史吏部左侍郎孫公承澤行狀》,載錢儀吉:《碑傳集》卷一〇,見《清代傳記叢刊》第 106 册,頁 527—528。

② Taipei: Ch'eng Wen Publishing Co., 1970.pp.669—670.

③ (美)A·W·恆慕義主編、中國人民大學清史研究所《清代名人傳略》翻譯組譯:《清代名人傳略》(西寧:青海人民出版社,1990)上册,頁 186—188。

④ 《四庫提要》史部卷六三·史部一九·傳記類存目五,頁 565。

兩人《明史》本傳,①則未見與顧、高一派的明確關係。孫氏與東林的關係大概由於王崇簡《行狀》中,提到因其不拜魏忠賢(1568—1627)的生祠而被冠以閹黨的對頭"東林"二字、被稱爲"東林秀才"②;孫氏未必然同意東林一派的政治主張。但在其死後,則被認爲與清代東林書院的崇朱傾向相符,"被"入祀於書院的道南祠③。

孫氏早年可考的學術活動,大概是在明時官陳留、祥符知縣期間(崇禎八年至十年,1635—1637),與周孝王(朱恭枵,1580—1644)相善,而接觸到宗室中以藏書和博學聞名的西亭朱睦㮮(1520—1587)以來周府萬卷樓所藏的圖書④:

---

① 《明史·姚希孟傳》(北京:中華書局,1974年),卷二百十六,列傳第一百四,頁5718—5719;《明史·何如寵傳》,卷二百五十一,列傳第一百三十九,頁6491—6492。

② 《行狀》:"公自幼有志於學,砥礪以自匡飭,未嘗識人間佻宕之習。於古今治亂經濟,皆究其原委。而于人之邪正,尤兢兢焉。當諸生時有建權閹魏忠賢祠于其里者,相率拜祠下,公獨不往。時人目爲'東林秀才'。"

③ 高廷珍《東林書院志》卷十二有錢肅潤(1619—1699)的《孫北海先生傳》,提到孫氏"尊信紫陽,老而彌篤……柏鄉魏公(引按:魏裔介)致書錫邑吳侯,謂北海先生之學,其得忠憲高公之統者也。於是錫邑後學羣舉而入道南祠。"又,孫氏去世不久即入祠道南祠一事,不無當事者阿徇之嫌,相關論述參胡琦:《從"清議"到"默修":清初東林書院研究》(香港中文大學研究院中國語言及文學課程哲學碩士論文,2012年),頁137—138。又,明末人大概有將講學書院、反對閹黨者一併稱謂東林的說法。宋犖(1634—1714)《筠廊偶筆二筆》二筆卷下:"孫少宰退谷先生承澤常言東林書院甚悉。云有明盛時,各省俱有書院。自張江陵當國,始行嚴禁。江陵歿,復稍稍建置。一時著名者徽州、江右、關中、無錫而四,至天啟中京師始有首善書院。然人不知各處書院,而統謂之東林。又不知東林所自始,而但借東林二字以爲害諸君子之名目。……忠賢(引按:魏忠賢,1568—1627)初不知東林爲何地,東林之人爲何人,輒曰'東林殺我'。既而楊(引按:楊漣,1572—1625)、左(引按:左光斗,1575—1625)、諸公交章劾璫,璫益信諸人之言不虛也。於是有憾於諸君子者,牽連羅織,以逢逆璫之惡。……遂首毀京師書院而天下之書院俱毀矣。"見《四庫全書存目叢書》(臺南:莊嚴文化事業有限公司,1995)子部第114册,頁754—755。

④ 孫承澤:《尚書集解序》,《尚書集解》,見《四庫全書存目叢書》(濟南:齊魯書社,2001)經部第56册,頁50。

> 筮仕汴梁。故宗西亭先生家多經學秘本,因得盡讀諸儒《書》義,抄貯笥中。變後尚有存者。①

孫氏的這批經學資料,成爲他日後研究經學的資本。史料所限,孫氏在入清之前的尊朱傾向(或其具體學術主張),沒有更多可供考察之處。稍爲值得注意的是,日後自成一家、而承認程朱正統的王夫之,在崇禎十五年鄉試中解元,其副主考即孫承澤②。門生座主之間有否就朱子學說論學之處,今不可考。

謝正光認爲北京爲李自成所破後自殺未遂,後來仕清的孫承澤,在入清以後"官運雖隆,却沒有什麼特殊的政績可言。他在清初所享的大

① 蔣光煦(1813—1860)《東湖叢記》卷五"萬卷堂藝文目"條也提到此事:"有明宗室工藝文者,莫多於隆萬(引按:隆慶,1567—1572;萬曆,1573—1620),而灌夫宗正爲之最。考其持躬謹潔,多門内之行,蒙勅獎,風諸藩。今觀其書目,部分完整,卷逾數萬,所嗜在此。故能剗削豪習,與古作者並馳也。往孫北海少宰令祥符,猶就其第鈔經注二百餘册,載歸京師。崇禎壬午(1642)賊決河隄,書堂付之巨浸,徒其目存耳。"見光緒九年(1883)雲自在龕刻《雲自在龕叢書》本,頁10b、11a,收入《叢書集成續編》第二十一冊(臺北:新文豐出版公司,1989),頁635—6。

又這些藏書在北京又因甲申之變遭難。孫氏自著《五經翼·後序》云:"曩時海內藏書家稱汴中西亭王孫。余宦汴時西亭已歿,與其孫永之善,因得盡窺其遺籍約十萬餘卷。尤重經學,中多秘本,世所鮮見。余雖困頓簿書,日借其經學一類,課兒輩抄錄之,攜歸京師。壬午河決,王孫之書,盡沉洪流中,賴余家猶存其十一。至甲申之變,余家玉凫堂積書七萬餘卷,一時星散,無復片紙存者。是歲秋冬,僵卧城東魚藻池上。書賈荷書來售,多余家故本,印識宛然,泫焉欲涕。以中秘故藏,狼藉於市間,質衣物收之。病廢之餘,猶取諸書有裨經學者,或錄其序跋、或錄其論說,久之成帙。"(見《四庫全書存目叢書》經部第152冊,頁106)於是孫氏又利用殘存的資料編成了《五經翼》一書。

② 王之春(1824—1906)《王船山年譜》:"明崇禎十五年壬午,公二十四歲。是科正考官翰林院郭公之祥,副考官兵科給事中孫公承澤。首題'請益曰無倦',次題'義者宜也'三題其爲人也好善。好善足乎？曰:'好善優於天下。'……孫承澤號退谷,崇禎辛未進士。"《傳記　年譜　雜録　船山全書編輯紀事》,見(清)王夫之著,船山全書編輯委員會編校:《船山全書》(長沙:嶽麓書社,1996)第16册,頁295—6。

名,顯然是和他廣博的治學興趣、豐富的圖籍和文物收藏以及他慷慨好客的性格有莫大的關係"①。堅守朱子門戶是其爲學宗旨,至於"廣博的治學興趣、豐富的圖籍和文物收藏"這樣的一種爲學方法,似乎也有朱子"泛觀博覽"的影子②。專論學術思想而言,前面提到的魏裔介、李光地是孫氏討論理學的後輩,一般意想不到會出現在孫氏這樣的"貳臣"交往圈中的,還包括著名的遺民學者顧炎武和孫奇逢③。青年時與孫氏親交的朱彝尊(16291709),其後來著名的經學目錄資料彙編《經義考》和考據北京掌故的《日下舊聞》,也被認爲是在孫氏《五經翼》和《春明夢餘錄》的基礎上編寫的④。此外還有以爲政清廉、同樣尊崇朱子的

① 謝正光:《清初的遺民與貳臣——顧炎武、孫承澤、朱彝尊交遊考論》,《清初詩文與士人交遊考》(南京:南京大學出版社,2001 年),頁 330—391。孫承澤的部分在頁 336—348。

② 學者總結"鵝湖之會"朱子和陸象山的觀點,認爲"元晦之意,欲令人泛觀博覽,而後歸之約"。見《年譜》,《陸九淵集》(北京:中華書局,1980 年),頁 491。又,孫氏在書畫藝術品的收鑑和鑑賞方面的貢獻,可參林婉瑜:《儒士、貳臣、收藏賞鑒家——孫承澤(1592—1676)之生活、繪畫品味與影響》("中央大學藝術學研究所"碩士論文,2004)。

③ 謝正光:《清初的遺民與貳臣——顧炎武、孫承澤、朱彝尊交遊考論》,《清初詩文與士人交遊考》,頁 330—391。而孫承澤與孫奇逢同樣有《畿輔人物志》的編著,互有參考交流之處。參劉仲華:《孫奇逢與孫承澤撰寫畿輔人物的學術異同和交往始末》,《石家莊學院學報》,2010 年第 4 期,頁 49—54。又,與孫氏來往的學者還包括刁包(1603—1669)、魏象樞(1617—1687),其過程請參劉仲華:《試論清初降臣孫承澤與理學家的學術交往》,《唐都學刊》,2007 年第 6 期,頁 87—92。

④ 劉仲華:《朱彝尊與孫承澤的交遊及其對撰述〈經義考〉、〈日下舊聞〉的影響》,《歷史文獻研究》,2014 年總第 33 期,頁 165—172。而最早提到《經義考》取材於孫承澤的,似乎是周中孚(1768—1831)。《鄭堂讀書記》卷三十二史部十八:"《經義考》三百卷,曝書亭刊本。其書大都取材於馬氏書及朱西亭《授經圖》、《經序錄》,國朝孫退谷《五經翼》四書,而增補以各書之說。"見中國國家圖書館編:《國家圖書館藏古籍題跋叢刊》(北京:北京圖書館出版社,2002 年)第 12 冊,頁 232—233。

陸隴其(1630—1692)①。

而孫氏在入清以後堅持朱子學說、嚴分門戶的形象變得明顯。近代學者中首先提到孫氏學術主張的似乎是錢穆(1895—1990)。錢氏在所著《中國近三百年學術史》中引《四庫提要》指"孫承澤北海著考正晚年定論二卷,持論益偏。……深毀陽明,謂其'惟事智術籠罩,乃吾道之莽、懿'。據《四庫提要》門戶之見,持之者過甚,亦足徵其立身居心之大概矣"。又引力主陸王之學的李紱(1673—1750)《穆堂初稿》詆之之語謂:"孫承澤在明朝,官至九卿,家居京師,親見闖賊之亂,國破君亡,偷生忍死,晚年沉酣於富貴利達之場,耄而不止,蓋患得患失之鄙夫,本不足與論學。"②

李紱之學以尊陸(九淵,1139—1193)絀朱名③,對堅持朱子門戶的孫承澤,自然針鋒相對,其批評有流於刻薄之處。唯不論如何,孫氏維護朱學正統、排斥陽明的宗旨,是強烈和鮮明,甚至有不理性之處④。年輩較孫氏爲晚、同樣以尊朱斥王聞名的李光地,與孫氏有過這樣的一段對話:

① 筆者考察陸氏《三魚堂日記》《三魚堂集》等,發現其透過陸元輔(1617—1691)聽聞到孫承澤的學術主張,遂生敬仰之情。孫氏亦有寄送其著作予陸氏。此中來往,當俟後考。

② 錢穆:《中國近三百年學術史》(臺北:臺灣商務印書館,1968年)上册,頁261—262、275。

③ 李紱在楊向奎(1910—2000)的《清儒學案新編》(濟南:齊魯書社,1985—1994年)第三册,頁547—631有傳。其思想可參黃進興著,郝素玲等譯:《李紱與清代陸王學派》(南京:江蘇教育出版社,2009年)。

④ 王弘撰(1622—1702)《砥齋集》卷二《書藤陰劄記後》:"《藤陰劄記》,北平孫少宰退谷所著。中掊擊王文成特甚,因文成以及陸子,皆非公論。退谷少受知於馮恭定(引按:馮從吾,1557—1627)。恭定之學,與文成少異。退谷一力攻文成者,尊恭定也。然《恭定集》中數稱文成致良知洩千載聖學之祕,有功於吾道甚大。獨所辨者無善無惡之説耳。義正詞平,眞儒有得之言,自是不同。退谷未免失之厲矣。至論元儒右許文正而左劉文靖,尤有微旨。予知之而不欲言也。"《續修四庫全書》集部第1404册(上海:上海古籍出版社,1995年),頁404—405。此外則孫氏與馮氏之間更多的交往情節未詳。

> 孫北海承澤極惡陽明學術，嘗舉陽明與學徒講論，其夫人忽鬧出，掀其几案，抛其書帙曰："諸君勿信此老厮誑！"因枚數其平居奸私事。門人竊窺陽明顔色和霽，如不聞者。久之，夫人入，陽明徐整書案，復理前論，若無中間一段事者，以爲非人情。某曰："恐即此已足以擒寧王矣。"北海爲失笑。北海又時舉《正德實録》中人参陽明與寧王交通及閨門穢事。某曰："吾輩評其學術不正，只論學術可已。此等謗誣恐不足憑。賢豪豈能免此？"①

連作爲朱學同道、於易學上多自孫氏得益的李安溪②，亦難以接受孫氏對陽明的詆毁。到清中葉的邵懿辰（1810—1861），對孫氏的印象，仍然是尊朱闢王的衛道之士③。

不止陽明學，連漢學也在孫氏排斥之列，再舉一例説明孫氏的唯朱獨尊的取態。朱彝尊《經義考》卷九十七・書二十六載：

---

① 《榕村語錄》卷二〇，文淵閣《四庫全書》本。又按，以"不近人情"爲由指責能爲常人所不能的人爲奸邪，可以聯想到傳爲蘇洵（1009—1066）所作諷刺王安石（1021—1086）的《辨奸論》："今有人，口誦孔老之言，身履夷齊之行，收召好名之士、不得志之人，相與造作言語，私立名字，以爲顔淵孟軻復出；而陰賊險狠，與人異趣，是王衍盧杞合而爲一人也，其禍豈可勝言哉！夫面垢不忘洗，衣垢不忘浣，此人之至情也。今也不然，衣臣虜之衣，食犬彘之食，囚首喪面而談詩書，此豈其情也哉？凡事之不近人情者，鮮不爲大奸慝，豎刁、易牙、開方是也。以蓋世之名，而濟其未形之患，雖有願治之主，好賢之相，猶將舉而用之，則其爲天下患，必然而無疑者，非特二子之比也。"《宋史》（北京：中華書局，1977年，頁10550）信其説而寫入安石的本傳。

② 李志陽：《試論京城宿儒與李光地易學的關係》，《牡丹江師範學院學報》（哲社版），2014年第2期，頁81—83。

③ 《跋書陸清獻公手札後》："方明中葉，士大夫安常習故，視聖賢之學爲不可津逮。於是陽明王氏出，以速化之術倡天下，天下翕然從之。蓋朱子昌明正學以來，歷宋元明，學者氣習風聲於兹一變矣。浸淫百有餘年，以至明亡。我朝之初，張武承（引按：張烈，1622—1685）、孫退谷輩稍稍能論著其失。顧其人德業聞望，不足與相抗衡，雖言足以指其瑕，而無以勝也。"（清）邵懿辰：《半巖廬遺集》，《續修四庫全書》（上海：上海古籍出版社，1995年）第1536册，頁599。

> 孫氏承澤《詩經朱傳翼》，三十卷，存。承澤自序曰："……《詩》獨本於日用，屬於人情，取義於聲韻之微，默寓夫勸懲之旨。大者載焉，小者載焉；貞者載焉，淫者載焉。蓋不極乎事之變，不足以窮人之情。情者，性之用也。情至於窮而性見矣，故曰'思無邪'。思，由情反性之路也。此聖人教人學詩之要，非謂《詩》盡無邪也。毛氏不達其解，而曰：'變風發乎情、止乎禮義。'夫止乎禮義，固亦有之。然豈皆止乎禮義者哉？操説如此，故篇篇必求止乎禮義，穿鑿迂滯而不通。惟其穿鑿，故嗜奇者喜焉，反以《集傳》爲庸常無味，有由然也……嗟乎《五經》皆以垂教，聖人於《詩》尤諄諄焉。乃三百篇之旨，一夫障之，千有餘歲，不明於天下。昔王輔嗣以棄象之説亂《易》，范甯斥之謂'罪深於桀紂'。毛氏之罪，豈在輔嗣下？朱子闢之，厥功偉矣。故翼朱者，翼經也。'"按退谷孫氏謂"毛氏之罪豈在輔嗣下"，毛氏較齊、魯、韓三家詩最醇，故獨傳。其亦何罪之有。此由尊朱子之過也，未免失言矣。①

學者指明代中後期始，就《詩經》學而言有返漢抑宋的傾向②，唯孫氏不爲所動，痛批漢學系的毛氏(《毛詩序》)的亂經之"罪"，與王弼(226—249)相同。

回到孫氏有關儒學的著作。孫承澤一如其他朱子學者，關心由明末以來對陽明《朱子晚年定論》的批判③，並著有《改正晚年定論》(二

① (清)朱彝尊著、林慶彰等編：《點校補正經義考》(臺北："中央研究院"中國文哲研究所籌備處，1997年)第四冊，頁250—252。標點有筆者改動處。

② 詳情可參劉毓慶：《明代〈詩經〉"漢學"研究論略》，《荊州師範學院學報》(社會科學版)2000年第3期，頁13—16。

③ 王守仁(1472—1529)的《朱子晚年定論》認爲晚年朱子認同心之重要，和陸九淵的思想有相通之處，即"朱陸早異晚同"。此論甫出即爲明中葉著名的朱子學者羅欽順(1465—1547)批評，至萬曆間陳建(1497—1567)著《學蔀通辨》，痛斥陽明之説，遂成爲朱、王(陸)兩派在明清兩代聚訟之處。相關經過和論點，請參陳榮捷：《從朱子晚年定論看陽明之于朱子》，《朱學論集》，頁353—383，及(日)吉田公平：《王陽明の"朱子晚年定論"について》，《東洋大学中国哲学文学科紀要》2001年第9號，頁33—50。

卷,《四庫》子部七·儒家類存目三,下同)。這是孫氏最爲人指責爲意氣用事,乃至心術不正之著。其他如《藤陰劄記》(無卷數,子部七·儒家類存目三)、《學約續編》(十四卷,同)集程朱之説以詆陸王,《明辨録》(二卷,同)之排佛,均非本文討論重點。本文所欲處理者,乃在其去世前四年(康熙十一年,1671)編纂的《尚書集解》。

三、《尚書集解》的内容特色及其洪範説

1.《尚書集解》的内容特色

孫氏的經學著作有《尚書集解》(二十卷)、《九州山水考》(三卷)、《詩經朱傳翼》(三十卷)、《春秋程傳補》(二十卷)、《五經翼》(二十卷)①,加上《四庫》所未收的《孔易》(七卷)②,可見孫氏的經學專著中除禮經以外,遍涉其餘《易》、《書》、《詩》、《春秋》四經。

孫氏在諸經之中似乎特别看重《尚書》,在《尚書集解》的序中云:

> 《尚書》不獨治統所屬、道統寄焉。言心、言性、言敬,實開萬古理學之宗,視諸經爲尤要。

而《尚書集解》是其早年已開始編撰的。雖然並不清楚始纂於何時,唯按康熙十一年(1671)二月的序文,當時孫氏是以"今年屆八旬,恐其散逸,重加裒益,刊之家塾"。而本文所引用的版本,即此孫氏家塾刊本③。

《尚書集解》二十卷,開首先有《尚書篇目考》一篇,辨析古文、今文《尚書》之篇數。其後二十卷的内容分部如下:

---

① 五者俱爲存目書,今收入《四庫全書存目叢書》:《尚書集解》《九州山水考》被收入經部第 56 册,《詩經朱傳翼》被收入經部第 72 册,《春秋程傳補》被收入經部第 130 册、《五經翼》被收入經部第 151—152 册。

② 今收入《四庫未收書輯刊》(北京:北京出版社,2000 年)經部第 1 册。

③ 《四庫全書存目叢書》經部第 56 册,下引《尚書集解》頁數據此本。

虞書:堯典、卷一;舜典、卷二;大禹謨、卷三;皋陶謨、卷四;益稷、卷五

夏書:禹貢、卷六;甘誓、五子之歌、胤征,卷七;

商書:湯誓、仲虺之誥,卷八;盤庚、伊尹、太甲、咸有一德,卷九;說命、高宗肜日、西伯戡黎、微子,卷十

周書:泰誓、牧誓、武成,卷十一;洪範、卷十二;旅獒、金縢、大誥、微子之命,卷十三;康誥、酒誥、梓材,卷十四;召誥、洛誥、卷十五;多士、無逸、君奭,卷十六;蔡仲之命、多方、立政,卷十七;周官、卷十八;康誥、畢命、君牙、冏命、呂刑;卷十九;文侯之命、費誓、秦誓,卷二十。

孫氏在自序中明言,他懷疑作爲明代官方《尚書》解釋、被收入科舉考試中經義的標準解釋的《書傳大全》的底本《書集傳》①,是否能代表朱子的《尚書》學:

程朱俱不註書,朱子僅屬之蔡仲默氏(引按:蔡沈,1167—1230)。仲默每註一篇輒請正朱子,然止訂二《典》《禹謨》,遽捐館舍。其餘未經訂正者,果盡合朱子之意乎? 推而上之,又盡合程子之意乎?②

孫氏認爲蔡《傳》並不能完全代表朱子(以及程子)對《尚書》的理解,故另外找到他認爲是理想的《尚書》注釋:"況同時有東萊(引按:呂

① 蔡沈的《書集傳》到宋末元初只爲衆多朱子學派《尚書》注解的其中一種,入元後得到衆多名儒推崇,故在明初一枝獨秀,在朝廷修《書傳大全》時,採爲底本(《書傳大全》其實即"《書集傳》之大全"之意)。當中經過請參陳恆嵩:《五經大全纂修研究》(永和:花木蘭文化出版社,2009 年)及許育龍:《宋末至明初蔡沈《書集傳》文本闡釋與經典地位的提升》(臺灣大學文學院中國文學研究所博士論文,2012 年)。

② 《尚書集解》,頁 3。

祖謙,1137—1181)之《書説》①,後百季有金仁山先生(引按:金履祥,1232—1303)之《表注》②,許白雲(引按:許謙,1269—1337)先生之《叢説》③,其精粹不遜朱子。"於是《尚書集解》對經説的取向是"所解多從《蔡傳》、參以東萊,其有不合者,正以仁山、白雲兩先生"④。

四位學者中,東萊爲朱子論學之對手⑤,而金履祥、許謙是宋元朱子學者中所謂"北山四先生"中的後兩位⑥。不論年輩和學術主張,三

① 《四庫提要》:"《書説》,三十五卷,内府藏本,宋吕祖謙撰。……此本則其門人時瀾所增修也。……記之語録,頗多俚俗。瀾始删潤其文,成二十二卷。又編定原書爲十三卷。合成是編。王應麟《玉海》云,林少穎《書説》至《洛誥》而終,吕成公《書説》自《洛誥》而始,蓋之奇受學於吕居仁,祖謙又受學於之奇,本以終始其師説爲一家之學,而瀾之所續則又終始祖謙一人之説也。"頁 92。

② 《四庫提要》:"《尚書表注》,二卷,兩江總督采進本。宋金履祥撰。……前有自序,稱擺脱眾説,獨抱遺經,復讀玩味,爲之正句晝段,提其章旨與其義理之微事爲之概,考正文字之誤,表諸四闌之外,蓋其晚年定本也。……大抵捃摭舊説,折衷己意,與蔡沈《集傳》頗有異同。其徵引伏氏、孔氏文字同異,亦確有根原。……至於過爲高論,求異先儒,……是則其瑜不掩瑕者也。"頁 95。

③ 《四庫提要》:"《讀書叢説》,六卷,浙江吳玉墀家藏本。元許謙撰。……自蔡沈《書集傳》出,解經者大抵樂其簡易,不復參考諸書。謙獨博覈事實,不株守一家,故稱'叢説'。……書内載其師金履祥説爲多。卷首《書紀年》一篇,即據履祥《通鑑前編》起算,其間得失雜出,亦不盡確。然宋末元初説經者多尚虚談,而謙於《詩》考名物,於《書》考典制,猶有先儒篤實之遺,是足貴也。"頁 96。

④ (清)朱彝尊著、林慶彰等編:《點校補正經義考》(臺北:"中央研究院"中國文哲研究所籌備處,1997 年)第四册,頁 250—252。標點有筆者改動處。

⑤ 吕祖謙論學與朱子有相通之處,而著名的"鵝湖之會"(淳熙二年,1175)亦以其主持。朱子對之的評價可見《朱子語類》卷第一百二十二"吕伯恭",其中可見朱子對其許可、而論其爲學太雜、爲文太巧之處。比較兩者學説的現代研究可參(日)市来津由彦:《朱熹・呂祖謙講学試論》,宋代史研究会編:《宋代社会のネットワーク》(東京:汲古書院,1998 年,頁 351—392),及潘富恩:《論朱子與東萊思想之異同》(《朱子學刊》,2000 年)。

⑥ "北山四先生"之名大概始見於全祖望(1705—1755)編訂、記載何基(1188—1268)、王柏(1297—1274)和金、許四人學行的《宋元學案・北山四先生學案》。學者考據該案在黄宗羲的原本稱爲"金華學案",今名乃全氏所改,見彭國翔:《黄宗羲佚著〈理學録〉考論》,田浩編:《文化與歷史的追索:余英時教授八秩壽慶論文集》(臺北:聯經出版公司,2009 年),頁 192—193。有關北山四先生的總合研究,可參王錕:《朱學正傳——北山四先生理學》(上海:上海三聯書店,2010 年)及高雲萍:《宋元北山四先生研究》(杭州:浙江大學出版社,2012 年)。

人的背景迥異,唯一相同之處是三人均是活躍於浙江金華的學者。

2.《尚書集解》中的《洪範》解釋

本文選取《尚書集解》在宋明理學與漢唐經説迥異、以致宋明理學内部仍多有歧説的《洪範》一篇①,以見孫氏通過經解重振朱學的努力。《洪範》一篇歷來傳説是武王伐紂勝殷後向箕子詢問治國的道理,箕子對以由禹所傳下來、治國時要注意的九個方面,故又云"洪範九疇"。孫氏依金履祥的説法,認爲其中包括了由禹所述的"經"和箕子對之解説的"傳"。於是他把九疇裡每一疇中綱領的文字稱爲"禹經",解釋性的文字稱"箕傳"。如第一疇的"五行"章分成這樣的"經傳"兩部分:

> 一,五行。一曰水,二曰火,三曰木,四曰金,五曰土。禹經。水曰潤下,火曰炎上,木曰曲直,金曰從革,土爰稼穡。潤下作鹹,炎上作苦,曲直作酸,從革作辛,稼穡作甘。箕傳。②

於是到"三八政"一章,由於只有八政的名目,孫氏則認爲"傳文缺"③。

分開"經"、"傳"兩部分之餘,孫氏還勇於改動經文。原本在"八庶徵"一章的一段文字"曰王省惟歲,卿士惟月,師尹惟日。歲月日時無易,百穀用成,乂用明,俊民用章,家用平康。日月歲時既易,百穀用不成,乂用昏不明,俊民用微,家用不寧。庶民惟星,星有好風,星有好雨。日月之行,則有冬有夏,月之從星,則以風雨",由於提到歲、月、日、星、

---

① 自漢代劉歆以來儒者解説此篇,多涉及陰陽災異之事。到北宋(960—1127)由胡瑗(993—1059)、歐陽脩(1007—1072)開始擺脱這種觀念。不以天意附會大事的做法,爲後世宋明理學所繼承。宋代諸儒的洪範説請參吾妻重二《"'洪範'と宋代政治思想の展開——災異説と皇極概念——"》,《朱子学の新研究:近世士大夫の思想史的地平》(東京:創文社,2004 年),頁 84—118。而朱子特就《洪範》篇中第五疇"皇極"的意義多加解説,其釋義不單與漢儒迥異,亦與陸象山之解釋不同者,實有其歷史背景,詳參陳來:《"一破千古之惑"—朱子對〈洪範〉皇極説的解釋》,《北京大學學報》(哲學社會科學版)2013 年第 2 期,頁 5—17。

② 《尚書集解》,頁 130。

③ 同上,頁 131。

冬夏，孫氏認爲能與第四疇的“五紀”中提到歲、月、日、星、曆相關，故是“五紀”的“箕傳”，而錯簡在第八疇“庶徵”裏。這樣的做法從金履祥開始，還可上追到其師王柏(1197—1274)。王柏著《書疑》，素以改動經文爲說稱[①]。

孫氏在《尚書集解》之前曾撰有《洪範經傳集義》[②]，據其自身說法，亦是按金履祥之說解說《洪範》的[③]。其書筆者未見[④]。然在其他記載中可見，孫氏在此書聲稱引用金氏之說的同時，提出“朝鮮本洪範多五十二字”之說。朱彝尊《經義考》卷九十七・書二十六載：

---

① 《四庫提要》：“《書疑》九卷。……柏字會之，號魯齋，金華人，受業於何基之門。基，黄榦弟子，榦又朱子婿也，故托克托等脩《宋史》，以朱子之故，列柏於《道學傳》中。然柏之學，名出朱子，實則師心，與朱子之謹嚴絕異。此其辨論《尚書》之文也。《尚書》一經，疑古文者自吳棫、朱子始(見《朱子語錄》，)併今文而疑之者自趙汝談始(見陳振孫《書錄解題》，)改定《洪範》自龔鼎臣始(見所作《東原錄》，)改定《武成》自劉敞始(見《七經小傳》，)其併全經而移易補綴之者，則自柏始。……柏作是書，乃動以脱簡爲辭，臆爲移補。其併《舜典》與《堯典》，刪除姚方興所撰二十八字，合《益稷》於《皋陶謨》，此有孔穎達《正義》可據者也。以《大禹謨》、《皋陶謨》爲夏書，此有《左傳》可據者也。……至於《堯典》、《皋陶謨》、《説命》、《武成》、《洪範》、《多士》、《多方》、《立政》八篇，則純以意爲易置，一概託之於錯簡，有割一兩節者，有割一兩句者，何脱簡若是之多？而所脱之簡，又若是之零星破碎、長短參差，其簡之長短廣狹，字之行款釖密，茫無一定也？其爲師心杜撰，竄亂聖經，已不辨而可知矣。其所辨説……是排斥漢儒不已，併集矢於經文矣。豈濂、洛、關、閩諸儒立言垂教之本旨哉!”頁 106。王柏對《洪範》的改動的具體分析，請參蔣秋華：《宋人洪範學》(臺北：臺灣大學出版委員會，1986 年)，頁 199—201；金履祥的部分請參同書頁 204—210。

② 《清史稿・藝文志》有著錄，見趙爾巽等：《清史稿》(北京：中華書局，1976 年)，頁 4227。

③ “《洪範》一篇，內有經有傳。經者，禹之言。傳者，箕子之言也。此其說發于仁山金氏而經始明。余向著《洪範經傳集義》，一遵其說，今重加刪定，以成此篇”。《尚書集解》，頁 127。

④ 南京圖書館有清刻本，見中國古籍總目編纂委員會編：《中國古籍總目經部》(北京：中華書局；上海：上海古籍出版社，2012 年)，頁 297。

> 孫氏承澤《洪範經傳集義》,一卷,存。按退谷先生《洪範集義》,分禹疇、箕傳以一五行以下爲禹疇,以水曰潤下以下爲箕傳。如五紀、皇極、五福、六極等傳,大約多依宋元諸儒。惟三八政向無傳,取朝鮮本實之。余嘗叩先生:“曾親見朝鮮本否?”曰:“未也。仁山金氏言之。”後得仁山注,初無此文。然先生豈欺我者? 或其所藏本與余所見有不同爾。[①]

而在《經義考》卷二百六十《逸經上》,所謂“朝鮮本”的文字則是:

> 《洪範》“八曰師”下有“食曰生,貨曰節,祀曰敬,司空曰時,司徒曰德,司寇曰慎,賓曰禮,師曰律。生乃蕃,節乃裕,敬乃□,時乃悦,德乃化,慎乃仁,禮乃嘉,律乃有功”五十二字。孫承澤曰:“朝鮮本有此文,是箕子傳。”右孫氏《洪範經傳集義》。[②]

朱彝尊也許出於敬重孫氏,而以自己所看到的金氏《尚書》注版本與孫氏有異作解,後來的郭嵩燾(1818—1891)則直言其非了[③]。唯此五十二字不見於後來的《尚書集解》。

而在引用經說方面,即如孫氏在自序所言,乃引用吕祖謙、金履祥、許謙三者爲主,亦間有旁及他說如元代的董鼎(1244—1311)、明代王樵(1521—1599)者,雖或有善者,然其解釋畸奇者亦有之。比如九疇的次序,

---

① (清)朱彝尊著,林慶彰等編:《點校補正經義考》第三冊,頁 663。標點有筆者改動處。又,朝鮮學者韓致奫(1765—1814)《海東繹史》提到孫氏這説法,但採較慎重地認爲金履祥或真有所本。見韓致奫:《海東繹史》(京城 :朝鮮光文會,1912)卷四一,頁 8。

② (清)朱彝尊著,林慶彰等編:《點校補正經義考》第七冊,頁 734—735。

③ 《〈鴻範〉朝鮮本增多五十二字辨》:“孫氏直增入五十二字,而托之箕子。箕子陳《鴻範》而九疇之義明,豈假文以自見者? 又於此不傳之武王而私傳之朝鮮,亦太失之誣矣。孫氏《尚書集解》多采仁山金氏之說。金氏《尚書表注》竄改經文以就己意,往往有之,孫氏因附會及之耳。”楊堅點校:《郭嵩燾詩文集》(長沙:岳麓書社,1984 年),頁 3。

孫氏引陳埴(嘉定七年,1214 進士)《木鍾集》卷三(書中誤爲朱子之言)言:

> 若其效法次第之義,大抵因《洛書》之位與數而爲之。《洛書》,一位在子,其數則水之生數,氣之始也,故爲五行。五行則陽變陰合,交運而化生萬物,則爲人事之始矣。二位在坤……(引按:排列《洛書》各數於各個方位,中略)。九位在午……其事廣大悉備故居終焉。大抵九疇之序,顧而言之,則五行爲始。此章具《洛書》之文,例以空談而說之,則陋矣。①

這樣以九數對應九疇,可能是孫氏本身對《易》學有相當造詣,亦可能是受時代相近黃道周(1585—1646)《洪範明義》中以《易》數解《範》的影響②,但要之不無牽強之處。對比《書集傳》的解法:

---

① 《尚書集解》,頁 129—130。

② 《四庫提要》:"《洪範明義》,四卷,福建巡撫採進本,明黃道周撰。道周有《易象正》,已著錄。是編乃崇禎十年道周官左諭德掌司經局時纂集進呈之書。其進序曰:'上卷言天人感召、性命相符及好德用人之方。下卷言陰騭相協、彝倫條貫,旁及陰陽歷數之務。初、終兩卷　考正篇章,分別倫序。'其學深於術數,於五行汨敘,類陳災異以明鑒戒,不免沿襲伏生、董仲舒、劉向等附會之文。至八政疇敘以食配《坤》,以貨配《巽》,以祀配《離》,以司空配《兑》,以司徒配《艮》,以司寇配《坎》,以賓配《震》,以師配《乾》,已屬牽合。又配以六十四卦先,後天圖,更爲穿鑿。其最異者,至以河圖、洛書配歷數,而曰某年至某年爲稼穡初際、中際、末際,以至從革曲直,潤下炎上,其例皆然,是更沿《皇極經世》之餘波,曼衍而不可究詰矣。至於改'農用'爲'辰用','衍忒'爲'衍成','六極'爲'六殛',殊爲臆說。其改定章段次第,亦未見其必然。惟其意存啟沃,借天人相應之理以感動恐懼脩省之心,其文不盡合於經義,其意則與經義深有合焉置其小節,存其宏旨可也。"頁 100。據李光地的記述,孫承澤是與黃氏相識的。《榕村集》卷一二《孫北海五經翼序》:"先生在前代遍友天下士,所與深契,則劉念臺、黃石齋、蔣八公(引按:蔣德璟,1593—1646)數人爾。故余之假歸也,先生以書送之:'曰某平生師友,盡在閩中。'謂黃、蔣也。顧明之季年,學無師法……其宗指皆與程朱相牴排,雖劉黃諸君子不免。先生獨斷然以洛閩爲宗,尋其厲階戎首,以爲異學鼂興,姚江倡之也。故於伯安學術言行,摘抉批繩,無所假借。晚於諸經皆有著述,而齗齗然朱子是翼,曰:'吾翼朱者,所以翼孔也。'"見李光地著、陳祖武點校:《榕村全書》(福州:福建人民出版社,2013 年)第八冊,頁 304。當然,黃氏以數演《範》,且雜以漢學,則較孫氏之說更爲複雜。

> 此九疇之綱也。在天惟五行,在人惟五事。以五事參五行,天人合矣。八政者,人之所以因乎天。五紀者,天之所以示乎人。皇極者,君之所以建極也。三德者,治之所以應變也。稽者,以人而聽於天也。庶徵者,推天而徵之人也。福者,人感而天應也。

蔡沈的解釋似乎更爲平實,而且切合爲政的步驟。

以上可見《尚書集解》中對《洪範》一篇的解釋,除了採用王柏、金履祥一路以來將《洪範》原文分别經傳的做法外,似乎没有一貫的思路,而所引諸家之説,也未見有比蔡沈《書集傳》優勝之處。從版本書目的調查可見,此書幾乎没有流傳開去[①]、也似乎只有孫氏自己的家塾本。這種情況或許可從另一角度看到孫氏此書的水平。

結　語

本文透過析述孫承澤的生平及學術主張,並以其《尚書集解》中《洪範》篇的經解爲例,看其恪守朱子學派學説的作風。孫氏此書的經學水平誠然不高,但其解釋《洪範》的基本理路,仍屬朱子學内部、所謂"北山四先生"中的金履祥對《洪範》的解法。聯想起北山四先生、以致金華學派被認爲是朱學正宗的説法,孫氏不僅要恪守朱子門户,而且要是在追求一種較元明以來成立的《書集傳》系統,更爲"正宗"的朱子學《尚書》經解。

在清初衆多重複程朱言説,又或於朱陸、朱王之間有所調和的大多數學者中,孫氏選擇以詮釋經書立説,自有其獨特之處。與孫氏有交誼的顧炎武有"古之所謂理學,經學也"的名言[②]:聖人之學是透過對經書

① 管見所及,僅徐乾學(1631—1694)《傳是樓書目》有著録:"《尚書集解》二十卷,清孫承澤,五本。"見《傳是樓書目·經部地字二格·書》,頁 18a,北京圖書館藏清道光八年(1828)劉氏味經書屋鈔本,收入《續修四庫全書》第 920 冊,頁 646。

② 《與施愚山書》:"理學之傳,自是君家弓治。然愚獨以爲理學之名,自宋人始有之。古之所謂理學,經學也,非數十年不能通也。故曰:'君子之於《春秋》,没身而已矣。'今之所謂理學,禪學也,不取之五經而但資之語録,校諸帖括之文而尤易也。"(清)顧炎武著,華忱之點校:《顧亭林詩文集》(北京:中華書局,1983 年),頁 58。

的詮釋而彰顯的。脫離經書自行立說的，是禪學。對於詮釋經書的方法和理路，宋學和漢學(以及日後的清學)之間固爲大異其趣，然而強調本於經書而立說，這不單是朱子學成立的依據，也是回歸到儒學著述的根本；孫氏此舉未嘗不是一種對當時襲用宋明儒語錄講學的風氣的批判。就《尚書》學研究而言，往後自閻若璩(1636—1704)的《尚書古文疏證》始，學者研究的重心已移於古文《尚書》真僞之問題，孫氏《集解》可說是在道學、或朱子學内部中最後的掙扎。

而在經學文獻研究方面，如果連繫起孫氏曾得益於朱睦㮮的藏書，則朱睦㮮的《經序錄》、孫承澤《五經翼》、以致後來朱彝尊《經義考》之間的傳承、一種透過整理經學文獻以重振經學的做法，更可視爲明末清初的"回歸原典"運動的一個好例①。孫氏樞紐其間的功績，則尚宜細辨。

不過聯想到較孫氏年代稍晚的黄宗羲，在其《明儒學案》提到"學問之道，以各人自用得著者爲真。凡倚門傍戶，依樣葫蘆者，非流俗之士，則經生之業也"②，孫承澤這位在明末清初之間努力釋經的朱子學者，似乎難免後者之譏。而用明代朱子學者的比喻，就是欲爲朱子忠臣，卻成朱子佞臣了③。

(作者爲東京大學文學院人文社會系研究科博士)

① 林慶彰:《中國經學史上的回歸原典運動》,《中國文化》2009 年第 30 期，頁 1—9。

② 《明儒學案·凡例》,沈善洪主編:《黄宗羲全集》(杭州:浙江古籍出版社，2005)第七册，頁六。

③ "蓋自漢唐以來，經訓不明、理學俱晦，惟宋朱子洞見精微，窮極玄奧。理學之明，如指諸掌。至若群經所載事物之變、制度之設，有漢唐諸儒不能發明，而朱子亦未及發明者；有漢唐諸儒所見舛誤，而朱子亦襲其舛誤者……故臣(引按:周洪謨，1420—1492)與諸生答問，不得不剖析到底，講貫明白。其後諸生互錄所得，以備參考。乃又取而裁之，名曰'疑辨錄'……以就正於有道之士，亦所謂寧爲朱子忠臣，毋爲朱子佞臣之意云耳"。周洪謨《疑辨錄序》,《四庫全書存目叢書》(濟南:齊魯書社，2001 年)經部第 147 册，頁 30。

蒲桃社與晚明講學風氣

李忠達

摘　要

蒲桃社是萬曆時期在北京結成的文人社團,該社成員以"公安三袁"、陶望齡等人爲主,它融合了晚明講學與結社的風氣,成員間相互談詩論學。由於社員兼習參禪和念佛,故又稱爲淨佛社。蒲桃社從事的活動本無政治色彩,然而卻在沈一貫擔任内閣首輔後,被下令查禁。社中成員紛紛出走,逃離北京的政治風暴,蒲桃社於焉潰散。蒲桃社成立之緣起與陽明學講會有很深的淵源,透過考察蒲桃社之成員、講學活動,及被禁之始末,本文嘗試指出此一結社無論是講學内容、組織形式和政治敏感性上,與當時盛行之陽明學講會都有許多雷同之處。然而,蒲桃社帶動了京城的講學風氣,促使士人在儒學之外兼修佛學,發展出有别於陽明學講會的獨特風格。蒲桃社既是承繼陽明學講會之風氣而興,也因同樣的理由而被禁。它象徵著晚明的講會活動漸趨消歇,文人結社方興未艾,而佛學也融入了士人的生活與思想世界。

關鍵詞: 蒲桃社　講學　公安派　禪　佛教

晚明文人結社數量衆多,風氣極盛,根據何宗美的考證,整個明代的文人結社多達 680 多例,而隆慶、萬曆兩朝成立的社團共 220 多例,估將近整個明代的三分之一①。公安派結社始於萬曆八年(1580),迄於天啟初年(1621),持續40餘年,結社數量達37例,是文人結社之一大重鎮②。蒲桃社則是公安派文人在萬曆年間於北京結成的社集。這個社集以袁宗道(1560—1600)、袁宏道(1568—1610)、袁中道(1570—1623)爲核心,陶望齡(1562—1609)、黄暉(1559—1621)、潘士藻(約1534—1600)等人爲重要成員,又同時對外保持開放性,廣泛接納意氣相投者加入,一時間吸引到許多知名的文人士子。在文學上,他們標榜獨抒性靈、不拘格套,字字句句從心中流溢而出的風格,文不必秦漢,詩不必盛唐,不向當時影響力極大的擬古派靠攏。在思想上,他們致力於參禪、習淨,並且結合了當時盛行的陽明學思潮,探討如何徹悟無善無惡的心之本體。雖然在蒲桃社之前,公安派的結社大都已經開始從事上述各種活動,但是在北京結成的蒲桃社,無論對於公安派本身或者對於當時的講會與結社活動而言,都具有很深的象徵性意義。就公安派而言,蒲桃社代表他們發展盛極而衰的轉捩點;就組織形式、論學內容而言,蒲桃社雖然承襲了許多王學講會的特質,但更發展出以學佛爲主的特殊講學風氣,代表著佛學更深刻的滲透到了文人的生活及其心靈世界之中。或許更令人印象深刻的是,王學講會在政治上屢次遭受官方打擊,在思想上也引起程朱學派、東林學派的強烈批判,而蒲桃社在北京遭到沈一貫(1531—1617)打擊並解體分散的歷程,恰好與王學講會的命運如出一轍。過去對公安派結社的研究,對其結成與解體的歷史、主要成員與文學主張,已經做過相當廣泛的考察了。這部分的成績,可以在何宗美的多部專著中反映出來③。然而,蒲桃社及社中成員的學術思想與政治活動由於同質性高,足以視爲一個具有相同興趣和關懷的社群,在晚明講學風氣中扮演著獨特的腳色。因此,本文首先將

① 何宗美:《明代文人結社現象批判之辨析》,《文藝研究》2010年第5期,頁70。

② 何宗美:《公安派結社的興衰演變及其影響》,《西南師範大學學報》(人文社會科學版)2006年第4期,頁169。

③ 何宗美:《公安派結社考論》(重慶:重慶出版社,2005年);《明末清初文人結社研究》(天津:南開大學出版社,2003年);《明末清初文人結社研究續編》(北京:中華書局,2006年)。

析論在師友系譜、講會組織和講學活動上蒲桃社與晚明講會風氣的關連;其次則是考察蒲桃社標榜參禪與修習淨土的佛學特徵,從社員共同關懷的思想和信仰內容,探討此一社團在晚明思想上的特殊性格;再其次,則是從蒲桃對社以及社中論學時的道家學説,探討這個以佛學和心學爲關懷重心的團體,如何理解和詮釋道家思想;最後,則是透過蒲桃社因政治事件而被攻訐解散的過程,觀察社員對政治的關懷與處世態度,藉以更進一步了解公安文人與整個時代思潮之間的互動。

一、蒲桃社與陽明學講會的關係

早在"公安三袁"在京城舉辦蒲桃社之前幾十年,王學講會就已經風行天下了。萬曆初年,王學講會受到張居正禁毁書院的影響,發展暫時沉寂,而在張居正死後恢復①。蒲桃社接續著這股講學的風氣,又融

---

① 張居正(1525—1582)在隆慶元年任東閣大學士,與高拱(1512—1578)並爲宰輔,進入權力核心。張居正並不欣賞王學講會,並且在他主政時期展開對王學的一系列打擊行動。隆慶四年(1570)三月,胡價上疏請禁督學憲臣聚徒講學,批評講會活動"徒以長競進之風,而其中實無所得也。……戒諭督學憲臣務敦崇實行,毋倡爲浮説,以滋奸僞。"(《明穆宗實録》卷四三,收於《明實録》第94冊,臺北:"中研院"史語所,1962年,頁1075)萬曆元年(1573)張居正驅逐高拱,獨佔宰輔之位後,對待王學態度日益嚴峻。該年三月趙息誠上疏請罷陽明從祀,激烈的抨擊"守仁黨眾立異,非聖毁朱,有權謀之智功,備奸貪之醜狀……因列守仁異言叛道者八款,又言其宣淫無度,侍女數十,其妻每對眾發其穢行"(《明神宗實録》卷一一,收於《明實録》第97冊,頁367)。萬曆七年(1579),張居正擬旨,詔毁天下書院,私建之書院即刻收歸公有,田糧則查歸里甲,"再不許聚徒游食,擾該地方。"(《萬曆邸鈔·萬曆七年己卯卷》,收於《明代基本史料叢刊·奏摺卷》第19冊,北京:線裝書局,2004年,頁111)張居正禁學的原因,以及禁學措施對明代後期政治與學術發展的影響,與本文主旨關係較遠,姑置不論;可以肯定的是,他對王學講會採取的高壓政策,不純粹是出自學術思想的原因,而是爲了壓抑反對他的輿論,並且將言官的言論納入政府體制的管束之內。因此,張居正不只打擊講學,凡是與他政治上立場不一者,全在整肅之列。許多在野的詩社,反倒是藉此而生,如王世貞(1526—1590)罷官後組織南屏社,汪道昆(1525—1593)致仕後與潘之恒等人所結的白榆社,茅坤(1512—1601)參加的西湖詩社等等皆是。

合文人詩社雙重特性而成。關於蒲桃社被打壓的過程，下文會再仔細討論。此處只是希望指出，蒲桃社的宗旨是論學，而且是討論心性之學，講究澈悟心體；同時，在提倡學習佛學時，焦點也放在如何體證心之本體。這一點和王學講會的特性有很深刻的關聯。

蒲桃社雖然最終受到打擊而解散，但其成員自始至終都沒有放棄朋友間講學問道，討論心性之學和佛法的目標。他們相互論學的習慣，受到當時盛行的王學講會很深的影響。蒲桃社的成員和他們的前輩當中，有很多人是王學講會的參與者，或者是深受王學講會影響的人。從李贄(1527—1602)與焦竑(1540—1620)參與王學講會的經歷，以及他們將講學精神帶給"公安三袁"的過程，可以很清楚的說明這點。李贄原本是不信心學，也不信仙、佛的人。李贄思想的一個重要轉捩點，發生在嘉靖四十五年(1566)，當時他在北京補官禮部司務，被朋友李逢陽、徐魯源所引誘，閱讀王陽明、王龍溪之書。據李贄《陽明先生年譜後語》之自述：

> 余自幼倔強難化，不信道，不信仙、釋，故見道人則惡，見僧則惡，見道學先生則尤惡。惟不得不假升斗之祿以爲養，不容不與世俗相接而已。然拜揖公堂之外，固閉户自若也。不幸年逋四十，爲友人李逢陽、徐用檢所誘，告我龍溪先生語，示我陽明先生書，乃知得道真人不死，實與真佛、真仙同，雖倔強，不得不信之矣。①

徐魯源(用儉)是趙大洲的學生，在京師邀請李贄赴趙大洲主持的講會。李贄原先不答應，徐魯源便"手書《金剛經》示之曰：'此不死學問也，若亦不講乎？'"在徐魯源的努力下，李贄終於"折節向學"，並且對徐魯源"信向益堅"②。這裏需要注意兩項重點：第一，日後對公安三袁產生重大影響的李贄，是在北京王學講會的風潮下，一舉扭轉先前的固執，開

① 吳光等編：《王陽明全集：新編本》(杭州：浙江古籍出版社，2011年)，頁2119。

② (明)黃宗羲：《明儒學案・浙中王門學案四》，《黃宗羲全集》(台北：里仁書局，1987年)第七冊，頁304。

始投入心學的研究;第二,李贄是被"不死學問"所吸引的,無論這層生死關懷是否早就存在李贄心中,王學講會裡心學與佛教並存的學術特質,終於開啟了他的興趣。程朱理學家對佛、道的排斥感非常強烈,正常情況下不會用《金剛經》這類闡發空性的佛教經典來教導後進,唯獨在王學講會中這種作法才是被允許的。在宋明理學的各個流派中,陽明學與佛、道思想的關係相對來說特別接近,尤其是陽明後學中的浙中與泰州王門,許多學者公然提倡參究佛法,透過學習佛教來增加自己對陽明學的理解。這說明了陽明學和佛學在理論上有某些雷同之處,提供了學者互相參照的兩種觀點;在文化上陽明學與佛學也一齊進入了晚明文人的生活世界。這種現象被晚明清初的許多學者譏爲雜禪,黄宗羲痛批:"陽明先生之學,有泰州、龍溪而風行天下,亦因泰州、龍溪而漸失其傳。泰州、龍溪時時不滿其師說,益啟瞿曇之秘而歸之師,蓋躋陽明而爲禪矣。"①受到黄宗羲等學者的影響,清代以後學者往往將陽明後學視爲造成明代亡國的洪水猛獸,尤其厭惡"無善無惡"、"良知見在"、"滿街都是聖人"等話頭,認爲這些觀念容易讓人拋棄書本不讀、放下修養工夫不作,高談玄妙虛無的本體,爲自己的任性縱欲找藉口②。不過,這些強烈的負面批評,未始不是一種有色的眼鏡,會妨礙後人對晚明的理解。經過將近四百年時間,重新審視晚明的學術思潮,可以不必再背負著明朝亡國的沉重包袱了。就當時學風的真實情形而言,佛教思想確實是陽明後學熱中討論的話題,"公安三袁"會結成蒲桃社講學,是這股時代風潮的一種反應。而把這股風潮帶給三袁的人,則是李贄。

袁宗道是三袁當中最先受到李贄間接影響者,促成此事的人則是焦竑。焦竑和李贄是莫逆之交,李贄曾經說"世之爲不朽故以交於侯

---

① (明)黄宗羲:《明儒學案・泰州學案一》,《黄宗羲全集》第八冊,頁 703。

② 晚明的狂禪之風,學界討論不少。毛文芳:《晚明狂禪探論》(《漢學研究》2001 年第 2 期,頁 171—200)對此做過扼要的討論。文中舉出陽明、龍溪、近溪的思想爲例,說明陽明後學何以與佛學有近似之處,特別是提及李贄童心說與袁宏道等人對李贄思想的反省,與本文主旨相關,故加註於此。

者，非一宏甫也，然惟宏甫爲深知侯，故弱侯亦自以爲宏甫知己"①，焦竑也曾推許李贄"即未必是聖人，可肩一狂字，坐聖門第二席"②！他們的學說都深受陽明心學和佛學的影響。萬曆十七年(1589)，袁宗道在北京向焦竑、瞿汝稷(1548—1610)問學，兩人"共引以頓悟之旨"，加上"僧深有爲龍潭(李贄)高足，數以見性之說啟先生……久之，稍有所豁，先生於是研精性命，不復談長生事矣"③。袁宗道由於早年曾經生過重病，用道士所教導的數息靜坐法有效，因此喜談修仙之術，遍閱養生家書。這種習慣也是在北京改變的，當他受到焦竑、無念深有(1544—1627)等人的影響，走上參究心性之途，就不再談修仙之事。袁宗道回家鄉後，對兩個弟弟"語以心性之說"，兩人"亦各有省，互相商證"④，從此三兄弟都投入了講學的行列。依據錢伯城的考證，三袁拜訪李贄總共三次，第一次在萬曆十八年(1590)，第二、三次分別在萬曆廿(1592)、廿一年(1593)⑤。袁氏兄弟第一次拜訪李贄，出於焦竑的囑咐。當時袁宗道奉命冊封楚府，臨行前焦竑作《書袁太史卷》云："(袁宗道)還楚，漫書數言以志别。緒亭州有卓吾先生在焉，試一往訊之，其有以開予也夫！"⑥次年李贄往游公安，袁氏兄弟相偕訪之，暢談古昔典故、當世人物，袁中道撰有《柞林紀譚》紀錄這次會面。明代著名講學家王畿、王艮、羅汝芳、趙大洲、耿定理、何心隱、鄧豁渠等，無不在他們的品評之列⑦。三袁初會李贄時，年紀不過二十來歲，李贄已經年屆古稀，這位

---

① (明)李贄:《續焚書·壽焦太史尊翁後渠公八秩華誕序》，張建業主編:《李贄文集》(北京:社會科學文獻出版社，2000年)第一卷，頁53。

② (明)朱國禎:《湧幢小品》卷一六，《明代筆記小說大觀》(上海:上海古籍出版社，2005年)第4冊，頁3486。

③ (明)袁中道:《石浦先生傳》，袁中道著、錢伯城點校:《珂雪齋集》(上海:上海古籍出版社，2007年)中冊，頁708。

④ 同上。

⑤ (明)袁宏道著，錢伯城箋校:《袁宏道集箋校》(上海:上海古籍出版社，2007年)上冊，頁75。

⑥ (明)焦竑:《書袁太史卷》，《澹園集》(北京:中華書局，1999年)卷二二，頁288。

⑦ (明)袁中道:《柞林紀譚》，《珂雪齋集》下冊，頁1475—1489。

以狂者聞名的老前輩給予三個年輕人強烈的震撼，也對年輕一輩的未來深具期許。他説“伯也穩實，仲也英特，皆天下名士也”，又對袁宏道期待更高，謂其“識力膽力，皆迥絕於世，真英靈男子，可擔荷此一事耳”①。所謂的“擔荷此一事”是講學家熟語，意味著徹悟心性，學成聖人。這種以徹悟心性達到解脱生死的終極關懷，後來便成爲“公安三袁”思想的主題，也促成了蒲桃社把大部分的精力放在討論心性問題和參禪、學佛上。在詩文創作方面，誠如錢伯城所言，李贄給予三袁的影響也十分巨大，尤其是“詩何必古選、文何必先秦”，重視通俗小説等方面，都成爲後來公安派重要的文學主張②；不過，和文學創作相比，或許李贄的影響促使袁氏兄弟把更多精力放在心性問題上。

焦竑、李贄頓悟見性的論學宗旨深刻地影響到“公安三袁”，這種學風格外重視兼習心學與佛學，因此三袁的思想也不意外的朝融合儒佛、引佛解儒的方向走。在他們的理解中，佛教的參禪和理學家的格物是内涵相同的功夫，都強調返回内心，先覺悟心即是道，物質世界的事物與道無涉。當他們對這樣的看法有信心之後，再回頭“讀孔、孟諸書，乃知至寶原在家内，何必向外尋求”，並且積極的“以禪詮儒，使知兩家合一之旨”③。袁中道回憶當年首次聽聞長兄轉述心性之學的經驗，也感嘆：“蕞爾之邑，不知有所謂聖學、禪學。自兄從事於官，有志於生死之道，而後我兄弟始仰青天而見白日矣！”④數年之後，袁宗道在北京任官，袁中道則赴北京至太學準備科舉考試，袁氏兄弟便成立了蒲桃社。這個社集旗幟鮮明的以融合儒、禪爲號召，一時間吸引到相當多京城的才子名士加入。於是《萬曆野獲篇》有如下的紀載：

> 己亥、庚子間，楚中袁玉蟠太史同弟中郎，與皖上吴本如、蜀中黄慎軒，最後則浙中陶石簣以起家繼至，相與聚談禪學，旬月必有

① （明）袁中道：《吏部驗封司郎中中郎先生行狀》，《珂雪齋集》中册，頁 756。
② （明）袁宏道著，錢伯城箋校：《袁宏道集箋校》上册，頁 75。
③ （明）袁中道：《石浦先生傳》，《珂雪齋集》中册，頁 709。
④ （明）袁中道：《告伯修文》，《珂雪齋集》中册，頁 787。

會,高明士夫翕然從之。①

同書卷十《黄慎軒之逐》又云:"黄慎軒以宫僚在京時,素心好道,與陶石簣輩結淨社佛,一時高明士人多趨之。"②此外,潘士藻的年紀雖然比三袁長二十多歲,學術興趣主要放在《易經》上,與蒲桃社成員論學非常契合。袁宏道曾説:"聽潘雪松談《易》甚快……驟聞其説,如聆天樂,出世入世之理具此矣!"③潘士藻聽聞蒲桃社中成員談禪,也覺得彼此的想法相當契合:

> 長安崇國寺葡萄社中,(潘士藻)與家伯修、劉明自、黄慎軒諸公相聚論學……予兄弟數數以禪理誘之,亦歡然若有所契。嘗令我爲講《楞嚴》,且相約曰:"君當至桃源,我當與君論《易》,君爲我説禪也。"④

對社中成員來説,儒家的聖人之學和佛教的參禪悟道是沒有分别的。或者可以説,他們相信講論心性和討論佛理的終極關懷一致,都是在探討生死問題,因此儒、佛之間可以相資相益,並沒有彼此排斥的現象。無庸諱言,到了嘉靖、萬曆時期,受到陽明學講會的影響,儒家學者和僧侣及道士的來往頻繁,對於學習佛、道的態度也很寬容。學者口談禪語,實已不足爲怪。三袁的同鄉前輩耿定向(1524—1597)雖然堅定地站在儒家立場批判佛、道,仍然寫過《譯異篇》,共收有十四篇文章,談論《心經》《楞嚴》《壇經》《法華經》《維摩詰經》等當時流行的佛經理論。他承認自己沒有深入研究佛經,但是"友朋溺之者又深,故其心苦,其辭微

① (明)沈德符:《萬曆野獲篇·紫柏禍本》(北京:中華書局,1959年),頁690—691。

② (明)沈德符:《萬曆野獲篇·黄慎軒之逐》,頁270。

③ (明)袁宏道:《答梅客生》,《袁宏道集箋校》中册,頁745。

④ (明)袁中道:《祭潘尚寶雪松文》,《珂雪齋集》中册,頁790—791。

婉如是"①。耿定向的弟弟耿定理、耿定力對佛教很有研究，他的兒子耿汝思曾經遍讀《大藏經》，而曾經用嚴苛的言詞批評他的李贄更是明目張膽的剃頭現僧人身。朋儕對佛理的愛好，迫使他不得不捧讀佛經，並且用儒家的立場詮釋佛經，以便能維護儒家的宗旨。如果連堅定的儒家學者耿定向都如此，其他人也就不言可喻了。

蒲桃社集會時的活動，除了論學範圍比較側重在佛教義理之外，與一般的王學講會無殊。社中衆人輪流負責準備飲食，有時靜坐共修，有時討論佛經要義。這種社集的美好回憶，長久的保存在袁中道心裏：

> 當入社日，輪一人具伊蒲之食。至則聚譚，或游水邊，或覽《貝葉》，或數人相聚，問近日所見，或靜坐禪榻上，或作詩，至日暮始歸。②

這種融合論學、靜坐、出遊、詩文的複合性集會，正是晚明所流行的講會形態。如陽明學的講會活動除了論學之外，還包括祭祀、歌詩、靜坐、省過、練習舉業文字、山水攬勝等③。蒲桃社從事的活動也不例外，幾乎包辦了上述每一個項目。蒲桃社論學的內容，以心學與佛學爲主。爲了配合義理的探討，會有靜坐的共修，以求發明心性，這一點在講會和蒲桃社皆然。王學講會在鄉先賢祠、文廟舉行祭祀，蒲桃社也從事了念佛習淨的宗教性活動。詩文和遊覽山水不用說，本來就是講會與文人集會共通的部分。學習舉業也是兩種集會的共同活動，如袁中道參與蒲桃社的期間，正是他在太學攻讀，準備赴試的時刻；有一名社員周季清當時也在練習舉業，並將當時所作的文字集結成《蒲社草》。他和劉日升都是著名講學家王塘南的門人，只是由於名氣不大，較不爲人所熟知。劉日升和周季清感情非常要好，他說："余於里中士友所推孫無如

---

① (明)耿定向：《答錢廬陵》，《耿定向集》(上海：華東師範大學出版社，2015年)卷五，頁192。

② (明)袁中道：《潘去華尚寶傳》，《珂雪齋集》中冊，頁729。

③ 這七項活動的名稱，參蔡淑閔：《陽明學派游學活動研究》(臺北：政治大學中國文學研究所博士論文，2004年)，頁39—40。

季清,季清亦謂平生知己無如余。……文成於燕中護國寺之葡社,故名曰《葡社草》。"①

在此必須澄清的是,本文並不主張蒲桃社的論學等同於陽明學講會。雖然雙方從事的活動非常類似,當中的同異之處仍有待更深入的觀察。以蒲桃社持名念佛爲例,儘管蒲桃社傾向用唯心淨土的模式來詮釋淨土信仰,但這種牽涉到他力救度和死後往生極樂世界的宗教行爲,在陽明學講會中並不會明目張膽地出現,即使出現也屬稀有現象。這説明了蒲桃社的活動和關懷重心和陽明學仍有差異。晚明士人往往兼具好幾重身分,他們既是文人,又是心學的講學家,也是學佛的居士,在朝廷上則是政府官員,對他們來説這幾重身分孰重孰輕,每個人的看法容或不一。不過,在"公安三袁"的案例上,或許學佛居士的地位高於講學家一些,更高出於文人和官員一些。這就造成蒲桃社成爲一種有嚴肅宗教性追求的社團,而不純粹是詩酒唱酬的文人雅集。

二、蒲桃社之禪學

蒲桃社與心學、佛學的密切關係,在學界業已成爲共識。李玉栓在談到蒲桃社時説:"蒲桃社之結主要是爲了論學,論學的内容以談禪爲主。"②何宗美説"蒲桃社成員二十多人都受到心學的影響,對習禪論道有濃厚的興趣。……對心學而禪風的傳播起了重要作用"③,也提到蒲桃社成員的一系列著作,包括袁宏道《廣莊》《西方合論》,袁中道《導莊》和潘士藻《易解》等,都是在蒲桃社論學期間所作,可以視爲社員論學之成果。此外,蒲桃社的活動較不重視詩文創作。袁宏道自言:"已居燕,結社葡萄棚下,諸韻士日課方外言,以詩爲塵務,不暇構也。"④又對陶

① 劉日升:《周季清葡社草》,收於劉日升撰、鄒元標選:《慎修堂集》卷八,臺北"國家圖書館"藏明泰昌元年(1620)原刊本。

② 李玉栓:《明代文人結社考》(北京:中華書局,2013年),頁409。

③ 何宗美:《明末清初文人結社研究》,頁117—118。

④ (明)袁宏道:《西京稿序》,《袁宏道集箋校》下冊,頁1485。

望齡自陳:“弟自去年九月已斷作詩,偶探奇,不免見獵耳。”①袁中道則說:“初,慎軒、中郎與予共修蓮社之業,遂欲棄去筆硯。故予庚子以後詩文俱不存稿,慎軒亦然。”②當然社員們並不完全放棄詩文創作,只是他們以論學爲最優先的任務。

蒲桃社論學的首要宗旨是學佛。由於王學講會對蒲桃社的學風帶來許多的影響,社中論學時心學、佛學的內容兼有,許多觀念已經混和在一起,很難涇渭分明的切割開來。不過,從蒲桃社的蓮社傾向來看,渴求禪悟和往生西方淨土——就算是唯心淨土——都是佛教信仰,畢竟與王學講會有別。蒲桃社的社名本身就具有鮮明的佛教意涵。蒲桃社因爲在北京城西崇國寺之葡萄林舉行社集而得名。崇國寺原名大隆善護國寺,始建於元代至元年間,寺旁有葡萄林。社員在稱呼社名時,有時作“蒲桃社”,有時作“葡萄社”,實際上沒有不同。因爲蒲桃、葡萄、蒲萄均爲閻浮樹之果實,只是音譯時以不同的漢字字體表達。由於葡萄的滋味甘甜,又可以榨汁,早在印度傳統中被視爲上妙飲食。釋迦牟尼佛在出家前,曾經於閻浮樹下打坐,進入初禪境界,得離欲之法,故決意出家③。因此,佛教經常將閻浮樹視爲聖樹,閻浮樹之果實也被比擬修習佛法所得到的果報。另外,早在《阿含經》系的佛典中,佛教徒就開始以蒲桃之甘美比喻正知見之良善④,以蒲桃所製成之果汁比喻出家

① (明)袁宏道:《答陶石簣》,《袁宏道集箋校》中册,頁791。

② (明)袁中道:《遊居柿錄》卷一一,《珂雪齋集》下册,頁1369。

③ 瞿曇僧伽提婆譯《中阿含經·未曾有法經》:“世尊一時在父白淨王家,晝監田作,坐閻浮樹下,離欲、離惡不善之法,有覺有觀,離生喜樂,得初禪成就遊。……若世尊日中之後,一切餘樹影皆轉移,唯閻浮樹其影不移,蔭世尊身者,我受持是世尊未曾有法。”(《大正新修大藏經》第一册,台北:新文豐出版公司,1983年,頁470)

④ 求那跋陀羅譯《雜阿含經》卷二八:“善見謂正見,正見者能起正志,乃至正定。譬如甘蔗、稻、麥、蒲桃種著地中,隨時溉灌,彼得地味、水味、火味、風味,彼一切味悉甜美。所以者何? 以種子甜故。”(《大正新修大藏經》第二册,頁204)

僧眾享用的法喜①,佛像、佛塔也經常以葡萄藤蔓之花紋來裝飾。因此,崇國寺旁廣種蒲桃林,用的是佛教典故;蒲桃社以蒲桃爲名,自然也有嚮往佛法的涵義在。

社員學佛,大體上以參禪求悟爲主,以修習淨土法門和持戒來防止狂禪之病,再旁及於《易經》《莊子》等典籍,用以與佛典相參。參禪之法,以看燈錄、語錄,提話頭爲主。黄暉與鄭崑巖討論禪法時,把他所用的功夫寫得很清楚:

> 萬緣放下是真止,一句苦參是真觀。初祖更無法與人,單開此直截大路。……又替學人指出單提話頭一個截路。云:"心識紛飛,如何下手?"一句話頭如鐵掃帚,轉掃轉多,轉多轉掃,掃不得,拚命掃,忽然掃破太虛空,萬別千差一路通。此格物致知的訣也。心識紛飛,物知皆妄,若欲禁除,無有是處。唯此一句無意味話頭,任汝千百種思量分別、見聞覺知,一毫也用不著。提來提去,物消知見。②

黄暉所說的參禪法,大體上與宋代以降大慧宗杲(1089—1163)所提倡的看話頭禪一致。看話頭的操作方式,是選取一句話頭,發起疑情,不斷參究這句話頭中有何道理,爲何能讓人解脫生死。參禪人流行的話頭,包括趙州真際禪師"狗子有無佛性"的無字公案,還有"父母未生前本來面目""念佛是誰""萬法歸一,一歸何處""什麼是祖師西來意"等等。這些公案沒有辦法用合乎一般邏輯的方法來回答,因爲話頭本身就在刻意違反常理。看話頭是一種嚴峻的禪法,修習者由於無法破解公案的真義,又沒辦法用一般常識來思考,因此將陷入強烈的苦惱、焦慮。這也就是黄暉所說的"任汝千百種思量分別、見聞覺知,一毫也用

① 瞿曇僧伽提婆譯《中阿含經·三十喻經》:"若比丘、比丘尼成就於喜,以爲食者,便能捨惡,修習於善。舍梨子! 猶如王及大臣有種種飲,棕飲、瞻波飲、甘蔗飲、蒲桃飲、末䟦提飲。"(《大正新修大藏經》第一冊,頁 519)

② (明)黄暉:《贈鄭崑巖別言》,《黄太史怡春堂逸稿》,《明代論著叢刊》第二輯(台北:偉文圖書出版社,1976 年),頁 196—198。

不著”。那種被逼迫到痛苦不堪的情境,像是把燒烙過的赤紅鐵球吞到口裡,既不允許吐出來,又不允許吞下去。在這種痛苦的處境中忍耐下去,久而久之,痛苦雖然還在,卻會感覺話頭越來越有味道,最終便有機會豁然開朗,有如光明突然照亮了黑夜,得到超越生死的大澈大悟。由於一般人心中念頭紛擾,強迫壓制這些心念,只會造成內心的壓抑鬱悶,不但得不到覺悟,還會對心靈的健康造成傷害;用打坐數息的方式,逐漸讓心靈沉澱下去,仍然不能保證遇到利害衝突甚至生死交關的事件時,心念能夠像打坐時一般穩定。然而,看話頭能夠解決這些問題,因爲任何虛妄的心念都無法成功的解答話頭的疑情,當參禪人把全副心思灌注在話頭上,將把內心最深處的妄想全部激揚出來,再徹底斬斷。因此看話頭又被比擬爲金剛王寶劍,能夠斷除虛妄的見聞覺知。

不過,看話頭的功夫需要耗費修行者極大的心血,而且不保證用了多少時間心力就能得到結果。徹悟需要靠機緣,禪修者有時被茶燙口,或者聽到外面忽然下雨的聲音就徹悟了,這也是無法預先安排的。黄暉的理論合乎一般談看話禪的說法,不過他的悟境達到什麼程度卻很難講。黄暉開始習禪是在蒲桃社中受“公安三袁”的影響所致,一時間頗有振聾發聵之效。但是多年之後,黄暉去官歸家,對官宦生涯十分留戀,心中頗有迷惘。他曾對袁中道說:

> 丁酉入都,得遇君家兄弟,力爲我拔去貪著濁命之根,始以清泰之樂引我。既又得聞向上大事,從知解稠林中出,如掃葉、如撥筍,今始坦然知歸。……今歸山中,去忙就閒,亦差快矣;而舍霧露之潤,入枯寂之鄉,望我以世情者如毛,望我以道情者如角,哀哉!予未知所歸矣。①

表面上黄暉是擔憂山居無友,無法修道,實則是擔憂宦途已斷。袁氏兄弟對此是了然於胸的,袁宏道曾經寫信勸他:“既持釋子戒,口斷葷血,身斷冶淫,心中斷卻子孫田宅之想,諸皆可斷,而官獨不斷,何以自解於

① (明)袁中道:《自柞林至西林記》,《珂雪齋集》中册,頁543—544。

天下也?"[1]袁中道也曾寫信給他説:"居士參求已久,所不足者,非解路也。……今世事日下,長安鬧甚,青山白水有何不適,而出而受人指摘,自取不快乎?"[2]自從蒲桃社在沈一貫的打擊下消散後,袁氏兄弟和陶望齡便宦情灰冷,一心追求心性解脱,享受山水田園之樂。從他們的角度來看,黄暉眷戀於官場,離真正的出世之道恐怕還有很大一段距離。如果看話頭的修行果真讓黄暉掃除一切妄念,得到超越生死的大解脱,他就沒有理由在官宦生涯上留戀不捨。

不僅黄暉的參禪功夫還不到家,陶望齡的參禪水平也不高。袁宏道評價黄、陶二人:"陶周望是真實參禪人,雖未入手,然其進不可量也。黄平倩亦甚勇猛。"[3]他對兩人的進步抱持很大的期待,但不可諱言的是陶望齡"未入手",而黄暉煩惱未斷。陶望齡平日提話頭,"常參一歸何處公案。自言緊作課,寬作程,一生再生,會有出頭分,不敢求速效也"[4]。精進參禪之餘,也很多次坦白地承認自己尚未徹悟,像他曾對周汝登説:"僕今日之病,則在悟頭未徹、疑情未消。解處與行處、説處與受用處,未能相應。以此惻惻,居心不寧。"[5]甚至連黄宗羲編寫《明儒學案》時,都評價陶望齡之"禪學亦是清談……其於禪學,皆淺也"[6]。由此看來,蒲桃社中能在參禪上取得較高成就者,不過是其中的少數人而已。

在蒲桃社中參禪水平最高的人,除了袁宏道之外,當屬王爾康。王爾康的名氣比其他同社成員小,在文學和功名上都沒有什麼成就,唯獨在佛教的修爲上超出同輩,是一心一意走出世修行路線的人。陶望齡爲他寫過《墓誌銘》[7],後來被彭紹昇收錄在《居士傳》[8]中,是了解他生

---

① (明)袁宏道:《黄平倩》,《袁宏道集箋校》下册,頁 1237。

② (明)袁中道:《寄黄慎軒》,《珂雪齋集》中册,頁 989。

③ (明)袁宏道:《王則之宫諭》,《袁宏道集箋校》下册,頁 1245。

④ (清)彭紹昇著,張培鋒校注:《居士傳校注》(北京:中華書局,2014 年)卷四四,頁 376。

⑤ (明)陶望齡:《與周海門先生》,《歇菴集》卷一一,頁 403。

⑥ (明)黄宗羲:《明儒學案·泰州學案》,《黄宗羲全集》第八册,頁 869。

⑦ (明)陶望齡:《行人王道安先生墓誌銘》,《歇菴集》,《續修四庫全書》1365 册(上海:上海古籍出版社,1995 年)卷一七,頁 562—565。

⑧ (清)彭紹昇著、張培鋒校注:《居士傳校注》卷三八,頁 326—327。

平行跡最廣爲流傳的文獻。不過,蒲桃社中還有一名成員劉日升爲王爾康寫過《行狀》,内容與陶望齡之《墓誌銘》類同處甚多,細節卻更加詳盡。或許陶望齡在寫《墓誌銘》時參考過劉日升的《行狀》。王爾康的生平頗有些靈異的事蹟,這部分内容深爲陶望齡、劉日升所喜愛,不過事涉虛玄,本文不準備討論。根據陶、劉兩篇文獻,王爾康字道安,號性海居士,原先從王塘南、劉述亭習理學,後來在雲棲株宏門下受戒,雙修禪淨:

> 公操贄奉常王塘南先生門下,並從駕部劉述亭先生聞心性之學,然雖稟承兩先生,時所獨悟,別作拈提,一切語言概無棲泊,非具世智辨才能爾乎!……然雖遍參印,少所許可。……其奉竺乾之教,雖義趣幽妙,必窮其歸。與人語輒曰:'淨戒!淨戒!'諸方禪悦自非深錐痛劄,矢口勝妙,掩耳不欲聞,蓋所得於禪悦深乎!人言公一意淨業,猶非知公之深,亦非知淨業者也。①

從王爾康先學習心學的經歷來看,他也是一個被王學講會誘使走上學佛之途的人。王爾康參禪已經到達超脱語言解悟的程度,他雖然遍參各方善知識,但是對於各方禪客的水平已經能清楚辨析。王爾康没有染上時人經常譏評的狂禪之習,他嚴格的持守戒律,不隨意談論禪悟的境界,甚至對不夠水準的禪門議論感到厭惡。陶望齡曾經稱讚他説:"此兄戒定成就,又有瞥地處,不獨今日少比,恐以前諸老未有及者……若性海兄,則不特過我,且有天鳶地蚓之隔矣!"②從陶望齡和劉日升對王爾康的讚揚看來,他的參禪功力遠非同儕所及。可惜的是他没有留下著作,現在要了解他的思想和言行,没有太多資料可供參考。

綜觀蒲桃社的參禪之風,除袁宏道和王爾康之外,其他人恐怕没有取得很高的成就,也没有建立獨特的論述。黄暉和陶望齡的禪修成就較低,並不僅只是個人的遭遇和志趣問題,晚明"狂禪"被人批評之處,

① (明)劉日升:《大行王道安公行狀》,《慎修堂集》卷二三。
② (明)陶望齡:《辛丑入都寄君奭弟書》,《歇菴集》卷一二,頁434。

正在於一開始的覺悟得來容易，日後卻不知道如何持行，以至於被眼前境界所轉，重陷迷惘之中。陶望齡對周汝登坦承自己"悟頭未徹"，而且"解處與行處、說處與受用處未能相應"，正是遭遇到了這種問題。另一種人口談覺悟卻行事失當，心口不能相符。黄暉固然無法忘卻官場生涯，尚且努力持戒，其他不檢點者放肆任性，有逾越一般世俗規範之處，自然容易招惹非議。袁宏道討論兩種"狂禪"之病的論述，在晚明具有相當的代表性：

> 禪有二種。有一種狂禪，於本體偶有所入，便一切討現成去。故大慧語李漢老云："此事極不容易，須生慚愧始得。"往往利根上智者，得之不費力，遂生容易心，便不修行，多被目前境界奪將去，作主宰不得。日久月深，迷而不返。……此病近于高明者往往蹈之。又有一種不求悟入，唯向事上理會，以念佛習定爲工課，纔見人提起向上一著子，便要抹去。見執法修行者則讚歎，見心上乾乾淨淨、灑然不挂一事者，反以爲不修行，而疑之謗之。此等雖外面無破綻可摘，其實心火熠熠，……亦終爲地獄種子而已。蓋凡近于沉潛，又往往坐此病也。①

從袁宏道、黄暉、陶望齡的經歷來看，三個人恐怕都有第一種狂禪之病。從好的一面來看，他們對自己的禪病很有自覺，並且坦然承認，並沒有裝神弄鬼、自欺欺人。從壞的一面來看，他們剛開始修禪時，雖然憑藉著優異的天資，取得很大的進步，卻因爲得來容易，導致日後持守不住初悟的境界。袁宏道反省狂禪之病，主張以淨土補救之，因此在蒲桃社論學期間，撰寫出了《西方合論》一書，對整個時代的參禪風氣和弊病有很深的反省。袁宗道爲弟弟的《西方合論》撰寫序言，化身爲香光子痛批狂禪之習：

---

① （明）袁宏道：《論禪》，《黄蘗無念禪師復問》，《嘉興大藏經》第 20 冊（臺北：新文豐出版公司，1987 年）卷五，頁 524。

> 後世宗風日衰,人之根器亦日以劣,發心既多不真,功夫又不純一……識得煩惱如幻,則恣情以肆煩惱;識得修行本空,輒任意以壞修行……愛憎毀譽之火,纔觸之而即高;生老病死之風,微吹之而已動。爭人爭我,說是說非,甚至以火性爲氣魄,以我慢爲承當,以譎詐爲機用,以誑語爲方便,以放恣爲遊戲,以穢言爲解粘,讚歎破律無行之人,侮弄繩趨尺步之士。偏顯理路,故窮玄極妙,莫之蹤跡;盡剗行門,故縱意任心,無復規矩。①

這段話批判沾染狂禪之病的禪客,可說是痛切之極。佛教的空義,指一切存在事物均非實體、均無自性。任一事物都由無限多因緣條件的暫時聚集而形成,然而也會隨著因緣條件的失去而消逝。自我的存在也是由暫時性的因緣聚合而成,終將壞滅消逝,因此對自我存在的執著將導致煩惱與痛苦。這樣的說法,原本是爲了幫助活在煩惱中的眾生從煩惱中解脫而設,然而它很容易被曲解成:既然煩惱是虛幻的,放縱情慾也沒有妨礙,既然修行是空的,所以不需要修行。禪宗爲了破除眾生心中的妄想,經常使用棒喝打罵等霹靂手段,在一瞬間截斷參禪者的妄念,使之頓悟;這種作法也會被曲解成:任何棒喝打罵、撒謊無賴、汙言穢語、不守戒行等行徑都是接引參禪者的機鋒運用。袁宏道也說:"五葉以來,單傳斯盛。迨於今日,狂濫遂極。謬引惟心,同無爲之外道;執言皆是,趨五欲之魔城。"②熟讀禪宗語錄,臨場背誦出來,再模仿祖師的棒喝打罵,就可以宣稱自己悟道;毫無修行,屢犯戒律,卻宣稱自己已得遊戲神通,得大自在,這一類荒誕的行徑在晚明是可以說是相當常見。

爲了補救狂禪之病,袁宏道主張持誦佛號,以求往生西方的淨土法門。他自承"余十年學道,墮此狂病,後因觸機,薄有省發,遂簡塵勞,歸

① (明)袁宗道:《西方合論序》,《袁宏道集箋校》下册,頁1704—1705。

② (明)袁宏道:《西方合論·西方合論引》,《大正新修大藏經》(臺北:新文豐出版公司,1983年)第47册,頁388。

心淨土"①。他的《西方合論》完成於萬曆廿七年(1599),往回推算十年,相當於他初次從長兄處聽聞心性之學,並前往拜訪李贄之時。袁宏道首次拜訪李贄在萬曆十八年(1590),十年後袁宏道反省當年所學,和李贄已經產生了分歧。他在撰寫《西方合論》的同一年曾寫信給李贄的弟子無念深有,對無念的禪學有直白的批評:

> 公今影響禪門公案,作兒戲語,向謂公進,不知乃墮落至此耶!公如退步知非,發大猛勇,願與公同結淨侶;若依前只是舊時人,願公一字莫相寄,徒添戲論,無益矣!②

除了痛責無念深有的禪法只是玩弄文字遊戲之外,次年他也寄信給李贄云:"彼言性言心、言玄言妙者,皆虛見惑人",所以他寧可"學作下下根行",以持戒念佛爲行法,期望李贄與他一同弘揚淨土,作爲"救世之良藥,利生之首事"③。袁宏道認爲,淨土比起參禪來說,功夫更加穩實,行爲表現也趨於平常,凡是刻意凸顯自己,追求不尋常行徑的禪法,都有可疑之處。袁宏道日後在《題寶公冊》中討論到淨土法門,還是推崇"淨業如築土禦水,厚則不潰";如果比較淨土、經教和參禪三者的差別,則"淨業可以行證,訓講可以知開,唯禪也不可行不可知"。袁宏道甚至引述一婢女的話,嘲弄以不可知之禪悟爲道,就像是以"鬼不可知也,而不可知豈即鬼耶"④?不但嘲諷談禪者所談者實爲鬼道,也嘲諷狂禪者所談之禪等而下之,連鬼道都談不上。

除了學說思想演變的因素之外,由於袁宏道有親人因持念佛號而往生淨土,這些親身經歷的宗教經驗讓他更加的肯定淨土法門的有效性。根據他的自述,當姪兒袁登臨終之前,他教導袁登"汝但念佛,即得往生佛國",袁登照辦後,在片刻時間內便產生靈異的感應現象,不但

---

① (明)袁宏道:《西方合論·西方合論引》,《大正新修大藏經》第47冊,頁388。

② (明)袁宏道:《答無念》,《袁宏道集箋校》中冊,頁778。

③ (明)袁宏道:《李龍湖》,《袁宏道集箋校》中冊,頁792。

④ (明)袁宏道:《題寶公冊》,《袁宏道集箋校》下冊,頁1578。

“見一蓮花如土色而微紅”、“世間花色無可比者”，又過一陣子“忽言佛至，相好光明，充滿一室”，最終合掌平靜離世。除了袁登的案例之外，袁中道的二舅母祝氏也持念佛號，而有預知死期的前知能力。袁宏道說，當二舅母預言的死期至時，她“沐浴坐堂上”，一段時間後開口說“佛至矣”，便瞑目離世[①]。這些經歷讓他非常相信淨土法門的真實性，並且熱心地對人弘揚淨土信仰。

不過，袁宏道這時候推崇淨土，並不是意味著貶抑參禪。蒲桃社的成員一同修習淨土，也從未放棄參禪。袁宏道寫文章時常有矯激之辭，他談論文學、禪宗的文字都有矯枉過正的特性。事實上，袁宗道的思想從參禪入手，在他心中禪法的地位是很高的。和重視定功的打坐習靜、重視行爲表現的持戒相比，袁宏道更傾向透過參禪以求覺悟。他在蒲桃社分散後兩年，寫信給陶望齡說：“弟往見狂禪之濫，偶有所排，非是妄議宗門諸老宿。自今觀之，小根之弊，有百倍於狂禪者也。……弟不敢自謂已證，然路頭絕不錯走，宗門與教，原自別派。”[②]袁宏道在這封信裡，把參禪和習定、持戒拿來對比，他輕蔑的稱呼只懂得習定、持戒者爲“小根之人”。理由是，學習打坐入定，可以收攝心神，但是不能保證提供學者解脫煩惱、覺察世間實相的悟境；持戒可以約束行爲，不造惡業，但是過度重視行爲的外在表現，對內在心性的認識往往不能得到提升，反而會形成一種傲慢的心態，藐視沒有持戒苦行之人。在陽明學的影響之下，晚明士人多半熟知王陽明學說，以聖人之道吾性自足、不假外求。外求，指的是學問、文學、事功和道德戒條；與外相對的內，指的是對良知心體的體會。外在表現必須以內在的良知爲標準，否則只是淪爲日常習慣和文化制約的產物，沒有道德上的意義。良知自然知善知惡，它是一切行爲的終極準則，所以陽明學入手的首要目標就是體認良知，以良知作思考、行爲的頭腦。雖然在後來的理論演變中，良知的道德性不見得是最被陽明後學學者所強調的部分，尤其是浙中和泰州王學比較重視良知當下見成、不假思慮的本體性，但是他們仍舊承襲著

---

① （明）袁宏道：《與方子論淨土》，《袁宏道集箋校》上冊，頁 477。

② （明）袁宏道：《答陶周望》，《袁宏道集箋校》下冊，頁 1253。

陽明學以體認內在心性爲第一優先的理論。袁宏道的思想是在這種時代氛圍下形成的,他融合了禪宗和心學思想,以破除外在事物束縛,直截徹悟內在心性之本然爲修學重心,當然比較看重中、上根人的悟境。所謂的"小根之人",可以靠累積修學功力獲取成就,在他看來只是倚賴外在的成就,而缺乏內在的體悟。因此,求悟的"宗門"即使難免有狂禪之病,還是會比倚賴"教門"更有成就。

三、蒲桃社與道家學説

蒲桃社論學的內容,除了禪宗之外,道家學説也是他們關心的內容之一。事實上蒲桃社的核心成員多半都曾對道教的長生術和神仙傳説感興趣,這是他們在徹悟心體之外,對生死關懷的一種表現。這種生死關懷的出現,比他們致力於佛學的時間更早。等到社員們開始接觸佛學而改變對道家思想的態度後,他們的思想與道家的關係就變得比較複雜。

總體來看,蒲桃社成員對道家的早期關懷,多半源於受身體的病痛折磨,而尋求強身健體的長生術所致。首先,袁宗道關切神仙家言,是因爲早年"抱奇病,病幾死",恰好"有道人教以數息靜坐之法有效",於是"遍閱養生家言",並且深信"海內譚沖舉之事者",認爲"神仙可坐而得也"。袁宗道不僅因學習靜坐而"體氣愈充",還曾在荊門旅店中夢見神人"以杖敲其足",催促他離開旅社,他才剛出店門,身後"屋崩,床碎爲塵"①。有了這次死裡逃生的經歷,袁宗道更加相信道教之説。直到焦竑、李贄以心性之學啟發他,才轉而從事佛學。

陶望齡自幼體弱多病,經常感嘆自己氣力微弱,精神不濟,無法專心精進修行,了卻生死大事。受到病苦的影響,陶望齡對生死之事有超乎常人的關切之情。他雖然認爲修習長生不老之術的希望渺茫,不如參禪學佛,累積來生的淨業,但是也不排斥仙家傳聞。他曾在給弟弟陶奭齡的信中提及一項傳聞,云一位四川的李公子應試成都,尚未放榜,

① (明)袁中道:《石浦先生傳》,《珂雪齋集》中冊,頁 708。

便在道上遇見"一風道人攔馬首",大聲說"你不中!你不中"!又自稱爲陶望齡已經過世的大哥陶與齡。放榜時,李公子果然落榜,而解元也由陶與齡所預言的馬某所得。陶望齡聽聞傳說,又悲又喜,懷疑大哥是道教所謂"尸解而去"之尸解仙,又說:"人之所悲者死,所慕者神仙之術。死而仙,是以夭死易長生;夭死者其假,而長生者其眞也。"①顯然希望大哥真的成爲不死的尸解仙。

潘士藻比袁宗道和陶望齡更加愛好道教之說,他曾引乩仙降神,與之問答,並由乩仙授予符篆,"作龍飛鳳翥之勢。"乩仙引述淨明忠孝道的龍沙讖語告訴他說"五陵八百地仙之期已近,公其一數",又"指海內名士某某,皆已登仙籍"。潘士藻不僅深信乩仙之語,與社中成員閑談,多"言前世下土之文人才子多爲仙吏,某人今轉某職",其語言"新奇,娓娓可聽"②。只不過蒲桃社時期的袁氏兄弟已經專注於佛學,因此常婉言相勸,希望潘士藻專心於性命之學,不要追尋渺茫的成仙之路。

袁宏道參禪功夫廣受同儕肯定,其佛學水平在蒲桃社中數一數二,然而家人和自己身體的病痛讓他時常與疾病和死亡相伴,並促使他在大哥袁宗道過世後上疏請休,自云"火病大作……劍戟支床,動轉不得"、"骨肉凋殘,……望死如鄉,悲慘之極"③。因此,袁宏道仍舊保持著和道教長生術的接觸。他在病中談養生之術,云:

> "四十以後甘澹泊、屏聲色,便是長生消息;四十以後謀寘粉黛、求繁華,便是夭促消息。我親見前輩早夭人,個個以粉骷髏送死。此後工匠事畢,洒掃樓上,每日坐三炷香,略做胎息工夫。"予曰:"禪學悟後保任,護持養生之理即在其中。"中郎曰:"近日禪學悟得些些理路,多至放恣。現行無明,種種具在,道力不勝業力,只

① (明)陶望齡:《甲午入京寄君奭弟書》,《歇菴集》卷一二,頁433。

② (明)袁中道:《潘去華尚寶傳》,《珂雪齋集》中册,頁729。

③ 何宗美在考察公安派文人結社應酬的情形時指出,蒲桃社社員們多半"好狂飲,好色"、"狂飲淫樂帶來疾病",並判斷"袁中道之病與結社應酬有密切關聯"、袁宗道猝死一則"是忙於職事所致,但結社應酬也是原因之一"。(何宗美:《公安派結社的興衰演變及其影響》,頁174—175)

是口頭三昧，臨終寧有得力處！四十以後決宜料理養生事，起居飲食皆有節度，乃爲攝生之道。"①

在這段話中可以看出袁氏兄弟對養生一事的態度十分曖昧。一方面他們好色、好應酬，晝夜宴飲，導致身體凋殘，所以宣揚持守淨戒，藉以調養身心。另一方面，他們宣揚禪學，以佛教學說爲基礎評判各家學術，卻又爲了養生而修習道教的胎息功夫。正由於社中成員過往對病痛的經驗，以及對親人死亡的哀痛，他們渴望得到養生卻病之術，更渴望透過神仙家言一窺長生不死的奧秘。即使禪學並沒有特別强調養生之事，他們卻用禪學的"悟後保任"來賦予養生和胎息功夫合理性的基礎，這表現出他們夾處佛教、道教之間，導致思想言行上難以完全一貫的特徵。

不過，不可否認的是，他們對長生術的渴望在佛學的影響下有日漸淡薄的趨勢，前文已討論過袁宗道受焦竑、李贄影響而放棄道教修練的過程，便是極佳例證。對蒲桃社的成員來說，養生術的地位總是次要的，禪學保證的解脱之道才是他們最終極的追求。袁宏道曾以佛教的心性觀念批評長生術與求仙之説。他在《與仙人論性書》中説道：

夫心者萬物之影也，形者幻心之托也，神者諸想之元也。生死屬形，去來屬心，細微流注屬神。形有生死，心無生死；心有去來，神無去來。形如萁，然諸仙赴萁，偶爾一至，萁之成壞，無與於仙。若使仙者認萁爲我，必欲使之堅固不壞，則亦愚惑甚矣！……識即神也。……此識生天生地、生人生物，不識不知，自然而然。從上大仙皆是認此識爲本命元辰，所以個個墮落有爲趣中，多少豪傑被其沒溺，可不懼哉！……一切計較，皆緣見性未真，誤以神識爲性。既誤認神，便未免認神之軀殼；既誤認軀殼，便將形與神對、性與命對。性與命對，故曰性命雙修；形與神對，故曰形神俱妙。種種過

① （明）袁中道：《遊居柿錄》卷五，《珂雪齋集》下册，頁1207—1208。

計，皆始於此。①

袁宏道認爲仙家把人的存在分成三個層次，最低一層是物質的層次，形體的生死都屬於這個層次；心的意識活動屬於第二個層次，心寄住在形體之上，形體才能發生功用，就如同乩仙降神時乩筆才能發揮功用，乩仙離去時乩筆不過是普通的筆而已；神則是最高的一個層次，是鍛鍊形與心到達極致時，表現出變幻莫測、自由自在的境界。接下來，袁宏道就開始批評這套理論。他認爲神既然是"心形鍊極所現之象"，神就永遠只是在此現象界中六根之感官能力與六塵之現象變化接觸所和合而成的境界，無法觸及永恆的解脱之境。道教的内丹思想經常强調性命雙修，命即是肉體生命，修命可以長生延年，進而煉造自在變化並具有種種神通之力的陽神；性是心的活動，修性則能讓丹家永不受到財色名位等紅塵之事所引誘，特别是斷絶淫念，以求保守精炁，練就無漏之身。袁宏道則認爲性命雙修的理論，是把"性"理解爲與肉身形體相對的神識，而有相對性的形與神永遠都是六根六塵媒合所産生的現象，無論怎麼鍛鍊都不能達到究竟的解脱。袁宏道相信，真正的解脱是覺悟没有相對性的"一靈真性"，這個"真性"的特性是"亙古亙今""天地之所不能載也，淨穢之所不能遺也，萬念之所不能入也"，而覺悟到此地步者超越了形與神的對立，以至於"毛孔骨節無處非佛，是謂形妙；貪嗔癡忍無念非佛，是謂神妙"②。

内丹胎息之術由於强調身體煉養，被袁宏道質疑是一種形、神對立的思想系統，連帶懷疑道教的修鍊系統建立在相對性的概念上，屬於一種不究竟的修道方式。袁宏道的案例，或許説明了蒲桃社的成員爲什麼普遍比較看重佛教的修習，而把道教放在次要的地位。雖然如此，蒲桃社的論學卻很重視《莊子》的學説，促成了好幾部晚明重要的《莊子》論著。

晚明是《莊子》學非常發達的時代。根據劉海濤的統計，在這段期間内，各種解《莊》、注《莊》的作品多達二百餘種，其風氣一直持續至清

①② (明)袁宏道:《與仙人論性書》,《袁宏道集箋校》上册，頁489—490。

初而不衰①。在許多的《莊》學著作當中，包括數量龐大的僧人註解家，如憨山德清(1546—1623)著名的《觀老莊影響論》，在蒲桃社結成近十年前的萬曆十八年(1590)便已問世。從憨山德清開始，以佛理摻入《莊子》的做法就流播開來了。蒲桃社承繼著這波注《莊》的風潮，袁宏道撰《廣莊》、袁中道撰《導莊》、陶望齡撰《解莊》、李騰芳撰《說莊》等，其內容與佛學均有深淺不一的關係。這股風潮，自然也是晚明講學融合佛道思想的一個縮影。這或許也說明了《莊子》特別受到重視，是因爲《莊子》思想和佛學有特別多相似之處，給予愛好佛學的晚明學者會通的素材。

袁中道的《導莊》是在蒲桃社論學期間内撰成的，可以視爲社中論學的直接成果。他明言："《莊子》内篇爲貝葉前茅，暇日取其與西方旨合者，以意箋之，覺此老牙頰自具禪髓，固知南華仙人的是大士分身入流者也。"②貝葉指佛典，前茅則是先鋒部隊，依袁中道之意，莊子思想不但暗合於佛教，而且是引導佛教思想進入中國的前驅；他之所以要註解《莊子》，目的是會通《莊子》與佛教，取其相合者而言。誠然，《莊子》和佛經在許多方面有相似之處，兩者都具有宏大不經的想像和寓言故事，敏鋭地察覺世間萬象的變化無常；兩者都不相信是非美醜的價值判斷有一絕對不變的標準，並且希望破除僵化的自我存在觀念，化解物我之間的隔閡。這些共同點讓"援佛入莊"、"以佛解莊"成爲明代莊子學的普遍現象③。從《導莊》的内容來看，最明顯援引佛教思想來註解莊子之處有二，其一是以《華嚴經》思想來詮釋《齊物論》，其二則是以貪嗔癡三毒、戒定慧三學，將《養生主》《德充符》詮釋爲厭離色身，以求解脱生死之苦的出世之道。

---

① 劉海濤、謝謙：《明代莊子接受論》，《西南民族大學學報》(人文社科版)2009年總第219期，頁185。

② (明)袁中道：《導莊序》，《珂雪齋集》中冊，頁935。

③ 明代以佛解莊的現象，可以參考邱敏捷：《以佛解莊—以〈莊子〉註爲線索之考察》(臺北：法界出版社，1998年)、《明代註莊之現象—融"佛教觀念"解莊》(黄文樹主編：《教育史哲的舊牖與新窗—張光甫教授榮譽退休紀念文集》，高雄：復文圖書出版社，頁185—217)等研究。

首先,《導莊》引述了大量佛經的文字來詮釋莊子,其中以流行於明代居士間的《華嚴經》《圓覺經》《妙法蓮華經》《楞嚴經》《金剛經》《阿彌陀經》等較爲當代人所重視[①]。在袁中道直接、間接引述的佛經當中,又以《華嚴經》所佔的比例最高,並廣泛的使用華嚴學的法界緣起觀、十玄門來詮釋莊子的齊物思想。爲了詮釋齊物,《導莊》舉出了十組具有相對性的概念,仿造十玄門的方式,一一泯除這些概念之間的對立性。這十組概念分别是:大小、延促、人我、有情無情、淨穢、去來、生死、語默、聖凡、一多。袁中道解釋小大之間無差别說:

> 謂物有大小之不齊者,戲論也。如《華嚴》"毛孔藏刹海,芥子包須彌",寧有小大?則小大齊矣。[②]

《華嚴經》中諸佛菩薩一一毛孔中能藏無限刹海、出無限香雲,恆河沙數的諸佛菩薩可以同入一毛孔中、須彌山也可以納於一芥子之中。由此觀之,在佛境界中大小並無差别。《華嚴》學固然主張宇宙一切事物的生滅由一心所造,但是在談事物相即相入的關係時,主要用法界緣起的概念來解釋。所謂法界緣起,是依據本體與現象之間的關係,把一切現象分成事法界、理法界、理事無礙法界、事事無礙法界。一切事物之存在是由於因緣短暫聚合而生,在衆生眼中有差别,此爲事法界;從萬物存在的根源爲同一心、同一佛性,本體相同而言,此爲理法界;從本體必須藉由現象而顯現,一切現象又是本體之作用而言,本體與現象之間有相即不二之關係,此爲理事無礙法界;若從一切現象自身就有體有用,每一現象由無窮盡的因緣聚合而生,又成爲無窮盡現象的因緣而言,事與事之間的本體與作用相互交涉,互融無礙,此爲事事無礙法界。站在事事無礙的立場來分析小大之辨,則無窮盡的事物無論小大都互爲因緣、互相交涉,由此可以推論:一切事物之此中有彼、彼中有此,小中有大、大中有小,故小大之差别不存在。又:

---

① 釋聖嚴:《明末佛教研究》(臺北:法鼓文化,1999 年),頁 264、288。

② (明)袁中道:《導莊・齊物論》,《珂雪齋集》中册,頁 937。

> 謂物有延促之不齊者,戲論也。如《華嚴》"以一念頃,三世畢現,過去未來諸佛悉詣道場",以本無三世,前後密移,乃妄識所持故也。則延促齊矣。①

把時間劃分爲過去、現在、未來,是虛妄意識的分別。對於覺悟的佛來說,一念之間三世畢現,等無差別。雖然這裡用意識的迷悟兩種狀態,來齊平時間的延促,但實際上《華嚴》經中三世諸佛一時間同詣道場,仍然是一種事事無礙法界的概念。由於過去、現在、未來的一切事物相互交涉,故舉一時間的一佛可以概括三世諸佛;同理,舉三世諸佛可以收歸於當下一佛。又:

> 謂物有人我之不齊者,戲論也。如《華嚴》"佛轉法輪于一眾生身內,而眾生現有爲于諸佛身內",則人我齊矣。②

人與我是主客對立的兩方。任何人一念之間佛性顯露,沒有虛妄意識的分別作用,就是成佛;一念之間被無明煩惱迷惑,陷入有主客對立的差別境界,就是眾生。然而,佛與眾生不是永久固定的差異,現在的眾生未來可以是佛,佛若一念成迷也與眾生無異,眾生心中有佛性的種子,佛心中也有眾生的種子,所以佛可以攝一切眾生,一眾生也可以攝一切佛。同理,人與我的關係也是人中有我、我中有人。又:

> 謂物有有情、無情之不齊者,戲論也。如《華嚴》"香水河微塵數衆寶樹林,出玅音聲,說諸如來一切刧中所修大願,一一林中皆名之曰慧",以及"世間牆壁瓦礫皆說法,要成佛道",則有情無情齊矣。③

不具情感與意識的草木瓦石是"無情",有意識、有感情的生命是"有情"。但無論是有情無情,都是由佛性所顯現,是成佛之因緣,因此只要

①②③④ (明)袁中道:《導莊·齊物論》,《珂雪齋集》中冊,頁938。

舉一事一物,就能包舉一切事物。從這個角度來說,有情和無情是沒有差別的。在前面四種對立概念解釋完之後,後面的淨穢、去來、生死、語默、聖凡、一多這六組概念,詮釋的理路沒有太大差異,因此無須多贅文字。《華嚴》學在袁中道手中成爲威力驚人的工具,讓他能自在的解析、詮釋莊子。他認爲齊物論和事事無礙法界所指涉的真理是同一項真理,因此他說:"在莊則曰齊物,在《華嚴》則曰事事無礙,其實無礙卽齊也,如此則天下之物皆齊矣。而以爲不齊者,情使之也。"④而人的私心好惡之情,是唯一阻礙人覺悟這項真理的因素。

《導莊》用《華嚴》學來詮釋齊物論,是它的理論特色,也是蒲桃社談禪學佛之風延伸而來的成果;然而,《導莊》對養生、長生的討論,仍舊反映出蒲桃社成員對養生問題和生死議題的關切。因此,《莊子》在《養生主》和《德充符》中對養生的看法,也成爲討論的重點之一。道教的長生術、《莊子》的養生思想和佛教的空觀,是對待肉身生死的三種方法。袁中道最終選擇了佛教的解脱途徑,從而以佛教的思想來詮釋《莊子》的養生哲學。他在《導莊》談到厭離色身以求解脱苦趣,這部分的内容比較接近佛教的通識性知識,但是和《莊子》原本的理論有些距離。袁中道説:

> 三界之内,原爲溷宅。人生其中,如糞中蛆,有何可戀,堅自愛惜?生老病死,日夜相纏,稍獲如意,即增苦業。……學道者若不厭離色身,生非我想,認取相緣,流浪苦海,終無出頭之日。惟不認,則不于身上起嗜好,而貪絶;惟不認,則不于身上起惱觸,而嗔絶;惟不認,則不于身上起無明,而癡絶。貪絶則戒德充矣,嗔絶則定德充矣,癡絶則慧德充矣。全其形者德虧,則虧其形者德全。①

袁中道認爲,人對色身的執著是造成痛苦的根源,學道者應該厭棄肉身,才能棄絕貪嗔癡三毒,走向戒定慧三學的成佛之道。或許袁中道把重點放在打破認取身體的執著心,但是他的説法很容易推導向另一個

① (明)袁中道:《導莊·德充符》,《珂雪齋集》中冊,頁945。

極端,把身體視爲不善、視爲惡的根源,連帶著徹底否定肉體的生命。在一些早期佛教的傳統中,的確有主張過藉由除滅有漏的肉身,平日觀想各種肉身的無常、不淨,獲致無漏的涅槃①。不過,在漢傳的大乘佛教中,這種徹底厭棄身體的說法是一種有偏差的、不究竟的理論。大乘佛教肯定此世、肯定肉體生命、肯定一切有爲法,認爲這一切事物都能幫助修行者趨向覺悟。沒有身體,在此世就無法修行,更無法透過各種機緣利益眾生、度化眾生。《導莊》似乎有意識到厭離色身說與大乘佛教有矛盾之處,因此在結尾處補充說明,《德充符》整篇的立意是藉形體虧缺之人來映襯全德之人,"若便作兀者、支離會,是痴人前說夢矣"②!換言之,《莊子》的語言是象徵性的語言,不能視爲真的在稱揚形體的殘缺和死亡。不過,即使我們願意接受袁中道下的但書,從《導莊》對厭離肉身的讚揚觀之,仍有矯枉過正之虞。《德充符》原文末尾有一則莊子與惠施的對話,惠施質疑莊子所提的"無情"之說,以爲人既然有生命,就有種種情感,怎麼可能無情?莊子回答:"吾所謂無情者,言人之不以好惡內傷其身,常因自然而不益生也。"③換言之,莊子不鼓勵人因爲好惡之情而傷害自然的生命,但是也不主動謀求生命的延長。莊子對身體的態度是中性的,或者說是以順應自然爲最高宗旨。像《導莊》中這種厭棄肉身的論調,明顯是受佛教苦觀的影響,而不是莊子的本意。

不過,《導莊》對身體的看法並不是完全不符大乘佛教和《莊子》的精神。袁中道在詮釋《養生主》時,批判長生不老說,以覺悟無生死、無去來、無人我爲宗旨,用以解消肉體生命的生死問題。這種觀點比較接

① 如佛陀耶舍共竺佛念譯《長阿含經》卷八:"復有五法,謂五趣解脫:一者身不淨想,二者食不淨想,三者一切行無常想,四者一切世間不可樂想,五者死想。"(《大正新修大藏經》第1冊,頁51)又瞿曇僧伽提婆譯《中阿含經》卷二八:"比丘得習出家學道心者,得習無常想,得習無常苦想,得習苦無我想,得習不淨想,得習惡食想,得習一切世間不可樂想,得習死想。……得習如是想心者,是謂比丘斷除愛結。"(《大正新修大藏經》第1冊,頁602)均以觀想肉身之無常、不淨、苦、空來達到厭棄的目的。

② (明)袁中道:《導莊·德充符》,《珂雪齋集》中冊,頁945。

③ 王叔岷:《莊子校詮》(北京:中華書局,2007年),頁200。

近他在詮釋《齊物論》時,以《華嚴》學齊平所有對立概念之差異的立場。他批評迷戀長生者"皆世間小夫、天上俗仙,躭著形骸,愛念光影,故有此拂命違順之事。若於死生之情狀少有所知,則知本未嘗生也,生何戀?本未嘗死也,死何悲?……知此則悟人人長生,人人不死,尚不見有去來之相,而哀樂從何而生?"①換言之,人既然有生,也必然有死,生死均爲現實中不可迴避之事。然而,如果人能覺悟法界緣起中無生死、無去來、無人我的境界,從根本打破對生死的執著,便能解脱苦趣,契入佛法。無獨有偶,陶望齡在談論生死兩端時,也試圖將長短、生死、夢覺得對比一一打破,並且告誡一般淺解之人不可癡人說夢:"形神兩僞,夢覺非實,長生短死,俱爲寐語。吾烏乎寘吾悲喜哉!然亦勿以語人,所謂癡人前不得說夢耳。"②這種以心性之覺悟破除生死對立的思想,最終成爲蒲桃社在對待生死課題時的主流。

四、蒲桃社之解體

蒲桃社之解體,是因爲内閣首輔沈一貫藉由抨擊士大夫習禪之風,暗中排擠蒲桃社的相關成員所致。社員不願惹禍上身,於是紛紛離開北京。蒲桃社原本是單純的論學團體,卻捲入政治事件當中,箇中因素頗值得仔細玩味。若再參照陽明學講會在之前遭禁、書院被毁的歷史,蒲桃社此次被打擊的案例,恰好提供我們一個觀察晚明學術與政治關係的好機會。依《萬曆野獲篇》的紀載,蒲桃社刺激出的論學風氣,以及敬事佛教的特色,早就爲沈一貫所不喜,尤其與黄暉有很深的嫌隙。本節將考察此一說法的真實性,並對蒲桃社解散的政治性意義作一反省。其次,則是觀察社員們如何依照自己學佛的心得,面對政治上險惡的境遇。

當時的首輔沈一貫由於位居顯要,即使他私心希望打擊蒲桃社的成員,也不會親自出手。蒲桃社成員和時人如何從各種事實推敲出沈

① (明)袁中道:《導莊·養生主》,《珂雪齋集》中冊,頁942。

② (明)陶望齡:《甲午入京寄君奭弟書》,《歇菴集》卷一二,頁433。

一貫的心意,下文將會細論。此次事件的肇端,則是由沈一貫親近的黨羽發動攻勢,而被攻擊的標靶是以狂著名的李贄。萬曆三十年(1602)春,張問達(1554—1613)上疏彈劾李贄,在疏文的末段云:"近來縉紳士大夫亦有捧呪念佛,奉僧膜拜,手持數珠以爲律戒,室懸妙像以爲皈依,不遵孔子家法而溺意禪教者",據《萬曆野獲篇》的說法,是在"暗攻黄愼軒及陶石簣諸君也"。不到十天的時間,馮琦也上疏抨擊士大夫習禪之風,皇帝便下旨云:"仙佛原是異術,宜在山林獨修,有好尚者,任解官自便去,勿以儒術並進,以惑人心。"這段詔書"蓋又專指黄暉,逐之速去矣"[①]。傳聞李贄曾著書醜化沈一貫,因此當他一來到京城就被彈劾[②]。張問達上疏攻擊李贄的直接結果,是李贄在獄中自殺。

李贄和"公安三袁"交情非同一般,他的死訊一傳出,蒲桃社成員立即人人自危。陶望齡揣摩時勢說:"卓吾先生……多口好奇,遂搆此禍。當事者處之太重,似非專爲一人。"[③]又説:"此間諸人日以攻禪逐僧爲風力名行,吾輩雖不掛名彈章,實在逐中矣。"[④]可見蒲桃社成員也認爲彈劾李贄一事,意在驅逐自己,而且形勢有惡化的趨勢。當馮琦繼張問達上疏攻擊學禪之風,康丕揚在同一天上疏奏核紫柏真可(1543—1603):"昨逮問李贄,往在留都,曾與此奴併時倡議。而今一經被逮,一在漏網,恐亦無以服贄心者。望併置於法,追贓遣解,嚴諭廠衛五城查明黨眾,盡行驅逐。"[⑤]從這封奏疏可以看出,逮捕李贄和紫柏只是一個引子,沈一貫等人真正的目的是排除和兩人有關的一整群"黨眾"。

仔細思考沈一貫、張問達排斥李贄和蒲桃社的理由,表面上宣稱是爲了遏止士大夫學禪的風氣,但實際上與黨爭有關。前一年趙志臯(1524—1601)卒後,内閣只剩沈一貫一人,廷推老臣沈鯉(1531—1615)入閣。沈一貫:"素忌先生……大懼,即貽書淮中丞李修吾曰:'歸德公

① (明)沈德符:《萬曆野獲篇·黄愼軒之逐》,頁271。
② (明)沈德符:《萬曆野獲篇·二大教主》,頁691。
③ (明)陶望齡:《辛丑入都寄君奭弟書》,《歇菴集》卷一二,頁434—435。
④ 同上,頁436。
⑤ 《明神宗實錄》卷三七〇,《明實錄》第112册,頁6927。

來,必奪吾位,將何以備之?'"[1]沈鯉及郭正域都是東林黨人,和沈一貫之浙黨屬於對立黨派,本來就有相互競爭之勢。郭正域又於沈鯉入閣之年,擔任太子朱常洛之講官,眼見東林黨的影響力日益擴大,爲首者又有賢人之譽,沈一貫不可能不擔心。然而,沈鯉最終仍在萬曆三十年的夏季入閣。依照《萬曆野獲篇·紫柏禍本》的説法,沈鯉是沈令譽的座師,沈令譽是紫柏真可的弟子,蒲桃社成員又與紫柏有參禪論道之誼;因此,沈一貫便藉著攻擊紫柏,來打擊蒲桃社成員以及沈鯉、沈令譽等人[2]。蒲桃社成員在政治上的影響力不算大,然而沈一貫可以藉著打擊蒲桃社的成員,逐步剷除政敵沈鯉背後的支持群眾,搶先根絕潛在的敵對勢力興起。黄暉在當時的政壇剛開始嶄露頭角,是不可小看的後起之秀。萬曆四十年(1612)周曰庠的上疏中曾説:"諸臣自葉向高外,可以負大任者,非郭正域、顧憲成、黄輝等其人哉?"[3]黄暉和東林黨領袖可以相提並論,證明了在政治上他的確是浙黨必須提防的人物。

蒲桃社捲入萬曆時期的政治風暴當中,固然與其論學風氣有間接關係,但是浙黨和東林黨之爭恐怕才是沈一貫等人最關心的問題。後代學者經常將明代的政治興衰歸咎於講學風氣的影響,不過政治事件的起因往往與學術因素的關聯較低,而和實際政治形勢的關係較深,學術好惡對主政者的影響經常是次要的因素。揆諸陽明學講會的興廢,亦是如此。當嘉靖三十二年(1553),徐階(1503—1583)入閣之後任廷試考官,聚集聶豹(1487—1563)、歐陽德(1496—1554)、程文德(1497—1559)等人分别主講"靈濟宫大會",成爲傾動朝野的大事。由於各地士人當要趕赴京師應試春闈,從各省而來的政府官員必須返京述職,考生、官員無不赴會以觀其盛,靈濟宫大會占了時、地之便,人數可以多達五千餘人,時間則長達兩月以上。徐階在嚴嵩(1480—1567)之後繼任爲内閣首輔,主盟講會,一時間"趨鶩者人人自托吾道,凡撫臺涖鎮,必

---

① (明)高攀龍:《龍江沈先生泰交始末記》,《高子遺書》,《無錫文庫》第 4 輯第 9 册(南京:鳳凰出版社,2011 年)卷一〇,頁 309。

② (明)沈德符:《萬曆野獲篇·紫柏禍本》,頁 690。

③ (明)顧與沐記略,顧樞編(清)顧貞觀補訂:《顧端文公年譜》卷四,收於丁浩輯:《宋明理學家年譜》第 11 册(北京:北京圖書館出版社,2005 年),頁 577。

立書院以鳩集生徒,冀當路見知"[1],這時的講會就已經開始逐漸失去原本的純粹性,淪於奔競之途徒獵取名利之道了。講會活動的興衰,很明顯地會隨著主政者的好惡而起伏。當親王學的徐階擔任首輔時,講會便臻於興盛,爲了迎合上意而舉辦講會者大有人在;當反對王學的張居正主政時,暗中體察上意,上疏攻詰王學,協助張居正打擊講會者也大有人在。從各省赴京應考的士人,以及返京述職的官員們,也在不停的觀望上意,期待能獲得更多晉升的機會。正因北京是整個中國政治的心臟,在京師舉辦的任何集會,都免不了被權力關係所滲透,籠罩在政治體制的無形網羅中。在明確標榜清議時政的東林黨出現前,講會和結社活動是很純粹的學術性、文學性社團,但是一旦這些團體出現在北京,它們的純粹性就會因爲政治力量的影響,而出現不同程度的變調。

蒲桃社在京師結成,自然也免不了受到政治力量的影響,不會因爲它們的原始目標與政治無涉而例外。蒲桃社最終被沈一貫之浙黨排擠,其發展過程與最終命運一如陽明學講會的前車之鑑。袁宏道事後回顧時說:"我輩少時在京師與諸縉紳學道,自謂吾儕不與世爭名爭利,只學自己之道,亦有何礙?然此正是少不更事。自今觀之,學道不能潛行密證,乃大病也。"[2]這個時候袁宏道才清楚的意識到,即使是純粹學術性、文學性的社團,也不可能不受政治影響。他認爲東漢名士崇尚節義而導致黨錮之禍,宋代講究理學而導致元祐和慶元黨案,明代王學講會也導致黨爭,這些事件發生的原因是一樣的。講學者如果真心求道,必須"潛行密證",遠離世務。換言之,蒲桃社成員不少人成長於張居正禁學的時期,但是還沒有察覺這次事件的真實意義,因此重蹈了講學家的覆轍。而蒲桃社解散之後,成員們也更堅定的遠離政治世界,退居山林,追尋他們所渴求的解脫之道。

此外,在北京舉辦的講會和結社,將促使團體組織對外保持開放性,參加成員增加,組成份子也複雜化。以王學大型講會動輒數千人,

---

① (明)沈德符:《萬曆野獲篇·書院》,頁608。

② (明)袁宏道:《德山塵譚》,《袁宏道集箋校》下册,頁1297。

小型講會從數十至數百人不等的規模而言，參與者不可能都認識彼此，更不可能同樣是嚴肅從事修養工夫的講學家流。多數人在講會中沒有機會發言，他們或者是持著好奇的心態前來觀摩，或者是把講會當作社交應酬場合，又或者是在講會中尋求向上晉升的機緣。如果外來的參與者動機不純，或者理念不合，便容易引發社集內部的矛盾。但最糟糕的，恐怕是入社成員在外與人結怨，連帶使整個社集成爲外人攻訐的對象。公安派的結社原本是地方性的社集，據何宗美考證，三袁在蒲桃社之前所參與或舉辦的社集，共有八例。時間從萬曆八年到廿二年，歷時十五年，始於陽春社，終於二聖寺結社①。這些社集的成員多半是家族親戚，以及同年齡準備科舉考試的學友，居住區域接近，人際關係也相對單純。到了北京舉辦的蒲桃社則成爲開放性社集，社中成員來自五湖四海，無論熟絡或不熟落的朋友，一個拉一個，最後組成一支龐大的隊伍。

蒲桃社的社員並不是沒有人注意到成員複雜所帶來的隱憂，當蒲桃社日漸興盛，"旬月必有會，高明士夫翕然從之"，加上"紫柏入北都，江左名公既久持瓶缽，一時中禁大璫趨之，如真赴靈山佛會"的時刻，黃暉就已經心有不滿。當時"游客附景希光，未免太邱道廣之恨，非復袁、陶淨社景象，以故黃慎軒最心非之"②。黃暉雖然不能阻止社中成員日益複雜的趨勢，但是與紫柏和陌生成員保持距離，最後讓沈一貫沒有對黃暉和蒲桃社採取更嚴厲的打壓措施。另一方面，袁宏道也在事後反省："吾儒講學，亦是好事，然一講學，便有許多求名求利，及好事任氣者，相率從之。及此等不肖之人生出事來，其罪皆歸于首者。東漢而後，君子取禍皆是也。"③在這段話中，袁宏道儼然以講學家、儒者、君子自居，他意識到講學交遊流品浮濫的危害，但是對這個問題所提出的解決方案則趨於迴避。他引述諺語"勿爲福始，勿爲禍先"，主張"非禁人

---

① 何宗美：《公安派結社的興衰演變及其影響》，《西南師範大學學報》（人文社會科學版）2006年第4期，頁169—170。

② （明）沈德符：《萬曆野獲篇·紫柏禍本》，頁691。

③ （明）袁宏道：《德山麈譚》，《袁宏道集箋校》下冊，頁1297—1298。

作福,惟不可自我倡耳"①。可是,任何團體、思潮都需要有人擔任領導的腳色,袁宏道不主動提倡講學,固然能夠迴避身爲首倡者而遭到禍害,卻不能解決其他首倡者被害的危險。袁宏道沒有從根本上解決這項問題,其他社中成員也沒有。因此蒲桃社解散後,成員各奔東西,多半選擇了"潛行密證"的退藏之路。

五、結論

蒲桃社的論學重心,放在澈悟心性並超越生死。其學術取向和論學形式均受到陽明學講會的啟發,但轉變爲以佛學爲核心,再旁及《莊子》、《易經》等其他經典。公安三袁、陶望齡、黃暉、潘士藻等核心社員,都自命爲學道之士,他們透過參禪、靜坐、解讀佛典、念佛習淨等方式追尋解脱生死的道路。在陽明學大盛的晚明時期,可謂另闢蹊徑。從蒲桃社的學風觀察晚明的思想發展,可以發現佛學更加公開而深入地影響了文人士大夫的學説内容。這樣的學風和陽明學的流行可以説有千絲萬縷的關聯,雖然本文不能一一細説,但雙方在哲學上有互通之處,並同樣衍生出狂禪的流弊,還是可以透過蒲桃社的案例加以證明。蒲桃社成員多半承認自己的解處和行處不能打成一片,源自於早年覺悟得太過容易,日後不知如何持守,但也對狂禪之病提出深刻的反省。因此,至今討論狂禪風氣最具代表性的文獻,有許多出自蒲桃社成員筆下。在這個純粹學術性、宗教性的社團遇到政治因素影響時,除了成員各自隱遁之外,顯得沒有絲毫抵抗的能力。蒲桃社成員都是意在山林、宦情灰冷之人,他們選擇了離開是非之地,專心於解決自我的生死關懷。這樣的選擇,一來凸顯了社員無力解決現實中政治運作的問題,但也説明他們願意爲了生死關懷而放下俗世成就,把求道的價值置於最高。蒲桃社的案例不僅提供了我們觀察晚明文人精神世界的一個面向,也是晚明學術與政治互動情形的極佳案例。

(作者爲臺灣大學中國文學系博士)

---

① (明)袁宏道著:《德山麈譚》,《袁宏道集箋校》下册,頁1297。

遺民講學的"公"與"私":以康熙十年李顒的江南之行爲例

胡　琦

摘　要

明中葉以來盛行的"講學",在清初乃是一十分微妙的話題。一方面,繼承宋明理學之遺緒,以"講會"的形式接引後進、闡明道術,乃是學者"當仁不讓"的責任;另一方面,身處鼎革之際,"講學"亦可能帶來身染世務、交接當道乃至有失"出處"之節的危險。本文以康熙十年(1671)關中大儒李顒(二曲先生)南行至常州講學之事件爲例,考述其因緣始末,分析李氏之講會如何在地方官學、東林書院以及私家祠堂等不同場合得以開展,由此説明官方權力系統如何介入清初知識界的講學活動以及跨地域之學人網絡之構建當中,遺民學者復又如何應對"講學弘道"與"避世全節"之間可能存在的緊張關係。在此基礎上,本文更希望討論在世變之歷史語境中,士大夫如何通過對"講學"之"公""私"屬性的折辯,反思學術與社會之間的互動關係。明清易代,在觀念上促進了士人階層對私家學術的認同;但這一"私學"理想,在實踐中卻很難全然自足,在理論上亦面臨"外王"層面的缺失,因而不得不受到官方權力在多方面的羈縻。

引　言

明清鼎革之際，出處辭受之辨乃是士大夫生命中的一大核心問題。“出處”的複雜性，不僅在於就特定之政治立場作宣示，更牽涉到作爲個體的士人，如何以合乎道義的方式與外部“世界”交接。近年來學者對明清之際遺民的研究，已經表明與仕清官員甚或“貳臣”之往還，在“遺民”也並非異數①。對這一現象的解釋，似乎並不能僅僅從現實壓力或個人道德的角度考慮，更需要回到遺民之思想世界中，“設身處地”地理解何爲“出”、何爲“處”的觀念問題。在我看來，“出處”之辨，背後正有“公”“私”領域的界分。“出”而進於“公”，“處”則藏於“私”，但“公”“私”之際如何劃定，本身卻大有曲折②。相對於“公家”色彩比較濃厚的出仕爲官，本文希望關注的，則是在“公”“私”之間地位尤爲微妙的“講學”。在傳統的觀念中，“學以爲己”，“講學”可以作爲一種“私家”的行爲；但同時，“講學”在明代的發展，尤其是公衆“講會”的形式，則使其“公共性”的一面，亦頗凸顯。清代初年的“講學”活動，如何周旋於“官方”與“私人”兩種力量之間？遺民學者在講學之時，如何處理“公”“私”之間的微妙緊張？學術與社會的關係，又如何在此歷史情景之下重獲反省？本文希望以康熙十年(1671)關中大儒李顒(二曲先生)南行至常州講學之事件爲個案，對清初遺民講學的實情作一歷史的考察，在此基礎上，嘗試對上述幾個問題作出探討。

① 參見趙園《明清之際士大夫研究》第六章和第七章、謝正光《清初詩文與士人交遊考》。

② 關於中國政治思想史上的“公”“私”觀念及其演變，可參(日)溝口雄三著、鄭靜譯：《中國的公與私·公私》(北京：生活·讀書·新知三聯書店，2011年)。關於宋明理學内部“公”“私”觀念之問題，參見翟志成：《宋明理學的公私之辨及其現代意涵》，收入黄克武、張哲嘉主編：《公與私：近代中國個體與群體之重建》(臺北：“中央研究院”近代史研究所，2000年)。

一、李顒南行與官方力量的推動

李顒(1627—1705)字中孚,陝西盩厔人,自號"慚夫",又取"水曲曰盩,山曲曰厔"之義,别署"二曲土室病夫"①,於清初諸遺老中,尤稱倔強堅卓,顧亭林嘗以"讀書通大義,立節冠清流"許之,其以遺民氣節見重當世,可見一斑。而其自號"土室病夫",乃用東漢袁閎之典;袁閎在延熹末年黨禍將作之時"披髮絕世","以母老不宜遠遁,乃築土室,四周於庭,不爲戶,自牖納飲食而已"②。明清之際,"土室"更常常被作爲避世自守之故事而引用。如陳貞慧入清後"埋身土室,不入城市者十餘年"③,王夫之於石船山"築土室,曰觀生居"④等等。李顒自稱"二曲土室病夫",正可見其韜晦遁世之志;此固明清之際士人"出處"之操守也。而在康熙九至十年之間,二曲曾有一次南下遠遊之行,前後近七個月,此行所爲何事?個中因緣復又如何?

全祖望《二曲先生窆石文》對李顒此次南行之因由,敘述甚詳。蓋李顒本爲尋訪其父李可從戰死襄陽之遺跡⑤,故"徒步之襄城",繞城遍覓遺蜕不得,復爲文作禱,又"設招魂之祭",痛哭狂號,襄城縣令張允中聽聞此事,大爲感動,乃親迎二曲,又"議爲信吾立祠,且造冢於故戰場,以慰孝子之心"。即在此時,常州知府駱鍾麟遣使來迎:

---

① (清)全祖望《二曲先生窆石文》,《鮚埼亭集》卷一二,《全祖望集彙校集注》(上海:上海古籍出版社,2000年)上册,頁233。並參《清史稿》卷四八〇《儒林傳·李顒傳》(北京:中華書局,1977年),頁13108。

② 《後漢書·袁安傳》附《袁閎傳》(北京:中華書局,1965年),頁1526。

③ (清)黄宗羲《陳定生先生墓誌銘》,《黄梨洲文集》(北京:中華書局,2009年),頁185。

④ 《清史稿·儒林一》,卷四八〇,頁13106—13107。

⑤ 二曲之父李可從,字信吾,於崇禎壬午(十五年)赴襄陽征闖,"師覆,殉難"。故李顒此行,特爲尋訪征戰故跡,"致祭招魂"。關於此行始末,二曲門人王心敬纂有《南行述》,記載甚詳,乃是關於此事的第一手史料,本文所述,主要便以《南行述》爲基礎。見陳俊民點校:《二曲集》(北京:中華書局,1996年)卷一〇,頁72—94。

常州府駱鍾麟,前令盩厔,師事先生,至是聞已至襄城,謂祠事未能旦夕竣,請先生南下謁道南書院,以發顧高諸公遺書,且講學,以慰東林學者之望。先生赴之。[①]

由此可知,推動李二曲這次南行講學的,正是常州的地方官駱鍾麟;而駱氏嘗於盩厔任職,當時即已師事二曲,與之關係融洽。按駱鍾麟字挺生,浙江臨安人,順治三年進士,順治十六年任任盩厔縣令[②],下車伊始,即"竭誠造謁",此後"政暇必趨其廬,從容盤桓,竟日乃去";不但爲李氏"捐俸搆屋",資以"粟肉",更"具文遍報各衙門",云"盩邑有隱士李顒者","穎異絕倫,潛心聖學",自己"蒞任之初,首重得人,因造其廬、訪其人、挹其德容、聆其談論,不覺形親神就,初猶執賓主之禮,既不覺甘拜下風而恐後矣"[③]。推揚其名,可謂不遺餘力也。這一次二曲造訪江南,由已經升任常州知府的駱鍾麟促成,自不奇怪。

康熙九年十二月朔,李顒抵達常州,駱氏"出城郊迎",欲館之於"府治之左";二曲因"喜寂厭囂",故而移居城南之龍興寺。常州之"巨紳名碩","遠邇駢集",往來問學[④]。十年正月間,遂開講會於常州府學及武進縣學。駱鍾麟"傳集多士,於明倫堂彙講"[⑤],一時"上自府僚紳衿,下至工賈耆庶""旁及緇流羽士",皆"環擁拱聽",人數"無慮數千人"。當然,如果考慮到晚明以來各種關於講學盛況的記述,這些對李顒常州講學場面的描寫並無甚新奇,我們甚或也可以懷疑"數千人"之言不無溢美;不過值得注意的是,如此盛況的背後,明顯存在著地方官員的推動

① 《鮚埼亭集》卷一二,頁 236。

② 《李二曲年譜》引《臨安志》,《二曲集》,頁 637。

③ 《李二曲年譜》錄駱鍾麟公文。《二曲集》,頁 636。

④ 《南行述》還記載,當時常州士民見二曲"冠服不時","相顧眙愕"。趙園先生在討論遺民的衣冠問題時也注意到這一記述;根據她的意見,這裏的"不時",主要指非"小袖時袍"之式樣,其意主要是"保持儒者的儀態風度",未必有刻意的遺民意識表達。見《明清之際士大夫研究》第六章第二節《衣冠》,頁 265。關於講學與衣冠之問題,下面討論李顒在關中講學時還會涉及到,詳後文。

⑤ 王邁:《兩庠彙語序》,《二曲集》卷三,頁 23。

之力。講學的地點即是官學的講堂,地方學官(常州府學教授王邁、武進縣學教諭王琰)還與李氏弟子一同負責記錄和校刻當時之講語①,知府駱鍾麟出面召集官紳參加會講,凡此種種,皆其明徵也。

正月二十七日,無錫縣令吴興祚、教諭郝毓豢"肅啓奉迎",邀請李顒到無錫講學。二曲應之,乃以"月晦"發舟,二月朔至無錫,"謁文廟畢",即"趨高忠憲公祠"②。蓋二曲自少時"讀天啓朝事",已對高攀龍等東林君子之風節心雅慕之。初到常州,已向駱鍾麟尋訪之,並知攀龍之從子高世泰"能世其家學"③。這次錫山講學,亦欲乘此了一"宿願",故甫至其地,便到紀念高攀龍的祠堂拜謁。適逢此時高世泰亦來謁祠,遂一同"瞻禮忠憲遺像",並徘徊於攀龍自沉殉難的止水池畔,"不覺泫然"。世泰設宴款待,二人"懽若平生",二曲亦館於東林書院之來復齋④。

接下來幾天便是李二曲在無錫的講學活動。講會活動的安排頗可注意。二月初二,縣令及教諭"設座明倫堂","闔邑紳衿咸集";接下來二月初四,高世泰"偕邑之名宿",又"設講座於東林書院"。錫山士人秦松岱(燈巖)向來"潛心陽明之學",聞知二曲開講,"趨赴拱聽","徘徊不忍去"。故同其兄秦松齡(對巖),又延請二曲,以初六日講學於秦氏之"淮海宗祠",聽講者乃其"宗人"及"諸同志"。三場講會,舉行地點、主持者、參與者不盡相同,所講之内容亦各有參差,其中頗能看到"講學"一事,亦受"官""私"場合之影響,種種微妙,頗可玩味,下面不妨即以三次講會所涉及的學術交涉爲例,一探個中委曲。

---

① 《南行述》稱:"教授王君(諱邁)、教諭王君(諱琰)公錄《兩庠彙語》梓行。"又康熙三十一年原刻本《二曲集》卷三所收《常州府無錫武進兩庠彙語》前署"門人吴發祥、陸士楷仝錄,教授王邁、教諭王琰仝校",見《四庫全書存目叢書》集部第207冊,頁169。陳俊民點校本中無"教授王邁、教諭王琰仝校"。

② 《南行述》,《二曲集》卷一〇,頁78。

③ 《東林書院會語》,《二曲集》卷一一,頁95。

④ 秦松岱爲《梁溪應求錄》所作跋語云:"盩厔中翁李先生應駱郡公之聘倡道東南而至吾邑,與彙旃高先生歡若平生,假館於東林之來復齋。"見《二曲集》卷一一,頁101。

二、切磋與交鋒：二曲與清初東林學術的分歧

明代東林講學的影響力，想必是李顒此次決定南行的一個重要因素。因此，二月初二他在無錫縣學的第一場講會，便以稱頌東林前修爲開場：

> 竊念斯地之有東林，猶新安之有紫陽，南康之有白鹿，南嶽之有嶽麓，四書院並爲宇内不朽名區。所以考德問業，以存吾道之羊者也。今三書院之在彼處者，地方以時修葺，學會相沿不替，獨斯區非復疇昔之舊，講會亦寥落無聞，愚竊傷之。①

此極稱東林書院之地位，然謂講會寥落，有不勝今昔之感。不過，事實上東林書院在明清之際，有吳桂森、高世泰、嚴彀等當地學者相繼主持，而其中又尤以高攀龍之從子高世泰力任“後死”之責，修葺屋舍，舉行講會，祭祀先賢，雖不復顧憲成、高攀龍諸公當日之勝景，於易代之時亦可爲不絕如縷。在二曲之前，不但無錫當地學者一直堅持講學活動，亦間有他方大儒以及當道官員前來參與講會。如順治十年，時任常州知府宋之普“就東林遺址搭蓋草棚”、“親臨講道”②。順治十二年，高世泰重修了東林書院的燕居廟，又新建了再得草廬、三公祠等建築，遂申訂講會規則，“每歲春秋上丁日開講會友，至仲丁日設祭先聖之後爲止”，即每年兩次講會，每次十日，雖較顧憲成當日“每年一大會”“每月

① 《錫山語要》，《二曲集》卷五，頁 39。

② 雍正本《東林書院志》卷二《高彙旃先生申訂東林講會規則》後附識語，《四庫全書存目叢書》史部第 246 冊。按高廷珍等編《東林書院志》，雍正十一年(1733)刊行，本文簡稱“雍正本”。

一小會"[1]爲少,不過終歸是恢復了公開的、制度化的講學之會,當時士林亦目之爲盛事。而順治十五年,太倉陸世儀亦曾來無錫與高世泰往還過從。故李二曲"寥落無聞"之嘆,其實是對東林書院在清初的學術傳統不甚瞭解的説法。由此亦可見其南來講學,主要出於地方官駱鍾麟的推動,並非與常州當地學者本有交往。

李顒在無錫縣學所講之内容,據其弟子徐超、張濬生所録之《錫山語要》,主要有"格物"與《易》兩端,都是應在座聽衆的發問而"因病發藥"[2],對答闡述。其言格物即窮理、治學當於人倫日用皆"一一究極"等等,固是理學家著力探討之問題。不過,《語要》中所録關於《易》學的一小段對答,卻頗生動有趣,可以讓我們一窺當時不同背景之學者如何"交鋒",而主講者又如何循循應對:

> 問《易》。先生曰:"不知。"又問,先生曰:"不知。"其人固問不已,先生曰:"子之問《易》也何爲?"曰:"《易》乃經中之要也。"先生曰:"子欲知經中之要也何爲?"曰:"諸名公咸尚《易》也。"先生曰:"然則子之治《易》也,爲諸名公治《易》,非爲己而治《易》也。"[3]

蓋二曲治學,頗不以《易》爲切務,認爲此雖不可以不治,然有"急於此"、"不可以不之先"者。時人"於《四書》之顯且易者,尚未能躬行實踐

① 《顧涇陽先生東林會約·會約儀式》,康熙本《東林書院志》下卷,《中國書院志》第10冊,頁325。嚴瑴編、高世泰續編《東林書院志》,康熙年間刊刻,本文簡稱"康熙本"。據此《會約》所述,"每年一大會"或舉於春,或行於秋,具體時間"臨期酌定";"每月一小會",在正月、六月、七月、十二月不舉行,實際上一年共得八次小會。

② 徐超、張濬生於《錫山語要》後之跋語云:"先生深懲末俗展轉於語言文字,支離破蔽錮,故其論學,因病發藥,隨説隨掃,戒超等毋得竊録。蓋恐一落言詮,咸以知解承,而不以實體得也。錫山之行,庠中及東林書院講論,娓娓答問不倦,聞者莫不踴躍。惜哉,俱未之記也。郝元公先生索以付梓,超等茫然無以應,不得已,聊録數則以復。"《二曲集》卷五,頁42—43。是知當時講會之形式,乃是聽者提問,二曲應答,互動甚是踴躍。然今所見《語要》,已是二曲弟子事後追記,故未得全備。然當時情形,由此亦可窺知一二。

③ 《二曲集》卷五,頁41。

其萬一;又安敢貪高慕遠、過用其心於晦且難者也"? 是故來人屢次發問,皆答曰"不知",因其"固問不已",乃以"爲人""爲己"之論作當頭棒喝,問者聞其"貪高慕遠"之責,良久"默然"。然二曲"不欲重違其意",於是又好言開解,表示願爲其"試言《易》之大旨",問者遂"踴躍拱聽"。二曲命其靜坐片刻,乃以"一念不起"、"存理去欲"、遷善改過、進退有據等個人修身之道闡發"求《易》於己"之說。

事實上,關於《易》學之問,或許正與東林講學之傳統有關。萬曆年間,錢一本(啓新)以"研精《易》學"稱,與顧憲成等一道修復東林書院,並講學其中,故史稱其"與顧憲成分主東林講席"①。當其因國本案罷歸,退居武進,有"經正堂會"以講學,吳桂森(覲華)往與其會,歸而與高攀龍商議,延之授《易》於東林,"以兩月卒業",錢一本以爲"吾《易》在梁溪矣"②。其後東林講會常"迎啓新先生爲上座",錢氏經正堂之會,吳桂森等亦往之,往來不斷。同時從學者,還有華貞元(認庵)等。吳桂森有《周易像象述》《像象金針》《易說》《談易隨問》等著作,高攀龍也有"覲華善用《易》"之稱譽③,足見當時吳氏已經頗以《易》學聞名。而其崇《易》又或有返歸經學之背景,蓋此前萬曆三十八年庚戌,覲華已與其兄紹華、見華及其他友人共約爲"五經會","召一邑耑門名家,共相參訂",每會"輪講五經"④。吳覲華後來繼高攀龍而主持書院多年,其影響自

① 《明史》本傳謂其罷官歸鄉之後"潛心六經、濂洛諸書,尤研精《易》學,與顧憲成輩分主東林講席,學者稱'啓新先生'"。見《明史》(北京:中華書局,1974年)卷二三一,列傳第一百十九,頁6041。又姚希孟爲撰《墓表》,謂其於《易》"自田何而下無不披晰";精通象數之學,可與邵堯夫並論。見康熙本《東林書院志》。

② 鄒期楨爲吳桂森所作《墓誌銘》,見雍正本《東林書院志》卷九,頁6,《四庫全書存目叢書》第247冊,頁4上。又據同卷華貞元《吳覲華先生傳》,吳氏迎錢啓新講《易》,事在"癸丑冬",即萬曆四十一年(1613)。

③ 華貞元:《吳覲華先生傳》,雍正本《東林書院志》卷九,頁2,《四庫全書存目叢書》第247冊,頁2上。

④ 鄒期楨爲吳桂森所作《墓誌銘》,見雍正本《東林書院志》卷九,頁5,《四庫全書存目叢書》第247冊,頁3下。

然不可忽視。而清初與高世泰一起興復東林的嚴瑴，也有《生軒易說》[①]等著作。可見，東林學者本有一究心《易》學之傳統。上引文字中問者所言“諸名公咸尚《易》”或許不無所指。故李二曲與問《易》者的對答，以理學修身的一套理論講解“不必求《易》於《易》”，“且求《易》於己”，某種程度上也有學術“交鋒”的意味。

初四日，二曲講學東林書院，仍由徐超、張濬生記錄《東林書院會語》，其内容則是二曲“與彙旃先生共商之一二”。其中有的是當時聽衆就“學而時習”章、舉業之陋等議題發問，高世泰與李顒各抒己見、先後作答，相互之間亦有回應討論。另外，兩人還討論《孝經》的“言滿天下無口過，行滿天下無怨惡”，並由此發揮對朱陸之學等問題的看法。二公之執論，互有異同。如討論“學而時習”章，高世泰舉出朱熹集注中用“效先覺之所爲”解釋“學”的話[②]，強調“爲”之重要；又舉朱注中引謝良佐用“坐如尸，坐時習也；立如齋，立時習也”解釋“時習之”的説法[③]，強調“敬”之關鍵；最後總結云：“朱子曰：‘習靜，不如習敬。’信哉！”大率其要旨歸於程朱。而李顒則以爲，“敬”固然重要，然而“敬乃工夫，非本體也”，“做得工夫，方復本體，恐未可以工夫爲本體也”。因此，“時習之”的“之”如果解釋成“敬”，則是“以工夫學工夫”而非“以工夫復本體”了。可見，在高世泰強調的“主敬”之上，李二曲更高懸了一個“本體”在；而二曲所説的“本體”，實則有其王學背景，乃指“致良知”而言。其《體用全學》之“明體類”即首列《象山集》《陽明集》《龍谿集》諸書，於陽明一條下復謂：

> 象山雖云“單傳直指”，然於本體猶引而不發。至先生（按：即

---

① 雍正本《東林書院志》卷二〇《著述》，頁 6，《四庫全書存目叢書》第 247 册，頁 168 下。

② 朱熹《論語集注》卷一：“學之爲言效也。人性皆善，而覺有先後，後覺者必效先覺者之所爲，乃可以明善而復其初也。”《四書章句集注》，頁 47。

③ 朱熹《論語集注》卷一：“謝氏曰：‘時習者，無時而不習。坐如尸，坐時習也；立如齋，立時習也。’”《四書章句集注》，頁 47。

王陽明）始拈出“致良知”三字，以泄千載不傳之祕。①

可見其論説背後之陸王背景。二曲評論“效先覺之所爲”一説，亦主張“始也效先覺之所爲”“終也覺吾心之固有”，其意相類。不過，最有趣的還是高、李二位評論陸王學術的一條。二曲弟子所記兩人的對答是：

高先生曰：“言滿天下無口過，其惟紫陽朱子乎？‘六經皆我注脚’，是陸子之口過也；‘滿街都是聖人’，是王文成之口過也。學者一啓口而不可不慎如此。”

先生曰：“紫陽之言，言言平實，大中至正，粹乎無瑕，宛然洙泗家法。陸王矯枉救弊，其言猶藥中大黄、巴豆，疏人胸中積滯，實未可以槩施之虚怯之人也！”②

高世泰以“口過”直接對陸王之學提出了批評。而李顒一方面承認朱子的“粹乎無瑕”，一方面也爲陸王作辯解，認爲他們乃是爲“矯枉救弊”而起，有特別的針對性，只是不能用於質本“虚怯”之人。揆其語氣，二曲對“口過”的説法實際上是頗有保留的。這段對答同樣見於熊賜履的《高彙旃先生傳》中，詞句上卻有了微妙的變化：

關中李顒學尚姚江，特造東林會講。先生〔按：指高世泰〕因語之曰：‘言滿天下無口過，其惟紫陽朱子乎？六經皆我注脚，是陸象山之口過也。滿街都是聖人，是王新建之口過也。’顒因答曰：‘陸王矯枉救弊，其言如藥中大黄、巴豆，疏人胸中積滯，未可以概施之虚怯之人。先生所慮極是。’退而語其從游，謂宜奉爲典型。③

① 《二曲集》卷七，頁 49。

② 《東林書院會語》，《二曲集》卷一一，頁 98。

③ 熊賜履：《高彙旃先生傳》，見雍正本《東林書院志》卷一一。考熊氏《經義齋集》《澡修堂集》，皆未收入此文。

李顒答語，增入"先生所慮極是"一句，語氣一轉，豈二曲亦首肯"口過"之說乎？關於這次東林會講，高氏一方的文獻甚少，惟有熊賜履此傳文，可以作爲與李氏一方《東林書院會語》互爲參照的旁證。然熊氏本未與此會，其人又堅執尊朱黜王之議，所記二曲"所慮極是"之言，未知是否有所潤飾。不過，相比於二曲弟子在《會語》中的記載，熊《傳》的說法更凸現了高、李二位觀點的歧異，顯然揭示出此次論學的另一個面向，頗值得注意。

從縣學到東林書院，兩次設講，其中已頗可見"官""私"有分之意。縣學明倫堂的講會，"紳衿庶民"①咸集，"教化"之對象可謂甚廣。二曲此前講學常州府學、武進縣學，同樣也是"下至工賈耆庶""旁及緇流羽士"；此後講學靖江縣學，還有"鎮將戍卒"到場聽講。所涉社會階層之廣，正可說明其"公共"性。在東林書院的講會，參與之人物就只是"邑之名宿"，不如官學廣泛。然而即便如此，我們也可以看到，此時的書院，在地方亦具有某種程度上的公共性，參與講會者，乃是涵蓋全邑之"名宿"，因此書院也不僅僅是師弟傳授的"私學"，也並非單純地依據學術宗尚聚集友朋同志。與之形成對比的，就是二曲在無錫第三場講會。這一場的東道是宗姚江之學者秦松岱，他在參與了縣學、東林書院兩場講會之後，"徘徊不忍去"②，遂與其伯兄秦松齡一道，通過二曲弟子徐超、張濬生，延請李氏開講於秦氏宗祠"淮海祠"③。參加此次講會者，據秦松岱之記載，還有陳介夫、王時晉、邵芾南、施存華及松岱之從叔秦天乳、秦清聞，從弟秦一原、秦次蜚等，共十六人；除陳介夫外，皆是松岱叔祖秦鏞（字大音，號弱水）之"及門與子姓"，即其門生和子孫輩④，其

① 《錫山語要》，《二曲集》卷五，頁39。

② 《南行述》，《二曲集》卷一〇，頁78。

③ 《南行述》謂秦松岱"潛心陽明之學"，"聞先生講學明倫堂，趨赴拱聽。又會講於東林，徘徊不忍去"，二月初六日，同其兄秦松齡邀請李顒"於淮海宗祠"，"聚宗人及諸同志，各質所疑"。見《二曲集》卷一〇，頁78。又秦松岱自記其事，乃是"因晉陵賢從徐斗一、張子邃兩尊兄請於李先生"。《梁溪應求錄》後附秦松岱跋語，《二曲集》卷一一，頁101。

④ 《梁溪應求錄》後附秦松岱跋語，《二曲集》卷一一，頁101—102。

家學背景十分鮮明。這可以説是李二曲江南講學之行中最具“私人”性質的一次講會，而秦氏之學術主張又恰與二曲爲近，皆主王學一路，正與高世泰等主朱學者不同，故於此講“質疑問難，各罄所懷”，二曲亦“推誠接引”“對決如流”，臨走時“尤以會講切磋、興復東林遺緒三致意焉”，又建議秦氏與張濬生等“聯兩地同志之會”，後來更與松岱時有書信往來，以“擔當世道”勉之①，足見其相得之深。

無錫三場講會之後，李顒又赴江陰、靖江等地講學，大體上都是應地方官員及紳士之邀請，開講之地也都是其縣學之明倫堂。此番二曲以北方名儒，南行講道，一時洵稱盛事，而其中地方守令的敦請襄助，卻成爲了頗值得注意的細節。二曲此前隱居鄉里，“性不喜遊，足未嘗踰邑境”②，自康熙七年始東行至同州講學，乃是應當地“宿儒”白煥彩等之請，與士紳講道論學。對比之下，此次南行中，各處地方令長、學官的聘請、迎接、安排顯然透露出較濃厚的官方色彩。最重要的推動者，當然是常州知府駱鍾麟。而各州縣官員的積極響應，很大程度上也當看作駱氏號召之結果。事實上，聽衆雲集，士夫絡繹的盛大場面，也不能不説與這些官方的“經營”很有關聯。即便是在東林書院、淮海宗祠舉行的講會，如果没有官方支持下的“南行”，或許也是難以想象的。

然而，此一“官方”色彩，在當時卻也能招致物議。個中微妙，常州處士楊瑀（雪臣）在記錄他與二曲相識之過程時，便頗有流露：

> 辛亥履端，有告予者曰：“關中李先生至此，郡之人爭識之，子獨無意乎？”予曰：“李先生爲誰？”曰：“太守所師也。”予聞而謝之。既又曰：“先生幼孤，克自樹立，北方之學者也。”予聞而異之。既又曰：“衣冠極古，操履甚嚴，斯世之砥柱也，吾道之楷模也。”且曰：“卻葉太守之聘幣，辭白撫軍之薦剡者也！”予乃聞之而起敬曰：“異哉！當斯世而有斯人也！吾將識之！”③

① 《二曲集》卷一七《答秦燈巖書》第一通，頁 186。按《二曲集》中今可見李顒答秦松岱書凡五通。

② 《東行述》，《二曲集》卷九，頁 63。

③ 《二曲集》卷一〇，頁 87。

楊雪臣此前不知二曲，聽聞其爲“太守所師”而“謝之”，其意恐是以之爲阿附當道之輩。既而聞其“衣冠極古，操履甚嚴”，曾經卻聘辭薦之事，轉而肅然起敬，急稱“吾將識之”，正見出處操履在時人目中之重也。當然，楊氏最後往見二曲，是在讀過《匡時要務》《學髓》等著作後，對其能提倡講學、推崇陽明十分讚賞，於是“齋宿而造館舍”。楊氏感嘆道：

講學之事，末世所諱，乃以爲匡時之要耶？[①]

按《匡時要務》，乃是二曲口授而駱鍾麟述録，時在康熙九年十二月，二曲甫抵常州之際[②]；楊氏於康熙十年正月中[③]已經讀到，大抵此書當時方才刊佈，正流行於常州。其書倡明講學之旨云：

天下之治亂，由人心之邪正；人心之邪正，由學術之明晦；學術之明晦，由當事之好尚。……蓋上之所好，下即成俗，感應之機，捷於影響。[④]

將世之治亂歸結於學術之明晦，固是一常見之論述。二曲於此，更明白指出“學術之明晦，由當事之好尚”，準此則講學一事，實乃“上以風化下”之機，故謀之當道，宜也。個中因由，或在於非有當道之力，則正學無以顯明通達。故又云：

---

① 《二曲集》卷一〇，頁 87。

② 今見《二曲集》卷一二收録《匡時要務》，題云“二曲先生口授，晉陵守駱鍾麟手述”，前又有駱序，署“時康熙庚戌季冬之吉”，即康熙九年十二月初一。序中有云：“幸各憲臺及邦之名公鉅卿方以明倫興化、地理頹俗爲任，遂手録其語，付之剞劂，以備採鑒。”故知此書乃駱鍾麟記録並刊行，其力倡講學，蓋有勸勉地方官紳之意。見《二曲集》，頁 103—104。

③ 楊瑀聽聞二曲之來在“辛亥履端”即康熙十年正月初一，後復聞其事、讀其書而見之，其間容有時日。楊氏後文中又有“逾五旬而先生行”之語，考二曲之《歷年紀略》，其去常州而北返，在康熙十年三月初六，故回推楊氏謁見二曲之期，當在正月中下旬。又二曲應邀赴無錫講學，於正月晦離開常州，亦合。

④ 《二曲集》卷一二，頁 105。

> 真正豪傑，方能無待而興；其餘，則全賴有位之人，勞來匡直，多方鼓舞。①

下復舉王陽明“自爲驛丞”以至“宰廬陵”“撫江西”“總督四省”，皆以“講學爲務”；以及馮少墟“立會開講”，“十三道御史爲闢首善書院”爲例。所謂“賴有位之人”鼓舞興起之語，當然與《匡時要務》一書以當道長吏及地方豪紳爲對象有關，然也未嘗不可移來解釋二曲因講學而交接當道之心曲。李二曲不但從理論上以“天下治亂”所關論證了出山講學之合理性，更從現實的角度顯示了與世交接是如何對講學發揮深刻影響。事實上，他絕非要以“講學”來模糊出處之辨，而恰恰是還要通過“講學”來發揚辭受之義，興起忠直之風。如李顒在《匡時要務》中便特別回顧了馮從吾（少墟）在京師首善書院時“講學者，正講明其父子君臣之義，提醒其忠君愛國之心，正今日要緊第一着也”的説法；在無錫講學，也特別以“廉頑立懦”“砥德礪行”②評價東林君子之講學，可見其心目中“講學”之大指。馮少墟本關中人；首善之會，在當日又正與東林桴鼓相應，二曲於此，可謂知言。

不過，即便是確認了“講學”之可行，出處辭受的巨大壓力仍然必須面對；而對當道徵召的不斷辭謝，對自身操持的不斷反省，在二曲生平事跡中更是屢見不鮮。事實上，作爲易代之際一個重要的話題，“出處”不僅僅是理學系統内部的思辨，更表現爲士人在現實生活中真切的體驗與掙扎。而在某種意義上，正是經由這些交接、抗拒與自我叩問，“出處之辨”的問題方在歷史的情景中不斷醖釀、生長、迴旋，也因此而愈加豐滿而堅實。在結束江南講學之行，啓程回陜之時，二曲語於楊瑀父子曰：

> 吾兹之出，不獲已也。今而後，當處亂山虎豹之中，閉戶不出，

① 《二曲集》卷一二，頁106。

② 《錫山語要》，《二曲集》卷五，頁39—40。

以全吾身。①

乃是於此行有"不獲已"即不得已而爲之之意。"亂山虎豹"之語，雖然不無誇張，卻不妨看作其心境的一種流露。二曲此行，不但遠涉關山，遊歷多邑；所到之處，又皆講會大開，聽衆雲集；因而訂交、從學之江南士夫，更是比比皆是。而恰恰在此聲名盛極之時，道出閉戶全身之志，一如涼風掃塵，正可見其心跡之微，不可徒以大言目之也。我們甚至可以不妨設想，講學之盛況，與"不獲已"的反思之間，本然有一線索在。"閉戶不出"的想法是否真正成爲現實，乃是後話。倘若不以捷徑終南厚誣二曲，那麼我們或許更能從"亂山虎豹"這樣的危峻之言中，讀到他沉重的心理負荷。或許就在以"不獲已"自陳的那一刻，李二曲已經意識到"閉戶"之難爲。二曲心中出處之義，也正在此外化爲充滿矛盾與緊張的情感體驗。因其難爲，故而須有臨深履薄的態度，故而有特爲決絕的誓言。而"閉戶"之難，恰恰就是出於官府教化與學者講學之間複雜而糾纏的關係。

三、師儒自任：遺民如何參與官方教化？

《匡時要務》中"學術之明晦，由當事之好尚"的論述，可見李顒對學術發展過程中官方力量的作用，頗有注意。講會之組織、書院之修築，都是這種作用在現實層面的顯現。李二曲"南行弘道"之後，常州士子對二曲之講學頗加稱美，甚至有擬之於宋代大儒、東林書院之祀主楊時（龜山），謂"龜山夫子寓居十八年而從遊者始盛，先生來不數月，而人之徘徊眷戀於先生者何其盛也"②，或以"不知杖履安西去，果否還稱吾道南"③送行。駱鍾麟後來憶述二曲講學之概，亦以"道南後紀"名之，蓋

① 《南行述》，《二曲集》卷一〇，頁 88。

② 《南行述》附岳宏譽文，《二曲集》卷一〇，頁 85。

③ 《南行述》附唐宇昭詩，《二曲集》卷一〇，頁 90。全詩云："始信當年立雪甘，發矇開瞶有微談。一揆先後欣親炙，歷世箕裘愧未堪。繙帙斜陽看冉冉，停杯時鳥聽喃喃。不知杖履安西去，果否還稱吾道南。"按"立雪""道南"皆用龜山典。

以"龜山昔嘗自洛而南,闡道毘陵,越數百年而後,復得先生自秦而南,闡道毘陵"①。雖然這些記録多係二曲弟子搜集所得,或有誇飾,但也應非虚妄之言。二曲去後,常州生員更呈請當道,亟稱其"闡昔賢之奥義,續先賢之正傳",然"氈壇已撤",士子"討論無從",故請修建延陵書院以爲會講之區②。主其事者乃是庠生吴發祥。吴氏於明末"潛跡荒僻",後乃"出居陽羡,與同志講學采山",復又歸常州"構講堂,集四方宿儒"講學;二曲之來,吴氏"相與浹談徹晝夜","退而肅贄執弟子禮",並率其子弟同來從學③;二曲之去,發祥"泣涕遠送"直至維揚,歸而"鬻其產業"而建延陵書院,奉二曲肖像④,講學其中,"遠紹季子高風","近接

① 王心敬《南行述序》:"駱公外艱,讀《禮》之餘,有事獲鹿旅次,遇士大夫多詢及先生,緣是有感,因憶先生曩寓毘陵日,雖值憂居,弗獲日侍几杖,而動静語默,未嘗不日有所聞,遂詮次其槩,爲《道南後紀》,並幕客孫容也所撰《毘陵盛事》,郵致秦中。《後紀》云者,蓋以龜山昔嘗自洛而南,闡道毘陵,越數百年而後,復得先生自秦而南,闡道毘陵;先後一揆,所關匪鮮。"見《二曲集》卷一〇,頁72。此言駱鍾麟在李顒"寓毘陵日"之"憂居",乃指駱母於康熙十年正月中旬去世(見《南行述》);而"駱公外艱"則是就鍾麟之父於康熙十五年逝世而言。又二曲所撰《常州太守駱侯傳》稱駱氏"丁内艱解任……歸家,事太公色養備至。……既而太公棄養,侯哀慕毁甚,營葬勞卒,卒年五十三。"參二曲《歷年紀略》中的記載,駱氏離任後一直與二曲"書問不絕"。康熙十五年"丙辰夏","猶自獲鹿轉致諸名公寄先生文翰","既而以疾不起";康熙十六年三月,二曲聞其訃號。是知駱鍾麟於康熙十年丁母憂還鄉,康熙十五年駱父去世,不久鍾麟亦卒。故駱鍾麟於"外艱"中撰録《道南後紀》,事在康熙十五年。《常州太守駱侯傳》,《二曲集》卷二〇,頁249—250。

② 《請建延陵書院公呈》,《二曲集》卷一〇,頁92—93。

③ 李顒爲撰《吴義士傳》,見《二曲集》卷二〇,頁250—252。

④ 常州府回復《請建延陵書院公呈》之《看語》:"庠生吴發祥毁產倡衆經營,不數月工竣,自是安奉所肖遺像,遵其教規,以時會晤切磋。"《二曲集》卷一〇,頁93。又參見《歷年紀略》:"吴發祥獨涕泣追隨,逾京口,渡大江,歷瓜洲,抵維揚,始肖像拜别,嗚咽不自勝。"《二曲集》卷四五,頁574。《清史稿》李顒傳亦云二曲講學之後,"常州人士思慕之,爲建延陵書院,肖像其中"。《清史稿·儒林一》(北京:中華書局,1977年)卷四八〇,頁13108。

龜山懿緒"①。是知李氏於延陵書院之興,實有甚深因緣。而與東林書院類似的是,延陵書院的創設,一方面是士子的倡議和經營,另一方面也有當道的"批允"和"振興"。

而李二曲回到陝西之後,不久亦獲邀參與關中書院之興復。康熙十二年癸丑,陝西總督鄂善"修復關中書院",因提學鍾朗向二曲致意,"肅幣聘先生講學"。二曲"力辭至再",鄂氏"敦延愈殷""三往而後應"②。應總督之請出主書院,不能不說是李氏生平中關於"出處"的一次重大選擇。早在康熙五年,西安知府葉承祧就曾有延之開講關中書院之議,而當時二曲的反應便是"不答"③。此番於癸丑應邀而出,除了有總督出面殷勤致意之外,前不久常州講學之行已導夫先路,也應該是一層重要的緣由。

李二曲在受邀講學書院之時"力辭至再",顯示出他在此事上頗爲審慎的態度。其中一個重要的因素,就是應聘出講,需要離其居所而身入書院,這樣就對"庶人無入公門"的原則構成了挑戰。而二曲此前鄉居,雖然並不完全排斥與當道的交往,但向來卻以這一原則自守;與之交接者,皆是能禮賢下士、躬親拜謁之官員。如順治三年,盩厔縣令樊嶷"聞先生好學""遣吏延之",二曲即"以庶人無入公門之理力辭"。樊氏於是"屏騶"相訪,乃得與之會晤④。駱鍾麟以順治十六年任縣令,下

---

① 《看語》,《二曲集》卷一〇,頁 93。

② 《歷年紀略》,《二曲集》卷四五,頁 579。

③ 同上,頁 567。

④ 《歷年紀略》順治三年丙戌:"邑宰樊公(諱嶷),河汾復元辛子之高足也。宰邑一年矣。是夏,聞先生好學,遣吏敦延。先生以'庶人無入公門之理'力辭。公遂屏騶,會晤於公所。時亢旱酷熱,先生身無别衣,止一襤褸絮襖,氈襪破履,而品宇軒昂,襟懷瀟灑。公一見竦異,相與論學,不覺心折。"《二曲集》卷四五,頁 558。這裡提到兩人會晤之處爲"公所",具體所指雖不詳,但當是地方的會館或鄉社一類場所,並非官府衙門,否則於上下文理不合。考清初制度,有以宣講鄉約之處爲"公所"者,如《清文獻通考》卷二一《職役考》載順治十六年"直省舉行鄉約之法,宣講上諭","令五城設立公所,講解開諭,以廣教化",府州縣地方官"責成鄉約人等,每月朔望聚集公所宣講"。此言"設立公所",則"公所"非通常之地方官府,可知也。又《大清會典則例》卷七十一載,雍正元年下詔"旌表節義","著(轉下頁)

車伊始便“竭誠造謁”，然亦是“再往乃見”。鍾麟師事二曲，“政暇必趨其廬，從容盤桓，竟日乃去”，並云：

> 先生二十年來不履城市，豈可因鍾麟一人頓違生平？但得不閉門踰垣，爲幸大矣！

是亦對二曲之“不履城市”甚爲推崇。“但得不閉門踰垣”之語，與江南學政張能鱗拜訪東林書院高世泰時“幸不我棄”之言相類[①]。事實上，李二曲在駱鍾麟宰邑的八年間，雖與之交往頻繁，甚至涉及置地、糾叛僕等俗務[②]，然“終未嘗一謁縣署”。遺民遯世自守，招致固不可得，來謁則或能一見，其中當然有不同標準寬嚴不同的問題——如斂跡最深的蘇州遺民徐枋，即使巡撫湯斌登門拜訪，亦避而不見；相對與更嚴苛的以交接“對象”論出處，以“空間”論出處，或許是更能被普遍接受的態度。所謂“無入公門”大抵即此類。背後的思想內涵，當是對“公”“私”分辨的不同把握[③]。因此，李二曲應聘出主書院，不可迴避的也就是對這個“公”“私”問題的考量。書院固然不比官府，但畢竟也是離開了私人的“空間”而進入了一個較爲“公共”的領域。身入書院，首先遇到的問題就是“衣冠”。在二曲接受當道的邀請後，提學鍾朗很敏感地

（續上頁）於地方公所，設立祠宇；將前後忠孝節義之人，皆標姓氏於其中”；則又以地方祠祀之地爲“公所”。（《四庫全書》第622冊，頁349下）另外，雍正《雲南通志》卷二十九所錄陳弘謀《查設義學第二檄》，提到修建義學學舍之事，有“至於學舍，或附近空屋，或公所庵院，皆可開設，何庸另建”之語。（《四庫全書》第570冊，頁586下）此又以“公所”與庵院並稱，爲修建學舍之處，似亦非官府衙門之謂也。

① 康熙本《東林書院志》續卷《再得草廬和韻》詩序，《中國書院志》第十冊，頁519。

② 順治十七年，二曲母舅病故，其家中“子幼僕叛”“外侮紛至”，二曲“爲言於駱，糾回叛僕，力維門戶”。康熙五年冬杪，駱鍾麟將離任，恐去後二曲“無以贍給”，乃爲之“置地十畝”。均見《歷年紀略》。

③ 趙園《明清之際士大夫研究》就指出遺民對“可爲”“不可爲”的劃分，背景是“古代士人的‘公’‘私’概念”，故有對公私關係“極細致的辨析”。見是書第六章第三節《交接》，頁276。

考慮到了這個問題：

> （鍾朗）以先生衣服寬博不時，預製小袖時袍馳送，先生笑而藏之，仍寬博以往。至城南雁塔，鍾出城奉迎，見之愕然。先生曰："僕非官僚紳士，又非武弁兵丁，窄衣小袖，素所弗便。寬衣博袖，乃庶人常服，僕本庶人，不敢自異。且庶人無入公門之理，區區生平安庶人之分，未嘗投足公門。今進書院，諸公見顧，斷不敢破戒報謁。"①

"衣服不時"的問題，此前講學常州時便已經出現。這一次卻更爲曲折。"寬衣博袖"與"小袖時袍"之別，正是明代衣冠與滿清服飾的區別。清初改服之令，雖不若薙髮一般掀起腥風血雨，然士民亦頗受此繩墨。順治二年六月諭"其衣帽裝束許從容更易，悉從本朝制度"，似乎較和緩，然至七月便復嚴申其令，並言"官吏縱容者，訪出並坐"。《啓禎記聞錄》載蘇州時事，順治三年十一月"嚴衣帽之禁，大袖每加扑責"②。雖然政令或時有鬆弛，但李二曲"不時"的寬衣博袖，顯然是觸犯時忌的。"庶人常服"之自辯，與"不敢破戒"的自陳，用意也正是不以"講學"壞"出處"之義。反過來看，"書院"設於"城市"，便不免士紳集聚、官吏往來，顯露於世的危險性，即便在冠服這樣的細節上也能體現出來。

面對二曲的"斷不破戒"，地方當道並未相強，而是優崇有加。陝西總督鄂善聽到鍾朗對二曲態度的報告後，即稱"余等聘先生，原爲沐教，豈可令頓違生平"，於是"偕撫軍暨三司迎候於書院之翼室"，設宴款待。次日，二曲登座開講，自總督、巡撫、藩臬而下，"抱關擊柝以上"，及"德紳、名賢、進士、舉貢、文學、子衿之衆"，"環階席而侍聽者幾千人"，情形與江南之行大同小異。遺民講學與當道教化，其相與推挽亦可如是。

① 《歷年紀略》卷四五，頁 579。

② 以上關於清初衣冠改易的敍述，俱採鄭天挺先生《滿洲入關前後幾種禮俗之變遷》第七節"剃髮"、第八節"衣冠"之說，見《清史探微》（北京：北京大學出版社，1999 年），頁 49—54。此文原爲鄭氏 1942 年 12 月 8 日在西南聯大文史講演會的講演，1945 年 3 月 18 日定稿。

當然，這決不意味著“講學”在清初受到普遍鼓勵，試想若有以呂晚村之說講於廣衆者，其不爲官府所容必矣。但如果我們從書院講學這一個角度看，則“當道”與“遺民”間完全可以就此形成一種精致的“合作”。這種合作不僅僅是政治上的“妥協”，更是明清學術思想與風氣轉變的一條現實途徑。

在因“講學”而起的持守分辨中，很重要的一種内在思路或許是“師道尊嚴”的心態。這也是出處問題在學者身上的獨特涵義。鄂善迎接李顒時“原爲沐教”一語，實不可放過。“教”的對象，不僅是生徒黎民，更可以推及官員本身。故二曲此前已有不避滿洲將官之舉：

> (康熙十年六月)滿洲黄旗大人會納偕其弟奮魁詣廬問道。是秋，各旗孤山、牛鹿多來瞻禮。將軍馮尼勒往來尤殷，先生告以嚴紀律、恤地方，馮躍然佩服。是時魚皮韃靼來謁者多不通漢音，託譯乞誨。諸名流聞而喟然曰：“古人謂道高龍虎伏，今於李先生見之矣！”①

《歷年紀略》於此特别點出滿洲將官的“問道”，其中不無文明自重、教化異族的心態。滿漢之間的語言畛域，其實也可以構成遺民與官員交接中的一個微妙的問題。“託譯乞誨”的表述内裏其實頗有“夷夏之辨”的意味——“漢音”於此乃是道之所存。以師道尊嚴，取代甚或超越臣服的處境，“道高龍虎伏”正是士人在易代的政治創傷下以“道”、“學”從文化的層面爲自己重新建立價值。

“教”本身即具有兩面的屬性，既是學者闡明“道統”的行爲，又是官員行使“治統”的方式。正如遺民與當道在某些方面的默契，“教”的兩重屬性於此也正好達成微妙的融合。二曲與駱鍾麟相與之厚，固無論矣，而他在《常州太守駱侯傳》中對鍾麟的推許，正在其能主持風教。傳文稱述了駱氏在各地任上布鄉約、立社學、恤耆老、表貞節以及興修書院，“以理學淑人”之政績，最後總結道：

① 《歷年紀略》卷四五，頁577。

> 近世守若令,中間固不乏循良。然求其英毅有爲、政崇風教,自作縣以至守郡,始終以化育爲功課,則所聞所見,實未有如侯者。而侯自視欿然,向學問道之誠,如恐弗及。余至不肖,侯不不肖余,辱承殊遇,不啻曹參之於蓋公。政暇必枉顧荒廬,盤桓竟日。余自知甚亢,侯嚴重彌篤,情誼禮文,日隆一日,無少懈。①

二曲對駱鍾麟的評價,正取其能"教民"又能"受教"之賢德。"以化育爲功課",乃是駱氏能超出一般循吏之長處,而這種推行教化之力,與他自身的"向學問道之誠"正相爲表裏。《二曲集》中收錄了不少與當道官員的通信,其中多有以興風教、振學術爲勉者。如答陝西督學許孫荃之第三書,以督學之官爲"學術之宗"、"人才風教所從出",認爲"以正學爲督,則人以正學爲尚",並舉薛瑄、陳選、耿定向、周汝登、許孚遠等明代學官的事跡,以闡述"倡明正學"之途②。雖然書中以"他學憲不皆如是,而使君獨如是"爲辭,但勸勉之意,不難讀出。其它書信中,論及學術源流、諸儒得失者,亦復不少。當然,以書牘論學,乃古人故習,本不足怪;值得注意的,是學術思想或有通過這些官員得到推廣和發揚之機由。如《答許學憲》第四書,敍論關中理學,力推吕柟、馮從吾之學,謂"橫渠之後,諸儒著述,惟吕涇野、馮少墟足以繼響",然而其因緣,在於許氏因"詔求遺書",而求教當進呈何種書籍。因此,對吕、馮二位的推薦,無疑可對其流傳及影響大有助益,用二曲自己的話說,進呈這些著作,可以"使理學一脈不至落寞",實爲"超於尋常萬萬"的"大君子之作爲"③。而除此之外,二曲還特意推薦了另一部並非關中理學著作的"經濟之書",即吕坤的《實政錄》:

---

① 《二曲集》卷二〇,頁249—250。

② 《答許學憲》第三書,《二曲集》卷一七,頁173—174。"許學憲"乃陝西督學許孫荃,據吳懷清《二曲先生年譜》,此書作於康熙二十五年。《二曲先生年譜》,《二曲集》附錄三,頁624—704。

③ 《答許學憲》第四書,《二曲集》卷一七,頁176—177,下引同。據《二曲先生年譜》,此書亦作於康熙二十五年。

經濟書,大學衍義而外,莫切於呂氏《實政錄》。言言痛切,字字喫緊,讀之令人躍然擊節。其書固板行有年,然真知而實好之者,寥寥無聞。亦猶《孟子》,漢唐以來,雖已行世,不過私相傳習,至宋程朱始極力表章。明興,載入令甲,朝野始翕然崇尚。今誠乘詔求遺書,特疏上聞,請照康熙十二年頒賜《大學衍義》於各省大臣例,以《實政錄》通飭天下督、撫、藩、臬、道、府、州、縣各衙門,俾各倣此修職業,勤政務,以圖實效。

是更有將《實政錄》"載入令甲",頒佈天下之希望,而頗意假當道之力而行之。經世固二曲之志也,前所著《匡時要務》《司牧寶鑒》以及與各路官員往來之書信中,皆斑斑可見。屢屢陳策於長吏,或許便是以"教"的方式,來表達對"治"的關切吧。此外,還值得一提的是,二曲還常常與當道討論地方書院的情況。如其《答許學憲》第七書便以修葺横渠書院爲請①。又《答董郡伯》一書②,論關中書院祠祀之事,析議甚詳,力辯書院當專祠馮少墟,又爲言從祀人選之宜及塑像、修志等務。足見當時書院事務中儒者與當道之互動。關中書院中設置了"報德祠",祭祀興建有功的地方官員,其中有康熙五年重建書院的知府葉承祧,李二曲就此評論云:

葉郡伯雖非循良,而一力重建書院,有足多者。君子不以人廢功,當並祀以報之。③

"雖非循良"云云,乃對葉氏頗有微詞,不知是否就其居官治政而言;然因曾"一力重建書院",則足以嘉之。當道興學贊化之功,其爲學者所重若是,"講學"在"公"與"私"之間的遊移,自然也就不難理解了。

① 《答許學憲》第七書,《二曲集》卷一七,頁178。據《二曲先生年譜》,此書作於康熙二十六年。

② 《答董郡伯》第四書,《二曲集》卷一七,頁180—182。據《二曲先生年譜》,此書作於康熙二十六年。

③ 同上,頁181。

四、講學與交接:“出處”的緊張

不論是從書院興復抑或是士人行跡的角度,都可以看到清初“講學”一事,可以在遺民學者和當道官員之間扮演十分微妙的角色。當然,這並不是否認閉門講學、“謝絶人事”之可能;事實上,在“講學”與“交接”之間的糾葛中,時人的選擇複雜多樣。趙園《明清之際士大夫研究》對此有一精辟的概括,認爲“遺民中固有居土室謝絶人事者,有避講學批評講學者”,也自有“講學益勤”者。不過,趙著主要在“交接”的框架下觀察遺民的“絶”與“不絶”,“爲”與“不爲”,本文則希望從“講學”,尤其是“書院講學”這一角度,分析“交接”背後的緣由,以及反過來“出處辭受”的現實背景如何影響了講學活動本身的脈絡。

以遺民而講學,其中最大的危險莫過於因聲名遠播而有“舉薦”之厄。最著名的例子正是李二曲。就在其講學關中書院之後不久,總督鄂善便因“地方高賢”,不敢蔽之,而上疏薦舉,時在康熙十二年七月①,二曲致書鄂善,力辭以疾,方暫獲免。由此一直到康熙十七年,陝西布政使、西安知府、盩厔縣令等地方官員幾乎年年“勸駕”,甚至有“舁榻至書院”“立逼擡驗”乃至“欲以錐刺股以驗疼否”的情形。

由此以後,二曲深感“生我名者殺我身”,極求“退藏”。康熙二十二年,縣令張涵有爲二曲建書院之議,蓋因其“素無書室”,欲捐俸“鼎建講堂齋舍,以棲先生,並處四方遊學之士”,二曲以“方杜門謝絶生徒,講堂齋舍非其所需”,力辭之②。可見經此一厄,他對“講學”也不無反思。

---

① 《歷年紀略》,《二曲集》卷四五,頁 580。正在此年二月,康熙帝下令將經筵會講由間日進講改爲每日進講,以進“爲學之功”。在上者對儒學的喜好,或許在野的舉薦遺賢不無微妙的聯繫。關於康熙帝對經筵會講的喜好與設計,參見楊念群:《何處是江南:清朝正統觀的確立與士林精神的變異》第二章《禮制秩序的重建與“士”“君”關係的重整》(北京:生活·讀書·新知三聯書店,2010 年),頁 97—100。

② 《歷年紀略》,《二曲集》卷四五,頁 590。

他在《答費允中》中“疇昔書院之入，合六州三十縣之鐵，不足爲此錯”[①]一語，便爲後人樂道。全祖望在《二曲先生窆石文》中便特意標出此語，以爲二曲“悔入書院”之徵[②]。同時顧亭林拒絕“華下諸生”的“講學”之請，亦以二曲爲前車之鑒：

> 近日二曲徒以講學故得名，遂招逼迫，幾至凶死。雖曰威武不屈，然而名之爲累則已甚矣。又況東林覆轍，有進於此者乎！[③]

相對於李二曲，顧亭林似乎由此更進一步，對“講學”本身的流弊加以反省，有“吾見近來講學之師，專以聚徒立幟爲心，而其教不肅，故欲反其所爲”[④]之語，批評講學之中“聚徒立幟”之害。不但如此，他更指出“講學”與“名”的一種内在聯繫，即爲求名而講學；這樣就不僅僅是名聲爲講學之“累”，而有時“講學”一事，竟然是被當作“取榮名”的“終南捷徑”而利用[⑤]。至於其論及“東林覆轍”，則更是聯繫到門户亡國，對“講學”作極爲深切沉重的反思了。因此，亭林對“但當著書，不必講學”之説甚爲推許[⑥]，或許也正是有鑒於“講學”應世本身的危險與弊端。

相比之下，李二曲固然也對其講學之舉深有反思，並且在行動上也

---

① 《答費允中》，《二曲集》卷一八，頁201。

② 《二曲先生窆石文》：“當事請主關中講院，先生方謀爲馮恭定公設俎豆，勉就之。既而悔曰：‘合六州鐵，不足鑄此錯也！’亟去之。”《鮚埼亭集》卷一二，《全祖望集彙校集注》上册，頁235。

③ 全祖望《亭林先生神道表》，《鮚埼亭集》卷一二，《全祖望集彙校集注》上册，頁231。又考《亭林文集》卷三有《復陳藹公書》，云：“弟久客四方，年垂七十，形容枯槁，志業衰隤。方且逃名寂寞之鄉，混跡漁樵之侶”，“不敢效百泉、二曲爲講學授徒之事”等語，見《顧亭林詩文集》(北京：中華書局，1983年)，頁67。

④ 《與毛錦銜》，《亭林文集》卷六，《顧亭林詩文集》，頁141—142。參見全祖望《亭林先生神道表》。

⑤ 《日知録》卷一八“舉業”條，《日知録集釋》(上海：上海古籍出版社，2006年)中册，頁1504。

⑥ 《與友人論父在爲母齊衰期書》：“承教以‘處今之時，但當著書，不必講學’，此去名務實之論，良獲我心。”《亭林文集》卷三，《顧亭林詩文集》，頁44。

十分謹慎，但他對“講學”本身的態度，仍是以正面爲主。康熙十二年其有《與當事論出處》一書辭徵，聲言“顒雖病廢草野”，然“踐土食毛，莫非今上之恩”，“居恒念可以稱報於萬一者，惟有提撕人心，勸人改過遷善耳”，倘若應徵而出，則世人必因其“變操”而將他平時的講學勸化視爲“立名之地、媒利之階”，因而對“講勸”本身嗤之以鼻，以至“灰其向善之念”。由此可見，二曲内心，其實仍頗重講學之功。上一節所述他與陝西督學許孫荃、西安知府董紹孔等討論理學書籍之頒行，關中書院之修葺、祠祀等情，時在康熙二十五、二十六年間，亦可見其爲講學之事亦非全然“深潛”“退藏”。除此之外，面對遠道來訪問學之士，二曲亦嘗“嘉其學知近裏”而破例“啟鑰”接見。① 至若以音書往還而觀之，則二曲非但不絕與仕清官員之交接，甚至還爲相熟的官員推薦各地之處士。其《答張提臺》一書中，便謂“所過地方，如有理學名儒”，“不妨隨在造訪，以昭緇衣之好”，並以常州楊瑀、蘇州徐枋爲薦：

> 常州南門内有處士楊雪臣先生諱瑀者，理學真儒也，絶意世務，羃足衡茅。二子昌言、文言并學詣淵奥，華實兼茂，亦皆隱居不求仕進。父子著書體道，士林欽崇。台臺舟從南門外過，謂宜維舟片時，進門造訪，以快心型。……又蘇州有徐法昭諱枋，吴中高蹈，當推獨步，亦不妨就便一晤。②

可見當時遺民與當道之交往，甚或有一“網絡”在。遺民聲譽之傳播，某種程度上這一“網絡”也自有其作用。當然，這些“造訪”未必皆能實現，但官員之造訪處士真儒，本身便可作爲一種禮賢下士的姿態而存在。即在遺民一方，對此恐怕也不無諳知。二曲既作書以介紹，則其意以此爲美事，當無疑矣。一方面警惕講學、避見官員，另一方面又提倡講學、薦舉處士，其間之緊張，當如何理解？

---

① 《答張伯欽》記載康熙二十四年三月，漢陽傅良辰、張君明來訪事，《二曲集》卷一六，頁 161。

② 《二曲集》卷一七，頁 184—185。據《二曲先生年譜》，此書作於康熙二十五年，“張提臺”名雲翼。“徐法昭”當爲“徐昭法”之誤。

事實上,因"講學""弘道"而與當事交接,其思想之基礎,正在於儒者以"道"自任,並以之爲最高的價值。正是在"道學傳承"的思路之下,"避世"之志與"救世"之責走向一種調和。但這一思路在當時其實也極受爭議,抱定"夷夏大防"的呂晚村之宗旨,即在出處辭受上未容毫釐之間①,指出講學於易代之際,頗有降志辱身之害:

> 所謂朱子之徒,如平仲、幼清,辱身枉己,而猶哆然以道自任,天下不以爲非,此義不明,使德佑以迄洪武,其間諸儒,失足不少。②

此語出於呂氏《復高彙旃書》一書,乃是寫給清初主持東林書院講學之高世泰。高、呂二人皆主朱學,高氏來書中感慨"陸派沸揚、朱學湮塞",而晚村便尖銳地指出此正由於"從來尊信朱子者,徒以其名,而未得其真"③。那麽,如何纔是得朱子之"真"呢?在晚村看來,問題的關鍵便在出處的操守。仕元而弘道的大儒許衡、吳澄(平仲、幼清)④,實已"辱身枉己"而猶"以道自任",實在大爲荒謬,因此"其未曾開口時,此理已失","又安問其所講耳"!於是"講學"本身已經不具備絕對的正當性;因出仕蒙元,不但是"辱身",並其道學亦不能稱正,故晚村認爲"紫陽之學,自吳許以下,已失其傳,不足爲法"。這種批評對於"講學弘道"之論,無異於釜底抽薪。對許、吳的推崇,實際上更爲仕清大吏所樂道,

---

① 關於呂留良基於"夷夏大防"的出處論,參見何冠彪:《論明遺民之出處》,載其《明末清初學術思想研究》,頁81—82。

②⑤ 《復高彙旃書》,《呂晚村先生文集》卷一,頁10,《續修四庫全書》第1411册,頁71下。

③ 《復高彙旃書》:"手教謂'陸派沸揚,朱學湮塞。從陸者易,從朱者難',足盡末流波蕩之失。某竊維其故,亦由從來尊信朱子者,徒以其名,而未得其真;而近世闡提陸說者,其權詐又出金谿之上。"《呂晚村先生文集》卷一,頁9,《續修四庫全書》第1411册,頁71上。

④ 許衡至元二年被召入京,命議事中書,八年拜集賢大學士兼國子祭酒。吳澄於至大間授國子監丞,至治三年超拜翰林學士,泰定元年任經筵講官。

如順治二年,薛所藴上書薦舉孫奇逢,便以許衡、吴澄爲比。不過,在思想的層面,我們仍不難看出兩种方向性的對立。在二曲等講學者,“出處”的價值最後也是通過講學教化的意義而得到解釋,故謂操守之重要在於其關乎風教;在晚村,則恰恰相反,“講學”的價值有賴學者自身的出處辭受而成立,因此他説:

> 今示學者,似當從出處去就、辭受交接處,畫定界限、札定脚根,而後講致知主敬工夫,乃足破良知之黠術,窮陸派之狐禪。⑤

此論弘導正學之法,當先著力於“出處去就、辭受交接”;而具體講學之内容,則是後一步之務。觀晚村書中之語,他與高世泰於學術宗尚並無差異,皆是尊朱抑陸;講明“致知主敬工夫”,也是兩人相同之理念。因此,其書本旨,實在發揚其嚴辨“出處辭受”這一獨得之見。書院講學並不一定會構成出處之玷,晚村書中亦對書院講學頗有讚賞①。不過,在寫給高世泰的信中特意舉出處之義於講學之上,至少也是希望“書院講學”能在士人之立身取與上更有措意。晚村將立身辭受之辨,演繹爲朱陸正謬的學術之爭。此説之意義,尤在揭出“講學”本身不是目的,躬行出處交接之義,更是懸於“講學”之上的指歸。緣乎此,則學者若不慎於“畫定界限”“札定脚根”,則“講學”之危險,不但在於“辱身”,更在於“害道”。由此,學人對“講學”行爲的把握,也會分外小心。劉宗周的弟子惲日初便堅持講學而不見官吏。惲氏在明清之際以僧裝流走閩、粵,參與抗清,後見事不可爲,遂返鄉講學:

> 先生既不得已歸常州,仍服浮圖服,而言學者多宗之。無錫高世泰,忠憲公攀龍從子也,重葺東林書院;先生與同志習禮其間。知常州府駱鍾麟屢求見,不納。去官後,與一見,言《中庸》要領,喜

① 《復高彙旃書》稱讚東林有高攀龍“以正心大節閑之於前”,又有高世泰“淵源雒閩,承之於後”,“自來學者,再世相傳,克昌厥緒,未有若斯之盛者也”;並謂“新安諸友,講習紫陽,得先生之鼓舞劘礪,日益光大”。《吕晚村先生文集》卷一,頁 9,《續修四庫全書》第 1411 册,頁 71 上。

而去曰:'不圖今日得聞大儒緒論也!'①

"服浮圖服"而講理學,事亦奇矣。而屢次請謁問學的,正是推動李顒南行的常州知府駱鍾麟。面對當路官員的求見,惲日初的態度乃是"不納",待其"去官後",始可一晤而論學,遺民學者在"交接"中細致微妙的分寸把握,由是可窺②。惲氏之持守,乃是入書院而不見官,而當時無錫之遺民學者,又有隱居講學而不入書院者。如高攀龍的弟子秦鏞(大音),鼎革之後,便隱居不出:

(秦鏞)歸隱於東林之南,顔曰"千休館",歲時朔望謁祖祠外,終不一至家也。③

其隱居不但"絕世",更是"棄家",其志之堅決如此。然而他並不放棄講學,"千休館"便是其教授後學之處。蓋其"讀聖賢書,行聖賢事,與忠憲(高攀龍)之學如符節然","居千休館後,一以造就人才爲念,錫之人士爭學焉"④。是知大音隱居之中,仍以"造就人才"之志傳道授業,而其影響亦不小。李二曲江南之行,在無錫的第三場講會,便是在秦氏家族的"淮海宗祠"之中。當時秦鏞已歿,參與此會的秦松岱、王時晉、等十餘人,皆爲其弟子,儼然形成一個學術團體。秦鏞後人秦瀛,也記載大音平居千休館,"閉關掃軌,足不踰戶限,讀書講《易》,鄉後進從而

① (清)惲敬:《遜菴先生家傳》,《大雲山房文稿》初集,《續修四庫全書》第1482册,頁144—145。又據徐乾學《楊雪臣七十壽序》,遜庵曾與楊瑀"講學於南田及東林書院"。見《憺園文集》卷二四,頁19—20,《續修四庫全書》第1412册,頁620下—621上。

② 當然,如果考慮到惲氏與南明之關係以及通海等案的牽涉,他與當道的往來或許就更爲複雜。這裡仍僅就一般意義上的交接而論。

③ (清)高巘:《秦大音先生傳》,雍正本《東林書院志》卷一二,頁1,《四庫全書存目叢書》史部第247册,頁60上。

④ 同上。

問業"①。雖然"足不踰戶限"云云或有誇張的成分,但大音一方面斂跡遁居,一方面傳道不輟,則殊無疑義。值得注意的是,對秦大音的記載中未提到其參與東林書院之講會,我們大概可以推知,秦氏主要以其私人書廬"千休館"爲授徒治學的場所,對於更加公開的書院活動,並未積極參加,他雖然也是"聚徒講學",但大概主要限於師弟之間的對答,沒有如書院一般定期、公開的"講會"。

王汎森《清初士人的悔罪心態與消極行爲》一文專門討論"不入城""不赴講會""不結社"等士人行爲,認爲其風昉自明季,至清初而益著。其中既有對晚明"囂張學風的反對與抵制",同時在清初也交雜著較重的政治意義②。在圍繞著"講學"的出處進退之上,從講學而不避當道,到隱居自守以授徒,再到徹底反對講學、反思講會,無疑有一道錯綜複雜的光譜。"書院"作爲一種制度化、公開化的講學場所,其角色自然舉足輕重;而地方官員的熱衷介入,又使書院在政治處境上更顯微妙。顧憲成的長孫顧樞在清初便是"不赴講會,閉戶讀書"③,其以顧氏後裔、端文長孫,卻並不參與東林書院之"重興",只是"閉戶讀書"而已。這種態度是很值得注意的。"不赴講會"的原因固然未必單一,但"書院"這一場所在公私之間的微妙地位,事實上也是遺民學者不得不考慮的因素。書院中的講會,常常會受到地方官府的關注乃至管控。黃宗羲的證人書院講會,乃是談清初講學餘風者所樂道的例子④,其中同樣涉及到與當道相糾纏的問題。全謝山《梨洲先生神道碑文》記其事云:

問學者既多,丁未復舉證人書院之會於越中,以申蕺山之緒。

① (清)秦瀛:《書大音先生集後》,《小峴山人文集》卷六,頁16,《續修四庫全書》第1465册,頁267上。

② 王汎森:《清初士人的悔罪心態與消極行爲——不入城、不赴講會、不結社》,載周質平、Willard J. Peterson編:《國史浮海開新錄——余英時教授榮退論文集》(臺北:聯經出版公司,2002年),頁405—456。

③ (清)錢肅潤:《顧庸庵先生傳》,雍正本《東林書院志》卷一一,頁9,《四庫全書存目叢書》史部第247册,頁49下。

④ 劉玉才:《清代書院與學術變遷》(北京:北京大學出版社,2008年)。

已而東之鄞,西之海寧,皆請主講。大江南北,從者駢集,守令亦或與會。已而撫軍張公以下,皆請公開講,公不得已應之,而非其志也。

梨洲對明人講學中巢襲語録、束書不觀的現象深刻的反思,但並不以此放棄講學,而是一方面提倡讀經讀史以拯其弊,另一方面也從"制科盛而人才絀"的角度指出"講會"有"興起人才"之功,"學校反有所不逮"①。由此,梨洲將"越有證人"與"吴有東林"對舉,强調晚明講學的歷史作用。按證人書院本明末劉蕺山講學之處,故梨洲在康熙六年九月重啓講席,正是申其餘緒,"表顯師門之學"②。此後除了證人書院的講會以外,梨洲還應"甬上諸門士"之邀"主鄞城講席",倡行"講經會"。此後更赴各地講學,故有"大江南北,從者駢集"的盛況。其間"守令亦或與會";而地方官員自"撫軍張公以下",皆以講學爲請(不知是否在郡邑官學)。又如康熙十五年二月,黄宗羲至海寧,亦是受縣令許三禮之邀而講學,其《留别海昌同學序》所記"酉山許父母以余曾主教於越中甬上也,戒邑中之士大夫胥會於北寺,余留者兩月餘"云云③,正可見其因緣。這與李二曲常州之行的情況是相當類似的。全謝山顯然注意到了梨洲講學與地方官員之間的因緣,因此特意點出一句"公不得已應之,而非其志也",以作解讀其隱衷的傳心之筆。守令與會,官邀講學,是否令梨洲心事頓違,或難遽斷。個中微妙,與私交、權宜、時局、情境都不無關係,似乎也不可用簡單的原則概括。不過,從黄梨洲的例子中,已經不難看到,"講學"本身具有的作養人才、傳承學術的意義,足以使一些遺民學者在檢討講學之弊、警惕出處之微的同時,仍然將其事業寄托

① 《陳夔獻墓誌銘》,《黄梨洲文集》,頁 232。

② 黄炳垕《黄梨洲先生年譜》卷中,康熙六年丁未條:"子劉子講學於證人書院,正命之後,虚其席者二十餘年。九月,公與同門友姜定菴希轍、張奠夫應鰲兩先生復爲講會。"《北京圖書館藏珍本年譜叢刊》第 69 册,頁 590。又參見《董吴仲墓誌銘》,《黄梨洲文集》,頁 239—240。

③ 《黄梨洲文集》,頁 477—478。按"丙辰"即康熙十五年。參見《黄梨洲先生年譜》卷下,《北京圖書館藏珍本年譜叢刊》第 69 册,頁 600。

其中——即或其中有“不得已”“非其志”的成分。

因講會而與當道交接，甚或應其邀請而開講，在梨洲並非罕事；更有趣的是，他還曾與仕清之“貳臣”共同組織講會。梨洲《姜定菴先生小傳》表彰姜氏興學教化之功云：

> 先生歸爲鄉邦領袖。越中喪亂之後，人不説學。先生率二三老友讀書談道，重舉證人社會。每遇三之日，先生入講堂，釋菜先師，士子之有志者，雲委景從，始知場屋之外，大有事業。又開義學，使閭閻無力讀書者，皆與弦歌，風俗爲之丕變。①

姜定菴名希轍，崇禎壬午（十五年）舉人，入清後出仕，歷官溫州教授、攝瑞安知縣、戶科給事中，奉天督學等②。姜氏亦蕺山門人，故梨洲敍其交誼，有“同爲子劉子之弟子，同輯子劉子之遺書，同續子劉子之講席”之言。定菴雖非嚴格意義上的地方官吏，但也是以鄉居的仕清官員主持講會之事。所謂“率二三老友讀書談道”，梨洲亦會中人也。承續師門之學、興起鄉里之士，自然超越了仕隱的身份，成爲此處的主要問題。

事實上，除了因“傳道”的獲得其超越性的價值，“講學”這一行爲本身，在出處之際也頗有“靈活性”。在很多人（甚至可以説是大部分人）看來，“講學”並不妨礙“遺民”“處士”身份的成立，可以作爲一種理直氣壯的“與世交接”之道。這不僅適用於“隱居教授”，甚至同樣能適用較爲公開的“書院講學”——當然不同士人在觀念和標準上會存在差異。陸世儀對遺民如何以“講學”自處，便有頗爲成熟的思考：

> 歷觀古今以來，大抵經時變革，一時賢者，不死於忠節，則歸於隱遯，其或去而入於空釋者，更多有之。蓋君臣之義已定，改節易

---

① 《黃梨洲文集》，頁77。

② 黃宗羲《姜定菴先生小傳》“先生中壬午舉人，解褐温州府學教諭，攝瑞安縣事”，“入爲戶科給事中，歷禮兵二科轉都給事中”，後又“以奉天督學起用”。《黃梨洲文集》，頁77—79。又《清史稿》有傳，可參看。

> 操,固無其事;而夙有抱負者,又不甘與齊民同老,其逃於禪悦而更爲主張門庭,亦士君子不得志於時之所爲也。然而聖道自此日晦,世界自此日壞矣。[①]

時變之後,基於"君臣大義"而死節、歸隱甚或逃禪,乃是當時普遍的問題。"去而入於空釋者"更是與清初薙髮易服之強令密切相關的現象。陸世儀一方面對這些行爲表示出尊敬和理解,一方面也指出背後一個更大的問題,即因士君子的自我放廢,"聖道自此日晦",而緣此"世界自此日壞"。這樣,"大義"的持守與"聖道"的推行之間,產生了某種程度的矛盾。故而陸氏提出"聘遺黎故老爲學校之師"的方法以解決之:

> 愚謂有天下者,若易代之後而不用勝國之遺黎故老,則賢才可惜;若用遺黎故老,而遺黎故老竟樂爲新主所用,則又乖不事二君之義。於此有兩全之道:學校之職,臣也,而實師也,若能如前不用品級之說,則全乎師而非臣。昔武王訪道於箕子,而箕子爲之陳《洪範》,蓋道乃天下後世公共之物,不以興廢存亡而有異也。聘遺黎故老爲學校之師,於新朝有益,而於故老無損,庶幾道法可常行於天地之間,而改革之際,不至賢人盡歸放廢矣。[②]

其中以"道"爲"天下後世公共之物",不因一姓之存亡、一代之興廢而變化,此説最爲其立論之基。其中"不用品級"之説,更有詳細的制度設計:

> 凡官當有品級,教官不當有品級,亦不得謂之官。蓋教官者,師也。……使用品級,則僕僕亟拜,非尊師之禮矣。至於冠服,亦

① 《思辨録輯要》卷二〇,頁402—403。

② 同上,頁403。

不可同於職官之制，當另製爲古冠服，如深衣幅巾及忠靖巾之類。①

以“學校之師”爲解決途徑，“於新朝有益，而於故老無損”，其關鍵在於論證學校之職“全乎師而非臣”。而確定這一説法的依據，則在於“凡官當有品級”而“教官不當有品級”，故而教官“不得謂之官”。陸世儀這一思路，正可解釋爲何李二曲等矢志故國之“遺民”，可以接受“講學”或參與地方書院的活動，作爲立身處世之道。更有趣的是，“品級”論的背後還有非常現實的“冠服”之考慮。“另製爲古冠服”表面上是要區别於其它職官，然而借此讓身爲學校之師的遺黎故老得以保存“深衣幅巾”“忠靖巾”的故國服飾，其苦心孤詣，不可謂不深微也！李二曲著“寬博不時”之袍袖以入關中書院，正同一心曲也。陸世儀“忠靖巾”之設想，或尤有幽懷，據《明史·輿服志》記載，嘉靖七年，世宗製“忠靜冠服”以爲官員常服②，此當即“忠靖巾”之所本。陸氏以此爲教官之服，其意當非泛泛。由此可以看到，“遺黎故老爲學校之師”的論述，不僅僅是簡單的變通之法，更與易代時士人之堅苦處境有著密切的聯繫。

陸世儀既有“遺黎故老爲學校之師”的説法，自身亦常常因講學之事與官方接觸。如順治十三年，便應太倉知州白登明③之請，出講於太倉州學的“明倫堂”同時又有“學博湯調甫”“造廬請教”④。順治十五年，陸氏又應江南學政張能鱗之請，赴江陰講學，但其間亦經再四推辭，出處之辨，極爲慎重⑤。不過，陸世儀順治十三年在友人郁儀臣之靜觀

① 《思辨録輯要》卷二〇，頁 401—402。

② 《明史》卷六七，第六册，頁 1639—1640。

③ 白登明字林九，奉天人，順治十年至十五年任太倉知州。見《太倉州志》卷一一“職官”，頁 750—751；《中國方志叢書》華中地方第 176 號（臺北：成文出版社，1975 年）。同書卷十二“名宦”有傳，頁 907—908。《尊道先生年譜》引《行實》云：“丙申，白公延府君講學明倫堂。”

④ 《尊道先生年譜》，頁 686。“湯調甫”當爲湯鼎，武進人，順治十年至十五年任太倉州學正，《太倉州志》卷一一“職官”，頁 750—751。

⑤ 《尊道先生年譜》，《北京圖書館藏珍本年譜叢刊》第 69 册，頁 688—694。

樓講學，有一細節也頗可玩味。歸莊《靜觀樓講義序》記其事云：

> 道威（陸世儀）請先朝學官滇南文介石先生主講，言夏（陳瑚）副之，會於郁君儀臣之靜觀樓，同郡之士至者百有餘人，余亦與焉。①

此次講學乃是在郁儀臣之私第舉行，據陸世儀自記“崑、常、嘉三邑之賢皆集，會者近百人”，規模亦盛，但相對於太倉州學、江陰等地的講學，自然“私”的色彩更重。有趣的是，歸莊之記述，特別提到主講者文祖堯（介石）的身份是“先朝學官”，大概也不無以“學官”這一重身份論證“講學”之合理性的用意。這與東林書院清初的史料中往往强調其主持人高世泰前朝“學憲”的身份，或正是同一機杼也。

結　語

反思講學乃至於拒絕講學的思想背景，對我們理解清初書院的講學頗有意義。“講”與“不講”之間，並非僅僅是簡單的對立，更牽涉到“公”“私”分野、“出”“處”定位等一系列觀念的梳理。背後另一層有趣的問題，便是“官方”與“私人”，誰更具有“講學”的資格？由地方官員出面興修書院、組織講會，不僅僅在於官府有“力量”爲講學活動提供支持，潛在更微妙的涵義，乃是官府才有“權力”開展講學活動。因此，“講學”在“公”“私”之間的依違，除了經濟、政治等方面的的現實考量，更是儒學本身經世性格的反映，在儒家觀念框架之下，學者之志向，未可全然忘懷“世務”，“倡道”之職，又是官方應有之權責，因此“學”“政”之交、“道”“勢”之爭、“公”“私”之際，終不能有判然之分化也。吾人論明清之際學術文化之轉折，於此不能不重有感焉。

（作者爲香港中文大學中國語言及文學系研究助理教授）

① 《歸玄恭遺著》，頁 17，《續修四庫全書》第 1401 册，頁 587。

烈士的形塑：略論尤侗祭悼湯卿謀之詩文*

許明德

摘　要

1644 年，崇禎帝於景山自縊。當這個消息傳至江南時，湯傳楹（卿謀，1620—1644）因急病而死。以後的文人在紀念湯卿謀時，一般會把他視爲殉國的烈士。後人往往從殉國的角度歌頌湯傳楹的事蹟，卻忽略了我們對於湯氏生平的認識，而這一認識實際上建基於他的好友尤侗（1618—1704）的悼亡之作。湯卿謀死時只有二十五歲，尤侗在考慮如何悼念自己的亡友時，難免會考慮如何爲亡友短促的生命賦予意義。尤其在明清鼎革之時，尤侗不能不思考一套爲英年早逝的友人找尋歷史定位的方式。本文即從這一點切入尤侗的悼亡之作，探討他把亡友寫進世變之中的敘事策略。

本文將先從《哭湯卿謀文》談起，說明尤侗如何自覺地考量湯傳楹與明朝滅亡兩者之間的關係，並試圖建立出烈士與文人兩套傳統，爲死去的湯氏找尋歷史中的定位。接着，本文將分析尤侗的騷體作品《反招魂》，從中看出尤侗如何利用《楚辭》的傳統建立湯卿謀的形象，把烈士與文人兩套傳統結合起來，借用昇仙的想象來誘導讀者把湯傳楹設想爲感時憂國的文人。最後，本文將利用這個角度切入《哭湯卿謀》等詩，探討尤侗如何在編修自己的著作時，把湯傳楹扣連到明清易代的歷史之上。

---

* 本文曾於 2016 年浸會大學第二屆青年學者會議上發表，會議間蒙余佳韻博士、張春田博士提供寶貴意見，謹此一併致謝。

一、引言

同治年間刊刻的《蘇州府志》即有這樣一段記述:"湯傳楹,字卿謀。諸生。美風姿,性高潔,才思敏妙。詩奇奥似長吉,濃豔倣西崑。古文辭亦縱横爽邁。年二十五,值甲申國變,悲憤發病,卒。"①柳亞子亦提到:"卿謀聞威宗殉,悲不自禁,大臨一哭,卒以哀死。"②後人往往從殉國的角度歌頌湯卿謀的事蹟,卻忽略了我們對於湯氏生平的認識,而這一認識實際上建基於他的好友尤侗(1618—1704)的悼亡之作。

清人沈雄在《古今詞話》中評湯卿謀詞時曾經説過:"卿謀死,其友尤悔菴(按:即尤侗)爲文哭之,情至之語,亦數千言。在他人不能下一字。别爲之刻《湘中草》,小詞特多秀發之句,而藻思總不由人者。"③這一段評論令我們注意到,尤侗在刊刻湯傳楹作品的過程中,扮演了重要的角色。事實上,平步青《霞外攟屑》已然指出《湘中草》"原本十餘萬言,此爲西堂删薙所刻"④。而除了《湘中草》以外,湯氏的《閑餘筆話》亦附刻於尤侗的《西堂全集》之中。可以説,我們可以看到的湯傳楹的作品,全都經過尤侗的整理。我們甚至可以推想,尤侗自身的寫作,以及他對湯卿謀作品的取捨,在在決定了後人對於湯氏的理解。

刊刻亡友的作品與悼亡的過程有相似之處。兩者都促使生者重新整理自己對亡友的評價,估量死者的生命有何價值。對於這種悼亡的過程,英年早逝很可能會帶來難題:我們如何爲死者短促的生命賦予意義?這一點在尤侗祭悼湯卿謀之詩文特别複雜,因爲明清鼎革的鉅變無可避免地引導尤侗從國難的角度審視友人生命的價值。因此,尤侗

① 李銘皖,譚鈞培修,馮桂芬纂:《同治蘇州府志》,《中國地方志集成·江蘇府縣志輯》(南京:江蘇古籍出版社,1991年),第10册,頁177。

② 柳亞子著,郭長海,金菊貞編:《柳亞子文集補編》(北京:社會科學文獻出版社,2004年),頁84。

③ 張璋等編纂:《歷代詞話》(鄭州:大象出版社,2002年),下册,頁1177。

④ (清)平步青:《霞外攟屑》,《續修四庫全書》(上海:上海古籍出版社,1999年),第1163册,頁509。

必須構作出一種敘事策略，把亡友寫進世變之中，以保存友人的事蹟。

本文即由此出發，先從《哭湯卿謀文》談起，說明尤侗如何自覺地考量湯傳楹與明朝滅亡兩者之間的關係，並試圖建立出烈士與文人兩套傳統，爲死去的湯氏找尋歷史中的定位。接着，本文將分析尤侗的騷體作品《反招魂》，從中看出尤侗如何利用《楚辭》的傳統建立湯卿謀的形象，把烈士與文人兩套傳統結合起來，借用昇仙的想象來誘導讀者把湯傳楹設想爲感時憂國的文人。最後，本文將利用這個角度切入《哭湯卿謀》等詩，探討尤侗如何把湯傳楹扣連到明清易代的歷史鉅變之中。

二、烈士還是文人——世變中兩套相對的傳統

翻檢尤侗《西堂全集》，他爲了悼念湯傳楹而寫下不少詩文，其中特別值得注意的是《哭湯卿謀文》。湯傳楹死後不久，尤侗即撰述了這篇文章以悼念亡友。這篇悼文開篇即交代湯傳楹的死因：

> 崇禎十七年三月十九日，賊陷京師，皇帝崩。越兩月，哀詔下。吾友湯子卿謀哭臨三日，歸而病，以六月六日酉時卒。其明日，侗聞訃，往哭之。是夜，嫂丁夫人在病中一慟而亡。侗又往哭之，歸而病，病幾死。①

文章開篇即從崇禎自縊說起。哀詔抵達蘇州以後，湯傳楹有感於國家破亡，因而大哭三日，病重而死。其夫人在丈夫死去以後，也一慟而亡。“歸而病”兩見於這篇悼文的開首，彷彿形成了一種循環的機制。先是崇禎之死引發了湯傳楹哭病身亡，繼而湯氏夫婦之死又造成尤侗的哭病幾死。國家破亡不止是湯氏死亡的背景，而是直接觸發他亡故的原因。

湯傳楹極具才情，卻不幸早夭，這在整篇文章中成爲了尤侗最關切的問題。於是，《哭湯卿謀文》接着即以歌頌湯傳楹的方式，證成其不可死。尤侗在反覆辨證湯傳楹的死孰幸孰不幸的同時，不忘利用整個明

① (清)尤侗：《西堂文集》，《清代詩文集彙編》第65冊，頁37。

亡的語境去衡量湯傳楹的死亡的意義：

> 卿謀不可死也而竟死。嗚呼慟哉！雖然，今日何日？天崩矣地坼矣。以先皇帝之聖明而死社稷矣，以先皇后之賢仁而死宮闈矣。普天之下，率土之濱，誰與不可死者？即侗之靦顔以生，黕有餘愧焉。昔人有言："今日猶得死于宋土。"[①]卿謀之死也幸也，夫人之從卿謀以死也尤幸也。[②]

從更宏大的歷史角度審視亡友之死，天崩地坼，山河易主，使湯氏之死有了依據。既然明代皇室宗族均已死去，那末普天之下的臣民本身即有隨之而死的責任。這裏尤侗特别以自己靦顔以生，來與湯氏夫婦之死作對比，引導讀者從國家破亡的角度去評價湯傳楹的一生。如此一來，湯氏夫婦之死即有殉國的意味。當然，"殉國"本身並非不言自明的概念，尤侗亦留意到湯傳楹的死並不完全符合殉國的定義。因此，他接着即從反面的角度，強調湯氏的"不可死"：

> 卿謀可以死矣，而侗獨謂不可死者，蓋以義當殉難，則寧爲袁粲死，不作褚淵生[③]；志在復仇，則寧爲程嬰生，不作杵臼死[④]。使

① 語出《宋史·汪立信傳》："已而聞似道師潰蕪湖，江漢守臣皆望風降遁。立信嘆曰：'吾今日猶得死於宋土也。'乃置酒召賓佐與訣，手爲表起居三宫，與從子書，屬以家事。夜分起步庭中，慷慨悲歌，握拳撫案者三，以是失聲，三日扼吭而卒。"

② （清）尤侗：《西堂文集》，《清代詩文集彙編》第 65 册，頁 37。

③ 昇明元年七月，蕭道成殺後廢帝劉昱，封齊王。袁粲鎮石頭城，自以身受顧托，恥事二姓，與劉秉秘商殺蕭道成。褚淵泄其謀，道成遣戴僧靜攻之，父子俱死。百姓爲之謠曰："可憐石頭城，甯爲袁粲死，不作褚淵生。"語見《南史·褚裕之傳》。

④ 事見《史記·晉世家》："賈不請而擅與諸將攻趙氏於下宫，殺趙朔、趙同、趙括、趙嬰齊，皆滅其族。趙朔妻，成公姊，有遺腹，走公宫匿。趙朔客曰公孫杵臼，杵臼謂朔友人程嬰曰：'胡不死？'程嬰曰：'朔之婦有遺腹，若幸而男，吾奉之；即女也，吾徐死耳。'居無何，而朔婦免身，生男，屠岸賈聞之，索於宫中。……已脱，程嬰謂公孫臼曰：'今一索不得，後必且復索之，奈何？'公孫杵臼曰：'立與死孰難？'程嬰曰：'死易，立孤難耳。'公孫杵臼曰：'趙氏先君遇子厚，子強爲其難者，吾爲其易者，請先死。'"

> 卿謀而爲中朝侍臣，則必爲嘗山舌①，爲司農笏②，爲侍中血③，而奈何偃蹇牀簀以死？今卿謀而爲江左書生，則將爲鄧禹策④，爲陶侃甓⑤，爲祖逖楫⑥，而又奈何偃蹇牀簀以死？夫使卿謀之偃蹇牀簀以死，則天也嗟乎。⑦

"可死"與"不可死"之間的爭持，取決於讀者如何理解"殉難"的定義。值得留意的是，這裏尤侗刻意列舉了歷朝歷代以身殉國的名士，他們或矢志爲國報仇，奮戰以死；或抵抗逆賊，力挽狂瀾。尤侗在這裏不厭其煩舉出衆多先例，每一個史例都加強了讀者的期待。我們在尤侗講述

---

① 事見《新唐書·顔杲卿傳》："杲卿至洛陽，祿山怒曰：'吾擢爾太守，何所負而反？'杲卿瞋目罵曰：'汝營州牧羊羯奴耳，竊荷恩寵，天子負汝何事，而乃反乎？我世唐臣，守忠義，恨不斬汝以謝上，乃從爾反耶？'祿山不勝忿，縛之天津橋柱，節解以肉噉之，詈不絶，賊鈎斷其舌，曰：'復能罵否？'杲卿含胡而絶，年六十五。"

② 事見《舊唐書·段秀實傳》："秀實戎服，與泚並膝，語至僭位，秀實勃然而起，執休腕奪其象笏，奮躍而前，唾泚面大罵曰：'狂賊，吾恨不斬汝萬段，我豈逐汝反耶！'遂擊之。泚舉臂自捍，才中其額，流血匍匐而走。兇徒愕然，初不敢動；而海賓等不至，秀實乃曰：'我不同汝反，何不殺我！'兇黨群至，遂遇害焉。"

③ 事見《晉書·嵇紹傳》："紹以天子蒙塵，承詔馳詣行在所。值王師敗績於蕩陰，百官及侍衛莫不散潰，唯紹儼然端冕，以身捍衛，兵交御輦，飛箭雨集。紹遂被害於帝側，血濺御服，天子深哀嘆之。及事定，左右欲浣衣，帝曰：'此嵇侍中血，勿去。'"

④ 事見《後漢書·鄧禹傳》："及聞光武安集河北，即杖策北渡，追及於鄴。光武見之甚歡，謂曰：'我得專封拜，生遠來，寧欲仕乎？'禹曰：'不願也。'光武曰：'即如是，何欲爲？'禹曰：'但願明公威德加於四海，禹得效其尺寸，垂功名於竹帛耳。'"

⑤ 事見《晉書·陶侃傳》："侃在州無事，輒朝運百甓於齋外，暮運於齋内。人問其故，答曰：'吾方致力中原，過爾優逸，恐不堪事。'其勵志勤力，皆此類也。"

⑥ 事見《晉書·祖逖傳》："帝乃以逖爲奮威將軍、豫州刺史，給千人稟，布三千匹，不給鎧仗，使自招募。仍將本流徙部曲百餘家渡江，中流擊楫而誓曰：'祖逖不能清中原而復濟者，有如大江！'辭色壯烈，衆皆慨歎。屯于江陰，起冶鑄兵器，得二千餘人而後進。"

⑦ （清）尤侗：《西堂文集》，《清代詩文集彙編》第65册，頁37。

這些人物的時候，無可避免會想像假如湯傳楹沒有喪失性命，他將會有諸種爲國效命的可能性。這種期待與湯氏最終"偃蹇牀簀以死"的下場形成極大的落差，湯氏在歷史變動中無法建功立業的無奈與遺憾也就更加鮮明。

尤侗從整個烈士的傳統觀照湯傳楹個人的生命，目標並非要以忠義的角度苛責湯氏。反過來說，這段文字誘導讀者同情湯傳楹的處境。我們在認同湯氏"不可死"的同時，已然承認了湯氏在整個歷史上理應佔有自己的位置。無論以中朝侍臣的身分爲國捐軀，還是作爲江左書生恢復中原，湯傳楹都應該可以與文中所列舉的烈士相提並論。正因如此，湯傳楹的死不單與國家破滅息息相關，它也象徵了一個文士無法在歷史鉅變中發揮作用的憂憤。

尤侗在《哭湯卿謀文》慨歎湯氏在易代之中未曾建功立業，便早早夭亡，這引導他去叩問背後的天理，感念生命的無常。尤侗勾勒了上述一組烈士的譜系，有意識地教我們從歷史的典範考量湯傳楹的人生。從時間的維度上看，《哭湯卿謀文》的沉痛正在於我們從過去的例子中看到各種未來的可能性，但這未來卻因湯氏的死而變得遙不可及。反過來說，尤侗爲了說明這種哀痛，他必須否定湯傳楹可以與上述烈士等量齊觀。這也就構成了一個問題：湯傳楹的人生是否只是一個悲劇？在前朝烈士面前，湯傳楹的生命有何價值？

尤侗並非沒有留意到這一問題，因此在《哭湯卿謀文》的末尾，他借用了《內典》中"慧業文人，應生天上"的說法，藉此描摹出另一個文人昇仙的傳統：

> 天殆愛卿謀，重卿謀，而遂奪人世之才以自佐焉。長吉之玉樓①，

① 李商隱《李長吉小傳》談到："長吉將死時，忽晝見一緋衣人，駕赤虯，持一板書若太古篆或霹靂石文者，云：'當召長吉。'長吉了不能讀，欻下榻叩頭，言阿㜷老且病，賀不願去。緋衣人笑曰：'帝成白玉樓，立召君爲記。天上差樂不苦也！'"

長源之瑤臺①,曼卿之芙蓉城②,子建之遮須國③,皆古來才子迴翔之地。天必設一座以待卿謀,卿謀而念故人,肯留五城一片地,爲後來者卜居乎?則侗褰裳就之矣。嗚呼慟哉!④

論者很輕易可以把文人昇仙這種想象視爲虛妄無稽的幻想,但細意斟酌這段文字,我們不難發現,前文列舉歷朝烈士的事蹟,其實與這裏描述文人昇仙的傳說不無二致。尤侗在鋪寫這些先例時,往往是希望能建立出一套傳統,並把湯傳楹置入其中。對於尤侗來說,《哭湯卿謀文》其實也是他嘗試爲湯傳楹找尋歷史定位的一個嘗試。如果說,湯傳楹的悲劇在於他無法在混亂的政局報效國家,那末我們或可從中找到的一點安慰,正是湯傳楹的詩文仍可傳世,他仍可以透過他的詩文變得不朽。换句話說,在這篇悼文中,尤侗闡述了烈士與文人兩套相對的傳統,湯氏雖然無法躋身成烈士,但他卻仍可在文人的傳統中找到歸宿。

另外,這一段文字同樣指向了未來,但這次尤侗有的不再是湯氏建功立業的設想,他刻劃了一個文人翱翔的仙境,在這種想象中不但湯傳楹找到了自己的定位,連尤侗也可以後來者的身份"褰裳就之"。這也就教我們回到文章的開首。在尤侗的設想中,他與湯傳楹有不少相似之處,他們同樣"往而哭,歸而病",同樣置身國家鉅變之中,假如他能申明湯傳楹的死並非毫無價值,這似乎也同時定義了自己在歷史中的位置。

---

① 長源,或指唐人李泌(722—789)。李泌七歲能文,唐玄宗召令供奉東宮,得以觀覽皇室藏書。天寶間以翰林二進東宮,爲楊國忠所忌,隱居潁陽。貞元中,拜中書侍郎平章事,封鄴縣侯。李泌慕神仙不死之術,曾深居衡山修道,所撰《鄴侯家傳》多有昇仙之語。

② 典出歐陽修《歐公詩話》:"曼卿(按:即石延年)卒後,其故人有見之者云:恍惚如夢中,言我今爲仙也,所主芙蓉城,欲呼故人往遊不得,忿然騎一青騾去如飛。"

③ 傳說三國魏曹植死後做了遮須國王,事見《類說》卷三二《洛浦神女感甄賦》。

④ (清)尤侗:《西堂文集》,《清代詩文集彙編》第65冊,頁38。

《哭湯卿謀文》最終利用"慧業文人，應歸天上"來闡釋湯傳楹的死，無疑也反映了尤侗自身的焦慮。湯氏的夭亡令他無法參與接着下來歷史的鉅變，生者似乎有必要挪用各種資源去説明湯傳楹的死並非毫無意義的終結。反過來説，生者有一種道德責任要解釋死者的早夭，不可能讓湯卿謀驟然消失。沿着這個思路發展，我們可看到尤侗在不少記念湯傳楹的文章中，都有意延續上述昇仙的想像。舉例説，《湯卿謀遺像贊》就是一個明顯的例子：

> 是耶非耶？遠而望之，曄如春華。是耶非耶？就而視之，燦如秋霞。聲何姍姍，來耶去耶？驚而聽之，淚落庭花。容何黯黯，存耶殁耶？怪而問之，竃依窗紗。景何瑟瑟，眞耶幻耶？往而從之，路隔星槎。①

《湯卿謀遺像贊》開篇先以遠近不同的角度闡明了畫像的栩栩如生，但當尤侗從視線轉到聽覺，我們可以看到篇中所摹寫的湯傳楹已經不再是單單一幅肖像。畫像成爲招喚湯氏魂魄的工具，最終湯傳楹的靈魂停駐在作者面前。值得留意的是，尤侗在這篇篇末如此描繪湯氏：

> 疇昔之夜，我吟楚些。有美一人，翩翩以佳。荷衣蕙帶，風馬雲車。玉笙鐵笛，游戲塵沙。彼何人哉？吾知之矣。其在三山之畔，十洲之涯。②

這段文字教我們想起蘇軾（1037—1101）《後赤壁賦》中"嗚呼噫嘻，我知之矣，疇昔之夜，飛鳴而過我者，非子也耶"③？透過借用蘇軾的語句，湯傳楹成爲仙人迴翔於三山十洲等仙境的設想似乎也就有了文本的依據。這裏尤侗要強調昇仙的想象其來有自，並不是子虛烏有。而事實

① （清）尤侗：《西堂文集》，《清代詩文集彙編》第 65 册，頁 66。
② 同上，頁 66。
③ （宋）蘇軾撰，孔凡禮點校：《蘇軾文集》（北京：中華書局，1986 年），頁 8。

上,到了湯卿謀死後二十五年,尤侗再次爲遺像題照時,他還是在反覆考慮湯傳楹是否已然成仙。從這些篇章,我們沒有發現太多明清世變的痕跡,昇仙的想象爲塑造湯傳楹的形象提供了一種可能:他是個身穿荷衣蕙帶,手佩玉笙鐵笛的文士。

《哭湯卿謀文》寫於湯傳楹死後不久。雖然這篇文章誘導讀者想象湯氏報效家國這種不能完成的未來,但終究尤侗否定了湯傳楹是個烈士。當然,文人與烈士並不一定是對立的概念,昇仙本身也可以有各式各樣的意義。或許正因爲這一點,所以在湯傳楹死後一年,尤侗同時撰寫了《再哭湯卿謀文》和《反招魂》兩篇作品,重新塑造了湯傳楹的形象,把他從超脫於家國以外的文士變成了感時憂國的文人。

三、《反招魂》與《讀離騷》:亡魂與世變的關係

乍看來,《再哭湯卿謀文》與《哭湯卿謀文》的內容分別不大,兩者同樣要叩問蒼天何以讓湯卿謀一慟而亡。不過,值得留意的是,尤侗在《再哭湯卿謀文》的末尾記錄了這樣一段軼事:

> 戴子雲葉傳示沕師乩語云:先帝本青華帝君,兄即侍書金童,此才人生天公案也。平日與兄論李長吉、石曼卿故事,輒爲色舞。今兄已先着鞭,且得與嫂氏攜手同歸,使青華府中更添玉女,其樂何極? 靈牀一慟,于兄何有哉?①

尤侗利用這段乩語解答自己的疑問:湯傳楹的死,不過是要像李賀和石延年一般,回到自己所主宰的白玉樓和芙蓉城。不過,這段乩文之中,昇仙的意涵其實已經有所改變。本來,昇仙的想象與明清政局了無關係,但這裏的乩文卻直接有政治的指涉。崇禎本身的身分是青華帝君,湯傳楹則是侍書金童,伴隨在帝君身邊。可以說,在尤侗的想象中,湯氏在死後的世界最終完成了報效君上的責任,彌補了他在人世間的遺

① (清)尤侗:《西堂文集》,《清代詩文集彙編》第65册,頁40。

憾。因此，亡友在靈牀上的悲慟也就隨着這昇仙的過程而消散，化爲永恆的快樂。

尤侗借助昇仙的想象來賦予湯傳楹的死一定意義，但在不同的篇章中，這種意義其實也是變動不居的。宣稱湯氏可以在仙界裏侍奉君上，這一點與《哭湯卿謀文》中的設想不太一樣。湯氏的夭亡令他無法參與歷史的鉅變。如果説，《哭湯卿謀文》選擇把湯氏放到明清鼎革的政局以外，從文人的傳統建立亡友的地位，那末《再哭湯卿謀文》則選擇了以昇仙的想象延續他的生命。即使他沒有正式殉國，尤侗也可以利用自己的文字去彌補這個缺憾，從而確保他能在歷史中得到應有的地位。

《反招魂》正是最能體現這種想法的作品。針對《反招魂》一篇的內容，歷來已有不少研究成果。先是馬積高從賦學發展評價這篇作品的意義，認爲其中具體記載了清軍暴行，文辭雄肆而慷慨[①]。至於鄭毓瑜則闡明了《反招魂》如何與《大哀賦》等賦體文學形構出一套"哀江南"的論述，同時也表明了這篇作品有回應南都繼覆、弘光出奔的意義[②]。上述研究誠然爲我們分析《反招魂》提供了很好的基礎，但因爲論者都假設篇章的重點在於描寫江南的破落，這篇文字本身致祭的含義也就淪爲一個幌子。事實上，尤侗在《反招魂》序中提到：

> 乙酉六月六日，卿謀忌辰也。亂深矣，將安歸命？巫陽辭焉。而今而後，哭則不敢。[③]

《反招魂》的寫作源於祭悼，六月六日是湯傳楹的忌日。在國家離亂之際，湯傳楹不可能繼續以江南作爲自己歸宿，因此，與《楚辭・招魂》相反，尤侗不希望找尋巫陽把亡者四散的魂魄招引回來，反而要利用這篇文字驅趕湯氏，希望他從今以後都無須回到破落的江南之中。

---

① 馬積高：《賦史》（上海：上海古籍出版社，1987 年），頁 578—579。

② 鄭毓瑜：《文本風景——自我與空間的互相定義》（臺北：麥田出版，2005），頁 139—140。

③ （清）尤侗：《西堂文集》，《清代詩文集彙編》第 65 册，頁 21。

這段小序中,“巫陽辭焉”一語提醒我們這篇文章必須與《楚辭·招魂》並讀。《招魂》的開首先交代了帝與巫陽的一段對話,整個招魂的過程本來是上帝有感於人間有賢士懷盛德而夭亡,所以才要求巫陽把亡魂招來。《招魂》之中帝與巫陽有意要糾正人世間的不公,回應“上無所考此盛德”的疑問。誠如王逸注所言,招魂的意義在於“欲以復其精神,延其年壽,外陳四方之惡,內崇楚國之美,以諷諫懷王,冀其覺悟而還之也”①。

相對來說,《反招魂》寫在江南破亡以後,我們難以想象它有“諷諫”的喻義。而且,《反招魂》的序文先交代“巫陽辭焉”,整個與亡魂對話的意義也就因而有所改變。這裏尤侗書寫的目標不再是借亡魂來作政治諷諫,反過來說,他是要從國族的問題恢復湯氏的面貌與精神。因爲,整篇《反招魂》有必要呼籲湯氏亡魂不要回到江南,前設正是湯傳楹本來須以江南作爲自己的歸宿。篇首設想湯氏亡魂從遠處望江南,即特別能展示出世變之中文人的憂懷:

> 魂兮魂兮望江南,天地干戈行路難。吴之山,賀蘭山;吴之水,鴨綠灘;吴之都,雁門關。朝爲海,暮爲田,遼東鶴,莫飛還。城郭人民傷心顔。②

這裏尤侗用的是一種“置換”的手法,江南的風光儼然化爲塞外的景象,吴山吴水就如滄海桑田一般不斷變化,因此江南也就不再是湯氏熟悉的環境,而是危機四伏的空間。接着下來,尤侗反覆以“魂毋歸來”勸阻湯氏,希望他的亡魂不要折返家鄉:

> 魂毋歸來兮登長途,獵獵狼烽燒天衢。繡旗八色羅圍廬,赤火黑墨白荼如。將軍鐵甲當中居,壯者虓虎少貙貙。淺草平原千騎

① (宋)洪興祖撰,白化文等點校:《楚辭補注》(北京:中華書局,2002年),頁197。

② (清)尤侗:《西堂文集》,《清代詩文集彙編》第65冊,頁21。

驅,殺人而食同芟蒲。縶子之馬駕子車,執子斬芻飼駝驢。

魂毋歸來兮涉遠水,艨艟蔽空千萬里。銜刀投鞭穿江底,形如長蛇聲如豕。燈火夜照波心紫,月黑呼戰潭愁鬼。血濺晶宫蛟龍餌,河伯驚伏湘君死。繫子之舟叱子止,白衣摇櫓供驅使。

魂毋歸來兮返故家,館娃坊前荒草遮。柴門閴寂無停車,畫樓晝閉雕欄斜。空庭開落棠梨花,書牀殘卷委泥沙。翠鈿半掛綠窗紗,風箏嗚咽泣琵琶。玉棺雙匣走天涯,珊珊來遲安歸耶。①

“魂毋歸來”的重複,固然是逆用了《楚辭·招魂》中“魂兮歸來”。誠然尤侗寫作《反招魂》的其中一個目的,是借由呼籲湯氏不要回到家鄉,揭示沿途滿目瘡痍的景象。但同時我們可以看出,尤侗展示了一條回歸江南的路線。由登長途到涉遠水,由入孤城到返故家,不論湯傳楹的魂魄是否存在,《反招魂》卻已經描畫出湯氏回到江南的情況。而且,每一段的描寫都以行旅的險阻作小結:湯氏的馬車在登長途時被清兵拘執,他的舟船又被清兵掠去,最終抵達故家時,在空庭中見到荒草萋迷,書牀委地。即使湯傳楹已然死去,但尤侗卻通過《反招魂》的文字,讓湯氏的亡魂見證了整個易代的劫難。

換句話説,《反招魂》的寫作由始至終都有“正言若反”的意味,“魂毋歸來”的呼籲反過來一再引導湯氏與讀者一起走進江南,見證整個江南的變化。尤侗並不單是利用湯傳楹來書寫江南的敗壞,同時也反過來利用國族的興亡來塑造湯傳楹的形象。湯傳楹雖然早在明清易代以前去世,但卻在這篇篇章中化身爲置身於世變之中的文人,面對烽火連天、艨艟蔽空的景象,回到零落的家鄉。“玉棺雙匣走天涯,珊珊來遲安歸耶”兩句特别值得深思,因爲尤侗刻意引導我們想像湯氏夫婦二人在天涯遊走,最終回到江南,卻無處容身的心境。正在這個背景之下,《反招魂》轉而書寫一個理想的空間:

吾招魂兮上青天,十二樓高五城堅。木公所處浮雲煙,享子鈞

① (清)尤侗:《西堂文集》,《清代詩文集彙編》第65册,頁21。

天七日筵。白雪垂手清風絃,玉女投壺翩嬋娟。醉入廣寒抱月眠,戲喝星斗使倒懸。帝賜新宮掌書仙,再拜賦上瑤京篇。

吾招魂兮下黄土,閻浮冥冥司地府。董狐執筆大如斧,授子修文顏夏伍。撰作刑書點鬼簿,牛頭勸酒夜叉舞,紅簫攏下長眠處。秋風露點春山雨。鮑家詩句閒吟苦,石馬驕嘶石人語。

吾招魂兮隱山川,三島十洲邈以玄。五嶽四海何綿連,洞天福地氣象千。與子淩雲翔其間,麻姑手爪洪崖肩。湘靈鼓瑟蘭香鈿,羅浮梅花玉井蓮。胡麻龍脯供盤餐,朝披素書雲母函。夕唱步虛飛瓊篇,游戲長生億萬年。①

由於以往的研究大多集中討論《反招魂》中慘淡的景象,因此論者往往忽略了上述引文對仙境的描繪。事實上,《反招魂》最終除了刻劃出江南的殘破,同時卻也努力營造出一個與之相對的空間。值得留意的是,這個空間正可與《再哭湯卿謀文》中的想象互相參照。湯傳楹爲青華帝君掌管文書,獲賜新宮,拜呈《瑤京篇》以歌頌天宫,這些設想都與《哭湯卿謀文》不無二致。尤侗在《反招魂》之中擴大了相關仙境的摹寫,湯氏的文筆還貢獻地府,爲之撰作刑書,又可在山川之中與其他仙人翱翔,共享長生之樂。這一段描寫反覆提及"修文"的意義,刻意點明湯氏文人的身分,似乎青天、黄土、山川正好爲亡友提供可以發揮自己文筆的地點。

尤侗顯然意識到文字能否發揮功用,與其撰作環境息息相關。無論是拜呈賦篇歌功頌德,還是撰修律法整飭群鬼,甚至開卷披書吟詠詩作,都需要有適當的環境配合。這也就反過來引導我們重新考慮《反招魂》的功能與及其寫作背景。可以說,《反招魂》寫作於混亂的政局中,整篇文字圍繞"將安歸命"一個問題展開,生與死本身儼然成爲了兩種空間的選擇。生者留在江南,只能困在歷經摧殘的陌生的地域。而尤侗只能以文字把死後的世界構築成樂土,讓死者安息。這種呼籲是否真的能夠發揮作用?由此我們進入《反招魂》的尾聲:

① (清)尤侗:《西堂文集》,《清代詩文集彙編》第65册,頁21。

> 亂曰:魂毋思親,親康強些。魂毋思弟,弟雁行些。魂毋思兒,兒扶牀些。夫如簫史,婦弄玉些。左鳳右凰,賡清曲些。歸乎青華,永行樂些。俯視九州,蹇難安些。魂毋歸來,哀江南些。①

尤侗回到了死者的掛累,請求亡魂不要思親、思弟、思兒,要求他歸命於青華。但在最終"俯視九州,蹇難安些"一句中,尤侗暴露了這些籲求其實蒼白無力。這裏我們意識到即使湯氏雖然有游戲長生的可能,終究還是擺脱不了感時憂國的責任。上述三段仙境的描寫終究無法使死去的文人就此安息,湯氏在理想的空間仍然不能忘掉國難的景象。然則,與其説這篇文字的重心在於江南的破亡,我們似乎也可以説這篇文字借用了江南與仙界的對比來鋪寫湯氏的性格。

重新考慮文字的功能,正因爲這些籲求蒼白無力,尤侗的《反招魂》最終不可能真的完成撫平亡友的任務。但從另一方面看,這篇文章成功把湯傳楹塑造成置身仙界卻不忘國難的文人,由此他也就繼承了《楚辭》的傳統。尤侗《反招魂》最終以"魂毋歸來,哀江南些"作結,不但與《招魂》中"魂兮歸來哀江南"遥相呼應,同時也回到了篇首"魂兮魂兮望江南"一句。尤侗的反覆請求,使我們看到文人於世變之時根本無法免去"哀江南"的傷痛。《招魂》和《反招魂》兩篇雖然横跨世代,但尤侗正要運用這個傳統,説明歷朝文人即使化身爲鬼,似乎也無法擺脱同一憂國的感懷。

可以説,《反招魂》以《楚辭》結合了烈士與文人兩套傳統,也定義了湯傳楹與尤侗在歷史中的地位,湯傳楹在這篇篇章中儼然是爲國殉難的屈原,他的悲憤與死亡成爲了整個國變之中一個具有代表性的符號。同時,尤侗借由這個反招魂的過程,也就爲自己找到了相應的位置。只有生者能以文辭與死去的友人對話,藉此延續亡友的精神。整個招魂的行爲,爲尤侗自身找到生存的意義。他化身成招魂的宋玉,以反招魂的方式發揚了《楚辭》的精神。

尤侗特别重視宋玉招魂的舉動,這一點在他後來創作的《讀離騷》

① (清)尤侗:《西堂文集》,《清代詩文集彙編》第65册,頁21。

一劇中仍然可見一斑。《讀離騷》寫於1656年，時間距離明清易代已有二十年左右。劇作的《題詞》提到："近見西神鄭瑜著《汨羅江》一劇殊佳，但檃括《騷》經入曲，未免聱牙之病，余子寥寥，自鄶無譏矣。"①這裏刻意從《讀離騷》與《汨羅江》的關係説起，提出自己的創作不過是一種檃括的練習，似乎只是尤侗爲了規避清室審查而採用的説法。尤侗在自著《悔菴年譜》中，就提出另一種創作原因：

> 搜篋中詩刻《右北平集》，自號悔庵，銘焉，以志三十九年之非也。先君雅好聲伎，予爲教梨園子弟十人，資以裝飾，代斑爛之舞。自制北曲《讀離騷》四折，用自況云。②

《年譜》中標舉尤侗以《讀離騷》書寫自身的寄託，特別值得細加斟酌。假如我們利用鄭瑜《汨羅江》作爲參照審視尤侗《讀離騷》的特點，不難發現鄭瑜主要按照《離騷》全文分成四折，劇作最終以漁父邀請屈原對飲作結。鄭瑜全劇停在屈原投水一刻，而這設計與尤侗《讀離騷》有不少相異之處。

首先，在尤侗《讀離騷》交代漁父的身份時，我們已可看出其中不同之處。劇中第三折即由洞庭君上場發端：

> 今有楚國大夫屈原，孤忠被放，侘傺不平，欲懷沙而死。寡人憐其才，哀其命，又惜其志意鬱結不能自解，欲進白龍扮作漁父去勸諭他一番。若是立志不回，仍令波臣迎入水府，待爲上客，有何不可。③

洞庭君雖請白龍化身漁父勸解屈原，卻又早已假設他會懷沙而死，安排他在死後進入水府。整個第三折預伏了昇仙的線索，關鍵是在漁父勸

---

① （清）尤侗：《西堂樂府》，《清代詩文集彙編》第65冊，頁621。

② （清）尤侗：《悔菴年譜》，《北京圖書館藏珍本年譜叢刊》（北京：北京圖書館出版社，1998年），第74冊，頁27。

③ （清）尤侗：《西堂樂府》，《清代詩文集彙編》第65冊，頁629。

解屈原時，加入了以下的一段："子不聞仲尼周流魯衛，孟子歷説齊梁，東西南北之人，歷九州而相其君，何必懷此都乎？"①屈原因此反駁道：

〔折桂令〕我寧可葬魚腹身赴江中，耐不得蒙茸狐裘，一國三公。説甚麼魯衛齊梁，周流孔孟，南北西東，便做道之一邦楚材晉用，怎比得説七國儀横秦縱？我屈平呵，貴戚衰宗，休戚相同，皇考先公，地下相從。②

勸説屈原改投他邦的説法，既不見於《楚辭・漁父》，亦不見於鄭瑜《汨羅江》。在明清易代的語境下，屈原寧願於地下侍奉先公，不願意周流各國，隱然有指涉殉國烈士的意味。第三折最終以屈原昇仙的想象作結，我們不難看到這些設想與《反招魂》中尤侗祭悼湯卿謀時所描寫的仙境十分相似。可以説，在文人因國難而死的情況下，尤侗往往不能自免地使用昇仙的方式來爲烈士提供一定的救贖。

《讀離騷》的第四折也因而特别有意思，故事交代宋玉因賦高唐之事而得與神女相遇。宋玉在向楚王奏明此事時，同時要求陳設祭奠，到江邊招喚屈原的魂魄。全劇最終以屈原乘龍飛天，衆人划龍舟弔祭作結。前文在分析《反招魂》時已然提到，尤侗從宋玉的招魂之中看到自己生存的意義，《讀離騷》特别補入宋玉的角色，最終以招魂作結，正好反映了他真正代入的角色並非屈子，而是《離騷》的讀者——宋玉。

那末，爲什麼要先交代宋玉與神女相遇？當時的讀者似乎也對這一點有所懷疑，因此尤侗才會在《答蔣虎臣太史書》中特别解釋自己何以要補入這一情節：

然僕之作《讀離騷》也，蓋悲屈原放逐而以玉附傳焉。《離騷》以夫婦喻君臣，《九歌》云："滿堂兮美人，忽獨與予兮目成。"似乎淫褻之至，而其旨要歸於正。固學於師者，特借神女之事，以感諷襄

① （清）尤侗：《西堂樂府》，《清代詩文集彙編》第65册，頁629。

② 同上，頁631。

王,而惜乎王之不悟也。①

神女因賞識宋玉之才,特來相見,最後二人惺惺相惜,這背後固然有香草美人之思。神女對於宋玉的賞識,與楚王閱讀《高唐賦》的方法形成對比,這裏楚王只沈迷於神女的描寫,而忽略了宋玉的才華。從這角度看,我們可以說尤侗寄託了自己懷才不遇的感喟。但更重要的,神女降臨,宋玉一睡三日。他在暮雨朝雲的世界之中留連,但當楚王召見時,他卻突然要求祭拜屈原。第四折之中這種突兀的轉折,似乎與《反招魂》的寫法異曲同工,兩者似乎都刻意鋪寫遙不可及的仙境的樂趣,從而襯托出更深刻的家國憂懷。

當然,《讀離騷》與湯傳楹的故事沒有必然的聯繫。但我們似乎可在《反招魂》與《讀離騷》兩篇篇章中,尤侗運用《楚辭》傳統的方式似有相似之處②。退一步說,我們在史書中看到湯傳楹的傳記時,並不會看到他飛昇成仙的敘述,我們會看到的是他因國變而死的事蹟。但要理解爲何後來文人一般都把湯傳楹視作忠義的代表,我們似不可忽略這些有關仙界的聯想。尤侗正是透過這些想象,使死去的湯傳楹能夠介入明清易代的往事,從而使讀者感受到他的忠義。

四、刪削詩文的政治意涵

從《哭湯卿謀文》到《反招魂》,我們可以看到尤侗如何馳騁想象,引導讀者把湯傳楹想像爲一殉國的烈士。按創作時間考慮,這些文章大都寫於湯傳楹逝世的一兩年間。到了1657年,尤侗創作了《鈞天樂傳

① (清)尤侗:《西堂樂府》,《清代詩文集彙編》第65冊,頁154。

② 王璦玲曾撰文討論尤侗援引《楚辭》的作品,其中她提到:"然而由《反招魂》到創作《讀離騷》,尤侗的作意,又有了某種因時不同的轉折。"的確,《反招魂》與《讀離騷》的創作背景與要旨不盡相同,但從祭悼、昇仙等元素考慮,兩篇作品似乎也有可比擬的地方。相關分析可參見王璦玲:《"實踐的過去"——論清初劇本中之末世書寫與精神轉化(下)》,載《戲曲研究(85)》(北京:中國藝術研究院戲曲研究所,2012年),頁219—242。

奇》，把自己與湯傳楹寫成戲中的沈白、楊雲，兩人上京應試，卻因爲他人賄賂而落第。後來，楊雲在逃避戰亂中得病去世，沈白則因上書揭發科場舞弊而被亂棍打死。二人在死後直上天界，參加“開天首科”，最終都被授予官職①。我們可從整部傳奇看到早夭、昇仙等元素，而且仙界與人間的對照也與《反招魂》的描述一脈相承。不過，整部劇作的重心在於科場的弊病，劇裏並沒有點明明清鼎革的背景，我們也再看不到湯傳楹因爲人間時局動蕩而在仙界偃蹇難安的描寫②。

隨着清室的統治逐步穩定下來，尤侗鮮有再在弔祭湯傳楹時把他扣連到世變的問題之上。重要的是，在尤侗編集自己的作品時，我們還是可以看到一些把湯傳楹連繫到世變的痕跡。譬如《哭湯卿謀》這一組三十首的絕句。這三十首詩並非一時一地之作，尤侗在每一首詩之下均有小注，或點明詩歌的寫作時間，或闡釋詩作的具體內容。我們或可先從以下一首談起：

> 烏紗白苧望珊珊，鶴去遼東影不還。
> 惟有寒山與秋水，畫君顏色在人間。③

這首詩詩下小注提到“今春卿謀曾寫小影，今亦亡矣”④。詩中利用“影”字的兩層含義：一方面，“影”字指向湯傳楹本人的消失。如同遼東丁令威乘鶴昇仙，尤侗再不會在人世間找到湯傳楹自身的影子。另一方面，“影”字同時也可指涉湯氏自寫的小影，也就是湯傳楹的畫像。這裏尤侗有意借“影”字表明，無論是湯傳楹本人的音容，以至於他的畫像，似乎都無法在他死後得到保留。

① （清）尤侗：《鈞天樂》，《古本戲曲叢刊五集》（上海：上海古籍出版社，1985年），第24冊。

② 杜桂萍曾對《鈞天樂》一劇作出詳細的分析，詳可參杜桂萍：《明末才子湯傳楹與尤侗〈鈞天樂〉傳奇》，載杜桂萍主編：《明清文學與文獻》（第2輯）（哈爾濱：黑龍江大學出版社，2013），頁47—79。

③ （清）尤侗：《西堂詩集》，《清代詩文集彙編》第65冊，頁325。

④ 同上，頁325。

但這首詩並沒有停在這裏，末聯筆鋒轉到寒山秋水之中。山河黑白交織的景色，正可取代了湯傳楹的衣冠身影。即使湯傳楹與他的小影都消失了，作者還是看到了一種保留湯氏存在的痕跡的可能性，而這些痕跡就在山水景緻之中。從這首絕句，我們可以看到尤侗在湯傳楹死去以後，着力找尋友人存在的痕跡。消逝與存在兩者之間的爭持，既是這組詩的核心，也是尤侗在悼念湯傳楹時，不得不考慮的問題。

《哭湯卿謀》這一組詩裏屢次運用"影"的意象，而"影"涉湯傳楹的身影，同時卻兼具難以捉摸的特質。換句話說，尤侗似乎也意識到自己追尋友人的做法正如捕影一般，最終難免徒勞無功。這組詩就有一首提到：

> 嘗言一日似三秋，況歷三秋死別愁。
> 君去正如秋去杳，飄花斷雨影難求。①

由一日到三秋，由生離到死別，詩作開篇即以遞進方式鋪墊出自己對友人亡故的感喟。一方面，時光的流逝並沒有使愁緒消減，反而在死別的愁緒之下，三年的時光變得更形漫長。但即使在這種度日如年的心態之下，尤侗卻並不希望時間一直推進，因爲這在在提醒詩人湯卿謀的身影越來越渺茫。最終，湯傳楹的身影就如飄花斷雨的景象一樣去而不返，消失難求。

時間流逝爲《哭湯卿謀》這一組詩提供了特別重要的思考角度。尤侗每每在詩後注出自己創作的時間，似乎象徵着自己一種抵抗時間的嘗試。即使湯傳楹已然死去，但尤侗仍反覆回想往事，把有關湯氏的回憶轉化爲自己的詩句。《哭湯卿謀》的小注反映了尤侗在時間洪流中保存亡友記憶的嘗試。假若我們把這種嘗試連繫到上述詩句中"影難求"的慨嘆，我們不難發現，整組詩往往在消逝與保留的問題之中周旋。

從消失與保存的張力重新審視這組詩作，我們可轉而考量附在這

---

① (清)尤侗:《西堂詩集》,《清代詩文集彙編》,第65冊,頁325。

組絕句詩題前的小注:"九十首,今刪存三十首。"[①]這小注的奇特之處有二:首先,爲何尤侗要在九十首詩之中刪去六十首?既然保留湯卿謀的事蹟如此重要,爲何尤侗要作出如此取捨?從另一個角度看,尤侗爲何要在詩前刻意點明自己刪詩的舉動?他希望借由這條小注傳遞什麼訊息?

尤侗並沒有交代自己刪毀詩文的原因,但這個舉動本身似乎要誘導讀者聯想到明清鼎革的問題之上。尤其是清初接連發生不少文禍,而且清室禁燬的書籍也有不少,甚至湯傳楹的詞集《湘中草》後來亦被清廷列入《抽毀書目》之中[②]。尤侗在寫下這個小注時,似乎已預先推想到讀者會如何闡釋他刪詩的舉動。反過來,他利用刪詩的方式來教我們把湯傳楹的死置入一個更大的歷史脈絡,爲他的生平賦予更大的意義。我們似乎可以從這裏看到尤侗在書寫湯傳楹時所運用的一種策略。面對明清鼎革這一重大的歷史事件,尤侗有意識地把湯傳楹置入易代的脈絡之中,使之成爲殉國的代表。

五、結語

尤侗與湯傳楹的這個案例,讓我們看到明清易代之時文人如何回應友人的夭亡。倖存者身處在世變之中,難免會憂慮友人的事蹟被歷史鉅變完全掩蓋。因此,個人的記憶與整個世代的歷史之間也就形成了一種張力。這種張力迫使生者在祭悼之時考慮自己如何把友人放進大歷史的框架裏。《哭湯卿謀文》中建立的文人的譜系,以至後來《反招魂》所形塑的一種烈士的形象,都反映了這種記憶與歷史之間的張力。尤侗在悼念湯傳楹的時候,挪用了各種文學傳統中的資源,同時也借用了昇仙的想像,建構出友人的形象。

---

① (清)尤侗:《西堂詩集》,《清代詩文集彙編》,第 65 冊,頁 322。

② 乾隆四十五年(1780)六月二十四日,江西巡撫郝碩奏請清室燬書四十一種。《湘中草》正在其中,禁燬的原因是"内《桂枝香》詞'嘆紫塞風塵,秋來又起'等句違礙"。詳參王彬編:《清代禁書總述》(北京:中國書店,1999 年),頁 473。

後人編纂的地方志和史書時,多會在記錄鄉賢的事跡時把這些昇仙的描寫略去,但其實這些想象或已暗中影響了他們對於亡者生平的理解。接着下來,我們還可進一步考量各種形塑烈士的方法。參照不同的案例,我們或可更深入探討明清鼎革時的悼亡作品,以至於當時士人的生死觀。誠然,悼亡的作品不只能建立死者的形象,這些著作同時也教我們看到士人如何在世變之中自處。當然,本文的論述中必然有不少粗略草率之處,這裏只希望能拋磚引玉,期待以後論者能從各角度深入探討歷史與記憶、創傷與超越等議題,並重新關注中國文學中有關悼亡的作品。

(作者單位:哈佛大學東亞語言與文明系)

文統與政統的雙重建構

——《四庫全書總目·集部類》"國朝提要"對清代文壇的勾勒*

邱怡瑄

摘要

嚴迪昌先生於《清詩史》中,提出"朝野離立"之架構爲貫串整個清代詩歌發展嬗變歷程的核心概念。《四庫全書總目》(以下簡稱《總目》)雖非專爲文學批評所作,但學界已漸公認《總目》刪汰去取時,已自形成一套批評傳統,影響了清中葉以後的文學史觀,也代表清代官方所選擇的一套"公論"。尤其針對篇章彌富的明清以降著作,《總目》"辨厥妍媸,嚴爲去取"的批評意識更爲強烈。就《四庫全書》的編纂歷程而言,外有當時文網日趨嚴峻的禁燬、刪削違礙等因素,內在又有編纂過程中幾經反覆甄別,乃至於依違帝王之意志等變因。但在有意彰顯國家右文鴻圖的命意下,《四庫全書》對於國朝集部類著錄書的揀擇,以及其於《總目》中的理論鋪陳,仍是官方文學批評立場的具體展演。在針對42種國朝著錄書提要進行考掘後,本文主要的發現概有以下:(一)《總目》意圖抹除清初江左詩學的影響軌跡,但又嘗試建構出朝向盛世文運

* 本論文的撰寫是在擔任政治大學曾守正教授科技部專題計畫"眾水歸海:《四庫全書總目》集部文學思想的凝結歷程"兼任助理期間的相關成果。(計畫編號:NSC100-2628-H-004-087-MY3)。感謝曾師守正的悉心指導,以及計畫助理許嘉瑋、賴位政、曾令愉在每月例行的《總目》讀書會中的相與切磋。另外也感謝匿名審查人對於本文撰寫缺失的指正與鼓勵。

發展脈絡的歷史詮釋。(二)《總目》的文學品味雖盡量兼容並蓄,但實質操作上,仍有"學問根柢"重於"文才艷發"的去取標準,反映了廟堂鐘鼎之文學品味。(三)禁燬文獻、違礙問題影響《總目》學術意見的公正性至爲嚴重,然《總目》對於清代文學發展造成的影響仍不可輕忽。(四)《總目》爲國朝文學所樹立的標準,正和其所批判的晚明文學弊端形成對話,此間的辯證與對話關係,更可看出清代官方文學所意欲樹立的標準。

關鍵詞:《四庫全書》《四庫全書總目》 清詩史 官方文學

一、前言

就清代詩學史的分期進程而言,由"明清鼎革"邁向"盛世詩學"的嬗變,乃康、雍、乾時期詩學的重大轉向[①]。嚴迪昌在《清詩史》中提出"朝野離立"的框架,用以解釋清代詩歌發展的嬗變歷程。他也據此觀點架構出清代詩學自康熙中葉以迄雍乾時代的"盛世"詩壇面貌。隨著清代皇權之鞏固,以及詩學的發展被詮釋爲自"變"返"正",儒家詩教再度定於一尊的演變歷程[②]。不論是被陳維崧(1625—1682)稱爲"絕世風流潤太平"的王士禛(1634—1711),或是"耆儒晚遇"的沈德潛(1673—1769),在此種"朝/野"對舉的脈絡下,因爲其詩學活動與朝廷的密切聯繫,乃至其詩歌主張對雅正價值的推重,都被視作"官方"詩學

① 蔣寅《清代詩學史》曾對清代詩學分期問題做過深入的討論。他指出:自光緒中葉楊希閔《詩榷》成書後,清詩研究的分期基本上是以"清順治康熙前三十年""康熙後三十年至乾隆四十年""乾隆中至道光末年""咸豐以後"等四期爲基礎來變化。嚴迪昌《清詩史》雖分爲順康、雍乾、嘉道三編,但順康編中分別討論遺民群體和新朝詩人群體,實際上也是"四期說"的改造,而道光以後是否分爲二期,此乃"四期說"和"五期說"的差距。蔣寅:《清代詩學史》(北京:中國社科出版社,2012年),頁51。

② 嚴迪昌:《清詩史》(杭州:浙江古籍出版社,2002年),上册,頁15—31。

立場的代表。倘若嚴迪昌所提出的“朝野離立”的架構,確實可作爲提挈清代文學思想的重要綱領,那麼我們緣何更清晰具體地理解所謂“官方”文學的批評立場呢?張健在《清代詩學研究》曾提出一說,他認爲紀昀(1724—1805)纂定《總目》,時對清代的詩學問題遂有一總結性的意見,因此“紀昀才真正代表了官方立場的詩學觀點”①。

不過《總目》畢竟是一項集體修書的創作,紀昀個人的觀點恐怕也未必盡同於《總目》之立場。《四庫全書》作爲清代官方修書事業的重大成就,爲其“扶輿提綱,溯源徹委”的《總目》,不僅是目錄學史上的重要豐碑,亦是影響學術史、文化史甚深的一套有體系的論述②。不論後代學者將“詳述古今學術源流,文章體裁異同分合”的《總目》文字視作“學問門徑”,或是將它看成“高宗愚天下之書”,都指向《總目》的論述具備導引論述的能量,爲“官方”立場的文學思想、知識譜系立下基礎,目前學界的研究趨勢也日益重視《總目》所代表的官方文學思想脈絡③。《總目》意圖以政治權力之影響導引天下“公論”,落實在文學批評上,這其實是一系列“以政統攝文統”的文化權力運作,但毋寧也可視作是通過“文統”的文學史發展體系,證成“由文統肯認政統”的儒家詩學批評標準的確立。詩文作爲言志抒情的載體,本足以顯影每個朝代作家身處的時代風運與作家個人的精神風貌。然而通過對特定類型文學作品的汰選去取,使得該時代的文學家作品呈現某種特定的審美趨向。其間所流露的主觀意識,就是所謂“官方文學思想”的具體展現,也證明所有文學史現象的背後,必定有其文化場域與話語權力的運作機制。在

① 張健:《清代詩學研究》(北京:北京大學出版社,1999 年),頁 592。

② 關於《總目》在詩文評上的貢獻,可參考吳承學:《論〈四庫全書總目〉在詩文評研究史上的貢獻》,《文學評論》1998 年第 6 期,頁 130—139。

③ 相關的論述不妨參看曾師守正:《權力、知識與批評史圖像——〈四庫全書·總目〉“詩文評類”的文學思想》(臺北:臺灣學生書局,2008 年),頁 30—46。曾師運用了西方新歷史主義與傅柯的權力論述理論來探討《總目》特殊的文獻性質,指出:“乾隆經由權力,推動纂修《四庫全書》,並藉此建構一套國朝知識。當然,這一套國朝詩知識便是歷史圖像的寓意所在……當權力滲入《四庫全書》纂修活動時,‘公論’就不是純然理性思辨下的真理,而是帶有國家意志的主觀意識。”

《總目》別集類所收錄著作的範圍中，明清文獻，尤其是易代之際作家的作品，可說是四庫館臣從事禁燬、刪削的重災區①。以清初文壇爲例，諸如錢謙益（1582—1664）、屈大均（1630—1696）作品集的禁燬②，吳偉業（1609—16671）、朱彝尊（1629—1709）特定風格作品的彰顯與部分作品的刪削，都使得《總目》中所記錄的清初文壇，是經過清代官方作嚴密的思想與文字檢查機制後的風貌。正如王汎森對乾隆時期文化政策所提出的觀察，他指出清高宗係通過《四庫全書》的編纂，試圖建立一個 regime of truth 的系統，建立的方法一方面爲“禁”，一方面爲“勸”③。《總目》的著錄書一方面既要呈現出這批國朝類別集採錄上的“刪薙彌嚴”，又要通過《提要》的撰寫來勾勒對整體國朝文運的觀察，以完成整個《總目》集部類對整體文學史“代有升降”觀念的史觀闡釋。此間的裂隙與建構，正是“政統”與“文統”之間相互纏繞、影響的痕跡。

本文主要是針對《總目》別集類被歸入應鈔、應存的“國朝類”（清代）著錄文獻進行相關討論。不僅關注研究材料本身所呈現出的思想傾向，也關注目前學界研究時對這批文獻材料的接受，從而指出官方意志對於特定對象、字眼和作家人格的推崇或貶抑，將會影響到整部《總目》對於清代文壇發展現象的呈現。此中所顯現的清代文學史圖像，正顯示了《總目》挾政統以攝文統的同時，又自文統中取得了合法化其政權正統的雙重建構機制，就《總目》這個載體而言，政統和文統之間可謂須臾不離，是互爲影響的兩股力量。

① 易代之際的文獻因爲特殊的歷史時空，容易觸犯當朝忌諱，在清廷一連串打擊禁書的活動中，受查禁的數量最多、牽連也最廣。關於這方面的分析。可參看陳曉華：《〈四庫總目學〉史研究》（北京：北京商務印書館，2008 年），頁 102—108。

② 可參看沈津：《屈大均著作遭禁毁》，《書林物語》（上海：上海辭書出版社，2011 年），頁 80—89。

③ 王汎森：《權力的毛細管作用——清代文獻中“自我壓抑”的現象》，《權力的毛細管作用》（臺北：聯經出版公司，2013 年），頁 419。

二、魔鬼藏在細節裏：關於《總目》的版本問題

(一)《總目》之版本系統略説

《總目》内藴豐厚的理論資源，但《總目》文獻本身就藴涵版本之别，因此梳理《總目》文獻的第一步，往往得先以梳理其版本爲起點。自乾隆三十八年(1773)二月下詔編纂《四庫全書》起，至乾隆四十六年(1781)二月止，在編纂《總目》過程中，館臣或由各省所進圖書之總目中加以圈選、貼黄、汰讀，或者爲所進各書所撰寫初步的提要，本文以爲均屬於"稿本系統"①。《四庫全書》的稿本系統，包括了故宫收藏從開館迄編修各種時期的分纂稿，以及現藏於上海圖書館、天津圖書館、臺灣"國家圖書館"的各項稿本提要，反映出的是不同時期的稿本修纂成果。另外尚有閣本系統，包括乾隆四十七年(1782)正月第一部《四庫全書》編纂告成後，同年七月乾隆下令抄成三份分藏江南的文匯、文宗、文瀾三閣，又乾隆四十九年(1784)之後，陸續抄成文淵、文源、文溯、文津等四閣書，此爲"四庫七閣"本之由來。而閣本提要，本文以爲這部分均屬"閣本系統"。和後來《總目》單獨印行的"印本系統"又有出入。

"稿本系統"最能看出《四庫全書》編纂歷程的各項變化②。"閣本系統"於分抄時，也可能因抄繕問題所產生的文獻差異，以及伴隨文字禁燬問題所留下的失收、溢收等舛誤，後續也引發一系列的檢查和改訂：包括乾隆五十二年(1787)三月，因乾隆帝發現《四庫全書》中竟有收錄奏定應毀的李清(1601—1683)《諸史同異錄》，於是重啟包括《總目》提要和收錄書的相關檢查③。該年五月，乾隆帝在熱河查閲《文津閣四庫全書》時，復又發現"繕寫潦草訛脱，錯謬違誤之處，不可枚舉"，於是

① 沈津：《校理〈四庫全書總目提要〉殘稿的一點新發現》，《中華文史論叢》1982年第1輯，頁133—139。

② 羅琳：《〈四庫全書〉的"分纂提要"和"原本提要"》，《圖書情報工作》1987年第1期，頁37—40。

③ 中國第一歷史檔案館編：《纂修四庫全書檔案》(上海：上海古籍出版社，1997年)，下册，頁2143—2145。

在該年六月下令處罰專司其事的總纂官紀昀、陸錫熊(1734—1792)及總校陸費墀(1731—1790)等人,必須負責閣本的重校及賠償。其中因爲陸錫熊及陸費墀二人後來都因意外身故,真正徹底完成重閱《總目》工作者,是由紀昀與其負責的《文津閣四庫全書》①。往後因爲戰亂,包括文匯閣、文瀾閣、文源本系統的書籍都損毀甚多,較完整保留原貌的,則推《文淵閣》和《文津閣》兩套閣本系統。

另外四庫學界本身即有曩昔爭訟多年的"印本系統"版本優劣問題,包括"殿本"、"浙本"及"粵本"等。就流傳而言,粵本系翻刻自浙本,浙本也是有清一代流布天下最爲廣泛的《總目》版本。學界過去對於浙本、殿本孰優孰劣的問題聚訟紛紜②。但就目前著錄書所見的 42 種國朝文獻而論,印本系統裏的文獻出入只有少數的書序調換,以及少量的字句修改問題,並未涉及重大的思想修改。但是從"稿本系統"到"閣本系統"間,乃至於從"閣本系統"到"印本系統"之間字句的抽換改動較爲明顯,此中保留不少對於文獻去留問題的甄定痕跡,也反映官方所意欲呈現的文學面目。這或者是我們在尋繹《總目》官方文學公論時,可以指出並發揮的的面向。

《總目》的國朝類著錄書雖然僅有 42 種,然而這是詔開四庫館廣徵天下群書後,最後被決定"應鈔應存"的 42 種圖書。除去《總目》存者不錄的原則,這 42 部圖書可說是經歷從分省進呈書目開始,一連串官方

① 陳曉華:《〈四庫總目〉學史研究》,頁 41—89。

② 較具代表性的說法有"浙本翻刻殿本說"和"殿本最後成書說"。前者如郭伯恭在《四庫全書纂修考》中提出,後北京中華書局影印浙本總目《出版說明》時則沿用其說法:"據現在所知,《總目》在乾隆五十四年已經寫定,並在這年由武英殿刻版。"臺灣目錄學權威昌彼得先生則根據浙本的避諱字等問題,考訂以爲浙本最爲晚出。其說可參照昌彼得:《武英殿本〈四庫全書總目〉考》,《蟫庵論著全集》(臺北:臺北"故宮博物院",2009 年),頁 176。但有另一派學者主張殿本才是最爲晚出的。如崔富章指出,從乾隆五十七年五月第二次複校北四閣庫書完工之後,紀昀還對《總目》作了相應的修改,仔細磨勘後,一直到乾隆遜位(乾隆六十年九月)前夕的修訂稿本才是殿本的底本。詳參崔富章:《〈四庫全書總目〉武英殿本刊竣年月考實——"浙本翻刻殿本"論批判》,《浙江大學學報》(人文社會科學版)2006 年第 1 期,頁 104—109。

嚴格的刪汰標準後留下的圖書。《總目》中有所評騭去取的圖書,雖尚及於存目書,但真正能符合館臣"嚴爲去取"之標準者,仍宜從著録書來呈現、接近《總目》的官方思想。正如其《凡例》所稱,《總目》在區辨"著録書"與"存目書"已形成一套甄別體系,大體而言大凡著録書"其上者悉登編録,罔致遺珠。其次者亦長短兼臚,見瑕瑜之不掩。其有言非立訓義或違經,則附載其名,兼匡厥謬。至於尋常著述,未越群流,雖咎譽之,咸無要流傳之已久,準諸家著録之例,亦併存其目以備考核。"①基於以上原則,則將"著録書"作爲觀察《總目》對國朝文壇勾勒的主力,且特别關注其中"閣本"系統文獻書寫之差異,以更凸顯"官方"文學思想通過四庫七閣"遍布天下"的流傳意義。

(二)公論的修改歷程

過往我們對《總目》文獻的理解與想像,多是通過已然印行的殿本《總目》爲基礎。但隨著更多《四庫全書》文獻的印行與公布,我們發現即使是《總目》自身已是爲嚴爲汰取的官方文獻,但在四庫龐大的文獻中,也藏著改之不盡的細節,透顯出《總目》本身在整個《四庫全書》的編纂之中歷經長時間的抽換、删改的痕跡。通過閣本四庫文獻在"書前提要"和目前廣爲流傳的"殿本總目"之比對,我們可以發現許多官方文學思想逐漸成形。以下兹就國朝類著録文獻的文獻問題舉隅而觀,從文獻的比對以協助廓清《總目》如何描述、定調其對於清代文壇發展源流以及别集内文的勾勒。

1. 從閣本到印本:抹除江左詩學痕跡的《梅村集》提要

自顧有孝(1619—1689)、趙澐於康熙六年(1667)輯刻《江左三大家詩鈔》起,錢謙益、吴偉業、龔鼎孳三人號稱"江左三大家"的詩學,幾乎是對清初詩壇學術討論的起點。但在《總目》中,錢謙益的著作早於乾隆三十四年就被下詔全面禁燬,在此之後才開館纂修的《總目》當然不可能收録其作品。而龔鼎孳的作品,也因爲被乾隆認爲應當抽燬,方有

① (清)永瑢、紀昀等撰:《武英殿本四庫全書總目提要》(臺北:臺灣商務印書館,1983年)卷首三《凡例》,頁2b。

《十六家詞》被改訂爲《十五家詞》之事①。僅有吳偉業的著作獨受乾隆喜愛，得以穿越重重森嚴文網，入選國朝類著錄書中。此間文獻禁燬背後對於明清易代之際文獻的消音自不殆言。但值得注意的是，即使同爲《總目》探討“著錄書”的文獻範圍，從“閣本系統”到“印本系統”的文字差異就足以證明，《總目》對《梅村集》提要的改定去取之間，對於吳偉業文學風格的描述與面貌已然有所更替，而正是官方文學觀念自身不斷修正自己的一頁鐵證。

表1　閣本系統暨印本系統的《梅村集》提要

閣　本②		印　本③	
文淵閣書前提要＊文津、文溯閣書提要文同	《梅村集》四十卷，國朝吳偉業撰。偉業字駿公，號梅村。太倉人。前明崇禎辛未以一甲第三人及第。授翰林院編修。入國朝，官至國子監祭酒。偉業少時即以詩名江左，晚而壇坫益高。紙墨未乾，遠近已爭相傳誦，風流藻采，足以照映一時。其詩調擫宮商，濡染丹碧，風神韻致，袖冶軼倫，爲從來罕有之標格，而最擅勝場者，尤在於七言歌行一體。觀其緣情托興，即事抒懷，操急管之繁聲，動么弦之逸響，一唱三歎，	殿本總目提要＊浙本、粵本文同	國朝吳偉業撰。偉業有《綏寇紀略》，已著錄。此集凡十八卷，詩餘二卷，文二十卷，其少作大抵才華豔發，吐納風流，有藻思綺合、清麗芊眠之致。及乎遭逢喪亂，閱歷興亡，激楚蒼涼，風骨彌爲遒上。暮年蕭瑟，論者以庾信方之，其中歌行一體，尤所擅長。格律本乎“四傑”，而情韻爲深，敘述類乎香山，而風華爲勝。韻協宮商，感均頑豔，一時尤稱絕調。其流播詞林，仰邀睿賞，非偶然也。至於以其餘技度曲倚聲，亦復接跡屯田，嗣音淮海。王士禛

① 據乾隆五十二年十月三日《軍機大臣奏遵旨閱看紀昀奏燬各書並繕清單進呈片(附清單一)》之內文述及乾隆對於紀昀所奏應燬各書清單的回應云：“《十六家詞》內，紀昀所指鄒祇謨《滿江紅》詞一首，辭意憤激，然並無謗訕之意，似可毋庸抽燬。惟書內有龔鼎孳所著詞一種。查龔鼎孳所著全集業經銷燬，不應復存此詞，應一律抽燬，改爲《十五家詞》。”張書才主編：《纂修四庫全書檔案》(上海：上海古籍出版社，1997年)，頁2065—2067。

② (清)吳偉業：《梅村集》，《文淵閣四庫全書》(臺北：臺灣商務印書館，1983年)第1312册，頁1a—2a。

③ (清)永瑢、紀昀等撰：《武英殿四庫全書總目提要》第4册，頁11a—11b。

續表

閣本		印本	
文淵閣書前提要*文津、文溯閣書提要文同	別具爐錘。元白以還,一人而已。至其古文則往往近於偶麗,殊非正格。黄宗羲嘗稱《梅村集》中張南垣、柳敬亭二傳。張言其藝而合于道,柳言其參甯南軍事,比之魯仲連之排難解紛,此等處皆失輕重,爲倒卻文章家架子。其針砭之者頗當。然諸文類皆稱心,而出詞旨雅贍,雖未能追躡前修,要亦不失爲才人之筆。乾隆四十七年五月恭校上。	殿本總目提要*浙本、粵本文同	詩稱"白髮填詞吳祭酒",亦非虚美。惟古文每參以駢偶,既異齊梁,又非唐宋。殊乖正格。黄宗羲嘗稱《梅村集》中張南垣、柳敬亭二傳,張言其藝而合于道,柳言其參甯南軍事,比之魯仲連之排難解紛,此等處皆失輕重,力倒卻文章家架子,其糾彈頗當。蓋詞之作散文,猶道學之作韻語,雖強爲學步,本質終存也。然少陵詩冠千古,而無韻之文率不可讀,人各有能有不能,固不必一一求全矣。

兩相比對後,發現"閣本系統"和"印本系統"剛好形成兩種版本系統。而二系統提要文字出入不少,雖不能說全無承繼關係,但至少有明顯之修改方向。而最明確的改寫,便是對將對吳偉業文學才能的的極度揄揚,從亟稱其爲"從來罕有之標格"的主觀稱讚,調整爲較中性"一時尤稱絕調"。此外"江左詩學"的文學發展脈絡在"印本系統"的文字敘述被完全抹除,吳偉業個人的文學成就不再被視爲"江左風流"之一環,而是其個人的"才華豔發,吐納風流"。作爲"江左三大家"中唯一入選《總目・著録類》的詩人,吳偉業詩名早成,文才豔發;其與江左詩壇諸才子的互相唱和,亦是明清之際文壇的美麗風景。在閣本系統中,雖也無意呈現"江左三大家"之間的互動,但至少對於吳偉業年少時"紙墨未乾,遠近已爭相傳誦,風流藻采,足以照映一時"的文采風流,有具體的描摹,使得讀者對於江左文壇的當年光景,或可通過文字揣想之。到了印本系統中,提要除了將揄頌文字修飭爲較爲平實的用語外,也特別強調吳偉業中後期"閱歷興亡"後風格轉爲沉鬱的成就。經此修改後,梅村所爲世人稱頌的詩學成就,遂更具備"國朝"色彩,而不再側重其年少才華。且凸顯了吳偉業的文學成就的高峰是在"閱歷興亡"後,而非當年少年艷發的江左風流。因此對於吳偉業詞學成就的讚譽,印本系統中

以王士禛"白髮填詞吳祭酒"之評論概括之,這是"閣本系統"原文所未見。則"殿本系統"成書可能稍後,但更強化《總目》在呈現文學意見時,抹除了明季文學的色彩,更以"國朝文人"的角度定位吳偉業。

從"閣本系統"到"印本系統"的改寫,自是原因多端,未必能確定其刪改的真正原因來自於館臣自身,抑或帝王的指示。但印本系統《總目》的歷史源流式批評法,卻大致匡定吳偉業在整個清詩壇的發展中所居處的定位。如以白居易香山詩比之,但強調其歌行體"敍述類乎香山,而風華爲勝",這個形容和閣本系統所描述的"觀其緣情托興,即事抒懷,操急管之繁聲,動幺弦之逸響,一唱三歎,別具爐錘。元白以還,一人而已"相較,印本系統將吳偉業詩歌的"風華"之美凸顯出來。這些觀點或多或少都影響著後代學者。如趙翼《甌北詩話》,用一整卷的篇幅論述吳偉業的歌行體,所論要旨,也和《總目》文學的文學主張大致相符[①]。因此光是《總目》文字的文獻差異,就可指引我們進一步思考:《總目》對吳偉業的褒貶,是要放在"印本系統"來思考,或是"閣本系統"來思考?另外殿本系統中所援引的王士禛,前行研究曾指出王士禛的主張常爲《總目》所徵引,雖然有贊有否,但此舉是否更穩固了王士禛意見的典範意義?往深處追索,我們可以再次印證《總目》對於官方文學思想的呈現有其特定的風格走向,而閣本到印本文獻中的《梅村集》提要的刪改抽換,雖是"細節"問題,卻足以"見微知著",直指我們思考任何關於《總目》文學思想的描述和形容,背後可能歐有複雜的文獻版本差異,不可不謹慎從事之。

2. 由閣本到印本:愈加彰顯錢、朱矛盾的朱鶴齡《愚庵小集》提要

余英時在《方以智晚節考》書序中,曾提及:"一個不明就裏的人捧讀一部經過官方刪竄及自我刪竄後的書,如果缺乏足夠的敏感度,或是不通曉其中的隱語系統,往往不會有特別的感覺。"[②]閱讀不同版本《總目》中《愚庵小集》的提要,或許更能體味《總目》作爲一部充滿官方權力影響痕跡的著作,其中細微的文獻差異,往往也流露微妙的文學史企

① 嚴迪昌:《清詩史》,頁 387。

② 余英時:《方以智晚節考》(增訂版)(臺北:允晨文化,1986 年),頁 5。

圖。以下同樣使用表格以呈現閣本系統到印本系統中，關於朱鶴齡《愚庵小集》提要的文獻差異：

	閣本系統		印本系統
文淵閣本提要①	臣等謹案愚庵小集十五卷。國朝朱鶴齡撰。鶴齡所著《尚書埤傳》諸書俱別著録。此集乃所著詩文，凡賦一卷，諸體詩五卷，雜文九卷，末附"傳家質言"十三則。鶴齡始專力於詞賦，自顧炎武勖以本原之學，始研思經義，于漢唐注疏皆能爬梳抉摘，獨出心裁。故所作文章，悉能典雅醇實，不墮剽竊摹擬之習。其邶墉衛三國、禹貢三江、震澤、太湖、嶓冢、漢源諸辨，多有裨於考證。生平嘗箋注杜甫、李義山詩，其作韻語頗出入二家之間，而寄興清遠，亦復自饒神趣。至其與錢謙益同郡，方謙益箋注杜詩時，嘗館于其家，乃集中無一語推重之。所作《元裕之集後》一篇，稱"裕之舉金進士，曆官左司員外郎。及金亡不仕，隱居秀容，詩文無一語指斥者。裕之於元，既足踐其土，口茹其毛，即無詢詈之理，非獨免咎，亦誼所當然。乃今之訕辭詆語，曾不少避，若欲掩其失身之事，以誑國人者，非徒誖也，其愚亦甚"云云，其言蓋隱刺謙益輩而發，尤可謂能知大義者矣。乾隆四十二年十月恭校上。總纂官臣紀昀臣陸錫熊臣孫士毅。總校陸費墀。	殿本總目提要②＊乾隆六十年刻成頒發	愚庵小集十卷。庶吉士祝堃家藏本。 國朝朱鶴齡撰。鶴齡有《尚書埤傳》，已著録。此集凡賦一卷，諸體詩五卷，雜著文九卷，末附《傳家質言》十三則。鶴齡始專力於詞賦，自顧炎武勖以本原之學，始研思經義，于漢唐注疏皆能爬梳抉摘，獨出心裁。故所作文章亦悉能典雅醇實，不蹈剽竊摹擬之習。其邶墉衛三國，禹貢三江、震澤、太湖、嶓冢、漢源諸辨，多有裨於考證。嘗箋注杜甫、李商隱詩集，故所作韻語頗出入二家之間，而寄興清遠，能不自掩其神韻。與錢謙益爲同郡，初亦以其詞場宿老，頗與唱酬。既而見其首鼠兩端，居心反復，薄其爲人，遂與之絕。所作《元裕之集後》一篇，稱"裕之舉金進士，歷官左司員外郎。及金亡不仕，隱居秀容，詩文無一語指斥者。裕之於元，既足踐其土，口茹其毛，即無反詈之理，非獨免咎，亦誼當然。乃今之訕辭詆語，曾不少避，若欲掩其失身之事，以誑國人者，非徒誖也，其愚亦甚"云云。其言蓋隱指謙益輩而發，尤可謂能知大義者矣。

① (清)朱鶴齡:《愚庵小集》《景印文淵閣四庫全書》(臺北:商務印書館 1983 年)第 1319 册，頁 3a—4a。

② 《武英殿本四庫全書總目提要》，頁 25a—26b。

續表

	閣本系統		印本系統
文津閣本提要①*文溯閣本文同	臣等謹案《愚庵小集》十五卷。國朝朱鶴齡撰。鶴齡字長孺,吳江縣學生。茲集賦一卷、詩五卷、文九卷。末附《傳家質言》十三則,乃鶴齡自述其持身處世讀書作文之法。前有王光承計東序。鶴齡長於箋疏之學,所撰《毛詩通義、《尚書埤傳》、《禹貢箋注》、《左傳日鈔》發明宋儒集注傳所未及,顧不甚傳。惟杜甫李商隱集盛行于時,松陵文獻稱其遺落世事,晨夕一編,行不識路塗,坐不知寒暑,人或以爲愚,因以愚庵自號,並明其集。東序稱其詩文似宋王魯齋,曾質之于汪琬,亦以爲然,誠非虛譽也。乾隆四十九年三月恭校上。總纂官臣紀昀臣陸錫熊臣孫士毅。總校陸費墀。		

由《愚庵小集》提要的文獻差異,可以歸納爲兩股寫作傾向:一是"印本系統"和"閣本系統"中的文淵閣系統,都極端宣揚《元裕之集後》一文,並把全書的提要聚焦放在錢、朱交惡原因的討論;另一則是"閣本系統"的中的津本、溯本,這是撰寫時代較後的提要,但其文字顯然迴避了與此相關的討論。《元裕之集後》是朱鶴齡《愚庵小集》中的一篇文章,全文僅三百餘字,展現出他對元好問的批判傾。《總目》以此借題發揮,直指其乃針對錢謙益之行止而發。後代的私修傳記類文獻,往往大段徵引印本系統的《總目》論點:包括阮元《儒林傳稿》②、徐鼒《小

① (清)朱鶴齡:《愚庵小集》,《文津閣四庫全書》(北京:北京商務印書館,2005年),第1322冊,頁651。

② 就朱鶴齡的傳記而言,《儒林傳稿》或《國史儒林傳》在文字闡述上實無差別,幾乎完全脫胎於《四庫全書》中的《愚庵小集提要》,甚至將《總目》中《書元裕之集後》的整段引文,幾乎一字不漏地抄下。阮元:《儒林傳稿》卷三,頁11b—12a,收入《叢書人物傳記資料類編·學林卷》(北京:北京圖書館出版社,2006年),第7冊,頁168—169。

膄記年》[1]、李元度《國朝先正事略》[2]等皆是。這些傳記藉由錢、朱二人矛盾與交惡之事蹟，來凸顯強調朱鶴齡"曉大義"、"嫉惡如仇"的史傳人物形象。即使到了近代人編纂的學術性工具書籍，如柯愈春《清人詩文集總目提要》，此種論述的影響猶然清晰可見[3]。

但淵本提要中雖然強調了《元裕之集後》一文，但實際上該文在文淵閣四庫全書中所抄錄的《愚庵小集》中，是全文被刊除不抄的。由於此文事涉錢謙益，是《總目》中最致力打擊的對象。在《總目》卷前所附刊的乾隆四十一年十一月十七日《上諭》其實就已揭示了《總目》對錢謙益的攻擊方向，其文云：

> 前因彙輯《四庫全書》，諭各省督撫遍爲採訪。嗣據陸續送到各種遺書，令總裁等悉心校勘，分別應刊應抄及存目三項，以廣流傳。第其中有明季諸人書集，詞意抵觸本朝者，自當在銷毀之例。節經各督撫呈進並飭館臣詳細檢閱，朕復于進到時親加披覽，覺有不可不爲區別甄核者，如錢謙益在明已居大位，又復身事本朝。而金堡、屈大均則又遁跡緇流，均以不能死節，靦顏苟活乃託名勝國，妄肆狂狺，其人實不足齒，其書豈可復存。自應逐細查明，槩行毀棄，以勵臣節而正人心。

這一段《上論》可以說和殿本《總目》的描述互爲表裏。但在"文津閣本"中這一整段文獻的消失原因，當然有可能是抄錄時間落差所造成的文獻出入，但也不排除是各省採錄進呈本時，地方官就已先一步對相關敏

① 周駿富輯：《清代傳記叢刊》（臺北：明文書局，1985 年），第 69 冊，頁 602。

② （清）李元度：《國朝先正事略》，《四部備要》（臺北：臺灣中華書局，1970 年）卷三二，頁 14b—15a。

③ 柯愈春：《清人詩文集總目提要》（北京：北京古籍出版社，2002 年），頁 176。"朱鶴齡"條云："鶴齡以高節名世，與錢謙益同郡而薄其爲人，《書元裕之集後》一文，專責謙益而作。"

感内容進行的查禁①。但據《四庫全書纂修檔案》乾隆五十二年十月，在紀昀第二次全面清查《文津閣》閣書時，軍機處曾將紀昀所奏請“應行撤毁、抽毁、删削各書”的書籍清單列出，並針對《書元裕之集後》一文的存佚進行討論的結論，此文仍是被判定應抄存的，其原文提及“朱鶴齡《愚庵小集》，紀昀所指《書元好問集後》一篇，意在痛詆錢謙益，持論未爲失當。誠如聖諭，若于推許錢謙益者既經飭禁，而于詆訾錢謙益者目復事苛求，未爲允協。惟朱鶴齡未與錢謙益絶交之先，往來詩文，有贈某先生等詩作，又《箋注李義山詩注序》内紅豆莊主人皆係指錢謙益，應一律删削，其全集仍應擬存。”②對錢謙益個人影響的全力打擊，可以説是《總目》對明清二代文壇所進行的最重要改造工程。而錢、朱二人的矛盾，或許也是基於《總目》揣想上意所刻意凸顯的脈絡。

由於在“辨章學術、考鏡源流”上，《總目》仍被許多清代以來學者視爲治學時的入門書籍。許多傳記文獻或方志文獻的記載亦大量襲用於此。但使用文獻時，倘若不注意《總目》文獻對於某些特定人物的揄揚和打壓，則容易忽略《總目》對思想文學的引導性。但就文獻版本的差異問題，我們對於《總目》材料的引用雖多半以“印本系統”爲主，但針對所有的個別問題上，或許當應更警覺於閣本系統到印本系統的版本遞變過程③。如傅剛發現文淵閣本《玉臺新詠》的底本並非宋本，但其與

① 相關的討論可以參閲邱怡瑄:《朱鶴齡〈書元裕之集後〉》及其《愚菴小集》，在《四庫全書》文淵閣及文津閣本文獻的存佚問題與其意義〉，《静宜中文學報》2014年第5期，頁91—122。

② 中國第一歷史檔案館編:《纂修四庫全書檔案》，頁2066。

③ 此前學者也有注意到這種現象，但《四庫全書》的文獻數量龐大，學者雖已能意識到問題存在，但距離全面性清理此一文獻差異問題，仍亟待各方有志之士的努力。此前關於閣書提要文獻差異問題，兩岸都有一些頗具參考價值的論文。如段又瑄:《四庫分纂稿、閣書提要和〈總目〉提要之内容比較分析—以集部爲例》(臺北:臺灣大學圖書資訊學系碩士論文，2008年)、黄煜:《〈四庫全書總目〉與閣書提要差異情形及其原因之考察》，收入南京大學古典文獻研究所編:《古典文獻研究》第8輯(南京:鳳凰出版社，2006年)，頁199—212。

宋本文獻相異處,文津閣本《玉臺新詠》又悉數校改①。則此或者意味兩種閣本在甄別著錄存佚的標準上也有落差。也許通過徹底梳理四庫七閣的文獻,我們才能對此一問題產生更全面的結論。然而在此前對《總目》文獻的理解或認識,或者都應該自覺性地提醒其版本差異中可能蘊含的思想落差。

三、《四庫全書總目·集部》"國朝提要"著錄書的汰取原則

《總目》的文獻可能因爲其版本系統有所落差,但流布天下最廣、影響作爲深遠的仍是將《總目》單獨抽印成書的"印本系統"《總目》。這是《總目》對於清初文壇,現存《四庫全書總目·集部類》中清朝著作的書目一共 42 部。因《凡例》已揭示《四庫》"存者不錄"的原則,因此只要是去世於乾隆三十七年前的作者,都有機會被選入。館臣將所有甲申事變後仍繼續活動者,一概視爲"國朝"人。如黄宗羲、顧炎武、屈大均等遺民之著作,不論最後是遭到禁毁,或是判爲存目,都還是整批"國朝著作"汰選時的基數。因而在《總目》選錄書籍時,國朝類著作的存目書數量和著錄書數量的差異比例最大,顯示出館臣對這批著作的去取之間的究心深求。如果純粹就最後得以進入著錄範圍的作品與作家進行討論,大致也可歸納出以下三個方向。

(一) 政統與文統的結合思維

今日所見《總目》所收書目,除著錄書 42 種外,尚有 578 種存目書,共 620 種"國朝"别集。在有意彰顯國家"稽古右文"的文化宏圖的策略下,"國朝"除了是一種時間性的斷代分期概念,更轉化爲具有政治意味的象徵。對比前明文學的衰世之音、變風變雅,國朝類著作的收錄基調,以及在著錄書中所要呈現的時代文運風貌,正代表"國朝"文運的期許。在編纂上,國朝類一仍古代編書之舊例,以 5 種帝王詩文集的御製作品冠首,且在御製類作品的《提要》中極力頌聖,將清代帝王的詩文集

① 傅剛:《〈四庫全書〉所收〈玉臺新詠〉底本非宋本考》,《中國典籍與文化》2013 年第 85 期,頁 83—91。

與前代歷朝的帝王詩文集並置而觀，並以此彰顯有清一代的文風昌盛。

> 考帝王有集始於漢武帝，然止二卷。魏晉至唐御撰詩文惟唐高宗《大帝集》多至八十六卷。今所存者亦大抵皆纂組之詞，其於聖制，固猶培塿之望華嵩。至王應麟《玉海》載《宋太宗御集》三百卷、《真宗御集》亦三百卷、《仁宗御集》一百卷。觀其《目錄》，皆湊合雜纂書籍，以充卷帙，其數既已不確。又惟《真宗集》稱鏤版，然宋人書目皆不著錄，是未宣佈也。太宗、仁宗集則並藏於禁中，不以示人。宋人詩話、說部所稱述者，太宗詩僅傳二首，真宗詩僅傳七首，仁宗僅傳二首，亦不甚工。豈如御制諸集開雕摹印，昭布寰瀛，文采煥於星漢，苞涵富於山海，爲有目所共睹也哉。

以上文字當然是四庫館臣的諛詞，但諛詞的背後亦能考察其撰寫的心理機制。將清代帝王與唐、宋帝王文集並列，並且刻意凸顯清代帝王開雕其詩文集的"文隆唐宋"，這剛好彰顯了整個《四庫全書》作爲龐大文化工程背後的精神綱領——文統與政統間互爲表裏、互相扶奧的詮釋策略。

除帝王外，著錄書中尚有另外37位作者。從這些作者的生平仕履再進行觀察，亦可發現國朝著錄書作者的擇取的標準上，採錄的有些也未必是嚴格意義上的別集，反倒是國朝著錄書作者並不乏館閣之臣。37人中，曾應試康熙十八年己未博學鴻詞科並獲選者，有施閏章(1618—1683)、汪琬(1624—1691)、彭孫遹(1631—1700)、朱彝尊(1629—1709)、毛奇齡(1623—1716)、陳維崧、潘耒(1646—1708)(列二等)等人，而曾應試而未中式者有吳雯(1644—1704)。又曾入值南書房，任職翰林院，出入館閣之中者亦有方苞(1668—1749)、吳偉業、汪由敦(1692—1758)等三人。而後三人的入選，剛好可以凸顯國朝類著錄書汰取作者時，特別關注其"官方"身分的痕跡。

方苞以罪臣之身，幸得李光地(1642—1718)舉薦，遂受康熙帝青睞入值南書房，參與編校御製的樂律、演算諸書。至康熙六十一年充武英殿修書總裁，終於擺脫"罪臣"的身分，俟雍正即位，赦免方苞及其族人入旗者歸原籍。方苞的平生經歷,可說是獲邀睿寵,進而改變命運的活教材。但在提要的形容上,方苞之入選乃是因爲其作"源流極正",《總目》云:

> 苞於經學研究較深,集中説經之文最多。大抵指事類情,有所闡發。其古文則以法度爲主,嘗謂周、秦以前,文之義法無一不備;唐、宋以後,步趨繩尺而猶不能無過差。是以所作上規《史》、《漢》,下仿韓、歐,不肯少軼於規矩之外。雖大體雅潔,而變化太少,終不能絕去町畦,自辟門户。然其所論古人椝度與爲文之道,頗能沈潛反覆,而得其用意之所以然。雖蹊徑未除,而源流極正。

這種"源流極正"的風格被稱爲"雅潔",館臣並不是一味肯定方苞的成就,但對所有入選著録書的作者,《總目》都不忘強化其文學風格之"嚴守法度"。則此"法度"既是對其"文統"宗脈的源流性論斷,其實也是對其政治精神的肯定。

應外一個可以注意的脈絡是身爲"乾隆五詞臣"之一的汪由敦的入選。汪是乾隆得力之文臣。除出入翰林院和館閣中數十年外,其主持編纂《大清一統志》,任《平定金川方略》和《平定準噶爾方略》之副總裁,深受帝王器重。乾隆二十三年卒,乾隆帝親臨祭奠,贈太子太師,並有《哭汪由敦》詩。《四庫全書》所收《松泉集》,乃乾隆四十七年汪由敦子汪承霈所進獻,乾隆命繕入《四庫》之中,爲 37 部别集中最晚繕入者,繕録理由有帝王追念臣子的情感成分在其中,但《總目》對汪由敦著作風格的定位是基於皇帝之睿賞中,頗"嘉詩篇之雅正,許文律之清醇"。因此"御藻親摛,光垂不朽"。這些案例能可顯示帝王意志對於著録書的收録有著深遠,甚至是決定性的影響,但在其風格的論述上,"雅"與"正"正是《總目》對清代文壇所設定之主調,而這正是一種將"文統"與"政統"相與結合的思維模式。

(二)人品氣節之提倡

入選著録書的作者中,還有不少作者是現在的清代文學史鮮有討論者,甚至其入選之作品也並非其"詩文"。如范承謨(1624—1676)、嵇永仁(1637—1676)、于成龍(1617—1684)等人,他們或以忠節文字見録,或以經世才略得傳。又有潘天成,《總目》直言其“詩文皆抒所欲言,不甚入格”,入選之原因,便不在其文采豔發處,而是其人品氣節被認爲值得表彰。其中范、嵇二人,皆殉國于耿精忠叛變,故被詔選入於《欽定勝朝殉節諸臣録》中。館臣所稱頌者,乃是此二人别集所録乃“忠臣孝子之言,爭光日月”①,這是以其人品而發揚其文學,非是就文學論文學的標準。又如于成龍之《政書》並非藝文之作,乃是其與實政、經世之相關文獻。但《總目》稱其:“成龍以清節著名……其經濟亦有足傳”。同樣展現出館臣對於入選著作的價值體現。即便是意義上最接近現代“文學概念”的“集部”類文獻,《總目》所存者,在於其人其書其事的發揚,不論氣節人品,或是經世意志,《總目》别集類呈現的文學史圖顯不是以浮華詞藻取勝,而是有益於世道人心的相關案例。

(三)朝野不二的雅正標準

在前言討論“官方文學”時曾提及嚴迪昌編選《清詩史》時,曾提出“朝野離立”的框架。《總目》雖然是代表廟堂的“朝廷文藝觀點”,然而《總目》對國朝類著作的勾勒,卻是不分朝野,將山林與廟堂的詩文一律視作國朝文治之一員。

《總目》中所收録的作者,除卻帝王外的37位國朝作者中,雖多數都屬於能黼黻文治的文臣,亦有不具功名者。除前揭已論及的朱鶴齡外,《總目》在討論包括潘天成、嵇永仁、吳雯、厲鶚等(1692—1752)作者,也似乎會刻意突顯入選作者的人品氣節。如論朱鶴齡,特強調其與錢謙益的對照。又如論潘天成,雖云其“詩文不甚入格”,但卻強調其“出自寒門,終身貧賤,而天性真摯、人品高潔,類古所謂獨行者”②。但《總目》再三強調凡是能輔翼綱常名教者,都是鋭意表彰的對象。下表則是本文所討論著作的基本資料,從各書作者的生平際遇,乃至於被選録之著作性質,可以進一步證成前揭所云文統和正統結合論述、廟堂與

① (清)紀昀、陸錫熊、孫士毅等著:《欽定四庫全書總目》(北京:中華書局,1997年),下册,頁2346。

② (清)紀昀、陸錫熊、孫士毅等著:《欽定四庫全書總目》,下册,頁2348。

山林共輔文治的文學史圖像。

表 2 《四庫全書總目》國朝類作者的仕履及入選原因分析

	書　名	作　者	籍　貫	生　平	版　本	性　質
1	聖祖仁皇帝御製文集 一百七十六卷	清聖祖		皇帝	御定本	御製
2	世宗憲皇帝御製文集 三十卷	清世宗		皇帝	御定本	
3	御製樂善堂文集定本 三十卷	清高宗		皇帝	御定本	
4	御製文初集 三十卷 二集 四十四卷	清高宗		皇帝	御定本	
5	御製詩初集 四十八卷 二集 一百卷 三集 一百十二卷 四集　百十二卷	清高宗		皇帝	御定本	
6	梅村集 四十卷	吳偉業	江蘇太倉	崇禎辛未科進士。貳臣，官至國子監祭酒	通行本	文學：乾隆曾有御題詩，乃唯一以貳臣身分入選者
7	湯子遺書 十卷 附錄 一卷	湯　斌	河南睢州	順治六年進士，官至兵部尚書	河南巡撫采本	人品：忠節
8	兼濟堂文集 二十卷	魏裔介	直隸柏鄉	順治三年進士，官至保和殿大學士	直隸總督采進本	人品：具風節，詩文醇雅，儒者之言，不以文章名世
9	學余堂文集 二十八卷 詩集 五十卷 外集 二卷	施閏章	安徽宣城	順治六年進士，康熙十八年應詔博學鴻詞科，授翰林院檢討，纂修明史	江蘇周厚淯家藏本	文學：（施、王對舉成爲兩大詩派體系）

續表

	書名	作者	籍貫	生平	版本	性質
10	忠貞集 十卷	范承謨	漢軍鑲紅旗	漢軍鑲黄旗人，範文程次子。順治九年進士，選庶吉士，授弘文院編修。累遷秘書院學士。康熙七年，授浙江巡撫。耿精忠亂起，抗節死	浙江巡撫采進本	人品：忠節
11	林蕙堂集 二十六卷	吴綺	江蘇江都	順治十一年拔貢生，官至湖州府知州	浙江巡撫采進本	文學：擅四六文和詩餘，才士
12	精華錄 十卷	王士禛	山東新城	順治十二年進士，入值南書房	山東巡撫采進本	文學：國朝有王士禛如宋有蘇軾、元有高啟
13	堯峯文抄 五十卷	汪琬	江蘇長洲	順治十二年進士，康熙己未博學鴻詞科，授翰林院編修	内府藏本	文學：國初風氣還醇，有志古文辭
14	午亭文編 五十卷	陳廷敬	山西晉城	順治十五年進士，選庶起士，官至文淵閣大學士	山東巡撫采進本	文學：生平回翔館閣，遭際昌期，鼓吹休明之詞臣
15	讀書齋偶存稿 四卷	葉方藹	江蘇昆山	順治十六年進士，官至翰林學士，兼禮部侍郎	江蘇巡撫采進本	文學：以文章受知，矢音賡唱、歌詠升平
16	松桂堂全集 三十七卷 延露詞 三卷 南淮集 三卷	彭孫遹	浙江海鹽	順治十六年進士，康熙十八年博學鴻詞科，翰林院學士、吏部侍郎	江蘇巡撫采進本	文學：入值館閣、黼黻升平

續表

	書名	作者	籍貫	生平	版本	性質
17	曝書亭集 八十卷 附錄 一卷	朱彝尊	浙江秀水	康熙十八年博鴻詞科,授檢討	通行本	文學:朱、王對舉,才學富厚
18	政書 八卷	于成龍	山西永寧	明拔貢生,官至湖廣總督	山西巡撫采進本	忠節:經濟之略足傳
19	愚庵小集 十五卷	朱鶴齡	江蘇吳江	明諸生,明亡後閉門著述,布衣	庶吉士祝堃家藏本	文學:錢、朱對比,學有根柢
20	抱犢山房集 六卷	嵇永仁	江蘇無錫	范承謨幕客,死于耿精忠叛亂,追贈國子監教授	江蘇巡撫采進本	忠節:忠臣孝子之言
21	文端集 四十六卷	張英	安徽桐城	康熙六年進士,官至文華殿大學士	通政司使張若渟家藏本	文學:入值禁廷,簪筆雍容
22	西河文集 一百七十九卷	毛奇齡	浙江蕭山	康熙十八年鴻學鴻詞,授翰林院檢討	浙江巡撫采進本	文學
23	陳檢討四六 二十卷	陳維崧	江蘇宜興	康熙十八年博學鴻詞,授翰林院檢討	庶吉士祝堃家藏本	文學:善四六文,與吳綺並稱
24	蓮洋詩鈔 十卷	吳雯	山西蒲洲	庠生,康熙十八年試博學鴻詞科,未中試	兩江總督采進本	文學:詩才超詣
25	張文貞集 十二卷	張玉書	江蘇丹徒	順治十八年進士,庶起士,官至文華殿大學士、《明史》總裁	江蘇巡撫采進本	文學:春容典雅,盛世之音
26	西陂類稿 三十九卷	宋犖	河南丹丘	其父宋權順治十五年官太常寺少卿。順治四年蔭補入充侍衛,官至吏部尚書	兩江總督采進本	文學:與王士禛相較亦自有特色

續表

	書名	作者	籍貫	生平	版本	性質
27	鐵廬集 三卷 外集 二卷 後錄 一卷	潘天成	江蘇溧陽	年十三遇家難,父母挈子女出外避仇。往來徽州、甯國一帶,晚年隸籍安慶府學生員	江蘇巡撫采進本	人品:篤志絜行之士
28	湛園集 八卷	姜宸英	浙江慈溪	康熙三十六年進士,官至翰林院編修	副都御史黄登賢家藏本	人品:不涉標榜之習,詩文有北宋人意
29	古歡堂集 三十六卷 坿 黔書 二卷 坿 長河志籍考 十卷	田雯	山東德州	康熙三年進士,官至戶部侍郎	兩江總督采進本	文學:詩風奇麗
30	榕村集 四十卷	李光地	福建安溪	康熙九年進士,官至文華殿大學士	福建總督采進本	學問:儒林巨擘,文章不事雕琢
31	三魚堂文集 十二卷 外集 六卷 附錄 一卷	陸隴其	浙江平湖	康熙九年進士,追贈內閣學士、禮部侍郎	兩江總督采進本	學問:體道篤學,不屑文辭
32	因園集 十三卷	趙執信	山東益都	康熙十八年進士,官至左贊善	編修周永年家藏本	文學:《總目》特別提到其與王士禛之紛爭
33	懷清堂集 二十卷	湯右曾	浙江仁和	康熙十七年進士,官至吏部右侍郎,兼翰林院掌院學士	浙江巡撫采進本	文學:王士禛弟子,詩學出之以神韻,與查慎行並稱
34	二希堂文集 十二卷	蔡世遠	福建漳浦	康熙四十八年進士,官至翰林院編修	福建總督采進本	文學:帝師
35	敬業堂集 五十卷	查慎行	浙江海寧	康熙四十二年進士,官翰林院編修,入值南書房	浙江巡撫采進本	文學:宋詩風韻

續表

	書名	作者	籍貫	生平	版本	性質
36	望溪集 八卷	方苞	安徽桐城	康熙四十五年會試舉人,官至內閣學士兼禮部侍郎,因戴名世案落職,入值南書房,編校御製樂律、演算法諸書。康熙六十一年命充武英殿修書總裁。	江蘇巡撫采進本	文學:爲古文辭,源流極正
37	存硯樓文集 十六卷	儲大文	江蘇宜興	康熙六十年進士,官至翰林院編修	江蘇巡撫采進本	學問:經世戰略之學
38	香屑集 十八卷	黄之雋	江蘇華亭	康熙六十年進士,官至右中允	江蘇巡撫采進本	文學:善集句,詞風香豔
39	鹿洲初集 二十卷	藍鼎元	福建漳浦	貢生,累官至廣州知府	江蘇巡撫采進本	學問:水利風土等識見
40	樊榭山房集 二十卷	厲鶚	浙江錢塘	康熙五十九年禮部試不第,乾隆元年舉鴻博,誤寫論置詩前,又報罷,有文名。	江蘇巡撫采進本	文學:才力富健
41	果堂集十二卷	沈彤	江蘇吳江	乾隆元年薦舉博學鴻詞科,參修《三禮》及《大清一統志》。書成授九品官不就,歸鄉。	江蘇巡撫采進本	學問:多經學文字
42	松泉文集二十卷詩集二十六卷	汪由敦	浙江錢塘	雍正二年進士,庶吉士,官至吏部尚書,入值南書房,爲重要詞臣,追贈太子太師	工部尚書汪承霈進呈本	文學:館閣詞臣文章淵雅

從上表來看,仕履或者藝文成就並非《總目》嚴爲汰取的首要考量,但作者的氣節人品卻是影響入選的重要因素。而就各個作者的文學風格來看,符合官方儒家詩學雅正之源流描述者,是主要呈現的風格精神。而這一套"建構雅正"的話語系統,更是將文統與政統相互結合的最好案例。

四、《四庫全書總目·別集類》"國朝提要"的文學批評趨向

作爲一部意圖導引天下公論的著作,《總目》的內在理路也自有一套批評話語體系深蘊其中。作爲官方文學立場的揭示,《總目》一向被認爲具有折衷、復古與回歸詩教、泯除門戶的批評趨向[①]。在別集類"國朝提要"中,也大致符合這樣的批評趨勢。若析以論之,又可呈現以下數種特色。

(一) 以王士禛爲焦點的清代詩學流派討論

被認爲是康熙朝文壇祭酒的王士禛,一直是館臣筆下特別且重要的存在[②]。如同經部類提要中的程、朱性理之學一樣,即使被視爲意欲更革的典範,卻仍是《總目》中眾多討論的起點。在集部類國朝提要中,王士禛不斷被反復提及討論,顯見其深厚的影響效力[③]。

1. 對漁洋意見的徵引與回應

《總目》頗病漁洋之標榜結納,但仍大量徵引包括《香祖筆記》、《池北偶談》等王士禛之著作與評語來做爲辨章文人的參考依據。而有時也會針對王士禛之意見提出《總目》的贊否。如在論述吳梅村之詞才豔發,可接軌張炎、秦觀等人時,《總目》便引述王士禛之語曰:"士禛詩稱

---

① 曾守正:《權力、知識與批評史圖像——〈四庫全書總目〉詩文評類的文學思想》(臺北:臺灣學生書局,2008 年),頁 269—271。

② 相關論述可參考張傳峰:《〈四庫全書總目〉詩學批評與王漁洋詩學》,《蘇州大學學報》(哲學社會科學版)2007 年第 2 期,頁 49—53。

③ 據楊晉龍研究,《總目》中共有 255 種著作的提要,徵引了王士禛的意見做爲討論之起點,且不局限于文學範圍。楊晉龍:《王士禛在〈四庫全書總目〉中的地位初探》,《中國文學研究》1993 年第 7 期,頁 2—6。

白髮填詞吳祭酒，亦非虛美。"另外在對查慎行的提要中，不只摘要王世禛的意見，還加上了自己的補充意見：

士禛則謂"奇創之才，慎行遜遊。綿至之思，遊遜慎行"。又稱"其五七言古體有陳師道、元好問之風"。今觀慎行近體，實出劍南，但游善寫景，慎行善抒情；游善隸事，慎行善運意，故長短互形，士禛所評良允。至於後山古體，悉出苦思，而不以變化爲長。遺山古體，具有健氣，而不以靈敏見巧，與慎行殊不相似。核其淵源，大抵得諸蘇軾爲多。觀其積一生之力，補注蘇詩，其得力之處可見矣。明人喜稱唐詩，自國朝康熙初年窠臼漸深，往往厭而學宋，然粗直之病亦生焉。得宋人之長而不染其弊，數十年來，固當爲慎行屈一指也。①

這一則提要的意見主要是要辨析查慎行的詩風更近於坡詩。而先提出王士禛的意見，並詳爲辨析。雖然有說漁洋已能見查慎行之短，其評良允。但總體來說，這則論述者主要還是在反省過去對查慎行詩歌的體源推斷是否適切的問題，並點出其譜系源出東坡一脈。最後則從清代的宋詩派的角度評述查慎行的成就。這樣的批評趨向，其實也顯現在《總目》的詩文評類中②。館臣對於王士禛之意見未必盡能同意，但無論如何卻常常以其作爲討論的開端，這顯示出《總目》編纂的時代裡，漁洋詩學藉由其詩壇盟主之身分流布天下。而《總目》作爲官修文獻，對於王氏之意見有所汰取，或可顯示出其意欲矯當世之習見，而漁洋的意見又每每成爲議論前提的討論趨勢。

---

① 第三節中所引之獨立引文，悉從流傳最廣的殿本《總目》提要，不另行標注。

② 曾守正曾指出《總目》詩文評類著錄書有所謂"王士禛現象"，也即在九部清代詩文評類註錄書中，《總目》有五部書的提要是以王士禛的意見作爲討論的重要參考點，而此顯現了館臣係以王士禛詩學——也即神韻詩說作爲建構清初批評史的焦點。《權力、知識與批評史圖像——〈四庫全書總目〉"詩文評類"的文學思想》，頁 169—223。

2. 以王士禛爲比較參照之基準

《總目》不止喜引述王士禛之言，也常常將王士禛作爲比較不同風格的基準點。如對比施閏章和王士禛時，先引述一段詩話中常載錄之軼事，言二人風格差異有如"華嚴樓閣"對比"平地築室"，王士禛是妙造自然的神韻天機，施閏章則更強調淵雅厚實的學問根柢。

《總目》另一段關於汪琬和王士禛彼此相詆的文字也很有名，其說曰：

> 琬性狷急，動見人過，交遊罕善其終者。又好詆訶，見文章必摘其瑕纇，故恒不滿人，亦恒不滿於人。與王士禛爲同年，後舉博學鴻詞時，乃與士禛相忤。其詩有"區區誓墓心，豈爲一懷祖"句。以王述比士禛，士禛載之于《居易錄》中。又與閻若璩議禮相詬，若璩載之《潛丘劄記》中。皆爲世口實。然從來勢相軋者必其力相敵。不相敵則弱者不敢，強者不屑，不至於互相排擊。否則必有先敗者，亦不能久相支拄。士禛詞章名一世，不與他人角，而所與角者惟趙執信及琬。若璩博洽亦名一世，不與他人角，而所與角者惟顧炎武及琬。則琬之文章學問，可略見矣。

《總目》呈現了清初文壇圍繞在汪琬身上的相關論爭，頗有以論爭來映照出文學發展風格趨向的脈絡。此段論述還有一個有趣的地方，館臣以爲論述針鋒相對者，其才學或者也勢均力敵，從這個角度上來呈現汪琬的才學，這也顯示了王士禛是當時館臣們習於用來比較的核心人物。

在《總目》中圍繞王士禛最深刻的一場論爭，當屬趙執信與王士禛的爭鋒。館臣不殫辭費地追溯兩人的恩怨始末，雖然難免失之街談巷議，但館臣在提要的最後也不忘對二家之得失試著提出較爲公允的結論：

> 執信娶王士禛之甥女，初相契重，相傳以求作《觀海集序》，士禛屢失其期，遂漸相詬厲，雠隙平心而論，王以神韻縹緲爲宗，趙以思路劖刻爲主。王之規模闊于趙，而流弊傷於膚廓；趙之才力銳于

王，而末派病於纖小。使兩家互救其短，乃可以各見所長，正不必論甘而忌辛，好丹而非素也。

館臣在此以“不必論甘而忌辛”而爲各得之論，這也是《總目》意圖“折衷異說”，形塑“公論”的意識之展現。不過事實上館臣在不同的提要裏，也往往流露出自己的價值判斷標準。如在朱彝尊《曝書堂集》的提要下，就以王爲比較的目標，試圖評判王、朱之高下：

趙執信《談龍錄》論國朝之詩，以彝尊及王士禎爲大家，謂王之才高，而學足以副之，朱之學博，而才足以運之。及論其失，則曰朱貪多、王愛好，亦公論也。惟暮年老筆縱横，天真爛漫，惟意所造，頗乏翦裁。然晚景頹唐，杜陵不免，亦不能苛論彝尊矣。至所作古文，率皆淵雅，良由茹涵既富，故根柢盤深。其題跋諸作，訂僞辨異。本本元元，實跨黄伯思、樓鑰之上。蓋以詩而論，與王士禎分途各鶩，未定孰先。以文而論，則漁洋文略，固不免瞠乎後耳。

館臣對於王士禛的獨特“情結”是觀察《總目》思想時一個很難忽略的現象，乃至於產生對王士禛意見不斷徵引、討論的情形，或是將王士禛作爲文學史地位高下準衡，這可以說是《總目》文字中的“王士禛現象”。正因爲《總目》屢屢以王士禛爲參照基準，也使得相對鬆散的各則提要間，有了較爲明顯的脈絡。王士禛被認爲是讓清代詩學和文學從易代之際走向“盛世詩學”的核心人物，但當館臣想要建立屬於自己的“盛世詩學”話語時，便無法輕易跳開王士禛的影響。因此每每以王士禛作爲比較的出發點。《總目》曾對王士禛代表的“範水模山，批風抹月”的神韻詩學理想有所批判，因而在《總目》建構的文學史圖像裏，不但“披風抹月”之詞華不是觀察重點，而“學問根柢”或是作者的“人品氣節”成爲和神韻詩學互相對舉的兩套標準。從正面的理解來看，《總目》從文統和政統的雙軌中所意欲建立的盛世之學標準是一種雅正風格。其背後更顯而易見的動機不再單純是一種“影響焦慮”，或許可視作一種試圖從神韻派過於清靈而殊乏沉鬱的風格與詩學思想中，試圖掙脱與超越，歸本於儒家詩教的雅正與舂容，重建屬於理想典範的“國朝”風雅的努力與嘗試。

（二）台閣詩學：盛世與文運的緊密連結

在《總目》的國朝別集提要中，選錄了一些在清詩史通論著作中未必能引起關注的的文人，如陳廷敬、葉方藹、彭孫遹、張英等。但在當時歷史情境裡，這些人確實是“以文章受知於上”，且名播天下的文人代表。在《總目》勾描的文學史圖像中，對於清初館閣文士，常常以國運文運彼此相得益彰的文學批評觀，來標舉他們的順運風會、黼黻盛世。提要中屢以“和雅”“舂容”“溫厚”等風格來突顯“台閣詩學”的文風走向。如敘述陳廷敬之文風與生平，云其：

> 生平回翔館閣，遭際昌期，出入禁闥幾四十年。值文運昌隆之日，從容載筆，典司文章。雖不似王士禎籠罩群才，廣於結納，而文章宿老，人望所歸，燕、許大手，海內無異詞焉。亦可謂和聲以鳴盛者矣。

又如敘葉方靄“復蒙聖祖仁皇帝召入內廷，矢賡唱，歌詠升平，故其詩格亦進而益上”，館臣於該段提要中，流露出將詩格和國運綰合的論述傾向，且該篇提要文末以“和雅舂容，渢渢乎盛世之音，與士禎亦各擅其長焉”作結。除了繼續以王士禎來作爲比較文風的基準點外，也用“和雅舂容”“盛世之音”的描述概括其詩風。

《總目》中屢次出現台閣，然而不論是針對宋代之西昆酬唱，或者明朝三楊的台閣體，何宗美與劉敬《明代文學還原研究》曾梳理“台閣體”一詞的意義和接受史，並指出當今文學史教材諸多關於“台閣體”的詮釋和知識來源來自於《總目》。《總目》把台閣體的起源推至劉崧、袁華、陳謨、梁蘭、吳伯宗等五位明初文學家，而和這樣“台閣體”連繫在一起的文學批評術語則是“典雅有法，開明初舂容之派”“文尚簡潔、詩格舂容”等，可以看出這和館臣們對國朝前期文風的討論，乃基於同樣的美學範式和批評脈絡①。何宗美和劉敬對於《總目》中建構的台閣詩風論述多有批駁辨正,以爲《總目》的論述遮蔽台閣體文學後期的嘗試與創新②。但就文學批評史的建立路徑來看,四庫館臣確實落實了將作者的出身與其作品風格劃分爲"台閣"和"山林"的兩種脈絡,而從此間更加確立了它們所提倡的、稱許的"台閣"氣息。這樣的風格,以其批評術語最常連結的"典重和雅"、"春容安雅"等詞彙,樹立了《總目》批評標準裏關於館閣氣息的典範。

除了《總目》撰作者身爲館臣,本身處境就和台閣之情境相仿,執有某種同理同情的位置外,主張文人身值盛世昌期,應當要能"潤色鴻業"的文學觀念也是他們不斷反覆提倡的。如他在彭孫遹《松桂堂全集》三十七卷《延露詞》的提要下,就回溯了清初重開科舉以號召天下文士的歷史,也提及康熙朝的得人之盛:

> 于時景運方隆,人文蔚起。懷才抱藝之士,雲蒸鱗集,咸詣金門。司校閱者雖有李霨、杜臻、葉方藹、馮溥四人,而甲乙次第,皆稟睿裁。如王士禎《池北偶談》所記、施閏章《省耕詩》中誤書"旗"字爲"旂"字,詔降置次等一事。仰見睿鑒精詳,不遺纖芥。故得人之盛,今古罕儔。而孫遹遭際昌期,實冠是選。文章聲價,紙貴一時。今觀是集,才學富贍,詞采清華。館閣諸作,尤瑰瑋絕特。知其獨邀甄拔,領袖群才,不偶然也。

館臣稱許彭孫遹的館閣諸作"瑰瑋絕特",其實也同時是在肯定館閣文學的審美意義。而這種風格的前提是"景運方隆,文人蔚起"。把文風等同國運而談的理論雖然不新鮮,但是可以提供我們思考《總目》爲何如此痛詆明代文學的深層原因。文運和國運的相聯繫,是自清代就相當根深蒂固的想法。而且館臣讓"館閣"或者"台閣"都成爲了詩文中的

① 何宗美、劉敬:《明代文學還原研究——以〈四庫總目〉明人別集提要爲中心》(北京:人民出版社,2014年),頁141—142。

② 同上,頁181—218。

一種風格或體類。如他談到張英，說張英“台閣、山林二體，古難兼擅，英乃兼而有之”在館臣的文學史視域裡，這種“簪筆雍容，鼓吹升平”的文字是有意義以及價值的，在張英集的提要中，館臣當然也提了類似的論點，不過館臣也點出張英的文學成就並不局限於館閣：

> 英遭際昌辰，仰蒙聖祖仁皇帝擢侍講幄，入直禁廷，簪筆雍容，極儒臣之榮遇。矢音賡唱，篇什最多。其間鼓吹升平，黼黻廊廟，無不典雅和平。至於言情賦景之作，又多清微淡遠，抒寫性靈。台閣、山林二體，古難兼擅，英乃兼而有之。其散體諸文稱心而出，不事粉飾，雖未能直追古人，而原本經術，詞旨溫厚，亦無忝于作者焉。

在《總目》中，台閣體往往是升平時代的象徵，也是文人們潤色鴻業、輔翼盛世的積極表現。《總目》推重台閣文人的成就，看重其能彰顯國朝文運升降的價值。此正是《總目》其以政統攝文統的選錄標準之外，更具體闡發的批評價值體系。而這亦揭櫫《總目》作爲官方文學立場的著作，足以成爲“廟堂詩學”理論基礎的理論脈絡。

（三）“學問根柢”重于“文才豔發”的價值權衡

《總目》中提要所收錄的提要中，固有稱許當時作者才華豔發、辭采清麗的部分，但對於一些不以文辭見長的作者，也給予極高的肯定，大體而言，在“學問根柢”與“文才豔發”兩端之間，《總目》的權衡標準似乎更偏向前者，這也代表《總目》所恪守的文學信念。

《總目》國朝別集類提要中，以“華豔”見稱的當推吳梅村和吳綺。吳梅村早年作品“才華豔發，吐納風流，有藻思綺合、清麗芊眠之致”，但“閱歷興亡”之後，其作品之深度已不僅僅是風流富豔可以概括。但另一位江南才子吳綺卻正是“跌宕風流”的代表：

> 其詩才華富豔，瓣香在玉溪、樊川之間。詩餘亦頗擅名，有“紅豆詞人”之號。以所作有“把酒囑東風，種出雙紅豆”句也。所作院本，如《嘯秋風》、《繡平原》之類，當時多被管弦。以各有別本單行，

> 故僅以散曲九闋綴之集末。統而觀之,鴻篇巨制,固未足抗跡古人,而跌宕風流,亦可謂一時才士矣。

吳綺除詩餘外,另外以四六文聞名。但《總目》以爲其成就不如陳維崧。而吳綺另外擅名的詞作和院本等,館臣雖肯定其才華洋溢,卻仍指出其未能寫出抗跡古人的"鴻篇巨制"。類似這樣稱許其才華而未允其才學的提要,還見於黄之雋《香屑集》的提要中。館臣稱許黄之雋集句"雖取諸家之成句,而對偶工整,意義通貫,排比聯絡,渾若天成"之雋才,卻以爲"其詞皆豔冶,千變萬化,不出於綺羅脂粉之間",不可謂無才,但仍屬小道,未爲大觀。

《總目》固然意識到文藝創作的獨立性,但在對於"文"的概念上,還是更接近學術文章合一的文學觀。如評斷朱鶴齡時,以爲他因爲能研思經義,所作文章固"典雅醇實",有裨考證。析而言之,《總目》以爲屬於第一義的,並不是文采之優劣,而是文章背後能不能濟以厚實的學問根柢。如對清代大儒李光地文《榕村集》的提要中談到:

> 光地所長在於理學、經術,文章非所究心。然即以文章而論,亦大抵宏深肅括,不雕琢而自工。蓋有物之言,固與鞶帨悦目者異矣。數十年來,屹然爲儒林巨擘,實以學問勝,不以詞華勝也。

可傳之文字,實則命意不在於詞華之美,在於學問之盛。則《總目》的去取標準中,重學者之學問根柢更勝於文彩華豔。甚至對於收錄個別集中的文字,館臣也會針對當中的"綺語"加以削除,如館臣以朱彝尊之詞作,雖然流宕豔冶,但不能軌于風雅,是故刪削而不錄。

(四)國朝與明末的對話

"風雅"是《總目》爲"國朝文運"所定調的"正音",但這樣的論述背後,其實潛藏著另外一個隱而未發的討論對象——在"正音"出現之前的文壇,在"國朝"尚未建立以前,《總目》以最犀利的筆力批判過明末文學的墮落:

> 洪熙、宣德以後，體參台閣，風雅漸微。李東陽稍稍振之，而北地、信陽已崛起與爭，詩體遂變。後再變而公安，三變而竟陵，淫哇競作，明祚終矣。①

明祚的終結與滅亡綰合著衰世的“淫哇競作”，縱使這樣的批評未必是一種客觀的描述，卻也是《總目》所刻意營造的文學史建構。② 當我們在思索《總目》所意圖建構、標舉的“國朝文運”時，其批評話語事實上必須和《總目》對明代文學的全面性評價互相參照。這也才能扣回整個官方文學標準的價值核心——政統和文統必須相即不離，正如世道和文運必定會互相影響。《總目》在《御定四書文》的提要裏曾明確地將“國家景運”的觀念用以貫串由明迄清的文運轉變：

> 自洪、永以迄化治，風氣初開，文多簡樸。逮於正嘉，號爲極盛。隆、萬以機法爲貴，漸趨佻巧。至於啓禎，警闢奇傑之氣日勝，而駁雜不醇，猖狂自恣者，文體盩而士習彌壞，士習壞而國運亦隨之矣。我國家景運聿新。乃反而歸於正軌。列聖相承。又皆諄諄以士習文風。勤頒誥誡。我皇上復申明清眞雅正之訓。是編所錄。一一仰稟聖裁。大抵皆詞達理醇。可以傳世行遠。

由這段論述反思《總目》國朝類提要所顯示的種種標準：重視人品氣節、稱許學問根柢，而對於當時漸啟“橫議”之風的各種論述仔細加以辯證析疑。《四庫全書》做爲“盛世文治”的重要產物，它在樹立其文學史發展圖像時，固然有各種政治、禁燬、帝王心術等外緣因素夾纏其中。然而倘若《總目》可以代表盛清之時，朝廷以“官方”的立場和宰制力所意欲形成的文學標準，那麼《總目》無疑是一部最好的官方自白書。

① 《御定四朝詩題要》，《四庫全書總目·集部·總集類五》，卷一九〇，頁 8。

② 如何宗美、劉敬便以爲《總目》中對明季的批判，是一種將官學霸權、政治暴力運用於文學批評的結果，而明季在其論述話語下等同於亂世，這是我們當爲之還原的。參何宗美、劉敬：《明代文學還原研究——以〈四庫全書總目〉明人別集提要爲中心》，頁 375—396。

五、結語

《四庫全書總目》雖然是一部目錄書籍，但實際上是館臣在既定的官方文化政策指導下，依違帝王意志，借助政治之權力，對於當時思想、文化、學術、文學等所做的一次總結性的"歷史陳述"。按照新歷史主義者的思路，此間文字皆深蘊史家個人，以及其所身處時代的"思"與"學"。本文在這樣的理論視域下，遂能展開對《四庫全書總目》思想草創、成形乃至修訂等各種階段文學思想凝聚歷程的討論。作爲影響清代學術史、文化史的重要里程碑，《總目》思想的掘深，已成爲文學批評研究者所致力深研的領域。不過在相關文獻史料紛出如林的此際，更需要以系統性的研讀，以深化研究內涵。特別是對各種《總目》文字版本的辨析，如此才有可能更正確理解與挖掘《總目》背後所可能具備的豐富思想底蘊。沿著本文第二節中對《總目》文獻材料的思考，本文主張接下來應該進行的是一種由"辨誤"朝向"探誤"的研究徑路。

就四庫學的研究史分析，自古以來約可概分爲以下三種方式：一是以糾謬、辨正、考核爲手段之目錄文獻研究，説明掌握清理浩繁之中國書目文獻，在這方面，余嘉錫、胡玉縉等第一代四庫學者，已取得極高成就。二是以現象、觀念、解釋爲焦點之學術圖像重構，意在從各種書評式的提要中分析其觀點，尋找被隱藏的連續性，此有黃愛平《四庫全書纂修研究》[①]、周積明《文化視野下的四庫全書總目》[②]等著作爲代表。三是探悉文獻現象背後的本質、模式及規律爲，屬於歷史哲學的追索。第二、三種進路皆是在第一種進路"知其然"的基礎下，進行"知其所以然"之探索。在相關文獻陸續印行的今天，研究《總目》不只要做到文獻材料上的比對，亦要進行文獻現象背後深層原因的分析和釐清，始能真正理解這部著作背後蘊藏的知識體系。

① 黃愛平：《四庫全書纂修研究》（北京：中國人民大學出版社，1989 年）。

② 周積明：《文化視野下的四庫全書總目》（南寧：廣西人民出版社，2001 年）。

又在針對 42 種國朝著錄書提要進行考掘後，本文也有以下的發現：

（一）《總目》意圖抹除清初江左詩學的影響軌跡，但又嘗試建構出朝向盛世文運發展脈絡的歷史詮釋。此種"以政統攝文統"的雙重建構，正是《總目》文學思想的重要批評趨向。

（二）《總目》的文學品味雖儘量相容並蓄，但實質操作上，仍有"學問根柢"重于"文才豔發"的去取標準，反映廟堂鐘鼎之文學品味。

（三）禁毁文獻、違礙問題影響《總目》學術意見的公正性至爲嚴重，然《總目》對於清代文學發展造成的影響仍不可輕忽。

（四）對《總目》"斷代式"或秉持四部分類的學術分科視角來對其成就進行評價乃是目前研究上主要的方法。由於《總目》文獻資料量的龐大，斷代式的研究是不可能避免的權宜。但《總目》是一項經歷反覆斟酌的修纂事業，在進行斷代勾勒時，也需注意此間批評話語彼此有著明顯的互文性。

在中國文學的研究領域裏，官方立場的文學批評，往往被視爲霸權和保守的代名詞，較不受重視。然而當這些論述通過一系列文化政策的滲透，逐漸潛入到文化意識的底層時，事實上已成爲我們知識體系裡一項重要的成分。也形塑了清代中葉以後文人的官方意識與文學史觀念。《總目》文獻對於後代文獻的影響甚深，對於它所代表的價值體系和思想標準，是治文學史或批評史者，宜更審慎辨析及考慮的材料。

（作者爲臺灣大學中國文學系博士候選人）

觀劇詩之品花文化的建構①

——以《清代燕都梨園史料》爲中心

李　碧

摘　要

張次溪先生的《清代燕都梨園史料》是戲曲研究的重要史料，同時包含大量的觀劇詩，其中涉及對伶人的品評，不再停留於簡單的記述或對單一演員的描繪，而是承襲了古典文學的"詩品"傳統，結合古典美學系統中的"品文化"所進行的一番獨特考察，那麼，這些觀劇詩就不能單純地被看作"史料"，而是詩品的流裔與"品文化"的延續。筆者將以《清代燕都梨園史料》爲依託，集中在評點伶人的觀劇詩中，分析其如何建構"以詩品花"的系統，以及這種評點方式在發展與流傳過程中所形成的美學標準，追問這一獨特評點樣式的淵源及其美學價值。

關鍵詞：觀劇詩　以詩品花　品文化　《清代燕都梨園史料》

---

① 觀劇詩，戲曲批評樣式之一。觀劇詩多作於戲曲演出現場，以詩歌的形式對戲曲演出、文本、演員、審美及傳播等多方面進行評點，以其隨機性、即時性的表達展現出文人對戲曲的審美觀照和思想觀念，較專門的戲曲評點作品更突出對細節的捕捉。參見拙文：《冒襄加班與明清之際戲曲活動》，《明清文學與文獻》2014年第三輯，頁 363。觀劇詩在廣義上與詠劇詩的概念比較接近，係以詩歌記錄戲曲活動，包括演出、演員、評點等戲劇化現象，體現作者的審美情趣，同時透露出豐富多彩的文化史資訊，通常也包括了詠劇詞、詠劇曲在內，構成了詠劇詩歌的大觀。參見齊森華、陳多、葉長海：《中國曲學大辭典》(杭州：浙江教育出版社，1997 年)，頁 19—20。本文的"品花"是指對伶人的評點，"花"爲伶人的代稱。

引　言

張次溪先生的《清代燕都梨園史料》是戲曲研究的重要史料，同時包含大量的觀劇詩，其中涉及對伶人的品評，不再停留於簡單的記述或對單一演員的描繪，而是承襲了古典文學的“詩品”傳統，結合古典美學系統中的“品文化”[①]所進行的一番獨特考察，那麼，這些觀劇詩就不能單純地被看作“史料”，而是詩品的流裔與“品文化”的延續[②]。

品詩傳統由來已久，從鍾嶸《詩品》到司空圖《二十四詩品》，古典詩歌中的“風格”“骨氣”“興寄”“滋味”都孕育其中，明清以降，以詩論詩

---

① 所謂的“品文化”，即以“品”進行分類的一種評點方式，詩、書、畫、印、棋等領域均有以品分類的評點著作，經過長期流傳形成一種審美樣式，並不僅僅局限於文學。以《尚書・禹貢》中對九州土地和田賦的九等鑒別，奠定了九品品味的基本模式，在其後的發展中有三品、十品，甚至二十四品不等，都是九品文化的變體。參見范子燁：《論中國古代的“九品文化”》，《求是學刊》1995 年第 4 期，頁 96—99。

② 關於這一問題的探討，目前的研究成果有潘麗珠：《清代中期燕都梨園史料評藝三論研究》（臺北：里仁書局，1998 年），其中第四章《十七本史料品評藝事的表現方式與標準》與第五章《乾嘉道咸時期燕都梨園史料的評藝美學》涉及對伶人的品評與評點標準，但未能在詩品框架下詳細論述，頗爲遺憾；王照璵：《清代中後期北京“品優”文化研究》（臺灣暨南國際大學碩士論文，2008 年）系統地考察了品優書籍及品優活動，對以詩品伶有所涉獵，但未進行專章論述；龔鵬程：《中國文人階層史論》（宜蘭：佛光人文社會學院，2002 年）中有《品花記事：清代文人對優伶的態度》論及詩品傳統之下文人對伶人的點評，但亦未能繼續追問如此品評的現象是如何發生的，筆者認爲仍有探討的空間；么書儀：《晚清戲曲的變革》（臺北：秀威出版社，2013 年）中《嘉慶、道光年間的“花譜”熱》一節談到梨園花譜的構成及伶人與創作花譜的文人之間的關係，爲梨園花譜的進一步研究奠定了基礎；陳維昭：《中國戲曲的雙重意義閾：陳維昭古典戲曲論集》（南京：鳳凰出版社，2011 年）中《曲品與詩品》一文從“曲爲詞餘，詞爲詩餘”的脈絡探究詩學評點如何介入曲學評點，涉及曲評與劇評，尚未涉及對伶人的評點；曾永義：《也談南戲的名稱、淵源、形成和流播》，《中國文哲研究集刊》第 11 期，頁 1—42，李惠綿：《元明清戲曲搬演論研究》（臺北：文史哲出版社，1987 年）中從“色藝論”的角度使用清代燕都梨園史料中的色藝品評進行佐證。

(如論詩絕句)的作品大量產生,以詩點評的方式被文人所接納。然而,文人爲何要將詩代入戲曲的世界,並作爲評點伶人的手段呢?這涉及到兩個脈絡:一是評點美學的脈絡;一是戲曲美學的脈絡。從評點美學的發展來看,清代的評點是比較盛行的,從王夫之的"性情説"到葉燮的"境界論",落實在各種文體上,詩歌中有"神韻説"、"格調説"等,小説方面有金聖歎、張竹坡、脂硯齋等人建構的小説評點美學,從金聖歎"以文評戲"觀念的提出開始,戲曲從實踐中的自覺走向了美學評點之路。戲曲美學的評點主要集中在兩個方面:一是對戲曲文本的評點;二是戲曲演員(包括演出)的評點,創作形式可分爲譜録、詩詞曲記、品花記、圖像評點、雜録等。本文探討的"品花"主要是指承繼"花譜"、"花榜"等概念發展而來的對伶人的評點,"以詩品花"便是此類著作中以詩歌的形式進行評點的部分,這種評點樣式結合了譜録與詩評的雙重特征,是品花作品中藝術成就較高的部分。筆者將以《清代燕都梨園史料》爲依託,主要選取《燕蘭小譜》、《曇波》、《擷華小録》、《情天外史》這幾部作品分析其如何建構"以詩品花"的系統,這幾部作品産生在"以詩品花"系統形成與發展的不同階段,文人的審美標準在作品中表達得較爲完整、具體,具有一定的代表性,由此可以繼續追問這一獨特評點樣式的淵源及美學價值。

一、花雅之爭與《燕蘭小譜》的奠基之功

從《詩經》中的《大雅》、《小雅》開始,"雅"是詩文批評中無疑的讚美之辭,但在戲曲領域,祁彪佳的《遠山堂曲品》中將戲曲分爲"妙、雅、逸、艷、能、具"六品,不入流的爲雜調,"雅"僅列第二,乾隆年間又發生了花雅爭勝,是什麼樣的標準可以與"雅"一爭高低呢?據《揚州畫舫録》記載:"兩淮鹽務例蓄花、雅兩部以備大戲。雅部即崑山腔;花部爲京腔、秦腔、弋陽腔、梆子腔、囉囉腔、二簧調,統謂之'亂彈'。"[①]胡忌先生在《走向雅部——戲曲藝術的一條"絕"路》一文中提出"雅部、花部之説,

① (清)李斗:《揚州畫舫録》(北京:學苑出版社,2001年)卷五,頁79。

先見之於吳長元《燕蘭小譜》"①，么書儀教授進一步論證"《燕蘭小譜》是'花譜'之類刊刻物的'一時創建'"②。此書作於乾隆五十年(1785)，作者親歷了花雅之爭全過程，除第一卷對伶人王湘雲的畫蘭詩進行專卷介紹之外，第二至第五卷將伶人分部介紹，基本情況如下表：

卷　數	評點樂部	被評伶人	詩歌數目
第二卷	花部	十八人	四十六首
第三卷	花部	二十六人	四十八首
第四卷	雅部	二十人	四十四首
第五卷	雜詠；雜感	三十六人	四十六首

從此書的結構與內容中可以看出：一、以花、雅、雜進行分類既是結合花雅之爭的現狀，又有借鑒《遠山堂曲品》的痕跡；二、從內容分佈來看，花部所占比重較大，既有花部唱腔、曲目衆多的因素在裏面，同時也可看出作者的側重；三、將花部置於雅部之前，雜詠置於最後，顯然不是由下品至上品的排列順序，優劣先後之感初見端倪；四、每卷都按照伶人分條，先對伶人概況加以介紹，再以兩至四首絕句進行評點，作者雖然沒有以"品"爲題，但是已經體現出了品題的評點意識。由此，《燕蘭小譜》不僅是最早提及花部、雅部的著作，同時也開拓了以詩品花的先河。

（一）花部品題

在吳長元眼中，雖未明言高於"雅"的標準是什麼，但在其花部評點中可見他最爲推崇的便是"真"，"真"即"自然"。他在評點萃慶部伶人劉二官時詩云："一劇傳摹女悅男，晴絲裊裊吐春蠶。卻憐南國生劉二，

① 胡忌：《菊花新曲破：胡忌學術論文集》(北京：中華書局，2008年)，頁180。《燕蘭小譜》問世時，作者署名"西湖安樂山樵"，據張次溪《著者事略》載："西湖安樂山樵：仁和吳長元，字太初，別署西湖安樂山樵。"見張次溪：《清代燕都梨園史料》(北京：中國戲劇出版社，1988年)，上册，頁24。本文所用《清代燕都梨園史料》皆爲此版本，下同。

② 么書儀：《晚清戲曲的變革》，頁340。

不似西州熟魏三。”[①]詩人引用宋代魏野《贈妓詩》中“君爲北道生張八，我是西州熟魏三”[②]之句，認爲劉二官所演之劇並未能超越前人，詩中自註：“蕓閣仿婉卿《縫格(按應作“褡”)膊》[③]一則，終遜自然。”他認爲，伶人所演劇目難免重合，或紛紛效仿，但怎樣能夠形成藝術上的超越，是比較困難的，正如文人間紛紛效仿王漁洋的《秋柳詩》，“知其妙而未必能名也”[④]。吳長元所崇尚的“真”分爲兩個層面：一是真情，一是真趣。前者如他在評點餘慶部伶人陳金官時所言：“嬌小婀娜逸興賒，夜行秉燭步欹斜。真王佳氣從兒現，贏得風開荳蔻花。”[⑤]在對陳金官的介紹中，詩人評價其“雖曲藝未能精熟，而聲容真切”[⑥]，可見陳金官演出的動人之處並不是憑藉技藝，而是真情流露，從詩中“嬌小”、“豆蔻”可知其年紀不大，技藝未精是可以理解的，但也正因其沒有運用過多的技巧，只是憑藉孩子般的真情，也可打動在場觀眾。後者如吳氏諷刺“韻湖”[⑦]時所作：“玉韞山輝媚有餘，連城聲價尚徐徐。心香本是無明火，莫向明兒賦《子虛》。”[⑧]此詩借評點萃慶部伶人高明官來嘲諷好友，而詩人自身對這位高明官的評價也是認爲其美中不足：“豐致娉婷，絕無浮艷之態，惜藝未嫻熟，真趣不能流露。”[⑨]所謂“真趣”，是指真正的意趣、旨趣，吳長元認爲高明官的演技並不嫻熟，沒有領會到所演劇目的真正旨趣。可見演劇對伶人的要求不僅要“雅”，更要“真”，既能領略到劇本的旨趣所在，還要融入真情，前者考察的是技藝，後者考察的是心靈的體悟。

---

① (清)西湖安樂山樵:《燕蘭小譜》,張次溪:《清代燕都梨園史料》,上冊,頁19。

② (宋)沈括:《夢溪筆談》(臺北:臺灣師範大學出版中心,2012年)卷一六,頁83。

③ 《縫褡膊》即《富春樓》,又稱《陳三兩》,京劇、徽劇、河北梆子均有此劇目。許祥麟:《京劇劇目概覽》(天津:天津古籍出版社,2003年),頁22。

④ (清)西湖安樂山樵:《燕蘭小譜》,張次溪:《清代燕都梨園史料》,上冊,頁18。

⑤ 同上,頁21。詩中自注:“是日演《龍蛇鎮》。”

⑥ 同上。

⑦ “韻湖”應爲當時文人的字或號,暫不明具體人物,存疑。

⑧ 同注④,頁22。詩中自注:“韻湖以‘心香’字蕙官,今易愛明兒,詩以嘲之。”

⑨ 同上。

此外,時值花部方興未艾之時,不同地域、不同唱腔的伶人聚集京城,對旦角的品評不再是以崑山腔中閨門旦的溫婉柔美爲唯一評價標準,各類花旦的藝術性也得到認同。如永慶部的白二,被吳氏贊爲“旦中之天然秀也”①,吳詩云:“未睹妖妍二月時,品題何處寫芳姿。永新歌韻依然在,玉樹臨風衹一枝。”②天然秀是元雜劇的著名演員,常扮演綠林角色,從“旦中天然秀”的評價可知白二擅長扮演的不是閨閣小姐,結合詩中“玉樹臨風”的造型可以推知白二當時所表演的形象應爲小生或女俠,這兩種形象都不同於閨閣小姐的溫柔嫵媚,而是流露出剛毅灑脫之美,同樣得到了青睞。另有大春部的孟九兒善扮京劇中的刀馬旦,吳氏詩贊曰:“繡旗錦纖列前幢,劍氣龍紋鼎可扛。漫說將軍無敵手,古來巾幗最難降。”③這首詩較之對白二的描寫就更爲清晰了,詩人將孟九兒所扮演的女英雄形象刻畫得活靈活現,並將她瀟灑的氣勢、英勇的風姿描繪得比男性英雄更爲勇猛,可到敵軍“無敵手”的地步。這樣的女英雄可以推測或爲花木蘭,這一形象最早見於樂府詩,但木蘭從軍被改成戲曲是比較晚的,直到明代徐渭作《雌木蘭》雜劇,花木蘭的形象才被搬上舞台,同時,在晚明的現實生活中,也有像花木蘭一樣的女將,如秦良玉、沈雲英等。到乾隆時,京劇中的刀馬旦形象開始深受青睞,這類角色更強調“唱、念、做、打”中的“做”和“打”,場面較爲精彩,常常吸引觀眾眼球。刀馬旦中不僅演女將,還演綠林女子,如在品評宜慶部的彭萬官時,彭萬官所演的角色是《鎖雲囊》中的女賊,詩云:“黑帢紅髯粉面妝,踰垣巧護鎖雲囊。綠林俠骨真堪羡,誰識人間窈窕娘。”④吳氏自評彭萬官的演出“不似唱‘楊柳岸曉風殘月’女郎”⑤,可見觀眾的審美趣味已經由單一追捧閨閣小姐逐漸變得多元化,開始認同如刀馬旦一類略帶英氣的女性形象,這種接受與認同是在花雅之爭的背景下,京劇自身的舞台藝術所呈現出的獨特魅力。

---

①② (清)西湖安樂山樵:《燕蘭小譜》,張次溪:《清代燕都梨園史料》,上冊,頁25。

③ 同上,頁27。

④⑤ 同上,頁20。

(二) 雅部品題

在花部向著"真"的標準邁進的時候,崑曲仍在追求"雅"的風範,並在聲律與文辭皆雅的標準之上,對伶人自身如何呈現"雅"的姿態提出了較爲具體的範本。吳長元在對雅部伶人進行評點時所圍繞的便是伶人之"雅"的標準,他認爲"饒他三慶多嬌艷,雅韻宜人有太和"①,"三慶"即花部的萃慶、宜慶、永慶部,其伶人多爲花部魁首,吳氏認爲那些伶人嬌艷有餘,雅韻不及崑伶。那麼,崑伶雅在哪裡呢?詩人在評點錫齡官時有云:"漫說妖妍帶露姿,殷紅獨占晚霜時。秋江冷艷無人賞,惟有閒漚仔細知。"②詩中將錫齡官比作晚秋芙蓉,殷紅冷艷,於妖妍百花中鶴立,雖無人欣賞,亦不失雅態,不與百花同流,因此詩人評價錫齡官"雅艷不浮"③,雅者需美艷,但不能俗艷。更進一步地說,崑伶的雅不僅不俗艷,更被冠以評價君子的"蘭"、"風骨"等詞,如品評嚴秀林時有詩:"倜儻張公爲賞音,恨山奚止一鉤金。從來豪客多輕薄,誰解如蘭臭味深。"④認爲嚴秀林有"如蘭之雅"⑤;而品評韓學禮時云:"洗滌鉛華靜不浮,哀絃苦調見風流。梨園盡是他鄉侶,誰把杭州曲子謳。"⑥吳長元自言將韓學禮列入品題的原因:"蓋南中梨園不事艷冶,惟取曲肖形容,令人怡情而已。新自蘇來京,友人張君見其《送米》、《哭靈》,爲之感痛,因以梓里,屬余品題。"⑦認爲韓學禮是"萬壑千岩,其秀在骨"⑧,可見這位伶人在梨園行多數人都向"曲肖形容"轉型時,依然保持著自己的風骨,其打動詩人之處即在於此。

在花雅爭勝的過程中,文人較爲讚賞崑伶的"靡容膩理,雅態柔情"⑨,更將這種雅艷不俗上升爲內在風骨,而"風骨"一詞既可指性格、品格,同時在古典文學評論史中,詩、文、畫、書法等多個審美系統都採用了"風骨"一詞借指風格或格調。吳長元評點崑伶雅艷不浮、其秀在骨時,不自覺地將傳統古典美學的語詞借用過來,進一步提升了崑曲的藝術魅力。然而,儘管崑曲的雅韻打動了衆多文人,並伴隨文人走過了

①②③ (清)西湖安樂山樵:《燕蘭小譜》,張次溪:《清代燕都梨園史料》,上冊,頁36。

④⑤⑨ 同上,頁37。

⑥⑦⑧ 同上,頁39。

百餘年的歷程,到乾隆時,面對花部諸曲的爭勝姿態,崑曲還是不可避免地走向了餘勢。《燕蘭小譜》中僅收錄品題崑伶二十人,有近四分之一的伶人曾學習亂彈,筆者暫舉幾例如下:

> 吴大保:本學崑部,與屬伶彭萬官同寓,因兼學亂彈,然非所專長。
>
> 四喜官:雖兼唱亂彈,涉妖妍而無惡習。
>
> 孫秀林:崑旦中之矯矯者,在京班一二年,即棄所業。
>
> 張發官:本崑曲,去年雜演亂彈、跌撲等劇。①

對於這些改部學唱亂彈的伶人,吴氏也只能感慨:"太平無象儘消搖,妙舞清歌樂聖朝。會得詩人風化遠,鄭聲屏去奏虞韶。"②字裏行間可見詩人的惋惜之情,文人對崑曲的崇尚有著不短的歷史,面對花部崛起,雅部式微,既有遺憾,又無能爲力,這也是《燕蘭小譜》對雅部的評點中極贊"雅艷不浮""其秀在骨"的另一原因。

(三) 雜詠品題

在《燕蘭小譜》卷五中雜品花、雅各部伶人,多是選取軼事或新聞,品題時並無明顯的次序先後之分,其中雜詠部分以記述新鮮趣事爲先,雜感部分以直抒胸臆爲主。值得注意的是,此卷中記述乾隆間"以詩品花"的一個現象,即"歌樓一字評",是以品題伶人入手,背後蘊含了文人如何看待花雅之爭這一戲曲史現象。

吴長元詩云:"尹謝風流絕世無,聊將一字擬形模。歌樓盡日爭嬌艷,笑是綏綏九尾狐。"③詩中提到的"一字擬形模"便是當時流行的"歌樓一字評",即僅以一字來概括伶人,吴氏例言:"友人有以'歌樓一字評'相告,嫌其於諸旦頗有未愜,乃以近時習見者爲更定之。魏三曰'妖';銀官曰'標';桂官曰'嬌';玉官曰'翹';鳳官曰'刁';白二曰'飄';

① (清)西湖安樂山樵:《燕蘭小譜》,張次溪:《清代燕都梨園史料》,上册,頁34,37,40。

② 同上,頁41。

③ 同上,頁47。

萬官曰‘豪’;鄭三曰‘騷’;蕙官曰‘挑’;三元曰‘糙’。其他則未入品題也。”①例中所舉皆爲花部伶人,有的也曾在卷二、卷三的花部評點中出現過。文人用一字概括出的伶人形象並非以同一標準進行點評,“標”“挑”“翹”應爲外形特徵;“妖”“嬌”“騷”“糙”多是根據伶人扮演的形象所呈現出的特色;“刁”“飄”“豪”則是從性格角度切入點評。從列入品題的這些一字評來看,文人所選取的評點之字除“飄”“豪”一類詞之外,其他的多是中性詞或略帶呈現俗艷意味的詞語,可以推知文人對花部名伶的評價並不是很高。但對雅部的評點卻未見一字評,吳長元言:“至於崑旦,聲容優劣有不可以一字概,當仿書畫評,各綴數語爲善,姑闕之,以俟賞音者。”②可見在吳氏心中,崑曲還是屬於雅文化的一種,甚至將其與書畫比肩,並不是一字可以概括其美妙的,需要慢慢品讀。

又據《燕蘭小譜》卷五的卷首說明載:“余敘列諸伶,以甲午爲限。而前此名優之可採者,于斯附見焉。”③乾隆甲午(1774)是魏長生(人稱“魏三”)第一次入京時,但魏長生“大開蜀伶之風”,成爲“歌樓之盛”④是在五年之後再次入京時,從“歌樓一字評”中對魏長生冠以“妖”字的評價可推知其第一次入京時還未得到文人的充分認同。從廣義上來講,花雅之爭起於明末崑山腔與弋陽腔之爭,後逐漸有更多唱腔參與進來,爭勝之事一直蔓延至晚清,方見分曉,其間所達到的高潮是在乾隆中後期。本卷所載的內容當是在花雅之爭達到高潮之前,可見崑曲式微,花部興起,但在文人心中仍認爲崑曲爲雅音,花部諸腔難免俗艷。隨著花雅之爭的分野日漸清晰,“歌樓一字評”逐漸發展成爲日後的“一字定品”。

(四)《燕蘭小譜》的奠基之功

《燕蘭小譜》之前不乏記載伶人的作品,如元代夏庭芝的《青樓集》對一百餘位元雜劇演員的技藝或專長進行點評,但並未按類別加以劃

①② (清)西湖安樂山樵:《燕蘭小譜》,張次溪:《清代燕都梨園史料》,上册,頁47。

③ 同上,頁42。

④ (清)浮槎散人:《花間笑語》,張次溪輯:《北京梨園掌故長編》,《清代燕都梨園史料》,下册,頁890。

分，更無品題意識；鍾嗣成的《録鬼簿》將一百五十位金元戲曲家分爲“前輩已死諸公”“方今名公”“方今已亡名公才人”等幾類，並對每位曲家以小傳記述，這種分類方法亦無任何品題之感，而後的百餘年間文人的評點視角便回歸到曲與劇本身，出現了一系列曲品、劇品的戲曲評論作品，明清時期夾雜於文人詩集中散見的觀劇詩多有描述伶人及其演出情況，其中流露出的評點意識很難歸爲一個系統，當文人再度集中將視角投射在伶人身上並形成一定的品題意識時，最先出現的便是吴長元的《燕蘭小譜》。

將詩學評點的概念引入戲曲多源於古典的詩樂傳統，這樣的評點無論是針對曲還是劇，側重的仍是其文學性本身，因此並不難理解，但對伶人的評點則具有特殊意義，即將戲曲視爲一種表演藝術，而不是僅僅停留於文本。作爲奠基之作，《燕蘭小譜》爲後世提供了評點伶人的基本架構：一是分類評點，《燕蘭小譜》中所分的花、雅、雜三部分並不是嚴格意義上的以“品”分類，而是迎合當時戲曲發展所流行的花雅之爭的現狀，以花部、雅部分開，具有一定的現實意義，其後較爲規範的品花作品多是以“品”進行分類，而“一字定品”的雛形則源於雜品中的“歌樓一字評”；二是每一類評點中有明顯的高下之别，正如吴長元在其例言中自言：“陳、王、二劉，時稱‘四美’，以冠花部，允協輿情。若白二之歌喉，永亭之態度，洵梨園名輩，置于次卷之首，不忍沒之”、“雅旦非北人所喜。吴、時二伶兼習梆子等腔，列于部首，從時好也”①。但因是較爲初期的評點作品，除置于卷首的幾位外，後面臚列的伶人是不分先後的，“諸伶敍次，惟部首數人略有軒輊，此下皆隨意編録，無定見也”②；三是以“小傳＋詩”的結構進行評點，“小傳”即是對伶人情況的簡單介紹，有的涉及本事，有的只是講一件軼事，視評點人所選取的側重點而定，真正具有評點價值的是後面所附之詩；四是明顯的個體意識的介入，吴長元所收録的伶人，多是他親自觀演過伶人演出，或聽聞友人介紹，再前往觀演，通過第一人稱的視角直言伶人技藝的優劣，這種收録

①② （清）西湖安樂山樵：《燕蘭小譜》，張次溪：《清代燕都梨園史料》，上册，頁6。

的方式可以“仁者見仁，智者見智”，同一時期出現的作品也可能收錄不同伶人，爲嘉道以後伶人評點的多樣化發展奠定了基礎。

二、一字定品與品花標準的確立

文人構建“品花”系統之時，爲何稱伶人爲“花”，其中蘊含了文人自身香草美人的情懷，《曇波·序》中首次提出“編來樂府新篇，寓香草美人之意云爾”①，《擷華小錄·序》中再次申明：“工美人香草之思”、“仿國風之編次，識來芳草名多。”②《詩經》以短小的篇幅同時展現出人物、環境、情感、思想等多重意蘊，在敘述上具有動態性和可觀性，早在關漢卿的雜劇《望江亭中秋切膾》中就借鑒過《詩經·邶風·新臺》中的故事情節，而《詩經》與戲曲所結之緣不止於此，《曇波》與《擷華小錄》兩部著作不僅仿照國風進行編排，意在呈現伶人不同的審美層面，同時品題之詩也效仿《詩經》而作四言體。

在品題標準上，文人傾向於以一字定品，如逸品、趣品、能品等，這種品題的風格既借鑒了詩品中的方法，不同品題之間又是從不同層面評論伶人，意不在凸顯高下之別，而是如十五國風一般呈現不同伶人的色藝，不同品之間也是“品題特慎，界畫從嚴”③。在創作動機上，四不頭陀自言：“氣短英雄，聊取青梅煮酒；歌傳懊惱，且看紅杏裁衫。蓋與其桂窟含冤，空對友朋扼腕；何如梨園買笑，猶邀子弟傾心也”、“閱歷既多，品題難矣。可人姓字，胥歸夾袋之中；騷客心靈，半貯錦囊之內。描

① (清)四不頭陀：《曇波》，張次溪：《清代燕都梨園史料》，上冊，頁387。

② (清)沅浦癡漁：《擷華小錄》，張次溪：《清代燕都梨園史料》，上冊，頁533。據張次溪《著者事略》載：“沅浦癡漁：余嵩慶，字自澂，別署沅浦癡漁，湖南武陵人。光緒丙子(1876)進士，戶部主事，改官河南知縣，終湖北知府。”張次溪：《清代燕都梨園史料》，上冊，頁33。

③ (清)沅浦癡漁：《擷華小錄》，張次溪：《清代燕都梨園史料》，上冊，頁533。據張次溪《著者事略》載：“沅浦癡漁：余嵩慶，字自澂，別署沅浦癡漁，湖南武陵人。光緒丙子(1876)進士，戶部主事，改官河南知縣，終湖北知府。”張次溪：《清代燕都梨園史料》，上冊，頁533。

出群芳一譜,不負甯馨;粧成眾美全圖,何嫌優孟?"[①]從中可以看到文人關注的焦點從戲曲故事逐漸向伶人身上轉移,這主要歸因于戲曲成熟時期,伶人技藝也達到較高的藝術水平,甚至更加吸引觀眾的眼球。本節將以《曇波》和《擷華小錄》兩部作品爲例作詳細分析。

(一)《曇波》

《曇波》中分別以清、逸、艷、静、澹、俊、麗、潔、婉字界定了伶人九品,並分別以四言詩勾勒出伶人的色藝品格,而界定標準暗含於詩中。現錄其詩如下:

福壽(清品):金谷花放,瑤臺月明。饒有風露,不著塵氛。就中佳麗,秋水神清。瞥驚鴻影,時聞鶴聲。珊珊其來,骨節自鳴。神光離合,奪人目精。

小添喜(逸品):白雲出岫,鳴鶴在林。風送花氣,月移柳陰。於裙屐間,如見晋人。和露簪菊,焚香鼓琴。有飄逸態,無塵俗心。西山爽氣,在我胸襟。

翠琴(艷品):璧月夜滿,瓊樹朝新。歌臺舞榭,睠此麗人。容華照灼,春色二分。如鳥試羽,如花在林。百和交起,香生軟塵。是真嬌艷,一顧傾城。

金蘭(静品):紅雨初過,綠陰乍寬。萬籟俱寂,古琴一彈。山色隱隱,水聲潺潺。若有人兮,儀静體間。心如止水,氣如幽蘭。蔚然深秀,令我忘餐。

玉慶(澹品):雲度銀漢,月洗瓊樓。荷香午淨,菊影晚幽。中有一人,蛾眉自修。意煦如春,神瑩若秋。鉛華弗御,醖藉夷猶。太羹元酒,古味長留。

小蘭(俊品):風好過竹,雨疏灑蕉。赤城霞起,華屋月邀。招來之子,饒有豐標。英姿颯爽,顧視清高。騎金埒馬,佩金錯刀。百尺樓上,橫笛吹簫。

翠玉(麗品):湛湛朝露,油油遠風。好花初放,搖綠顫紅。憾

① (清)四不頭陀:《曇波》,張次溪:《清代燕都梨園史料》,上冊,頁388,389。

删亭北，笑倚窗東。卧雨雲裏，來星月中。侍兒扶起，嬌態憐儂。身遐心邇，微波可通。

桂玉（潔品）：春水波回，秋山雨過。紅軟消塵，綠淨難唾。有美人兮，出泥不涴。綺羅裏行，松雪間卧。蓮濯清泉，供法華座。是真脩潔，薰香獨坐。

巧福（婉品）：新柳初綻，好花半開。酒盃春貯，香國人來。如山平遠，似水瀠洄。色相不著，天趣自佳。回頭一笑，顧影徘徊。是真婉約，欵步歌臺。①

上述四言詩均以景色起興，進而勾勒出佳人風姿，在對伶人形象的刻畫中點明品題的標準："清品"著意強調眼神"秋水神清"；"逸品"指"有飄逸態，無塵俗心"；"潔品"爲"脩潔"之意；"澹品"指"古味長留"，等等，四言詩不僅是對伶人的點評，更是對一字定品的延伸解讀，使得原本看似抽象的概括與伶人的出衆之處相互印證。

從審美傾向上看，四不頭陀所欣賞的伶人多是清新飄逸、出塵脱俗的類型，九品中除了艷品、麗品、婉品之外，其餘六品的伶人形象都是氣質高潔的，詩人以"幽蘭"、"松雪"、"蓮花"等意象作比，突出入品伶人的風姿獨俱。九品中所描繪的伶人形象分爲兩種：一種是舞台上的伶人；一種是生活中的伶人。舞台上的伶人可以"一顧傾城"，可以"英姿颯爽"，雖然美艷有餘，但終究不是本色。四不頭陀的筆下更傾向於評點那些生活中恬靜淡雅的伶人，焚香鼓琴時給人帶來洗盡鉛華之感，有"古味長留"的意藴。值得注意的是，第一，伶人的演奏或演出體現在四言詩中總是與起興之筆的景色、外界環境相匹配，可知每首詩起筆的景色是著意造境，而不全是真實描寫，這與觀劇詩一直以來側重真實描繪現場之感的傳統不同，關注點更側重於評點；第二，在評點過程中，文人的主體意識介入程度較深，花部興起之後，作爲比較普泛的大衆娱樂方式，戲曲演出事實上仍是以娱樂性爲主，多是明艷歡快的，但《曇波》的

① （清）四不頭陀：《曇波》，張次溪：《清代燕都梨園史料》，上册，頁 392—394。

作者更喜好優雅高潔、無塵俗心的伶人，這類伶人應屬少數，伶人本就是塵俗世界中的演藝者，如何能無塵俗心呢？其中可以揣測評點者自身的期許，"四不頭陀"這一筆名與佛教的頭陀苦行法關係密切，可以推知評點者對佛學比較崇尚，因此在觀世俗表演之時，也是更喜好氣質清雅的伶人，甚至將伶人刻畫爲"供法華座"、"薰香獨坐"的神佛之態，這與《燕蘭小譜》中迎合時下流行風尚的品題主旨截然不同，作者的主觀參與度更強；第三，評點者在對伶人的認同中更著意提升伶人的地位與價值，多以帶有君子之風的意象與伶人作比，其中既有文人自身的心性寄託，又是與伶人的多次交往中所得，伶人在文人眼中不再是地位低下的表演者，而是能夠以一種欣賞的姿態去品讀。

（二）《擷華小錄》

《擷華小錄》將伶人以逸品、麗品、能品劃分，每品之下收錄伶人若干，於卷後再綴錄數位伶人，次序不分先後，頗似《燕蘭小譜》中的雜詠部分。在所題三品中，作者余嵩慶以一字定品，再以四言詩對每品進行解析，現錄如下：

> 逸品：若有人兮，脩然塵表。或惠或夷，庶幾近道。紛紛裙屐，搔頭弄姿。鵷雛黄鵠，孰爲得之。
>
> 麗品：燕子簾櫳，梧桐庭院。中有璧人，不釵而弁。神駿可愛，高談轉清。珠玉在側，此焉移情。
>
> 能品：紅塵軟處，檀板催時。誰能遣此，詩復中之。嚦嚦飛花，聲聲入破。陶寫羈懷，唾壺在座。①

從"逸品"的闡釋中可以看到一位超塵脱俗的麗人形象，並不是純粹的美麗，重在"脩然塵表"的氣質，這種美感在詩人評點逸品中的伶人錦雯

① （清）沅浦癡漁：《擷華小錄》，張次溪：《清代燕都梨園史料》，上册，頁533。據張次溪《著者事略》載："沅浦癡漁：余嵩慶，字自澂，別署沅浦癡漁，湖南武陵人。光緒丙子(1876)進士，戶部主事，改官河南知縣，終湖北知府。"張次溪：《清代燕都梨園史料》，上册，頁537,538,540。

主人劉潤時表述得更加明確,即"爲化工感也"①。古典美學中的"化工"源於老子的虚實理論,進而發展爲"化實爲虚"、"化虚爲實"的創作手法,具體到明清間的戲曲創作對"化工"的運用上,首推王驥德《曲律》中對"罵題"的論述:"詠物毋得罵題,卻要開口便見是何物。不貴説體,只貴説用。佛家所謂不即不離,是相非相;只於牝牡驪黄之外,約略寫得風韻,令人仿佛之中如燈鏡傳影,了然目中,卻捉摸不得,方是妙手。"②這種思想直接影響到李漁所提出的"審虚實"理論。本詩中余嵩慶將戲曲創作論的審美標準挪用到戲曲表演評論中,以王驥德"劇戲之道,出之貴實,用之貴虚"③爲主要評判標準。筆者認爲,《擷華小錄》中的"逸品"評點所推的"化工之感"兼具"化實爲虚"與"化虚爲實"④的雙重意蘊:伶人通過扮演戲曲中的人物形象,無論所扮演的人物歷史中真實存在,亦或虚構,伶人都是以現實之身轉化爲藝術形象,帶給觀衆審美的觀感,是爲"化實爲虚";從觀者的審美來講,其被伶人扮演的藝術形象所打動,必是結合了觀者自身對這一藝術形象所包含的情感及對生活的認識而得來,是爲"化虚爲實"。由此場上的表演者和場下的觀者形成虚實相生的共感狀態,能夠滿足觀者如此的審美訴求的表演者,即爲"逸品"。

在對"麗品"的評點標準中,除了伶人的美艷之態外,更值得關注的是"移情"。中西方的文藝理論中都有"移情",側重點截然不同:西方的"移情"注重的是自我;中國古典美學中的"移情"注重的是物我的相互

---

① (清)沅浦癡漁:《擷華小錄》,張次溪:《清代燕都梨園史料》,上冊,頁533。據張次溪《著者事略》載:"沅浦癡漁:余嵩慶,字自澂,别署沅浦癡漁,湖南武陵人。光緒丙子(1876)進士,戶部主事,改官河南知縣,終湖北知府。"張次溪:《清代燕都梨園史料》,上冊,頁538。

② (明)王驥德著,陳多、葉長海註釋:《曲律》(上海:上海古籍出版社,2012年)卷三,頁144。

③ 同上,頁201。

④ 所謂"化實爲虚"是指從藝術與現實生活的一般關係來講,藝術創作是把一定的現實生活轉化爲藝術形象;所謂"化虚爲實"是指藝術形象所包含的思想感情和對生活的認識,必須通過具體可感的、栩栩如生的藝術描繪表現出來。曾祖蔭:《中國古代美學範疇》(臺北:丹青圖書有限公司,1987年),頁177—188。

交流與融合①。中國古典文論中的移情源於一段關於音樂的記載:"伯牙學鼓琴於成連先生,三年而成,至於精神寂寞情志專一,尚未能也。成連云:'吾師子春在海中,能移人情。'乃與伯牙延望無人至蓬萊山。留伯牙曰:'吾將迎吾師。'刺船而去,旬時不返。但聞海水汩汲漰澌之聲,山林窅冥,群鳥悲號,愴然歎曰:'先生將移我情。'乃援琴而歌之,曲終成。成連刺船而還。伯牙遂爲天下妙手。"②因此余嵩慶所講"珠玉在側,此焉移情","珠玉"即詩中所描繪的絕色伶人,伶人通過表演將觀者帶入戲曲的世界,與劇中人物情感產生共鳴,這種"共鳴"不同於一般的觀者對戲的感悟,而是強調在不知不覺中被帶入,頗似詩品中的造境。司空圖曾提出"詩境"的觀點,並總結出詩歌中存在的二十四種詩境,在造境的過程中,司空圖較爲注重主觀思想與客觀物象之間的關係,審美主體通過自身的情感與聯想投射在所關注的事物之中,所形成的交流與融合即爲"移情"現象。在演劇活動中,伶人是客觀環境中的造境者,文人爲審美主體,二者通過戲曲演出作爲情感交流的媒介。因此,余嵩慶所界定的"麗品"伶人不僅僅有美貌,更有出眾的技藝,能夠令觀者"移情"。

在能品的品題中,余嵩慶側重的是伶人的演唱,即"嚦嚦飛花,聲聲入破"。"入破"本意有二:一是唐宋大曲的專用語,大曲每套唱十餘遍,歸入散序、中序、破三大段;二是指樂聲驟變爲繁碎之音。入破曲段的唱法據北宋陳暘記載:"大曲前緩疊不舞,至'入破',則羯鼓、襄鼓、大鼓

① "移情"在德文中的原文爲 Einfühlung,字面意思爲"感到裏面去",可以理解爲"人們在觀照外界事物時,設身處在事物的境地,把原來沒有生命的東西看成是有生命的東西,仿佛它也有感覺思想情感和意志活動。同時,人自己也受到對事物的這種錯覺的影響,多少和事物發生同情和共鳴"。中國古典美學中的移情主要理解爲"在凝神關照時,我們心中除開所關照的對象,別無所求。于是在不知不覺中,由物我兩忘進到物我同一的境界"、"最典型的運用移情作用的是司空圖的二十四'詩品'以及在南宋盛行的詠物詞"。參見朱光潛:《西方美學史》(新北:頂淵文化事業有限公司,2011 年),下卷,頁 246—247。

② (唐)吳兢:《樂府古題解要 · 水仙操》,《四庫全書存目叢書》,第 415 冊,頁 13。

與絲竹合作,句拍益急。舞考入場,投節製容,故攧拍、歇拍,姿制俯仰,變態百出。"①"入破"在戲曲中的運用最早見於元末高明《琵琶記》中第十五齣[入破第一]、[入破第二]、[衮第三]、[歇拍]、[中衮第四]、[煞尾]、[出破]七曲連唱的唱段②,而後"入破"的唱法流行於雜劇與散套的演唱之中,甚至影響到日本能樂的演唱③。文人在觀樂表演中早已關注到"入破"的唱法,岑參詩吟:"白草胡沙寒颯颯,翻身入破如有神"④;白居易有"朦朧閒夢初成後,宛轉柔聲入破時"⑤;蘇軾有"霓裳入破驚鴻起"⑥;晏殊有"入破舞腰紅亂旋"⑦,等等。之所以"入破"廣泛被文人關注,主要是其發生在表演中由緩到急、由單一到多樣的轉變之時,不僅給觀者帶來視覺、聽覺上的震撼,同時對演員的技藝也是一種考驗。因此在余嵩慶的評點中,他認爲能將"入破"之曲表現得淋漓盡致的方爲"能品",所謂"聲聲入破"即指演唱的效果,每一字每一句都如"入破"時演唱得那樣美妙,使觀者得到"嚦嚦飛花"般的審美享受。

(三)一字定品與品題標準的確立

《曇波》與《擷華小録》兩部作品是品花著作中評點體系與標準都比較明確的兩部代表作,其後的評點作品多效仿這兩部的品題標準進行

① (宋)陳暘:《樂記》,轉引自王國維:《唐宋大曲考》,《王國維遺書》(上海:上海書店出版社,2011年),第10册,頁5。

② 王國維:《宋元戲曲考》,《王國維遺書》,第10册,頁5。王國維先生認爲《琵琶記》"七曲相連,實大曲之七遍,而亡其調名者也"。

③ (日)山根銀二(やまねぎんじ)著,豐子愷譯:《日本的音樂》(北京:人民音樂出版社,1961年),頁36。山根銀二先生認爲日本的能樂中有第一曲爲"序",第三曲爲"破",最後一曲爲"急",曲數沒有限制,是唐宋大曲入破的變體。

④ (唐)岑參:《田使君美人舞如蓮花北鋋歌》,(清)彭定求等編:《全唐詩》(北京:中華書局,1960年),第6册,頁2057。

⑤ (唐)白居易:《臥聽法曲霓裳》,(清)彭定求等編:《全唐詩》,第13册,頁5136。

⑥ (宋)蘇軾:《稍遍·春詞》,譚新紅等編著:《蘇軾詞全集》(武漢:崇文書局,2011年),頁6。

⑦ (宋)晏殊:《木蘭花》(池塘水綠風微暖),張草紉箋註:《二晏詞箋註》(上海:上海古籍出版社,2008年),頁176。

點評。這兩部作品在形式與創作動機上意在向《詩經》致敬,在評點理論的運用上傾向於司空圖《二十四詩品》的理路,司空圖的每一品也都是以四言詩句來傳達,通過具象的山川流水、花鳥風物等造境,將抽象的詩歌品格展現出來,如司空圖對"纖穠"的評點標準解釋爲:"采采流水,蓬蓬遠春。窈窕深谷,時見美人。碧桃滿樹,風日水濱。柳陰路曲,流鶯比鄰。"[①]可見《二十四詩品》當是《曇波》與《擷華小錄》成書方式的主要源頭。

具體來講,這兩部作品對後世品花作品具有確立基本創作範式和評點視角的價值。在創作範式上,《曇波》和《擷華小錄》與《燕蘭小譜》不同,雖是迎合戲曲風尚而作,但已確立了自身的評點結構,即以一字定品,每一類品題之下,列數數位伶人,以詩加以評點,並輔以伶人本事。在評點理論的運用上,文人運用詩歌評點理論於伶人評點之中,客觀上提升了戲曲表演的審美價值,推動了戲曲雅化的進程。在評點標準的確立上,文人基本遵循三大評點標準:一是色藝雙絕的伶人,既有美貌,同時又具備高超的演出技藝,其演出可以打動觀眾,將觀者不知不覺間帶入戲中的意境,更加深了觀者對戲的體悟;二是美艷的伶人,即以色相出眾爲主要看點,因其自身的外貌條件優越,直接影響到扮相的審美觀感,因此美艷的伶人亦可打動人,但美艷並不等同於俗艷,而是要氣質高雅者被視爲美;三是技藝超眾的伶人,此類伶人工於唱、念、做、打的功夫,或專長於其中一項,其中唱功是戲曲傳統中最爲重要的表演技藝之一,對唱功的評點亦可追溯至唐宋詩中,這一審美評判標準一直流傳至清代對伶人的專門評點之中。此外,品花之作還可依從創作者自身的審美傾向呈現出不同的風貌,如崇尚清雅、佛性等,因此在基本的品題參照之外,亦可不拘一格。

① (唐)司空圖:《二十四詩品》,(清)何文煥編:《歷代詩話》(臺北:漢京文化事業公司,1983年),上册,頁38—39。

三、《情天外史》與品花之風的演進

《情天外史》成書於光緒二十一年(1895),時逢滬上梨園蓬勃發展,有"天仙、詠霓、留春諸家,皆京劇也,惟大雅爲純粹之崑劇"①,此書即爲天仙部造勢所作,作者在凡例中自言:"是書專爲天仙部表彰幽隱,故以天仙十人入正冊,各班十人入續冊。"②在對伶人的選取上,作者的眼光又是獨到的,"是以科班名角,概未登入"、"是以出師立堂,毋庸綴述"、"天資天籟,過時難保,是以十六歲以上,不入論列"③,可見選取的都是未出師、未成名的小童,這如何能體現出天仙部及滬上其他梨園的演藝水平呢? 翻看《情天外史》所錄幼伶,王瑤卿、王鳳卿兄弟、楊小朵、孫菊仙、時慧寶等人,後來都成爲京派名角,且生、旦、淨、末都有,不單純以旦色定品,可知《情天外史》的品題標準不俗。作者自言其品題"專爲司坊揄揚色藝"、"專爲後進提倡風雅"④,因此"特修艷史"⑤,遵循了品花系統中提升戲曲雅化價值的創作動機,也仿照一字定品及以詩品花的基本範式。本節欲結合《情天外史》正、續冊,探究文人如何慧眼獨具地評點雛伶,推動品花之風的演進。

(一)《情天外史》正冊

作者將天仙部雛伶定爲十品,分別爲神、雋、艷、俊、能、異、佳、倩、俏、逸,且品次有先後。現錄每品題詩如下:

神品第一:神奇天授小郎君,品格聲歌兩軼群。芷僻蘭幽宜特賞,芬遐香妙耐徐聞。

雋品第二:雋永珠喉最可嘉,品題一字未應差。菱歌清唱初更月,香圃頻開晚節花。

艷品第三:艷如桃李正春風,品質天然肖化工。馥播芳蕤賦大

① (清)徐珂:《清稗類鈔》(北京:中華書局,1986年),第11冊,頁5046。
② (清)佚名:《情天外史》,張次溪:《清代燕都梨園史料》,下冊,頁684。
③④ (清)佚名:《情天外史》,張次溪:《清代燕都梨園史料》,下冊,頁684。
⑤ 同上,頁683。

陸,林歌翠羽夢師雄。

俊品第四:俊雄出自短身材,品物應誇小忽雷。桂棹一歌江水湧,仙船初剌海潮來。

能品第五:能將艷冷訴幽情,品在花中似女貞。蘭轉光風人服媚,香凝濃露調清平。

異品第六:異相休嫌鼻點青,品兒應屬此甯馨。采雲一片裳成錦,仙樂三終壁畫亭。

佳品第七:佳音入耳喜洋盈,品似詩家太瘦生。采映鬚眉如玉照,芬流齒頰遏雲行。

倩品第八:倩兮微笑巧梳妝,品入詞家百媚娘。吟到梅花疊字錦,香含荀令滿庭芳。

俏品第九:俏學垂楊一搦腰,品聲合譜玉人簫。寶釵搖會眉橫嫵,堃履娉婷步送嬌。

逸品第十:逸民自古七賢偕,品騭名優得九佳。采幹搜巖添一格,芝房樂府忍塵埋。①

《擷華小錄》中曾提及化工,並將其列爲逸品,視爲最佳,到了《情天外史》,同樣以化工爲標準,卻落入艷品行列。從審美角度來講,兩部作品的差異性在於重外形還是重風神,宗白華認爲"從這個時候(魏晉六朝)起,中國人的美感走到了一個新的方向,表現出一種新的美的理想,那就是認爲'出水芙蓉'比之於'錯彩鏤金'是一種更高的美的境界。"②"出水芙蓉"重風神,"錯彩鏤金"重外形,二者的審美標準不同,從《擷華小錄》和《情天外史》的品花標準來講,二者皆重風神,尋求的是莊子所提出的"神動於外"③的風華,但後者比前者對於風神的要求則更高一

① (清)佚名:《情天外史》,張次溪:《清代燕都梨園史料》,下冊,頁685—689。

② 宗白華:《中國美學史中重要問題的初步探索》,《美學散步》(上海:上海人民出版社,2005年),頁22。

③ (戰國)莊周著,陳鼓應譯注:《〈莊子〉今注今譯》(臺北:臺灣商務印書館,1987年),頁45。

些,即在艷品之中便不僅僅要有外在的形體美,更要有內在的風致美,是爲對美感要求的演進。

艷品位列第三,神品與雋品均列於前,二者在伶人具備美貌與風神之外,對唱功的要求也比較高。列入神品與雋品的伶人帶給觀者聽覺上的享受是與衆不同的,《樂記》中對"樂"的解釋便是"人心之感於物也"[①],此二品的伶人演唱可如"初更月"、如"晚節花"、如"僻芷幽蘭",可見歌聲帶給觀者"感於物"的多重享受。這種享受不同於位列能品的伶人"將冷艷訴幽情"的唱法,僅工於一類情感的演唱要求,如《燕臺花史》中評點伶人萬馨芳的歌喉"穿雲裂石"[②]、《丁年玉筍志》中評點伶人殷秀蕓的歌聲"圓亮清和"[③],等等,這些具體的概括所展現出的都是伶人擅唱的某一方面,因此只能列爲能品。神品與雋品的演唱則如燕南芝庵《唱論》中所講的"清新綿邈"[④]之感,二者境界自然分明。

《情天外史》對伶人評點的進一步拓展還體現在兼顧了戲曲曲目,將伶人置於具體劇目的環境中,使評點更加客觀,融入了戲曲文本的維度。在十品中多可直接由評點之詩讀出當時演出的劇目,如《清平調》(能品)、《旗亭畫壁》(異品)、《千金記》(俏品)等,這些劇目都是清代演出頻率較高的劇目,其產生時間從清初到清中期皆有,而此書產生於晚清,作者在評點伶人的同時,也向世人呈現了晚清對於清中前期戲曲的接受,將伶人與曲目巧妙結合。

在評點方法上,佳品與倩品並不似其他作品以詩論中的概念評點伶人,而是直接挪用詩品與詞品,以類比的方式進行評點,將伶人比作詩家"太瘦生"與詞家"百媚娘",更突出了梨園花譜作爲文人間廣泛流傳的時尚讀物的特徵。

---

① 吉聯抗注:《樂記》(北京:音樂出版社,1958年),頁1。

② (清)蜃橋逸客等著:《燕臺花史》,張次溪:《清代燕都梨園史料》續編,頁1065。

③ (清)蕊珠舊史:《丁年玉筍志》,張次溪:《清代燕都梨園史料》,上册,頁332。

④ (元)燕南芝庵:《唱論》,任中敏編:《新曲苑》(臺北:臺灣中華書局,1930年),第1册,頁2b。

(二)《情天外史》續冊

《情天外史》續冊的評點標準與正冊頗爲類似,分爲超、上、媚、妍、憨、殊、妙、美、靜、絕十品,十品之中仍以美艷嫵媚爲第三,超品與上品置於其上,類似"異品"的有憨品與特品,仍列第五、第六的位置。現列每品題詩如下:

超品第一:超然臺上問名花,品列孤山處士家。梅點壽陽添艷額,仙逢萼綠比清華。

上品第二:上下誰將明月分,品流消息近來聞。鳳凰未見題凡鳥,卿子何須號冠軍。

媚品第三:媚生一笑奈何情,品肖閨中靜女多。韻把小闌花向午,芳搴曲沼芰橫波。

妍品第四:妍色原難妙藝嫌,品評應不混施鹽。瑤精山草千年媚,卿手春蔥十指纖。

憨品第五:憨然情態美丰儀,品貌團團亦可兒。小曲細喉頻弄響,朵釵椎髻自生姿。

殊品第六:殊好酸鹹豈俗同,品詩合遣唱玲瓏。貴聲宜在竹匏土,壽世還須筆墨工。

妙品第七:妙格簪花似女流,品饒姿媚勝同儔。菊觴應許陪佳士,仙曲宜歌上小樓。

美品第八:美堪說懌少人知,品與金蓮步步宜。彤管貽予諧雅韻,雲鬟助爾騁妍詞。

靜品第九:靜觀自得語從容,品畫評香莫負儂。慧業三生緣夙具,寶傳一字衍真宗。

絕品第十:絕辭應紀魯郊麟,品擅詼諧迥出塵。岫半金烏饒艷色,雲中白鶴顯精神。①

① (清)佚名:《情天外史》,張次溪:《清代燕都梨園史料》,下冊,頁690—694。

續冊中所列的超品和上品大致等同於正冊中的神品與儁品,作者更加推舉首兩品,並認爲位列此兩品的伶人並非"凡鳥",雖列榜首,但完全不需要與後面八品相比,自是絕頂清華。正冊中的第五品本爲能品,是作者將伶人技藝作爲主要衡量標準所進行的品題,但續冊中取消了能品,將表演技藝融入於其餘各品之中,更顯評點者對演員風神的追求與推崇。在對美的追求中,評點者毫不含糊,將美感細化,如位列第三、第四的媚品與妍品之間也有明顯的高下之别,媚品伶人楊韻芳多扮演小旦,兼習正旦,品題之中認爲其扮演的生角亦可一笑生情,時楊韻芳扮演的是《鐵蓮花》中的掃雪小兒,如此不引人注意的角色卻被評點者捕捉到一笑生情的情態,可知演技之精湛;妍品伶人王瑶卿儘管後來成爲京派名角,但在《情天外史》的評點中直言其演技之不足,從題詩來看,作者認爲王瑶卿的色勝於藝,這也成爲了媚品與妍品之間的差别。

與衆不同的是,正冊第六品爲異品,描寫的是伶人張采仙,張采仙主要扮演小生,偶爾扮演小丑,異品側重刻畫的便是其扮演丑角時的情態。丑角在京劇行當中處於最末,幼童學戲時天資最好的往往選擇生、旦行當,丑角演員在外貌條件上遠不如生、旦演員,且丑角在劇本中以配角爲主,很難給觀衆留下深刻印象。《情天外史》在評點中兼顧到了容易被人忽略的丑角角色,將他們的優長展現給世人,正冊中的異品是將丑角列入品花的初步嘗試,續冊中則進一步具體爲憨品,較異品中的"異"字取"與衆不同"之意來說,"憨"字定品不再泛化,更能抓住丑角的特徵。憨品所列伶人楊小朵,本也是習花旦,但評點者認爲其扮演《鐵弓緣》一劇中的端茶小丑惟妙惟肖,"真乃珠喉一串,椎髻多姿"①。在第十品絕品中所收伶人王岫雲也是丑角演員,擅演《雙沙河》、《絨花計》等劇,主要扮演喜劇類角色,因此被評爲"詼諧出塵",同時評點者認爲若超品、上品爲鳳凰,那麼王岫雲雖是凡鳥,也當爲雲中白鶴,既借用"岫雲"名字的來源"雲無心以出岫"②,同時又以鶴立雲中的姿態作比,

① (清)佚名:《情天外史》,張次溪:《清代燕都梨園史料》,下冊,頁692。

② (東晉)陶淵明:《歸去來兮辭》,龔斌校箋:《陶淵明集校箋》(上海:上海古籍出版社,2011年),頁76。

給予其超塵脱俗的評價。

此外,位列第九品的時慧寶,工京劇老生,師從孫菊仙,擅演《天水關》、《五雷陣》、《七擒孟獲》等劇,嗓音高亢清澈,《情天外史》中卻以"靜"字定品,看似不合其演出特點,實則是因爲時慧寶擅書法,通詩文,其人溫文爾雅,評點者不僅僅是觀其演劇,於生活中也是多有交流,才得出"靜"字的結論。

(三)《情天外史》與品花之風的演進

《情天外史》以"史"定名,意在塑造一部梨園花譜中的經典之作,期待能夠流傳於世。此書成書之後,讀者甚廣,文人紛紛傳閱,一時間洛陽紙貴,側面反映了晚清梨園花譜的流行狀況。《情天外史》的作者承繼了《曇波》的評點體系,在創作意圖與評點方法上較其之前的作品又有所拓展。

《情天外史》的開拓性主要體現在:一、對伶人的選取上,生、旦、淨、末、丑皆錄,增強了評點的客觀性,之所以評點者會關注到生、旦以外的角色,主要得益于京劇等其他劇種的蓬勃發展,演出劇目不再局限於才子佳人劇,且伶人技藝的整體水平有所提升,易於被觀者注意到;二、評點中對演員風神的要求進一步提升,品花之初的作品,伶人兼具美貌與良好的氣質情韻便被列爲最佳,但《情天外史》中僅列爲艷品,既是對伶人之美要求更高,同時也體現出了評點標準上的微妙變化;三、對唱功的強調,不再局限於"能品"一類,而是將演唱技藝分爲不同層次,唱技高超、氣韻出衆者方爲上品,即色藝雙絕者爲上;四、在評點理論的運用中,綜合了詩、詞、書、畫等領域的審美標準,形成新的審美判斷,提升了品花之作的美學價值。

四、品花文化淵源探析

《清代燕都梨園史料》中收錄了大量的品花之作,其中"以詩品花"的作品藝術性和美學價值相對較高,從樣式到内容,再到評點依據的美學基礎,都離不開"花譜的延續"、"詩品的承繼"、"人物評點"、"戲曲技藝評點"這四大元素,進而匯聚成梨園新的流行風尚。筆者試從品花作品中的線索出發，闡釋上述元素給予觀劇詩中品花之作的創作靈感，進一步明確“以詩品花”的評點淵源。

(一)“花譜”與“花榜”的延續

因自古妓、優二者性質相近，與“以詩品花”最爲密切的淵源當屬“花譜”、“花榜”(或“菊榜”)一類著作的興起與流行。據林秋雲考證，“花”與“譜”兩字並聯使用出現在唐代①，其中的“花”指“花卉”。到了宋代“花譜”也多是評點花卉的著作，直到翁元廣詩云:“露洗芳容別樣情，墻頭微弄曉風輕。不須強入群芳社，花譜初無汝姓名。”②這首詩用以讚美妓女“詹雅”，從此詩可以看出，翁元廣時已經出現了“以花代妓”對妓女進行評點的“花譜”。到明代時，“以花品妓”的創作形式已經被廣泛接受③。

“花榜”與“花譜”同源於青樓評點，相伴產生，發展歷程也相近。“所謂花榜，就是在這種由名士品評妓女等次的風氣影響下產生和興起的。花榜的主持者和品題者多爲經常出入妓院徵歌選勝的名士才子……而對自己所熟悉、所賞識的妓女加以比較品評，或以名花名草比擬妓女，或以科舉功名桂冠分列妓女等次，並逐一題寫詩詞或評語來概括妓女的特徵，然後公諸於眾，以爲風流快事”④。“花譜”與“花榜”的區別主要有二:前者並無明確的按品級進行評點的要求，後者則有明確的先後次序;前者一般局限於文獻，後者也包含了一些文人讌集時的口

① 林秋雲:《清代北京梨園花譜:文本、性質與演變》(復旦大學碩士論文，2014年)，頁12。

② (宋)羅燁:《新編醉翁談錄》戊集卷二，《續修四庫全書》(上海:上海古籍出版社，2002年)，第1266冊，頁427。

③ 關於評點妓女的“花譜”起源學界有不同的看法，武舟《中國妓女文化史》(上海:東方出版中心，2006年，頁139)中認爲這種“花譜”起源於宋代《醉翁談錄》;而王書奴《中國娼妓史》(上海:三聯書店，1988年，頁52)中認爲當出現在明中葉。從本文所見的文獻證據來看，筆者從武舟的說法。

④ 武舟:《中國妓女文化史》，頁139。

頭品評①。其後梨園常常效仿此類評點，“花”也用來代指伶人，亦稱爲“菊榜”，“菊榜”僅用於評點伶人，與青樓評點並不通用。齊如山認爲《清代燕都梨園史料》中搜錄的品優著作多是由菊榜演化而來②。

本文選取的《燕蘭小譜》是現今所見第一部以花品伶的公開作品③，其創作動機因品伶人畫蘭而起，繼而對花、雅、雜部伶人進行品評，開創了“以詩品花”的基本模式。《曇波》、《情天外史》等作品相對《燕蘭小譜》的創作更加成熟，品評更加細膩，也融入了更多評點元素。“以詩品花”在“花譜”、“花榜”傳統的影響下呈現出兩個主要特點：一是對伶人的形容、容姿、才藝以詩歌的方式進行描摹或品賞，兼及以鮮花芳草比附伶人；二是對伶人以品級進行分類，高低優劣一目了然。這樣的創作模式綜合了“花譜”與“花榜”的特色，再以詩歌評語將其文學性和欣賞性進一步升華。

（二）詩學思想的承繼

以詩品花的作品不僅是在形式上以詩進行點評，在評點標準上實則是對詩學理論中性情説的繼承。《文心雕龍·體性》篇中提出：“才有庸儁，氣有剛柔，學有淺深，習有雅鄭，並性情所鑠，陶染所凝。”④其中“才”與“氣”是先天條件，正如伶人的先天品貌不同，有生來美艷，亦有面中帶瑕者，這些先天條件某種程度上影響到一個伶人氣質的培養，以及角色的選擇，如性情剛毅的女子或許不適合演閨門旦，但卻可以扮綠林女俠；如外貌資質不佳者，或許頗富表演天賦，亦可列入品題，“才”與“氣”是評判伶人的初步標準。“學”與“習”則指後天的陶冶與培養，在

① 第二條區別在王照璵：《清代中後期北京“品優”文化研究》中已有細致的分析，本文不再詳述。見王氏：《清代中後期北京“品優”文化研究》，臺灣“國立暨南國際大學”碩士論文，2008 年，頁 61。

② 齊如山：《中國的科名》，《齊如山全集》（石家莊：河北教育出版社，2010 年），第九册，頁 5045。

③ 吳存存、么書儀、張遠、郭安瑞（Andrea S. Goldman）等學者皆持此觀點，筆者不再展開論述。

④ （南朝梁）劉勰：《文心雕龍》，《四部備要》（臺北：臺灣中華書局，1965 年），第 100 册，頁 74。

漫長的學戲過程中,伶人的改變與提升是巨大的,美貌者可提升自己的氣韻風神,擅藝者可使演技精進,更重要的是,許多伶人同時也注重對表演藝術之外,如詩書、繪畫等情操的培養,既可提升文學素養,加深對戲文的理解,也爲伶人與文士的交往提供了更廣闊的空間,因此在評點伶人時,文人不一定局限於色藝,時而也有對伶人書、畫技藝的讚賞,伶人技藝的全面提升在客觀上也促進了戲曲由俚俗向風雅的轉變。

從美感經驗的形成來看,清代文人對伶人性情的描摹不是一蹴而就的,其中蘊含了六朝以來性情說的審美積澱。從皎然《詩式》中所謂的"但見情性,不睹文字,蓋詩道之極也"①,司空圖提出的"性情所至,妙不自尋"②,到嚴羽的"詩者,吟詠性情也"③,再到清代王夫之所言"詩以道性情,道性之情也"④,諸輩所追求的皆是以詩去體悟性情。其中將性情與戲曲建立起聯繫的首推湯顯祖,湯氏認爲"情"是文學創作的主要動力,既是作品的內容,同時也是欣賞品鑒的尺度,其在《耳伯麻姑遊詩序》中闡釋道:"世總爲情,情生詩歌,而行於神。天下之聲音笑貌,大小生死,不出乎是。因以澹蕩人意,歡樂舞蹈,悲壯哀感,鬼神、風雨、鳥獸,搖動草木,洞裂金石。其詩之傳者,神情合至,或一至焉;一無所至,而必曰傳者,亦世所不許也。"⑤因此文人首先是在思想上對伶人的認識與文學傳統中的"性情"相互印證,進而將詩的體式引進到伶人評點中,形成以詩品花的審美樣式,其所追尋的仍是文人心中對"性情"的感悟,這種感悟也逐漸形成了以性情品花的審美標準。值得注意的是,品花之作裏選取的"性"是伶人的"性",表達的"情"則是伶人與文人的"情"。對於伶人來說,"情"是他們對戲曲的感悟通過表演展示出來而發生的,但觀劇詩由文人所作,是在文人形成"物我合一"的感悟之後通過描繪伶人來表達出來,二者相互作用。正如朱光潛先生所言:"我認

① (唐)釋皎然:《詩式》(臺北:藝文出版社,1968 年)卷一,頁 15。

② (唐)司空圖:《二十四詩品》,(清)何文煥編:《歷代詩話》上册,頁 37。

③ (宋)嚴羽著,陳超敏評註:《滄浪詩話評註》(上海:三聯書店,2013 年),頁 72。

④ (清)王夫之:《明詩評選》(北京:文化藝術出版社,1997 年)卷五,頁 243。

⑤ (明)湯顯祖著,徐朔方箋校:《湯顯祖詩文集》(上海:上海古籍出版社,1982 年),第 2 册,頁 1050—1051。

爲古代所謂'志'與後代所謂'情'根本是一件事,'言志'也好,'緣情'也好,都是我們近代人所謂的'表現'。"①也就是說,無論是伶人對戲曲的認知,還是文人對現實的感悟,"思想和感情常互相影響,互相融會"②,共同構成了觀劇詩對伶人評點的內在意蘊。

(三) 人物評點的審美來源

古典文學作品中最早涉及人物描寫與評論的當屬《詩經》,其中曾有如"手如柔荑,膚如凝脂,領如蝤蠐,齒如瓠犀,螓首蛾眉"③的刻畫,開創了最早的古典美的標準。此後隨著賦體文的興起,描繪美人的代表作《洛神賦》將《詩經》中提及的美進一步具象化,不僅有"穠纖得衷,修短合度。肩若削成,腰如約素。延頸秀項,皓質呈露。芳澤無加,鉛華弗禦。雲髻峨峨,修眉聯娟。丹唇外朗,皓齒內鮮……"④的外形美,更有"翩若驚鴻,婉若游龍"的氣韻美。此後賦與宮體詩(詞)兩種文體對美人形象的刻畫流傳千年,無論是蕭剛的《美女篇》還是溫庭筠的《菩薩蠻》,抑或明代徐貞卿的《醜女賦》,都在反復探求古典人物視覺美的內涵與意蘊。

將關注點集中於人物評點的著作當屬《世說新語》,全書"出場的人物約計六百二十六人,加上劉孝標註,合計約一千五百餘人"⑤,其中多記載士大夫階層的文士風姿,包括外形、氣韻、舉止等方面,如描繪何平叔"美姿儀,面至白,魏文帝疑其傅粉"、王羲之讚歎杜弘治"面如凝脂,眼如點漆,此神仙中人"⑥,更有"看殺衛玠"的經典故事,皆從外形、風致入手。且《世說新語》中記載士大夫階層生活樣態的同時,還對文人雅士加以點評,簡明扼要,如品評諸葛亮三兄弟(諸葛瑾、諸葛誕)的才

---

① 朱光潛:《詩論新編》(臺北:洪範書店,1982 年),頁 200。

② 朱光潛:《談文學》(南寧:廣西師範大學出版社,2004 年),頁 169—170。

③ 周振甫譯注:《詩經譯注》(北京:中華書局,2002 年),頁 82。

④ (魏)曹植著,黃節注:《曹子建詩注》(臺北:藝文出版社,1975 年),第 1 冊,頁 129。

⑤ (南朝宋)劉義慶著,余嘉錫箋疏:《世說新語箋疏》,(北京:中華書局,1983 年),頁 2。

⑥ 同上,頁 465,475。

華高下之别爲"蜀得其龍，吳得其虎，魏得其狗"①，這種由表及裏的評點方式，爲後世的人物評點之作打下了基礎。《世説新語》以其故事引人入勝、人物刻畫筆力深厚而廣爲流傳，元代關漢卿的《玉鏡臺》雜劇、明代楊慎的《蘭亭會》雜劇都改變自《世説新語》中的故事橋段，而戲曲人物評點的直接受益者當屬夏庭芝的《青樓集》。《青樓集》以伶人或曲家爲中心，記述了教坊間的演藝情況及趣聞軼事，其中對伶人的描繪不乏"端麗巧慧""舉止溫雅""姿格嬌冶"②諸語，對伶人的風致塑造上亦有"文雅彬彬""美風度，性嗜潔""語不傷氣，綽有閨閣風致"③等句，可謂是將人物視覺之美的關注轉移到伶人群體的開山之作。清順治年間衛泳所作的《悦容編》從鑒賞女子之美的角度對美人的外在形象從面、眉、口、腰、足、點額、肥瘦等方面對外在美進行了細致的界定，清代梨園花譜對伶人美貌的細節刻畫亦多從這些方面入手。從《世説新語》到《悦容編》，古典美學中的人物評點更具規模，且從外形深入到風神、性格等對内在美的關注，這些人物評點美學的發展都爲清代文人如何看待伶人、如何評判伶人之美提供了思考的空間。

因此清代的品花之作首先關注到的便是伶人的外貌，即色藝要求中"色"的部分，這也是評點中尤爲關注的部分。從戲曲的本質來講，不能脱離表演藝術，演員在舞台上亮相的瞬間帶給人的視覺衝擊便是外在美的塑造，伴隨著文人的審美眼光和對美的認識不斷提升，品花並未停留在外形的表面層次，還深入到演員的氣質風韻、性格秉性及更多面向。

（四）技藝評點的審美來源

戲曲作爲一種舞台表演藝術，融合了唱腔、舞蹈、念白等多方面，如何能將一部戲曲故事演繹得活靈活現、深入人心，唱功與演技都是不可或缺的，《清代燕都梨園史料》中對於伶人的技藝評點主要側重於對唱

① （南朝宋）劉義慶著，余嘉錫箋疏：《世説新語箋疏》，（北京：中華書局，1983年），頁453。

② （元）夏庭芝著，孫崇濤、徐宏圖合注：《青樓集箋註》（北京：中國戲劇出版社，1990年），頁137，192，170。

③ 同上，頁137，181，200。

腔和演技的關注。

“唱”主要延續的是古典的歌樂藝術,《樂記·樂本》篇中曾定義“樂”的概念爲:“樂者,音之所由生也,其本在人心之感於物也。”①由此對伶人的“唱”提出了兩種境界的要求:一是唱出“人心感於物”的樂曲;一是以樂打動人心。前者可滿足燕南芝庵在《唱論》中所提出的“仙吕調唱,清新綿邈。南吕宫唱,感歎傷悲。中吕宫唱,高下閃賺。黄鐘宫唱,富貴纏綿。正宫唱,惆悵雄壯。道宫唱,飄逸清幽。大石唱,風流蘊藉。”②若想將樂曲表達出其創作之初所蘊含的情感,只需配以不同曲調,結合唱詞,即可實現。但若想以樂曲打動觀者,尤其是在戲曲表演中,“唱”並不及“做”“打”的場面熱鬧,以“唱”吸引觀者,對伶人技藝的要求是比較高的,這要求伶人不僅具備基本的唱功,更要具備對樂曲的理解和一定的文化素養。而在伶人的歌喉打動聽者的時候,這些文人士大夫在意念上對歌曲的理解便更加多元:尊老子者崇尚“大音希聲”,往往將樂曲與人本天性結合起來;尊莊子者或依據“聽之以心”而又外於“心知”,推崇音樂的審美心理,強調“物我同一”“法貴天真”③,與《樂記》中的“凡音之起,由人心生也。人心之動,物使之然也”④的理論不謀而合。

表演論則直到宋以後才有所突破,不再拘泥於“淡”與“和”的審美標準⑤,而是將視野轉向了情性之外。李贄“童心説”的提出,對戲曲表

① 吉聯抗注:《樂記》,頁1。

② (元)燕南芝庵:《唱論》,任中敏編:《新曲苑》,第1册,頁2b—3a。

③ 牟宗三先生曾談道:“老子之道有客觀性,實體性及實現性,至少亦有此姿態。而莊子則對此三性一起消化而泯之,純成爲主觀之境界。故老子之道爲‘實有形態’,或至少具備‘實有形態’之姿態,而莊子則純爲‘境界形態’。”牟宗三:《才性與玄理》(臺北:學生書局,1993年),頁177。

④ 吉聯抗注:《樂記》,頁3。

⑤ “淡”與“和”的審美標準源於老子所推崇的“淡兮其無味”、“大音希聲”的音樂審美,排斥人爲之樂、有聲之樂,這種思想被魏晉文人吸收,提倡“絲不如竹,竹不如肉”,更加回歸自然,至唐時,“淡和”更多地運用於音樂,所謂“清冷由本性,恬淡隨人心”,但是這種思想束縛了音樂對情感的表達。苗建華:《古琴美學思想研究》(上海:上海音樂學院出版社,2006年),頁43。

演的審美也產生了一定的影響，主張表演要符合抒發性情的需要，“淡則無味，直則無情”“有是格便有是調”①，“浩蕩”、“壯烈”、“悲酸”、“奇絕”等等情愫都應得到闡釋，這一思想直接影響到黄周星《製曲枝語》中提出的“喜則欲歌欲舞，悲則欲泣欲訴，怒則欲殺欲割，生氣勃勃，生氣凛凛。”②正是美學思想的轉變推動了戲曲審美的多樣化進程，表演被提升至與曲律並肩的地位，《清代燕都梨園史料》中的評點作品也正是迎合了這一風尚，將眼光不僅局限於美艷的伶人，也不拘泥於生、旦等較爲注重唱腔的角色，淨、末、丑等配角，或以動作戲爲主的伶人都受到了不同程度的關注，評點者對他們的技藝亦是讚譽有佳。

結論　美的呈現與“以詩品花”的局限

溫克爾曼（Johan Winckelmann）在《古代藝術史》中提出“佔據舞台中心的是對人的研究”③，文人在對伶人的品析之中既呈現了舞台藝術美，同時又帶來了對美的思考。

從伶人與文人對戲曲的審美認知來看，伶人帶給觀者的愉悦與觀劇詩帶給文人的愉悦都是來源於戲曲這同一本體。對於伶人來説，戲是有聲的詩；對於文人來講，詩是無聲的戲，伶人通過具體形象來塑造舞台畫面，而文人通過文字展現抽象的美感，詩與伶人的演出都是對戲的描摹與模仿，儘管模仿對象相同，但描摹的方式與形成的效果都不同。

從戲與詩所構成的畫面美感來看，如朱光潛先生所講的那樣，“凡是爲造形藝術所能追求的其他東西，如果和美不相容，就須讓路給美；

① （明）李贄：《焚書》卷三，《李贄文集》（北京：社會科學文獻出版社，2000年），頁92。

② （清）黄周星：《製曲枝語》，《中國古典戲曲論著集成》（北京：中國戲劇出版社，1959年），第31册，頁22。

③ （德）萊辛（Lessing, Gotthold Ephraim）著，朱光潛譯：《詩與畫的界限》（臺北：蒲公英出版社，1986年），頁5。

如果和美相容,也至少服從美。”①這條標準對於伶人的意義在於對舞台形象的塑造,期待其所扮演的形象是盡善盡美的,一切不符合塑造形象氣質的元素都會被拋棄,但是任何伶人扮演的形象都不可能滿足所有觀眾的審美。對於文人來說,當伶人之美不符合其審美期待的時候,文人所採取的手段是借對美的想象來彌補現實之不足,想象中的美是沒有頂點的,因而才有了文人筆下的“神品”、“超品”等美貌與技藝均無可挑剔的伶人形象,這種對美的想象反而人爲地提升了舞台具象之美的空間。

從美感的形成手段來看,伶人以細節構成來塑造美,文人從美的效果去揭示美,伶人與文人的努力匯聚成詩與戲的交互影響。二者塑造美的手段不同,伶人對美的展示主要來源於唱、念、做、打等技藝的訓練以及一些文化素養的熏陶,文人則不同,其文化積淀比較深厚,作詩更是信手拈來,值得注意的是,詩的意象本就具有“精神性”的特質②,此時的伶人成爲詩中的意象,其美感便不再局限於某一部戲或是某一個形象,有的時候這種美是一種群像,有的時候美是一種意境,無論是哪一種,都要遠遠超乎伶人一人之力所塑造的美,進而形成了美的積淀。

當觀劇品花逐漸成爲一種風尚,文人紛紛投入這一所謂的“提倡風雅”之舉時,“梨園花譜流傳甚廣”③,花譜帶給觀者的審美經驗亦是別有一番風味。但在“以詩品花”的背後,不得不同時關注到其局限性所在。

首先,所謂的“流傳甚廣”事實上僅僅流行於文人士大夫之間的傳閱,普通百姓鮮少閱讀,且其中所引用的大量詩、詞、書、畫的評點理論和美學視角,都不見得是平民階層可以閱讀得懂的,因此其評點對象雖

① (德)萊辛(Lessing, Gotthold Ephraim)著,朱光潛譯:《詩與畫的界限》(臺北:蒲公英出版社,1986年),頁14。

② (英)斯彭司(Joseph Spence):《關於羅馬詩人作品與古代藝術家遺跡之間的一致性研究》,張西平:《西方漢學十六講》(北京:外語教學與研究出版社,2011年),頁57。

③ 吳存存:《清代梨園花譜流行狀況考略》,《漢學研究》2008年第二十六卷,頁163—186。

然是士夫與平民階層都可欣賞的戲曲伶人，但這種審美的視角卻局限於文人階層。其次，花譜著者雖極力標榜評點作品的價值，認爲是弘揚藝術，引領風尚，補充艷史，甚至可與香草美人之思相比肩，但值得注意的是，這些花譜多爲文人匿名所作，所起筆名多難以追溯到作者的真實姓名，即使個別可以辨别出作者本人的真實姓名，但其所創作過的梨園花譜也斷斷不會入其詩集、文集。從匿名而作、不入詩文集這一點來看，這些花譜在文人心中的地位可想而知，與其花譜序言中的標榜之語還是有出入的。再者，這些品題之作是從文人的審美趣味出發的，是士人單方面的娛樂，其眼中的伶人或多或少地融入了刻意美化的因素，呈現出一個個恍若天人的伶人形象，與實際的伶人生活並不完全相符，從這一點來看，若將《清代燕都梨園史料》中的評點之作當作純粹的史料來看的話，還須謹慎甄别。

（作者爲浙江大學人文學院助理研究員）

論王闓運文學思想中的“爲己爲人”之辨

林傳濱

摘　要

王闓運在治學和文學的語境中都提出了“爲己爲人”之辨，將文學的創作動機分爲爲己、爲人兩種，背後包含的是他對於士人心態和文學風氣的關懷及批評。他批評爲人而作的文學觀念，指出在詩教傳統背後，文人和文學被置於臣屬的地位，只是國家意志的工具；在科舉制度下，文人視學術和文學爲功名利祿的敲門磚；爲了博取他人的賞識和名聲，文人創作失去了獨立自足的價值。由此，他提出文學爲己的價值觀，肯定文學抒寫個人情志的意義，強調文學的獨立價值。王闓運對於詩教爲人的認知回應了歷代文人對漢魏六朝文學的批評，強調了魏晉文學在詩教傳統以外追求抒寫個人情志的價值意義，同時他對魏晉文學的認知又與魯迅、周作人有所相同。

關鍵詞：王闓運　文學價值觀　晚清文學理論　魏晉文學

一、引言

王闓運(1833—1916)初名開運，三十五歲改今名，字壬甫，亦作壬父，五十歲後改壬秋，號湘綺，湖南湘潭人。太平天國時期曾出入於肅順、曾國藩幕府，其後因仕途失意遂潛心著述，先後掌教成都尊經書院、長沙思賢講舍、衡州船山書院、江西高等學堂。其文學思想論述散見於

《湘綺樓文集》①、《湘綺樓詩集》②、《八代詩選》、《唐詩選》、《湘綺樓日記》,以及後人編輯的《湘綺府君年譜》、《湘綺樓集外詩文》③、《王志》④、《湘綺樓説詩》⑤。

被汪辟疆譽爲"光宣詩壇舊首領"⑥的王闓運在當時可謂"名滿天下,謗滿天下"⑦:陳衍讚賞他五言古詩"沉酣於漢魏六朝者至深",所作

① 本文所用爲(清)王闓運著,馬積高主編:《湘綺樓詩文集》版本,以後引用一律簡稱爲《湘綺樓文集》,不再詳述出版資料。

② 本文所用爲(清)王闓運著,馬積高主編:《湘綺樓詩文集》版本,以後引用一律簡稱爲《湘綺樓詩集》,不再詳述出版資料。

③ 據筆者比對,馬積高主編的《湘綺樓詩文集》沒有收錄《湘綺樓集外詩文》,當中《竹盦詩錄跋》《八指頭陀詩集後序》《師竹軒詩集敘》《致龍芝生論小學書》《論文・示蕭璿》《論詩・示蕭幹》《論詞宗派・示蕭幹》等文章更未見於他集。

④ 此書由陳兆奎編,收錄王氏晚年答弟子治學和文學的問題,由王氏親自校對,《湘綺樓日記》光緒三十三年二月五日記:"云搜集隨筆,名曰王《志》,以擬鄭《志》也。"二月八日記:"未幾陳郎完夫來……送王《志》及仲景序文。"二月十日記:"看校王《志》亦成一種文字。"見(清)王闓運著,馬積高主編,吳容甫點校:《湘綺樓日記》(長沙:岳麓書社,1997年),頁2798—2799。加上陳兆奎與王闓運感情深厚,王闓運對其逝世有"余兒女夭逝未嘗如此惘惘者"之語。(見(清)王闓運著,馬積高主編,吳容甫點校:《湘綺樓日記》,頁3385。)因此是研究王闓運晚年思想的一個重要和較有體系的文本。本文所用爲(清)王闓運著,馬積高主編:《湘綺樓詩文集》版本,以後引用一律簡稱爲《王志》,不再詳述出版資料。

⑤ 此書由王闓運弟子王簡編輯。張寅彭和蔣寅都批評此書內容駁雜,體例未善。見張寅彭:《新訂清人詩學書目》(上海:上海古籍出版社,2003年),頁182;蔣寅:《清詩話考》(北京:中華書局,2005年),頁665。據筆者比對,內容大多抄錄自王闓運的詩文集(如《湘綺樓説詩》卷1第1條:"甲子歲從番禺還……"即爲《湘綺樓詩集》第17卷《齊河道中雪行,偶作二首》)、年譜(如《湘綺樓説詩》卷5:"看漢樂府詩,……"即抄錄自《湘綺府君年譜》光緒二十六年)、日記(如《湘綺樓説詩》卷8:"壬子正月二日,……"即抄錄自《湘綺樓日記》民國元年正月二日),排序隨意未加整理。本文所用爲(清)王闓運著,馬積高主編:《湘綺樓詩文集》版本,以後引用一律簡稱爲《湘綺樓説詩》,不再詳述出版資料。

⑥ 汪辟疆撰,王培軍箋證:《光宣詩壇點將錄箋證》(北京:中華書局,2008年),頁1。

⑦ 錢基博:《近百年湖南學風》,傅道彬編校:《錢基博卷》(石家莊:河北教育出版社,1996年),頁619。

與時事多有關係，但是也對他墨守古法而不隨風氣轉移予以批評①；李慈銘譏斥他的詩是“古人糟魄，尚未盡得者”②；胡適說他的詩是假古董③；陳子展更諷刺他是“活着的六朝人”，詩是“複製的六朝詩”④。他以鮮明的文學復古立場受到時人和現代學者的關注，學界對其詩學特色也已歸結出“緣情”、“綺靡”、“復古”和“治情”等說法⑤，但對他提倡魏晉文學⑥的動機至今還是莫衷一是，有說是受到師友和地域環境的影響⑦，有說是要“重振大漢天聲”⑧，也有認爲是對詩學傳統的學習和

① 陳衍編：《近代詩鈔》（臺北：臺灣商務印書館，1965 年）上册，頁 322。

② （清）李慈銘著，張寅彭、周容編校：《越縵堂日記說詩全編》（南京：鳳凰出版社，2010 年）上册，頁 305—306。

③ 胡適：《五十年來中國之文學》，歐陽哲生編：《胡適文集》（北京：北京大學出版社，1998 年），第 3 册，頁 206。

④ 陳子展：《中國近代文學之變遷》，陳子展撰，徐志嘯導讀：《中國近代文學之變遷；最近三十年中國文學史》（上海：上海古籍出版社，2000 年），頁 32。

⑤ 陸草：《試論王闓運的“治情說”及其審美傾向》，《中州學刊》1985 年第 3 期，頁 79—84；黄霖：《近代文學批評史》（上海：上海古籍出版社，1993 年），頁 247—258；馬衛中、劉誠：《從湖湘派的興衰看王闓運的詩壇地位》，《文學遺産》1999 年第 5 期，頁 76—78。

⑥ 本文依照錢基博《現代中國文學史》說法，以“魏晉文學”指稱王闓運的文學典範取向，在這種語境下的“魏晉文學”並不是專指魏晉兩朝，而是作爲相對於唐、宋文學的範式概念，泛指漢魏六朝文學。在其他如有“齊梁”等對比詞的語境下，則專指魏晉。

⑦ 如蕭曉陽認爲以（清）王闓運爲首的湖湘派詩人在地域環境上受到楚文化的影響，何榮譽則認爲王氏擬古詩觀的形成是受到湖南詩歌傳統（大環境）和蘭林詞社（小環境）的影響。蕭曉陽：《湖湘派研究》（北京：北京人民出版社，2008 年），頁 34；何榮譽：《王闓運擬古詩觀成因探析》，《牡丹江師範學院學報》2013 年第 4 期，頁 20—23。

⑧ 劉世南認爲王氏推重漢魏詩而薄宋詩及中晚唐詩，是要重振“大漢天聲”，具有政治意義。劉世南：《論王闓運詩的摹擬》，《江西師範大學學報》（哲學社會科學版）1994 年第 3 期，頁 54。

反思①。最近幾年,王闓運的“爲己爲人”之辨引起了少數學者的關注,如朱洪舉認爲由“‘經學以自治’凸顯出的‘爲己’維度,可以作爲解讀王湘綺一切學術思想的秘鑰”②。他從王氏的經學切入,認爲王氏的思路是要由“爲己”到“自治”,關注王氏在“爲己”觀念上對於程朱理學的反思,以及比較王氏與潘德輿的詩學異同,又認爲王氏對“情”的重視是受到了《紅樓夢》和袁枚的影響,而在爲己自治的思考下又提出了“治情”③。謝秀卉則從文學審美觀切入,認爲王氏的文學思想是在爲己作的心態下講求“曲隱”的表情方式,而五言詩體和漢魏六朝詩歌正是最好的理想摹擬對象④。朱洪舉和謝秀卉雖然意識到王闓運的文學價值觀是“爲己”,但是在論述時卻忽略了相反面的“爲人”説,對兩個概念的内涵也沒有深入的闡釋。學界對王闓運的文學創作理論或審美觀已有較多的討論,然而就筆者所見,還沒有論文嘗試全面解説王氏“爲己”、“爲人”之辨的概念内涵及背後的思考關懷,甚至是此概念與其推崇魏晉文學之間的關係。由此,本文希望通過分析王闓運“爲己”、“爲人”的概念内涵,探討其價值意義。

二、治學與文學:爲己爲人的提出

“爲己”、“爲人”之辨出自《論語·憲問》,孔子説:“古之學者爲己,

① 如吳淑鈿認爲王氏詩學是要使人了解詩體的發展過程,“意在指出一條由外至内,由貌及神的學習途徑”。吳淑鈿:《〈湘綺樓説詩〉的理論體系》,《汕頭大學學報》(人文科學版)1996 年第 5 期,頁 57;程彦霞認爲王氏詩學是對於明七子擬古詩觀的進一步完善和重建。程彦霞:《論王闓運對明七子復古體系的重建》,《遼寧師範大學學報》(社會科學版)2008 年第 6 期,頁 113—116。

② 朱洪舉:《王湘綺詩學思想研究》(華東師範大學博士論文,2007 年),頁 11。

③ 朱洪舉《王湘綺詩學思想研究》第一章《“爲己”與“自治”:根于古壤的詩學》,頁 10—33。

④ 謝秀卉:《從〈湘綺樓説詩〉對“興”義的闡釋重評王闓運“擬古”之詩學意義》,《漢學研究》2012 年第 3 期,頁 263—296。

今之學者爲人。"①皇侃《論語義疏》注:"明今古有異也。古人所學,已未善,故學先王之道,欲以自己行之,成己而也。今之世學,非復爲補己之行闕,正是圖能勝人,欲爲人言己之美,非爲己行不足也。"②即古之學者是爲了修養個人,履行善舉和先王之道,而今之學者則是爲了勝人和求取聲名。孔安國注:"爲己履而行之,爲人徒能言之。"③即爲自己而學習者能將所學實踐,而爲人者只是空談而不能實行,將爲己、爲人的解釋引申爲學成後的實際表現。王闓運的《論語訓》只引孔安國的注釋,沒有自己的解説④,直到晚年寫《中國學報序》時,他才對治學語境中的爲己、爲人之別展開了詳盡的論述:

> 學分今古,而無中外,古學爲己,今學爲人。三代以降,大都爲人之學耳,不但佔畢帖括非學,既説經故訓,亦未必近古,要皆隨世損益,不遑自立。諸子百家之言術,雖各異致,而其并心物役,甘爲今學,則一也。自海禁開,始有西學聞於國中,曾滌生倡其説,李少荃、張孝達又從而鼓吹之,上下承聲,靡然順從,凡不可爲之事,舉凡清議而爲之。初亦不自意其害之極也,後生小子聞其聲而悦之,轉相效倣,而又加厲,吾黨猶有廖平、楊度其人,他可知矣。古之學者德充符而應帝王,爲己爲人,體用兼備,今且一身不能自治,而憂國之貧弱,無術甚矣。⑤

王闓運在此對於爲己、爲人的認知是從學習動機到具體的實踐,並且指出兩者是有先後次序。他認爲學習的動機首先是要爲己,然後才是爲人,即通過學習增長自己的知識見聞,建立個人的批判意識達到思想獨立,其後才講經世致用。他認爲諸子百家之學都是急切於應事治國,而

①②③ 程樹德撰,程俊英、蔣見元點校:《論語集釋》(北京:中華書局,1990年),頁1004。

④ (清)王闓運撰,黃巽齋校點:《論語訓·春秋公羊傳箋》(長沙:岳麓書社,2009年),頁104。

⑤ (清)王闓運:《中國學報序》,《湘綺樓集外詩文》(香港:龍門書店,1968年),頁47。

不是先講求自治再講治人，三代以後的士人在學習時更只是跟隨書本誦讀而沒有自己的見解（佔畢）①，又或只是爲了參加科舉考試求取功名利禄（帖括）②，對學問、經義並沒有追根究底的追求，更遑論由自己的心得體會建構新的思想體系。王闓運認爲士人求學必須先自立，後治國，而由此想要批評的其實是晚清士人的隨波逐流。王氏一生親歷太平天國、洋務運動、戊戌維新、辛亥革命和袁世凱稱帝等重大事件，與肅順、曾國藩、李鴻章、丁寶楨、郭嵩燾、袁世凱等權傾一時的政治人物都有密切的往來，對於士人在晚清政治變幻中的生活和心態轉變有深切的體會。他在《羅熙贊傳》指出太平天國起事之前，士人各有所學，或講經術或講心性，但是大多數人還是專心於以講學授徒爲業，一年薪資約有十餘金，足以供養一家數口生活，戰事起後，士人或投筆從戎，或擔任幕僚，一年薪資可以到數百金、甚至千萬之數，自此以後不再專心學習③。營生之道改變，使部份士人脱離了求學致知的道路，投身於軍隊、官場，而晚清的內憂外患及政治變化之速，更使後來的士人無暇應接，許多士子學問尚未成家，就已經憂心國家存亡，急於致用於事，因此見曾國藩、李鴻章倡導洋務就相應順從，“盡棄所學”④，更遑論此後康有爲、梁啟超的變法主張和孫中山的革命思想。不管士人希望仿效

---

① 《禮記·學記》云：“今之教者，呻其佔畢，多其訊。”鄭玄注曰：“呻，吟也。佔，視也。簡謂之畢。訊，猶問也。言今之師自不曉經之義，但吟誦其所視簡之文，多其難問也。”李學勤主編：《十三經注疏·禮記正義》（北京：北京大學出版社，2000 年）卷三六，頁 1235。

② 《新唐書》載楊綰上疏云：“高宗朝，劉思立加進士雜文，明經填帖，故爲進士者皆誦當代之文，而不通經史，明經者但記帖括。又投牒自舉，非古先哲王仄席待賢之道。”（宋）歐陽修、宋祁合撰：《新唐書·選舉志上》（北京：中華書局，1975 年），頁 1166—1167。

③ （清）王闓運《羅熙贊傳》云：“道光中，湖南文學漸盛，名士頗集，藝林凡有三科：高者治經術，其餘談心性，攻古文詞。各有徒侶，倡和相得……長沙方承平時，魚稻饒衍，百物取足。諸生以授徒自給，歲才資十餘金，數口充贍。及後叠有水患，乘以寇亂，生徒失業。常時涉學之人，并出游兵間，治軍書文簿及管榷稅，皆安坐歲致百金，或纍千萬，文儒不復以講授爲事……”《湘綺樓文集》卷五，頁 190。

④ （清）王闓運：《中國學報序》，《湘綺樓集外詩文》，頁 47。

西學變法維新，還是以革命變更國體，結果他們都只是在追隨風氣轉移，無法提出、建構自己的獨立見解，於是終其一生爲他人之學所奴役。

王闓運的爲己、爲人之辨不只是針對士人治學，同時也是他對文學價值的思考，他在"古今詩之別"中提出了文學上的"爲己爲人"之辨：

> 古之詩以正得失，今之詩以養性情，雖仍詩名，其用異矣。故余嘗以漢後至今詩即樂也，亦足感人動天，而其本不同。古以教諫爲本，專爲人作；今以托興爲本，乃爲己作。史遷論詩，以爲賢人君子不得志之所爲，即漢後詩矣。①

王闓運在其他地方對於古今詩之別還有不少補充，如他認爲古之詩像是"今之會典奏議之類"，而今之詩則像是"古之樂"②；今之詩是"六義之興"，與風、雅、頌有别③。王闓運的古今詩歌爲人、爲己之分與他的治學論述稍有區分，在治學語境中，他批評的是晚清士人求學爲功名利祿或是追隨他人之學的流弊，要求回復古之學者的治學追求，即像孔子般"先自治而後治人"④；而在文學方面則認爲古之詩即《詩經》的風、雅、頌，是以正得失、教諫爲本，專爲人作，其作用就像是會典奏議，而漢代以後的詩歌則是今之詩，以養性情、托興爲本，是賢人君子不得志之所爲，他並不要求詩歌回歸古之詩，而是認爲文人應該秉持今之詩爲己的文學價值觀，排除文學爲人作的心態。盡管王闓運在提出古、今詩之別時是以漢代作爲分界點，但是他在論述時又指出古之詩（如風、雅、頌）或今之詩（如興）的原型都是來自《詩經》，而不管是以托興爲本的今之詩或是教諫的古之詩，這些文學價值觀同樣也可以追溯至《詩經》的

① （清）王闓運：《論詩法・答唐鳳廷問》，《王志》卷二，頁 551。

② （清）王闓運：《論七言歌行流品・答陳完夫問》，《王志》卷二，頁 537。

③ （清）王闓運：《論漢唐詩家流派・答唐鳳廷問》，《王志》卷二，頁 546；（清）王闓運撰，陳書良評、熊治祁注：《〈湘綺老人論詩冊子〉（未刊稿）》，《求索》1984 年第 4 期，頁 86。

④ （清）王闓運：《中國學報序》，《湘綺樓集外詩文》，頁 47。

言志和詩教傳統，由此看來，王闓運並不是要作一個嚴密和絕對時間上的古今詩劃分，他真正看重的是文學爲己、爲人的價值區別。

三、古之詩爲人

王闓運將爲己、爲人之辨由治學轉變爲對文學價值觀的探討，就筆者所見，在此之前，黃宗羲和潘德輿也有相似的論述。黃宗羲《姜友棠詩序》認爲詩歌能否流傳久遠和感動他人的差别就在於爲己、爲人，他同樣以《詩經》爲例，不同的是，他認爲以《詩經》爲代表的古之詩是爲己作，因爲《詩經》的作者沒有可以師法的前人之作，也沒有考慮如何打動讀者，只是直接抒發他們的情感，純樸真摯，因此更易打動人心、流傳至今，而以後的詩人則在下筆時就有太多前人的影子，務求悦人，反而使人生厭①。黃宗羲想强調的是詩歌應該以抒寫個人的情性爲主，不應該自縛於前人的詩法窠臼之中。潘德輿則認爲詩歌的功用精神就是“詩言志”和“思無邪”，繼而申明：

> 言志者必自得，無邪者不爲人。是故古人之詩，本之於性天，養之以經藉，内無怵迫苟且之心，外無夸張淺露之狀；與之貫輸於無窮。此即深造自得，居安資深，左右逢原之說也，不爲人故也。後世之士，若不爲人，則不復學詩；搦管之先，祇求勝人，多作之後，

① 黃宗羲《姜友棠詩序》：“古今之稱詩者多於麻竹，然而傳至於今者寡矣，傳至於今而爲人所嗟嘆而不能已者，益又寡矣，此無他，則爲人爲己之分也。蓋三百篇，大抵出於放臣、怨女、懷沙、恤緯之口，直達其悲壯怨譎之氣，初未嘗有古人之家數存於胸中，以爲如是可以悦人，如是可以傳遠也。夫亦如飄虛之風，鳴秋之蛩，百物之相軋相應而成聲耳。顧今之爲詩者，才入雅道，便涉藝門，浮雲白日，摘爲古選，青枝黄鳥，拈爲六朝，紛紜膠膈，自錮其靈明，無非欲示人以可悦耳，不知昔人之所以上下於千古者，用以自治其性情，非用以取法於章句也。姜白石云：‘異時泛閲衆作，病其駁也，專志於魯直，居數年，一語噤不敢吐，始大悟學即病，顧不若無所學之爲得。’夫無所學則爲己矣。”(清)黄宗羲：《南雷文定・四集》卷一，收入《清代詩文集彙編》(上海：上海古籍出版社，2009年)，第33册，頁280。

> 遂思傳世，雖久而成集，閱之幾無一言之可存。何也？彼原未嘗學詩也。分曹詠物之作，酬和疊韻之體，諛頌悦人之篇，飣餖考古之製，窮工極巧，瀰漫浩汗，何益於身心，何裨於政教？作者詡能手，誦者稱國工，名家不能掃除，餘子倚爲活計，紛紛籍籍，皆孔子所謂爲人者也。此烏得有自得之一時，使人一唱三歎諷尋不置哉！①

與黄宗羲相同，潘德輿也認爲古之詩是爲己，今之詩是爲人，而只有不爲人作的詩歌才能流傳久遠。他批評後世士人爲求勝人、悦人的創作心態，認爲自陸機、謝靈運、顏延年以後，世人競作鬥靡騁妍之詞，心中又存趨勢弋利之心，因此即使詞句典雅但是心態卻不可取，認爲這種以文學爲遊戲競技的創作心態有違詩教傳統："阿諛誹謗，戲謔淫蕩，夸詐邪誕之詩作而詩教熄，故理語不必入詩中，詩境不可出理外。"②

王闓運與黄宗羲、潘德輿同樣批評士人爲人作的心態，他們都認爲詩歌是詩人對個人情志的抒發，然而他們的古今詩劃分和內涵卻是不一樣的。王氏認爲古之詩是爲人、今之詩是爲己，而黄、潘則認爲古之詩是爲己、今之詩是爲人。黄宗羲對於古今詩的判斷是在於有沒有前人的影子和能否直抒其情，追求的是詩歌能否打動人心和流傳後世的效果，與王、潘的觀點不同，姑且不論。王闓運和潘德輿同樣關注文學的功用價值，兩人對於爲人說同樣抱持批評，但他們的差異不只是對古今之詩孰爲己、孰爲人的判斷不同，更深層的是他們對於"詩教"的態度並不一樣。潘德輿雖然也認同詩歌其中一個功用是抒發個人的情志，但是他也認爲詩歌要有益政教，不作競技應酬等無用之作，因此提倡回歸《詩經》的詩教傳統。王闓運則認爲詩歌是"以自發情性，與人無干，雖足以諷上化下，而非爲人作，或亦寫情賦景，要取自適"③。他認爲這種風上化下的效果應該是不求而得的副作用，是讀者在閱讀時自己感

---

① (清)潘德輿：《養一齋詩話》卷一，郭紹虞編選，富壽蓀校點：《清詩話續編》第4冊(上海：上海古籍出版社，1983年)，頁2006—2007。

② 同上，頁2007。

③ (清)王闓運：《論作詩之法》，《湘綺樓文集》卷九，頁366。

受到或在詮釋時得到的訊息,而不應該是作者的創作原意或動機目的。更重要的是,他認爲《詩經》的教化功用實際上是爲君王的統治服務,這正是他對於“爲人說”的第一個批評,即文學創作成爲君主、國家的政治工具。

關於《詩經》的詩教功用,《毛詩》有以下說明:

> 故正得失,動天地,感鬼神,莫近於詩。先王以是經夫婦,成孝敬,厚人倫,美教化,移風俗。①
>
> 上以風化下,下以風刺上,主文而譎諫,言之者無罪,聞之者足以戒。②

《毛詩》認爲《詩經》是有實際的政治教化作用,具體施行情況有兩種:第一種是上對下的,即君王通過詩歌考察民情,了解政治得失,又或藉詩歌教化百姓;第二種是下對上的,百姓或士大夫通過採詩和獻詩的制度,將詩歌傳達至朝廷,用來贊美或諷刺君王,表達政治訴求。除了風上化下之外,《詩經》還有“興、觀、群、怨”的社會功用,《論語·陽貨》記載:

> 子曰:“小子何莫學夫《詩》?《詩》可以興,可以觀,可以羣,可以怨。邇之事父,遠之事君;多識於鳥獸草木之名。”③

王闓運的《論語訓》對此段的注釋基本採納了前人的解說:“興”引孔安國注釋說“引譬連類”,又自注爲“易感發”,即詩歌有感發人心的審美作用;“觀”則引鄭玄“觀風俗之盛衰”的注釋,認爲可以通過詩歌而知道社會政治和道德風俗變化,又自注“觀鑒而進善”,即詩歌可以達到引人向善的作用;“群”引孔安國注“群居相切磋”,自注爲“群居和壹”,詩歌有

① 李學勤主編:《十三經注疏·毛詩正義》卷一,頁12。
② 同上,頁15。
③ 程樹德撰,程俊英、蔣見元點校:《論語集釋》,頁1212。

交流團結的功用；"怨"引孔安國注"刺上政"，即有政治諷刺功能；"邇之事父，遠之事君"則採江熙"事父與事君"之注，認爲詩歌有匡正君父的政治教化功用；此外，他也認爲鳥獸草木之名南北各異，閱讀詩歌也有學習知識的功用①。

乍看之下，王闓運對《詩經》的理解與漢代以來的解經之士並無分別，但這正說明他在理解《詩經》的價值功用時是從經學出發，正如他教學生讀經之法所說："讀《詩》當知男女歌詠不足以頒學宫、對君父，一洗三陋，乃可言禮。"②《詩經》不只是男女之間互相詠唱的情歌，而是有實際的教育和政治功用。他又說："參差荇菜，禮制也，舍胡以爲水荇，則詩可以詭言乎。"③"風如今章疏告示，頌即贊耳。"④在他看來《詩經》就是古代的政治教化工具，反映了當時的禮儀制度，如風是爲了上奏君王有關民間的風俗，或是告示百姓有關國家的政治教令，頌則是對君王的贊美之詞，也因此他才會認爲《詩經》的精神價值是爲人作，"古以教諫爲本，專爲人作"⑤，作者創作詩歌是爲了服務君王教化百姓又或是勸諫、歌頌君主（他者），而不是爲了抒發詩人的情感志向（個人）。正因爲他從經學作用於現實政治的一面理解《詩經》的教化作用，他才會認爲以《詩經》爲代表的古之詩是爲人。

王闓運對於詩教的理解固然有個人強烈的主觀意願，但是他正是要以這種"偏見"指出詩教傳統背後文人、文學和君主的權力關係，繼而建構文學爲己的價值觀。《詩經》理想的教化功能是建立於採詩制度、君王和士人兩端互動交流在現實政治的確實施行，即統治者通過採詩來了解民情，聽取百姓的意見，同時以詩歌來教化百姓，而士人也能通過採詩制度獻呈詩歌，達到諷刺或歌頌君主的目的。雖然漢代仿照古

---

① （清）王闓運著，黃巽齋點校：《論語訓·春秋公羊傳箋》，頁 122。

② 王代功編：《湘綺府君年譜》，收入沈雲龍主編：《近代中國史料叢刊》（臺北：文海出版社，1970 年）第 596 册，頁 94—95。

③ （清）王闓運：《論文·示蕭璿》，《湘綺樓集外詩文》，頁 82。

④ （清）王闓運撰，陳書良評，熊治祁注：《〈湘綺老人論詩册子〉（未刊稿）》，《求索》1984 年第 4 期，頁 86。

⑤ （清）王闓運：《論詩法·答唐鳳廷問》，《王志》卷二，頁 551。

制設立了樂府署和太樂府分掌雅樂和俗樂，向民間採集民歌①，皇帝身邊也有東方朔、司馬相如、揚雄等御用文人創作詩賦，但是風上化下和美刺君王的理念在漢代已經有名無實。吴喬《圍爐詩話自序》認爲《詩經》“採風問俗”的傳統在漢代已經開始衰敗，“六義亡半”，五代以後更是“斯文道盡”，到了宋朝，便只剩“賦義猶存”，到了明七子則是“并賦義而亡之”②。吴喬所説雖然主要是根植於他對詩歌史盛衰的理解而言，但是他明顯認爲詩教傳統的衰敗是始於漢代。漢代統治者設立了樂府官署，但以詩歌考察民情或教化百姓的功用卻没有得到落實，帝王召見文人不是爲了聽他們奉呈諷諫的詩歌，而是要他們歌頌自己的功德，或是在與群臣宴飲時助興，甚至出現了“相如上《大人賦》欲以風，帝反縹縹有凌雲之志”③的反效果。在漢武帝獨尊儒術的政策中，儒家思想看似鞏固了它的地位，但它的獨尊地位卻是由君王的權威賦予，加上漢武帝日益高漲的君權意識，君民兩端雙向交流的詩教觀念也需要作出調整。統治者需要詩歌教化百姓、頌美君王，但是並不喜歡聽到文人“刺耳”的怨憤和諷刺聲音，因此士人如果想要用詩歌來諷刺君主的話，則需要符合溫柔敦厚的標準，結合司馬相如呈賦作諫反使武帝飄飄然之事，則漢代士人欲以文學諷刺帝王的理想實已無法施行，因爲他們只是君王的臣子，對君權並沒有任何節制力。也因此，即使司馬遷在《史記》對屈原不無讚美之詞，但是在史官班固眼中，屈原就是責數君王、“露才揚己”④，不符合儒家溫柔敦厚的教旨。由此可知，詩教説在漢代以後逐漸成爲儒生、文人的文學理想，現實情況是當君王不再遵從雙向交流的原則時，士人只是帝王的臣子或國家機器中的一個小零件，受制在君王權威和國家律法的枷鎖之中，他們想要對帝王作勸諫的聲音最後只能藏匿在鋪陳靡麗的大賦之下，更何況是動輒廷杖朝臣的明代，或是由

① 葛曉音：《八代詩史》（北京：中華書局，2012 年），頁 2。

② （清）吴喬：《圍爐詩話》，郭紹虞編選，富壽蓀校點：《清詩話續編》，第 1 册，頁 469。

③ （漢）班固：《漢書・揚雄傳》（北京：中華書局，1962 年），頁 3575。

④ （漢）班固：《〈離騷〉序》，（清）嚴可均校輯：《全上古三代秦漢三國六朝文・全後漢文》（北京：中華書局，1958 年），卷二五，頁 611。

異族統治、屢興文字獄的清朝。文學能夠風上化下、美刺君王的功用價值遂成爲文獻上的記載和士人的嚮往，現實則是一切只能仰望君權的鼻息。王闓運對三代以下之儒有“章句傳經，謂之書匠；詞賦供御，等於俳優”①的譏諷，正是因爲他意識到詩歌風上化下的功用觀是無法落實於現實，尤其是在君權高漲的時代。

在詩教傳統背後的文學和權力關係中，士人的創作在一開始就處於爲人作的下層地位，以臣民的身份爲君王服務或上諫，即便文學具有風上化下的教化功用，最後的價值實現還是取決於能否得到國家意志的認可，由此詩人和創作的價值評定都操控在他人之手，文人、文學一旦不能得到在上者的賞識、納入國家意志的體系當中，就失去了個體的價值意義。王闓運意識到隨着君權高漲、政治環境變化，儒家寄託於《詩經》的詩教理想已經無法實行於現實，那麼詩人就不應該再拘泥於只存活在文獻當中、已經遠去的詩教時代，而是需要重新建構符合實際現實的文學價值觀，肯定文人個體和創作的價值。

四、科舉下的爲人心態和文學流弊

王闓運對於“爲人”的另一個批評是針對文人在科舉考試制度下視文學爲一種博取功名、應對評比的工具。他曾多次描述晚清士人對科舉的重視，以及由此衍生的問題。《天影庵詩存序》說：

> 余年十五六時，天下方騖於科舉。宣宗重翰林，多由府道兩三年至督撫。一童生不二年可至二品官，出爲學使鄉考官，門庭赫烜，父母光榮，比之蘇秦尤顯。故父老甘心焉以科第望子弟，因督其伊吾帖括中，終身不悔。②

《郭新楷傳》說：

① （清）王闓運：《答呂雪棠問》，《王志》卷一，頁502。
② （清）王闓運：《天影庵詩存序》，《湘綺樓文集》卷九，頁384。

> 自乾、嘉以來,文儒分古今之學。耽志墳典者,非薄制舉。其高第諸生,未窺六經,已入翰林。咸豐中,常妙選編檢,入直內廷,試擬鮑照數詩,均莫知所出,或遂賦律體而出。①

王闓運在此對乾嘉以後“諸儒白首戀青紟”②,士人耽溺於科舉考試而衍生的學術和文學問題表示不滿和擔憂。他提到道光(宣宗)年間,士人熱心於科舉考試,父母親族寄望子弟高中進士以光耀門楣,部分學子專門學習制藝的要求規範,以致有中舉者其實未窺六經,有入值內廷者無法判定某詩是擬鮑照詩,更由於科舉只要求作律詩因而不懂古詩之法,要他們擬作古詩卻只能以律詩應對。這群用心於科舉仕途的文人一生求學只是爲了當官,遂與潛心於經典古籍當中、專治學術的爲己求學者分途爲二。

王闓運在光緒二十九年與學生討論行與學分的弊害時,特別指出孔子和九流的學習目的都在期望達到通經致用,而漢後的治經者都不能作到這一點:

> 行與學分,由士君子不能辨學故也。六經興於孔子,九流生於六藝,質性有偏,宗主各異,要之,九流皆通經之人,而漢後治經者,皆不得經之用。詁訓、詞章、性理、考據、經義、演說,等級自有高下,其無關經學一也。而取士者以爲權衡,求進者以爲羔雁所學,雖極博通,了不關其行事,茫茫昧昧,一任身世之遭逢而已。及躋通顯,乃恥無文,則又取詁訓、詞章、性理、考據,擇其易欺人者,而託足焉,又科舉後之科舉也。有悍然者,曾不知恥,乃以學爲無用,皆後世學者所自取。孔子曰:“今之學者爲人。”足括二千年學人之敝。③

① (清)王闓運:《郭新楷傳》,《湘綺樓文集》卷五,頁192—193。

② (清)王闓運:《憶昔行,與胡吉士論詩,因及翰林文學》,《湘綺樓詩集》卷一三,頁1588。

③ 王代功編:《湘綺府君年譜》,頁233—234。

他批評當權者以經學詞章作爲取士考核的工具,卻不重視引導士人討論如何將經書所學致用於事,而士人又以訓詁、考據、性理、經義、詞章作爲評價才學高低的標準,於是求學者治學不是爲了增廣見聞、充實學問,而是應對朝廷和士人之間的考察評鑑,求仕進者遂以學問、文章作爲入仕之工具,每每只是背誦坊間編選的經義帖括,模擬時文和試帖詩選本,就直接奔赴考場,得到官職後,或是盡棄"前學"以當官蓄財爲業,或是爲了向別人證明自己是有"真材實學",又從各種學問當中選取容易學習、易見成果者以求瞞人耳目。爲人而學的動機只是求悦人、勝人,結果終其一生茫茫昧昧,學無所得,更不用説要通經致用。

何況,科舉考試不只是國家選拔人才的制度,同時也是統一思想、牢籠士人的工具,乾隆二十三年聖諭説:

> 向例五經取士,經旨悉遵用先儒傳註。今學宫頒行《御纂五經》《欽定三禮》,博採諸儒之説,折衷至當,集古今之大成,嗣後考校經文。應遵奉聖製及傳註爲合旨。其有私心自用,與泥俗下講章,一無稟承者,概置不録,違者議處。①

國家頒布《御纂五經》《欽定三禮》,認爲這已經是博採各家之説的最好版本,集古今大成,可以作爲學校書院和科舉考試的教學課本和權威答案。然而當學術思想以此爲惟一解答,拒絶任何新的思想見解或是不符合此書的論述,這無疑就是一個巨大而無形的牢籠,將士人的思想都禁錮在國家意志之下。士人無需全面認識經義原典,無需有深入的研究,更不需要有自己的思想、新見,只需要花費時間心力去背誦欽定文本,進入試場按限制格式作答,就已經達到科舉考試的基本要求。進入仕途之後,士人也只是將此學習過程應用到官場之上,以在上位者和君王的意志作爲絶對依歸,不需要有個人的獨立思考,服從國家的一切命令即可,不必反思,更不能違抗。在整個學習和爲官的過程中,士人並

① (清)昆岡等修,劉啟端等纂:《欽定大清會典事例》卷三三二,《續修四庫全書》(上海:上海古籍出版社,1995年),第803册,頁299—300。

沒有培養個人的反省自思能力，君王和國家也不允許他們擅自違背旨意作出個人判斷，由始自終，士人都只是在他者的操控之下，猶如鑲嵌在國家機器中的一個個小齒輪，由掌權者驅使轉動，沒有任何反抗能力，無法自立也沒有獨立價值，更可以隨時被替換。

王闓運對科舉的批評不單是因爲它影響了士人的求學心態和思想自由，同時它也影響了文學的創作。清代科舉大多承襲明朝制度，要求以八股文答題，八股文有破題、承題、領題、入題、出題、過接、收結、落下，起二比、中二比、後二大比、末二小比（故又稱八比）的結構形式。焦循《時文說一》認爲："諸子之說根於己，時文之意根於題，實於六藝九流詩賦之外，別具一格。"[①]《時文說二》又認爲："古文以意，時文以形。舍意而論形則無古文，舍形而講意則無時文，故二者不可以相通。"[②]八股文要求的是嚴格遵守行文形式，按題目來代聖賢立言，士人無需發揮個人對於題目和經學的見解，不少士子只是在考試前熟讀範文擬作以應付科舉要求。清代除了考八股文還要考律詩，康熙十八年開博學鴻詞科以五言排律試士，其後一度廢止，自乾隆二十二年於鄉會試增考五言八韻詩以後又成爲定制，考試時命題作詩，格律嚴謹，一韻到底不得轉韻，除首尾聯之外，中間各聯需要工對，言語必須莊雅，不可以濫用閨房里巷的言情憂愁之作[③]。毛奇齡、金甡就認爲試帖詩的格式要求和八股文十分相似："首聯名破題，次聯名承題，三聯如起比，四五聯如中比，六七聯如後比，結聯如束比。"[④]毛奇齡《唐試帖詩序》更認爲試帖詩是"爲試而設"，與古體詩和近體詩完全不同，並不能視爲同一源流，其結構猶如八股文，限制嚴謹，創作時又是"敷詞貼字，而並不得有心思行乎其間"[⑤]。

① （清）焦循：《雕菰集》卷一〇，收入《清代詩文集彙編》第 472 冊，頁 110。

② 同上。

③ 商衍鎏：《清代科舉考試述略》，收入沈雲龍主編：《近代中國史料叢刊續編》（台北：文海出版社，1975 年），第 217 冊，頁 251—252、259。

④ 同上，頁 252。

⑤ （清）毛奇齡：《西河文集》卷二九，收入《清代詩文集彙編》第 87 冊，頁 406—407。

嚴苛的科舉要求似乎只是爲了從芸芸士子當中汰弱留強，選出國家的精英加入統治階層，然而當士人只餘仕進一途，不少士人將大半青春或是終生精力花費於考場之中，那麼科舉的限制要求就不止是作用於特定試場之內的考試章程，而是主宰着士人的前途命運，徹底影響到考場之外的士人生活和文壇風氣。吳喬說："事之關係功名富貴者，人肯用心。"[①]他認爲唐代科舉考詩歌，於是文人用心於詩歌創作，因此唐代詩歌大盛，而明代以八股文取士，因此明人"全段精神俱在時文用盡，詩其暮氣爲之耳"[②]。雖然吳喬的論述放大了科舉在明代詩歌衰頹當中的作用，但是由此也可以看到時人認爲科舉功名對文學創作確實有巨大的影響力。袁枚也曾批評說："詩雖小技，然必童而習之……今之士大夫，已竭精神于時文八股矣，宦成後，慕詩名而強爲之，又慕大家之名而狹取之……于是專得皮毛，自誇高格，終身由之，而不知其道。"[③]這段論述與之前王闓運批評中舉者選取經學和文學當中易成者瞞人的說法十分相近。在這種爲功名而學的心態下，學子爲求高中進士，於是花費心力琢磨八股文和試帖詩的行文作法，親友師長也不允許他閱讀任何與科舉無關的書本，認爲這些都是有害於仕進的雜學，就像王闓運童年時讀《楚辭》而受到塾師的責罵一樣[④]，於是天下士人都被擠向同一條科舉之路，甚少有其他可以發揮個人才能的場所，他們的文學創作也不過是應試、應酬之舉，對於文學源流或文體特色未必有廣泛的閱讀和深切的體會，更遑論從師法古人到自成一家。大批試帖、八股文的選本稿本在眾人翹首企盼由科舉入仕的心態下更是風行一時，如方苞《欽定四書文》、紀昀《房行書精華》和《唐人試律說》、尤侗《尤西堂傳稿》、毛奇齡《唐人試帖選》、翁方綱《復初齋試律說》等都是科舉考試下的產物。

①② (清)吳喬：《圍爐詩話》卷四，頁 598。

③ (清)袁枚：《隨園詩話》(北京：人民文學出版社，1982 年)卷四，頁 123。

④ 王代功編：《湘綺府君年譜》，頁 12。

明清有關科舉的“時文夢”、“扶乩”、“筆籙”故事①,《儒林外史》對於士人爲科舉痴迷瘋狂心態、形態的諷刺,以及對種種制度流弊、人性惡習的揭露,正是反映了士人在科舉制度下生活和價值觀被單一化和扭曲的情況。

王闓運從對士人求取功名的批評連接到對桐城派和韓愈的批評。他在與學生論文時就批評茅坤和方苞以時文爲古文:

> 故明代無文,以其風尚在制藝,相去遼絕也。茅鹿門始以時文爲古文,因取唐、宋文之似時文者爲八家。方苞等從而張之,於是有古文之說。古文制藝,混而爲一,乃與昔文大異,然其爲八股腔一也。八股可辨時代,古文則八家茅方頗難區別,此猶學京腔者,有時甚似。由退之起八代之衰,而剏八股之腔,退之不似唐人,故宋、明、清人得以退之論文。②

茅坤編選《唐宋八大家文鈔》爲後人建立了古文八大家的說法,方苞則是桐城派的創始人,他既繼承了古文八大家之說,建立了桐城派上接唐宋古文的文統系譜,又受乾隆御命編選《欽定四書文》,因此世人對於“桐城義法”和八股文作法的關聯也一直有所討論批評。錢大昕就認爲王若霖“以古文爲時文,以時文爲古文”深中方苞文論之病③,又批評方苞文章雖然有韓愈、歐陽修的規橅,但卻未通曉古文精要,認爲其古文義法只是建立在“世俗選本之古文,未嘗博觀而求其法”④。同樣,王闓

① “時文夢”即士人在夢境中預知科舉考試試題或夢中中舉,“扶乩”則是指士人在入考場前,通過扶乩來預測考題,“筆籙”則是以符咒請神靈附於筆端,以便答題作文。相關研究成果可以參考黃強:《八股文與明清文學論稿》(上海:上海古籍出版社,2005年)第八章第一節《“功名八股文”作者的迷幻心態》,頁266—275。

② 王代功編:《湘綺府君年譜》,頁282—283。

③ 錢大昕:《跋方望溪文》,(清)錢大昕撰,呂友仁標校:《潛研堂集》(上海:上海古籍出版社,1989年),卷三一,頁565。

④ 錢大昕:《與友人書》,(清)錢大昕撰,呂友仁標校:《潛研堂集》卷三三,頁606—607。

運也批評茅坤和方苞將古文和八股文混淆在一起,他認爲明代文學風尚本來就不在真正的文章,而是在科舉制義,茅坤編選《唐宋八大家文鈔》是受到當時風氣的影響,編選標準是選取唐、宋文章中與八股文相似者,目的如同編選科舉範文,而到清代,方苞等人又張揚其八大家之說,但實際上他們都是以八股文作爲衡量唐、宋古文的標準,所謂言有物、言有序的桐城義法不過是爲了應對八股文代聖賢立言和八比形式的考試限制。更加讓王闓運擔心的是世人以桐城派爲宗法,如果自己不能辨章源流、力求復古的話,則只能成爲桐城義法的信徒,愈來愈相信唐宋古文起八代之衰的說法①,更認爲桐城義法就是古文作法,對古文、駢文和時文的體式特徵只有混淆後的認識,文學的真實風貌從此無法澄清。

在批評完茅、方二人後,王闓運又將矛頭指向了韓愈,批評他的文章不像唐人而像八股,爲後人混合古文和時文提供了依據和作法。王闓運曾說:

> 八家之名始於八比,其所宗者韓也。其實乃起承轉合之法耳,固無足論也。退之自命起衰,首倡復古,心摹子雲,口誦馬遷,終身爲之,乃無一似。最名者記張巡、傳毛穎。游戲之作,宜可優孟,乃亦是凡近之詞。其述睢陽,便似小說,反不及侯朝宗《馬伶傳》爲能起予。蓋懲子雲之擬《論語》,而創爲遺貌取神之術者也。夫神寄於貌,遺貌何所得神?優孟去其衣冠,直一優耳。不學古,何能入古乎?②

他認爲韓愈雖然提倡復古,然而心口不一,口中說要學《史記》,實際嚮往的是揚雄仿《論語》作《法言》,以此確立和闡發個人對儒家思想的繼承理解,不過由於《法言》模仿《論語》句法已被人譏爲摹擬剽竊,因此韓

① (清)王闓運:《論文·示蕭璹》,《湘綺樓集外詩文》,頁83。
② (清)王闓運:《論文法·答陳完夫問》,《王志》卷二,頁540。

愈教人師法古人文章時講求“師其意不師其辭”①。也正因此,王闓運認爲韓愈的文章並未能真正入古,批評他只是遺神取貌,認爲韓愈雖然說“非三代兩漢之書不敢觀,非聖人之志不敢存”②,然而到下筆爲文,卻與古人之文毫不相似,更受到唐人傳奇小説的影響,這一切都是因爲他提倡學古而未能真正入古,只是襲取古人之意而用自己的文字來表達。

如果從文學語言創新而言,韓愈遺貌取神並沒有任何問題,反而可以産生新的語言審美刺激,然而王闓運則是以嚴苛的復古論來批評韓愈。他認爲“神必附貌”,要做到真正的復古,是要在學習古人的文章時從貌到神一體取之,因爲文學的神韻格調都依附在語言文字之上,内容形式與審美是無法分割的,如果只是取其意而不用其辭的話,則無法從語言形式當中復現古文的審美感受。因此王闓運教人學詩文往往從摹擬“古人成作”入手,“如仿書然,一字一句必求其似”,要求“先取今事與古事類比而作之,再取今事與古事遠者比而附之,終取今事爲古所絶無者改而文之”③。學詩則是由全篇摹擬,之後再“自運一兩句,久之可一兩聯,又久之可一兩行”④,直到開口便是古人風貌而又能自出機杼、自成家數。王闓運的批評是在於他認爲復古就是要恢復古人的審美風格,而文學的審美風格是和語言形式聯結在一起的,因此真正的復古應該是先師其辭和意,再用其辭來出己意,這樣才能達到語言和格調渾然化成,而又能表達個人情志的境界。不過也因此,他的詩歌才被陳衍認爲太像漢魏六朝詩歌,雜入古人之中將無法辨識,而不必爲湘綺詩⑤。這是因爲陳衍認爲詩歌創作必需要有自己的語言:“夫漢魏六朝詩豈不

---

① 韓愈:《答劉正夫書》,(唐)韓愈著,馬其昶校注:《韓昌黎文集校注》(上海:古典文學出版社,1957年),卷三,頁121。

② 韓愈:《答李翊書》,(唐)韓愈著,馬其昶校注:《韓昌黎文集校注》卷三,頁99。

③ (清)王闓運:《論文法·答張正暘問》,《王志》卷二,頁538。

④ 同上,頁539。

⑤ 陳衍編:《近代詩鈔》上册,頁322。

佳,但依樣畫胡盧,終落空套。作詩當求真是自己語。”[①]而王闓運的創作則完全是古人的遺詞用字,在語言上沒有任何創新之處,因此陳衍雖然讚賞王氏詩歌有關切時事之處,但也對他的極端復古予以嚴厲批評。

相對於文章,王闓運對試帖詩就沒有太多的批評。他說“唐人極重五律,以爲四賢人”,認爲是中晚唐文人“專攻帖括”的結果,受到唐代科舉考試的影響,不過他對中晚唐的五律評價還是比較正面,認爲“精研極思,各有其趣”[②]。他在編選《唐詩選》時並沒有收錄唐代的七言排律,這正反映了他對唐代七言排律的評價並不高,他又認爲七言排律自清朝博學鴻詞科以後才受到文人重視,而且“非小翰林所敢作”,在發現宋代薛田的《成都書事百韵詩》前,更以爲湯海翁七言百韻排律是清代獨特的詩體[③]。由此可知,王闓運雖然認爲試帖詩限制了文人的創作,但又認同清人在科舉考律詩排律的要求下,在七言排律上有了長足的進步和發展。

王闓運並不是站在科舉考試之外對士人作出批評,他有多次考科舉的經驗,不過他很早就說自己“不喜制舉程式”[④],在同治三年訪曾國藩失意而回後,他就決心歸隱著書[⑤],之後雖然還有赴京應試,但自己說只是“不欲示異”[⑥],答題時更以駢體敷衍[⑦]。他對於八股文和試帖詩的限制感到厭惡,認爲文學創作在科舉制度之下和功名利祿發生直接關係,個人的思想情志在考試制度下受到限制,士人和文學價值完全被扭曲,凡此種種都與他“爲己”的求學和文學價值觀相違背。他認爲文學創作是爲了抒發個人的情志,但科舉官場中的文學創作則成爲了朝廷和士人之間衡量評價一個人才學高下的工具。當文人求學作文只是

---

① 黃曾樾輯:《陳石遺先生談藝錄》,張寅彭主編:《民國詩話叢編》(上海:上海書店出版社,2002年),第1册,頁702。

② (清)王闓運:《論詩·示蕭幹》,《湘綺樓集外詩文》,頁84。

③ 《湘綺樓說詩》卷五,頁2252;《湘綺樓說詩》卷六,頁2294。

④ (清)王闓運:《天影庵詩存序》,《湘綺樓文集》卷九,頁384。

⑤ 王代功編:《湘綺府君年譜》,頁45。

⑥ 同上,頁62。

⑦ (清)王闓運著,馬積高主編,吳容甫點校:《湘綺樓日記》,頁194。

爲了考取功名時,他的創作心態就是爲人作,下筆就已經不是單純地描寫自己的情感,也不是與理想讀者平等交流,而是在乞求在高位、把持權勢的讀者賞識,在種種的作文限制中,以背誦坊間和御纂文書爲學習範本,猜測考官的師承宗法,揣摩猜測掌權者的喜好,文人和文學遂淪爲科舉制度下的玩物,而對文學的認知更局限於八股文和試帖詩,忽略了更爲廣闊的文學天地,混淆了時文和古文的認知,同時也喪失了個人獨立自主的尊嚴。因此,王闓運批評士人汲汲營營於科舉的心態,認爲其學術或文學創作都不是以抒發個人情志爲主,大批文人終其一生都只是在應對別人的評價,而學術、文學正是拿來衡量士人的工具,也是他們進入官場、士人階級的敲門磚和憑證。

五、好名則爲人

除了批評求取科舉功名之外,王闓運對文學爲人的另一個批評就是好名。他在《論有恆·示歐陽笏山》中從治學到文學,對於好名之弊作了詳盡的解說。首先,他認爲士人求學應該持之以恆,不應該輕易轉移,更不應該好名。他說:

> 好名非求達之謂。方志於仁,而自謂仁人;方厲於學,則自命學人。則其志外馳,而言必違心,宋人尤多此弊。故學聖愈以誣聖,自命愈高,而行愈卑。學人下同於文人,文人不逮於古人,皆自欲標置誤之。①

他認爲求學者剛開始學習仁義之說時就自命爲仁人,實際上就是一種好名的行爲,看似爲自己的求學訂立目標,實際上是以此自我標榜求取聲名,贏得世人的注目和讚譽,而自己的學問其實還沒到家,行與學更有可能是完全分離的。他認爲“名之蔽也,口孔而行跖”②,嘴上說仁義

① (清)王闓運:《論有恆·示歐陽笏山》,《王志》卷一,頁506—507。
② 王代功編:《湘綺府君年譜》,頁134—135。

道德，但是私下的行爲卻如同盜匪，以仁義禮教標榜，規勸他人遵守儒家禮法，自己卻不受這些仁義道德規限，於是學問對這些人而言，只是用來自相標榜、賺取名聲的工具。

王闓運繼而指出這種好名的心態不只是在求學上，也存在於文學上：

> 古之爲文，詞達而已。自文以載道之説起，而文成俳優。何也？欲人稱好也。八股目名雖自後起，觀退之所作，下筆便有千古之意。愈自矜慎，愈求人知。夫俳優所以賤者，欲悦人以求知耳，奈何文人亦求知耶？①

他認爲文學本來只是以恰當的言詞表達自己的情感想法，然而韓愈"文以載道"之説卻讓文學淪爲講演儒家學説的俳優，文章被固定在單一的思想框架中，失去了作爲抒發個人情志的獨立價值，這已經不再是爲己作，文學遂又淪爲有功利目的的工具，與言志抒情的文學精神價值背離。王闓運認爲韓愈這種作法是爲了以儒家思想增加自己的文學價值，博取衆人的讚賞，因此他諷刺韓愈詩是壯夫"擊缶喧呼，口言忠孝"②。蘇軾雖稱讚韓愈"文起八代之衰"，但他也批評"韓愈之於聖人之道，蓋亦知好其名矣，而未能樂其實"③。他和王闓運不同的是他認爲韓愈未能通曉聖人的思想道義，在論説時有自相矛盾或可笑之處，王氏則認爲韓愈"文以載道"之説只是爲了借助儒家道統的權威來自重身價，因此，他批評韓愈的文章每每矜慎自持，不能自然流露自己的心聲，而總是帶着一幅儒家面具進行説教，由此博人稱讚。

王闓運認爲"好名"不只影響文人的心態，同時會影響文學的實際創作，因爲求取名聲就會掉入爲人的陷阱，而如果要學好學問和文學，

---

① (清)王闓運:《論有恒·示歐陽笏山》,《王志》卷一,頁 507。

② (清)王闓運:《論七言歌行流品·答陳完夫問》,《王志》卷二,頁 538。

③ (宋)蘇軾:《韓愈論》,孔凡禮點校:《蘇軾文集》(北京:中華書局,1986 年)卷四,頁 114。

“必自不爲人始。不爲人則必不好名,不好名乃自有恒”①。他批評杜甫“語不驚人死不休”是爲了求名,其創作心態是想要得到别人的稱讚,因此刻意錘鍊字詞,其出發點也是爲了討得讀者賞識②。他的《唐詩選》收録了杜甫《萬丈潭》:“黑如灣澴底,清見光炯醉。孤雲倒來深,飛鳥不在外。”在詩尾有這樣的評語:“極意造句,所謂語必驚人者。”③又認爲杜甫“語必驚人”的創作心態已經犯了徇人的弊病④,因爲在他創作時,心中已經企盼得到别人的讚賞,或是爲讀者創造新的審美效果,因此失去了創作爲己的獨立性。在此,王闓運批評的並不是杜甫的詩歌,他要批評的是這種求人知或取悦他人的創作心態使作者失去獨立自尊的姿態,稍一不慎更可能成爲專門討人歡喜的俳優。

王闓運又認爲白居易“歌行純似彈詞”、“五言純用白描”都是因爲“急求知名”,於是詞不能掩情,詩意直露而無餘語,所以老嫗能解,但是也容易使讀者生厭⑤。他也認同鄧繹説明七子是“急於得名”,因此未能從唐詩進至魏晉,只是摹擬唐人形貌,以致被人譏諷是優孟衣冠,剽竊之作⑥。王闓運又以元好問爲例,説:“慕大家之名而欲無體不備,則雜亂無章,瑕瑜互見,不能成格律矣。元遺山是也。”⑦認爲不只是求取名聲會影響到自己的創作心態和成就,同時仰慕權威而没有適當的學習方法的話,只會像元好問一樣,由“欲兼衆長”反而變爲“不唐不宋,非雅非俳”、“不名一器”⑧。王闓運對以上諸家的批評都在於他認爲他們在創作時有着求名的心態,或是爲討好讀者而淪爲俳優之作,或是爲了

---

① (清)王闓運:《論有恒·示歐陽笏山》,《王志》卷一,頁 507。

② (清)王闓運:《論文法·答張正暘問》,《王志》卷二,頁 539;(清)王闓運:《論詩·示蕭幹》,《湘綺樓集外詩文》,頁 83。

③ (清)王闓運:《王闓運手批唐詩選;附湘綺樓詞選》(上海:上海古籍出版社,1989 年),頁 139。

④ (清)王闓運:《論詩·示蕭幹》,《湘綺樓集外詩文》,頁 83。

⑤ (清)王闓運:《論唐詩諸家源流》,《王志》卷二,頁 534。

⑥ (清)王闓運:《同人詩八絕句》,《湘綺樓詩集》卷一七,頁 534。

⑦⑧ (清)王闓運撰,陳書良評、熊治祁注:《〈湘綺老人論詩冊子〉(未刊稿)》,《求索》1984 年第 4 期,頁 90。

成爲大家，結果學不得法，雜亂無成。

王闓運認爲學詩、學文是“三年而刻楮葉，七日以削棘猴”之事，要花十幾年時間才見到功力，而到七十歲仍需要堅守自持，然而“人病在好名欲速”①，杜甫、白居易、韓愈爲博取别人的稱讚，或以儒道自重身價，或以雕琢詞句來炫才驚人，元好問混合諸家而雜亂不可分辨，明七子則是復古而全無古色，徒爲人譏笑只學得唐人皮毛，這些文學史上的大家、名家都有爲人作的毛病。王闓運認爲士人求學必須爲己發憤：“憤者，非欲人言好，乃憤己之不好。憤則勤學，學而愈憤，終身僶勉，惟日不足，而何道之不聞？”②即士人必須意識到求學或創作都是爲了充實個人的知識和自我超越，而不是爲了應對别人的評價，博取名聲，也不是爲了參加科舉求取功名利祿，而是因爲覺得自己學問或所作不足、不好而發憤求學，這樣才可以避免爲人的弊病，達到自足自尊的爲己境界。

六、文學爲己的意義

“爲人”是王闓運對於文人心態與文風的關懷及批評，而“爲己”則是他意圖建構的文學價值核心。他對於“爲己”的描述是這樣的：

> (今之詩)以托興爲本，乃爲己作。史遷論詩，以爲賢人君子不得志之所爲，即漢後詩矣。③

他在提出“爲己”説時，直接選取司馬遷對古人創作心理的論述作爲概念内涵，認爲詩歌是“賢人君子不得志之所爲”，並認爲這是漢代以後詩歌的精神價值。

司馬遷討論古人創作的一段話分别見於《太史公自序》和《報任少

① (清)王闓運：《論文法·答張正暘問》，《王志》卷二，頁538—539。
② 同上，頁539。
③ 同上，頁551。

卿書》。《太史公自序》云：

> 夫《詩》《書》隱約者，欲遂其志之思也。昔西伯拘羑里，演《周易》；孔子戹陳蔡，作《春秋》；屈原放逐，著《離騷》；左丘失明，厥有《國語》；孫子臏腳，而論兵法；不韋遷蜀，世傳《呂覽》；韓非囚秦，《說難》、《孤憤》；《詩》三百篇，大抵聖賢發憤之所爲作也。此人皆意有所鬱結，不得通其道，故述往事，思來者。[1]

《報任少卿書》的說法和《太史公自序》大致相似：

> 古者富貴而名摩滅，不可勝記，唯倜儻非常之人稱焉。蓋文王拘而演《周易》……《詩》三百篇，大底聖賢發憤之所爲作也。此人皆意有鬱結，不得通其道，故述往事，思來者。乃如左丘無目，孫子斷足，終不可用，退而論書策，以舒其憤，思垂空文以自見。[2]

司馬遷原本的說法是詩歌是“聖賢發憤之所爲作”，強調的是人在遭遇困境後憤憤不平的情感，自強不息的奮發精神，通過創作來彰顯個人的學識和價值。而王闓運看重的則是“意有鬱結，不得通其道”以後的一段，因而“聖賢發憤之所爲作”才會改爲“賢人君子不得志之所爲”。雖然“發憤”和“不得志”的精神狀態是不同的，但是在司馬遷的論述中兩者是有前後關係的，而士人在不同精神狀態之下所追求的文學價值觀也可以是一致的。王闓運認爲古人的創作是因爲無法在政治仕途上施展自己的志向抱負，就如同孫臏在受到臏刑以後，以爲自己的才學無法實踐於當世，於是撰寫兵法，一方面抒發憤懣，一方面垂文自見，而後來齊王想任命其爲主將時，他也以“刑餘之人不可”辭謝了[3]。王闓運欣

① (漢)司馬遷:《史記・太史公自序》(北京:中華書局,1959年)卷一三〇,頁3300。

② (梁)蕭統編(唐)李善注:《文選》(長沙:岳麓書社,2002年)卷四一,頁1276。

③ (漢)司馬遷:《史記・孫子吳起列傳》卷六五,頁2163。

賞的正是士人在不得志以後煥發出來的獨立自主精神，個人價值再也無需依靠君王是否接納、身居何位、以及政治抱負是否得到實踐來獲得認可，而是個人創作本身就具有完滿自足的價值。

此外，王闓運認爲文學創作必須是屬於個人真實情志的抒發。他曾多次提到詩歌創作源於心聲，“詩爲心聲，故一人一聲，然其隨朝代爲轉移，究不能大異”①。又或“詩由心聲，故一人有一人之派”，如果以朝代分的話，則是“唐以前詩不能僞爲，宋以後詩大都易似”②。他強調詩歌發源自作者的內心，因此詩不必分朝代，而是分家數，以不同的表情方式作爲劃分。如他認爲八代詩歌大致分爲“寬和”、“清勁”兩派。寬和派始祖爲蘇武，其後有枚乘、曹植、陸機宗之，潘岳、顏延之則是其支流；清勁派始祖爲李陵，其後劉楨、左思、阮籍宗之，曹操、蔡琰，則是別派，而陶淵明和謝靈運則是出自阮籍一脈③。對於寬和、清勁的分別，王氏並沒有很仔細的解說，他曾說“大要成局度者爲寬”④，擬李陵詩八首的批語說：“擬之音促，能寬和，寬和有迹可尋。若摹清勁，一仄急矣。”⑤評李陵《良時不再至》說：“起便氣急於蘇武。子卿詩朴厚，少卿詩激烈，其才大而遇奇也。讀之，有蒼涼無際之感。”⑥評孔融《臨終詩》有“蘇子卿終還漢，李少卿則陷身夷狄，其詩之寬和清勁，所以亦異其趣也”⑦之語。由此看來，清勁、寬和雖然涉及詩歌的格局和聲韻，但主要還是指向兩種情感風格，寬和是指溫和樸實，清勁則是激烈昂揚，也因此在具體詩歌的評論時，不同派別的詩人亦可以兼具另一派的風格，如

① 王代功編：《湘綺府君年譜》，頁 282。

② （清）王闓運：《論詩・示蕭幹》，《湘綺樓集外詩文》，頁 83。

③ （清）王闓運：《論作詩之法》，《湘綺樓文集》卷九，頁 367。

④ 王闓運日記載光緒十四年五月七日，呂生請定八代宗派，王氏告之“略分寬、勁二種，大要成局度者爲寬”。（（清）王闓運著，馬積高主編，吳容甫點校：《湘綺樓日記》，頁 1458）年譜則將此事編爲光緒十三年十二月之事（王代功編：《湘綺府君年譜》，頁 149）。

⑤ 夏敬觀：《八代詩評》，《同聲月刊》1941 年第 1 卷第 2 號，頁 13—14。

⑥ 同上，頁 22。

⑦ 同上，頁 27。

王氏曾說“長篇必主寬和清勁二稱，方能意勢軒舉，亦不可以一體概之”①；評寬和派枚乘《東城高且長》、《行行重行行》、《青青河畔草》是“清勁”②，評其《明月何皎皎》時則認爲是“開後來超妙派”，而清勁派阮籍的“夜中不能寐”一句也是胎息於此③；又如被視爲是出自清勁派阮籍一脈的陶淵明也有師法蘇武《結髮爲夫妻》詩的寬和之句④。王闓運說“學古必學漢”，學五言則必學寬和、清勁二派，因爲後世五言詩歌都不能超脱這兩種風格⑤，這也説明寬和、清勁並非截然對立或是兩者只能學其一，而是可以兼融合併的。仔細觀察王闓運所羅列的名單，除了蘇武、李陵、枚乘之外，其餘各家多是魏、晉詩人，這也符合他認爲漢代詩歌甚少因此必須學習魏晉的説法⑥，而以情感溫和、激揚作爲劃分派别的標準，正是“爲己”説重視個人情志的具體表現。

雖然王闓運説詩歌只有分家數而沒有分朝代，不過他也認爲即使人的情感和表達方式古今大致相近，但是由於時代差異變化，詩歌還是可以時代劃分，他認爲唐代以前的創作基本上是真情流露，而宋代以後多是爲文生情，並没有個人真實的新體會，因而顯得相似⑦，以此要求文學創作中必須是要真實的情感。他曾説自己“初學爲文，力戒不作壽序”，又認爲韓愈爲他人寫墓志銘是“諛墓”之作⑧。這是因爲壽文和墓志銘大多是應他人之邀約而作，並不是作者的自主意願，而在爲他人寫作的同時還有一筆的潤筆費，當中就不免有誇大、虛譽之辭，所描述和流露的情感也未必完全屬實。他在日記中又記録了這樣一件事情：

歐陽伯元又送詩來，詩自忠節，行自叛逆，詩言涕淚而方慶賀

①③④　夏敬觀：《八代詩評》，《同聲月刊》1941 年第 1 卷第 2 號，頁 15、21。

②　夏敬觀因此認爲在王闓運的劃分中，枚乘是兼有寬和、清勁二派。見夏敬觀：《八代詩評》，《同聲月刊》1941 年第 1 卷第 2 號，頁 13，20。

⑤　（清）王闓運：《論漢唐詩歌流派・答唐鳳廷問》，《王志》卷二，頁 546。

⑥　（清）王闓運：《論詩・示蕭幹》，《湘綺樓集外詩文》，頁 84。

⑦　同上，頁 83。

⑧　（清）王闓運著，馬積高主編，吴容甫點校：《湘綺樓日記》，頁 55。

新國,乃知讀書人之僞,由文與行分二事也。

他批評歐陽伯元明明歡心慶祝民國的建立,但在送來的詩歌中卻又説自己是傷心涕淚,塑造一個忠君持節的形象,實際上只是爲文造情,其詩其人都甚虚僞。他特别説:"凡内外如一者,孫叔也;内外殊者,優也。欲善其外,先修于内可矣。心發爲詩,詩不可僞,僞則優矣。必有真性情而後有真詩"。[1] 世人時常譏諷作詩者模擬他人之詩如同優孟,批評在語句和詩意上對前人詩歌的摹擬剽竊行爲,不過王闓運在此則認爲優孟還有另外一種解釋,即像曹操表面上是模仿周公扶助漢帝,但實際上則是挾天子以令諸侯,這就是表裏不一的優孟。回到文學批評的語境,像歐陽伯元這樣在詩歌中表達傷心沉痛之情,現實行爲卻是歡心喜慶的就是優孟,他的詩歌也就是僞詩,只有人與詩歌情感完全一致的,才是真性情的真詩。

王闓運重視個人真實情感的抒寫,但是他並不認同詩歌只需要描寫情性而不需要格律。他認爲:"詩主性情,必有格律,不容馳騁放肆,雕飾更無論矣。情動於中而形於言,無所感則無詩。有所感而不能微妙,則不成詩。"[2]他指出觸動詩歌創作的是個人的情性,但是作者不能放肆個人的情感,而是需要依從格律的限制。由此看來,王闓運的爲己説並不只是講言志抒情,而是在尊重個人情性的同時也注重格律限制,跟從詩體的形式要求表達個人的真實感情,從而起到有所感而又能臻至微妙的境界,情況猶如現代詩學所説的戴着腳鐐跳舞[3]。

由對個人情感價值的認同,王闓運以李陵和蘇武詩作爲漢代以後詩歌源頭的選擇可以作進一步的詮釋,背後隱藏的正是在政治成敗之

---

① (清)王闓運撰,陳書良評,熊治祁注:《〈湘綺老人論詩冊子〉(未刊稿)》,《求索》1984 年第 4 期,頁 90。

② (清)王闓運:《論詩法·答唐鳳廷問》,《王志》卷二,頁 551。

③ 關於王闓運對於情性和格律的詮釋,可參看陸草:《試論王闓運的"治情説"及其審美傾向》,《中州學刊》1985 年第 3 期,頁 80—82;謝秀卉:《從〈湘綺樓説詩〉對"興"義的闡釋重評王闓運"擬古"之詩學意義》,《漢學研究》2012 年第 3 期,頁 268—278。

外、從文學價值上認同李陵、蘇武詩所抒發的情感。從政治成就上而言,李陵戰敗降敵,蘇武出使未返,即使後來蘇武能夠持節歸漢,但是他們都未能完成君王的使命,對於君王和國家而言兩人都是失敗者。但是就王闓運文學爲己的價值觀而言,蘇武、李陵的成敗和價值並不在於他們能否完成國家的政治任務,而是他們分別時的詩歌唱和表達了個人在遭遇困境後一還一留的真實感情,是純粹個體意志和情感的流露,並不需要有美刺君王、教化百姓的詩教功用,也無需君王和國家的歸迎來確認價值,他們的詩歌完全符合王闓運爲己作的文學價值觀,已經是獨立自足的作品。由此看來,王闓運的爲己說正是要打破個人和文學價值取決於君王和國家意志認可的局面,將文學價值的意義回歸於個人,即文學是一己之心聲的抒發,對於作者而言,文學的意義不是要“供世人之喜怒”,而是“賢人君子不得意之所作”①,以詩歌來陶冶自己的性情,其作用就像是音樂一樣②。文學不一定需要有教化百姓或勸諫君主的作用,也不需要得到國家意志的首肯進入樂府之中,而是純粹表達個人情志,宣洩個人的不得志或是其他情緒,在創作心態上是純粹爲己。由此,王闓運將文學的價值意義回歸於創作者個體,而不再需要仰賴他者的認同。

王闓運有這樣的思考與他的生平有一定的關係。他早年就已經認爲自己無心於科舉考試,而是喜歡誦讀《離騷》,對於時人勸子弟“幼學程文長卷摺,平生不用他途雜”並不認同③。他認爲宋人廢注疏講心性、近人專治注疏考據都是汩沒聰明④,因此想要返回經典,追求通經致用,而不只是專注於詞章訓詁⑤。太平天國戰事爆發,他遊走於大江南北,先後得到曾國藩、肅順的禮遇,不過先是肅順在權力鬥爭失敗後

① (清)王闓運:《論詩文體式·答陳復心問》,《王志》卷二,頁 544。

② (清)王闓運:《論詩法·答唐鳳廷問》,《王志》卷二,頁 551。

③ 王代功編:《湘綺府君年譜》,頁 12;(清)王闓運:《天影庵詩存序》,《湘綺樓文集》卷九,頁 384;(清)王闓運:《憶昔行,與胡吉士論詩,因及翰林文學》,《湘綺樓詩集》卷一三,頁 1588。

④ (清)王闓運:《論文·示蕭璹》,《湘綺樓集外詩文》,頁 82。

⑤ 王代功編:《湘綺府君年譜》,頁 16。

被殺，繼而他又無法見用於曾國藩，於是才心灰意冷決定歸隱。王闓運在《思歸引》一詩的序中對自己這段經歷和心路歷程有詳盡表白，認爲自己雖然得到當世公卿"以文詞相許，姓名達於六州"，才華足以擔任督撫之職，但始終遊走於天下："無一歲之留，望望而輒去"，感慨"吾生也有涯，而所待者難期。余嘗游朱門，窺要津，親見禍福之來、貴賤之情多矣，亦何取身登其階，然後悔悟乎？"①雖然得到衆多權貴重臣的以禮相待，但是始終沒有人願意採納他的策略②，加上權力中心的陰謀詭譎，個人禍福的旦夕而至，王闓運於是決心歸隱湘潭，以著書、教育子弟爲業。

光緒九年八月十二日，他擔任四川尊經書院教職時，丁寶楨問他的志向時，他回答說："少時慕魯連，今志於申屠蟠矣。"③魯連即魯仲連，是戰國時期齊國人，《史記》說他"好奇偉俶儻之畫策，而不肯仕宦仕職，好持高節"④。他曾勸平原君義不帝秦，在秦軍退走後又辭謝了平原君的封賞，遊走他方。申屠蟠則是東漢時人，屢受徵辟而不就，《後漢書》載蔡邕稱讚他是"至行美義，人所鮮能。安貧樂潛，味道守真，不爲燥濕輕重，不爲窮達易節"⑤。《高士傳》稱他隱居治《易》、《春秋》和小戴

---

① (清)王闓運著，馬積高主編：《湘綺樓詩集》卷六，頁1338—1340。

② (清)王闓運晚年對自己懷才不遇仍頗有遺憾，認爲自己的謀略足以改變時局："時肅得君專，留余自輔。余辭以無斧柯，肅言從容謀之。及余至祁門，而駕幸熱河，使余同行，當受顧命。時必親賢并用，外徵曾國藩，內用恭王，如此天下翕然，必無垂簾五十年之事也。及曾督直隸，余又移書言公不知外交，宜辟我自助。及天津紛閧，曾倉往南走。余入都相見，曾但愧謝。言得書置案頭歷年，忽忽忘之，使余在清苑，必無夷衅也。翁同和主用兵，李鴻章必欲敗之。余從輪船與書，勸李出督師，取兵北洋，取餉上海。李懼諸言者，以余書爲證，急發電報，令焚旅順軍裝。此則余欲謀國而反誤國也。然使吳大澂偕余行，必無援高麗，棄台灣之事也。"見周頌喜整理：《王闓運未刊手書册頁》，《船山學刊》2001年第2期，頁31。

③ (清)王闓運著，馬積高主編，吳容甫點校：《湘綺樓日記》，頁1245。

④ (漢)司馬遷：《史記・魯仲連鄒陽列傳》，頁2459。

⑤ (宋)范曄撰，(唐)李賢等注：《後漢書・周黄徐姜申屠列傳》(北京：中華書局，1965年)，頁1751。

《禮》,"博貫五經兼明圖緯"[①]。李白對魯連十分仰慕,曾多次在詩中讚揚他,如"齊有倜儻生,魯連特高妙"(《古風》其十)[②]、"魯連賣談笑,豈是顧千金"(《留別王司馬嵩》)[③]等。王闓運和李白一樣,對魯連的敬仰都是希望可以仿效他平交諸侯,在建立一番功業後功成身退。然而現實仕途的不如意,使王闓運放棄了仿效魯連的想法,而是期許自己可以像申屠蟠一樣著書立說。王闓運後來雖有短暫時間擔任袁世凱政府國史館館長之職,但是總的來說,他的後半生確實是以著書和培養子弟爲業,即使他仍然關心國家政局[④],但再未直接插手其中。由此看來,王闓運從想要建立一番事業,到後來對政治仕途的放棄、希望以著述傳世的追求轉變正和他的文學思想相符,即排斥文學爲人作的心態,追求文學回歸於個人情志抒寫的獨立價值。

王闓運早年積極遊走於權力中心,追求建立功名於廟堂之上,中年以後則希望以著述傳世、講學民間,這不只是個人的志向追求轉變,同時也影響到他對文學價值觀的體認。在王闓運看來,世人重視科舉仕途,一生汲汲營營,背誦帖括、範文,不過是爲人而作,科舉官場成爲他們確認個人價值的惟一憑證,在不知不覺中又墮入了國家意志的牢籠掌控,學術和文學的思考想像都被局限在欽定、御纂的文本當中。王闓運的爲己說正是要突破爲人作的盲點,肯定個人在思想和創作上的獨立價值,建立個人的思想體系。王闓運曾說:

> 余嘗謂八家爲俳優之文,以其欲人稱好,即賤相也。莊子以箕

---

① (晉)皇甫謐:《高士傳》(北京:中華書局,1985年)卷下,頁111。

② (唐)李白著,(清)王琦注:《李太白全集》(北京:中華書局,1999年)卷二,頁101。

③ 同上,頁712。

④ 光緒二十六年七月王闓運與學生講《春秋》意在清廷外交事務,八月有學生來問是否應該入京救國,王氏答曰"君父危急,義在往赴,不必問有益無益"。(王代功編:《湘綺府君年譜》,頁215—217)十二月五日與長子代功論時局,認爲"直無從下手"。見(清)王闓運著,馬積高主編,吳容甫點校:《湘綺樓日記》,頁2351。

子、比干役人之役,以其隨君上轉移也。詩中則無此境。獨立不懼,遁世無悶,所以動天地、感鬼神,爲其無術也。三代後無樂,以詩爲樂,學生胄子精神寄焉。故《詩》通《春秋》,義取自治,謂風也,興也。雅取比賦,義别于此。①

雖然,王闓運認爲《詩經》的風、興都是爲己作的代表,而雅即使兼取比、賦,但還是呈獻給君王、廟堂的詩歌,此説和他對今之詩爲己如興和古之詩爲人如風、雅的説法有所矛盾,但是終歸而言,他的"爲己"説主要想説明的還是文人個體和文學創作的獨立價值。"獨立不懼,遁世無悶"正是他所希望士人達到的境界。士人必須意識到個體的獨立自主,不必跟隨世俗、他者的喜好轉移,不能爲博得他人稱讚而作刻意討人喜歡的文章,不能爲求取功名利禄而盲目追隨權力轉移。雖然他認爲詩歌必須追求工巧動人,但是必須是個人審美藝術方面的追求,如果雕飾文藻只是爲了求取他人讚賞就陷入爲人作的毛病,成爲意圖娱悦他人的俳優。那麽怎麽做,詩歌才能既打動人心又免除爲人作的弊端呢?他認爲"動人而何以免排優之賤?以其通於至尊至貴而無夭冶之心也"②。即作者應該保持個體的獨立和尊嚴,特别是在思想方面達到無求於人,也無爲於人,從而才能發出自己真實的聲音想法,而此時的詩歌才是爲己而作,文學的獨立價值也就在此。

七、背離詩教的魏晉文學

當意識到王闓運的文學價值觀是批評文學爲人而作(爲君王統治服務、爲科舉功名利禄、爲求他人賞識),追求爲己而寫(肯定個人情志)時,那麽接下來的問題就是,這種價值觀與他提倡魏晉文學有没有什麽關係?

---

① (清)王闓運撰,陳書良評,熊治祁注:《〈湘綺老人論詩册子〉(未刊稿)》,《求索》1984年第4期,頁90。

② (清)王闓運:《論詩・示蕭幹》,《湘綺樓集外詩文》,頁83。

漢魏六朝文學的評價自隋、唐以來就有不少異議,特別是齊、梁詩歌因爲詞藻浮靡、思想內容平庸,以及大量的宮體、艷情主題而備受批評。如陳子昂《修竹篇序》説"漢魏風骨,晉宋莫傳",齊、梁詩歌則是"彩麗競繁而興寄都絕"①,在肯定漢魏詩歌價值的同時,對齊梁詩歌有所非議批評。不過,也有不少人以儒家的詩教説或國勢盛衰來批評和否定六朝、以至漢魏文學的價值。

李諤《上隋文帝書》云:

> 臣聞古先哲王之化民也,必變其視聽,防其嗜欲,塞其邪放之心,示以淳和之路。五教六行爲訓民之本,《詩》《書》《禮》《易》爲道義之門。故能家復孝慈,人知禮讓,正俗調風,莫大於此。……降及後代,風教漸落。魏之三祖,更尚文詞,忽君人之大道,好雕蟲之小藝。下之從上,有同影響,競騁文華,遂成風俗。江左齊、梁,其弊彌甚,貴賤賢愚,唯務吟詠。遂復遺理存異,尋虛逐微,競一韻之奇,爭一字之巧。連篇累牘,不出月露之形,積案盈箱,唯是風雲之狀。世俗以此相高,朝廷據茲擢士。祿利之路既開,愛尚之情愈篤。於是閭里童昏,貴遊總丱,未窺六甲,先製五言。②

他認爲儒家六藝本來是爲了使百姓得到教化薰陶,防止惡行,而自曹操、曹丕、曹植三父子以在高位者倡言文學以後,世人就以文詞爲尚,忽視了儒家寄託在《詩經》當中的教化理念,齊、梁詩歌流弊更甚,朝野文人以詩文爭奇鬥巧,所作只是詠物賦形,而朝廷又以文學高下作爲取士的評價標準,更使士人沉迷當中而無心儒家六藝之學。

柳冕《謝杜相公論房杜二相書》云:

> 古之作者,因治亂而感哀樂,因哀樂而爲詠歌,因詠歌而成比

① (唐)陳子昂著,徐鵬校:《陳子昂集》(北京:中華書局,1960年),頁15。

② (唐)魏徵、令狐德棻撰:《隋書·列傳第31》(北京:中華書局,1973年),卷六六,頁1544。

> 興。故大雅作,則王道盛矣。小雅作,則王道缺矣。雅變風,則王道衰矣。詩不作,則王澤竭矣。至於屈宋,哀而以思,流而不反,皆亡國之音也。至於西漢,揚馬以降,置其盛明之代,而習亡國之音,所失豈不大哉。……於是風雅之文變爲形似,比興之體,變爲飛動,禮義之情,變爲物色,詩之六義盡矣。何則?屈宋唱之,兩漢扇之,魏晉江左,隨波而不反矣。……故文章之道,不根教化,别是一枝耳。當時君子,恥爲文人。語曰:"德成而上,藝成而下。"文章技藝之流也,故夫子末之。①

他認爲古代作者是感時事而作詩,以《詩經》由《雅》變《風》説明王道盛衰與詩歌内容的關係,認爲詩歌應該體現朝代的興亡變化,又以此批評司馬遷、揚雄身逢漢代的太平盛世而作哀怨之言是不對的,又認爲自屈原、宋玉以後,漢魏六朝詩歌都没有根植於儒家的詩教思想,這樣的文學創作就只是技藝之流,不值得重視。

在李諤、柳冕之後,還有不少文人對漢魏六朝文學有所批評。白居易認爲自周朝滅亡後,《詩經》採風觀俗的制度也消失,風雅變爲楚辭、五言,皆是士人不遇之詩文,六義始缺,而晉、宋以後,謝靈運和陶淵明寄情於山水田園,江淹、鮑照詩歌偏狹,齊、梁詩歌不過是嘲風雪、弄花草,於是《詩經》六義盡去②。古文運動者如韓愈、柳宗元在提倡文以載道、文以明道之外,同時也批評六朝駢文的内容空疏、追求形式,而自蘇軾《潮州韓文公廟碑》説:"自東漢以來,道喪文弊,異端並起,歷唐貞觀、開元之盛,輔以房、杜、姚、宋而不能救。"盛讚韓愈爲"文起八代之衰"後③,六朝文章也被視爲是道理有虧,不應該學習的對象。張戒《歲寒堂詩話》認爲詩歌之本是言志,詠物只是餘事,而潘岳、陸機以後,詩人

① (唐)柳冕:《謝杜相公論房杜二相書》,(清)董誥等編:《全唐文》(北京:中華書局,1983年),卷五二七,頁5354。

② (唐)白居易:《與元九書》,顧學頡校點:《白居易集》(北京:中華書局,1999年),頁960—961。

③ (宋)蘇軾著,孔凡禮點校:《蘇軾文集》卷一七,頁509。

則專爲詠物,"雕鐫刻鏤之工日以增,而詩人之本旨掃地盡矣"①。其後又批評"自建安七子、六朝、有唐及近世諸人,思無邪者,惟陶淵明、杜子美耳,餘皆不免落邪思也"②。從詩歌題材和道德教化功用對魏晉以後的詩歌予以嚴苛的批評。何景明《漢魏詩集序》認爲:"繼漢作者,于魏爲盛,然其風斯衰矣。晉逮六朝,作者益盛,而氣益衰。其志流,其政傾,其俗放,靡靡乎不可止也。"③劉宗周《史雁峰詩集序》:"詩教之亡也,漢魏以降,率務爲俳優相說。"④清代推崇詩教説最有影響力的代表人物莫過於沈德潛,他在《説詩晬語》説:

> 詩之爲道,可以理性情、善倫物、感鬼神、設教邦國、應對諸侯,用如此其重也。秦漢以來,樂府代興;六代繼之,流衍靡曼。至有唐而聲律日工,託興漸失,徒視爲嘲風雪、弄花草、游歷燕衎之具,而"詩教"遠矣。學者但知尊唐而不上窮其源,猶望海者指魚背爲海岸,而不自悟其見之小也。今雖不能竟越三唐之格,然必優柔漸漬,仰溯《風》《雅》,詩道始尊。⑤

沈德潛借《詩經》的經典地位來肯定詩歌的價值,同時又以儒家的詩教傳統來要求詩歌的創作。他認爲漢代以後樂府盛興,六朝詩歌開始流於綺靡,唐代以後詩人則專工聲律,比興寄託的傳統漸漸失去,詩歌成爲詠物、紀遊的無聊之作,離詩教精神愈來愈遠,因此他希望詩人不要滿足於師法唐詩,同時要溯源《詩經》。直到晚清,還有張之洞作《哀六

① (宋)張戒:《歲寒堂詩話》卷上,《叢書集成初編》(北京:中華書局,1985年)第2552册,頁1。

② (宋)張戒:《歲寒堂詩話》卷上,頁14。

③ (明)何景明:《大復集》卷三四,《文淵閣本四庫全書》(臺北:臺灣商務印書館,1986年)第1267册,頁301。

④ (明)劉宗周:《劉蕺山集》卷九,收入《文淵閣本四庫全書》第1294册,頁471。

⑤ (清)沈德潛著,霍松林校注:《説詩晬語》,郭紹虞主編:《原詩　一瓢詩話　説詩晬語》(北京:人民文學出版社,1979年),頁186。

朝》批評"今人攘臂學六朝",認爲"神州陸沉六朝始""末運所感儒風澆""亡國哀思亂乖怒",從政治混亂、儒學凋敝和國家衰敗批評六朝,從而認爲六朝文學不值得提倡①。

詩教傳統由於《詩經》兼儒家經典和文學源流雙重地位的巨大影響力,它不只是批評漢魏六朝文學的理論依據,同時也是不少文人建構文學思想時取用的資源。以上諸家以"詩教"批評漢魏六朝文學固然有各自的時代背景和動機目的,但他們都試圖通過提倡詩教傳統來變革文風或革新思想,而漢魏六朝文學過分追求藝術技巧,淪落爲吟風弄月、山水閨閣之言,偏重修辭言情,未能像《詩經》風、雅一樣反映社會的生活面貌和政治興衰,沒有在太平盛世頌揚、彰顯國家及帝王的富強和威嚴等問題正好成爲批評對象。

漢魏六朝文學因爲背離詩教傳統而受到不少文人的批評,但是也因此受到王闓運的看重。王闓運認爲詩教背後的權力關係是文人依附於君權,它的另一個面向就是爲人作。美刺君王、風化上下的背後其實是文人服從於儒家的道德思想或國家的統治需要,以文學宣揚政治教化或頌美君王功德,尤其是在君權高漲的政治情勢下,文人只能淪爲國家意志的政治工具,理想的詩教傳統始終未能落實於現實。清朝正是君權最爲高漲的時代,從沈德潛的受寵及削謚就可以看到君王的無上權威。過去,不少人對沈德潛的詩學有所批評,認爲他提倡詩教是爲了討好乾隆皇帝,從而鞏固清廷的統治,張健對此已有解說,認爲沈德潛的詩學著作大都在他中進士之前完成,因此沈氏的詩學並不是特意邀寵,而是出自他真心的信仰②。然而即使詩教精神是沈德潛的真實信仰,但當中諷刺君王的功用始終沒有得到提倡發揮,特別是在文字獄的陰霾下③,溫柔敦厚、哀而不怨的寫作要求,一方面是國家意志對文人創作的疏導,從而達到管控言論和統一意識形態的作用,另一方面也是

① (清)張之洞:《張文襄公詩集》卷二,《清代詩文集彙編》第734冊,頁816。

② 張健:《清代詩學研究》(北京:北京大學出版社,1999年),頁519。

③ 何西來《〈清代文字獄〉序》說清代文字獄在順治年間只有數起案件,康熙年間不超過十起,雍正則已有數十起,乾隆更是高達一百三十起以上。周宗奇:《清代文字獄》(北京:人民文學出版社,2010年),頁2。

文人潛藏思想、用以避禍的最好方法。王闓運對詩教說未能落實於現實早有認知，對詩教說淪爲君王統治的工具更是不滿，也因此他對於魏晉文學背離詩教精神並沒有太多的批評，他更爲看重的是文學在廟堂之外的功用意義。魏晉文學在內容題材上擴展向對人生意義的思考，在玄談、山水、閨閣上的流戀忘返，以及在藝術技巧、文體聲律上的探討研究，對於王闓運而言正是讓文學擺脱爲人作、回歸個人，符合他爲己而作的價值觀。

在一般的歷史和文學史介紹中，魏晉以後隨着佛教的傳入和玄學的興起，儒家思想似乎一時沉伏，文學流於綺靡之聲，因此出現了像上述文人批評漢魏六朝文學背離詩教傳統的現象。不過有趣的是，葛曉音《論漢魏六朝詩教説的演變及其在詩歌發展中的作用》指出當時並不乏士人大力提倡儒家的詩教傳統，只是他們對於孔子詩教說的內涵闡釋越來越狹隘，甚至取消了對君王的怨刺功用，只剩下頌美王政、宗經述德的要求，於是文學成爲粉飾腐朽政治的工具和經學的附庸，文學的獨立價值遭到否定[1]。由此，上述文人以詩教傳統批評漢魏六朝文學的看法與葛曉音的分析判斷產生了疏離和反差，甚至形成一種諷刺。漢魏六朝文學並不是完全不講詩教，詩教說一直是儒生、文人的理想，並且想要將其實踐。只是正如前文和葛曉音所述，這種理想的詩歌政治功用並沒有真切的落實於現實社會，而魏晉以後的不少君王或文人還在試圖窄化詩教說的原始內涵。魏晉六朝的政權獲取多來自“禪讓”或篡奪，由於這種不正當的獲取手段，因此他們強調文學是要歌頌王政美德，不允許文人發出批評諷刺的聲音。如司馬氏的政權是奪取自曹魏，但在晉武帝受禪時卻命令傅玄創作頌詩，描述司馬氏是“以功德代魏”，而且不管兩晉政治多麼混亂腐敗，一律只作歌詠太平、頌美君王之詩[2]。此時，不少文人對於文學的功用也只聚焦於頌美王政一面，如摯虞《文章流別論》說：“王澤流而詩作，成功臻而頌興，德勳立而銘著，嘉

① 葛曉音：《漢唐文學的嬗變》(北京：北京大學出版社，1990 年)，頁 35—36。

② (唐)房玄齡等撰：《晉書·樂志下》(北京：中華書局，1974 年)，卷二三，頁 702。

美終而誄集。”又認爲“後世之爲詩者多矣,其功德者謂之頌,其餘則總謂之詩。頌,詩之美者也。”而其之所以看重頌是因爲“頌之所美者,聖王之德也”①。在國家意志的需要和文人的順從附和下,儒家詩教傳統並不是作爲革新文風的引領旗幟,而是作爲掩飾政權不道德的獲取過程或君王昏庸無能的美麗屏風,而以詩教的美刺精神來批評魏晉文人言志抒情的文學創作,則無疑是錯判了當時文人在政治壓力下無力挽救國家因而無奈寄情文字的困窘。文學的發展盛衰固然與外圍的政治社會環境有所關聯,齊、梁文學確實有值得批評之處,然而如果因爲國家政治的混亂或儒學的衰落而批評漢魏六朝文學則顯然忽略了文學本身的價值意義,更忽略了時人身處政治風暴中心的徬徨無力。由此解讀之下,魏晉文人對於詩教傳統的背離正是爲了拒絕在政治混亂黑暗的時代盲從於虛無的“詩教”旗幟下、將文學變作統治者想要的虛僞的政治工具。

五四以後,魏晉文學對詩教的背離又得到另外兩位作家的賞識。1927 年 9 月,魯迅在廣州的學術演講會上說:

> 他(曹丕)說詩賦不必寓教訓,反對當時那些寓訓勉于詩賦的見解,用近代的文學眼光來看,曹丕的一個時代可說是“文學的自覺時代”,或如近代所說是爲藝術而藝術(Art for Art's Sake)的一派。所以曹丕做的詩賦很好,更因他以“氣”爲主,故于華麗以外,加上壯大。歸納起來,漢末、魏初的文章,可說是:“清峻,通脱,華麗,壯大。”②

1932 年 3、4 月間,周作人受邀在輔仁大學演講,是次演講的內容後來

① (晉)摯虞:《文章流別論》,(清)嚴可均校輯:《全上古三代秦漢三國六朝文·全晉文》卷七七,頁 1905。

② 魯迅:《魏晉風度及文章與藥及酒之關係》,魯迅撰,吳中杰導讀:《魏晉風度及其他》(上海:上海古籍出版社,2000 年),頁 187—188。

編成了《中國新文學的源流》①,他認爲中國文學史就是言志和載道兩種潮流的起伏,而魏晉六朝的文學是言志的②,又認爲文學的興衰與政治好壞是相反的:

> 魏時三國鼎立,晉代也只有很少年歲的統一局面,因而這時候的文學,又得到重新解放,所出的書籍都比較有趣一些。而在漢朝已起頭的駢體文,到這時期也更加發達起來。更有趣的是這時候尚清談的特別風氣。後來有很多人以爲清談是晉朝的亡國之因,近來胡適之、顧頡剛諸先生已不以爲然,我們也覺得政局的糟糕絕不能歸咎於這樣的事情。他們在當時清談些什麼,我們雖不能知道,但想來是一定很有趣味的事。《世說新語》是可以代表這時候的時代精神的一部書。另外,還有很多好的文章,如六朝時的《洛陽伽藍記》、《水經注》、《顏氏家訓》等書內都有。《顏氏家訓》本不是文學書,其中的文章却寫得很好,尤其是顏之推的思想,其明達不但爲兩漢人所不及,即使他生在現代,也絕不算落伍的人物,對各方面他都具有很真切的了解,沒一點固執之處。③

周作人對於魏晉六朝文學的認知並沒有引起學界太大的關注,魯迅說曹丕的時代是一個文學的自覺時代,後來則演變成了“魏晉文學自覺說”,更引發了學界對文學自覺始於何時的爭論④。在此,筆者無意參

① 周作人講校,鄧恭三記錄:《中國新文學的源流》(香港:匯文閣書店,1972年),頁1。

② 同上,頁35。

③ 同上,頁38。

④ 現在學界認爲“魏晉文學自覺說”的最早提出者是鈴木虎雄,他在1920年《魏晉南北朝時代的文學論》提出“魏的時代是中國文學的自覺時代”,認爲漢末以前中國沒有“離開道德論的文學觀”,而曹丕的《典論》包括對作者、文體和文學創作的討論,正標幟了文學從道德觀轉向藝術觀,“文學的獨立的評論興起”。在上世紀80年代後,“魏晉文學自覺說”既受到了像李澤厚的推揚,也引起張少康等人的質疑。李澤厚認爲魏晉是一個思想活躍的時代,體現出來的是個人和(轉下頁)

與文學自覺始於那個時代的討論，而是想要指出在對魏晉文學的想像認知上，王闓運文學爲己的價值觀與魯迅"文學自覺說"、周作人"言志說"達成了一種契合，而之所以說是他們"想像認知"的魏晉文學，是因爲他們的論述都不是嚴謹的學術論文：周作人說他的演講內容是"杜撰"的，無所根據，是要建設他的議論①；魯迅則說他"學識太少，沒有詳細的研究"，主要講的是漢末至晉末文章一部份的變化與藥及酒的關係②。不論他們是自謙之詞還是誠實的交代，本文都無意探究他們對魏晉文學認知的對錯，而只是想要理解他們在此寄託依附於魏晉文學想像上的文學價值觀③。

周作人認爲"文學是無用的東西"，只是用來表達作者的思想感情，"沒有多大的鼓動力量，也沒有教訓，只能令人聊以快意"，而這種快意

(續上頁)文學的覺醒，表現在文學上就是對人的主題和創作藝術的討論。張少康則認爲中國文學的獨立和自覺是經過一個漫長的發展過程，在戰國後期見端倪，到西漢中期已經很明確，因此漢代才是文學自覺的時代，他評鑑的標準包括文學觀念的發展演進、專業文人創作的出現和專門文人隊伍的形成，以及多種文學體裁和文學理論批評的發展。後來，袁行霈主編的《中國文學史》採納了"魏晉文學自覺"說，並認爲文學自覺的標誌有三點，分別是文學從廣義學術中分化出來成爲獨立門類、對文學的各種體裁和風格特色有比較細緻的區分和認識、對文學的審美特性有自覺的追求。而趙敏俐以袁行霈的標準衡量"漢代文學自覺說"的證據及分析曹丕的《典論・論文》之後，認爲還是"漢代文學自覺"說較爲合適，而他又提出鈴木虎雄、魯迅、李澤厚認爲魏晉文人擺脫了"功利主義"的觀點是錯誤的，認爲"魏晉六朝人不僅一直沒有擺脫功利主義的藝術觀，而且對於那些形式主義的藝術給予了嚴厲的批判。"見(日)鈴木虎雄著，許總譯：《中國詩論史》(南寧：廣西人民出版社，1989 年)，頁 87—89；李澤厚：《美的歷程》(北京：文物出版社，1981 年)，頁 85—101；張少康：《論文學的獨立和自覺非自魏晉始》，《北京大學學報》(哲學社會科學版)1996 年第 2 期，頁 75—81；袁行霈主編：《中國文學史》第 2 卷(北京：高等教育出版社，1999 年)，頁 4—5；趙敏俐：《"魏晉文學自覺說"反思》，《古典文學的現代闡釋及其方法》(北京：商務印書館，2013 年)，頁 199。

① 周作人講校，鄧恭三記錄：《中國新文學的源流》，頁 3—4。

② 魯迅：《魏晉風度及文章與藥及酒之關係》，頁 198。

③ 周作人和魯迅的文學價值觀念有幾次的發展變化，本文的論述建基於周作人《新中國文學的源流》和魯迅《魏晉風度及文章與藥及酒之關係》，主要討論的是他們對魏晉文學價值的認知。

一方面是指作者情感在創作上得到平息，另一方面是讀者在閱讀後得到袚除[①]。這種無用的文學價值觀在他理解中國文學史的發展時就變成“詩言志”的言志派，另一派與之相對的就是“文以載道”的載道派，要以文學爲工具[②]。周作人認爲在國家統一、有強而有力的政府時，文學就會走入載道的方向，而在政治紛亂的時代，當國家不統一，政治無力控制思想言論時，人人才能自由的講自己的話，各派思想也能自由發展，文學則走向言志的道路[③]。周作人在此的文學價值取態是喜言志、惡載道，對於他來説，文學不應該成爲載道的工具，而只是作者宣洩情感的出口，作者想要寫什麼就寫什麼，不應該受限於統治者的需要。因此，雖然魏晉是春秋戰國以後又一個政治混亂的時代，但他認爲正是這樣的時代環境，文學才又重新得到解放，出現一些“有趣”的書籍，連講地理的《水經注》也有特别好的文章，這是因爲文學擺脱了作爲“載道”的工具角色，文人能自由地抒發個人的情志。

魯迅認爲魏晉文學風格的形成是受到曹操和曹丕的影響。首先曹操的尚刑名及立法甚嚴，影響到文章上形成簡約嚴明的清峻風格，而他反對士人講氣節清流的執拗而提倡通脱，於是魏晉文學出現了大量想説什麼便説什麼的文章。其次是曹丕講“詩賦欲麗”，認爲文學不必寓教訓，於是文學開始講求藝術審美，形成華麗的風格，加上他又主張“文以氣爲主”，故又形成壯大的美感[④]。魯迅的演講對後來“魏晉文學自覺説”的兩大主題“人的自覺”或“文的自覺”其實沒有太多説明，這些觀點實際上都是來自鈴木虎雄和李澤厚的，不過就像趙敏俐注意到的一樣，不管是鈴木虎雄、魯迅、還是李澤厚，他們關注的是魏晉文人對“功利主義的文學觀或者説經學”的否定[⑤]。魯迅在文章中一方面由曹丕的《典論》説明魏晉文人對於文學的獨立價值有愈來愈清晰的認識，文學逐漸疏離和擺脱儒家的詩教傳統，並且對創作的藝術技巧有更多的

① 周作人講校，鄧恭三記録：《中國新文學的源流》，頁 29。

② 同上，頁 34。

③ 同上，頁 37。

④ 魯迅：《魏晉風度及文章與藥及酒之關係》，頁 186—188。

⑤ 趙敏俐：《“魏晉文學自覺説”反思》，頁 193。

討論和發展。另一方面,他關注魏晉文人的生活形態,不以政治地位或道德行爲去評價他們的文學創作,如曹操專權、曹丕篡位,但是都無礙魯迅對他們的文學作出正面的評價,而對於孔融的被殺、阮籍的口不臧否人物、嵇康的師心使氣、陶淵明歸隱田園而不能超于塵世,魯迅對他們勇於與權力對抗或在亂世獨善其身都有所讚賞和諒解,也沒有忘記指出當時政治環境的黑暗。

由此看來,王闓運對魏晉文學背離詩教的肯定,與周作人的反對載道和魯迅的文學不必寓教訓是類似的,他們同樣認爲魏晉文學吸引人之處正是在於文學對政治功用的脱離,魏晉文人拒絕文學爲統治者服務,將文學回歸於個人情感的書寫抒發。不過需要強調的是,即使他們得出了類似的結論,但是他們的涵義卻未必相同。王闓運的文學價值觀還是在古典文學的語境當中,他認爲魏晉是士人不得志的時代,君王、國家意志試圖模糊、窄化儒家詩教説的原始涵義,將文學改造成爲政治工具,文人和文學失去了在廟堂上發揮政治作用的機會,因而他排除詩教説,反對文學爲人作,要求文學回到個人言志抒情的功用,他還是處在儒家詩教和言志的文學功用認知當中,只是他排除了詩教説,突出文學言志的價值功用。魯迅和周作人則不然,在五四以後,純文學的概念已經進入中國文學理論當中,他們取用的資源已經不只是中國傳統文化,而是包括五四以後的各種思潮,例如個人主義、自由主義等,周作人的重言志、反載道的文學價值觀與王闓運是比較接近的,他們都在經歷政治失意後試圖將文學回歸於個人,但是周作人的文學價值觀卻是建立在純文學之上,強調文學的"無用"。魯迅則不然,他雖然反對文學寓教訓,但是他是要讓文學從傳統的爲君王和儒學服務中解放,轉爲爲個人及大眾服務,他對魏晉文學是爲藝術而藝術的理解也是受到純文學概念的影響。雖然王闓運和周氏兄弟對魏晉文學的認知是相似的,同樣抗拒文學爲政治服務和張揚個人情志,但是他的文學觀念仍然是停留在傳統知識語境當中,即使他對於傳統文學價值觀提出質疑和反思。

與以詩教傳統批評漢魏六朝、想要文學發揮積極政治作用者不同,王闓運文學爲己的價值觀正是要抗拒國家政治對文人創作的掌控,彰顯和確立個人和文學的獨立價值。文人和文學與其被廟堂上的君王和國家意志利用、曲解，成爲頌美王政的俳優和工具，不如將文學轉化爲抒寫個人情感或不得志之言，在看似縮減文學的功能範疇的同時，其實正是維護了文人和文學的尊嚴價值，在對政教功用選擇遺棄的同時，表現出來的正是一種沉默的抗議和批評。因而歷來對魏晉文學背離詩教的批評卻是他對其之欣賞，他對"魏晉文學"的提倡有可能正是在於這種爲己不爲人的文學價值上的認同。

結　語

王闓運在治學和文學的語境中都提出了"爲己爲人"之辨，並以此確立個人的學術和文學價值觀念。過去的研究多關注於從王闓運"爲己"的觀念去説明他的創作心態或詩學理論，卻忽略了作爲"爲己"對立面的"爲人"説，對兩個概念的涵義也沒有深入的闡釋。"爲己爲人"是王闓運文學思想中互補的兩個概念，"爲人"説作爲"爲己"的對立面，從對士人心態到文學思想的批評都爲其補充了不少内涵。首先，王闓運在提出"古今詩之別"時，指出詩教傳統背後文人、文學和君王的權力關係，認爲在詩教傳統中，文人和文學已被置於臣屬的地位，只是國家意志的政治工具，而在君權高漲的時代，詩教的理想始終未能落實。其次，王氏又批評文人在科舉制度下，視學術和文學爲功名利祿的敲門磚，認爲他們在應對考試的學習時失去了個人的批判思考和文學的獨立價值，淪爲科舉制度（國家意志）的玩偶，或是成爲乞討別人賞識的俳優，更無法分辨文學真實的發展源流，誤以時文爲古文，終身受到他人的蒙蔽。此外，爲了博取他人的賞識和名聲，杜甫、白居易、韓愈、明七子和元好問等大家都有爲人作的毛病。王氏提出文學爲己的價值觀除了是要填補詩教無法實踐於現實後的文學意義失落，同時也是爲了肯定個人和文學的獨立價值，他提倡蘇武、李陵爲源頭的"魏晉文學"正是要肯定文學抒寫個人情志的意義，強調個人和文學的價值是無需君王和國家（他者）的認可。王闓運對於詩教爲人的認知又回應了歷代文人對漢魏六朝文學的批評，強調了魏晉文學在詩教傳統以外追求抒寫個人情志的價值意義,同時他對魏晉文學的認知又與魯迅、周作人有所相同。由此可知,王闓運的"爲己爲人"之辨包含的是對於士人心態和文學風氣的關懷及批評,也與他提倡魏晉文學有所關連。雖然爲己、爲人指向的是難以分辨的個人心態,因此並不是有清晰界定標準的批評術語,也未必能有效地應用於實際的創作批評當中,但是這並無礙於它們作爲王闓運對於文學創作價值意義的認知和追求,以及理解他以此提倡魏晉文學的原因。

(作者爲香港城市大學專上學院兼職講師)

民初廣東遺民文人汪兆鏞的自我書寫*

余佳韻

摘 要

辛亥之後,傳統文人除須面對政治體制的變革以外,尚需面對來自於西方的新思潮以及新舊時代轉換所帶來的衝擊。不同於上海遺民與政治間的密切關聯,出身學海堂的這一批廣東遺民的文化屬性更爲鮮明。他們在清亡後致力保存傳統文化,通過傳統文獻的校注刊刻、師友生平文獻整理確立個人的文化遺民的姿態,另一方面,他們也爲個人的遺民抉擇而辯駁。學界向歷來的研究主要圍繞汪兆鏞的生平與遺民氣節爲論,而較少論及往返原鄉與寓居地的這種遷徙型態對汪兆鏞學術事業的影響。本文以"流離與回返"爲中心,通過汪兆鏞的個案研究,觀察廣東遺民文人在世變之際避居他所的過程中的自我敘述,反映出當時處於新舊時代交替下的另一種遺民樣態。

關鍵詞:廣東　遺民文人　汪兆鏞　離散　回返

凡一種文化值衰落時,爲此文化所化之人,必感苦痛,其表現

* 本文初稿發表於香港浸會大學孫少文伉儷人文中國研究所舉辦的"轉變、接受與認同——清代文化轉型與士人定位"第一屆青年學者國際學術研討會。特別感謝鍾夢婷女士在會後提供了學者 Elizabeth Sinn 中繼站(in-between)的研究觀點與當代離散文化研究的現況。兩位匿名審稿人珍貴的審查意見也讓筆者獲益良多,在此一併致上謝忱。

此文化之程量愈宏,則其所受之苦痛亦愈甚。

——陳寅恪

一、前言

明清之際與清末民初的遺民研究爲近年學界關注的議題,其間最常探討的不外乎是文人個人自我認同與主體性的建立,夾雜於異代之交的生命抉擇,以及個體與時事間的相互對應等層面。遺民作爲一種異代交替之際的時間現象,趙園道出了其宿命的悲哀本質,她說:"'遺民時空'出諸假定,又被作爲了遺民賴以存在的條件。時間中的遺民命運,遺民爲時間所剝蝕,或許是其作爲現象的最悲愴的一面。正是時間,解釋了遺民悲劇之爲'宿命'。"①之所以"遺",是由於這批文人懷抱舊朝而不事新君的身分就註定了一生將定著於王朝覆滅的前夕,便僅能透過追憶與復述過往填補生命中失落的情感缺口。

辛亥鼎革之後,由於政治體制的陡然轉變,傳統的學術養成方式與倫常規範也遭到前所未有的質疑與挑戰。誠如胡平生所言:"在遜清遺老眼中,辛亥變起,民國建立,不單是一項政權上的轉移,更是傳統儒教思想淪亡的象徵。"②新的民國體制之所以不被這群遺民接受,不僅是"帝國"與"民主"的體制變更,而是學術文化的整套置換。原本的社會身份以及依據這個身份所規劃出的人生志業皆因政治的變異而宣告無望;而建構這個身份的儒家經義與學術典式一旦被排除,也等於是揚棄了文人舊來所習受的學術養成方式與遵循的體制規範;既須承受自身所信仰的價值體系的崩毀,同時也失去了原本在舊體制下的話語權。民初社會對儒家傳統的檢討聲浪更助長了文人們邊緣化的焦慮,延伸出"於國於家成棄子"的茫然與自我懷疑。從而,此時的遺民論述通常帶有一種濃厚懷舊與欲回返正軌的傾向,試圖表彰他們所代表的舊傳

① 趙園:《明清之際士大夫研究》(北京:北京大學出版社,1999年),頁373。

② 胡平生:《民國初期的復辟派》(臺北:臺灣學生書局,1985年),頁54。

統在新時代裏的存在價值。

遺民之所以被稱之爲遺民,並不僅僅是這群人在時間線段所呈現的停滯與徘徊,彷彿被時代所遺落;而是這群人的文化心理上,始終都有一個"舊朝"的意識存在,驅使著他們往懷舊氛圍靠攏。這種"舊朝"的心理,涵蓋了政治制度與傳統文化兩個層面,前者表現爲對舊政權的戀慕與恢復以及對新政權體系的批評反抗,到隱居退守;後者則體現爲對典章文物、道德規範以及學術傳統的固守與維護。相較於上海地區的遺老們與舊朝人員密切的政治互動,多數的廣東遺民選擇的是投入廣東地方志與文獻典籍的寫作,呈現了頗爲濃厚的文化屬性①。廣東自辛亥以後,動盪的亂象遲遲未能平靖。除 1914—1917 年間桂系軍閥入主廣州以外,又接連發生了 1920 年的粵桂戰爭與 1924 年的廣州商團事變②,局勢更形險峻。此時,港、澳與廣東的地緣關係以及被英葡殖民統治的身份正好提供了當時廣東人民移居的可能。部分的廣東遺民文人遂於此時南遷至港澳避禍,並開展了一系列的自我表述,汪兆鏞便是其中的代表之一③。

① 林志宏即曾指出:"清遺民的居處地距離北京愈近者,其涉入政治活動大抵愈深;而離開北京愈遠,則主要以文化活動爲主。"並歸納廣東遺民的活動偏向文化性爲多。本文即採此說。林志宏:《民國乃敵國也:清遺民與近代中國政治文化的轉變》(臺北:聯經出版事業股份有限公司,2009 年),頁 72。又,關於民初時期文化遺民的概念,可參照羅惠縉:《民初"文化遺民"研究》(武漢:武漢大學出版社,2011 年),頁 16。

② 本段歷史可參照:廣州市市政廳編:《廣州市沿革史略》(香港:崇文書店,1972 年),頁 59—73。又,關於廣州商團事變,尚可參照:John K. Fairbank, *The Cambridge History of China*, *Volume 12*, *Republican China 1912—1949* (Cambridge: Cambridge University Press, 2008), pp.530—531.

③ 學界關於廣東遺民群體研究已有初步成果。其中或以政治文化變革的角度解明遺民群體與新的政權之間的矛盾關係。如林志宏《民國乃敵國也:清遺民與近代中國政治文化的轉變》,從政治變革探討舊文人與新體制間的相互關係,以及遺民文人在辛亥鼎革的新舊體制轉變之間的活動概況,歸納出晚清遺民面臨新的時代抉擇時的共同心理與文化認同的傾向。程美寶《地域文化與國家認同:晚清以來"廣東"文化觀的形成》,即是試圖以社會學觀點切入地域/國家之間的權力與資源分配關係,重新解讀晚清時期的廣東文化—包括當時的歷史語(轉下頁)

汪兆鏞(1861—1939),字伯序,一字憬吾,自號慵叟。清亡以後,汪兆鏞引宋遺民汪炎《元日書懷詩》"年光除日又元日,心事今吾非故吾"句,改號今吾。又號微尚居士、清溪漁隱①。廣東番禺人,祖籍浙江山陰(即紹興)。爲汪兆銘(1883—1944,即汪精衛)之長兄。早年曾隨父親遊幕廣東,後因科舉三次不第,爲家計之故,遂應地方長官之邀於翁源、赤溪、遂溪與順德等地佐幕,奠下了他對廣東地理風土的認識。辛亥(1911)以後,汪兆鏞即以遺民自詡,年譜不再置年號,僅以干支紀年,以表不入民國之志。胡漢民(1879—1936)曾於民國建立後邀請汪兆鏞任鹽政局長,他辭謝不就。壬子(1912)時汪精衛至廣州與兆鏞相見,他亦表明誓不任事。後爲避亂事移居澳門,自 1911 至 1939 過世前二十多年間往來於廣州、澳門十餘次,斷續居住了十三年②。晚年得溥儀賜"福"字,歿後賞"志節不移"匾額。其學術著作大多成於辛亥以後,如《稿本晉會要》《山陰汪氏譜》《陳東塾先生遺詩》《憶江南館詞》暨《集外詞》等等。

現今學界對汪兆鏞的研究不多,雖然近年已有《汪兆鏞詩詞集》與

(續上頁)境以及"廣東文化"背後的權力運作。書中第四章"追溯嶺學",著眼於 19 世紀的學海堂與當時廣東整體政治、社會的關係,以及日後成爲學術中心的始末。兩者皆是以社會學的角度,由政治文化角度勾勒出晚清廣東文化的多樣性與複雜性的同時,也提供了我們理解廣東遺老背景的途徑。程美寶:《地域文化與國家認同:晚清以來"廣東文化"觀的形成》(北京:三聯書店,2006 年),頁 164—212。

① (清)汪兆鏞:《清微尚老人兆鏞自訂年譜》(臺北:臺灣商務印書館,1980 年),頁 3。

② 民初廣東政治紛亂,由於地緣因素,許多文人在此時都選擇避居港澳,其中尤以移居香港者數量爲最。汪兆鏞選擇了澳門而沒有到香港,或許與他不欲與政治牽連,而屢次在詩文裏重申的避禍心態有關。汪兆鏞往來於廣州、澳門間的次數頗多,如"1911 年 11 月至澳門寓小三巴寺街。隔年 9 月返廣州""1913 年 7 月,廣州亂,再避地澳門,寓下環街""1917 年朱慶瀾與陳炳琨不睦,孫中山來粵,亂狀復起。7 月 12 日挈媳孫避至澳門蕉園圍 1 號""1923 年陳炯明軍將從增番交界攻入廣州,遂攜兒女赴澳,寓峨嵋街。"如此種種不下十次,廣州當時的局勢之亂,汪兆鏞思鄉之切而安定之日難望的苦痛自不在話下。詳見(清)汪兆鏞:《清微尚老人兆鏞自訂年譜》,頁 36、37、43。關於汪兆鏞的生平經歷,詳可參見彭海鈴:《汪兆鏞與近代粵澳文化》(廣州:廣東人民出版社,2004 年),頁 26—42、94—113。

《汪兆鏞文集》陸續出版,但仍屬於文獻材料的蒐集整理。專著也僅有彭海鈴的《汪兆鏞與近代粵澳文化》。書中詳盡地考察了汪兆鏞的家世源流、生平背景、學承交往,乃至於日後對粵澳文化事業的貢獻,爲本文提供了不少基礎背景。惟其中對汪兆鏞的討論方式較爲傳統,僅是以個人的生平背景與交遊爲基本架構,並未進一步考量到汪兆鏞的遺民身份、數度往返澳門與廣州之間的心態與學術事業間的關聯。

"離散"(diaspora)作爲當代文化研究的重點之一,是指"跨越地理、歷史、語言、文化與國家疆界的流動"[①],涉及殖民或後殖民主義下的人群遷徙、想像與認同。此一語彙於地理學上的意義,是著眼人處於不同文化脈絡的地理空間下,所衍生的國家、文化認同等問題。學者 Elizabeth Sinn 將離散的研究擴大到了地理上的 in-between(中繼站)的關係,以香港爲中繼點,觀察其在中國與美國之間的貿易與人流來往中扮演的地位[②]。借用此一概念檢視這一批清末民初的廣東遺民文人

① William Saffran 曾提出離散的五個特徵,分別是:一、分散到兩個地區以上;二、對故鄉的共同神話;三、疏遠(alienation)於故鄉;四、返回故鄉的理想化;五、與故鄉之間的持續性的聯繫。轉引自斯安竹:《海外藏族的文化變遷與適應—以達蘭薩拉的藏族爲例》(臺北:政治大學民族研究所碩士論文,2007 年),頁 77。原文見 William Saffran, "Diasporas in Modern Society: Myths of Homeland and Return", *Diaspora* 1 (1991), pp 83—84.由於廣東居處於南方,民初的混亂使得無數文人避居港澳二地。他們將殖民地視作人生的中繼站,抱持著對故鄉的懷想,在殖民地中進行自我書寫。汪兆鏞在亂後重複往返廣州、澳門之間,昔日的故土與現實的家園既似隔離,卻又有聯繫;被殖民統治地區雖看似得以久居,但終舊是信美而非吾土。他們懷抱著遺民的自我認同,卻由於政治與地理的因素,與故鄉之間存在著既近且遠的聯繫,既具有現實連結,卻又包含了想像成分。然而無論是哪一種,悽惶終日,難以自安便是這批遺民文人的寫照。可以說,這一批民初的廣東遺民文人,是時空錯落下的存在。於時間上與舊國和舊鄉隔絕,在空間上又處於"國中之國"的地位,因而產生了一種與離散書寫極爲類似,卻又未能完全相合的群體移動狀態。引文見李有成、張錦忠主編:《離散與家國想像:文學與文化研究集稿》(臺北:允晨文化,2010 年),頁 27。

② 關於 19 世紀的香港與加州淘金熱、華人貿易的問題,可參照:Elizabeth Sinn, *Pacific Crossing: California gold, Chinese Migration, and the Making of Hong Kong* (Hong Kong: Hong Kong University Press, 2013), pp. 1 - 10.

遷居至港澳場域的自我表述。港澳的存在對這一批南來文人而言,也如同中繼站一般,僅爲暫居或是轉進的途徑,而非久居之所。這些人雖然去土離鄉,卻始終擁抱著舊日的國家認同與價值典範。避處殖民地一事縱然並未造成遺民文人與新文化語境的隔閡,但政治的變革仍舊讓他們在新舊體制與中西學術間的矛盾與夾縫之間難以自處。遺民文人們除了因政體轉變而成爲政治上的"流離"與身不由己而須避居異地的"流離"現實以外;恪守傳統學術的姿態又被評價爲與時相忤,不啻也是另一種價值認同的"流離"姿態。正因處於這種不確定的生命概念中,個人定位與價值的追索便成爲文人更急切證明的命題,於是才會衍生出"回返"的想望。澳門作爲當時廣東遺民避居的選擇之一,在既近且遠,風物既有相似,也有殊異的被殖民統治地區裏,文人從異地的風景物貌著眼,展開了一系列的書寫。而所謂"回返",是與現時爲對照,著眼於這一群廣東遺民在新政權建立以後,通過地域的連結,歷史敘述、典籍搜羅刊刻,在亡清以後仍舊續行傳統價值的維護及個人認同的鞏固,並在傳統文化脈絡之下獲致個人定位與身心的安頓;在異地風物的書寫之中,體現了個人對舊鄉亟欲回返的渴望。他們在殖民統治時期的諸種創作與宣示,亦可視爲一種時代的異質聲音。

清末民初的遺民文人的樣態頗多,各有其不同的政治態度以及立場主張,難以用齊一的標準劃分。不同的世代對同一歷史事件也不免產生個別的理解與詮釋。從而,汪兆鏞年過半百始遭逢變亂的經驗感受自然和汪精衛這一代有所不同,影響了他對世界變化的認識與解讀;身爲長子的責任亦影響著他的抉擇。本文欲闡述的"遺民風景",僅是民初當時的某一種遺民樣態。目的除了想展示當時被他人視爲舊世界遺骸的遺民文人,在生命遭逢裂變的動亂流離中,如何通過記述與生命牽絆繫連的周遭物事,以求得心之所安外,以"風景"爲名,是以遺民群體作爲一種景觀,欲藉由本文的分析呈現當時清末民初當時諸種遺民型態中,這一類往來殖民地的遺民遷徙現象。其次是從這些遺民透過兩地的比較、對望與凝視,在異地回想、描繪且架構故鄉風貌的過程中,看到他們如何詮釋所見異地的風物地景,並從中覓得與故鄉的聯繫。

向來的遺民研究大多集中在原本屬於上層文人官僚在改朝換代後

的失落,卻少見關注汪兆鏞這一類的中下層文人在時代的夾縫中求生存時,個體心境的改變。本文以民初當時避居澳門的廣東文人汪兆鏞爲研究對象,通過"流離"與"回返"這一組概念,首先概述這一批遺民的形成背景,繼而論及汪兆鏞的遺民論述與他刊刻輯錄師長典籍背後所展現的意識。最後分析汪兆鏞詩詞中對廣州原鄉眷念,以及地景歷史的考察,希冀通過汪兆鏞的個案研究,反映出另一種南來文人的遺民型態。

二、典範的尋索:遺民的自我詮釋與自我表白

(一) 遺民意識的凝聚:學海堂的背景概述

廣東遺民之所以在民初能成爲另一個僅次於上海遺民的群體,與清代中後期的廣東整體學術發展有關。廣東位處帝國的南方邊陲,自古以來即被以南蠻或化外之地視之。嶺南學術亦因距離江南學術中心較遠,即便也有陳白沙(1428—1500)等著名學者,但始終是鳳毛麟角,整體學術風氣並不興盛。清代當時廣東出身的士人科舉及第的人數亦難以和文風鼎盛、士人薈萃的江南地區相提並論①。這種情況從阮元(1764—1849)於嘉慶二十二年(1817)赴廣東任兩廣總督、後產生了轉變。他有感於當時"粵中學術不盛",憑藉著當年任浙江學政創辦書院的經驗在廣州設置了學海堂,並延攬了一批江浙學者,延續當年江南詁經精舍的考據學風②。這群學海堂的學人也通過江浙學術的吸納、接

① 詳細論述可見程美寶:《地域文化與國家認同:晚清以來"廣東文化"觀的形成》,頁 165—166。以及 Benjamin A. Elman, "Qing Dynasty 'Schools' of Scholarship", *Ch'ing-shih wen-t'i*, vol.4, No.6, pp.1 - 44.

② 關於學海堂與今文經學的關係,可參見(美)艾爾曼(Benjamin A. Elman)撰,車行健譯:《學海堂與今文經學在廣東的興起》,《湖南大學學報》(社會科學版)2006 年第 2 期,頁 13—20。艾爾曼在《從理學到樸學—中華帝國晚期思想與社會變化面面觀》書中也說到:"杭州的詁經精舍和學海堂儘管試圖推進 18、19 世紀之際儒學教育的發展,但仍然是乾隆時期江南各地書院接受的漢學教育的代表和發展產物。"同樣指出學海堂的授課內容大抵移植自江南考據學而來。(美)艾爾曼(Benjamin A. Elman)著,趙剛譯:《從理學到樸學—中華帝國晚期思想與社會變化面面觀》(南京:江蘇人民出版社,1997 年),頁 91。

受與轉化，確立了他們在廣州學術文化圈中的菁英地位[1]。學海堂既有官方支援，又有廣東當地仕紳的奧援，加上學長皆爲當時知名大儒，如張維屏（1780—1859）、吳蘭修（1789—1839）等人，從而能在創立後不久即與當時廣州的粵秀、羊城書院等舊式書院相互抗衡[2]。由江浙發展而來的考據學的方法也被這群學海堂文人拿來應用在廣東歷史文化的考索，凝聚了這批廣東文人的地域意識以及文化歸屬與認同；而在清亡以後，這樣的認同結合了文化傳承的使命感，成爲廣東遺民自我認同的一部分。

其次，學海堂師友之間的交流活動頗爲頻繁。據《學海堂志》記載，當時學海堂中"雅集"一事，是以阮元的壽辰爲雅集之始，而後逐漸演變爲堂內師生相互交流的場域。其中提到："築堂以來，歲有小集，講禮於斯，會友於斯，來日無涯，宜詳時序，志雅集。"[3]雅集包括了上巳花朝、中秋坐月、九月賞菊、冬至觀梅等。透過"魚鳥相親、花木成列"的實景遊賞，賦詩唱和，除可以培養學生文學層次的情意感知以外，亦有聯絡師生情誼的功能。這種教學型態也成爲了學海堂人日後在政治、社會或教育層面得以相互奧援的基礎。而在學海堂以外，這些門人亦有私下的酬唱聚會。如汪兆銓（1859—1929）即曾在 1885 年梁鼎芬罷官南歸之時，邀約同門共聚於學海堂與菊坡精舍。

汪宗衍《雁來紅圖卷詞錄跋》即記錄了本次的聚會："光緒乙酉（1885）十一月，梁節庵丈鼎芬罷官歸里，先伯莘伯先生，招同楊叔嶠丈鋭、王子展丈存善、朱隸垞丈啓連、陶子政丈邵學，集越秀山學海堂，酒半，過菊坡精舍。時雁來紅盛絕，梁丈首倡此詞，先伯因囑余子容丈士愷繪雁來紅圖，各題所爲詞於後。翌年，徐巨卿丈鑄、文道希丈廷式、易

① Steven B. Miles, *The Sea of Learning: Mobility and Identity in Nineteenth-Century Guangzhou*, (Cambridge: Harvard University Press, 2006), pp. 161 - 163.

② 程美寶：《地域文化與國家認同：晚清以來"廣東文化"觀的形成》，頁 170—180。

③ 趙所生、薛正興主編：《中國歷代書院志》（南京：江蘇教育出版社，1995 年），頁 301。

實甫丈順鼎、石星巢丈德芬,與家大人(汪兆鏞)咸有繼聲。時葉南雪先生衍蘭以詞壇老宿,亦欣然同作,陳莘陼丈慶森則戊戌秋補作,俱裝池成冊。"[①]此一聚會的與會者隱然體現了學海堂門人彼此的交誼網絡,其中汪兆銓、梁鼎芬以及易順鼎等人,更是日後知名的廣東遺民文人。

林志宏曾指出廣東遺民特徵爲:"這群遺民(學海堂)其實和清季東塾學派的關係密切。眾所周知,東塾學派的創始,以陳澧主持學海堂學長爲標記。嗣後張之洞(1837—1909)擔任粵督期間,繼承學海堂的流風遺緒,創辦廣雅書院,又陸續培養出很多士子,使得該地的學術風氣更趨特盛。透過了同鄉情誼與師友門生的關係,這群士人非惟在清季時相互聯繫,紛紛登躋朝廷中央,後來還互通聲氣。直迨清帝遜位,因爲有著共同認可的政治態度和價值觀,他們構成社會學家所謂的'社交圈'(social circle),彼此產生凝聚力,變成堅持忠清的遺民。"[②]既然這群遺民文人早年交往已如此頻密,清亡之後,同爲舊傳統的擁護者的他們,基於同樣的價值理念而互通往來亦不足爲奇。現在爲人所知的民初廣東遺老如陳伯陶(1855—1930)、梁鼎芬(1859—1919)、吳道鎔(1852—1936)、張其淦(1859—1946)等人,亦都是出身於學海堂者。

總之,廣州學海堂作爲當時廣東學術重鎮,在清亡之前提供了這群人熟悉傳統學術以及相互交流的場域;在清亡後,持續凝聚著擁有同樣政治價值與對傳統學術堅持的文人。相對於接受西方新式教育的那批文人,"中學"成爲了這一群遺民文人的自我標誌,是個人生命與學術歷程的集結。對傳統"中學"內涵價值的再確認,古籍書冊以及地域前賢事蹟的蒐集考察,便成爲清末民初廣東文人自我實踐的新場域——在科舉不再能提供傳統文人仕進的保障、新舊的體制間仍存在著諸多扞格的當下,這一批民初廣東遺民藉以維繫彼此的存在。汪兆鏞的學術著作或詩詞創作,亦須在此一背景下始能理解。

(二) 定軌:遺民的自我詮釋

1. 廣東前賢的遺民典範——屈大均(1630—1696)

---

① (清)汪宗衍:《雁來紅圖卷詞錄跋》,(清)夏敬觀:《忍古樓詞話》,唐圭璋編:《詞話叢編》(北京:中華書局,2005年),頁4807。

② 林志宏:《民國乃敵國也:清遺民與近代中國政治文化的轉變》,頁57。

遺民文人身處於時間的夾縫中，在意識到過往已然滅失的同時，也逐漸體認到人勢必走向凋零的命定。爲前朝守節一事固然爲文人的自我抉擇，然而僅依憑著此種信念，卻也不免出現躊躇疑懼的時刻。在與當時同爲遺民者相互慰藉的同時，他們也從先賢中尋覓典範所在，擷取其中有意義的環節。從歷史遺跡或是鄉邦先賢事蹟的記錄與考索，遺民在書寫、追認與情感投射的過程中，聯繫異代遺民的共感，轉化自身"遺"或是"弱音"的地位，而代之以歷史文化的見證者與承繼者。因此，正如同宋、明遺民多透過書寫表彰自身心志，清末民初的遺民也有書寫、尋索、編纂與蒐集歷代遺民資料，以寄託現實情懷的共同傾向。

汪兆鏞詩歌中對明遺民頗多留意，如嶺南三大家的屈大均(1630—1696)、葉佩蘭(1629—1705)、陳恭尹(1631—1700)，乃至遺民僧人函昰、澹歸等人，都曾爲汪兆鏞歌詠的對象。這種對鄉邦遺民傳統的標舉，《重刊〈海雲禪藻〉序》中即清楚提到："吾粵士夫夙尚氣節，明社既屋，義師飆起，喋血斷脰而弗顧者踵相接。"①以明末清初的遺民海雲禪師爲例，極力表彰明末清初廣東遺民文人爲抗清而堅守不屈的志節②。其中又以屈大均最爲汪兆鏞所傾慕，在詩中屢屢提及其生平，甚至引爲同調。他替陳伯陶《勝朝粵東遺民録》一書的題辭中即有"淒絕翁山老，浮湛意未闌"(之二)、"憶昔錦巖畔，雪聲尋故堂"(之三)③，描述屈大均半生飄零浮沈，復國壯志未酬，以及長憶恩師的情狀。不過，汪兆鏞對屈大均生平最爲詳細的敘述，仍屬《番禺令陳樾訪得屈翁山墓，爲之起冢建碑，摹象築亭，繪〈沙亭訪墓圖〉徵詩》一首。試引之如下：

① 汪兆鏞：《重刊〈海雲禪藻〉序》，《微尚齋雜文》(臺北：文海出版社，1981年)卷二，頁2下。

② 函昰(1608—1685)，字麗中，別字天然，號丹霞老人，爲明末清初嶺南高僧。廣東番禺人。明亡，一度避亂西樵。後入番禺雷峰隆興寺(後易名海雲寺)。汪兆鏞另有《媽閣山麓禪房觀天然老人爲解虎監寺書直幅》詩。見(清)汪兆鏞著，鄧駿捷、陳業東編校：《汪兆鏞詩詞集》(廣州：廣東人民出版社，2012年)，頁30。

③ 案：錦巖位於越秀山，爲明末粵地大儒陳邦彥(1678—1752)設堂講學之所。汪兆鏞有《錦巖謁陳巖野先生祠》詩。見同上，頁65。

紹武行宫秋草沒,端谿谿水夜嗚咽。誰問沙亭土一坏,寒燐碧盡萇宏血。沙亭詩人老諸生,豈爲空鶩殉國名。孝陵三謁黯王氣,錦巖一去悲雪聲。北度秦隴下吴會,入越浮湘涉海外。遠遊自賦驂虯螭,起義將謀復冠帶。子房初從楚假王,歸去築園名祖香。埋衣木末古亭畔,藏髮黄龍仙洞旁。裹屍馬革平生志,有老母在何敢死?生壙銘成意慨然,墓廬事畢身休矣。遺壟湮沈二百年,寶珠峰麓堆蒼煙。三家騰踔誦詩句,四松蕭瑟餘荒阡。……幽光顯晦有前定,白園猶傳舊題詠。海桑寄慨畫圖中,卞塋禁樵永輝映。①

本詩爲汪兆鏞應陳樾徵求《沙亭訪墓圖》題詩而作者,屬於題畫詩的性質。屈大均,字翁山,廣東番禺人。爲明末清初遺民代表。順治三年(1646)清軍攻陷廣州時,屈大均之父攜家返番禺沙亭避禍。七年(1650),清兵再圍廣州,屈大均爲避禍,於番禺縣雷峰海雲寺拜天然老人爲師,此後以化緣爲名雲遊四海。"平生好遊,於海内之地,近而嶽瀆,遠而沙塞龍荒,足跡亦幾遍矣"②。老後移志於廣東文獻、方物、掌故的收集編纂。屈大均鄉土關懷濃厚,曾道:"廣東者,吾之鄉也。不能述吾之鄉,不可以述天下。文在於于吾之鄉,斯在於天下矣。"③又築"懷沙亭","一以不忘吾鄉,以不忘無祖;一以不忘白沙,以不忘三閭"④。後編成《廣東文集》《廣東文選》《廣東新語》以及《皇明四朝成仁錄》等書,記錄了廣東的文人著述、地理風情與民俗文化等層面。以鄉邦的傳統的記敘爲本體,通過地域風土人文的記錄、重述與考辨,涵養對家國天下的關懷,並寄託個人對吾鄉斯土的情感。

詩中首先由屈大均的沙亭舊墳談起,逐步描繪出屈大均緬懷故國、

① (清)汪兆鏞著,鄧駿捷、陳業東編校:《汪兆鏞詩詞集》,頁 83。

② (清)屈大均:《沙子遊草序》,《翁山文鈔》,歐初、王貴忱主編:《屈大均全集》第 3 冊(北京:人民文學出版社,1996 年),卷一,頁 293。

③ (清)屈大均:《廣東文選自序》,《翁山文外》,同上,頁 42。

④ (清)屈大均:《懷沙亭銘序》,《翁山文外》,同上,頁 189。

圖謀復興且終生不忘前朝的"忠君"形象。包括:遭逢異代鼎革,三度訪謁明孝陵的忠義;終身不忘師恩的情態;爲抗拒新朝,北遊邊地,欲惕勵精神,訓練筋骨,以圖謀恢復的刻苦;最後識破吳三桂僭竊之心,隱居番禺沙亭,潛心著述等幾個層面。此外,汪兆鏞亦對屈大均未"殉死"一事表現出了同情的理解。事實上,殉死與否並非遺民表現忠貞的唯一選項,無論生死,都存在著不足爲外人道的諸種考量與幽微的心理轉折。對屈大均而言,不選擇殉死背後存在著更遠大的懷抱——復國盡孝,是爲了"起義將謀復冠帶",也是由於"王陵有母髪垂白,遇難不能供子職"①。當這樣的目的無法達成時,"墓廬事避身休矣",隱遁於世便是他自我實踐的方式。汪兆鏞這裏談到屈大均本有"裹屍馬革平生志"的抱負,卻因"有老母在",選擇隱居此一不與新朝相往來的消極方式表達其遺民情操。

與明清之際的遺民相同,汪兆鏞在堅持這個前朝遺老身份的同時,也必須爲殉死與苟活兩種道德選擇進行辨說。爲國殉死作爲忠君理想的自我實踐形式。汪兆鏞一方面既爲劉師勇或是辛亥當時殉清而亡的秀才們作序,稱許這些爲殉死爲國、大義凜然的"氣節之士";另一方面,他也對自己未能殉死一事感到些微不安,而有"兆鏞草間偷活,何足以序先生之詩"這一類的文字②。遺民徘徊於兩種抉擇之間,情緒矛盾而難以自解。但與屈大均相同,身爲一家之長的他也有相應的家庭與社會責任,無法隨意拋卻。於是,他消極地將個人與新朝之間的事務劃清界線。從遙奉溥儀,自編年譜以干支紀年,以表不入民國之志,並婉謝所有請求於民國任事的邀請,都再再體現他不願意與新朝有絲毫聯繫的心志;而他刻意選擇同爲殖民地的澳門,而非大多數人選擇的香港,亦可以視作遺民企圖"隱"於當世的具體實踐。

此外,汪兆鏞在吟詠明遺民的詩篇之後,也不時會加以小注說明屈大均的交遊關係。如《湖上口占》兩首之二"此日圖經皆寂寂,誰將風節

---

① 陳永正:《屈大均詩詞編年箋校》(廣州:中山大學出版社,2000年),頁1095。

② (清)汪兆鏞:《香山李郇雨先生遺詩敘》,《微尚齋雜文》卷二,頁4上。

表幽湮”的下注即有：“湛若（案：即孫鄺露（1604—1650））、翁山皆至湖上，有詩，志西湖者均未載。”①爲明遺民作品不爲人所知而抱屈。又有《題澹歸和尚〈惠州準提閣詩卷〉》二首之二：

> 下筆如風雨，縱横走百靈。死心老行脚，齎恨小朝廷。澹宕江湖晚，芳菲薇蕨青。清游誰繼迹，代汎有新亭。其後小注爲：“屈翁山、陳獨漉諸人至惠州，有《和王紫詮使君代汎亭》詩，在澹公圓寂後也。”②

本詩爲汪兆鏞爲題澹歸和尚詩集所作。澹歸（1614—1681），俗名金堡，字道隱，本名湲，更名堡。順治年間曾起兵抗清，桂林城破後落髮爲僧。後入天然函罡門下，更法名爲今釋，於廣州雷鋒寺修行以終。王紫詮即王煐（1651—1726），清初當時有文名，時任惠州令，主政期間建有代汎亭。與嶺南三大家屈大均、陳恭尹與梁佩蘭，以及朱彝尊等人皆有交遊。惠州爲廣東當時抗清最力的地區之一，遺民文人聚集者亦多。汪兆鏞爲澹歸和尚的詩卷題辭，除帶有爲遺民作序的況味，彰顯遺民情操歷久猶是以外，亦有自詡爲遺民精神的後繼者之意。詩中末句的“清游誰繼迹，代汎有新亭”，表面上雖然指的是澹歸和尚的遺民精神有王煐、屈大均與陳獨漉等人承繼，但也是汪兆鏞利用鄉里先賢的典故史實，將個人鑲嵌入遺民忠君抒情脈絡，表明自身欲效法前人的意圖。

這樣的意圖在其他的詩例中更爲清晰。以“薇蕨”（或作“蕨薇”）一詞爲例，此一典故向來與歸隱或隱逸等概念連結。如孟郊“野策藤竹輕，山蔬薇蕨新”，或溫庭筠《贈隱者》“茅堂對薇蕨，爐暖一裘輕。……不問人間事，忘機過此生”等句，大抵是將薇蕨視作山蔬野菜一類，藉此抒展個者安於山林田舍之間，清閒恬適的自得心境。而在遺民詩中，特别是屈大均的作品，我們可以看到其中的“薇蕨”一詞多與伯夷、叔齊不食周粟的典故相涉。如作於北遊之際的“求仁在薇蕨，書弑即春秋”

---

① （清）汪兆鏞著，鄧駿捷、陳業東編校：《汪兆鏞詩詞集》，頁57。
② 同上，頁81。

(《夷齊廟作》)、"薇蕨先公節,桑麻鄭子村"(《涇陽訪王大春》),或是於東莞春山草堂的"先人薇蕨在,采采暮雲邊"(《春山草堂感懷》)等句子,既是以古人典範自勉自勵,同時亦表達了詩人對遺民典範的認同與呼應[①]。既然汪兆鏞詩下小注中提及屈大均的事蹟,在下筆當時聯想到屈大均的詩作亦爲自然。汪詩中的"芳菲薇蕨青"象徵遺民節義的恆存。由此延伸,"蕨薇/薇蕨"亦能指稱遺民文人群體。屈大均《知己》一詩即有:"天意猶相惜,先朝一布衣。平生雖未負,白首竟何歸。故國餘禾黍,空山少蕨薇。勞勞多著述,老去總知非。"[②]屈大均感於遺民同道漸稀,轉眼白首,茫茫不知所終,終將消褪於時間流逝間,故不免對著述本身是否能夠真實呈現個人心曲感到懷疑。以布衣而終的孤懷寂寞與自我懷疑同樣見於汪兆鏞詩中。如《老病》:"老病穨然一布衣,萬緣芻狗付欷歔。死哀未必生能樂,今世何曾昨果非。"[③]即陳述了遺民的老病之嘆與茫然之感。《九龍真逸〈勝朝粵東遺民錄〉題辭》一首最後亦抒發了"野史亭何在?沈霾亦可哀。孤懷守薇蕨,潛景出蒿萊"的疑慮[④]。此處"薇蕨",當然是指忠義大節;遺民無法抵抗時光的磨蝕與消耗,亦不能求知己於當時。"孤懷"所守,僅能是一份不爲世人所理解的寂寥,隱約透露出因爲忠於自我的選擇而孤獨的必然。誠如屈大均詩中所自陳的"隱忍終酬國士知,深沉不必時人識",遺民文人徘徊於仕/隱、生/死的種種抉擇,臨歧徬徨的內在轉折與痛苦難以盡訴。汪兆鏞之所以不時在詩文中提及屈大均的事蹟詩文,或是在小注中援用屈大均的文獻著作,除了鄉邦情誼以外,即是從屈大均身上預見了自身的未來——淹沒於荒煙蔓草之中,幽光顯晦任由天定,唯有期待來者能夠同情理解。對照汪兆鏞與屈大均兩人生平,他們同爲廣東出身,遭逢異代鼎革、家國覆滅,又因避難不得不遠離家園,最後僅能寄情於地域文獻的編輯。兩人生平的種種類似性讓汪兆鏞對屈大均除了崇敬以外,更有一種惺惺相惜的理解與同情。遺民在當世難覓知音、不爲衆人理解之

① 引詩分見於陳永正:《屈大均詩詞編年校注》,頁 190、197、320。

② 同上,頁 639—640。

③ (清)汪兆鏞著,鄧駿捷、陳業東編校:《汪兆鏞詩詞集》,頁 71。

④ 同上,頁 66。

際,僅能轉向取法古人先賢,引爲同調典範,才能夠在遺民寂寞而難以被人理解的餘生中,繼續踽踽獨行。

值得注意的是,雖然汪兆鏞筆下的屈大均形象頗爲豐滿,但卻獨獨遺漏了屈大均在北遊之時曾大力主張正名,力辯華夷兩者不可混同的論說①。以汪兆鏞對屈大均詩文的嫻熟來看,這種省略顯然並非偶然,而是汪兆鏞刻意迴避而有所選取的結果。

2. 倫常道德的再重申:遺民録的撰述

關於廣東文人的遺民録著述,早在汪兆鏞之前,陳伯陶(1855—1930)已經以現處的地域爲中心爲遺民身分與正統性表述的起點,進行廣東文史記録的著作,而編有《宋東莞遺民録》、《勝朝粵東遺民録》、《明季東莞五忠傳》等書②。内容主要記述宋明之際的廣東遺民的事蹟,强調廣東一地文人忠於前朝的傳統,表明自身爲亡清守君臣大義的抉擇爲前有所承。汪兆鏞則是在1916年2月時廣州滇桂軍交鬨,決定暫時舉家寓居澳門荷蘭園。途經香港拜訪居住於九龍的陳伯陶,並拜讀了《勝朝粵東遺民録》一書③。或許受到了陳伯陶的啟發,汪兆鏞在不久後也開始關注明清以外的歷朝各代廣東遺民。在爲這些前賢先哲作傳紀録的同時,也嘗試從中找尋足以爲遺民典範的朝代與對象④。《元廣

① 如屈大均的《唐晉王祠墓三首之一》"從來賜姓者,獨有晉王賢",與《和柏林弔古》"復唐豈可欺天下,繼統何曾出大宗",皆是堅持華夷血統不可混同之代表。分見於:(清)屈大均:《翁山詩外》,歐初、王貴忱主編:《屈大均全集》第1冊,卷五,頁528;第2冊,卷一一,頁915。

② 據汪兆鏞自訂年譜記載,丙辰(1916)汪兆鏞過香港九龍訪陳伯陶,陳氏出示《勝朝粵東遺民録》,並採獲陳文忠、張文烈及陳志愍行狀。汪兆鏞亦有題辭之作。又《元廣東遺民録序》也談到"九龍真逸輯《宋東莞遺民録》《明粵東遺民録》已刊行",兩人交往之密切不難想見。(清)汪兆鏞著,鄧駿捷、陳業東編校:《汪兆鏞詩詞集》,頁173。

③ (清)汪兆鏞:《清微尚老人兆鏞自訂年譜》,頁37。

④ 《元廣東遺民録》的體例分爲上下兩卷,是仿明人程敏政(1446—1499,字克勤,中年後號篁墩)的《宋遺民録》,以阮元《廣東通志》、各縣志書等爲基本材料,輔以元明時人的詩文集所記,旁摭遺聞軼事加以裁剪,人各一傳,後人評論、題詠附於傳後。

東遺民錄》即是在此一背景下產生者。

關於廣東文人撰作遺民錄的目的,高嘉謙對遺民地景的論説可爲代表,他説:"在夷夏之辨的前提下,前者(南宋覆亡)是漢人政權被侵吞,後者是異族政權(清室垮臺)的淪亡……陳伯陶在英殖民地的九龍……透過遺民正統的確認,代換了漢人或異族政權的認同矛盾。"①重述九龍的歷史軌跡、連接厓山記憶以確認遺民正統的敘事策略,確實契合了宋臺秋唱背後隱含的政治心理;然而地域遺民錄的纂作,除了遺民正統確認以外,尚有針對當時社會亂象,提出解決之道的意欲在其中。意即,遺民文人們欲透過地域鄉邦的傳統繫連前代遺民精神,以倫常道統取代夷夏論辯所可能產生的曖昧與夾雜。辛亥之後的社會狀況,猶如汪兆鏞所觀察者:"辛亥變後僅數閱月,海内土崩瓦解,莫知所由,凌夷至於今日,異説蠡起,人心風俗之壞如水益深,如火益熱。"②有鑒於倫常禮教的毀壞、異説叢生而道德敗壞的風尚,繼而他在《説忠》一文談到:"爲人臣者止於忠,此千古之大義。近世詖辭邪説乃有以忠爲非者,真名教之罪人也。"③以爲君臣忠義爲古今不變之大義,而不因世異時移而有所變更。辛亥以後紛然繼起亂象,是由於那些以忠義道德爲非的"詖辭邪説"妄人,不辨忠義而僭越名教秩序的結果。爲匡正世道人心、以辟邪説謬論,倫常綱紀的維護則勢在必行。因此,汪兆鏞編纂《元廣東遺民錄》的緣由,受到陳伯陶的感召固然爲其中之一,但更重要的因素,仍舊是想透過遺民錄的先賢典範的事蹟宣揚忠君的道德實踐。建立遺民身份的正當性之餘,尚能消彌當時華夷之論的矛盾並回應時人攻訐的言論。汪兆鏞給簡朝亮的信中明確宣稱:"拙著《元廣東

① 高嘉謙:《刻在石上的遺民史:〈宋臺秋唱〉與香港遺民地景》,《臺大中文學報》2013年第41期,頁299。

② (清)汪兆鏞:《香山李郇雨先生遺詩敘》,《微尚齋雜文》卷二,頁3下。

③ (清)汪兆鏞:《説忠》,《微尚齋雜文》卷一,頁4下。

遺民録》二卷，乃激憤於謬悠之論而爲之。”①並在序中再次重申個人立場：

> 説者謂：宋明二代主辱臣死，或躬采薇之節，大義甝甝，照耀史策；元順帝國亡北奔，其時宜少忠節之士。蒙竊以爲不然。夫君臣之義，萬古常昭，若時移世易，輒躡跡新朝，靦顔而不知恥，甚至持謬説以自解，此何異倚門市倡、朝秦暮楚之爲耶！②

這一類的言論是針對當時衆多輿論以“夷夏之别”爲據，批判這批遺民爲異族守忠之事而發。夷夏之分作爲宋明遺民建構歷史敘事的基礎，是以種族、地域、文化傳統的優劣等方面劃定彼我的不同，推導出身爲“夏”文化的正統承繼者，斷然無所謂屈就“夷”的理由，而建立起自身遵奉舊朝的正當性③。誠然，這種奠基於文化優位的夷夏之論確實提供了由漢人政權過渡到異族統治的宋明遺民一套簡便的語言操作，但卻無法契合於異族統治的清政權。於是汪兆鏞選擇回溯歷史，將目光置於元遺民這個與自身有著同樣處境的群體。他在序言中首先反駁將宋明遺民爲君主守節爲大義，卻認定不必爲元代守忠的觀點。他疾言痛斥“改柯易葉”者的可恥，認爲：君臣大義是亙古不變的倫常分際，並不因種族相異而有所區别。如於改朝換代之後便改事新朝，卻託言種族以自我開脱者，與娼門賣笑一類送往迎來之人並無二致。

這種以倫常爲核心的論述方式也同樣出現在《辛亥三秀才行序》。

① 對於當時輿論的批判，汪兆鏞屢次以謬悠之語加以反駁。在詩中屢次提及“神州莽沈沈，北望涕如雨。危素恥老臣，子英戀故主。大義炳千秋，痛心謬悠語”又，自序最後亦有“固不必盡效宋明人所爲，而乾坤正氣，常存於嶺海之間，足以後先輝映，豈持謬説所能淆惑天下後世哉”？除批判針對當時的輿論，强調不必如宋明遺民殉死之餘，同時也是再次表彰對廣東儒生的忠義傳統。（清）汪兆鏞：《元廣東遺民録・序文》，民國十一年（1922）刊本，頁 4。

② （清）汪兆鏞著，鄧駿捷、陳業東編校：《汪兆鏞詩詞集》，頁 174。

③ 關於清遺民的夷夏之防論述，可參見林志宏：《民國乃敵國也：清遺民與近代中國政治文化的轉變》，頁 149—154。

序文云:“辛亥之變……江陰趙煥文秀才(彝鼎)遘難,痛憤不食,三日未殊,手書絕命辭,大旨以朝廷養士三百年,豈容謬倡排滿之說。書畢,至三賢廟自經死之。皆一介諸生耳,大節凜凜如此,爲賦《三秀才行》。”① 序中紀錄辛亥變後三位秀才爲國殉節的軼事,藉趙煥文之口再度駁斥當時排滿之說,並讚揚三人雖僅爲諸生,卻仍銘記舊朝養士的恩澤,爲國殉死以示忠誠。以此反襯不顧前朝養士之恩,“蔑棄倫紀”而倡排滿之說者是爲“妄辨種族”、欺騙世人的作法。汪兆鏞對傳統倫常綱紀堅決自守的態度,以及對未能守節,倡行謬說之人措辭的嚴厲可見一斑。

另外,汪兆鏞也在序中比較了宋明遺民與元遺民面對朝代變異的態度。他歸納道:“宋明遺民多志圖恢復,恆千回百折,備歷艱苦。元人無之,然堅辭徵辟,不履新軒已爲歸潔其身:此編采錄,惟以不仕不試爲斷。”② 相較於宋明遺民奔走圖謀政治恢復的積極作爲;元遺民爲前朝守節的方式是以堅辭仕宦、不履新軒等消極的方式,實踐儒家“獨善其身”的道德理想與個人的德性品格。以“不仕不試”的文人爲編選標準,大抵也是汪兆鏞自身的期許與投射。

與此同時,同爲學海堂專課肄業生的張其淦(1859—1946)也考訂並蒐集了明代與元代的遺民史事入詩,寫成《明代千遺民詩詠》三十卷及《元八百遺民詩詠》二冊。汪兆鏞也爲其題辭,有詩《東莞張豫荃〈詠明遺民詩〉題辭》如下:

> 夷、齊餓死曾何怨,豈意民稱直到今。秀野堂前羅拜者,淒涼猶有好名心。我朝仁義得天下,抗節群公尚激昂。貧賤江湖甘隱世,沈吟誰識老柴桑。劍公不滿竹垞翁,獨與祈年交最篤。蒯緱館傳瓊琚辭,嶺海徵文比眉目。宋明風節昭千古,我慕倪、徐一輩賢。

① 案:汪兆鏞於乙亥(1935)所作的《鎮洋沈秀才遺詩序》,也是紀念一名秀才沈徵蘭在辛亥變後自盡殉國之事。引文見(清)汪兆鏞著,鄧駿捷、陳業東編校:《辛亥三秀才行序》,《汪兆鏞詩詞集》,頁63。又(清)汪兆鏞:《鎮洋沈秀才遺詩序》,《微尚齋雜文》卷二,頁4上—頁5上。

② (清)汪兆鏞:《元廣東遺民錄·凡例》,頁5。

祇賸嶺南稽軼事,愧君三復有宏編。①

汪兆鏞在此由叔夷、伯齊的不食周粟談起,而後至明遺民與王漁洋等人,概略地回顧了歷史上以遺民著稱的人物,藉此稱許張豫荃勉力爲詩的同時,亦是對前朝的忠貞與元遺民的仰慕的重申。開篇以伯夷、叔齊的典故爲始,指出兩人當時的抉擇並非因爲好名而爲,而是出於個人自由意志的結果。即便新朝以仁義得天下,都有一批不願入清的遺民甘願爲前朝守節,力抗新朝,或以貧賤隱世終身。間接帶出了選擇成爲遺民並非好名求利,而是有更深刻的人生實踐。换言之,個人眷戀前朝恩澤而決意爲其守節的抉擇與新朝的優劣好壞本無絕對關係,而僅關乎個人志向以及自我實踐的心曲。等於是爲當時不被理解的遺民文人提出辯護。從而最後他寫道:"宋明風節高千古,我慕倪、徐一輩賢。"指出宋明遺民之氣節無庸置疑,足以流傳千古,然而元遺民的倪、黄等人亦足以使人仰慕。這裏的"倪"是指元代南宗山水畫代表倪瓚(1301—1374)。明初朱元璋曾召其進京供職,堅辭不赴。曾作《題彦真屋》詩云"只傍清水不染塵",表示不願爲官之志。他在畫上題詩書款亦僅用干支,而不用洪武纪年,以表不入新朝之意。徐,即指徐舫(1299—1366),元明間浙江桐廬人,字方舟,自號滄江散人。幼任俠,好擊劍、走馬、蹴踘,工詩。後劉基受朱元璋徵召,邀之同行,徐舫荷蓑笠以見,酌酒賦詩而别。築室江邊,終老其間。汪兆鏞在《詠明遺民詩》題辭中卻仍不忘援引兩位"堅辭徵辟,不履新軒"的元遺民文人,以具體化自身所傾慕的遺民形象。透露出汪兆鏞個人對元遺民的同情之餘,亦呼應了他《元廣東遺民録》的纂作動機。

總之,汪兆鏞駁斥當時盛行的種族之説,而代之以儒家彰示的君臣綱紀倫常爲超越種族界分,不因時間對象而有所改换的準則。既爲自身"忠清"的正當性提出解釋,也強調了傳統文化倫常對匡定社會準繩、彌平動盪的重要性。這樣的主張反映出的是清末民初這批遺民文人對於典範追尋的渴切以及個人定位模糊的矛盾與焦慮。在現狀的混沌以

① (清)汪兆鏞著,鄧駿捷、陳業東編校:《汪兆鏞詩詞集》,頁 82。

及己身定位的不明之下,倫常綱紀此一儒家傳統的教條便成爲他們當下唯一得以攀附的支柱。爲歷史上“失語”(voiceless)的遺民文人作傳記事這樣的代言行爲,亦是清遺民預見了自身未來的處境與歷史評價,爲自我選擇所做出的辯駁。

(三)每閱殘碑想古初:文獻器物的書寫與回顧

遺民的特徵之一便是時間的凝滯感。在生命的回顧、徬徨與踟躕之中,唯一得以自寬自解之法,便是將自己投入得以繫連往日的事物之中,重新尋覓個人與往日的交會點。當個人已經無法改變改朝換代的事實,消極逃避任何與新朝的相關聯繫,著手書寫紀錄舊朝舊事,亦是一種無可奈何之下的積極作爲①。汪兆鏞的治學功底得力於少時在學海堂的訓練,其師承、交遊也幾乎是以學海堂爲中心所連結的人際脈絡。學海堂在汪兆鏞眼中既是個人年少記憶的集結處,同時也象徵著廣東學術的高點。民國以後汪兆鏞不辭其煩往返於澳門、廣州期間所從事的一系列蒐集、整理、抄錄,並刊刻學海堂時期師長與友朋的作品,即是他連綴個人記憶,追緬學海堂的昔日學術風華的表現。

由附錄中的列表可以看到汪兆鏞開始從事文獻的整理與蒐集主要在辛亥以後,根據其內容可概略分爲兩類:一類是陳澧著作的蒐集刊刻,另外一類則是廣州當地的出土文物的紀錄。汪兆鏞之所以專主於陳澧遺稿的整理,早年學海堂的受業經歷自不待言,陳、汪兩家的世代交誼亦是原因之一。陳澧在爲汪瑔(1828—1891)之父汪鼎(1791—1854)所作《山陰汪君墓表》說到:“子瑔與澧交好,以君所著筆記與王君蘊璘所爲行狀請書其事於墓石。”②陳、汪兩家的父祖輩都是從江南入

① 王汎森在《清初士人悔罪心態與消極行爲》文中談到明末清初遺民文人堅不入城,以爲抵抗的消極行爲,是爲“既然無法改變改朝換代的事實,便以消極的切斷社會政治聯繫來表達自己,是無可奈何中的一種強勢作爲”。同樣的概念用到文獻材料的蒐集著述之上,即是以“立言”的傳統,對抗政治國體的鼎革變換。原文見王汎森:《清初士人悔罪心態與消極行爲》,《晚明清初思想十講》(上海:復旦大學出版社,2004年),頁230。

② (清)陳澧著,黄國聲主編:《陳澧集》(上海:上海古籍出版社,2008年),頁240。

粵,類似的背景拉近了這批人的距離;從陳澧的自述看來,亦不難想見兩家交往的密切。也由於這一層關係,極推重陳澧學問涵養的汪瑔也讓子侄輩如汪兆鏞、汪兆銓(1858—1928)等人入學海堂從陳澧治學,奠定了日後師生間數十年的交往。龍沐勛曾以汪兆鏞"治經、治史,一以師説爲歸"①,不難想見汪兆鏞謹守師教的治學態度。因此,當汪兆鏞在辛亥後感傷於"惜往日之云徂,哀大雅之不作,人間何世,失墜是懼"之際,整理師長陳澧的遺稿即是他當下認定足以延續個人生命意義的事業②。竭力保存舊日學術成爲時代動盪間他唯一的使命,亦是當時的汪兆鏞對新朝僅有的抵抗選項③。

於是,汪兆鏞辛亥後的1911至1914年間,利用幾次往返澳門廣州的機會拜訪當時居住於廣州的陳宗穎(陳澧四子,字孝堅,1855—1914),抄寫過錄了不少陳澧遺稿手札。如汪兆鏞過錄陳澧手批《絶妙好詞箋》,書前即記有:"孝堅世兄出視東塾師評點本,用墨筆照録一過。癸丑(1913)小除夕兆鏞記。"④又《憶江南館詞》集前也有:"壬子(1912)秋,孝堅世兄出先生手定稿相眎,都凡二十五首,爰迻録一遍。嗣採獲四首,皆爲原稿所未載,附録爲集外詞。諸本字句有異同者,别爲《校字

① 龍榆生:《近三百年名家詞選》(上海:上海古籍出版社,1979年),頁190。

② (清)陳澧著,黄國聲主編:《憶江南館詞後記》,《陳澧集》,頁661。

③ 這種對於陳澧師恩的緬懷與欲保存師長文獻的焦灼,亦可見於其他詩文中。如《漫興》"東塾渺緒言,撰杖憶猶昨"、"此心無所住,有夢到羅浮"以及《過城南木排頭陳東塾先生宅故址》"不盡王風蔓草思,沉霾嶺學失經師……赤熛一怒成塵劫,欲訪遺書暗淚垂"等等,皆爲顯例。也正因如此,當晚年他在澳門聽聞陳澧木排頭舊宅因大火被毁時,才有"聞之仆跌梯間,傷腰劇痛……臥床兩月始癒"。"仆跌梯間"作爲一隱喻,陳澧舊宅被毁一事對汪兆鏞而言更是象徵其個人過往所信仰的學術,舊日的世界的全數崩毁,那些原以爲可以保存良久、傳之後世的文獻學問都付之一炬。汪兆鏞當下的沈痛可想而知。(清)汪兆鏞著,鄧駿捷、陳業東編校:《汪兆鏞詩詞集》,頁68、89。

④ (清)陳澧評,汪兆鏞過録(宋)周密輯,(清)厲鶚、查爲仁箋:《絶妙好詞箋》,新加坡大學中文圖書館藏同治十一年(1872)會稽章氏重刊本,《目録》,頁3下。

記》一篇。"[①]除從陳宗穎處借來定稿校對字句異同而寫成《校字記》以外,汪兆鏞尚從題畫詩與其他材料中輯補了四闋詞,成爲現在陳澧《憶江南館詞》的定本。另外,汪兆鏞還編定了陳澧的《讀詩日錄》與《公孫龍子注》,並由陳澧"爲人書箑幅及傳抄本"的作品中輯補了 13 首作品,與原先陳澧 239 首詩作"按年編次,按語以識之",並兼有校記,編成《陳東塾先生遺詩》。直至晚年仍有與陳垣商討《東塾集》的再刻印等事務[②]。

除此之外,汪兆鏞對廣東出土文物亦著力不少。在學海堂時期即有學長吳蘭修(1789—1873)以及梁廷枏(1796—1861)等人研究南漢的史地與金石,並出版了《南漢記》、《南漢金石志》等作品。麥哲維以爲"這些學者使用考據學的方法從事地方文化考察,包含重建逸失的文本與找尋及使用碑銘以確認廣東在傳統歷史上的重要性。"[③]是以古物金石的考據研究,強化地域歷史的文化知識並建立廣東學術的正統性與重要性。汪兆鏞承繼了此種治學方式,早年即對金石之學展現出極大

---

① (清)陳澧著,黃國聲主編:《陳澧集》,頁 661。

② 汪兆鏞致陳垣函中記有:"《東塾類稿》,昔年見之,隨作隨刻隨刪,未爲定本。廖澤群諸人編刻東塾集時亦多掇拾於類稿中者……蓋丁卯(1927)之亂,東塾故宅及所刻朱書版片悉付一炬。江浙友人屢託購《東塾集》而不可得,圖書館印行廣雅書局所刻諸書,儲資即可爲刻《東塾集》之費,不患無款,而遲遲未果,世事可嘆如此。"汪兆鏞著力於陳澧遺稿刊刻付印的用心可見一斑。(1933 年農曆 10 月 17 日)見(清)陳垣著,陳智超編注:《陳垣來往書信集》(增訂本)(北京:三聯書店,2010 年),頁 472—473。

③ 按:汪兆鏞的詩序中也曾提及南漢與廣州城間的關係,中云:"宣統初,廣州城北墾地,得《隋徐智竦墓志》,稱葬南海甘泉北山,隋時地屬南海也。南漢於其地闢甘泉苑,今小北門外稻畦菜壠即其遺址。"見(清)汪兆鏞著,鄧駿捷、陳業東編校:《汪兆鏞詩詞集》,頁 83。此處麥哲維的原文爲:The kaozheng(考證) methods that the academy employed investigation of local culture included the reconstruction of lost texts and the search for the use of metal and stone inscriptions on verify accounts of Guangdong that appeared in standard histories."Steven B. Miles, "Rewriting the southern Han(917—971): The Production of Local Culture in Nineteenth-Century Guangzhou," *Harvard Journal of Asuatic Studies* 62.1(Jun.2002), p.41.

的興趣，亦曾負責《番禺縣續志》中“金石”一門的考訂工作①。和當時學海堂人欲借金石考證建立廣東的歷史敘述不同，汪兆鏞在《碑傳集》、《廣州城殘磚》等著作中，除了表現金石考證的功力外，毋寧是想透過碑銘、殘磚的紀錄保存某些即將隨著地景消逝而遺忘的風景。《廣州城殘磚》的書序即可視作汪兆鏞欲藉由廣州殘磚成書始末的書寫，抒發自身所認知的世界逐步凋敝的愁緒。序云：

> 整理廣州拆城殘磚拓片，並櫜所考證，彙裝一開，題曰《廣州城殘磚》。……辛亥後，於戊午、己未、庚申間，各城盡毀焉。余與盛濠堂徘徊頹垣敗甓間，每見殘磚有文字隱起，日挈奚僮檢拾。工匠初以爲訝，繼而居奇，好事益爭攫，遂不克過問，故所得只此，而篝鐙墨拓、簡書考證，頗以自憙。……回憶恍如昨夢，而濠堂今已墓有宿草矣。……匪惟寄蕪城之悲，擄黄墟之感，於五羊掌故，亦犄可參稽。玩物喪志之譏，所弗辭也。②

廣州古城於 1918 年以來，在政府拆牆修路的作爲下，絕大多數古城牆垣皆夷平爲路。至 1921 年孫科任市政廳長，由於都市計畫的關係，明清兩代以來的城門城垣盡數拆毀，廣州舊城自此不再③。汪序提到的即是 1918 年以降的拆城之事。當時汪兆鏞與友人盛濠堂一同蒐集整理其上有文字殘留舊城碎片，辨明年代源流始末，以爲紀錄。惟期間引起了工匠與好事者的好奇，後殘碑遂不可再得。直至 1932 年汪兆鏞才正式將這批殘磚拓片整理完畢，彙集之前的考訂文字，而定名爲《廣州城殘磚》。

廣州拆城的殘片是汪兆鏞個人記憶與歷史記憶的交會處。其拆壞作爲一個隱喻，既是歷史古蹟爲新政所銷毀的象徵，亦是個人附著於地

---

① （清）吴道鎔：《汪憬吾廣州城磚跋》，《澹盦文存》，民國三十一年（1942）刻本，卷一，頁 26。

② （清）汪兆鏞著，鄧駿捷、陳業東編校：《汪兆鏞詩詞集》，頁 184。

③ 陳予歡：《民初之廣州市政建設》，《廣州文史》1994 年第 46 期，頁 156。金炳亮：《孫科與廣州的市政建設》，《嶺南文史》1991 年第 4 期，頁 30—36。

景的記憶終將消失殆盡。殘磚作爲一種斷片的型態,預告了拼湊回復的不可能性。意即,完整的物件至此已不復存在,僅能從殘磚敗瓦之中,通過外在的文獻與個人的想像重製原物的樣貌。斷片的引誘促使著人的回憶與之碰撞、錯雜與交疊,迸裂出無數時空圖像的對照,勾引出文人"蕪城"、"黄壚"的人事異變之悲。遺民藉由記錄斷片的歷史,連綴個人與歷史的關聯之餘,亦希冀通過歷史的整理與重現,爲廣州記錄今昔掌故,以資後世之餘,尚能確認個人在新舊文化交錯中的時代定位。汪兆鏞晚年潛心著作,蒐集文獻、整理典章制度的目的即在此。舊日於學海堂所學所識以及廣州故鄉的種種成爲他後半生的支柱。他流離的生命因記錄與書寫廣州相關的史地考古而得到某種情感上的延續與連結,稍稍寬慰了遺民爲當世所遺的幽怨情緒。碑銘與文獻連結了遺民文人更爲纏綿的歷史時間與記憶。

三、回返:流寓的自我書寫

澳門自明代中葉(1557)以來,即爲葡萄牙人所承租,此後葡人的統領範圍不斷擴大,至 1887 年,中葡訂定"中葡和好通商條約"以後,澳門遂被葡萄牙實施殖民統治。就當時環境來看,民初時港澳並未設置海關,僅需船票即可往來兩地。加上港澳的主要語言皆爲粵語,地理位置又與廣州相近。這種特殊的條件讓澳門也如同香港一般,逸出中國政局變亂的中心,成爲辛亥變後廣東文人避居的武陵桃源。就汪兆鏞個體而言,他之所以選擇避居澳門,一方面是由於與他相善的友人也多移居澳門,且澳門在明末以來即有不少遺老寓居於此。汪兆鏞以遺老身份至澳亦爲順理成章①;另一方面,雖然汪兆鏞始終以遺老自持,但他

① 汪兆鏞在《竹枝詞》之四十的小注寫到:"明末諸遺老多爲澳門之行,墨井、跡刪、不偕、獨漉、翁山以外,當尚有之。行篋攜書無多,俟再考。"避地至澳門,或亦有其文化上的考量。(清)汪兆鏞著,鄧駿捷、陳業東編校:《汪兆鏞詩詞集》,頁120。

與汪精衛之間的關係仍舊招來了不少如胡漢民(1879—1936)[①]等民國要人的邀請出仕[②]。爲避免此類紛擾,避居異地亦成了當時的選項之一。因此,即使比起香港,澳門與廣州的距離較遠,但人際網絡與政治活動都較香港爲單純。港澳的距離,既不至於與香港的友朋斷絕往的管道,亦能篩去一些不欲有所交集的人,自然是汪兆鏞隱居避禍的最佳選擇。這種地理的關聯性也讓遺民個體與家族群體的頻繁流動成爲可能。

遺民文人自述其流動過程的行爲,表現出他們輾轉流離之下內心的痛苦無奈與徬徨難以自安心緒。流寓的風景,無一不是過往的召喚與顯像;避居殖民地的抉擇縱使讓這些文人得到了暫時的安憩,然而昔日家園與傳統文化逐漸凋蔽的陰影卻猶如鬼魅,如影隨形地纏繞著他們,成爲終生無法遁逃的夢魇。非出於自願的遷徙,讓汪兆鏞晚年不斷奔波勞頓於故鄉與客居之間難以安歇。幾次以爲廣州局勢平穩得以回鄉,但不久又遭逢動盪而再度舉家避居。這種去住往來之下,也讓他不免有"蓬累吾遠行,圖作流民看"(《懺盦至澳匝月,復返廣州賦簡》)之嘆[③]。舊園無由長居久安,雖然眼下暫棲於殖民地,卻也僅是由民國的新政權又移轉到另一個異國統治地域之下而已,無法撫慰遺民爲世變所衝擊的心靈。反過來說,在異國政權所統治的土地上才能擁有片刻安歇的錯落,毋寧是更大的諷刺。汪兆鏞晚年自述"衰年遭亂,已九至澳,今十次矣"[④],即表現了此種倉皇難安的心靈狀態。相較於澳門的

① 胡漢民,原名衍鴻,字展堂,祖籍江西廬陵,因祖父入粵任職,遂落籍廣東番禺。早年亦曾至廣州學海堂、菊坡精舍等書院讀書。

② 如果從汪兆鏞的社會身份與生涯歷練來看,他在汪兆鏞擔任兩廣總督岑春煊幕僚期間,即曾因么弟汪精衛在日本籌組同盟會,又於《民報》發表的革命言論引來上級的側目。爲了保全家族,他不得不對外宣告"驅逐逆弟永離家門",與汪精衛斷絕關係。辛亥事變以後,汪兆鏞不與新朝往來的消極行爲固然是忠君節義的恪守,並以"忠君""歸隱"的遺民姿態自立於當時,或許也有政局紛亂未定,不願意再次捲入政治的漩渦的考量在其中。

③ (清)汪兆鏞著,鄧駿捷、陳業東編校:《汪兆鏞詩詞集》,頁 31。

④ (清)汪兆鏞著:《清微尚老人兆鏞自訂年譜》,頁 56。

過渡性與中繼性，負載著汪兆鏞前半生回憶的廣州才是唯一真實的所在。從而汪兆鏞的異地書寫總帶有一種濃厚的原鄉情懷，以連結原鄉書寫的姿態，描繪澳門地景地貌，意圖拉近廣州原鄉與澳門的距離。誠如他在《澳門寓公詠》的總序所言："雖遺跡多湮，而流風可遡。爰考梗概，紀以短章，懷古茫茫，聊誌嚮往。"①由宏觀來看，從遺跡的考索連結背後的源流始末與中國文化的關係，即能將殖民地的遺民敘事納入歷史傳統的大敘事之下，覓得遺民書寫的位置。從微觀而言，亦是藉記錄澳門地物風貌以及曾寓居澳門的先賢事蹟這些短章，延展出另一種遺民敘事的別樣風貌。

(一) 異域於今成樂土——異地風物的描繪與歷史遺跡的追索

古蹟遺物或是碑銘雋刻的象徵與隱喻往往帶有文化符碼的功能。對過往事蹟的記錄與蒐集，甚至是歌詠、追溯古蹟古事的表現則反映出文人欲藉由事物的結構、象徵進行自我書寫的意欲。汪兆鏞透過對歷史碑傳古蹟的尋索與敘寫，異地景物的描繪，將這些事物重新鑲嵌入歷史情境以連結個人生命敘事的過程，既是遺民主體抒情意識的彰顯，同時也是對廣東，乃至澳門地域歷史的補充與修正。即便遺民內心認定的道統無法回復，書寫異地、尋覓前賢遺跡的行爲，除爲個人的避居提供合理性的同時，亦是通過地景與歷史的連結，尋索一條精神上的聯繫與歸鄉之道。

粵澳之間不同的風物地景以及歷史背景提供了汪兆鏞寫作的基礎，異地的安適既提供了文人喘息的空間，也撫慰了南來文人流離倉皇的心靈。汪兆鏞在寓居澳門時期留下了不少紀錄澳門風物及歷史的詩詞作品，1917 年的《澳門雜詩》即爲其中代表。序中汪兆鏞陳述他的撰作目的，是爲了要續"乾隆間寶山印氏、宣城張氏所撰的《澳門記略》"，現今"續纂閒如，靡資考鏡"。他在辛亥變後避地澳門，"暇日登眺，慨然興懷，拉雜得詩數十首。徵引故實，分注於下，仿宋方孚若《南海百詠》例也"②。記錄了一系列汪兆鏞在澳門出遊所見聞的地景以及相關的

① (清)汪兆鏞著，鄧駿捷、陳業東編校：《汪兆鏞詩詞集》，頁 110。

② 同上，頁 99。

歷史因緣。如《馬蛟石》、《西灣》、《青洲》、《澳官公廨》、《大三巴門》、《普濟禪院》等作。詩後小注也多引述《明史》、《澳略》等史志作品,細數這些地景的前世今生與地理特色[①]。其餘的《澳門寓公詠》與《竹枝詞》等作品,則屬於汪兆鏞寓居澳門所見所聞的自述。

即便如此,汪兆鏞在這些作品的字裏行間仍舊不時透露出對舊園的懷想與渴望,以及不斷地自我說服異地風光安居。如"此地即桃源,嗟哉思避秦"、(《新荷蘭園》)"但得安居便死心"(《澳門寓公詠之一》)、"雙灣孤客淒涼甚,未是夷泛五湖"(《澳門寓公詠之三》)或是"異域於今成樂土"(《竹枝詞之三十九》)等[②]。他一方面試圖說服自己澳門的風光景物明媚,既能避去辛亥後的紛亂,生活亦平穩閒適;然而另一方面,兩地不同的景物風貌和習俗也時時刻刻提醒他身處異地的事實。如《竹枝詞》之三十六小注即有:"舊曆中秋日爲新曆九月杪矣。是夕,澳人門首多懸綵燈,描畫甚精,與廣州中秋夜高揭竿燈不同。"[③]澳門"海隅蕞爾"的邊陲身分,以及"黑奴兮紅鬼"(《大街》)、"胡琴蕃衲已尋常"(《竹枝詞》之六)[④]等異地風光的見聞,在在顯示此處即使與廣州相距不遠,但節令風俗已有不同。這兩種情緒的交錯矛盾與衝突,讓汪兆鏞對廣州故土的思念更甚。即便他在澳考察了許多自明代以來的"寓澳濠賢"的生平事蹟,也能品味當地土產芥菜、果物荔枝與蠔油的鮮美,但卻始終無法真正地在這塊土地上安身立命。從他五十歲以來往返澳門與廣州的次數,以及居澳的時間來看(見附錄二),最長的一段是在汪兆鏞過世的前兩年,其餘則是數月至一年不等,甚至有避兵澳門不久,即"旋返省"的記錄。這種短期的寓居、遷徙與流動,正好反映出殖民地中繼站的性質—僅提供轉換或暫時滯留之用,而不是身心安頓的終所。

或許正是由於此種矛盾心態,汪兆鏞在寓澳期間,除了紀錄寓澳前賢事蹟之外,他也試圖從追詠記敘古蹟的詩與詩序的框架中,解明南

① 汪兆鏞這一類的作品數量頗多,此處僅列出較具代表性者。詳見(清)汪兆鏞著,鄧駿捷、陳業東編校:《汪兆鏞詩詞集》,頁 99—120。

② 同上,頁 105、110 及 120。

③ 同上,頁 119。

④ 同上,頁 107、113。

宋、廣東與港澳間的歷史連動;其中最能體現這種敘事意圖者,應爲《永福社行序》一文:

> 澳門西偏,土名沙梨頭,有永福古社。石欄峻偉,如殿陛制。其上古木參天,下爲淺水灣。石坊題"水月宫",大學士何吾騶書,年月漫滅,當在明季永曆時,志乘未載。惟淺灣見《宋史·二王紀》,而事蹟未盡詳。聶道光香山縣《祝志·馬南寶傳》:"景炎二年,端宗自潮之淺灣,航海避敵,過邑境。南寶現粟千石餉軍,端宗召拜權工部侍郎。帝幸沙涌,暫宫於南寶家。元師陷廣州,募潮居里民出師。帝舟復駐淺灣。元兵來襲,張世傑等與戰於香山島,敗績。奉帝舟退保秀山,旋次碙州。帝崩。"……淺灣即今之淺水灣,無可疑。且厓山有宋端宗永福陵,與此社名相同,當寓名從主人之義,或以行宫遺址復爲疑陵。元明異代,名稱不一。鄉人立社,蓋不勝故國禾黍之感。余避兵過此,慨然興懷,爲詩紀之。①

《永福社行》詩云:

> 臨安城頭白雁來,翠華北去餘劫灰。平沙古木一灣水,千年誰識冬青哀。二王倉促走閩粤,波濤險履蛟鼉穴。馮夷肆怒駕鵝飛,真靈上動青天泣。景炎改元嗟滄桑,陸、張、蘇、劉情激昂。紹興置縣香山寨,獻粟乃有馬侍郎。侍郎家在沙涌畔,烏巖金臺隔澳岸。澳岸盈盈有淺灣,舟師暫駐闢叢灌。掃除第宅躬迎鑾,艱難捍衛臣力殫。園林纍纍紅荔熟,猶記御摘登玉盤。紙鳶信斷佗城陷,釃酒誓師犀甲擐。潮居里民應募從,復次灣頭作行殿。一從碙州悲駕崩,義民戀主營疑陵。此地宫址或陵址,圖經零落都無徵。厓山有陵曰永福,兹社鎸題名相複。墜緒茫茫當可尋,遺制巍巍儼在目。吁嗟呼,行宫數十移陵五,井陳荒蕪迷處所。靈風遠接宋王臺,忠魂長傍銅鼓嶼。晚明牓署水月宫,象罔寄恨滄溟中。人間莿馳如

① (清)汪兆鏞著,鄧駿捷、陳業東編校:《汪兆鏞詩詞集》,頁40。

夢古今同,宋家忠厚遺澤垂無窮。年年雞豚報賽來村翁。①

《永福社行序》爲汪兆鏞避居澳門時出遊至永福古社所記錄的一段考述文字。作者由古社的建築體制與地理景觀偉岸不凡寫起,談到其中"石欄峻偉,如殿陛制",既有古木參天,又有淺灣居下,極言此處地物風貌的帝王氣象。接著沿續歷史的時間軸往前代推進,將已歲月經久漫漶的因"水月宫"年代推溯至晚明永曆年間。從現下地景地貌的特定空間描寫轉入歷史時間,由現今、晚明而追溯至南宋,彰顯古社的年代久遠之餘,也牽合了歷史的演變脈絡。接著汪兆鏞更進一步針對"淺灣"、澳門"淺水灣"一處的歷史爲論,援引《宋史》與地方志裡面的記載,將淺灣的歷史納入南宋二帝的流亡路線,解爲南宋端宗退居碙州(香港大嶼山)駕崩前的駐蹕之處。

詩中的"南寶",即馬南寶(1250—1285),原籍河南開封,後移居廣東新會。宋景炎 2 年(1277)端宗在潮州淺灣被元兵追逐,航海避敵過香山境,南寶獻糧千石以餉軍,獲端宗敕獎,召拜工部侍郎。後張世傑等人進駐沙湧,以南寶家暫作行宫。祥興元年(1278)春,端宗駕崩。張世傑、陸秀夫派曾淵子充任山陵使,奉端宗遺體還殯於南寶家,把僞作之靈柩出葬,南寶雇人於壽星塘作五處疑塚,後人稱爲宋端宗疑陵②。詩中的"義民戀主營疑陵",即是指稱南寶以及鄉里民人爲主設遺陵的事蹟。又"靈風遠接宋王臺,忠魂長傍銅鼓嶼","忠魂"指南宋劉師勇。劉師勇(生年不詳—1278),南宋時以戰功歷環衛官。常州城陷後,劉師勇從二王至海上,見時事不可爲,憂憤縱酒卒,葬於鼓山。汪兆鏞曾於光緒辛卯(1891)客居赤溪時訪得南宋劉師勇祠墓於銅鼓山,並有《琵琶仙》(玉座飄苔)詞,抒發汪兆鏞對劉師勇壯志未酬的孤絕憂憤,以及歿

① (清)汪兆鏞著,鄧駿捷、陳業東編校:《汪兆鏞詩詞集》,頁 40—41。

② 汪兆鏞在"象岡記恨滄溟中"一句下引《廣東名勝記》:"宋亡,馬南寶有詩云:'寸心難與夜潮消','衆星耿耿滄溟底'。"極言馬南寶眷懷南宋的忠誠。汪氏另有《武仲以詩見懷,次韻和答,並約訪南宋馬侍郎南寶故宅》一詩,即與友相約訪馬南寶故宅,感於其節義所作。(清)汪兆鏞著,鄧駿捷、陳業東編校:《汪兆鏞詩詞集》,頁 61、42。

後的飄零慘淡的同情①。事隔多年,汪兆鏞關注的焦點則移轉到了劉師勇以身殉國,永伴君側的節操,與馬南寶爲帝經營的苦心——爲人臣子者爲報君恩厚澤,“明知不可爲而爲”的忠義事蹟。兩篇文章分别作於辛亥革命前後,正好提供了我們對照的線索—由清室覆滅以前的對劉師勇的同情,轉而至亡清後,借劉師勇的書寫論證“宋家忠厚遺澤垂無窮”,婉曲地爲自身的遺民選擇辯駁。如將此序與前面提到的忠清思想連結,汪兆鏞記錄永福古社的動機即昭然若揭——當時風雨飄搖的宋室即成爲逝去的清代的隱喻。詩中提到的馬南寶或劉師勇等人,無論是捨生殉死或是盡忠守節,都表現出了爲人臣子感念朝廷、不事二主的氣節。這樣的論述也隱含了汪兆鏞對殉死與惜生兩種抉擇的評價:無論殉死與否,只要能爲前朝守節行義,則應給予相同評價,並無優劣之別。

其次爲汪兆鏞對永福古社命名的詮釋。事實上,此處的論證頗爲粗疏,僅作一般性印證即將澳門淺水灣認定是史書所載的“淺灣”。他説:“厓山有陵曰永福,茲社鐫題名相複。墜緒茫茫當可尋,遺制巍巍儼在目。”以命名的重覆與遺制仍存兩點牽繫起厓山的“永福”陵與此處的“永福”社的歷史交集;而現下的紀錄行爲便是挖掘此種因時間而隱沒的“墜緒”,以及無人著意的“遺制”,並賦予其歷史的定位與意義。鄉人感於黍離麥秀、家國覆亡之悲成爲古社建制的由來,凸顯出廣東一地的遺民傳統以及港澳兩處的歷史淵源。從而,詩中提到的“宋王臺”也並非毫無來由,而是欲呼應陳伯陶宋臺集會的歷史敘事。總之,通過對南宋遺跡的追認與紀錄,汪兆鏞以“永福”此一命名的承繼扣緊了港、澳兩處與南宋的歷史前緣。他引經據典論證澳門淺水灣成爲南宋帝國覆滅之前,除宋王臺、厓山以外,皇帝的駐蹕處之一,也將澳門的古蹟地景納入南宋流亡歷史的一部分。廣東、澳門與南宋的歷史敘事,南來文人遺

① (清)汪兆鏞著,鄧駿捷、陳業東編校:《汪兆鏞詩詞集》,頁 124。汪兆鏞對劉師勇的論述頗多,《微尚齋雜文》中尚有《宋和州防禦使劉公事略》一文,集結了所有本傳與地理志中有關劉師勇的紀錄,極寫其驍勇善戰與忠義行止。(清)汪兆鏞:《微尚齋雜文》卷五,頁 101。

民地景的架構至此已告完備①。

關於這一類的遺民地景書寫的意義，高嘉謙曾概括《宋臺秋唱》爲“表徵了南遷遺民的中原眼界和憂憤，卻同時認知九龍地域作爲避地，進而安身立命的所在。追認宋代遺跡，賡續正統，也同時重新命名了英殖民的九龍地域對這批南來文人的深層意涵”②。將歷史的縱軸結合地景空間，以成就殖民地空間的論述與遺民正統所在。汪兆鏞的敘事架構與追認意識不如宋臺秋唱般完整而宏大，但同樣有著以地景歷史的寫作成就自我敘事的意欲。他由現實空間、歷史時間以至於地方命名三個方面簡單地構築出了永福古社的歷史樣貌，並且藉由類似的歷史身世與相同的地理名稱聯繫港澳兩處與南宋二帝流亡歷史，從歷史的文脈、地理的線索，乃至於命名的承繼，讓歷史記事、個人經驗經由地景敘述借屍還魂。南宋二帝南遷的文化象徵是爲避居殖民地合理性的背書當然無庸置疑，但汪兆鏞更想凸顯的是南宋朝廷風雨飄搖，行將危殆之時，廣東一地的士人仍舊爲延續王朝正統而努力；在亡宋以後，這批遺民仍舊戀慕故主的恩澤，爲其殉身或守節的大義。換言之，汪兆鏞建立南宋流亡敘事的目的，在於將自身鑲嵌於“忠義戀主”的脈絡之下，以表明個人對廣東忠義/遺民傳統的承繼。如與陳伯陶一系列追認九龍宋王臺歷史的作爲對照，汪兆鏞對永福古社的記述，正好呼應且完備了陳伯陶所發起的宋王臺遺址的追認，填補了南宋二帝南遷至香港九龍之前的流亡路線。歷史的追認讓港澳成爲延續南宋正統的雙城，將港澳現存的南宋遺跡鋪展成遺民的抒情地景，延伸了南宋/清末的時間線段以及廣東/中國的地理位置成爲相互對應的概念，助長了文人居處其間的認同感與合理性。這樣的敘事模式亦成爲了這批廣東文人表明賡續中原文化正統的身份。澳門淺灣於是成爲另一個寄寓遺民情懷與歷史想像的遺址，在尋訪、紀錄並牽合南宋歷史的同時，亦隱含著對舊秩序的回返意欲。

① 高嘉謙:《刻在石上的遺民史:〈宋臺秋唱〉與香港遺民地景》，頁 298—304。

② 同上，頁 297。

綜上所述，汪兆鏞縱然書寫澳門，然而他所見的一切景物，無不是廣州的對照與延伸。即使他在詩詞中屢屢試圖說服自己澳門爲安居之所，卻終究無法真正安身立命，才會有後續不斷往返粵澳的情事。其次，汪兆鏞對澳門的地景空間敘事並不完整，史料細節論證也頗爲粗疏。但他通過個人記憶與廣州、澳門的歷史記憶的結合，成就了獨具個人抒情性的遺民敘事脈絡。這一類的記憶的書寫反映出民初的避居殖民地的廣東遺民的幽微心緒—隨著時間的流逝益發明瞭回返昔時的渺茫，個人所信仰的價值也隨著時間的侵蝕而轉成了困惑、徬徨與自我懷疑。唯一的真實，即是不斷地書寫遺跡古事與自身，藉此貼近那已然逝去的曾經。

（二）我亦江潭憔悴客——詩詞世界的自我抒情

遺民文人的另一項"懷舊"特徵，即表現在舊體詩詞的創作。傳統的文體論著重"因情立體""即體成勢"，強調的"情與體合"；意即，文人的抒情語言與文體的選擇必然能夠相互配合，以達成更爲精緻的藝術表現。這批民初的遺民文人使用舊體詩詞創作，不單僅是選定抒情的框架與體式，亦隱含著文人政治取向的判斷與靠攏。於是，古體詩詞遂成爲遺民文人藉之以新體文學，如白話文或新體詩等創作型態分庭抗禮的抒情脈絡。對此，吳盛青的說解頗能切中肯綮。她說："當社會秩序變得不穩定的時候，詩歌固定的形式即成爲一些文人所能把握的少數實在的東西，它爲這些文人提供了一個'微型的世界'（miniature model of the world），讓他們可以在其中抒發情感，以此來維護他們心目中一致的世界觀和協調的文化秩序。"①民初亂事頻仍的不穩定的政治狀態讓遺民文人愈發嚮往昔時穩定的時光。古體詩詞特有的結構、節奏以及字詞組合，除與文人自身的學承脈絡貼近外，其既定的創作形式尚能寄存個人的記憶與想像，連帶給予文人穩定感與安心感。詩詞所建構的世界既隔離了外界不解的注視眼光，也製造了讓遺民沉緬於

① Shengqing Wu, *Modern Archaics: Continuity and Innovation in the Chinese Lyric Tradition*, 1900 - 1937(Cambridge: Harvard-Yenching Institute Monograph Series, 2014), p. 22.

前朝往事與舊秩序的抽象空間。遺民文人認同古體詩詞框架下所藴含的價值預設,通過使事用典的語言技巧招喚歷史的幽魂,獲取同情共感的慰藉。其次,這一類緬懷故國的作品多是透過重遊故地所激盪出的今昔之思。這一類作品或爲自抒懷抱,或與故交摯友唱和,情感表露更顯真切。除抒發個人感於世事變遷,茫茫不知所終之悲外,去國懷鄉,往日難返的抑鬱也不時可見。汪兆鏞寄予龍榆生(1902—1966)的詩詞正爲顯例。引詞如下:

廣州北城跨山,山多紅綿,暮春花時,照耀雉堞間,偉麗絶勝。聞山中人云:"二十年來林壑陊貿,非復承平日風景。"余亦積疴偃蹇,鍵户罕出,倚竹侖響,爲之憮然。

霸氣銷沈山嵽嵲。望極愁春,春釀花如血。照海燒空誇獨絶,東風笑客誰堪折? 一片蕪城都飽閲。火樹年年,摇落清明節。聽取鷓鴣嚈木末,畫情空憶山樵説。(《蝶戀花·粤秀山木棉和榆生》)①

龍榆生師從朱祖謀,朱氏臨終前曾以校詞雙硯授之,以示傳承之意。龍曾請汪爲其《受硯廬圖》題詞,又《近三百年名家詞選》亦收有汪兆鏞詞三首,可見兩人交誼的深切與龍氏對汪的推重②。粤秀山位於廣州北側,爲學海堂舊址。阮元於 1820 年創建當時便以越秀山爲百年山麓"喬木繁翳,木棉參天",決定落址於此。本闋詞雖表面寫暮春清明見粤秀山木棉,實際抒發的卻是滄海桑田的異變之感。上片極寫粤秀山之高峻與木綿紅豔勝血的勝絶景象。下片轉入今昔之感的描寫。眼前的舊景的荒蕪敗落,木棉至暮春不免搖落,縱使年年花雖相似,人已與時俱老。鷓鴣哀鳴,憑添心傷。詞序藉山樵之口轉述"二十年來林壑陊貿,非復承平日風景",往日風景如今已無緣得見。"林壑陊貿"既指現實的今昔異變,也是政體轉換的隱喻,昔日的承平與今日的動盪不

① (清)汪兆鏞著,鄧駿捷、陳業東編校:《汪兆鏞詩詞集》,頁 145。
② 同上,頁 144—145。

安兩相比較，未免致生今不如昔的惆悵。“空憶”，是言語的述說終究淪爲口傳耳聞。而往日漸遠，遺民飽受著時間的消磨，過往承平猶如一夢，僅能在逐漸斑駁的回憶裏面拼湊往日陳跡，試圖留下些什麼。對照遺民文人自身的處境，人將老去，而世事已矣，自然不免有“憮然”之嘆。

類似的例子亦可見於汪兆鏞與吳道鎔在澳門時期的重陽唱和詩：

> 索居容易又重陽，海角登臨話故鄉。雜樹暗疑三里霧，亂流曲寫九迴腸。烽煙遠道無消息，風雨歸帆尚渺茫。何似當年陶令宅，荒籬猶有菊花黄。（《乙丑重九日，偕吳澹盦、梁小山、金滋軒、馬交石登高，下至陶園小憩》）
>
> 世難爲歡苦不常，盲風怪雨又重陽。勞身坐聽萍蓬轉，破帽終羞鬢髮蒼。遠岫歸雲看縹緲，故園叢菊歎荒涼。殊方猶是承平象，勉爲多情盡一觴。（吳道鎔《和作》）①

廣東習俗以清明、重陽爲春秋兩祭，是家族團聚、祭拜先人的重要節日。番禺一地傳統亦以重陽登高能趨吉避邪之說。這一組記遊詩是乙丑（1925）重陽時，汪兆鏞與吳道鎔（1853—1935）等人於澳門出遊所作②。汪兆鏞原詩開頭即點出自身離鄉索居，又逢重陽登高而有懷鄉之嘆。“雜樹”以下兩句，既寫登高路途的迷亂曲折亦是回返舊時之路的遼遠迷茫。風雨歸帆，透露出人處於大化浪潮之間，迷惘於歸鄉何處，又不知何以爲繼的茫然若失、擺盪躊躇的心境。詩序的“陶園”爲澳門酒家樓之名，是在文人明白歸鄉無望之際，尚有陶園菊花可供安慰。吳道鎔的和作同樣寫思歸懷往的情懷。世事紛然雜亂，悲多歡少；重陽風雨而人身如轉蓬，行行重重，而人僅能被動地任憑時間的摧折流逝而老去。歸雲飄渺與叢菊荒涼，也呼應了汪兆鏞原詩中風雨歸帆的隱喻：舊園無

① （清）汪兆鏞著，鄧駿捷、陳業東編校：《汪兆鏞詩詞集》，頁35。

② 吳道鎔，字玉臣，號澹庵，廣東番禺人。光緒六年（1880）與同鄉梁鼎芬同科進士，入翰林院，中年辭官返粵不復出仕，自此“被服儒素，講學終其身”，專力編輯鄉邦文獻歷二十年。與汪兆鏞同爲學海堂。

由回返,僅能把握眼下暫時的安樂,與友人同醉一觴。同樣爲避地之作的《減字木蘭花》與《蝶戀花》,亦透露出了遺民的深沉哀感。請見引詞如下:

蜃霧漫空吹不定。浮海年年,身世同飄梗。有客談瀛多異境,藜床病眼誰堪省。　　歸夢迢遙思越井。滿地風煙,漠漠迷三徑。經卷藥鑪銷晝永,未妨腰瘦成孤另。(《蝶戀花·丁卯十二月澳門病中作》)

丁丑七月辟地澳門,偕滄萍過普濟禪院,觀憨山、天然、澹歸、跡刪、石濂諸名僧遺墨,藏弆閱三百年矣。

人間何世,爲灑前朝遺老淚。冷蕨荒山,殘墨淒涼那忍看。　　怒潮嗚咽,不管行人歌與泣。禮罷空王,閒戀鐘聲話夕陽。(《減字木蘭花》)①

首闋是汪兆鏞於丁卯年(1927)所作。身世飄零,浮海漂泊,詞中感嘆前路茫茫未明,客在他鄉,連夢裏的歸路都顯得遼遠茫漠。唯一認知到的,只有現下因病而消瘦的自己。次闋爲明末遺老的墨跡在三百年後爲同樣避地汪兆鏞得見,難免產生情感的自我投射。"遺老""冷蕨""荒山""淒涼"與"夕陽"等詞彙,透露出遺民爲世所遺,生命的最終歸依便是荒冷的邊陲一隅的感嘆。

遺民文人避居他地是爲獲得住居的暫時安穩,以古體詩詞進行情感抒發,則是想透過熟習的體式獲致安心感。由於詩詞文體相異,所抒展之情意內涵亦有所不同。在汪兆鏞的詩篇中,既有與友人相互唱和,慰撫同是天涯淪落人的境遇,盡力在有限的時空之中尋覓振起的力量;也有個人避居異地,重新面對自我生命的流離的反省。然而,這樣的心境,是否在重返故土以後即能得到全然寬解?另一闋《少年游并序》,或許提供了我們這個問題的解答。引詞如下:

① (清)汪兆鏞著,鄧駿捷、陳業東編校:《汪兆鏞詩詞集》,頁139、145—146。

廣州承平時，鐙事甚盛，內城亞婆塘大珠鐙，正南街蓮花鐙、天平街大樹鐙，其最著也。亂後物力凋敝，一切罷去。庚申元夕，徘徊巷陌間，慨然興懷，倚小令紀之。

金荷銀樹繡珠香，鐙事記閒坊。一樣東風，鶯慷燕戶，都戀春光。

十年今夕叢祠路，暮雨暗桄榔。隔籬有客，白頭相對，共話滄桑。[①]

元宵鐙會爲廣州當地盛事，相傳其歷史可追溯至南漢。汪兆鏞身爲歷經朝代更迭，承平變貌的見證者，當他眼見物力凋蔽不復昔時，其間所感受的盛衰今昔之感，自然更爲深刻沉痛。不僅是眼前的景象與昔日疊合勾動回憶，香氣由濃轉淡所蕩漾出的情感跌宕也加深了這份淒楚。乍然相對，唯有無盡的滄桑悽惶。另一闋《天香》的詞序亦載："友人仿佛香閣製香餅，云是內監李承恩所傳也。眇懷淒感，不能無詞，依唐藝孫韻。"[②]《樂府補題》爲宋末元初遺民相互唱和，發抒黍離之悲的詠物總集，其中收有《天香》一調。汪兆鏞在此借《天香》詞牌寫昔時內監所傳香餅一事，亦有寄意言外的涵蘊在其中。序中寫到香餅雖仍依循皇家舊制炮製，惟事變時移，舊時"天香"已成"王謝堂前燕"，象徵著王朝的覆滅與遺民文人無以爲繼的失落。寥落的、變動的，難以掌握的更迭都到眼前，相較於詩中的今昔之感，仍存眷懷家國的文人姿態；汪兆鏞在詞中所流露的寥落無依，或許才是流離變動的時代洪流中，遺民最誠實的自我告白。

與當時梁鼎芬等遺民不同，汪兆鏞從未正式進入官僚體系。既無如陳伯陶、王國維等人親炙君恩，直入南書房；亦非梁鼎芬、張其淦等人進士及第，官居顯要，充其量也只是專以遊幕謀生的邊緣下層文人，沒有任何足以撼動輿論的政治力量。再加上他與汪精衛的關係，讓他無論在清末或是民初都夾雜在兩難處境。或許正因如此，他的多數詩文都僅表明個人對前朝的忠貞，而絕少觸及恢復國體等政治言說。然而從帝制至民國此一前所未有的劇烈變動，不僅改變了傳統文人的慣常，

① (清)汪兆鏞著，鄧駿捷、陳業東編校：《汪兆鏞詩詞集》，頁 137。

② 同上，頁 139。

其後的紛擾更使得人心惶惶。即便如汪兆鏞這般微小的文人也不能免於時代的衝擊。隨著政體變革造成熟悉事物的一一滅失、往日承平的難再與古蹟古物的毀壞,更令他痛苦難耐。"亂後物力凋敝,一切罷去",記憶裏習以爲常的所有事項都因爲亂事而停擺凋敝。徘徊於舊時巷陌,熟悉的過往卻重尋無處。"十年今夕叢祠路,暮雨暗桄榔。隔籬有客,白頭相對,共話滄桑",與故人異時相對,也僅剩無限的感嘆與難掩的滄桑。無論是在異地,或是重遊故里,遺民眼前所見的風景無一不是悲哀所凝鑄者。廣州作爲他們念茲在茲,亟欲歸返的故土。無論是"荒籬猶有菊花黄"或是"勉爲多情盡一觴",詩中所表現的文人形象,是即便歸鄉無望,仍試圖在現下覓得安棲之所;相對於此,文人於詞中則多了惆悵猶疑,追悔難平的抑鬱,空無而重尋不見的落寞。汪兆鏞在異地澳門懷想廣州故園,即便得以重遊,卻也感嘆滄海桑田的變異。换言之,他所欲回返的廣州,只是虚幻的昔日影像,根本不存在此一時空。異地的故鄉凝望,是在同一時間内不同空間的懷想;但真正回返之時,卻又不自主地回眸同一空間下的歷史時間。諷刺的是,在借來的時空之中追念另一個已然失落的時空,即注定了遺民生命的停滯與糾結。詩詞作爲哀詠興嘆的體類,既能言志,亦能存史,不啻是更適合書寫遺民心境的文類。遺民的生命因興廢變革而偏離預定的原軌,在變革過後的日子裏,"舊時/舊制度的復歸""懷鄉/國"成爲他們終生的課題。古體詩詞即正提供了他們另一個熟習的場域,讓他們在現實歸鄉無望之際,尚能藉此獲取另一種形式的"回返"可能。

四、結語

廣東位居帝國邊陲,是最晚納入清帝國版圖的地區之一。地理位置影響了江南學術的傳入速度,也讓廣東成爲清帝國最早開埠通商的省份,獲取了接觸西方新知的契機。即便如此,廣東文人對傳統的固守與堅持較其他地區而言卻愈發鮮明。由於廣東和港澳間存有地理上的連帶,辛亥變動促使一批南來文人選擇避居港澳殖民地作爲中繼處而開展一系列的遺民論述。這種"中繼",並不僅指涉地理或政治環境的過渡,更是一種遺民心態與定位的指稱。遺民文人藉由追溯殖民地地景梳理出一條南宋政權的南移路徑;通過歷史敘述連結中原正統,以建立文化承繼的正當性與避處殖民地的合理性。在他們的認知裏,被殖民統治地區始終是中國疆域的一部分,不因實質統治政權的不同而成爲獨立的文化客體。矛盾的是,即使認定了港澳與中國的歷史連帶,他們也從未將港澳殖民地視作安身立命的最後依歸。汪兆鏞最後二十年奔波往返於澳門與廣州兩地,既是遺民對鄉里的眷戀與亟欲回返過往的悲願顯像,也折射出時人的流離景況以及徘徊於新舊文化間所面對的時代艱難。換言之,不僅是殖民地這個借來的時空成了這批遺民的中繼停留所在,遺民的心態處境也同樣屬於時代轉換的"中繼"。踟躕於渺茫難望的前塵與來日之間,夾縫中的唯一真實,僅剩下遺民的流離經驗的記述。

遺民居處於殖民地期間,往往需要憑藉外力指引個體流離生命的軌跡。典範的尋索即是其中一途。與汪兆鏞擁有類似生命經驗的屈大均,即是他詩文中屢屢引爲同調的對象。只不過,汪兆鏞即使以屈大均的忠君行誼爲典範,卻避而不談屈大均力倡的華夷之論。這種有意的省略,於遺民錄的撰述中,也被倫紀綱常的普遍性與必要性的重申所替代。因此汪氏駁斥當時盛行的種族之說,援引元遺民雖爲"由夷入夏"卻仍不改志節,拒事新朝爲例,藉此論證倫常價值的絕對性與恆久性,不因物換星移、滄海桑田而有所更動。以易變的物事對照精神的恆久存續,亦呼應了汪兆鏞固守初衷、歷時不悔的自我實踐。

廣東遺民文人多是學海堂的人際輻射。學海堂的學術傳統凝聚了廣東歷史與鄉邦文化的認同;並提供了課生彼此交往與文人結社雅集的場域。日積月累之下形塑出了相同或近似的價值觀,成爲日後這群廣東遺民集體意識的底蘊。汪兆鏞由辛亥以後開始一系列的學術著作與刊刻蒐集,是以陳澧遺稿爲大宗。陳澧爲學海堂學術全盛時期的象徵,對師長的舊稿蒐集與整理,即是汪兆鏞自身對舊有的學術文化的眷懷與致敬。並且,他從著作與古籍蒐集刊刻兩種方面描繪了自己在辛亥以後的生命圖樣,將人生關懷限縮於倫常綱紀背後所代表的舊文化價值,與學海堂的學術文化,隔絕了政治復辟等問題,體現出一種對傳統典章文化的眷戀與道德文化的堅持等文化遺民的形象。

這一批廣東遺民流寓他處，由他們描述殖民地風景的言語之中，不時能看到他們對個人流落異地的自我設問與亟欲回復往日承平時日想望。汪兆鏞居澳時期，既記錄澳門古蹟風物的書寫，試圖爲個人的寓居提出合理性；他也深刻意識到澳門終究是異鄉，而非長居久安之所。從而才會產生日後如此頻繁的流動與遷徙。除此之外，他也通過澳門古蹟的考索，企圖連結南宋二帝的流亡路線。既牽繫起南宋與港澳兩地的歷史連結，順帶將個人鑲嵌於忠義戀主的脈絡之下，表明自身對傳統道德的承繼與堅守。並且，古體詩詞既定的創作形式也提供了遺民賴以依存的世界。在文人們身處異地試圖連結中原與標榜自身的同時，往日難返的體認遂成爲更加遙遠而難以觸及的距離。港澳的殖民地對這群廣東遺民文人而言或許是避禍的佳處，但這樣的轉進，卻也成爲了另一種流放與漂泊。遺民的存在只是時間光譜裏微小的線段，沒有延伸的可能，只有凋零與湮滅的憂懼。須待到歸於塵土的那日，讓停滯於前朝的時間在死亡剎那終結，才有真正解脱的可能。

當那些以爲遙遠的、波瀾動盪的歷史事件被個人的生命如實地紀錄且闡述之後，更凸顯了生命的艱難與選擇。從原本"尚或望珠還"至"人間竟何世，淒獨掩柴關"（《辛亥十月，香港寓樓作》）的心態變化①，更呈現了遺民由期待至失望，而後自我懷疑的心境轉變。汪兆鏞作爲民初時期廣東遺民的典型之一，由他在澳門與廣州間多次往返以及對傳統學術事業的堅持與維護，我們看到一個傳統文人在面對中國/西方以及傳統/新式等價值衝突以及勢力此消彼長的氛圍下的心靈。對古蹟歷史的追認與書寫體現了文人遺民欲將自己重新置入歷史文化脈絡下的曲衷與努力。隨著時間的逐漸流逝，在遺民個體生命的不斷對望與凝視之中，即便明瞭"回歸"之途更加遼遠而艱難，且不免遭受外在眾人之議，在殖民地自述個人作爲時代交替的中繼，面對生命的流離和回返之間，嘗試尋求自我價值與定位的努力。

（作者爲香港浸會大學孫少文伉儷人文中國研究所助理研究員）

① （清）汪兆鏞著，鄧駿捷、陳業東編校：《汪兆鏞詩詞集》，頁28。

附錄一：汪兆鏞編著文獻編年簡表

年　代	書　名
宣統三年(1911)	吳石華《桐花閣詞》 先世碑誌、傳狀《誦芬錄》
壬子(1912)	《微尚齋詩》 《雨屋深鐙詞》刊成
甲寅(1914)	《嶺南畫徵略》初稿 陳澧《憶江南館詞》附集外詞、《校字記》
戊午(1918)	《澳門雜詩》
癸亥(1923)	《元廣東遺民錄》(1918 成書，1923 刊刻)① 《廣州新出土隋碑三種考》刊成
甲子(1924)	《學海堂課藝》
乙丑(1925)	陳澧《公孫龍子注》
丙寅(1926)	《櫻窗雜記》
戊辰(1928)	《雨屋深鐙詞續稿》印行 《嶺南畫徵略》十二卷付印
庚午(1930)	《山陰汪氏譜》寫定 陳澧《讀詩日錄》

① 現存之《元廣東遺民錄》爲民國十一年(1922)刊本，但自訂年譜編年於癸亥(1923)。之所以如此，除去汪兆鏞個人因素外，或許是由於製版刊刻與成書時期的落差。

續表

年代	書名
辛未(1931)	鈔黄東發、陳澧錄,彙編爲《老子道德經撮要》 《番禺縣續志》四十四卷刊成 輯刻《東塾先生遺詩》
壬申(1932)	《廣州城殘磚》
癸酉(1933)	《續貢舉年表》
乙亥(1935)	重刻東塾先生摹《泰山碑》殘字
丙子(1936)	《青湖文集補編》
戊寅(1938)	輯《碑傳集三編》《敘目》一卷成

附錄二:汪兆鏞來往廣州—澳門年譜（整理自《微尚老人自訂年譜》）

1911 年 11 月	至澳門寓小三巴寺街。
1912 年 9 月	返廣州,辭樂桂埠席,閉門不出。精衛至廣州,回家相見,余誓不任事。
1913 年 7 月	廣州亂,再避地澳門,寓下環街。
9 月	返省。
1916 年 2 月	滇桂軍交戰,余又攜家至澳門,寓荷蘭園旁。
9 月	廣州平定,挈家返舍。
1917 年	朱慶瀾與陳炳琨(案:即陳炯明)不睦,孫中山來粵,亂狀復起。7 月 12 日挈媳孫避至澳門蕉園圍 1 號。
1918 年 7 月	省氛漸息,挈家返省。
1920 年 8 月	陳炯明回粵,避兵至澳門,寓鏡湖馬路,旋返省。
1922 年 5 月	陳炯明請孫下野,避兵至澳門。12 月返省。
1923 年 10 月	陳炯明軍將從增番交界攻入廣州,遂攜兒女赴澳,寓峨嵋街。
1924 年 10 月	返廣州。
1925 年正月	赴澳門。
3 月	返廣州。閏四月,聞滇粵軍將交鬨,亟理行裝赴澳,賃居風順堂街劉吉六光廉宅。
1927 年 11 月	廣州大火,木排頭東塾先生故宅藏書版片盡燬矣。余先一日到澳門,寓新馬路樓上,聞之仆跌梯間,傷腰劇痛。
1928 年 3 月	返廣州。
1931 年 4 月	避客至澳門,旋返省。
1937 年 7 月	日本飛機犯粵,避地澳門南灣七號二樓。
1939 年 7 月	歿於澳門,1945 年歸葬廣州。